BASTEI
LÜBBE

Wolfgang Hohlbein

DAS LABYRINTH VON LONDON

AUF DER SPUR DES HEXERS

Zwei Hexer-Romane

BASTEI LÜBBE

BASTEI LÜBBE TASCHENBUCH
Band 14 339

Das Labyrinth von London
Erste bis zweite Auflage
Juli 1996 bis März 1998
Dritte Auflage: März 2000
Auf der Spur des Hexers
Erste bis sechste Auflage:
Januar 1990 bis März 1997
Siebte Auflage:
März 2000

Lektorat: Stefan Bauer
Titelbild: Arndt Drechsler
Umschlaggestaltung: QuadroGrafik, Bensberg
Satz: KCS GmbH, Buchholz / Hamburg
Druck und Verarbeitung: 49209
Groupe Hérissey, Évreux, Frankreich
Printed in France
ISBN 3-404-14341-8

Inhalt

DAS LABYRINTH VON LONDON

28. September 1892

Irgend etwas stimmte nicht.

Captain Joffrey Blossom von der königlich-englischen Kriegsmarine blickte so gebannt zu der kleinen Felseninsel hinüber, daß er nicht einmal den scharfen Ostwind bemerkte, der über das Oberdeck der HMS THUNDERCHILD pfiff, an seinem grauen Haar zerrte und wie mit winzigen Nadeln in seine Haut stach. Es war sehr kalt, ungewöhnlich kalt für die Jahreszeit; selbst für die wahrlich nicht für tropische Temperaturen bekannten Gewässer dicht vor der englischen Küste. Aber auch das bemerkte Captain Blossom kaum, ebensowenig wie die Feuchtigkeit, die sich wie ein schmieriger grauer Film über das Schiff, die Aufbauten und alles an Deck gelegt und selbst Blossoms Uniform bis auf die Haut durchnäßt hatte. Er hatte seine Hände so fest um das Metall der Reling geklammert, daß die Fingerknöchel weiß hervortraten und alles Blut aus dem Fleisch unter seinen Nägeln gewichen war, so daß sie wie kleine weiße Narben wirkten. Seine Lippen waren zu einem schmalen Strich zusammengepreßt; er hatte seit mehr als einer Minute nicht einmal mehr geblinzelt, sondern stand reglos wie eine in Stein gemeißelte Statue da. Aus zusammengekniffenen Augen starrte er zu der kleinen Felseninsel hinüber.

Irgend etwas stimmte nicht.

Es war das zweite Mal, daß er diesen Gedanken ganz klar formulierte, und zum zweiten Mal schien es ihm auch, als hallten die Worte düster in seinem Schädel nach, beinahe so, als wäre es gar kein Gedanke, sondern der Klang einer lautlosen Stimme, die ihm eine Warnung zuflüsterte: Geh nicht dorthin. Flieh! Meide diesen Ort. Geht fort, solange du noch kannst … Die Stimme war nicht sehr laut, doch sie flüsterte ununterbrochen, und sie wurde eindringlicher, je näher sie der Insel kamen.

Normalerweise gestattete sich Blossom nicht, solcherlei albernen Gedanken nachzugeben. Doch an diesem Tag – und diesem Ort – war nichts normal. Seit die HMS THUNDERCHILD die kleine Insel erreicht hatte, hatte Blossom immer stärker das Gefühl, gleichsam eine Grenze überschritten zu haben, die nicht erkennbar, aber dennoch höchst real war. Und die er besser nicht überschritten hätte. Er wußte nicht, was dahinter lag, aber was es auch war – es machte ihm angst.

Vor vier Tagen erst war die Insel urplötzlich aus dem Meer aufgetaucht, ohne daß irgend jemand bislang eine plausible Erklärung dafür gefunden hatte. Zwar war zu diesem Zeitpunkt ein leichtes Seebeben registriert worden, das auch an Land noch zu spüren gewesen war, doch selbst wenn man bedachte, daß das Meer hier, eine Meile von der Themsemündung entfernt, noch ziemlich seicht war, hätte das Beben allein niemals ausgereicht, ein solches Eiland entstehen zu lassen. Blossom war alles andere als ein Fachmann für Geologie, aber selbst er wußte, daß Inseln nicht einfach aus dem Meer auftauchten. Irgend etwas höchst Eigentümliches war hier vorgefallen. Und waren schon die Umstände seltsam genug, unter denen die Insel aufgetaucht war – das war es nicht allein, das Blossom irritierte. Nicht einmal annähernd. Tief in seinem Innern wußte er längst, was es war. Er war nur noch nicht soweit, es zuzugeben.

Es war die Insel selbst.

Das Eiland durchmaß etwa zwei Dutzend Yards. Seine Oberfläche bestand aus zerklüftetem Fels, der eine Farbe aufwies, für die Blossom keine Bezeichnung fand: irgend etwas zwischen Schwarz, Dunkelblau und einem Ton von Indigo, den er nie zuvor gesehen hatte. Es war die Farbe der Nacht. Die Dunkelheit einer sternklaren Polarnacht, die von einer Kälte erzählte, die man tatsächlich zu spüren glaubte, wenn man diesen Stein nur lange genug betrachtete. Die Schwärze des Felsens war so intensiv, als wäre die Insel nicht materiell; nichts, was war, sondern ein gewaltiger Riß, der in der Wirklichkeit klaffte. Und hinter diesem Etwas lauerte etwas, das beobachtete. Das wartete.

Hinaus wollte?

Dieser Eindruck wurde durch die Stille und die völlige Leblosigkeit noch unterstrichen, die diesem Ort innewohnte. Nichts rührte sich. Nichts bewegte sich. Hier, so nahe an der Küste, wäre es eigentlich normal gewesen, hätten Möwen und andere Vögel das Eiland sofort in Besitz genommen. Statt dessen aber schien das Leben die Insel in weitem Umkreis zu meiden. Selbst das regelmäßige Dröhnen der gegen den Fels brandenden Wogen klang gedämpft. Wenn Blossom genau hinhörte, konnte er einen weiteren, vielleicht noch unheimlicheren Effekt wahrnehmen: Das monotone Geräusch der Wellen schien nur aus drei Richtungen zu kommen. Vor ihnen, dort, wo die Insel lag, herrschte absolute Stille.

Vielleicht, dachte Blossom, war das die Erklärung: Diese Insel lag jenseits der unsichtbaren Grenze, der sie sich genähert hatten. Diese Vorstellung war zwar lächerlich, fügte sich aber so nahtlos an Blossoms

Gedanken an, daß es ihm nicht einmal zu Bewußtsein kam.

»Sir?«

Die Stimme Cliff Hasseltimes riß Blossom aus seinen Grübeleien. Es waren überdies Gedanken, die eines aufgeklärten, denkenden Mannes wie Blossom nicht würdig waren – und des Kommandanten eines Kriegsschiffes Ihrer Majestät schon gar nicht. Unsichtbare Grenzen? Die Farbe der Nacht? Was für ein Unsinn!

Verärgert über sich selbst wandte er sich zu seinem Ersten Offizier um, der unbemerkt neben ihn getreten war und ihn abwartend musterte. Erst jetzt wurden Blossom die Kälte und Schärfe des Windes bewußt. Er fröstelte, löste die Hände von der Reling und rieb sie aneinander, während er ein paarmal kräftig hineinpustete. Seine Haut prickelte, als hätte er in eine Schale mit zermahlenem Glas gegriffen, und er wurde sich des unangenehmen Gefühls bewußt, daß seine Uniform durchnäßt war und an seinem Körper klebte. Es war ihm unangenehm, so vor seinem Ersten Offizier zu stehen. Blossom war ein Mensch, der großen Wert auf Disziplin und tadelloses Äußeres legte – bei seinen Offizieren und erst recht bei sich selbst.

»Eine verdammt seltsame Geschichte«, brummte er. »Wenn es nach mir ginge, würde ich das Ding lieber von hier aus unter Feuer nehmen und dorthin zurückbombardieren, woher es gekommen ist, statt auch nur einen Fuß darauf zu setzen. Möchte bloß wissen, was wir da groß untersuchen sollen.«

Er straffte sich und zog seine Uniformjacke glatt, und mit einem Mal schien ein völlig anderer Mensch aus ihm zu werden. Gerade noch ein gebeugter, von Kälte gebeutelter Mann, von Sorgen und Zweifeln geplagt, war Blossom jetzt wieder durch und durch Offizier. Von einem Augenblick zum nächsten war auch sein Denken wieder von jener Logik und Präzision, die ihn zu dem gemacht hatten, was er war: vielleicht nicht einer der erfolgreichsten, aber mit Sicherheit einer der verläßlichsten Offiziere der Royal Navy.

»Aber Befehl ist nun einmal Befehl, nicht wahr? Sind die Männer soweit?«

»Alles bereit, Sir«, antwortete Hasseltime.

Falls er die gleiche Nervosität empfand wie Blossom, verbarg er sie perfekt. Sein Gesicht war vollkommen ausdruckslos, und selbst in seinen Augen suchte Blossom vergeblich nach einem verräterischen Funken, einer Spur von Unsicherheit oder gar derselben substanzlosen Furcht, die ihn quälte. Blossom war nicht sicher, ob er Hasseltime wirklich mochte. Er war ein tüchtiger Offizier, aber manchmal beinahe schon zu beherrscht. Die meisten Menschen glaubten, daß es einen guten Soldaten ausmachte, kaum Gefühle zu haben, aber das stimmte nicht. Ein guter Offizier hatte durchaus Gefühle, nur wußte er besser damit umzugehen als ein schlechter.

Hasseltime räusperte sich. »Wir warten nur noch auf Sie, Sir.« Er zögerte einen Moment und fügte dann hinzu: »Wenn Sie mir eine Bemerkung gestatten: Es ist nicht unbedingt nötig, daß Sie uns begleiten, Sir. Ich glaube nicht, daß uns auf der Insel irgendwelche Schwierigkeiten erwarten. Aber falls doch, wäre es auf jeden Fall besser, Sie würden sich hier an Bord befinden.«

Captain Blossom lächelte flüchtig. Hasseltime

handelte ganz und gar nach Vorschrift, indem er diesen Vorschlag machte. Was sich wie Freundlichkeit anhörte, entsprach der rein praktischen Überlegung, niemals alle höheren Offiziere eines Schiffes zugleich einer Gefahr auszusetzen.

Ein weiterer Grund, daß er Hasseltime nicht mochte. Der junge Mann hatte ein bißchen zu oft recht. Er hatte bereits eine glänzende Karriere hinter sich und mit hoher Wahrscheinlichkeit einen noch steileren Aufstieg vor sich. Hasseltime stammte aus einer angesehenen und sehr wohlhabenden Familie, hatte eine hervorragende Schule besucht und die Militärakademie mit Auszeichnung absolviert. Blossom war sicher, daß es nicht mehr lange dauern würde, bis Hasseltime selbst das Kommando über ein Schiff bekam; vielleicht sogar über die THUNDERCHILD.

»Mag sein, daß Sie recht haben«, entgegnete Blossom. »Trotzdem möchte ich mir die Insel selbst ansehen. Die Berichte über diese unterirdischen Stollen haben mich neugierig gemacht.«

Hasseltime blickte den Kommandanten eine Sekunde lang durchdringend an, doch er war klug genug, nichts von dem auszusprechen, was ihm offenkundig durch den Kopf ging. Blossom fragte sich, ob man ihm tatsächlich so deutlich ansehen konnte, wie unheimlich ihm diese Insel war. Er hoffte, nicht. Gerade Hasseltime gegenüber wäre es ihm unangenehm gewesen, Schwäche zu zeigen.

Gefolgt von seinem Ersten Offizier, verließ Blossom das Oberdeck. Zwei Beiboote waren bereits zu Wasser gelassen worden, bemannt mit jeweils fünf Matrosen und fünf Marinesoldaten. Angesichts dessen, was vor den Männern lag – nichts als eine menschenleere, von allem Leben verlassene Insel – erschien diese kleine Armee geradezu lächerlich. Trotzdem hatte Blossom das Gefühl, in den Krieg zu ziehen, und dieses Gefühl verstärkte sich mit jeder Sekunde. Blossom und der Erste Offizier nahmen jeder in einem der Boote Platz. Die Matrosen begannen zu pullen, ohne daß es eines besonderen Befehles bedurft hätte. Sie näherten sich der Insel aus westlicher Richtung, obwohl sie dadurch gegen den Wind und die Strömung ankämpfen mußten. Die Anstrengung trieb den Bootsgasten den Schweiß auf die Gesichter. Blossom gehörte nicht zu den Offizieren, die ihre Männer grundlos schunden, aber anders wäre die Gefahr zu groß gewesen, von der Brandung gegen die Felsen geschleudert zu werden. Das neu entstandene Eiland war zwar nicht besonders groß, doch die Felsen ragten glatt und nahezu senkrecht aus dem Meer, an manchen Stellen mehr als fünf Fuß hoch. In der unruhigen See dort anzulegen, wäre ein lebensgefährliches Unterfangen. Auf dieser Seite hingegen gab es eine flache Geröllfläche, an der sie anlegen konnten, beinahe wie ein kleiner natürlicher Hafen. Dem Soldaten in Blossom gefiel dieser Anblick nicht annähernd so gut wie dem Seemann. Ihm kam diese Einladung vielmehr wie eine Falle vor, wie das aufgerissene Maul eines Ungeheuers, in das sie mit offenen Augen hineinmarschierten. Er spürte die Gefahr, doch er konnte sie einfach nicht sehen.

Mit jedem Yard, den sie sich dem kleinen Eiland näherten, kehrte Blossoms Unbehagen zurück, ungleich stärker als zuvor, und der Ausdruck auf den Gesichtern der anderen zeigte ihm, daß es ihnen kaum anders erging. Die Männer spürten irgendeine unbestimmte Gefahr. Blossom entgingen weder ihre kleinen nervösen Gesten, noch die Blicke, die sie sich insgeheim zuwarfen. Die Haltung der Männer an den Riemen wirkte angespannt, die Marinesoldaten hielten ihre Gewehre ein wenig zu fest, und Hasseltime saß so aufrecht im Heck des anderen Bootes, als hätte er einen Besenstiel verschluckt. Der Anblick hätte Blossom unter anderen Umständen große Befriedigung verschafft, war es doch eine der seltenen Gelegenheiten, da selbst Hasseltime Gefühle zeigte. Hier und jetzt aber verstärkte er Blossoms Nervosität nur noch.

Wie allen wirklich guten Soldaten war auch Blossom die Furcht nicht fremd – weder seine eigene noch die seiner Untergebenen. Aber dies hier war etwas anderes; ein Gefühl, wie er es noch nie zuvor kennengelernt hatte und das ihn allein schon dadurch beunruhigte. Es war, als riefen die schwarzen Felsen ihm durch ihre bloße Anwesenheit eine Warnung zu, umzudrehen, an Bord der THUNDERCHILD zurückzukehren und davonzufahren, so schnell und so weit sie nur konnten: Geht weg! Geht weg! Geht weg! GEHT WEG!

Aber natürlich tat er es nicht, und wenig später erreichten sie die kleine Felsenbucht. Der Bootsrumpf scharrte über Geröll und schwarzen Kies. Blossom stand auf und sprang als erster an Land.

Er hatte sich verschätzt. Eisiges Wasser schwappte in seine Schuhe und ließ ihn frösteln, und das Gefühl von Unbehagen und Furcht verstärkte sich schlagartig, als nun auch die körperliche Unbill hinzukam.

Blossom unterdrückte es und hoffte, daß man ihm sein Unbehagen nicht zu deutlich ansah, doch er ahnte, daß es ihm nicht gelang. Das Wasser in seinen Schuhen war so kalt, daß es schmerzte.

Während die Männer die Boote ein Stück weiter den Strand hinaufzogen und damit begannen, die Kisten mit Sprengstoff auszuladen, trat Blossom gemessenen Schrittes ans Ufer, aus dem eiskalten Wasser heraus, und schaute sich dabei aufmerksam um.

Viel gab es allerdings nicht zu entdecken. Die Insel war völlig kahl, still, leblos ... tot. Es fehlte jegliche Form von Leben. Nicht der winzigste Sprenkel Moos war zu sehen, nicht eine einzige Flechte war auf dem schwarzen, wie lackiert schimmernden Vulkangestein zu entdecken, nicht mal Algen oder angeschwemmter Seetang, keine Muschelschalen, keine Krebse, Würmer oder anderes Getier – was nahezu unmöglich war, sollte diese Felseninsel tatsächlich aus dem Meer aufgestiegen sein. Es geschah zwar nicht alle Tage, aber doch öfter, als allgemein angenommen wurde, daß der Ozean ein Stück des eroberten Landes wieder freigab, das er verschlungen hatte – und Blossom wußte, wie schnell das Leben normalerweise wieder Fuß faßte.

Hier nicht.

Dieser Felsen war tot.

Und vielleicht war es gerade die völlige Leblosigkeit dieses auf den ersten Blick so harmlos anmutenden Eilandes, die sein Unbehagen hervorrief. Doch Blossom spürte, daß dies nicht der einzige Grund war.

Diese Insel war nicht normal. Allein die Tatsache,

daß sie quasi vor den Toren Londons aus dem Meer aufgestiegen war, hätte zu einem weltweiten Aufruhr unter den Geologen und Meeresforschern geführt, hätte die englische Regierung nicht beschlossen, ihre Existenz geheimzuhalten – aus Gründen, die Blossom nicht verstand.

Diese Insel barg ein Geheimnis. Die Fischer, die das Eiland vor wenigen Tagen entdeckt und als erste betreten hatten, hatten von unterirdischen Schächten und Stollen berichtet, die angeblich weit in die Tiefe reichten, und Blossoms Auftrag bestand darin, zumindest einen Blick in dieses Stollensystem zu werfen, ehe er und seine Männer ihren zweiten Befehl ausführten und das so jäh aufgetauchte Schiffahrtshindernis mittels einer halben Tonne Dynamit wieder vom Antlitz der Erde zu entfernen.

Ganz plötzlich hatte Captain Blossom einen höchst sonderbaren Gedanken, der so gar nicht zu ihm paßte, wohl aber zu seiner momentanen Stimmung: Er fragte sich, ob diese Insel spürte, daß er und seine Leute gekommen waren, um sie zu vernichten, und ob das Gefühl von Unbehagen und Furcht vielleicht tatsächlich so etwas wie eine Warnung war. Möglicherweise war jene erdachte Grenze in Wahrheit mehr als nur ein abstrakter Begriff, sondern etwas höchst Reales; die letzte Grenze, vor der sie noch Halt machen und umkehren konnten, wollten sie nicht Gefahr laufen, Mächte auf den Plan zu rufen, deren sie nicht mehr Herr wurden.

Es kostete Blossom erstaunlich viel Mühe, den Gedanken abzuschütteln und wieder zu seiner gewohnten Ruhe und Selbstsicherheit zurückzufinden. Oder wenigstens so zu tun.

Die Matrosen hatten derweil ihre Arbeit beendet. Einer von ihnen blieb auf Blossoms Anweisung bei den Booten zurück; die anderen begaben sich zusammen mit ihm auf die Erkundung der Insel.

Blossom brauchte den Marinesoldaten nicht zu befehlen, ihre Gewehre schußbereit zu halten. Sie taten es ganz von selbst. Und auch wenn sie viel zu gut gedrillt waren, sich ihre Angst anmerken zu lassen, so wurde die nervöse Anspannung doch immer deutlicher, obwohl es nicht das geringste sichtbare Zeichen irgendeiner Gefahr gab.

Aber es war wohl – zumindest im übertragenen Sinne – tatsächlich so: Sie hatten so etwas wie eine Grenze überschritten, und das schwarze Vulkangestein unter ihren Stiefeln gehörte zu einem Teil der Welt, der sich ihren gewohnten Empfindungen und Maßstäben entzog. Und auf dem sie nicht sein sollten.

Den Tunnel, von dem die Fischer gesprochen hatten, gab es tatsächlich. Die Männer brauchten nicht lange zu suchen, bis sie den Einstieg fanden: Genau in der Mitte der kleinen Insel gähnte ein kreisrundes Loch im Boden. Nicht mal die hellen Strahlen der Karbid-Scheinwerfer, die Blossom hatte austeilen lassen, vermochten den Grund des Schachtes zu erreichen. Das Licht verlor sich in nicht zu bestimmender Entfernung in einer diffusen Farbe, einer Mischung aus grau und schwarz, die auf ihre Weise etwas ebenso Beunruhigendes hatte wie die ganze Insel. Außerdem offenbarte der Schein der Lampen etwas, das Blossoms Besorgnis schlagartig neue Nahrung gab:

Eine Anzahl eiserner Trittstufen war in die Wand

des Schachtes eingelassen. Blossom versuchte sie zu zählen, um auf diese Weise wenigstens abzuschätzen, wie weit der Lichtstrahl in die Tiefe reichte, doch seltsamerweise gelang es ihm nicht. Hätte jemand ihm erzählt, daß er so etwas erleben würde – Blossom hätte diese Behauptung ins Reich der Phantasien verwiesen. Nun aber sah er es mit eigenen Augen. Es waren nur eine Handvoll Stufen, doch immer wenn er bei der letzten angelangt war, hatte er vergessen, wie weit er zuvor bereits gezählt hatte.

Für einen Moment erwog er, Hasseltime zu fragen, ob es ihm vielleicht ebenso erging; dann aber entschied er sich dagegen. Nicht etwa, weil er Angst gehabt hätte, sich lächerlich zu machen – Blossom hatte vielmehr Angst, daß es Hasseltime *ebenso* erging wie ihm.

Captain Blossom fröstelte. Zumindest in diesem Punkt hatte er die Schilderungen der Fischer bezweifelt oder wenigstens für übertrieben gehalten. Was sie als Trittstufen bezeichnet hatten, mochte nichts weiter sein als von der Natur geschaffene Risse und Unebenheiten im Gestein, die rein zufällig das Aussehen einer primitiven Treppe hatten. Jetzt aber sah er, daß es kein Zufall war, kein Werk der Natur, und diese Entdeckung erschreckte ihn fast mehr als alles andere an dieser gespenstischen Insel.

Diese Insel war vielleicht durch eine Laune der Natur entstanden, dieser Schacht jedoch nicht. Hier waren vernunftbegabte Wesen am Werk gewesen.

Seltsam nur, daß er in diesem Zusammenhang nicht unbedingt an Menschen denken mußte …

»Das … das ist verrückt«, murmelte Hasseltime neben ihm. Es war eine der ganz seltenen Gelegenheiten, daß seine Stimme nicht ruhig und überlegen klang. Jetzt hatte sie fast einen Unterton von Hysterie. Blossom löste den Blick von dem unheimlichen Schacht und schaute seinen Ersten Offizier an. Hasseltimes Gesicht war unbewegt, doch das nervöse Flackern in seinen Augen verriet seine Gedanken.

»Diese Stufen haben Menschen gehauen«, sagte Hasseltime. »Hier muß früher schon einmal jemand gewesen sein.«

Blossom nickte. Schon diese winzige Bewegung fiel ihm schwer. Wie gebannt starrte er wieder in den Schacht. Hasseltime hatte recht. Die eisernen Stufen waren zweifellos von Menschen geschaffen und mit großer Kunstfertigkeit in das Gestein getrieben worden. Das wiederum bedeutete jedoch, daß diese Insel mehr war als eine bloße Ansammlung von Felsbrocken, die durch ein Seebeben (das es überdies nachweislich nie gegeben hatte!) aus den Tiefen des Meeres in die Höhe gepreßt worden war. Mehr noch: Diese Insel konnte unmöglich ein Teil des Meeresbodens gewesen sein. Sie mußte früher einmal an der Oberfläche gelegen haben.

Hier waren Menschen gewesen – vor sehr, sehr langer Zeit. Es mußte Jahrhunderte, wenn nicht sogar Jahrtausende her sein; denn dieses Eiland war auf keiner bekannten Seekarte verzeichnet und das, obwohl es genau vor der Themsemündung und somit auf einer der meistbefahrenen Schiffahrtsrouten der Welt lag. Das war verrückt. Verrückt und … ja, praktisch unmöglich.

Blossoms mit Furcht gemischtes Unbehagen wich allmählich einer prickelnden Erregung. Vielleicht harrten im Innern dieser Insel bedeutende Funde ihrer Entdeckung – kostbare archäologische oder auch materielle Schätze.

Auf jeden Fall aber wartete dort ein uraltes Geheimnis.

Wie in fast jedem Seemann schlummerte auch in Blossom ein Entdecker. Auf dem Weg hierher hatte er insgeheim (wenn auch, ohne es sich einzugestehen) darüber nachgedacht, wie er den ersten Teil seines Befehles ignorieren und diese Insel möglichst schnell sprengen konnte, ohne auch nur einen Schritt weit in diese ominösen Gänge zu tun, von denen die Fischer erzählt hatten. Nun aber war davon keine Rede mehr. Im Gegenteil: mit einem Mal konnte Blossom es kaum erwarten, das Geheimnis dieses Eilands zu ergründen. Schlagartig war jede Furcht vergessen, ebenso wie all die düsteren und absurden Gedanken, die ihn noch Augenblicke zuvor gequält hatten. Ohne es zu merken, hatte Blossom eine zweite unsichtbare Grenze überschritten. Nun war alle Furcht vergessen. So sehr, wie die Insel ihm gerade noch Angst eingejagt hatte, schlug ihr Geheimnis ihn nun in seinen Bann.

Er zeigte auf zwei seiner Soldaten. »Ihr beide geht als erste!« befahl er. »Gebt uns Bescheid, sobald ihr am Grund des Schachtes angekommen seid.« Er zögerte einen winzigen Moment, ehe er in beiläufigem Tonfall hinzufügte: »Und zählt die Stufen. Ich will wissen, wie tief dieser Schacht ist.«

Ohne den leisesten Widerspruch – allerdings sichtlich nicht gerade glücklich über diesen Befehl – gehorchten die beiden Soldaten. Hintereinander kletterten sie in den Schacht hinunter. Blossom fiel allerdings auf, daß die beiden Männer einen winzigen Moment zögerten, ja, regelrecht zurückschraken, als ihre Hände das Metall der Trittstufen berührten. Blossom maß dieser Beobachtung jedoch keinerlei größere Bedeutung zu. Die Männer hatten Angst, und das war nur zu verständlich.

Schon nach kurzer Zeit war nur noch der immer kleiner werdende Lichtpunkt der Lampe zu erkennen, die sie mitgenommen hatten. Das Licht wurde nicht sichtbar kleiner, verlor jedoch sehr schnell an Leuchtkraft und begann zu verschwimmen, wie ein Stern, der in den Tiefen des Meeres versinkt. Als Blossom schon befürchtete, auch den letzten Schimmer aus dem Auge zu verlieren, blieb das winzige Licht, wie es war, und wurde statt dessen von rechts nach links und wieder zurück geschwenkt.

»Wir sind unten!« Die Stimme des Soldaten klang dumpf, vielfach gebrochen und von den Wänden des Schachts zu einem unheimlichen Echo verzerrt. Doch Blossom kam es so vor, als würde er noch etwas hören, als würde sich im Klang dieser harmlosen Worte irgend etwas verbergen, etwas Düsteres und Böses, das sich im Schatten jener harmlosen Botschaft heranschlich.

Blossom wußte, was es war.

Die Furcht war wieder da. Sie war nie wirklich fort gewesen. Seine Neugier und der Entdeckerdrang hatten sie nur für kurze Zeit überlagert. Doch die Angst war die ganze Zeit über dagewesen. Blossom überkam plötzlich das schreckliche Gefühl, daß es nun zu spät war, noch auf die Warnung zu hören, die ihm so überdeutlich zuteil geworden war. Sie hatten die Grenze überschritten – eine Grenze, die sich nur in einer Richtung passieren ließ.

»Hier rührt sich nichts. Es gibt einen Stollen, der nach Norden führt«, erklang wieder die Stimme des Soldaten.

»Bleibt, wo ihr seid!« rief Blossom in den Schacht hinab. »Wir kommen nach.« Er wandte sich an Hasseltime. »Ich gehe als nächster. Sie übernehmen das Kommando über die Gruppe, bis alle unten sind. Sollte mir etwas zustoßen, oder sollten wir in einer Stunde nicht zurück sein, entscheiden Sie nach eigenem Ermessen.«

»Aye, aye, Sir«, erwiderte der Erste Offizier. Er salutierte, aber für Blossoms Geschmack etwas zu schnell und selbst für Hasseltime ein bißchen zu zackig. Blossoms Befehl gefiel ihm nicht; das sah man ihm deutlich an. Aber er war viel zu diszipliniert, um seinem Kommandanten zu widersprechen.

Vorsichtig ließ sich Blossom über die Kante des Schachts gleiten, bis er mit den Füßen eine der eisernen Stufen erreichte, und begann mit dem Abstieg. Als seine Hand die erste Trittstufe berührte, zuckte er zurück, wie schon die beiden Soldaten zuvor. Nun wußte er, warum die Männer so reagiert hatten: Es war ein unheimliches, nicht in Worte zu fassendes Gefühl; es war, als berühre er etwas Düsteres, Verbotenes, etwas, das ihm Geschichten aus uralten, vergessenen Zeiten erzählte, Geschichten von unbeschreibbaren Dingen, schwarzen Scheußlichkeiten, die sich am Rande eines dunklen Ozeans suhlten, während am Himmel über ihnen ein gestaltloses Chaos wimmelte. Der Eindruck war so intensiv, daß Blossom für einen winzigen Moment alle diese grauenerregenden Dinge tatsächlich zu sehen glaubte, obwohl ihm ihr Anblick, hätte er ihn tatsächlich erlebt, zweifellos auf der Stelle den Verstand geraubt, wenn nicht gar getötet hätte. Doch allein die bloße Ahnung dessen, was diese Bilder bedeuten *konnten*, war beinahe mehr, als Blossom zu verkraften vermochte. Zitternd verhielt er mit der Hand auf der obersten Trittstufe, preßte die Kiefer zusammen und versuchte zugleich, ein Stöhnen zu unterdrücken und des Chaos Herr zu werden, das hinter seiner Stirn tobte.

Diesmal war es Hasseltime, der reagierte. Er beugte sich vor, blickte mit gerunzelter Stirn auf Blossom hinab und fragte: »Alles in Ordnung, Sir?«

Blossom nickte. Zumindest versuchte er es, war sich aber nicht sicher, ob die Bewegung zu sehen war. Doch er war überzeugt, daß Hasseltimes Stimme ihm in diesem Moment das Leben rettete, denn sie war ein Teil seiner Welt, etwas Vertrautes und Gewohntes, das die apokalyptischen Bilder zerbrach, die sich in seinem Kopf befanden, und mit ihnen den schwarzen Strudel, in dem sein Bewußtsein zu versinken gedroht hatte.

»Ja«, antwortete Blossom gepreßt. »Es ist … alles in Ordnung.«

Hasseltimes Gesichtsausdruck verriet überdeutlich, was er von dieser Antwort hielt. Doch er beherrschte sich auch jetzt meisterhaft. Mit einem nur angedeuteten Nicken trat er vom Rand des Schachts zurück, und Blossom löste die Hand von der eisernen Sprosse und setzte seinen Weg in die Tiefe fort.

Die Karbidlampe hatte er sich umgehängt, ebenso wie das Gewehr, um die Hände frei zu haben. Während er kletterte, vermied er beinahe krampfhaft, in die Tiefe zu blicken, obwohl unter ihm nichts als Schwärze war. Die Sprossen hatten aufgehört, ihm düstere Geschichten aus gottlosen Zeiten zu erzählen; nun aber quälte ihn eine andere, fast ebenso schlimme Furcht – der Schacht mußte gute hundertfünfzig, vielleicht sogar zweihundert oder mehr Fuß tief sein, und obwohl Blossom nicht an Höhenangst litt, machte ihn allein die Vorstellung des gähnenden Abgrunds nervös, der unter ihm klaffte.

Und als wäre das allein nicht genug, begann ihm seine Phantasie einen weiteren bösen Streich zu spielen: Er war plötzlich fest davon überzeugt, daß die Jahrhunderte, die diese Insel unter Wasser gelegen haben mußte, ausgereicht hatten, um die eisernen Trittstufen zu zermürben. Zweifellos würde schon die nächste unter seinem Gewicht zerbrechen, so daß sein Abenteuer mit einem Sturz auf den tödlichen Lavaboden tief unter ihm enden würde. Falls dieser Schacht überhaupt einen Grund hatte und nicht endlos weiter in die Tiefe führte, hinab bis ins Herz der Erde.

Doch das Gegenteil war der Fall: Die eisernen Krampen waren erstaunlich gut erhalten. Obwohl sie älter sein mußten, als Blossoms gesamte Mannschaft an Jahren zählte, zeigten sie nicht die geringsten Abnutzungserscheinungen. Das Metall war ebenso schwarz wie das Gestein, und es glänzte wie am ersten Tag. Nicht die kleinste Spur von Rost hatte sich darauf gebildet, und auch im Innern der Insel hatten weder Algen noch Muscheln oder irgendwelches andere Leben Einzug gehalten. Die Luft roch muffig, doch in keiner Weise feucht. Nichts von alledem war logisch, ja, auch nur möglich; aber Blossom war mittlerweile ohnehin überzeugt davon, daß sie die wirkliche Welt längst verlassen und einen Bereich des Universums betreten hatten, in dem menschliche Begriffe ebensowenig galten wie ein menschliches Leben. Und mehr noch: Hier war menschliches Leben nicht nur vollkommen bedeutungslos, sondern falsch.

Sie sollten nicht hier sein. Sie *durften* nicht hier sein.

Um seiner wachsenden Nervosität Herr zu werden, konzentrierte sich Blossom ganz auf dieses eine, neuerliche Rätsel, während er Hand über Hand in die Tiefe stieg. Es gab nur eine einzige logische Erklärung: Hier drinnen war kein Wasser gewesen. Der Schacht mußte verschlossen gewesen sein, möglicherweise durch eine Felsplatte oder einen großen Stein über seinem Eingang, der erst nach dem Auftauchen der Insel den Halt verloren hatte. Dies würde auch erklären, warum dieser Schacht mitsamt dem sich daran anschließenden Stollensystem nicht voll Wasser gelaufen war, obwohl sich beides tief unter dem Meeresspiegel befunden hatte.

Blossom wußte zwar tief in seinem Innern, daß diese Erklärung falsch war, doch er klammerte sich mit aller Kraft daran. Es *mußte* so gewesen sein! Vermutlich gab es nur diesen einen Einstieg, der irgendwann einmal, als dieser Felsen vielleicht Teil einer größeren Insel gewesen war, den höchsten Punkt dargestellt hatte – den Gipfel eines Berges möglicherweise, der zu dieser Insel geworden war, als er im Meer versank. Diese Erklärung hörte sich logisch an. Sie hätte Blossom beruhigen müssen; aber dem war nicht so. Irgend etwas sagte ihm, daß die Lösung dieses Rätsels ganz und gar nicht so einfach war. Hand über Hand kletterte er weiter, der Tiefe und der Dunkelheit entgegen – und dem, was darin verborgen auf ihn wartete.

12. Oktober 1892

Also war ich endlich zurück. Zurück von den Toten, zurück aus der Zeit jenseits der Unendlichkeit, und zurück aus meiner ganz privaten kleinen Hölle, in der mich ein Vorgeschmack dessen erwartet hatte, was die Theologen unter dem Begriff ewige Verdammnis verstehen mochten. Die Psychologen hatten vermutlich ein anderes Wort dafür, und die Philosophen wieder ein anderes, das zweifellos noch freundlicher klang.

Ich hatte zu keiner der drei Fraktionen ein besonders inniges Verhältnis; dennoch hatte ich mich in den vergangenen Tagen mehr als einmal mit dem Gedanken getragen, den Vertreter einer dieser Zünfte aufzusuchen; je nach Stimmung und momentanem Befinden mal den einen, mal den anderen.

Vielleicht, weil ich ihnen allen etwas voraus hatte: Ich war dort gewesen, an jenem Ort, von dem die Priester behaupteten, er wäre die Strafe für ein sündiges Leben. Der Ort, von dem die Gehirnklempner glaubten, er wäre nichts anderes als ein Teil von uns – die Gerümpelkammer des Ich sozusagen, in der alle schlechten Erinnerungen, alle Schrecken und Ängste in einem wirren Haufen dalagen und nur darauf warteten, in einem unbedachten Moment die Tür zu sprengen und über das Hier und Jetzt herzufallen. Die Philosophen hingegen hielten diesen Ort lediglich für einen abstrakten Begriff, für ein Symbol in einer Welt von Symbolen, die immer genau das bedeuteten, was man in ihnen sehen wollte, und letztendlich also keine Gefahr darstellte, insofern man also jenen imaginären Ort namens Hölle auch nicht zu fürchten brauchte.

Wie gesagt, galt letzteres nur vom Standpunkt der

Philosophen aus, die von den drei zuvor bezeichneten Berufsgruppen vielleicht die schlimmsten waren – obwohl sie zweifellos diejenigen waren, die aus den uneigennützigsten Motiven heraus handelten, waren sie doch weder hinter unserer Seele noch hinter unserem Geld her, sondern glaubten den Unsinn tatsächlich, den sie ihren Zuhörern auftischten; übrigens zumeist unter vollkommener Mißachtung des Umstandes, ob die Zuhörer diese Weisheiten nun hören wollten oder nicht.

Wie dem auch sei – ich war dort gewesen, an jenem schlimmsten aller Orte, und obwohl ich ihn durch eine Verkettung geradezu unglaublicher Umstände, Zufälle und schierer Wunder lebend und sogar bei halbwegs klarem Verstand wieder verlassen hatte, spürte ich nichts von der Erleichterung, die sich bei diesem Gedanken eigentlich einstellen sollte.

Im Gegenteil. Wenn die seelischen Wunden, die ich davongetragen hatte, überhaupt jemals verheilen würden, dann brauchte es Zeit, viel Zeit. Mehr Zeit jedenfalls, als die nur knapp vier Tage, die ich gerade erst wieder versuchte, mir erneut so etwas wie ein geordnetes Leben aufzubauen.

Die Stimme des Kutschers riß mich aus meinen Gedanken. Ich schrak hoch und blickte ihn verwirrt an.

»Wie bitte?«

»Da wären wir ... Sir«, wiederholte der Fahrer der Mietdroschke und warf mir einen schrägen Blick zu, an dem auch das fulminante Trinkgeld nichts änderte, das ich ihm zusätzlich zu dem vereinbarten Fahrpreis ausgehändigt hatte – in weiser Voraussicht und eingedenk meiner Kenntnis der Psyche von

Mietdroschkenfahrern (die übrigens zu allen Zeiten und an allen Punkten der Welt gleich ist) im voraus.

»Und Sie sind sicher, daß es sich wirklich um die richtige Adresse handelt?«

»Vollkommen«, versicherte ich ihm, während ich aus dem Wagen stieg und mich suchend in beiden Richtungen des Trottoirs umschaute. Ich spürte die bohrenden Blicke des Fahrers mit körperlicher Intensität, bemühte mich aber nach Kräften, sie zu ignorieren.

H. P. war noch nicht da, und das war ziemlich eigenartig. Neben einigen anderen hervorstechenden Eigenschaften war mein Freund und Mentor Howard Phillips Lovecraft nämlich einer der pünktlichsten Menschen, denen ich jemals begegnet war. Seine fast manische Besessenheit, immer und überall und unter allen nur erdenklichen Umständen pünktlich zu sein, hatte in der Vergangenheit oft Anlaß zu gutmütigen Frotzeleien gegeben. Nun war er nicht da. Und das war wirklich sehr ungewöhnlich.

»Soll ich auf Sie warten, Sir?« erkundigte sich der Kutscher; mit einer Stimme, die lautlos, aber auch unüberhörbar hinzufügte: Falls du noch ein kräftiges Trinkgeld drauflegst, du eitler Geck.

»Danke, nicht nötig.« Ich wartete, bis der Mann die Peitsche knallen ließ und die Kutsche anruckte, und wandte mich dann endgültig dem Haus zu.

Genauer gesagt dem, was einmal ein Haus gewesen war.

Seit Andara-House in einer Februarnacht des Jahres 1887 bis auf die Grundmauern niederbrannte, war Ashton Place Nummer 9 nicht viel mehr als ein gewaltiger, von einem Zaun umgebener Schutthaufen gewesen, und nach einhelliger Meinung der Nachbarn überdies ein Schandfleck in dieser Wohngegend, die immerhin zu den vornehmsten und teuersten Londons zählte. So war es kein Wunder, daß man dem Beginn der Aufräum- und Bauarbeiten mit allgemeiner Erleichterung und Freude entgegensah, aber auch einer gehörigen Portion Mißtrauen gegenüber dem vermeintlich neuen Besitzer – ein Mißtrauen, das zugegebenermaßen aus schlechter Erfahrung mit dem Vorbesitzer des Anwesens geboren war. Und daraus resultierte das Mißtrauen gegen den neuen Besitzer.

Nun, dieser neue Besitzer war ich, und ich hatte mir fest vorgenommen, meine neuen Nachbarn (und übrigens auch alten; aber davon würden sie ganz bestimmt nichts erfahren) zumindest in ihrem Mißtrauen allem gegenüber, was den Namen Craven trug, gründlich zu enttäuschen.

Schon um mich von meinen Grübeleien abzulenken, hatte ich in den vergangenen Tagen mit einer Goodwilltour rings um den Ashton Place begonnen und war bei jeder einzelnen Familie vorstellig geworden, um mich sozusagen prophylaktisch für die Aufregungen und den unvermeidlichen Lärm zu entschuldigen, die beim Wiederaufbau von Andara-House entstehen mußten. Natürlich waren alle viel zu höflich gewesen, ihre dahingehenden Bedenken laut auszusprechen; immerhin waren wir nicht nur in England, sondern noch dazu in London, der Stadt, in der die feine englische Art erfunden worden war und in der selbst die Verbrecher Gentlemen waren. Wenigstens einige.

Aber ich hatte natürlich gespürt, was man *wirklich*

von meinen Versprechungen hielt. Ich konnte es den guten Leuten nicht einmal verübeln. Sie hatten zu viele schlechte Erfahrungen mit dem Mann gemacht, als dessen verschollen geglaubter Zwillingsbruder gleichen Namens ich mich ausgab.

Ich erinnerte mich gut der diversen Gespräche, die ich mit den Leuten geführt hatte. Natürlich waren sie viel zu höflich und viel zu reserviert gewesen, um mir ins Gesicht zu sagen, welche Gefühle allein der Klang des Namens Craven bei ihnen hervorrief; aber ich hätte schon blind und taub sein müssen, um ihre Reaktionen nicht zu bemerken: den hörbar kühler werdenden Tonfall, das Hochziehen der Augenbraue, die plötzlich etwas zu reservierte Höflichkeit, die verstohlenen Blicke, mit denen man mich musterte, und in denen man ganz deutlich die Besorgnis las, ob sich die unübersehbare Ähnlichkeit mit meinem verstorbenen Zwillingsbruder vielleicht nicht nur auf Äußerlichkeiten beschränkte.

Natürlich will ich keinem der guten Leute unterstellen, daß sie tatsächlich froh über meinen Tod gewesen waren. Aber ich hatte in all diesen Gesprächen nun mal gewisse Erleichterung nicht überhören können, die der bloßen Tatsache galt, daß Robert Craven, der Hexer, nicht mehr da war. Und die bange Sorge, ob mit seinem Zwillingsbruder vielleicht noch mehr an den Ashton Place zurückkehren mochte als nur der Name Craven.

Während ich langsam die Treppe zu der aus den Angeln gerissenen Tür von Andara-House hinaufstieg, fragte ich mich, wie viele Anwohner des Ashton Place mir die Geschichte des angeblichen Zwillingsbruders Robert Craven II. aus Amerika wohl geglaubt hatten. Wahrscheinlich nicht alle. Vielleicht nicht einmal besonders viele, und möglicherweise gar keiner. Sicher, mein Gesicht hatte sich ein wenig verändert in den Jahren, in denen ich in jenem zeitlosen Land zwischen der Welt der Toten und der der Lebenden geweilt hatte. Und auch die zahlreichen Operationen, die Viktor Frankenstein hatte vornehmen müssen, um die Wunden zu heilen, die das Feuer meinem Körper zugefügt hatte, hatten in meinem Gesicht ihre Spuren hinterlassen. Aber ich hatte immerhin jahrelang in der unmittelbaren Nachbarschaft dieser Menschen gelebt. Zumindest würde der eine oder andere seine Zweifel haben, ob ich tatsächlich der war, für den ich mich ausgab, und nicht *doch* der, der ich war ...

Ehe ich meine Gehirnwindungen vollends verknotete, schob ich den Gedanken von mir und konzentrierte mich statt dessen darauf, mir meine Umgebung genauer anzusehen.

Fast bedauerte ich, es getan zu haben.

Es war nicht das erste Mal in den letzten Tagen, daß ich die Ruine von Andara-House betrat, doch der Anblick erfüllte mich jedesmal mit der gleichen Mischung aus Trauer, Schrecken und einer schwelenden Wut.

Trauer beim Anblick der Zerstörung – denn das, was hier in Trümmern lag, war weit mehr als ein Haus. Es war mein Heim gewesen, über viele Jahre hinweg, der sichere Hafen, in den ich nach allen Abenteuern und Fährnissen immer wieder zurückkehren und neue Kräfte schöpfen konnte. Es war beinahe so etwas wie ein Freund geworden; viel mehr als eine bloße Anhäufung von Steinen, Holz und anderen Baumaterialien. Wenn ich es jetzt betrachtete, hatte ich viel mehr das Gefühl, den Leichnam eines lieben alten Freundes zu sehen als die Ruine eines ausgebrannten Hauses.

Doch das Bild beinhaltete auch Schrecken, denn dies war der Ort, an dem ich gestorben war. Nicht nur beinahe. Ich war nicht nur, wie schon sooft, in eine lebensgefährliche Situation geraten, sondern ganz konkret und real gestorben – und wie hätte ich dieses fürchterliche Erlebnis jemals vergessen können?

Und schließlich verspürte ich Wut, einen unstillbaren, tief in meine Seele hineingebrannten Zorn, den ich niemals ganz würde vergessen können.

Zorn auf die Wesen, die mir all dies angetan hatten, die mein Leben zerstört hatten und das meiner Freunde. Die jene Menschen getötet hatten, die ich auf der Welt am meisten liebte, und die mich letzten Endes dazu gezwungen hatten, meinen eigenen Sohn zu töten.

Aber das alles war Vergangenheit. Die GROSSEN ALTEN waren besiegt. Vielleicht nicht für immer geschlagen – denn ich bezweifelte, daß Wesen von so unvorstellbarer Macht überhaupt vollkommen zerstört werden konnten –; aber sie hatten doch eine empfindliche Niederlage erlitten, und selbst ein Koloß wie Cthulhu würde eine Weile brauchen, um seine Wunden zu lecken. Doch irgendwann, dessen war ich mir schmerzlich bewußt, würde er wieder auferstehen, und der Schrecken, den er und all die anderen namenlosen Scheußlichkeiten in seinem Gefolge verbreiteten, würde vielleicht von neuem beginnen. Die Gefahr war vorerst gebannt, aber keineswegs bereinigt. Die Schrecken würden wiederkehren.

Doch bis dahin würde Zeit vergehen, vielleicht Jahrtausende, möglicherweise noch viel, viel mehr. Das letzte Mal, daß die finsteren Gottheiten von den Sternen in den Abgrund des Vergessens hinabgestoßen worden waren, vergingen zweihundert Millionen Jahre, ehe es ihnen gelang, ihre häßlichen Häupter wieder über seinen Rand zu erheben. Natürlich maßte ich mir nicht an, die GROSSEN ALTEN mit der gleichen Macht getroffen zu haben, wie es damals die ÄLTEREN GÖTTER getan hatten, in einer Zeit, lange bevor es Menschen auf der Erde gab. Doch auch die Hiebe, die *wir* den GROSSEN ALTEN versetzt hatten, waren äußerst schmerzhaft gewesen; sie würden Zeit brauchen, um sich davon zu erholen, und sie waren Geschöpfe, die in anderen Dimensionen dachten als wir. Möglicherweise waren die Spuren der menschlichen Rasse längst im Sand der Zeit verweht, wenn dieser Moment gekommen war. Und mit einem ganz kleinen bißchen Glück war die Menschheit das nächste Mal besser auf ihr Kommen vorbereitet; ja, vielleicht sogar in der Lage, der Bedrohung Herr zu werden.

Für mich jedenfalls spielte nichts von alledem mehr eine Rolle. Meine Lebenszeit war begrenzt, wie die aller Menschen. Und wenn ich auch gerade ein zweites Leben geschenkt bekommen hatte, so würde es doch irgendwann auf natürliche Weise enden – nach einer Spanne, die für die schlafenden Dämonen in ihren Kerkern wenig mehr als ein Atemzug war.

Das Thema GROSSE ALTE war für mich erledigt, so oder so. Viktor Frankenstein hatte mich von den

Toten zurückgeholt und mir nicht nur ein neues Gesicht, sondern ein neues Leben und damit auch eine zweite Chance geschenkt. Und was Andara-House anging: Ich würde es wieder aufbauen; größer, schöner und prachtvoller, als es jemals gewesen war.

Jedenfalls dachte ich damals so. Aber da hatte ich Storm noch nicht gekannt ...

»Robert!«

Der Klang einer wohlbekannten Stimme riß mich aus meinen Grübeleien. Ich sah hoch und erblickte Howard, der mit ausgebreiteten Armen und einem strahlenden Lächeln auf mich zugeeilt kam, als hätten wir uns seit Jahren nicht mehr gesehen. Dabei waren es gerade mal vierundzwanzig Stunden. In seiner Begleitung befanden sich drei höchst sonderbar anmutende Gestalten: Die erste war klein und untersetzt, ohne dabei dick oder gar fett zu wirken, und sie hätte in ihrem maßgeschneiderten Anzug, dem grauen Haar und mit den perfekt manikürten Fingernägeln durchaus wie ein Bankier oder ein vertraueneinflößender Kaufmann gewirkt, wäre da nicht der verschlagene Gesichtsausdruck und der Blick aus den kleinen gierigen Augen gewesen, die in ununterbrochener Bewegung zu sein schienen und jede Kleinigkeit begutachteten, abschätzten, taxierten und in Gedanken mit einem Preisschild versahen.

Der zweite Mann war größer und um etliche Jahre jünger, hätte ansonsten aber eine – wenn auch billigere – Kopie des Älteren sein können. Der dritte im Bunde schließlich war ein dunkelhaariger Mann Anfang der Vierzig, der zwar ebenso elegant gekleidet war wie seine beiden Begleiter, dessen ungeachtet aber irgendwie nicht zu ihnen passen wollte.

Howard begrüßte mich stürmisch, und obwohl ich die übertriebene Zurschaustellung von Gefühlen in aller Öffentlichkeit normalerweise verabscheue, ließ ich es klaglos über mich ergehen, wenngleich ich mir insgeheim vornahm, bei passender Gelegenheit mit ihm darüber zu reden. Ich hätte ja durchaus Verständnis dafür gehabt, daß er mich wie einen totgeglaubten lieben Verwandten begrüßte – aber mußte er es denn jedesmal tun, wenn wir uns begegneten?

»Robert!« sagte er erneut, nachdem er endlich aufgehört hatte, mich abwechselnd an sich zu pressen und mir auf Schultern und Rücken zu schlagen, daß ich glaubte, meine Rippen knacken zu hören. Zu allem Überfluß schwelte in seinem Mundwinkel natürlich die unvermeidliche Zigarre, deren Qualm mir die Tränen in die Augen trieb. Ich hoffte nur, Howard hielt dies nicht für ein Zeichen meiner Rührung, was ihn zweifellos zu einer Fortsetzung seiner stürmischen Zuneigungsbekundungen veranlaßt hätte.

Gottlob tat er es nicht – im Gegenteil. Er trat einen Schritt zurück und deutete auf seine drei Begleiter.

»Ich hoffe, es macht dir nichts aus, daß wir schon einmal mit der ... äh ... Besichtigung angefangen haben. Das sind die Herren Storm, Lickus und ...« Er zögerte einen Moment und schaute den dritten im Bunde an. »... wie war noch gleich ...?«

»William«, antwortete der Mann. »Aber Will reicht. Jeder nennt mich Will.«

»Will, okay.« Es war Howard sichtlich peinlich, den Namen seines Gesprächspartners vergessen zu haben. Er versuchte die Situation zu retten, indem er einen gewaltigen Zug an seiner Zigarre tat und mit beiden Händen hektisch in der Luft herumzufuchteln begann, um die Qualmwolken auseinanderzutreiben, die ihm aus Nase, Mund und Ohren zugleich zu quellen schienen. Sein Anblick erinnerte mich an einen gutmütigen alten Drachen, der im Laufe der Jahrhunderte vergessen hatte, wie man Feuer spie. Und dieser Drache war nicht nur alt, sondern überdies ziemlich nervös. Ich trat instinktiv einen Schritt zur Seite, um nicht versengt zu werden, sollte Howard versehentlich eine Stichflamme ausspucken.

»Die Herren haben sich bereits einen ersten Überblick verschafft, und ich glaube, was sie dir zu sagen haben, wird dich ein wenig aufheitern«, erklärte er fröhlich. »Es gibt gute Neuigkeiten.«

Das Trio Infernal nickte wie ein Mann. »Das kriegen wir schon hin«, sagte Storm und rieb sich die Hände. Daumen und Zeigefinger bewegten sich dabei, als würde er Geld zählen.

»Zu einem Preis, bei dem Sie Augen machen«, fügte Lickus grinsend hinzu, und Will schloß: »Das geht ganz schnell. Und macht kaum Dreck.«

Eine dieser drei Aussagen kam mir nicht sehr überzeugend vor, aber ich kam nicht dazu, darüber nachzudenken, welche es war, denn nunmehr ergriff Storm wieder das Wort.

»Ich kann Sie nur dazu beglückwünschen, sich für die Firma STORM DEVASTATIONS entschieden zu haben, Mister Craven. Ich versichere Ihnen, daß Sie nicht enttäuscht sein werden. Wir werden Ihr Heim binnen kurzem in einen Zustand versetzen, in dem Sie es selbst kaum wiedererkennen werden.«

»Zu einem Preis, bei dem Sie Augen machen werden«, versprach Lickus erneut, und Will fügte hinzu: »Und es geht ganz schnell. Und macht kaum Dreck.«

»Einen Moment«, wandte ich ein. »Ich habe mich ja noch gar nicht ...«

»Aber die Einzelheiten können wir doch später noch besprechen«, unterbrach mich Storm. Er kam näher, ergriff mich beim Arm und senkte die Stimme zu einem vertraulichen Flüstern. »Lassen Sie uns nur machen, mein Junge. Sie sind bei uns in den besten Händen. Glauben Sie mir, wir wollen nur Ihr Bestes.«

»Mein Geld?« fragte ich.

Storm starrte mich mit einem Blick an, als hätte ich ihn auf frischer Tat mit der Hand in der Portokasse erwischt; dann rang er sich zu einem – allerdings reichlich verkrampften – Lächeln durch.

»Sicher, auch das«, sagte er.

»Sie werden Augen machen«, fügte Lickus hinzu, und Will beeilte sich zu versichern: »Das geht ganz schnell. Und macht kaum Dreck.«

Ich verdrehte – zumindest innerlich – die Augen und schaute mich beistandheischend nach Howard um, konnte aber außer einer gewaltigen Qualmwolke, die sich allmählich über das gesamte Gelände auszubreiten begann, keine Spur mehr von ihm entdecken. Offensichtlich war er schlauer als ich gewesen und hatte sich aus dem Staub gemacht, ehe das Trio Infernal zur Höchstleistung auflaufen konnte. Allmählich begann sich in mir das ungute Gefühl auszubreiten, daß Howard mir vielleicht das eine oder andere über die drei Gentlemen verschwiegen hatte.

»Was die Einzelheiten angeht, meine Herren ...«, begann ich, wurde aber sofort von Storm unterbrochen:

»Machen Sie sich da mal keine Sorgen, Mister Craven. Wir werden alles in Ruhe durchrechnen und Ihnen ein Angebot machen, dem Sie nicht widerstehen können.«

»Sie werden Augen machen«, fügte Lickus hinzu.

Ich wartete eine Sekunde vergebens; dann drehte ich mich zu Will herum und schaute ihn an. Er fuhr sichtbar zusammen und beeilte sich hinzuzufügen: »Das geht ganz schnell. Und macht kaum Dreck.«

»Sie werden diese Ruine nicht wiedererkennen, Mister Craven«, versicherte Storm.

»Aber ich will sie wiedererkennen«, belehrte ich ihn. »Wissen Sie, Mister Storm, es geht mir ja gerade darum, das Haus möglichst in seinen ursprünglichen Zustand wiederherzustellen.«

»Ja, wissen Sie denn überhaupt, wie es ausgesehen hat?« erkundigte sich Lickus. Seine Stimme klang ein bißchen alarmiert.

Und ob ich das wußte. Immerhin hatte ich jahrelang in diesem Haus gewohnt. Leider konnte ich das nicht laut sagen, und so suchte ich Zuflucht in einer Notlüge. »Mein Bruder hat regelrecht von diesem Haus geschwärmt«, erklärte ich. »Ich kenne es aus seinen Briefen. Fast so gut, als wäre es mein eigenes Haus gewesen.«

»Gibt es irgendwelche ... äh ... Bilder?« erkundigte sich Lickus. »Zeichnungen oder gar Blaupausen?« Das letzte Wort sprach er aus, als wäre es etwas Obszönes.

»Ich fürchte, nein«, antwortete ich. Diese Unterlagen sind wohl allesamt dem Brand zum Opfer gefallen.«

Lickus atmete sichtbar auf, und Storm erklärte mit

einem schmierigen Grinsen: »In diesem Fall erweist es sich ja als ein doppelt glücklicher Umstand, daß Sie sich an die Firma STORM DEVASTATIONS gewandt haben, Mister Craven.«

»So?« fragte ich.

Irgendwo hinter Storm und den beiden anderen bewegte sich etwas. Nicht zwischen den Trümmern. Zwischen den Schatten.

»Wie der Zufall es will«, erklärte Storm und begann so heftig zu nicken, daß ich es fast mit der Angst zu tun bekam, sein Kopf könnte abbrechen, »war ich mit Ihrem verblichenen Herrn Bruder gut bekannt.«

»So?« sagte ich. »Das ist ja seltsam. Er hat Sie in seinen Briefen nie erwähnt.«

Es fiel mir schwer, mich auf Storm zu konzentrieren. Das Wogen und Beben hinter ihm wurde deutlicher. Ich konnte nicht wirklich Einzelheiten erkennen, aber da war irgend etwas. Oder nein, das stimmte nicht ... irgend etwas wollte *werden.*

»Nun, wir waren nicht eng befreundet, wenn Sie das meinen«, sagte Storm hastig und mit einem leisen, nervösen Lachen. »Aber ich kann doch behaupten, daß ich oft genug in diesem prachtvollen Haus zu Gast war, um es zu kennen.«

Ich fragte mich, welches Gesicht der Bursche wohl gemacht hätte, hätte ich ihm gesagt, daß mein ›verstorbener Herr Bruder‹ niemand anderer als ich selbst war, und daß ich Storm vor dem heutigen Tag noch nie gesehen hatte. Leider konnte ich das nicht. Und ich war auch nicht in der Stimmung dazu. Diese unheimliche Nicht-Bewegung hinter Storm und den beiden anderen wurde immer deutlicher. Ich war jetzt vollkommen sicher, daß sich dort irgend etwas regte.

»Ich will nicht behaupten, das Haus in allen Einzelheiten zu kennen«, fuhr Storm fort und begann anzüglich zu kichern. »Es gibt immer den einen oder anderen verschwiegenen Ort, den man selbst guten Freunden nicht so ohne weiteres zeigt, Sie verstehen?«

»Sicher«, murmelte ich und starrte in die Schatten. Ich spürte, wie mir der Schweiß ausbrach. Es war vorbei. Die GROSSEN ALTEN und ihre diversen Apologeten waren besiegt, vielleicht nicht für ewig, aber doch für sehr, sehr lange Zeit. Ich hatte meinen eigenen Sohn geopfert, um Cthulhu und die anderen schwarzen Götter daran zu hindern, die Erde zu übernehmen und ihre Bewohner zu versklaven. Was ich sah, konnte nicht sein! Es durfte einfach nicht sein!

»Jedenfalls versichere ich Ihnen, daß wir Ihren Wünschen nach einer möglichst originalgetreuen Restauration nachkommen können«, fuhr Storm fort. »Technische Änderungen natürlich vorbehalten.«

Die Schatten verdichteten sich, bekamen Substanz und Materie, und plötzlich starrten mich schmale geschlitzte Augen an. Nadelspitze Fänge blitzten, und ich hörte ein tiefes, drohendes Knurren. Ich spürte, wie alle Farbe aus meinem Gesicht wich.

»Selbstverständlich nur, wenn es sich als unumgänglich erweisen sollte«, sagte Storm hastig. Daumen und Zeigefinger der rechten Hand hielten plötzlich inne und hörten auf, imaginäres Geld zu zählen.

Das Knurren wurde lauter, und dann schoß eine beigebraune, langhaarige Katze zwischen Storm und Lickus hindurch und verschwand auf der anderen Seite des Platzes. Eine Katze. Nichts als eine ganz normale Katze. Ich atmete hörbar erleichtert auf. Vielleicht wurde es wirklich Zeit, daß ich ein wenig zur Ruhe kam. Und vor allem auf andere Gedanken.

»Sehen Sie, Mister Craven! Ich wußte ja gleich, daß wir uns einig werden«, sagte Storm. »Ich könnte mir vorstellen, dies wird der Beginn einer langen intensiven Geschäftsfreundschaft.«

Gottlob kam in diesem Moment Howard zurück.

Ich eilte ihm mit weit ausgreifenden Schritten entgegen und unterbrach Storms Redefluß, ohne mich auch nur zu ihm umzudrehen: »Ich erwarte dann Ihr schriftliches Angebot, meine Herren. Meine derzeitige Anschrift ist Ihnen ja bekannt.«

»Schriftlich?« murmelte Lickus. Er klang ein bißchen erschrocken.

»Etwa auch … verbindlich?« fügte Will hinzu. Er hörte sich an, als stünde er am Rande der Panik.

»Schriftlich und verbindlich«, bestätigte ich, noch immer, ohne mich zu den dreien umzudrehen. Und weil es mir gerade passend erschien, fügte ich noch hinzu: »Das geht doch bestimmt ganz schnell, oder? Und macht überhaupt keinen Dreck, nicht wahr?«

»Ihr Vertrauen wird nicht enttäuscht werden, Mister Craven«, versicherte mir Storm. Sogar seine Stimme klang ölig. »Das Angebot geht noch heute raus.«

»Sie werden Augen machen«, fügte Lickus hinzu.

Howard blickte zuerst die drei Berufschaoten und dann mich verstört an; aber er war diplomatisch genug, wenigstens zu warten, bis sie gegangen waren, ehe er fragte: »Was hast du denn mit denen gemacht?« Bei jeder einzelnen Silbe blies er mir eine übelriechende Qualmwolke ins Gesicht.

Ich hustete demonstrativ, ehe ich antwortete: »Erzähl mir lieber, wo du diese Gestalten aufgetrieben hast«, seufzte ich. »Nebenbei – hast du hier irgendwo eine Katze gesehen?«

»Die Herren wurden mir empfohlen«, antwortete Howard.

»So? Von wem? Nero?«

Howard verzog die Lippen zu einem flüchtigen Lächeln und zündete sich eine neue Zigarre an, obwohl er die alte noch gar nicht ganz aufgeraucht hatte. »Meine Zeit ist leider ein wenig knapp bemessen«, sagte er paffend. »Wenn du willst, nehme ich dich mit zurück ins Hotel.« Meine eigentliche Frage überging er diskret.

Ich nahm das Angebot dankend an. In einer Gegend wie dieser eine Mietdroschke zu bekommen, war gar nicht so einfach. Wer hier wohnte, verfügte in der Regel über ein eigenes Fuhrwerk samt Kutscher. Und mir stand im Augenblick nicht der Sinn nach einem längeren Fußmarsch.

»Da ist sie«, sagte Howard, als wir das Haus verließen.

Ich schaute ihn verwirrt an.

»Du hast mich gerade gefragt, ob ich irgendwo eine Katze gesehen habe«, erklärte Howard. »Da ist sie.«

Tatsächlich saß auf der untersten Stufe eine Katze. Es war zweifellos dieselbe, die zuvor schon an mir vorbeigeschossen war, doch jetzt fand ich zum ersten Mal Gelegenheit, sie genauer zu betrachten. Ich habe Katzen immer gemocht, zu meinem großen Bedauern jedoch niemals ein Leben geführt, das es mir ermöglicht hätte, ein solches Tier zu halten, denn auch eine Katze mit ihrem sprichwörtlichen Sinn für

Selbständigkeit reklamiert doch ein Mindestmaß an Zuwendung und Zeit, die jemand, der ein so unstetes Leben führt wie ich, einfach nicht aufbringen kann, so daß mir allein mein Verantwortungsgefühl stets verbot, einen solchen vierbeinigen Hausgenossen aufzunehmen.

Bei diesem Tier hätte ich schwach werden können. Es war ein wahres Prachtstück, groß, mit langem, beinahe goldfarbenem Fell und riesigen, klugen Augen, die Howard und mich abwechselnd und sehr aufmerksam musterten. Kein Streuner, dazu war das Tier viel zu gepflegt. Vermutlich gehörte sie in irgendeines der benachbarten Häuser. Mit Sicherheit sogar; wenn ich jemals eine Katze gesehen hatte, auf die Attribute wie edel und unnahbar zutrafen, dann diese.

»Du solltest dir auch eine Katze anschaffen«, sagte Howard. »Es wimmelt hier von Ratten.«

Ich antwortete mit einem Nicken, ohne die Worte indes wirklich verstanden zu haben. Irgend etwas an dieser Katze irritierte mich. Der Blick ihrer Augen war eindeutig zu klug für den eines Tieres. Sie musterten mich ebenso aufmerksam und – dessen war ich mir plötzlich sicher – nachdenklich wie ich sie.

Ich machte einen Schritt auf sie zu. Die Katze blickte mir wachsam entgegen und straffte ihren Körper. Als ich einen weiteren Schritt in ihre Richtung machte, sprang sie mit langen Sätzen davon und war im nächsten Moment hinter einem der Schuttberge verschwunden.

Ich zuckte mit den Achseln und wandte mich nach einem letzten langen Blick auf das, was einmal Andara-House gewesen war und es bald wieder sein würde, der Kutsche zu.

17. Februar 1893

Es war noch nicht vorbei.

Ich hatte gehofft, meine schlechten Stimmungen, die ständig kommenden und gehenden Anwandlungen von Depressionen, Melancholie oder auch grundloser Besorgnis, die mich quälten, würden sich legen, wenn erst einmal genug Zeit verstrichen wäre. Aber dem war auch rund fünf Monate nach meiner Rückkehr von den Toten noch nicht so. Ganz im Gegenteil hatte ich mitunter das Gefühl, daß es eher schlimmer wurde. Vielleicht war es wirklich so, daß die seelischen Wunden, die ich damals davongetragen hatte, niemals richtig verheilen würden.

Ein Psychologe hätte den Zustand, in dem ich mich seit fast einem halben Jahr befand, vermutlich als anhaltende Depression bezeichnet. Rowlf, mein alter Freund und seit meiner offiziellen Rückkehr in die Welt der Lebenden auch mein Leibwächter, faßte es in sehr viel treffendere Worte: »Wieda mies drauf, wa?« nuschelte er. »Echt mies. Macht keen Spaß nich heute.«

Ich ersparte mir die Frage, was ihm heute keinen Spaß machte und lächelte nur flüchtig über seine Aussprache, die jeden Menschen, der des Englischen auch nur halbwegs mächtig war, an den Rand des Schlaganfalls führen würde, und von der ich nicht erst seit heute argwöhnte, daß er sie sorgsam kultivierte. Ich mochte Rowlf, sehr sogar. Meine Gefühle dem rothaarigen Hünen gegenüber waren die für einen Bruder und sehr, sehr lieben Freund – aber im Moment ging er mir gehörig auf die Nerven. Wie immer, wenn er mich in meine Suite im Hilton-Hotel begleitete, in der ich bis zur endgültigen Wiederherstellung von Andara-House mein vorläufiges Domizil aufgeschlagen hatte, lümmelte er in einem der kostbaren Louis-Seize-Sessel herum und vertrieb sich die Zeit damit, die Whiskyvorräte meines Barschranks leerzutrinken. Ach ja, und dann und wann eine spitze Bemerkung fallenzulassen, versteht sich.

»Bitte, Rowlf«, sagte ich. »Warum gehst du nicht zu deiner Bande zurück, und ihr stehlt ein paar Fuhrwerke?«

»So wat tuma nich«, antwortete Rowlf beleidigt. »Außerdem kann ich nich weg. Du weißt doch, daß H. P. mir gesacht hat, ich soll dich keine Sekunde nich aussn Augn lassn tun.«

Ich verdrehte mit einem neuerlichen Seufzen die Augen. Völlig hatte ich mich immer noch nicht an den Gedanken gewöhnt, daß der Rowlf, der mir gegenübersaß, nicht mehr derselbe war, den ich vor fünf Jahren gekannt hatte. Rowlf war schon lange nicht mehr nur Howards Leibdiener, Kutschfahrer, Koch und Mädchen für alles in Personalunion. Statt dessen war er in den letzten Jahren zum Anführer einer der größten und ehedem gefürchtetsten Straßenbanden Londons avanciert.

Doch Rowlf wäre nicht Rowlf gewesen, hätte er die Bande nicht vollkommen umgekrempelt, kaum daß er das Kommando über ihre Mitglieder übernommen hatte. Ein paar dieser besagten Mitglieder hatte er dabei vermutlich ebenfalls umgekrempelt, aber die, die den Wechsel überlebt hatten, hatten sich buchstäblich vom Saulus zum Paulus gewandelt. Sie klauten noch immer wie die Raben, jetzt vielleicht sogar mehr denn je; aber ihre Opfer waren nur noch Diebe. Am liebsten diejenigen, die mit gestärkten weißen Kragen hinter ihren Schreibtischen saßen und von sich behaupteten, ehrbare Geschäftsleute zu sein. Von denen gab es in London eine ganze Menge.

»Deine Sorge rührt mich noch zu Tränen«, antwortete ich säuerlich. Dabei galt mein Ärger weniger Rowlf als vielmehr Howard, der offensichtlich der unumstößlichen Ansicht war, daß ich unbedingt einen Aufpasser brauchte, seit sich meine Depressionen vor einigen Wochen wieder verstärkt hatten. Ich würde ihm morgen – nicht zum ersten Mal, und garantiert ebenso erfolglos wie bislang – ein paar wenig freundliche Worte dazu sagen; aber im Augenblick war er nicht greifbar, so daß sich mein Ärger auf Rowlf entlud, und es war mir dabei völlig egal, ob ich mich ihm gegenüber fair verhielt oder nicht. Schließlich war er es, der seit Wochen auf meinen Nerven Klavier spielte, nicht umgekehrt.

»Warum trinkst du nicht noch ein paar Flaschen?« fügte ich boshaft hinzu. »Dann siehst du mich vielleicht doppelt und kannst deine Aufgabe doppelt gut erfüllen.«

»Würdich ja gern«, antwortete Rowlf und schwenkte eine leere Bourbonflasche. »Aber der Inhalt von deine Bar läßt zu wünschn übrich, echt. Is was fürn hohlen Zahn. Was tut ihr feinen Pinkel eigentlich, wenner mal richtig durstich sein tut?«

Überrascht zog ich die Augenbrauen hoch. Ich hatte die Bar am Nachmittag extra auffüllen lassen. Jetzt war es noch nicht einmal ganz Mitternacht. Rowlf hatte im Laufe des Abends nicht weniger als drei Flaschen Whisky in sich hineingekippt. Und er sprach nicht mal mit schwerer Zunge! Jedenfalls nicht mehr als gewohnt.

»Ich besorge dir eine neue«, versprach ich und

stand auf. Ich hätte nach dem Zimmerkellner klingeln können, doch angesichts der späten Stunde und meines Logiergastes verzichtete ich darauf. Eine gewisse Überheblichkeit setzt man ja bei englischem Hotelpersonal per se voraus, doch die Angestellten des Hilton schossen in diesem Punkt den Vogel ab. Ich verspürte wenig Lust, mit dem Manager schon wieder eine fruchtlose Diskussion über die Nutzung meines Zimmers oder die Auswahl der Gäste zu führen, die ihren Fuß auf den geheiligten Boden des Hotels setzen durften. Leute wie Rowlf gehörten auf jeden Fall nicht dazu. Der nie laut ausgesprochenen, doch überdeutlich in den Augen zu lesenden Meinung des Hotelmanagers nach zählten Leute wie ich übrigens auch nicht dazu.

Also ging ich statt dessen zum Wandschrank, in dem ich in weiser Voraussicht einige Flaschen billigen Alkohols deponiert hatte. Rowlf kippte das Zeug sowieso in sich hinein, als wäre es Leitungswasser.

»Im Ernst, Rowlf«, sagte ich, während ich die Tür öffnete und die Hand nach dem Regal ausstreckte, auf dem ich die Flaschen wußte, »du mußt nicht vierundzwanzig Stunden am Tag auf mich aufpassen. Ich bleibe schön brav hier im Zimmer, und morgen treffe ich mich nur mit Howard und diesem Bauunternehmer; das ist alles. Dabei wird mir schon nichts ...«

Meine tastenden Finger stießen ins Leere. Die Flaschen mußten wohl weiter hinten auf dem Regal stehen, als ich angenommen hatte. Ich beugte mich weiter vor, während ich noch immer den Blick in Rowlfs Richtung gewandt hatte und mit ihm sprach, doch die Flaschen standen auch nicht weiter hinten auf dem Regal.

Was daran liegen mochte, daß das Regal nicht mehr da war.

Der Schrank übrigens auch nicht.

»Ich habs H. P. aba versprochn«, antwortete Rowlf. »Un wassich einem versprech, das tu ich auch haltn.«

Ich antwortete nicht darauf. Nicht nur, weil es vollkommen sinnlos war, Rowlf von irgend etwas überzeugen zu wollen, wovon er sich nicht überzeugen lassen wollte – ich hatte voll und ganz damit zu tun, mich mit ausgestreckten Armen an der gegenüberliegenden Wand dessen abzustützen, was vor ein paar Stunden noch ein ganz normaler, ordentlicher Schrank gewesen war, ein Einbauschrank mit holzvertäfelten Wänden, sauberen Regalbrettern – und vor allem einem massiven Boden.

Jetzt waren die Regalbretter verschwunden, die Wände bestanden aus nackten Ziegelsteinen, auf denen sich hier und da schon Moder und grünlicher Schimmel festgesetzt hatte, und der Boden war völlig verschwunden. Wo er sein sollte, gähnte ein schwarzer, bodenloser Abgrund, in den ich zweifellos hineingestürzt wäre, wäre der Schrank nur um einige Zoll tiefer gewesen; oder meine Arme um einige wenige Zoll kürzer ... Ich stemmte mich mit aller Kraft und durchgedrückten Armen gegen die Rückwand, während ich in einer grotesk nach vorn gebeugten Haltung dastand und darum betete, nicht abzurutschen.

»Außadem kamma nie wissn«, fuhr Rowlf fort. »Viele Sachn, die harmlos aussehn tun, sins nacher nich.«

Ich verbesserte mich in Gedanken – der Boden war

noch da, aber er lag jetzt gute dreißig oder vierzig Yards unter mir; vielleicht auch etwas mehr oder weniger, und es war nicht mehr der Boden eines Schranks, sondern ein heruntergekommener, übelriechender Schacht, an dessen Grund eine ölig schimmernde Flüssigkeit schwappte.

»Rowlf!« krächzte ich.

»Ich könnte dir Sachn erzähln, diede niemals nich glaum tun tätest«, fuhr Rowlf fort.

Und ob ich ihm glauben würde! Meine Arme begannen allmählich zu schmerzen. Ich stand in einer beinahe schon grotesk nach vorn geneigten Haltung da, und weil ich auch mit den Füßen keinen richtigen Halt fand, mußte ich mein gesamtes Körpergewicht nur mit den Finger- und Zehenspitzen ausbalancieren. Noch war es erträglich, aber ich war nicht sicher, wie lange ich diese unnatürliche Haltung noch beibehalten konnte.

»Rowlf!« rief ich erneut.

»Andara-House liegt sowieso fast aufm Wech«, fuhr Rowlf fort. »Is also nichma n Umweg, wennich dich begleiten tu.«

Meine Hände begannen langsam, aber unbarmherzig abzurutschen. Ich drückte mit aller Gewalt die Arme durch, doch Schimmel und Fäulnis bildeten einen schmierigen, glatten Belag auf den Wänden, so daß ich immer mehr Kraft aufwenden mußte, um meine Position zu halten, und mir damit gewissermaßen selbst den Boden unter den Füßen wegzog, denn meine Schuhe fanden auf dem tadellos auf Hochglanz gebohnerten Parkettfußboden einfach keinen richtigen Halt. Und wenn ich auch nur eine Sekunde unaufmerksam war, wäre ich verloren. Der senkrechte Schacht, in den sich der Schrank verwandelt hatte, reichte bis in die tiefsten Kellergeschosse des Gebäudes hinunter – vielleicht sogar tiefer.

»Rowlf!« keuchte ich.

»Aba irgendwie binich froh, wenn Andara-House wieder bewohnbar is.« Rowlf plapperte fröhlich weiter. »Vielleicht bisse ja wiedar bißchn besser drauf, wennde aus diesem piekfeinen überkandidelten Schuppen rauskommn tust. Is ja nich zum Aushalten hier.«

Ich hätte in diesem Moment meinen rechten Arm dafür gegeben, auch nur aus diesem Schrank herauszukommen. Meine Hände rutschten unbarmherzig ab. Ich sammelte Kraft, um mich abzustoßen und mich auf diese Weise selbst aus dem Schrank herauszukatapultieren, wagte es aber dann schließlich doch nicht. Es war zu spät. Ich hatte den entscheidenden Moment verpaßt. Mittlerweile lehnte ich nicht mehr schräg, sondern beinahe waagerecht im Schrank. Meine Arme schmerzten immer unerträglicher, und es war nur noch eine Frage von Augenblicken, bis mich endgültig die Kräfte verließen.

»Rowlf!« krächzte ich. Um ihn anzuschreien, wonach mir durchaus zumute war, fehlte mir sowohl die Kraft als auch der Atem.

»Innem Laden wie dem hier muß man ja 'n Moralischen kriegn«, erklärte Rowlf überzeugt. »Man traut sich ja kaum, sich zu bewegn.« Ich hörte, wie der Sessel knirschte und ächzte, als er sich daraus erhob. Seine Schritte kamen langsam näher.

Ich starrte in die Tiefe. Meine Arme und vor allem mein Rücken schmerzten unerträglich; aber vielleicht war ein Sturz in die Tiefe nicht einmal das Schlimmste, was mir passieren konnte.

Ganz und gar nicht. Im Gegenteil. Vielleicht war es noch das Harmloseste, das mir widerfahren konnte …

Etwas kam aus der Tiefe herauf.

Es war nicht zu sehen, nicht zu hören, aber ich konnte es fühlen und vor allem riechen. Ein widerlicher, Übelkeit erregender Gestank nahm mir den Atem, so daß ich nicht einmal mehr nach Rowlf schreien konnte, sondern plötzlich mit all meiner Kraft dagegen ankämpfen mußte, mich nicht zu übergeben. Ich rutschte weiter ab. Verzweifelt warf ich den Kopf in den Nacken und rang nach Luft, und im selben Moment glaubte ich doch etwas zu sehen: eine schattenhafte, rasende Bewegung aus den Augenwinkeln. Etwas Schwarzes, Gräßliches turnte auf zahllosen wirbelnden Beinen zu mir herauf. Und es war schnell.

»Was issn jetz mittem versprochenen Schnaps?« fragte Rowlf. Ich konnte hören, wie er näher kam und seine Schritte dann plötzlich abbrachen. »He, was treibstn da? Isdas ne neue Art von diesm neumodischen Gymanastik-Kram?«

Der Schatten kam näher. Ich bekam kaum noch Luft, und meine Kräfte drohten endgültig zu erlahmen. Meine Hände schmerzten mittlerweile so unerträglich, als hätte ich mir die Haut bis auf die Knochen durchgescheuert. Vielleicht hatte ich das ja.

»Rowlf!« keuchte ich verzweifelt. »Hilf mir!«

Rowlf kam näher, beugte sich vor und blickte mit gerunzelter Stirn auf mich herab. »Was issn los, verdammich noch mal?« nuschelte er.

Der Schatten hatte mich fast erreicht. Etwas Dünnes, Schwarzes zuckte zu mir hoch, schnitt mit einem reißenden Laut durch den Stoff meines Hemdes und eine Sekunde später in meinen Arm. Der Schmerz war nicht mal besonders schlimm, aber er war trotzdem zuviel.

Ich schrie auf, ließ meinen Halt los und stürzte kopfüber in die Tiefe. Und Rowlf griff im allerletzten Moment zu und umklammerte mit seiner gewaltigen Pranke mein rechtes Fußgelenk. Ich wurde zurück und wieder in die Höhe gerissen – praktisch im selben Sekundenbruchteil, in dem der Schatten mich erreicht hatte. Obwohl aus allernächster Nähe, konnte ich ihn noch immer nur als bloßes Schemen erkennen, doch was ich sah, ließ mir schier das Blut in den Adern gerinnen: etwas Riesiges, Schwarzes, mit peitschenden Tentakeln und Schuppen, rotglühenden Augen und reißenden Zähnen.

Der Ruck, mit dem Rowlf mich zurückriß, zerrte mir fast das Bein aus der Hüfte, aber er rettete mir auch das Leben. Ich wurde wie eine Stoffpuppe in die Höhe und aus dem vermeintlichen Schrank herausgerissen und befand mich für den Bruchteil einer Sekunde der Zimmerdecke näher als dem Fußboden. Wir taumelten zurück, und Rowlf verlor das Gleichgewicht und stürzte, besaß aber noch genügend Geistesgegenwart, um meinen Fuß loszulassen und mit der anderen Hand die Tür ins Schloß zu werfen. Noch bevor wir vollends zu Boden fielen, erzitterte die Tür unter einem gewaltigen Hieb, der das Holz fast zur Gänze spaltete. Ein zorniger, unwirklicher Schrei hallte durch das Zimmer und verklang, und für den Bruchteil einer Sekunde – einen winzigen, aber durch und durch entsetzlichen Moment nur – glaubte ich, hinter dem zersplitterten Holz etwas zu erkennen; etwas Schwarzes, Zuckendes, das älter als die Zeit und nur aus Haß und allesverzehrender Wut erschaffen war.

Einen Moment blieb ich benommen liegen, und selbst als der hämmernde Schmerz in meinen Gliedern nachließ, rührte ich mich nicht gleich. Ich war nicht ernsthaft verletzt – jedenfalls hoffte ich es –, aber ich war vor Schrecken noch immer wie gelähmt, und mein rechter Arm und das linke Bein taten um die Wette weh. Vielleicht reagierte ich deshalb nicht so schnell wie gewohnt. Vielleicht war es auch wirklich so, wie Rowlf meinte, und ich war tatsächlich nicht besonders gut drauf – gleichwie, ich reagierte zu spät. Rowlf stand auf, war mit einem Schritt wieder bei der Tür und riß sie auf. Seine linke Hand war zur Faust geballt und halb erhoben.

»Rowlf, nein!« schrie ich.

Es war zu spät. Die Tür schwang knarrend auf – und dahinter lag der Schrank. Er war ein bißchen unordentlich – zwei Bretter waren aus ihrer Führung gerissen, die beiden Whiskyflaschen heruntergefallen und zerbrochen. Doch der Schrank war nichts anderes als ein Schrank, mit einem ordentlichen, massiven Boden.

»Jez' brat mir doch einern Storch!« entfuhr es Rowlf. »Wasn nu los?«

Eine gute Frage. Ich hätte eine Menge darum gegeben, die Antwort zu wissen. Doch ich kam nicht dazu, auch nur irgend etwas zu sagen, denn in diesem Moment wurde an der Tür der Suite geklopft, und zwar auf eine so herrische, fordernde Art, daß ich unwillkürlich aufsah und auch Rowlf sich erschrocken herumdrehte.

»Wer ist da?« fragte ich.

Ich bekam keine Antwort, doch das Klopfen wiederholte sich, so daß ich aufstand und Rowlf mit einer hastigen Geste aufforderte, den Schrank zu schließen, ehe ich zur Tür ging.

Ich war nicht mal besonders überrascht, als ich öffnete und mich einem kleinen, nickelbebrillten Männchen gegenübersah, das sich auf die Zehenspitzen gestellt hatte, um in normaler Höhe an die Tür klopfen zu können.

»Mister Craven!« begann er betont.

»Ja?«

»Mein Name ist MacIntosh«, fuhr der Knirps fort. »Ich bin der Hotelmanager.«

»Ich weiß«, antwortete ich kühl. Auch wenn er sich die meiste Zeit in seinem Büro oder sonstwo versteckte, war ich bereits ein paarmal über ihn gestolpert – immerhin wohnte ich bereits seit mehreren Monaten hier im Hotel.

»Und?«

MacIntosh – ich fand, daß er bei genauem Hinsehen tatsächlich ein bißchen von einem Regenschirm hatte: klein, zusammengeknautscht und verknittert – reckte kampfeslustig das Kinn vor und legte den Kopf in den Nacken, um zornig zu mir emporzufunkeln. Dann kam er auf eine bessere Idee: Er trat mit einem raschen Schritt an mir vorbei ins Zimmer. Ich wollte den kleinen Kerl aufhalten, doch er nutzte den vermutlich einzigen Vorteil, den die Natur ihm in die Wiege gelegt hatte: seine Größe. Genauer gesagt, seine nicht vorhandene Größe. Ich streckte zwar instinktiv den Arm aus, um ihn aufzuhalten, doch MacIntosh senkte nur ganz leicht den Kopf und stolzierte unbeeindruckt darunter hindurch.

»Lärm«, sagte er.

Ich war so perplex, daß ich erst nach geschlagenen zwei Sekunden auf die Idee kam, mich herumzudrehen und ihm den Weg zu vertreten. »Wie bitte?«

»Lärm«, wiederholte MacIntosh. »Die anderen Gäste auf dieser Etage beschweren sich über Lärm aus Ihrem Zimmer, Mister Craven.« Er sprach das Wort auf eine ganz bestimmte Art und Weise aus, die deutlich machte, daß er am liebsten etwas völlig anderes gesagt hätte, dies aber als unter seiner Würde empfand.

»Lärm?« fragte ich noch einmal. Sicher, ich hatte geschrien, und ich glaube, Rowlf auch, aber das war erst ein paar Augenblicke her. MacIntosh konnte unmöglich deshalb gekommen sein – und dies war weiß Gott auch keine Zeit, zu der man Hotelgäste belästigte, um mit ihnen über irgendwelche Beschwerden zu diskutieren. Einem Mann wie MacIntosh war es jedoch durchaus zuzutrauen, daß er die halbe Nacht auf dem Flur vor meiner Suite gewartet hatte, nur um diesen angeblichen Beschwerden nachzugehen. Dann allerdings wunderte mich sein schnelles Erscheinen nicht mehr.

»Krach«, bestätigte MacIntosh grimmig. »Die Gäste beschweren sich über … unheimliche Geräusche und Schreie und …«, ich konnte ihm ansehen, welche Überwindung es ihn kostete, die nächsten Worte auszusprechen, »… unangenehme Gerüche.«

»Ach«, sagte ich.

MacIntosh hatte mittlerweile Rowlf entdeckt. Ich

versuchte zwar, mich ständig zwischen ihm und meinem rothaarigen Beschützer zu halten, aber es ist für einen Mann meiner Statur vollkommen unmöglich, einen Mann von Rowlfs Größe vor den Blicken eines anderen zu verbergen. Selbst wenn es sich bei diesem anderen um einen abgebrochenen Gartenzwerg wie MacIntosh handelte.

MacIntosh stand einige Sekunden lang einfach nur da und starrte mit in den Nacken gelegtem Kopf zu Rowlf empor. Er sagte nichts, aber ich konnte deutlich spüren, wie es hinter seiner Stirn arbeitete.

»Mister Craven«, begann er schließlich betont. »Wie ich sehe, haben Sie schon wieder einen Logiergast in Ihrem Zimmer. Ich fürchte, ich kann das nicht weiter dulden. Die Suite wurde an Sie vermietet, nicht an Ihren …«, er deutete auf Rowlf und verzog vielsagend das Gesicht, »… Freund.«

»Sie sagen es, Mister MacIntosh«, entgegnete ich kühl – was mir zugegebenermaßen mit jeder Sekunde schwerer fiel. Ich mußte diesen Kerl loswerden. Irgendwie, und vor allem schnell.

»Ich habe diese Suite gemietet. Das heißt, ich zahle dafür und nicht gerade wenig. Ich finde, es ist meine Sache, was ich in diesen Räumen tue oder lasse, und wen ich zu mir einlade.«

MacIntosh maß mich mit einem Blick, der so voller Verachtung und Arroganz war, wie ihn auf der ganzen Welt wohl nur ein Brite zustande bringen konnte.

»Ich fürchte, ich kann Ihre Auffassung nicht ganz teilen«, sagte er. »Das Hilton ist keine Absteige, Mister Craven. Es kommt nicht nur auf das Geld an, das unsere Gäste zahlen. Wir haben auf unseren Ruf zu achten, und ich fürchte, Ihr Verhalten ...«

»... bringt Ihr famoses Etablissement in Verruf?« half ich aus, als er nicht weitersprach.

»Nun, so ... würde ich es nicht ausdrücken«, antwortete MacIntosh unglücklich. »Es ist nur ... Sie müssen mich verstehen. Es ist nicht nur Ihr Freund. Es sind ... diese Geräusche, und die Gerüche.« Er schnüffelte demonstrativ, und auch ich sog ganz instinktiv prüfend die Luft ein. Der erbärmliche Gestank, der mir vorhin aus dem Wandschrank entgegengedrungen war, hatte sich zwar verflüchtigt, aber etwas davon schien noch immer meinen Kleidern anzuhaften. Automatisch trat ich ein kleines Stück von MacIntosh zurück.

»Tja, Mister MacIntosh«, sagte ich in bedauerndem Tonfall. »Dann sehe ich im Grunde nur noch die Möglichkeit, daß wir uns trennen.«

MacIntosh blinzelte. »Meinen Sie das ernst?« fragte er verblüfft. Offensichtlich kam sogar ihm selbst dieser Sieg zu leicht vor. Es war nicht das erste Mal, daß ich mit dem Hotelpersonal aneinandergeriet, und ganz offensichtlich verfügte ich bereits über einen gewissen Ruf, so daß er sich auf einen weitaus langwierigeren Kampf vorbereitet zu haben schien. Womit er nicht ganz Unrecht hatte.

»Selbstverständlich«, antwortete ich. »Ich verstehe Sie durchaus. Wenn Sie also tatsächlich kündigen wollen, schreibe ich Ihnen gern eine Empfehlung. Einer meiner Freunde besitzt ein kleines Hotel in Dublin. Ich kann mir vorstellen, daß er noch einen tüchtigen Oberkellner gebrauchen kann.«

MacIntosh ächzte. Seine Augen quollen ein Stück

weit aus den Höhlen, während sein Gesicht alle Farbe verlor. Sein Unterkiefer klappte herunter, doch er gab keinen Laut von sich.

»Kann ich sonst noch etwas für Sie tun, Mister MacIntosh?« fragte ich.

Der Kleine starrte mich noch eine Sekunde lang fassungslos an; dann fuhr er auf dem Absatz herum und stürmte aus dem Zimmer. Wahrscheinlich hätte er die Tür hinter sich ins Schloß geworfen, wäre er ohne größere akrobatische Kunststücke an die Klinke gekommen, was aber nicht der Fall war.

Rowlf lachte schadenfroh, doch mir gelang es nicht, ein ungutes Gefühl völlig zu unterdrücken. MacIntosh würde mir noch Schwierigkeiten machen, das fühlte ich.

Aber im Moment hatte ich wahrlich andere Sorgen. Ich drehte mich wieder um und blickte auf die Tür des Einbauschranks, und während ich das tat, klammerte ich mich für die Dauer der Zeitspanne, die diese Bewegung erforderte, mit aller Gewalt an die Hoffnung, etwas anderes zu erblicken als eine ganz normale – und vor allem unbeschädigte – Schranktür; denn dies hätte bedeutet, daß mein furchtbares Erlebnis von gerade nichts weiter als ein übler Traum gewesen war.

Falls dem so war, dauerte dieser Traum noch an. Der beinahe fingerbreite Riß in der Tür war nicht zu übersehen. Ich wunderte mich ein bißchen, daß MacIntosh mich nicht darauf angesprochen hatte.

Mein Arm begann wieder zu pochen. Instinktiv hob ich die Hand, betastete die schmerzende Stelle – und zog überrascht die Finger zurück, als ich die Wunde sah. Sie brannte mittlerweile wie Feuer, doch es war keine Verbrennung, auch kein Riß oder Schnitt. Was ich auf meinem linken Oberarm entdeckte, war eine runde, bläulich unterlaufene Schwellung, in deren Mitte sich eine Anzahl winziger roter Einstiche befand.

Es war ein Abdruck. Der Abdruck eines Saugnapfes, wie man ihn auf dem Fangarm eines Tintenfisches oder einer Krake findet.

Nur, daß es ein Saugnapf mit einem Durchmesser von gut sechs oder sieben Inches gewesen sein mußte …

McGiven fror. Es hatte mit einem leichten Zittern der Hände angefangen, und einem Gefühl, als hätte er kaltes Glas berührt, aber mittlerweile zitterten nicht nur seine Finger. McGiven schlotterte vor Kälte am ganzen Leib. Eisige Schauer jagten in ununterbrochener Folge über seinen Rücken, und seine Beine fühlten sich von den Knien abwärts taub an. Seine Füße spürte er schon gar nicht mehr; es war beinahe so, als wären sie zu Eisklötzen erstarrt.

Dabei hätte er eigentlich nicht frieren dürfen. Es war nicht besonders kalt, und so verfallen das Haus auch war, boten seine heruntergekommenen Mauern zumindest hinlänglichen Schutz vor dem Wind. McGiven war hierhergekommen, weil ihm kühl gewesen war, doch statt dieser kleinen Unbill zu entgehen, fror er nun erbärmlich, und daran vermochte auch das winzige Feuer aus Papier und Holzspänen, die er in der Ruine zusammengeklaubt hatte, nichts zu ändern. Ganz im Gegenteil – McGiven hielt die Hände so dicht über die ruhig brennenden Flammen, daß er Gefahr lief, sich die Finger zu verbrennen. Trotzdem fühlte er die Wärme nicht einmal richtig. Es war, als strahlten die Flammen keine Hitze aus – oder als wäre da etwas, das die Wärme schneller verzehrte, als sie entstehen konnte. Und das Verrückteste: McGiven war nicht mal sicher, daß dieses Gefühl unwirklicher Kälte tatsächlich von außen kam. Es schien ihm vielmehr so, als entstünde es irgendwie in seinem Innern.

McGiven verscheuchte den Gedanken, drehte die linke, zur Faust geballte Hand dicht über den Flammen und führte mit der anderen die in schmuddeliges Zeitungspapier eingewickelte Schnapsflasche zum Mund, um einen weiteren, gewaltigen Schluck zu trinken. Der Alkohol schmeckte scharf und vertraut wie immer, doch das gewohnte Gefühl der Wärme, die sich vom Magen her in seinem Körper ausbreitete, blieb aus. Ganz im Gegenteil schien ihm noch kälter zu werden, als hätte sich auch die Wirkung des Alkohols umgekehrt, so daß er seinen vor Kälte schlotternden Gliedern auch noch das letzte bißchen Wärme entzog, statt ihm wenigstens die Illusion zu vermitteln, daß er die Kälte vertrieb.

Unheimlich.

Vielleicht, dachte McGiven, lag es an diesem Haus. Während er die Flasche sorgsam wieder zuschraubte und sie nun in die linke Hand nahm, um die Rechte über die Flammen zu halten, die doch keine Wärme mehr spendeten, tastete sein Blick über die schmutzigen, verfallenen Wände ringsum, den eingesunkenen Fußboden und die nur noch andeutungsweise vorhandene Decke, durch die man fast ungehindert durch drei darüberliegende Etagen und das Skelett des Dachstuhls hindurch den Himmel sehen konnte.

Das Hansom-Haus – der Hansom-Komplex, verbesserte sich McGiven in Gedanken – war nicht einfach nur eine Ruine, wie sie es in diesem Teil Londons gar nicht mal so selten gab. Das Bauwerk war wie ein Sinnbild für den vergeblichen Versuch des Menschen, Spuren in der Zeit zu hinterlassen und den ewigen Kreislauf von Werden und Vergehen zu durchbrechen.

Und wie alle diese Versuche war er von vornherein zum Scheitern verurteilt gewesen. Nach der Fertigstellung des Hansom-Komplexes vor rund acht Jahren hatte man vom Beginn eines neuen Zeitalters der Architektur gesprochen; man hatte den gewaltigen Häuserblock sogar als eins der modernsten Bauwerke der Welt und als Monument für die Ewigkeit gefeiert, hatte ihn einen Triumph menschlicher Kreativität genannt. Kluge Köpfe hatten noch andere, größere Worte dafür gefunden.

Aber das war lange her.

Jetzt war der Hansom-Komplex nur noch ein Triumph des Alters und Zerfalls, ein Symbol für das Scheitern der hochfliegenden Pläne, die zu seinem Entstehen geführt hatten.

Und im Grunde, so gestand McGiven sich ein, galt das nicht mal nur für das Haus, sondern auch für sein eigenes Leben.

Früher einmal – zu einer Zeit, die Jahrhunderte und nicht erst ein knappes Jahrzehnt zurückzuliegen schien – hatte er zusammen mit Emily in einer zwar stets feuchten, ansonsten jedoch ordentlichen und geräumigen Wohnung gelebt. Er hatte gearbeitet und jede Woche genügend Geld für ein Leben in geordneten, wenn auch bescheidenen Verhältnissen nach Hause gebracht. Emily hatte mit kleinen Näharbeiten und Stickereien nebenher ein hübsches Zubrot verdient, so daß es ihnen sogar gelungen war, jede Woche einen kleinen Betrag zurückzulegen. Sie hatten davon geträumt, sich irgendwann ein kleines Häuschen kaufen zu können, und sie hatten Kinder haben wollen.

»Kinder.«

McGiven seufzte, setzte die bereits zu zwei Dritteln geleerte Flasche erneut an die Lippen und trank einen weiteren Schluck. Mehr, als er sich leisten konnte, im Grunde. Die Flasche hätte noch bis morgen reichen müssen, und das wäre auch der Fall gewesen, hätte er sie sich wie gewohnt eingeteilt. Aber ihm war kalt. Er würde es später bitter bereuen, sich seinen Schnapsvorrat nicht besser eingeteilt zu haben, doch irgend etwas mußte er schließlich gegen die Kälte tun.

Und die Erinnerungen.

»Kinder«, brabbelte er vor sich hin. »Kinder.«

Der Unfall hatte all seine Pläne mit einem Schlag zunichte gemacht. Oft genug hatte McGiven darauf hingewiesen, daß mit der Maschine etwas nicht stimmte, aber niemand hatte auf ihn gehört, bis sich einer der Bolzen plötzlich gelöst und ihm den gesamten Arm bis hoch über das Ellbogengelenk aufgerissen hatte.

Das war der Beginn seines unaufhaltsamen Niedergangs gewesen. Irgendwie schien sich sein Leben von diesem Moment an in eine immer steilere Eisbahn verwandelt zu haben, auf der er einfach keinen Halt mehr fand.

Mit einem steifen Arm, den er nur unter Schmerzen und nicht mal dann richtig bewegen konnte, war er natürlich arbeitsunfähig – ein Krüppel, der ein halbes Jahr gebraucht hatte, bloß um zu lernen, sich allein anzuziehen und die nötigsten Dinge zu verrichten. Die Firma hatte sich geweigert, ihm eine Rente zu zahlen und ihm statt dessen eine Mitschuld an dem Unfall angedichtet – und damit vor Gericht Erfolg gehabt. McGiven war lediglich eine kleine Abfindung ausgezahlt worden; nicht mal genug, um die Schulden zu begleichen, die sich während seines Krankenhausaufenthalts angesammelt hatten. Statt in ein eigenes Haus, hatten Emily und er in eine winzige, schäbige Wohnung umziehen müssen, ein lichtloses Loch, wo es oft so feucht war, daß das Wasser an den Wänden hinunterlief. Nach einem Jahr hatte der keuchende, andauernde Husten bei Emily begonnen, und nicht einmal ein Jahr später war sie tot. Tuberkulose. Ihr Tod hatte McGiven endgültig jeden Lebenswillen geraubt.

McGiven trank einen weiteren Schluck und spürte an dem leichten Schwindelgefühl, das sich hinter seiner Stirn ausbreitete, wie der Alkohol allmählich doch seine Wirkung entfaltete. Seit Emilys Tod war der Fusel sein einziger Freund; alles andere war ihm gleichgültig geworden. Und nicht mal das stimmte wirklich. Der Alkohol war nicht sein Freund, sondern vielleicht sogar der schlimmste seiner Feinde; denn er machte nichts besser und half nicht wirklich, zu vergessen. Früher oder später würde ihn der Fusel umbringen, doch McGiven trank trotzdem weiter. Vielleicht hatte irgend etwas tief in seinem Innern ja erkannt, daß dies die einfachste Lösung war: weiter zu trinken, bis der Schnaps zu Ende brachte, wozu ihm der Mut fehlte: sich umzubringen.

Vergeblich versuchte er, diese Gedanken zu verdrängen, fuhr sich mit dem Handrücken über Stirn und Augen, als könnte er auf diese Weise nicht nur die Benommenheit, sondern auch seine Erinnerungen fortwischen. Seine Hand war feucht, als er sie herunternahm, doch er ignorierte die kalte Nässe in seinem Gesicht.

Aus den Augenwinkeln nahm er eine Bewegung wahr; ein rasches, flüchtiges Huschen am Rande des flackernden Lichtscheins, den das Feuer verbreitete. Das Trippeln winziger horniger Krallen drang an seine Ohren.

Ratten!

McGiven verzog angewidert das Gesicht. Er haßte Ratten. Die verdammten Biester waren überall. Offiziell stand das Haus schon seit mehr als drei Jahren leer und war gesperrt, und ebenso lange kam McGiven bereits mehr oder weniger regelmäßig hierher. Das Haus gefiel ihm nicht, es war ihm unheimlich, aber es stand leer, und niemand kümmerte sich darum, wer darin schlief. Bereits wenige Jahre nach der Fertigstellung des nach seinem Architekten benannten Hansom-Komplexes an der Atkins-Road hatte man festgestellt, daß die Konstruktion eine Spur zu gewagt ausgefallen war, daß die Stahlträger der Last der acht Stockwerke nicht gewachsen waren und das Gebäude unter seinem eigenen Gewicht einzustürzen drohte. Vergeblich hatte man Nachbesserungen vorgenommen, nur um das Haus schließlich doch zu sperren und zu beschließen, es abzureißen –

was bis heute auf sich hatte warten lassen. Diesen Komplex zu errichten, mußte Millionen gekostet haben, doch es gab niemanden, der nun auch noch die Summe aufbrachte, ihn abreißen zu lassen.

McGiven war es nur recht so. Er kam oft hierher, um für die Nacht ein Dach über dem Kopf zu haben, das ihm Schutz vor Regen, Kälte und manchmal auch zu großer Hitze bot. Doch gewöhnt hatte er sich an diese unheimliche Umgebung bis heute nicht.

Der Zustand des Gemäuers war katastrophal. Überall lagen Abfall und Unrat herum; Trümmer und Schutt türmten sich manchmal bis unter die eingebrochenen Zwischendecken auf. In mehreren Stockwerken waren die Treppen eingestürzt. Aus diesem Grund hielt sich McGiven mittlerweile fast nur noch im Erdgeschoß auf. Anfangs hatte er regelrechte Expeditionen durch das Haus unternommen, diese aber schnell aufgegeben, nachdem er zweimal nur um Haaresbreite einem tödlichen Unfall entgangen war.

Er wußte, daß er nicht der einzige heimliche Bewohner des Häuserblocks war. Im gesamten Untergeschoß waren Türen und Fenster mit Brettern vernagelt, so daß man die Spuren unerlaubten Eindringens leicht erkennen konnte. Von Zeit zu Zeit hatte McGiven sich auch zu den anderen gesellt; meist aber blieb er für sich allein. Die anderen waren wie er Bettler und Stadtstreicher, die froh waren, wenn sie genügend Geld für etwas Brot und eine Flasche Fusel erbettelt hatten und hier einen Platz fanden, wo sie die Nacht verbringen und sich betrinken konnten.

McGiven hatte nichts gegen die anderen, aber er war lieber allein. Er war schon immer Einzelgänger gewesen. Außerdem führte ihm der Anblick der anderen Stadtstreicher nur sein eigenes Elend immer wieder deutlich vor Augen.

Er wollte nichts als seine Ruhe. Die einzigen, die ihn hier immer wieder störten, waren die Ratten.

McGiven packte eine der leeren Flaschen, die neben ihm lagen, und schleuderte sie in die Richtung, aus der das Kratzen ertönte. Die Flasche polterte auf den Holzfußboden, ohne zu zerbrechen. Ein erschrecktes, schrilles Quieken war zu hören, dann noch einmal ein rasches Huschen und Scharren, dann herrschte Ruhe.

Wenigstens für eine Weile.

Vertreiben ließen die Biester sich nicht, das wußte McGiven; allenfalls für kurze Zeit verscheuchen. Vielleicht war die Ratte, die er gerade verjagt hatte, gar nicht geflohen, sondern nur losgezogen, um ihre gesamte Verwandtschaft nebst Freundeskreis hierherzuholen.

Erneut hörte McGiven ein leises Geräusch und nahm eine flüchtige Bewegung wahr. Er schleuderte eine weitere Flasche in die Richtung und erwartete, das vertraute schrille Quieken zu hören; statt dessen jedoch ertönte ein erschrecktes Miauen. Ein beigeweiß geflecktes Fellbündel, das viel zu groß und zu dunkel für eine Ratte war, schoß an der Wand entlang und geriet dabei für einen kurzen Moment in den Lichtschein der Flammen.

Es war eine Katze.

McGiven lächelte kurz. »Miez, Miez«, versuchte er das Tier zu locken, wohl wissend, daß Katzen sich um solche Versuche gewöhnlich nicht die Bohne scherten. Diese jedoch schien eine Ausnahme zu sein, denn sie kam mit langsamen, mißtrauischen Bewegungen näher, wobei sie ihn aufmerksam musterte. Die Flammen riefen funkelnde Lichtreflexe in den Augen des Tieres hervor. Schnurrend strich es an McGivens Beinen entlang, und als er die Hand ausstreckte, ließ die Katze sich bereitwillig von ihm streicheln und schmiegte sogar ihren Kopf an seine Handfläche. Es war eine wirklich schöne Katze, ein langhaariges, sehr großes Tier, dessen Fell makellos gepflegt war. Kein Streuner; das erkannte selbst McGiven, der wahrlich kein Katzenliebhaber war. Vermutlich war die Katze das Schoßtier irgendeiner verwöhnten reichen Dame, das seinem goldenen Käfig entkommen war und nun die neugewonnene Freiheit genießen mochte.

Der Gedanke erfüllte ihn mit einem sonderbaren, vielleicht zu lange nicht mehr gekannten Gefühl von Wärme, so daß er fortfuhr, die Katze zu streicheln, statt sie zu verscheuchen, was er normalerweise getan hätte. McGiven hatte nichts gegen Katzen, er mochte sie sogar; aber streunende Hunde und Katzen waren Konkurrenten, die man nicht unterschätzen durfte. Oft schnappten sie einem die besten Stücke weg, die man in den Mülltonnen der Reichen fand, und manchmal verrieten sie ein gutes Versteck, so daß die Polizei darauf aufmerksam wurde und man fliehen mußte.

Diese Katze war ... anders. McGiven konnte das Gefühl nicht in Worte kleiden, aber es war da, und es war deutlich. Er spürte einfach, daß sie so etwas wie sein Freund war; zumindest ein Schicksalsgenosse.

»Du solltest lieber zurückgehen, Kleine«, sagte

McGiven. Es fiel ihm schwer, zu reden. Der Alkohol weigerte sich noch immer, ihn zu wärmen, doch er lähmte immerhin seine Zunge. Dennoch schien ihn die Katze zu verstehen. Zumindest reagierte sie auf den Klang seiner Worte, denn sie hob den Kopf und blickte ihn aus ihren großen, gelben Augen an, als hätte sie wirklich begriffen, was er ihr zu sagen versuchte.

McGiven lächelte über seinen eigenen, albernen Gedanken – was ihn allerdings nicht davon abhielt, weiter zu sprechen. »Du glaubst vielleicht, du hättest etwas gewonnen, nur weil du jetzt frei bist, wie?« lallte er. »Hast du nicht, glaub mir. Geh zurück, laß dich einsperren und von jemandem zu Tode langweilen. Das ist besser. Zu verhungern oder von einem Hund zerrissen zu werden ist die einzige Freiheit, die du hier hast.«

Natürlich verstand die Katze nicht, was er ihr sagte, aber irgend etwas war in ihren Augen, das McGiven irritierte. Er bemerkte auch jetzt erst, daß das Tier eine Art Halsband trug – ein dünnes Lederband, das fast unter dem langen Fell verschwand und an dem irgend etwas befestigt war. McGiven griff danach. Es handelte sich um einen kleinen, flachen Stein, nicht einmal so groß wie eine Babyfaust, in dessen Oberfläche seltsame, ineinander verschlungene Symbole eingraviert waren, die vor seinen Augen zu tanzen und zu verschwimmen schienen.

Stirnrunzelnd betrachtete McGiven seinen Fund, während er mit der anderen Hand weiterhin die Katze streichelte, die seine Berührungen mit wohligem Schnurren honorierte. Er hatte wohl doch schon mehr getrunken, als er selbst begriffen hatte – oder das Zeug war stärker, als er ahnte.

Plötzlich hob die Katze mit einem Ruck den Kopf. Sie sah sich lauernd um und schien auf etwas zu lauschen. Ihr Fell sträubte sich. Sie machte einen Buckel und fauchte, und ihre Augen wurden schmal. Eine geradezu unheimliche Veränderung ging mit dem Tier vor sich. Noch vor einer Sekunde war sie eine anschmiegsame Schmusekatze gewesen, schön anzusehen, aber mehr auch nicht, und nun sah sich McGiven ganz plötzlich einem kleinen, aber gefährlichen Raubtier gegenüber.

Instinktiv zog er die Hand zurück, wenngleich er wußte, daß die Feindseligkeit des kleinen Räubers nicht ihm galt.

Denn auch McGiven nahm nun leise Geräusche wahr: das Tappen und Huschen von Pfoten, ein leises Schleifen und Rascheln und einen Laut, der sich wie ganz leise, aber vernehmbare Atemzüge anhörte. McGiven wußte, was diese Geräusche bedeuteten: Die Ratten waren zurückgekehrt. Und trotzdem – das Verhalten der Katze irritierte ihn. Das Tier schien sich vor den Ratten zu fürchten und schmiegte sich noch enger an ihn. Ein dunkles, bedrohliches Knurren drang aus seiner Brust, wie McGiven es noch nie zuvor bei einer Katze gehört hatte.

»Kein Grund, Angst zu haben. Die tun uns nichts«, murmelte er – wohl wissend, daß es Unsinn war, zu einem Tier zu reden. Doch er ertrug es plötzlich nicht mehr, ruhig zu sein und diesen unheimlichen, sich nähernden Geräuschen und Schatten das Feld zu räumen. Und in der Einsamkeit war selbst die Katze ein willkommener Gesprächspartner für ihn, und wenn sie seine Worte auch nicht verstehen konnte, so reagierte sie doch auf den Klang seiner Stimme.

Allerdings auf völlig andere Art, als McGiven erwartet hatte.

Das Tier fauchte erneut, diesmal eindeutig kläglich, angsterfüllt, und es zitterte am ganzen Leib.

Ein Schatten huschte an der Wand entlang, gefolgt von einem zweiten, dritten. Auch diese Tiere waren zu groß für Ratten. McGiven beugte sich vor, kniff die Augen zu schmalen Schlitzen zusammen – und riß sie gleich darauf ungläubig auf, als er erkannte, welche Tiere sich ihnen da näherten.

Es handelte sich ebenfalls um Katzen.

»Du hast wohl deine ganze Verwandtschaft mitgebracht, wie?« sagte er grinsend und trank einen Schluck. »Aber du scheinst dich nicht besonders mit ihnen zu verstehen. Hast du was ausgefressen?« Er kicherte. »Vielleicht eine junge Katzendame geschwängert, und jetzt kommen ihre Brüder, um die Sache klar zu machen?« Er kicherte erneut, doch der Scherz klang selbst in seinen eigenen Ohren schal, und auch die Katze reagierte nun mit einem neuerlichen, noch ängstlicheren Knurren darauf. Ihre Krallen fuhren scharrend über das Holz; zugleich aber preßte sie sich enger und nun eindeutig schutzsuchend an ihn.

»Was ist los, Kleines?« fragte McGiven. »Du scheinst ja wirklich in Schwierigkeiten zu stecken.«

Und vielleicht nicht nur sie. Ganz plötzlich kam McGiven zu Bewußtsein, daß die Situation, in der er sich befand, nicht nur ziemlich sonderbar, sondern möglicherweise auch ziemlich gefährlich sein mochte. Er hatte zwar niemals auch nur davon gehört, daß Katzen im Rudel Jagd machten – und schon gar nicht auf einen Rassegenossen! –, aber irgend etwas in dieser Art mußte sich wohl genau hier abspielen ... und wie es aussah, steckte er mittendrin. Mit einem allmählich wachsenden Gefühl der Besorgnis fragte er sich, was er tun sollte, falls das Katzenrudel über seinen neugewonnenen Freund herfiel; und weil es so praktisch war, möglicherweise über ihn gleich mit ...

McGiven war trotz allem kein Schwächling; aber ihm war durchaus klar, daß auch eine ganz normale Katze einen Gegner darstellte, den man besser nicht unterschätzte. Und ein ganzes Dutzend erst recht nicht.

»Was hast du ausgefressen?« fragte er. »Bist in ihr Revier eingedrungen, wie?« Seine Stimme klang mit einem Mal gar nicht mehr betrunken, und er war es auch nicht mehr. Sein Herz schlug schnell und hart, und sein Blick tastete aufmerksam über die Schatten und die Dunkelheit hinter den Flammen. Er konnte jetzt mindestens ein halbes Dutzend schlanker, dunkler Umrisse erkennen, die sich in der Finsternis bewegten; dazu vernahm er das Tappen samtweicher Pfoten, die aber nichtsdestoweniger mit rasiermesserscharfen, gefährlichen Krallen bewehrt waren. Schmale Augen mit geschlitzten Pupillen verfolgten aufmerksam jede seiner Bewegungen, und er spürte, daß sich auch hinter ihm irgend etwas befand. Das war kein Rudel, sondern eine verdammte Katzen-Armee!

McGivens Gedanken überschlugen sich. Er mußte hier raus, bevor die Katzen über das einzelne Tier zu seinen Füßen herfielen und ihn vielleicht so ganz nebenbei mit in Stücke rissen. Aber er war bereits umzingelt. Vielleicht, dachte er, hatte er sich getäuscht, und nicht der Alkohol würde ihn umbringen, sondern etwas viel Bizarreres.

In diesem Punkt sollte er recht behalten – wenn auch auf gänzlich andere Art, als er sich selbst jetzt noch träumen ließ.

Ein Knacken ertönte. Es wiederholte sich gleich darauf, wesentlich lauter. Eine dumpfe Erschütterung lief durch den Fußboden. Irgendwo kollerte ein Stein; ein paar Verputzstücke lösten sich von der Decke und zerbarsten zu winzigen Staubgeysiren, wo sie auf den Boden prallten. Kaum eine Sekunde später wiederholte sich das Beben, diesmal ungleich heftiger. Erneut löste sich Putz von den Wänden und der Decke, aber auch Holzlatten und kleine Verstrebungen. Plötzlich war die Luft voller Staub. Irgendwo stürzte etwas Schweres zu Boden und zerbrach krachend, und für einen kurzen, furchtbaren Augenblick glaubte McGiven zu spüren, wie sich das gesamte Gebäude gleich einem Schiff in stürmischer See zur Seite neigte, ehe es sich träge und stöhnend wieder aufrichtete wie ein lebendiges Wesen.

Erschrocken sprang McGiven auf. Von der hastigen Bewegung wurde ihm schwindelig, und um ein Haar wäre er wieder gestürzt, doch es gelang ihm, das Gleichgewicht zu halten. Ein Erdbeben! Das war ein Erdbeben!

Die Katze blickte ihn noch einen Augenblick beinahe anklagend an; dann schoß sie wie ein geölter Blitz davon und verschwand in einem der Nebenzimmer. Dafür drangen nun andere Katzen ins Zimmer ein, huschten durch den Lichtschein der Flammen. Zuerst nur drei, vier, dann immer mehr. Es mußten Dutzende sein, eine kleine Armee, die sich wie eine Decke aus pelzigem, quirlendem Leben über den Fußboden ergoß. Eins der Tiere streifte das Feuer und brachte es beinahe zum Erlöschen. Es roch nach versengtem Fell.

Zwischen den Brettern vor den Fenstern drang nur noch schwaches Mondlicht herein. Es dauerte ein paar Sekunden, bis sich McGivens Augen an das Zwielicht gewöhnt hatten, so daß er wenigstens wieder schwache Umrisse erkennen konnte. Er spürte Berührungen an seinen Beinen, als die Katzen an ihm vorbeihuschten. Dann bebte die Erde ein drittes Mal – diesmal so heftig, als hätte der Faustschlag eines Titanen das Gebäude getroffen. Irgendwo in einem der Nebenzimmer brach etwas mit lautem Krachen herab. Der Fußboden schien sich wie ein bockendes Pferd aufzubäumen. Gleich darauf zerbarsten die Holzdielen mit einem peitschenden Knall. Trümmerstücke aus Holz und Stein flogen wie kleine, gefährliche Geschosse durch die Luft, und plötzlich spürte McGiven keinen Halt mehr unter den Füßen.

Er stürzte. Verzweifelt schlug und griff er um sich, versuchte, sich irgendwo festzuhalten, doch da war nichts. Über ihm brach der gesamte Hansom-Komplex mit einem ungeheuerlichen Krachen zusammen, und für eine, zwei Sekunden war McGiven felsenfest davon überzeugt, daß er nun sterben würde. Er stürzte, und wenn ihn der Aufprall schon nicht umbrachte, dann die Tonnen von Trümmern, die hinter ihm in die Tiefe stürzen mußten.

Der Aufprall war hart, unvorstellbar hart – doch McGiven überlebte ihn. Zwei, drei kleinere Trümmerstücke trafen seinen Rücken und seine Beine, und dicht neben ihm bohrte sich etwas mit einem Laut in die Erde, der McGiven erschauern ließ. Aber das Wunder geschah: Er stürzte weder zu Tode, noch wurde er von den Trümmern erschlagen. Das Schicksal hatte es ausnahmsweise einmal gut mit ihm gemeint.

Er lebte.

Unendlich erleichtert – und noch immer ein wenig erstaunt darüber, daß er überhaupt noch in der Lage war, diesen Gedanken zu fassen – hob McGiven den Kopf und sah sich um. Er mußte sich im Keller des Hansom-Komplexes befinden. Erstaunlicherweise war er nicht nur größtenteils unverletzt davongekommen, es gab sogar Licht, wenn auch ein sehr seltsames Licht – einen flackernden, bleichen grünen Schein, der von einem Punkt irgendwo hinter ihm ausstrahlte und seine Umgebung in kleine Bereiche unwirklicher Helligkeit und große Abgründe nachtschwarzer, beunruhigender Schatten zerteilte.

Langsam stemmte sich McGiven auf die Ellbogen und Knie und drehte den Kopf, um festzustellen, woher dieses Licht stammte und weshalb es so seltsam war.

McGiven blieb nicht mehr genug Zeit, um auf alle diese Fragen eine Antwort zu finden. Aber immerhin begriff er noch, welch grausamen Scherz sich das Schicksal mit ihm erlaubt hatte, als er den Sturz in diesen Keller unverletzt überstand.

Er hätte sich gewünscht, es wäre nicht so gewesen.

28. September 1892

Blossoms Hände und Arme schmerzten, als er den Grund des Schachts und mit ihm die beiden Soldaten erreichte. Er trat rasch zur Seite, um den nachfolgenden Matrosen Platz zu machen, die zwar erst mit einigem Abstand losgeklettert, aber jünger und auch kräftiger waren als er, und die deshalb aufgeholt hatten. Einer nach dem anderen gesellten sich die Männer zu ihnen. Zu seiner nicht geringen Überraschung stellte Blossom fest, daß Hasseltime selbst den Abschluß bildete. »Ich hatte Ihnen befohlen, oben zurückzubleiben«, sagte er und gab sich Mühe, seine Stimme scharf und trotzdem militärisch diszipliniert klingen zu lassen – und sei es nur, damit Hasseltime nicht merkte, wie nachhaltig es ihm gelungen war, ihn aus der Ruhe zu bringen. Doch es gelang ihm nicht. Wenn schon nicht er selbst, so machte die Akustik der zum größten Teil unsichtbaren Umgebung Blossom den gewünschten Effekt zunichte, denn der Stollen, in dem sie sich befanden, verlieh seinen Worten ein unheimliches, lange nachhallendes Echo.

Hasseltime wich dem Blick seines Vorgesetzten aus. »Ich habe Jenkins zurückgelassen«, sagte er. »Er ist ein äußerst zuverlässiger Mann.«

Das war keine Antwort; jedenfalls nicht die Art von Antwort, die Blossom normalerweise akzeptiert hätte. Doch zu seiner eigenen Überraschung beließ er es dabei. Blossom sagte nichts. Er war eher verwirrt als verärgert. Daß Hasseltime einen Befehl mißachtete, hätte er noch vor einer Minute für schlichtweg ausgeschlossen gehalten. Ein weiterer Beweis dafür, daß hier irgend etwas nicht stimmte. Nicht mit dieser Insel, und nicht mit ihnen.

Blossom blickte den jungen Offizier noch einige

Sekunden fast bestürzt an; dann wandte er sich wortlos um und hob seine Lampe.

Der Stollen, in dem sie sich befanden, war vollkommen leer. Seine Wände bestanden lediglich aus schwarzer Lava, die im Licht der Karbid-Scheinwerfer ölig schimmerte, und die Decke war so niedrig, daß einige der größeren Männer die Köpfe einziehen mußten, um nicht dagegenzustoßen. Es gab nur eine Richtung, in die sie losmarschieren konnten. Der senkrechte Schacht markierte das Ende eines knapp sechs Fuß hohen, allerdings nicht annähernd so breiten Stollens, in dem sich das Licht schon nach wenigen Schritten auf die gleiche, unheimliche Weise verlor wie in dem Schacht, durch den sie herabgekommen waren.

Blossom wollte nicht dorthin gehen. Was immer diese wattige Schwärze verbarg – er wußte, daß es gefährlich war, tödlich, vielleicht noch schlimmer. Doch trotz allem konnte er selbst jetzt nicht aus seiner Haut. Keiner der Männer hätte protestiert, wenn er den Befehl zum Rückzug gegeben hätte, nicht einmal Hasseltime. Doch Blossom hätte sich diese Schwäche für den Rest seines Lebens nicht verziehen, auch wenn er sich zu Recht sagte, daß es wohl viel mehr Vernunft als Schwäche gewesen wäre. Blossom erteilte den Befehl, loszumarschieren.

Schon nach wenigen Yards gabelte sich der Stollen. Blossom blieb stehen und schwenkte seinen Scheinwerfer erst nach rechts, dann nach links. In dem kalten weißen Licht konnte er weitere Abzweigungen erkennen. Vor ihm mußte ein wahres Labyrinth von Gängen liegen. Und anderen Dingen.

Die Erkenntnis hätte Blossoms Aufregung und seinem Forscherdrang weitere Nahrung geben müssen, doch das genaue Gegenteil war der Fall. Ein paar Höhlen, selbst ein von Menschenhand geschaffener Gang unter einem vor Jahrhunderten versunkenen Eiland – das wäre eine Entdeckung gewesen, die zwar phantastisch, aber noch immer glaubhaft war. Doch ein solch gigantisches System von Stollen und Gängen …

»Unglaublich!« murmelte Hasseltime neben ihm. »Das ist ja wie eine eigene Welt.« Plötzlich klang seine Stimme erregt. »Und wir sind seit Jahrhunderten die ersten Menschen, die sie zu Gesicht bekommen.«

»Für mich sieht es eher wie ein Irrgarten aus«, antwortete Blossom. »Außerdem stimmt es nicht ganz. Die Fischer, die die Insel entdeckt haben, waren vor uns hier.« Er sprach bewußt ruhig und in einem pragmatischen, warnenden Tonfall, um die Begeisterung seines Ersten Offiziers – und wahrscheinlich eines beträchtlichen Teils der übrigen Mannschaft – ein wenig zu dämpfen. »Ich weiß nicht, ob wir dort hineingehen sollten. Wir müssen höllisch aufpassen, um uns nicht zu verirren.«

»So wie die Fischer?« fragte Hasseltime.

Blossom blickte ihn fragend an, und nach einem Augenblick des Schweigens fügte Hasseltime mit leicht gesenkter Stimme hinzu: »Sie sind zu dritt hier heruntergegangen. Aber nur zwei sind zurückgekommen.«

»Wie?« fragte Blossom.

Hasseltime nickte. »Wußten Sie das etwa nicht?«

Blossom hatte tatsächlich nichts davon gewußt. Niemand hatte ihm davon berichtet. Aber er sagte nichts dazu, sondern wandte sich in die Richtung, aus der sie gekommen waren. Schon jetzt war der Schacht nicht mehr zu sehen, obwohl sie sich erst wenige Schritte davon entfernt hatten. Die schwarze Lava schien das Licht der Scheinwerfer aufzusaugen, wie ein Schwamm das Wasser.

Geht nicht weiter! flüsterte eine Stimme hinter seiner Stirn. Verschwindet! Lauft, solange ihr noch könnt!

Blossom schüttelte ein paarmal den Kopf, um die flüsternde Stimme seiner eigenen Furcht zum Verstummen zu bringen. Seine Hände zitterten. Ein leises, kaum hörbares Stöhnen kam über seine Lippen.

»Sir?« Hasseltime blickte seinen Kommandanten besorgt an. »Stimmt etwas nicht?«

»Nein, nein. Schon gut«, antwortete Blossom nervös und versuchte zu lächeln, doch es geriet eher zu einer Grimasse.

»Ich ... fühle mich in engen Räumen nicht wohl«, sagte er, obwohl er selbst wußte, daß er Unsinn redete. Jeder Gang im Innern der THUNDERCHILD war enger als der Stollen, in dem sie sich jetzt befanden, und Klaustrophobie konnte sich angesichts der Verhältnisse auf einem Schiff gerade ein Seefahrer nicht leisten, Hasseltime mußte erkennen, wie fadenscheinig diese Antwort war. Fragend hob er die Brauen, und Blossom fügte in gezwungen belustigtem Tonfall hinzu: »Das ist der Grund dafür, daß ich Seemann geworden bin, kein Höhlenforscher.«

»Verstehe.« Hasseltime lächelte pflichtschuldig, war aber diplomatisch genug, das Thema nicht zu vertiefen. Statt dessen griff er in die Tasche, kramte eine Weile darin herum und brachte schließlich ein

Stück Kreide zum Vorschein, das er präzise in vier gleich lange Stücke zerbrach, von denen er drei an die am nächsten stehenden Matrosen verteilte.

»Bildet drei Gruppen«, sagte er, »und bleibt zusammen, egal, was passiert. Der Kommandant und ich gehen voraus und markieren jede Abzweigung, an die wir kommen, mit einem Pfeil. Solltet ihr aus irgendeinem Grund getrennt werden, dann macht ihr es genauso, um den Rückweg zu finden. Es sei denn, jemand legt Wert darauf, den Rest seines Lebens hier unten herumzuirren.« Er lachte. Obwohl er nicht besonders laut gesprochen hatte, hallten seine Stimme und das nachfolgende Lachen von den Wänden wider und pflanzten sich als verzerrtes Echo in dem Stollen fort, ehe es gebrochen zurückkehrte. Gebrochen und irgendwie ... verändert. Nicht mehr allein.

Blossom verspürte ein eisiges Frösteln, wußte aber nicht zu sagen, was der Grund dafür war. Seine eigene Reaktion verwirrte, ja, erschreckte ihn. Und nicht nur die seine. Niemand hier verhielt sich plötzlich noch so, wie es sein sollte. Nicht nur, daß Hasseltime einen klaren Befehl mißachtet hatte – er übernahm praktisch auch das Kommando über die Gruppe. Was, um alles in der Welt, ging hier vor?

Vorsichtig drangen die Männer in den Stollen vor. Blossom hatte wieder die Führung übernommen und hielt eine möglichst gerade Richtung ein, während Hasseltime gewissenhaft jede Abzweigung, die sie passierten, mit einem Pfeil markierte, der zum Ausgang wies. Das Licht der Scheinwerfer brach sich an Kanten und Vorsprüngen, ließ Schatten über die Stollenwand tanzen und schien auf diese Weise unheimliches Leben zu erschaffen, wo gar keines war.

Der Lichtschein reichte nicht annähernd so weit, wie es hätte sein müssen. Obwohl der schwarze Stein dort, wo ihn die Scheinwerferstrahlen direkt trafen, wie lackiert glänzte, schien er die Helligkeit auch weiterhin gleichsam aufzusaugen und dafür etwas anderes, Düsteres auszuatmen.

Blossom verlor schon bald jede Orientierung, nicht nur räumlich, sondern auch – und vielleicht noch viel mehr – in der Zeit. Er vermochte nicht zu sagen, ob sie fünf Minuten oder fünf Stunden hier unten waren, ob sie hundert Schritte oder hundert Meilen zurückgelegt hatten. Zugleich wurde er immer nervöser. Er hatte gehofft, das Gefühl der Beklemmung würde sich legen, wenn sie erst mal eine Zeitlang hier unten waren und er sich an die veränderte, fremdartige Umgebung gewöhnt hatte. Aber das Gegenteil war der Fall – seine Nervosität wuchs ständig, und er brauchte sich nicht einmal zu den Männern umzudrehen, um zu spüren, daß es ihnen ebenso erging. Mit Ausnahme von Hasseltime vielleicht.

Plötzlich blieb Blossom stehen. »Schauen Sie nur«, sagte er, hielt Hasseltime zurück und richtete den Strahl der Lampe gegen eine Wand. Sie war nicht glatt wie diejenigen, die bisher ihren Weg gesäumt hatten, sondern war ganz eindeutig von Menschenhand berührt und bearbeitet. Doch Blossom konnte beim besten Willen nicht sagen, was er da eigentlich sah. Symbole aus unheimlichen, ineinander verschlungenen Linien und Formen waren in die Lava eingraviert. Blossom glaubte, so etwas wie ein grobes dreieckiges Grundmuster zu erkennen, doch sobald er versuchte, sich genauer auf das Bild zu konzentrieren, verschwammen die Linien vor seinen Augen, verschoben sich und schienen sich zu winden wie kleine lebende Wesen.

Möglicherweise lag es am Licht, überlegte Blossom. So, wie der unheimliche schwarze Stein das Licht weiter hinten aufzusaugen schien, mochte er es hier reflektieren; vielleicht auf eine Art und Weise, die seine Augen narrte, so daß er Dinge sah, die gar nicht existierten.

Aber das war nicht alles. Da war ... noch etwas. Seine Hände begannen zu zittern. Das Bild war unheimlich. Da waren Winkel, die es gar nicht geben durfte; Geraden, die sich kreuzten und auf unmögliche Art umeinander wanden. Formen, die der euklidischen Geometrie zuwider liefen und die nicht nur unangenehm, sondern geradezu schmerzhaft anzusehen waren. Ein heftiges Schwindelgefühl breitete sich hinter Blossoms Stirn aus, das nach einigen Sekunden zu einem rasenden Schmerz wurde. Er mußte den Blick abwenden.

»Unglaublich«, flüsterte der Erste Offizier. »Wer mag das gemacht haben?«

»Ich ... weiß es nicht.« Selbst das Sprechen fiel Blossom schwer. Er schaute die Wand nicht mehr an; er hatte beinahe Angst davor. Dieses Relief anzublicken war so, als würde man in einen Abgrund stürzen, an dessen Grund der Wahnsinn oder Schlimmeres lauerte.

»Und ich frage mich, ob ich es überhaupt noch herausfinden will«, fügte Blossom kaum hörbar seinen Gedanken hinzu.

Hasseltime sah ihn erneut auf diese sonderbare Art und Weise an, sagte aber auch jetzt nichts.

Am Fuß der Wand lagen einige wie glasiert aussehende Gesteinsbrocken. Blossom bückte sich danach, hob einen flachen, knapp handtellergroßen Stein auf und betrachtete ihn. Ohne besonders erstaunt zu sein stellte er fest, daß in die schwarze Glasur die gleichen, den Verstand verwirrenden Linien und Symbole eingraviert waren wie in die Wand, und daß sie auch die gleiche Wirkung hatten: sein Schädel begann fast augenblicklich zu schmerzen und ihm wurde wieder schwindelig.

Hastig senkte er die Hand, um den Stein fallen zu lassen, überlegte es sich dann aber anders und steckte ihn ein. Auch Hasseltime bückte sich nach einem der Brocken, betrachtete ihn für einen Moment unschlüssig, und steckte ihn dann ebenfalls ein. Sein Gesicht blieb dabei vollkommen unbewegt. Entweder, dachte Blossom, hatte er sich perfekt in der Gewalt, oder er war gegen den unheimlichen Einfluß der Bilder immun. Er vermochte nicht zu sagen, welche Erklärung ihm lieber gewesen wäre.

Sie gingen weiter, bis sie eine große, vollkommen leere Kammer erreichten.

»Wir sollten ...«, begann Hasseltime, stutzte dann aber und brach ab, wobei er sich besorgt umschaute. »Wo ist Craigh?«

Blossom blickte alarmiert auf. Craigh diente erst seit wenigen Monaten als Leichtmatrose auf der THUNDERCHILD und war für sein heißblütiges Temperament und seine Unzuverlässigkeit bekannt. Jetzt war er verschwunden. Hasseltime bildete mit den Händen einen Trichter vor dem Mund und rief

Craighs Namen, dreimal hintereinander, und so laut er konnte. Die einzige Antwort, die er erhielt, war das unheimlich gebrochene Echo seiner eigenen Stimme.

»Wer hat ihn zuletzt gesehen?« fragte Blossom.

»Er ging direkt hinter mir«, meldete einer der Soldaten. »Als wir an diesem komischen Bild stehengeblieben sind, war er noch da.«

»Verdammt! Ich hatte befohlen, daß alle zusammenbleiben!« sagte Hasseltime.

»Wir kehren um«, entschied Blossom. »Auf der Stelle.«

Hasseltime protestierte. »Aber wir können Craigh doch nicht ...«

»Irgend etwas stimmt hier nicht«, unterbrach ihn Blossom. Es war absurd: Nach der nagenden Ungewißheit machte es ihm das Wissen, daß es hier unten tatsächlich irgendeine Gefahr gab, beinahe leichter, mit seiner Furcht fertigzuwerden.

»Hier unten ist irgend etwas, Hasseltime«, sprach er weiter. »Ich spüre es – und Sie und die anderen auch. Wir gehen zum Eingang zurück und überlegen draußen, was wir für Craigh tun können. Vielleicht findet er eine der Kreidemarkierungen.«

Er ergriff Hasseltime am Arm. »Sie bilden den Abschluß«, sagte er. »Behalten Sie die Männer genau im Auge. Ich möchte nicht, daß es weitere Zwischenfälle gibt.«

Hasseltime wagte es nicht, offen zu widersprechen, doch in seinen Augen blitzte es trotzig auf, und seine Lippen wurden zu einem schmalen, blutleeren Strich. Dann wandte er sich mit einem Ruck um und nahm seine Position am Ende der kleinen Kolonne ein.

Sie machten sich auf den Rückweg. An jeder der zahlreichen Abzweigungen blieb Blossom einen Moment stehen und suchte nach neuen Markierungen, die Craigh vielleicht angebracht haben mochte, doch es gab keine. Immer wieder riefen sie den Namen des Mannes. Ihre Stimmen mußten in den langen, leeren Stollen weit zu hören sein, doch sie bekamen auch jetzt keine Antwort. Schließlich erreichten sie wieder das Wandbild, ohne eine Spur des verschwundenen Matrosen gefunden zu haben.

»Vielleicht hat er die Nerven verloren und ist zum Ausgang zurückgerannt«, sagte Hasseltime.

»Hoffen wir es – in seinem Interesse«, entgegnete Blossom ohne sonderliche Überzeugung. Ein solches Verhalten hätte einfach nicht zu Craigh gepaßt. Der Mann war vielleicht nicht besonders klug, vielleicht nicht besonders beherrscht, aber er war alles andere als ein Feigling.

»Da ist er!« Einer der Soldaten hob den Arm und wies in einen der Nebenstollen. »Ich habe ihn gesehen! Er ist nach rechts verschwunden.«

Zwei der anderen wollten loslaufen, doch Blossom rief sie mit einem scharfen Befehl zurück. »Stehenbleiben! Niemand unternimmt etwas auf eigene Faust. Ich will nicht noch mehr Männer verlieren. Wir bleiben zusammen!«

Er brachte eine neue Markierung an, und sie drangen in den Stollen vor, in dem der Matrose Craigh gesehen hatte. Bereits nach wenigen Schritten erreichten sie die nächste Abzweigung. Der Gang dahinter war so leer wie der, durch den sie gekommen waren, und scheinbar ebenso endlos.

»Craigh ist hier entlanggelaufen«, beteuerte der Matrose. »Ich habe ihn genau gesehen.«

Noch einmal rief Hasseltime Craighs Namen, ohne eine Antwort zu erhalten. Diesmal blieb auch das Echo aus.

»Was ist bloß in diesen Narren gefahren?« murmelte Blossom kopfschüttelnd. »Das wird ihn teuer zu stehen kommen!«

Sein Zorn klang nicht mal in seinen eigenen Ohren echt. Craigh war nicht einfach davongelaufen, das spürte er ganz genau. Irgend etwas war passiert ... oder passierte vielleicht gerade ... Die Männer gingen weiter, doch sie stießen immer wieder auf neue Abzweigungen. Blossoms Befürchtung, sich in einem gigantischen Labyrinth zu befinden, wurde endgültig zur Gewißheit. Dieser unterirdische Irrgarten war vermutlich noch sehr viel größer, als er bisher angenommen hatte. Sie fanden immer neue Kammern und Stollen, einmal sogar einen weiteren Schacht, der noch tiefer ins Erdinnere hinabführte und den sie in respektvollem Abstand umgingen. Auch hier waren eiserne Trittstufen in die Wand eingelassen.

»Das ist phantastisch«, sagte Hasseltime. »Wenn es darunter ebenso aussieht ...« Er blickte auf. In seinen Augen leuchtete eine Begeisterung, die Blossom alarmierte. »Vielleicht gibt es sogar noch weitere solcher Etagen.«

»Ja, und wahrscheinlich reichen sie bis zum Mittelpunkt der Erde«, erwiderte Blossom böse. Er hob die Stimme. »Es ist mir völlig egal, was das hier ist. Ich weiß jedenfalls, daß diese Sache eine Nummer zu groß für uns ist. Und solange Craigh nicht wieder zur

Besinnung kommt, können wir nichts für ihn tun. Wir haben keine Chance, hier unten jemanden zu finden, der sich allem Anschein nach nicht finden lassen will.«

»Aber … aber Sie haben doch nicht vor, die Insel zu sprengen, Sir, oder?« Hasseltimes Stimme klang schrill.

Blossom schüttelte den Kopf, wenn auch mit deutlichem Widerwillen. Die lautlose Stimme in seinen Gedanken war wieder da, und sie raunte ihm hartnäckig zu, daß er ganz genau das tun sollte: seine eigentlichen Befehle befolgen und dieses ganze Eiland mitsamt seiner verschlungenen Lavaeingeweide dorthin zurückbomben, woher es gekommen war – auf den Grund des Meeres. Diese Umgebung war nicht einfach nur unheimlich. Sie war auf eine mit Worten nicht zu beschreibende Weise feindselig. Sie schien Furcht und Beklemmung geradezu auszuatmen.

Es war falsch, daß sie diese Katakomben überhaupt betreten hatten. Menschen sollten sich hier nicht aufhalten. Menschen *durften* hier nicht sein. Captain Blossom war nicht abergläubisch, und auch nicht sonderlich religiös, doch selbst er spürte beinahe körperlich den Odem des Bösen, den das schwarze Gestein verströmte. Plötzlich war er nicht mal mehr sicher, ob es sich wirklich um Lava handelte. Irgend etwas Finsteres, Unbegreifliches nistete in dieser unterirdischen Felsenwelt aus Nacht und Schweigen. Es war ein Frevel, daß sie überhaupt hier eingedrungen waren, und welche Entdeckungen sie machen würden – sie würde Verderben bringen. Diese Insel zu vernichten, war das einzig Richtige.

Aber zugleich wußte Blossom, daß er es nicht konnte.

»Nein«, antwortete er müde. »Natürlich nicht. Wofür halten Sie mich? Aber wir gehen zurück und stellen einen vernünftig ausgerüsteten Suchtrupp zusammen.«

Die Männer machten kehrt und begannen den Rückmarsch. Wieder übernahm Hasseltime den Abschluß der kleinen Gruppe, forderte Blossom jedoch schon nach einigen Schritten auf, stehenzubleiben.

»Ich glaube, ich habe etwas gesehen.« Er wies durch einen Torbogen in eine große Höhle, in die auch Blossom im Vorbeigehen schon einen Blick geworfen hatte, doch ohne daß ihm etwas Besonderes aufgefallen wäre. Erst als Hasseltime seinen Scheinwerferstrahl ein paarmal von rechts nach links gleiten ließ, sah Blossom daß von der Decke des steinernen Domes Wasser tropfte, das bereits einen flachen See auf dem Boden gebildet hatte.

»Was haben Sie gesehen?« fragte Blossom. Zögernd wandte er sich um und ging zu Hasseltime zurück. »Craigh?«

»Nein«, antwortete Hasseltime schleppend. »Das ist ... das ist ein Kind!« Plötzlich schrie er auf und stürzte an Blossom vorbei in die Höhle. »Es ertrinkt!«

»Bleiben Sie stehen!« brüllte Blossom, doch der Erste Offizier ignorierte den Befehl. Als Blossom die Höhle erreichte und ebenfalls hineinstürmte, kniete Hasseltime bereits am Ufer des Sees. Er hatte sich so weit vorgebeugt, wie er konnte, ohne das Gleichgewicht zu verlieren, und beide Arme bis weit über die Ellbogen ins Wasser getaucht. Es war ein bizarrer, auf seine Weise fast unheimlicher Anblick: Das Wasser reflektierte das Licht der Karbidlampen wie ein Spiegel, so daß es aussah, als hätte Hasseltime die Arme in Quecksilber getaucht.

»Zum Teufel, was tun Sie da?« fragte Blossom scharf. »Sind Sie verrückt?«

In diesem Wasser konnte alles mögliche lauern. Er wußte, daß dort etwas lauerte.

»Es war ein Kind«, beharrte Hasseltime und schaute zu Blossom auf, ohne die Hände aus dem Wasser zu nehmen. »Ein Junge, höchstens sieben oder acht Jahre alt, mit dunklem Haar. Ich habe genau gesehen, wie er ins Wasser gefallen ist.«

Blossom trat mit ein paar schnellen Schritten neben seinen Ersten Offizier und richtete den Scheinwerferstrahl direkt auf die Wasseroberfläche. Selbst das starke Licht der Karbidlampe durchdrang die spiegelnde Oberfläche des Sees nur wenige Zoll weit, aber immerhin weit genug, um Blossom erkennen zu lassen, daß der vermeintliche See gar kein See, sondern nur eine bessere Pfütze war. Hasseltimes tastende Hände fuhren über den felsigen Boden. Da war kein Kind.

»Was für ein Unsinn!« herrschte der Captain Hasseltime an. »Verdammt, Mann, kommen Sie zur Besinnung!«

Der See gefiel ihm nicht. Das Wasser schäumte träge wie geschmolzenes Metall, hatte darunter jedoch die gleiche nachtschwarze Farbe wie der allgegenwärtige Fels. Ein fauliger, übler Geruch ging davon aus.

»Aber ich habe es gesehen!« beharrte Hasseltime.

Blossom wollte ihn erneut anfahren, besann sich

dann aber im letzten Moment eines Besseren. Sie alle waren mit den Nerven am Ende. Wenigstens einer mußte kühlen Kopf bewahren.

»Wie sollte ein Kind hierherkommen?« fragte er. »Sehen Sie doch selbst. In dieser Pfütze ist nicht genug Platz.« Er schwenkte den Scheinwerfer hin und her, um seine Worte zu untermauern.

»Ich weiß es nicht, Sir, aber ich ...« Hasseltime stockte und richtete sich ein wenig auf. Plötzlich sah er beinahe verlegen aus. »Ich ... habe es gesehen, Sir! Jedenfalls ... jedenfalls habe ich geglaubt, etwas zu sehen«, murmelte er.

»Und ich glaube, es ist an der Zeit, daß Sie aufstehen und sich wieder wie ein Offizier benehmen, nicht wie ein dummer Junge«, sagte Blossom. Seine Stimme hatte einen sanften, verständnisvollen Klang, die die Schärfe seiner Worte ein wenig milderte.

Hasseltimes Lächeln wurde noch verlegener. Er richtete sich weiter auf, nahm die Hände jedoch immer noch nicht ganz aus dem Wasser.

»Worauf warten Sie?« fragte Blossom. »Kommen Sie. Wir müssen hier raus.«

Die Verlegenheit auf Hasseltimes Gesicht verwandelte sich jäh in Schrecken. »Ich ... ich komme nicht los«, stieß er hervor. »Irgend etwas hält mich fest!«

»Reden Sie keinen Unsinn«, sagte Blossom. »Sie ...«

Der Rest seiner Worte ging in dem gellenden Schrei seines Ersten Offiziers unter. Hasseltime wurde mit einem Ruck nach vorn gerissen, stürzte mit Kopf und Schultern ins Wasser und kam prustend wieder hoch. Sein Gesicht war eine Maske des

Entsetzens. Nur mit Mühe gelang es ihm, den Kopf über Wasser zu halten. Irgend etwas zerrte an seinen Armen und versuchte, ihn in die Tiefe zu reißen. Etwas, das über enorme Kraft zu verfügen schien, denn Hasseltime war wahrlich kein Schwächling. Doch er hatte sichtlich keine Chance, sich weiter aus dem Wasser herauszustemmen.

Gleich drei Matrosen stürzten vor und packten Hasseltime an Beinen und Hüfte. Sie zerrten mit aller Kraft, aber auch sie konnten nicht verhindern, daß der Erste Offizier immer tiefer in den See hineingezerrt wurde. Hasseltime warf verzweifelt den Kopf in den Nacken, um wenigstens das Gesicht über Wasser zu halten und atmen zu können, doch unbarmherzig wurde er weitergezerrt. Seine Schreie brachen abrupt ab, als sein Gesicht erneut unter Wasser geriet.

Zwei weitere Matrosen sprangen hinzu und packten ihn an den Beinen, doch nicht einmal die vereinten Kräfte von fünf ausgewachsenen Männern reichten, den Ersten Offizier wieder aus dem Wasser zu ziehen. Hasseltime wurde – langsamer jetzt, aber unbarmherzig – immer tiefer in den See hineingezogen.

Was auf den ersten Blick wie eine flache Pfütze ausgesehen hatte, mußte in Wirklichkeit ein bodenloses Loch sein. Das Wasser rings um Hasseltime schien zu kochen. Blasiger Schaum erschien auf der Oberfläche, und für den Bruchteil einer Sekunde glaubte Blossom, einen gewaltigen, monströsen Schatten aus der lichtlosen Tiefe emporsteigen zu sehen; irgend etwas von absurder Gestalt, das sich Hasseltime rasend schnell näherte.

Und dann, im allerletzten Moment – vielleicht

dem tausendsten Teil einer Sekunde, bevor der Schatten und Hasseltimes hilflos mit den Beinen strampelnder Körper verschmolzen – kam der Erste Offizier frei. Plötzlich des Widerstands beraubt, gegen den sie sich stemmten, stürzten die fünf Matrosen, die ihn gepackt hatten, nach hinten. Doch wenigstens einer von ihnen war geistesgegenwärtig genug, Hasseltime mit sich zu zerren. Zugleich schoß eine gewaltige, schaumige Wassersäule aus dem See empor, erhob sich brüllend fast bis an die Höhlendecke und überschüttete alle mit eiskaltem Wasser.

Auch Blossom sprang zurück, schlug instinktiv die Hände vors Gesicht und zog den Kopf zwischen die Schultern. Trotzdem wurde er bis auf die Haut durchnäßt. In der nächsten Sekunde hallte die Höhle von spitzen Schmerz- und Schreckensrufen wider, und auch Blossom preßte stöhnend die Lippen aufeinander.

Das Wasser brannte wie Säure auf seiner Haut. Es war eiskalt, doch es fühlte sich nicht wie Wasser an, sondern war von einer zähen, fast schleimigen Konsistenz, und es verströmte einen widerwärtigen, fauligen Gestank. Hastig fuhr er sich mit den Händen durchs Gesicht, konnte aber nicht verhindern, daß ihm ein Tropfen der brennenden Flüssigkeit ins linke Auge lief. Rote Schmerzblitze explodierten auf seiner Netzhaut, und für Sekunden war er blind. Als er wieder sehen konnte, wogte ein blutiger Schleier vor seinem linken Auge. Der Schmerz war so entsetzlich, als würde ihm ein glühender Dolch ins Gehirn gestoßen.

Den anderen Männern erging es nicht besser. Zwei

der Matrosen waren auf die Knie gesunken und hatten die Hände vor die Gesichter geschlagen, und auch die anderen krümmten sich oder versuchten wie besessen, die ätzende Flüssigkeit abzustreifen.

Hasseltime hockte nur ein kleines Stück vom Ufer des Sees entfernt auf den Knien, doch Blossom wünschte sich beinahe, ihn nicht angeschaut zu haben. Er bot einen entsetzlichen Anblick. Seine Jacke schwelte. Sein Gesicht war blutüberströmt und schien sich in eine einzige, gewaltige Wunde verwandelt zu haben, und das Haar fiel ihm in Büscheln aus. Sein Mund stand weit offen und seine Lippen bewegten sich, doch wenn er schrie, ging der Klang seiner Stimme im Getöse und den Schreien der anderen unter.

Das Schlimmste aber waren die roten, kreisrunden Male, die Blossom auf Hasseltimes Wangen und dem bloßgelegten Fleisch seiner Hände sah: teetassengroße Wunden, wie die Spuren gewaltiger, zahnbewehrter Saugnäpfe.

Hasseltime wankte hin und her. Er hätte längst bewußtlos sein müssen, aber irgend etwas hielt ihn noch immer bei Besinnung.

Und die Gefahr war noch keineswegs vorüber.

Der schäumenden Wassereruption war keine zweite gefolgt, doch Blossom erinnerte sich plötzlich wieder an den unheimlichen Schatten, der aus der Tiefe emporgestiegen war. Als wäre dieser Gedanke ein Signal gewesen, auf das der unsichtbare Feind nur gewartet hatte, begann in diesem Moment das Wasser hinter Hasseltime erneut zu sprudeln.

»Hasseltime! Weg da!« rief Blossom mit schriller, sich überschlagender Stimme. Tatsächlich wandte

Hasseltime mit einem Ruck den Kopf und blickte in seine Richtung. Doch er hatte die Worte des Kommandanten entweder nicht verstanden, oder er war vor Schrecken und Schmerz wie gelähmt, denn er versuchte nicht mal, aufzustehen.

Wahrscheinlich wäre es sowieso zu spät gewesen. Das Wasser spritzte erneut auseinander, und diesmal war es nicht nur kochender Schaum, der seine Oberfläche durchbrach.

Der Schatten hatte einen Körper bekommen. Ein gutes Dutzend gewaltiger, grüngeschuppter Fangarme erhob sich plötzlich aus dem See, jeder so dick wie der Oberschenkel eines Mannes; sie waren mit zahllosen runden, mit schnappenden Mäulern versehenen Tentakeln bedeckt. Darunter wuchs ein kolossaler, mißgestalteter Leib heran, ein schwarzer, pumpender Sack mit gewaltigen Glotzaugen, der hinter dem Wald aus peitschenden Fangarmen und spritzendem Wasser mehr zu erahnen als tatsächlich zu erkennen war. Die Tentakel zuckten wild umher, klatschten mit einem widerwärtigen Geräusch auf den flachen Fels neben dem See – und ergriffen Hasseltime, um ihn mit einem einzigen Ruck in die Höhe und erneut ins brodelnde Wasser zu zerren!

Blossoms Hände bewegten sich fast ohne sein Zutun. Obwohl ihm jede Bewegung Schmerzen bereitete, riß er das Gewehr von seiner Schulter und drückte ab, ohne sich die Zeit zu nehmen, richtig zu zielen.

Der Schuß hallte wie ein Kanonenschlag durch die Höhle, und Blossom sah, wie die Kugel einen der Fangarme traf. Ein Schwall einer schwarzen, dampfenden Flüssigkeit schoß aus der Wunde. Wo die

Tropfen den Fels berührten, kräuselte grauer Rauch in die Höhe.

Ein schrilles, zorniges Pfeifen ertönte, ein Laut, wie Blossom ihn nie zuvor gehört hatte und auch nie wieder hören sollte. Das Ungeheuer mochte aus den tiefsten Tiefen der Hölle emporgestiegen sein, ein lebender Alptraum, aber es war nicht unverwundbar, und es kannte den Schmerz.

Und den Zorn. Plötzlich streckten sich drei, vier weitere Tentakel vor, in einer Bewegung, die so fließend und schnell war, daß sie Blossom für ein Wesen dieser Größe eigentlich unmöglich erschien. Sie ergriffen drei weitere Soldaten und zerrten sie mit unvorstellbarer Kraft auf den See zu.

Blossom feuerte erneut. Die Kugel traf einen der Tentakel, zerschmetterte die grünen Schuppen und riß eine fast kopfgroße Wunde in das weiche Fleisch darunter. Der Griff des Fangarmes öffnete sich, und der Mann stürzte in den See, wo er sofort von einem anderen Tentakel gepackt und unter Wasser gezerrt wurde; ebenso wie die beiden anderen Unglückseligen, die das Ungeheuer ergriffen hatte.

Doch auch die anderen Soldaten hatten endlich ihren Schock überwunden und eröffneten nun das Feuer. Die Oberfläche des Sees begann erneut zu sprudeln und Blasen zu werfen. Grauer, ätzender Rauch breitete sich aus, und aus dem schmerzerfüllten Pfeifen wurde ein Kreischen und Brüllen von unvorstellbarer Wut, aber fast ebensogroßer Pein.

Doch Blossom sah auch etwas, das ihn mit schierem Entsetzen erfüllte: So schrecklich die Wunden waren, die von den großkalibrigen Geschossen aus ihren Gewehren gerissen wurden, vermochten sie dem Ungetüm doch keinen wirklichen Schaden zuzufügen, denn die Wunden schlossen sich beinahe ebenso schnell, wie sie entstanden. Und aus dem Wasser tauchten immer mehr Fangarme auf, die nach den winzigen Wesen am Ufer griffen, die der Kreatur solche Schmerzen zufügten. Zwei, drei weitere Männer wurden gepackt und trotz verzweifelter Gegenwehr und des immer heftigeren Gewehrfeuers der anderen in den See und das tödliche Wasser hinabgezerrt.

12. Februar 1893

Ich hätte mir gewünscht, daß der Anblick des Hauses nicht mehr als ein Alptraum wäre, aber dem war ganz und gar nicht so. Und wenn doch, so einer von jener ganz besonders unangenehmen Art, die nach dem Erwachen nicht endet, sondern im Gegenteil nur noch schlimmer wird.

Nach dem verheerenden Brand war von dem Gebäude nicht viel mehr als die Grundmauern stehen geblieben. Heute erhob sich am Ashton Place 9 immerhin wieder etwas, das entfernt wie ein Gebäude aussah – zumindest, wenn man nicht zu genau hinschaute und nicht den Fehler beging, einen Blick hinter den überdimensionalen Bauzaun zu werfen, den die Firma STORM DEVASTATIONS nach übereinstimmender Auskunft mehrerer Nachbarn bereits zwei Stunden vor dem Vertragsabschluß errichtet hatte.

Es war ein wirklich beeindruckender Zaun – gut doppelt so hoch, wie es meiner Meinung nach nötig gewesen wäre, und mit einem Tor, das ganz so aussah, als würde es selbst dem Bombardement eines Schiffsgeschützes eine ganze Weile standhalten. Der Zaun bestand aus solidem englischem Eichenholz; zumindest nahm ich es an. Sehen konnte man es nicht, denn der Zaun war über und über mit grellbunten Reklametafeln bepflastert, die allesamt für eine einzige Firma warben – STORM DEVASTATIONS nämlich, eben jenes Bauunternehmen, dem ich vor mehreren Monaten in einem Anfall von galoppierendem Wahnsinn den Auftrag erteilt hatte, Andara-House wieder aufzubauen.

Was hinter diesem Bauzaun lag, war schon etwas weniger erfreulich.

Man konnte nicht unbedingt sagen, daß die Herren Storm und Co. noch nicht mit der Arbeit begonnen hätten. Ganz und gar nicht. Andara-House war keine Ruine mehr. Aber es sah auch nicht direkt aus wie ein Haus, nicht einmal wie ein Rohbau, sondern …

Nein – mir fehlten die Worte (und im Moment sowohl die Geduld als auch der dazugehörige Galgenhumor), um das zu beschreiben, was in den letzten vier Monaten hier entstanden war. Der Zwischenrechnung nach zu schließen jedenfalls, die mir Mister Storm gestern hatte zukommen lassen, hätte sich hier mittlerweile so etwas wie eine Luxusausgabe des Buckingham-Palastes erheben müssen, inklusive vergoldeter Kloschüsseln und diamantbesetzter Türknäufe.

Mit steinernem Gesicht ließ ich den Blick über das halbfertige Dach und die zyklopisch anmutenden Außenmauern schweifen, die erst in den letzten Wochen und Monaten neu entstanden waren, und doch bereits jetzt auf eine unbegreifliche Weise alt wirkten, so, als stünden sie schon seit Jahrzehnten hier. Tief in mir regte sich der böse Verdacht, daß dies möglicherweise in ursächlichem Zusammenhang mit dem Alter der verwendeten Baumaterialien stehen könnte, aber ich verscheuchte den Gedanken.

»Also?« fragte ich. »Was haben Sie mir dazu zu sagen?«

Es fiel mir schwer, Ruhe zu bewahren, da mich der bloße Anblick des Hauses bereits wieder in Rage versetzte. Ich hatte von Anfang an gewußt, daß der Wiederaufbau meines Hauses länger dauern und viel teurer werden würde als veranschlagt, aber das …

Hinzu kam, daß es gerade erst 10 Uhr vormittags war, nach meiner eigenen Zeitrechnung also noch mitten in der Nacht, vor allem, da nach dem unbegreiflichen Erlebnis mit dem verwandelten Schrank für mich nicht mehr an Schlaf zu denken gewesen war. Erst in den frühen Morgenstunden war ich schließlich in einen leichten Schlummer gefallen, nur um nach nicht einmal drei Stunden schon wieder geweckt zu werden. Entsprechend gut war meine Laune. Wer sich für eine solche Zeit mit mir verabredete, mußte entweder wirklich außergewöhnlich gute Nachrichten oder ziemlich viel Mut haben. Es gibt Menschen, die bezeichnen mich als Morgenmuffel, aber das ist eine glatte Verleumdung. Die Wahrheit ist, daß der Großteil der menschlichen Spezies einfach nicht begreifen will, daß der Mensch ein Nachtgeschöpf ist. Wären wir für das Leben im hellen Sonnenlicht geschaffen, wozu, bitteschön, hätte die Natur uns dann Augenlider gegeben?

Nun, was das Haus betraf, so war offensichtlich ganz und gar nichts gut. Entsprechend scharf mußte wohl auch meine Frage geklungen haben, denn Storm zuckte zusammen und trat unwillkürlich einen Schritt zurück, bis er fast gegen Rowlf prallte, der sich mit verschränkten Armen hinter ihm aufgebaut hatte. Er würde eine ausgesprochen gute Ausrede parat haben müssen, um meinen Zorn zu besänftigen, doch danach sah es, seinem Gesichtsausdruck nach zu schließen, nicht aus.

»Nun, ich … Sehen Sie, Mister Craven, es hat … Verzögerungen gegeben.« Er schluckte ein paarmal, um seine Nervosität zu überspielen, und blickte aus den Augenwinkeln immer wieder verstohlen in

Rowlfs Richtung. Mein hünenhafter Begleiter hatte kein Wort gesagt, seit wir gemeinsam die Baustelle betreten hatten, doch allein sein Gesichtsausdruck sprach Bände. Ich wußte ja, welche Wirkung Rowlfs bloßer Anblick auf manche Menschen hatte. Um der Wahrheit die Ehre zu geben: Im Moment genoß ich es, Storm angesichts eines Hünen schwitzen zu sehen, dessen rechter Oberarm mehr wog als der ganze Mr. Storm und der einen Gesichtsausdruck zur Schau trug, als wäre er der Erfinder der Zahnschmerzen.

»Solche Verzögerungen können immer auftreten, vor allem bei einem so ungewöhnlichen Bauvorhaben.«

»Und ich dachte, Sie und Ihre Firma wären auf ungewöhnliche Bauvorhaben spezialisiert«, sagte ich kühl. Immerhin war das eins der Argumente, mit denen Storm mich letzten Endes überzeugt hatte, meine Unterschrift unter das Auftragsformular zu setzen. Wie gesagt: offenbar in einem Augenblick totaler geistiger Umnachtung ...

»Ja, sicher, selbstverständlich«, beeilte sich Storm, zu versichern. Er lächelte auf seine unterwürfige, aalglatte Art, die ich am meisten an ihm verabscheute, und wartete offensichtlich darauf, daß ich irgend etwas zu seiner Entlastung sagte.

Den Gefallen tat ich ihm nicht. Storm war mir trotz Howards Empfehlung von Anfang an unsympathisch gewesen, und ich hätte ihm den Auftrag mit Sicherheit nicht erteilt, wenn sein Angebot nicht so außergewöhnlich günstig gewesen wäre, daß mir im Grunde kaum eine andere Wahl blieb. Wenigstens konnte ich seine bei meinen bisherigen Besuchen stets unvermeidlichen Begleiter Lickus und Will nirgendwo entdecken. Wahrscheinlich wäre ich Amok gelaufen, hätten sie mir noch ein einziges Mal versichert, daß sie nur mein Bestes wollten und alles ganz schnell ginge.

»Und?«

»Na ja, schauen Sie, gewisse Verzögerungen lassen sich nun einmal nicht immer voraussehen«, behauptete Storm. »In Anbetracht der Umstände kommen wir sogar ganz gut voran, muß ich sagen.«

»Verzögerungen«, wiederholte ich gedehnt. »Das Haus hätte bereits vor einem Monat fertig sein sollen, wie Sie im Vertrag zugesichert haben. Ich habe Ihnen weitere zwei Wochen zugestanden, aber ich habe nicht den Eindruck, daß Ihre Leute seither merklich weitergekommen wären. Auch meine Geduld hat Grenzen. Wenn Sie nicht genügend Männer haben, um ein Bauvorhaben dieser Größe termingerecht zu vollenden, hätten Sie sich das vorher überlegen sollen.«

»Daran liegt es ganz bestimmt nicht«, versicherte Storm hastig. »Aber die Unterlagen und Konstruktionspläne, die Ihr Bruder hinterlassen hat, waren teilweise sehr vage und unvollständig. Wir mußten improvisieren. Ich habe Ihnen die Skizzen ja gezeigt, und Sie waren mit den vorgeschlagenen Änderungen einverstanden.«

Ich schluckte die zornige Antwort, die mir auf den Lippen lag, im letzten Moment herunter. Ich hatte mich noch immer nicht daran gewöhnt, als mein eigener Zwillingsbruder aufzutreten, obwohl ich im Laufe des letzten halben Jahres nun wirklich genug mitgemacht hatte, um diese Identität anzunehmen.

Ich hatte vorher schon gewußt, daß britische Behörden stur und äußerst bürokratisch sein konnten, aber zu welcher Sturheit und welcher Bürokratie sie wirklich imstande waren, hatte ich erst in den vergangenen Monaten erfahren. Allein für die Unmengen von Formularen und eidesstattlichen Versicherungen, die ich unterzeichnet hatte, war vermutlich eigens ein Baum gefällt worden. Außerdem hatte ich schätzungsweise eine Million dummer Fragen beantworten müssen, die meisten davon mindestens ein dutzendmal, und viele waren so dämlich, daß mir schließlich der Kragen platzte – auch wenn ich mittlerweile bezweifelte, ob es wirklich klug gewesen war, den verantwortlichen Beamten zu fragen, ob Dummheit Voraussetzung für seine Einstellung gewesen wäre. Die Antwort war ein Schwall weiterer Fragen und mehrere Wagenladungen zusätzlicher Formulare, die ich in den folgenden Wochen ebenfalls auszufüllen hatte.

Inzwischen jedoch lag das alles weit hinter mir. Vor allem, nachdem mein Anwalt, Dr. Gray, vor knapp einem Monat von einer längeren Reise zurückgekehrt war und alles in die Hand genommen hatte, war das Verfahren relativ schnell zum Abschluß gekommen. Wie ich von Howard erfahren hatte, war die Reise in Wahrheit eine Zeitreise um die Kleinigkeit von mehreren hundert Millionen Jahren in die Zukunft gewesen, von der Gray durch einen Fehler der Zeitmaschine ins Jahr 1893 zurückgekehrt war – glücklicherweise nur vier und nicht, wie von Howard ursprünglich geglaubt, zehn Monate später, als er aufgebrochen war.

Wichtig aber war vor allem, daß ich jetzt ganz offiziell als Robert Craven der Zweite anerkannt wurde, mein eigener Zwillingsbruder. Die geringfügigen Änderungen, die Viktor bei der Rekonstruktion meines verbrannten Gesichts hatte vornehmen müssen, erwiesen sich nun als Vorteil. Niemand kam auf den Gedanken, in mir denselben Robert Craven zu sehen, um den sich zahlreiche seltsame Geschichten rankten, und der in mehrere niemals vollständig aufgeklärte Mordfälle verwickelt gewesen war.

»Und?« fragte ich noch einmal und ließ meinen Blick dabei zur Straße wandern. Wo, zum Teufel, blieb Howard? Er war bereits seit fast einer halben Stunde überfällig. Gab es denn überhaupt niemanden mehr, der sich altmodischen Tugenden wie der Pünktlichkeit verpflichtet fühlte? »Wir waren uns einig, daß die meisten dieser Änderungen Ihren Männern die Arbeit sogar erleichtern würden. Also führen Sie diese jetzt nicht als Entschuldigung für Ihre Schlamperei an.«

Storms Augen wurden groß. »Schlamperei?« vergewisserte er sich.

»Schlamperei«, bestätigte ich, wobei ich das Wort so genüßlich auf der Zunge zergehen ließ, daß Storm noch um einige Grade blasser wurde. »Ich will jetzt keine Entschuldigung mehr hören.«

»Es geht nicht um Entschuldigungen«, entgegnete Storm. Er versuchte energisch zu klingen oder wenigstens gebührend beleidigt, aber es gelang ihm nicht. »Es ist nur … Ich fürchte, es hat wenig Sinn, wenn ich es Ihnen zu erklären versuche. Am besten sehen Sie es sich selbst an.«

Das Klappern von Pferdehufen und das Geräusch von Rädern war zu hören; dann hielt eine Kutsche vor dem Grundstück. Howard stieg aus dem Wagenschlag und eilte auf mich zu. Die unvermeidliche Zigarre qualmte in seinem Mundwinkel.

»Tut mir leid – ich wurde aufgehalten«, erklärte er, nickte Storm flüchtig zu und runzelte dann die Stirn, während er seinen Blick über die Baustelle wandern ließ. »Wie es aussieht, sind wir aber wohl nicht die einzigen, die sich verspäten.« Ein flüchtiges Lächeln spielte um seine Mundwinkel. »Wann wolltest du gleich einziehen? Vor zwei Wochen?«

Ich enthielt mich einer Antwort, spießte Storm aber regelrecht mit Blicken auf, der es allerdings vorzog, dem unliebsamen Thema auszuweichen, indem er zu einer Gruppe von Bauarbeitern hinübereilte und ihnen irgendwelche völlig blödsinnigen Anweisungen zurief. Ich starrte Howard verärgert an. »Hauptsache, du hast deinen Humor nicht verloren.«

Howard antwortete nicht laut, grinste aber wie ein Schuljunge und spie eine übelriechende Qualmwolke in meine Richtung. Nein, er hatte seinen Humor sichtlich noch nicht verloren.

Noch vor gar nicht so langer Zeit war das ganz anders gewesen. Man hatte Howard des Mordes an mir, Priscylla, meinem Sohn und Shadow, der Mutter des Kindes, angeklagt und schuldig gesprochen. Während Viktor Frankenstein darum gekämpft hatte, mich ins Leben zurückzuholen, hatte Howard mehr als fünf Jahre in der Todeszelle gesessen, und er wäre hingerichtet worden, wenn nicht die Dienerkreaturen der GROSSEN ALTEN das Gefängnis überfallen und ihm zur Flucht verholfen hätten, damit er sie unwissentlich auf meine Spur führen konnte. Zeuge der geplanten Hinrichtung waren nicht nur Inspektor Cohen, sondern auch Ihrer Majestät Lordoberrichter James Darender und andere wichtige Leute gewesen. Ohne die detaillierten Hintergründe zu kennen, hatte Cohen die von den GROSSEN ALTEN drohende Gefahr am eigenen Leib erfahren, und auch Darender hatte zumindest mitbekommen, daß einiges nicht so war, wie es schien. Hauptsächlich den beiden hatte Howard sein Leben zu verdanken. Cohen hatte auf neue Hinweise für Howards Unschuld hingewiesen, und der Lordoberrichter hatte sich persönlich bei Ihrer Majestät für ihn verwendet. Hauptsächlich aufgrund seiner Fürsprache hatte Queen Victoria schließlich einem Gnadengesuch zugestimmt.

Howard blies eine weitere stinkende Qualmwolke in meine Richtung und ignorierte mein protestierendes Husten. »Der ist mir auf der Fahrt hierher fast vergangen. Ich mußte einen ziemlichen Umweg machen, um überhaupt herzukommen. Hast du heute morgen schon die Zeitung gelesen?«

Ich schüttelte den Kopf. Nicht, daß ich mich im Moment für das Tagesgeschehen oder gar Politik interessiert hätte, doch Howards Stimme klang sehr ernst. Es mußte wirklich etwas Wichtiges – und wie ich fürchtete Schlimmes – geschehen sein. »Was ist passiert?«

»Sagt dir die Bezeichnung Hansom-Komplex etwas?«

»Nein«, gestand ich. »Was soll das sein? Irgendeine Verhaltensstörung? Eine neue Krankheit?«

»Der Hansom-Komplex war ein gewaltiger Häuserblock in der Innenstadt. Nach der Fertigstellung vor ein paar Jahren hat man von einem Meisterwerk der Architektur gesprochen, doch schon bald hat man bauliche Schwächen festgestellt und mußte das Haus räumen.«

»Hat Storm es gebaut?« fragte ich.

Howard blieb ernst. »Wenn dem so wäre, würde ich dir dringend abraten, hier einzuziehen. Der Hansom-Bau war eine der größten Katastrophen der englischen Architekturgeschichte.«

»Gleich nach dem Wiederaufbau von Andara-House«, vermutete ich.

»Der ganze Kladderadatsch is heut nach in sich zusammengefalln«, erklärte Rowlf. Er schlug sich mit der geballten Faust in die geöffnete Linke. Es klang, als stießen zwei Eisbrecher zusammen. »Krawumm. Ich hab's heut morgn inne Zeitung gelesn.«

»Aber das Haus stand doch leer, wie du gerade gesagt hast, oder?« Alarmiert blickte ich Howard an.

»Fast«, antwortete er. »Der Hansom-Komplex war nicht mehr bewohnt, aber es heißt, daß sich dort einige Stadtstreicher aufgehalten haben. Zwei Leichen hat man bereits geborgen. Aber das ist noch nicht alles. Viele der benachbarten Gebäude wurden stark in Mitleidenschaft gezogen. Auch dort hat es Verletzte gegeben. Die halbe Innenstadt ist gesperrt. Der Verkehr ist vollkommen zusammengebrochen, wie du dir vorstellen kannst. Nicht mal zu Fuß kommt man noch wirklich durch.«

»Schrecklich«, murmelte ich. »Weiß man schon, wie es dazu gekommen ist?«

»Man vermutet, daß der Zusammenbruch des Hauses mit den Arbeiten an der Untergrundbahn zusammenhängt. Einer der Stollen ist kurz zuvor zum Teil eingestürzt. Auch dabei hat es Todesopfer gegeben, soviel ich weiß.« Er schüttelte seufzend den Kopf. »Dieses ganze U-Bahn-Projekt steht unter keinem guten Stern.«

Ich konnte ihm nur beipflichten. Ich persönlich hatte es immer schon für Wahnsinn gehalten, eine Großstadt wie London in solchem Maße zu untertunneln. Es gab schließlich genügend Straßen, und vor einiger Zeit hatte ein Deutscher eine Erfindung namens Automobil gemacht. Knatternde und stinkende Kutschen, die ohne Pferde fuhren, die man aber dennoch schon vereinzelt auf den Straßen erblicken konnte. Zwar waren sie wesentlich langsamer als eine schnell fahrende Kutsche, und die stinkende Brühe, mit der sie angetrieben wurden, kostete mehr als Heu und Hafer für einen ganzen Pferdestall, aber wenigstens hinterließen sie keinen Pferdemist auf den Straßen, und wie ich die Menschen kannte, würden sie die Kinderkrankheiten dieser Erfindung schon bald überwinden. Wer sollte dann noch in unterirdischen Zügen fahren?

Um ehrlich zu sein, hatte mir der Gedanke an ein ganzes System von Stollen und Stationen, durch die quasi unter unseren Füßen Züge dahinrasten, von Anfang an angst gemacht. Ein Unglück war meines Erachtens allen gegensätzlichen Gutachten zum Trotz beinahe schon vorbestimmt, obwohl ich mir natürlich nicht gewünscht hatte, daß sich meine Befürchtungen auf so schreckliche Weise bewahrheiten würden. Bei dem Gedanken, daß es auch einen vollständig bewohnten Häuserblock hätte treffen können, drehte sich mir schier der Magen um. Vielleicht würde dieses Unglück den Verantwortlichen ja endlich die Augen öffnen, so daß sie wieder Vernunft annahmen und diesen ganzen Untergrundbahn-Unsinn zu den Akten legten, wo er hingehörte.

Storm kehrte zu uns zurück, und ich schrak aus meinen Gedanken auf und nickte ihm fahrig zu. »Gehen wir.«

Wir näherten uns dem Haus, doch bevor wir es erreichten, nahm ich aus den Augenwinkeln eine Bewegung war. Als ich mich umwandte, entdeckte ich auf einem der Steinhaufen dieselbe beigebraune Perserkatze, die mir schon vor einigen Monaten aufgefallen war. Sie erwiderte meinen Blick, und wieder glaubte ich, in ihren Augen etwas zu erkennen, das nicht zu einem harmlosen Tier paßte. Diesmal aber versuchte ich gar nicht erst, mich der Katze zu nähern, sondern beeilte mich nach kurzem Zögern, wieder zu Howard, Rowlf und Storm aufzuschließen. Offensichtlich hatte ich einen neuen, vierbeinigen Nachbarn, den ich in Zukunft wahrscheinlich noch öfter sehen würde. Ich freute mich darauf, hatte im Moment aber wahrlich andere Sorgen.

Wir betraten das Haus durch die große Bresche in der Mauer, die später einmal das Eingangsportal aufnehmen sollte; jedenfalls vermutete ich, daß es so war. Sicher konnte ich mir bei diesem Haus, das aussah, als hätte es im Zentrum eines Schlachtfelds gestanden, nicht sein.

In der Eingangshalle standen zahlreiche Gerüste, was den Raum viel niedriger und vor allem weniger großzügig aussehen ließ, als er war.

Ich verschwendete allerdings nur einen einzigen Blick darauf. Für die nächsten Minuten war ich voll und ganz damit beschäftigt, mit offenem Mund und

Augen dazustehen und begreifen zu wollen, was ich sah.

Nicht, daß es mir gelang.

Um das Tohuwabohu ringsum mit einem einzigen Wort zu beschreiben: Chaos. Bauarbeiter eilten hin und her, und ich hatte fast den Eindruck, daß jeder von ihnen das genaue Gegenteil von dem tat, was andere vor ihm getan hatten, wenn sie sich nicht gerade gegenseitig nach Kräften behinderten oder einander auf die Füße traten. Ein Teil der vollständig niedergebrannten Treppe war bereits wieder aufgebaut worden. Eine ganze Horde von Schreinern und Gehilfen waren emsig damit beschäftigt, Maße zu nehmen, Stufen zu sägen und einzupassen oder Löcher für das Geländer zu bohren, dicht gefolgt von den Anstreichern, die sich vom Fuße der Treppe an mit Tapeten und Farben hinter ihnen her arbeiteten und dabei das noch nicht versiegelte Holz selbstverständlich nach Kräften bekleckerten. Materialien wurden vollkommen sinnlos von einer Ecke in die andere geräumt, nur um von anderen Männern von dort gleich wieder fortgeschafft zu werden. Ein Teil der im Feuer geborstenen Bodenfliesen war bereits entfernt und durch neue ersetzt worden, die weder in Farbe noch in Form so recht zusammenpaßten. Die absolute Krönung aber bot die Wand zur ehemaligen Bibliothek: mehrere Männer hatten damit begonnen, sie zu streichen, während andere von der entgegengesetzten Seite aus Tapeten aufklebten, und in der Mitte der Wand jemand Maß für eine Vertäfelung nahm. Ich wußte nicht recht, ob ich lachen oder weinen sollte, und rettete mich schließlich in ein stummes Kopfschütteln. Im stillen revidierte ich meine

Einschätzung des Geschehens: Es war kein Chaos, es war der blanke Irrsinn.

Howard hingegen blieb ganz und gar nicht stumm. »Das nennen Sie Organisation?« Er wandte sich mit gefährlich leiser Stimme an Storm. An seiner Schläfe pochte eine Zornesader. Ich kannte ihn gut genug, um zu wissen, daß er dicht davorstand, zu explodieren, und trat vorsichtshalber einen Schritt zurück.

»Wir ... wir müssen improvisieren«, verteidigte sich Storm. Es hörte sich kläglich an. »Sie wollten doch, daß das Haus heller und freundlicher wird. Größere Fenster, frischere Farben und so weiter.«

Ich nickte. In der Zeit zwischen meinem Einzug in Andara-House und dem Brand hatte ich mich an das Haus gewöhnt, aber das bedeutete nicht, daß es mir gefallen hatte. Mein Vater hatte es erbauen lassen, und er mußte einen ziemlich düsteren Geschmack gehabt haben; und eine gewisse Vorliebe für das Morbide. Seit ich es kannte, war Andara-House ein finsterer Ort gewesen; zwar groß – für meinen Geschmack sogar ein paar Nummern zu groß –, aber stets von einem Hauch Dunkelheit erfüllt. Nicht mal an Sonnentagen schien es in den hohen, großen Räumen jemals richtig hell zu werden, was weder daran lag, daß die Fenster zu klein gewesen wären, noch an den schweren, in gedeckten Farben gehaltenen Stoffvorhängen oder Tapeten, auch wenn das alles sicherlich ebenfalls eine Rolle spielte. Aber die Düsternis schien sich wie ein Bestandteil des Hauses in diesen Mauern eingenistet zu haben und sich durch nichts vertreiben zu lassen.

Das jedoch war das alte Andara-House gewesen.

Das Gebäude, das zu errichten ich Storm den Auftrag erteilt hatte, sollte ein völlig anderes Haus werden, das dem alten zwar äußerlich glich, und sich auch weitgehend an dem alten Vorbild orientierte, was die Raumaufteilung betraf, das aber dennoch ein völlig anderes Gebäude werden sollte. Sämtliche verwendeten Materialien waren neu. Ich hatte wohlweislich sogar die ausdrückliche Anordnung erteilt, selbst die noch vorhandenen Grundmauern niederzureißen. Mit Ausnahme der weitgehend unversehrt gebliebenen Kellergewölbe durfte hier buchstäblich kein Stein mehr auf dem alten stehen. Ich hatte ein neues Leben begonnen, und ich wollte ein Zuhause, das so war, wie dieses Leben sein sollte – hell, freundlich und nach Möglichkeit sogar ein bißchen verspielt.

»Und?« fragte ich. »Warum bauen Sie dann nicht einfach so, wie es in den Plänen steht?« Ich deutete auf die Wand, an der gleich drei Gruppen so trefflich gegeneinander arbeiteten. »Wenn ich mich recht erinnere, sollte dort eine Täfelung aus hellem Fichtenholz hin. Was soll also der Unsinn mit der Farbe und der Tapete?«

»Genau davon spreche ich ja«, entgegnete Storm. »Wir haben es versucht, aber irgend etwas an diesem Haus ist … nun ja, seltsam.« Er zuckte verlegen mit den Schultern.

»Was meinen Sie damit?«

»Ich habe die vorgesehene Täfelung anbringen lassen, jedenfalls an einem Teil der Wand. Aber sie hielt einfach nicht.«

»Wie?« fragte ich.

Storm zog den Kopf zwischen die Schultern und

wich meinem Blick aus. »Sie ist ... einfach wieder heruntergefallen«, sagte er kleinlaut. »Ich kann mir das auch nicht erklären.«

»Aber ich«, sagte Howard scharf. »Ihre Leute haben schlampige Arbeit geleistet. Das ist das ganze Geheimnis.«

Storm schüttelte heftig den Kopf. »Das habe ich auch erst gedacht. Wir haben mit der Arbeit neu begonnen, und diesmal habe ich alles persönlich überwacht. Sie können mir glauben, ich verstehe mein Handwerk!« Er blickte herausfordernd von einem zum anderen und schien auf Widerspruch zu warten. Als dieser nicht kam, wirkte er für einen Moment regelrecht enttäuscht, fuhr dann aber fort: »Das Mauerwerk ... weigerte sich einfach, den Haftputz anzunehmen. Die Platten fielen jedesmal wieder herunter, egal, was wir versuchten. Die Schrauben haben einfach nicht gehalten. Ich habe so etwas noch nie erlebt. Wir haben den Untergrund auf alle nur denkbaren Arten bearbeitet, aber nichts hat etwas genutzt. Deshalb haben wir es schließlich mit Tapeten versucht, die waren ja als Alternative im Gespräch. Aber auch sie halten nicht. Spätestens nach einer halben Stunde fallen sie wieder ab.«

»Wie's aussehn tut, sinn Ihre Männa einfach zu blöd«, ranzte Rowlf . »Oder's liegt am Boß vonnem ganzen Gedöns.«

Ich lächelte flüchtig, war aber nachdenklich geworden. Möglicherweise tat ich Storm Unrecht. Einen ähnlichen Mißerfolg bei dem Versuch, das Haus renovieren zu lassen, hatte ich vor Jahren schon einmal erlebt. Aber damals war es das ursprüngliche Andara-House gewesen, das mein Vater hatte errichten lassen, das sich gegen jede Änderung wehrte. Zum Teufel noch mal, das hier war ein vollkommen neues Haus!

Mein Haus.

»Offenbar haben Sie schlechte Materialien verwendet«, sagte ich. »Die Bausubstanz ist schlecht, wenn die Wände weder Kleister noch Grundierung annehmen. Ganz ehrlich, Mister Storm – Sie haben wirklich alles abreißen und durch neues Material ersetzen lassen?«

»Oder haben Sie vielleicht nur neues Material berechnet und das, was noch gut erschien, stehen gelassen?« fügte Howard hinzu.

»Bestimmt nicht«, verteidigte sich Storm auf eine Art und mit einem Gesichtsausdruck, die in mir den Verdacht wachriefen, daß Howard mit seiner Vermutung der Wahrheit ziemlich nahe gekommen sein mußte. »Es wurden nur erstklassige Materialien verwendet, wie Sie angeordnet haben. Das habe ich persönlich überprüft, und ich verbürge mich dafür. Außerdem sind das nicht die einzigen Schwierigkeiten.«

»Das hätte mich auch überrascht«, seufzte Howard.

Storm blinzelte irritiert, war aber klug genug, nichts zu sagen. Statt dessen führte er uns in den ehemaligen Salon und zeigte auf einige Männer, die sich bemühten, nach meinen Änderungswünschen eine Zwischenwand einzuziehen, die den viel zu großen – und im Winter kaum ausreichend zu beheizenden – Raum in zwei kleinere unterteilen sollte. »Wir bauen die Mauer nun bereits zum dritten Mal neu. Sie ist jedesmal wieder zusammengebrochen. Fragen

Sie mich nicht, wieso, ich kann es Ihnen nicht sagen. Es gibt einfach keine vernünftige Erklärung dafür. Wenn ich über solchen abergläubischen Hokuspokus nicht erhaben wäre, würde ich glatt behaupten, daß es hier spukt. Viele meiner Männer glauben bereits fest daran. Einige habe ich sogar schon entlassen müssen, weil sie sich schlichtweg geweigert haben, hier weiterzuarbeiten.«

»Dann müßten Sie alle entlassen«, sagte Howard. »Ich sehe hier nämlich niemanden, der arbeitet!«

»Es ist nicht meine Schuld!« protestierte Storm. »Dieses Haus ist irgendwie ... verhext.«

»Blödsinn!« brauste Howard auf. »Ihre Leute haben dieses Haus Stein für Stein aufgebaut. Wenn hier etwas spukt, dann der Ungeist von Faulheit, mangelndem Organisationstalent und Unfähigkeit. Und einer sehr, sehr schlechten Geschäftsleitung.«

Storm schluckte, nahm die Beleidigung aber widerspruchslos hin. Was sollte er angesichts dessen, was sich vor unser aller Augen abspielte, auch sagen?

»Wir tun unser Bestes«, murmelte er kleinlaut.

»Ja, genau das habe ich befürchtet«, sagte Howard. »Ich glaube, Ihr Bestes ist nicht gut genug, Mister Storm. Sie sollen dieses Haus wieder aufbauen. Dafür werden Sie schließlich gut bezahlt.«

Ich verzichtete darauf, ihn zu korrigieren und darauf hinzuweisen, daß nicht wir, sondern allein ich es war, der für den Neubau bezahlte. Ich hatte es bisher wohlweislich vermieden, die Rechnungen zu addieren, die Storm mir bereits geschickt hatte, argwöhnte aber schon seit einer geraumen Weile, daß es mich unter dem Strich vermutlich weitaus billiger gekommen wäre, gleich ein neues Haus zu bauen. Oder auch zwei oder drei.

»Was wollen Sie denn jetzt tun?«

»Ein Sachverständiger, den ich hinzugezogen habe – übrigens nicht der erste –, wies darauf hin, daß das Fundament möglicherweise nicht fest sein könnte«, erklärte Storm. »Geologische Unregelmäßigkeiten unter dem Haus. Natürlich haben wir gleich zu Beginn alles vermessen lassen, aber wir werden es noch ein weiteres Mal tun. Es wäre denkbar, daß das Mauerwerk dadurch ständig winzigen Spannungen und Verschiebungen ausgesetzt ist.«

Howard verzog das Gesicht, sagte aber nichts. Er wußte so gut wie ich, wie an den Haaren herbeigezogen diese Erklärung war. Immerhin handelte es sich bei dem Grundstück nicht um Brachland; hier hatte schon jahrzehntelang ein Haus gestanden, ohne daß es die geringsten Anzeichen solcher geologischen Unregelmäßigkeiten gegeben hatte.

»Gehen wir«, murmelte ich. »Für heute habe ich genug gesehen.« Um ehrlich zu sein: sogar sehr viel mehr, als ich überhaupt hatte sehen wollen.

Als wir das Zimmer verließen, stürzte hinter uns die im Bau befindliche Zwischenwand ein weiteres Mal mit lautem Krachen ein.

Ich machte mir nicht mal die Mühe, mich umzudrehen.

Auch Storm sagte nichts dazu, wieselte aber weiterhin die ganze Zeit um uns herum, bis Rowlf schließlich der Kragen platzte. Er packte Storm kurzerhand am Schlafittchen und lupfte ihn so unsanft in die Höhe, daß der Mann mit einem erschrockenen Quieken davonschoß.

Wir gingen zu Howards Kutsche, doch kaum, daß wir eingestiegen waren, erlebte ich eine Überraschung: Die Katze war mit einem Satz bei uns im Wagen, rollte sich auf der Bank neben mir zusammen und begann laut zu schnurren. So scheu sie bei unserer ersten Begegnung gewesen war, so zutraulich zeigte sie sich nun. Ich musterte sie einen Moment verblüfft, ehe ich sie behutsam ergriff und wieder hinaussetzte.

Sie war schneller wieder im Wagen als ich.

Erneut setzte ich sie hinaus, doch sie sprang wieder zu uns in den Wagen. Wir wiederholten dieses Spiel ein halbes dutzendmal, ehe Howard in schallendes Gelächter ausbrach. Ich gab es auf. Mit einer zornigen Bewegung schloß ich die Tür, gab dem Kutscher ein Zeichen loszufahren, und beförderte die Katze durchs Fenster ins Freie.

Leider hatte ich vergessen, das Fenster in der anderen Tür zu schließen. Als ich mich auf meinen Sitz zurücksinken ließ, lag neben mir ein schnurrendes Fellbündel.

»Warum nimmst du sie nicht mit?« fragte Howard, während er sich die Tränen von der Wange wischte.

»Weil sie bestimmt jemandem gehört, der nicht sehr erbaut darüber sein dürfte«, sagte ich. »Das ist keine wilde Katze. Sie hat ein Zuhause.«

»Das ihr offenbar nicht so gut gefällt wie deine Gesellschaft«, fügte Howard hinzu, noch immer glucksend vor Lachen. »Was haben wir denn da überhaupt? Eine Katze oder einen Kater?« Er beugte sich vor, hob den Schwanz der Katze an und spähte darunter. »Ein kleines Katerchen«, sagte er. »Soso. Das erklärt ...«

Offensichtlich empfand der Kater diese Art der Behandlung für unter seiner Würde, denn er öffnete träge ein Auge, blinzelte Howard verschlafen an – und machte dann eine blitzartige Bewegung mit der Tatze. Howards Zigarre verwandelte sich in einen zerfledderten Stumpf, von dem Asche und Funken auf seinen Schoß herabregneten.

Überflüssig zu erwähnen, daß Howard zu lachen aufhörte.

William Forbes, seines Zeichens Inspektor der städtischen Bauaufsichtsbehörde und somit nicht nur eine Amts-, sondern schon per Definition eine Respektsperson, hatte sich in seinem Leben schon oft mit den Folgen architektonischer Fehlplanungen, krimineller Machenschaften, vollkommener Unfähigkeit oder auch schlichter Dummheit herumplagen müssen; Folgen, die schon mehrfach einen tödlichen Ausgang genommen hatten. Aber nie zuvor hatte er ein solches Ausmaß an Verwüstung gesehen. Das Stadtviertel bot einen Anblick, als wäre es von feindlicher Artillerie bombardiert und anschließend von einem besonders schweren Erdbeben erschüttert worden.

Am schlimmsten sah es in der Atkins-Road aus. Einst hatte sie im Blickpunkt des Weltinteresses gestanden, war dann aber – nach der Schließung des Hansom-Komplexes – binnen kurzer Zeit verwahrlost und nach übereinstimmender Aussage nahezu sämtlicher Stadtverordneter, Regierungsvertreter und Bewohner der umliegenden Häuserblöcke zu einem Schandfleck für die Stadt verkommen.

Das Geld für einen Abriß hatte dennoch niemand

bewilligt. Es hatte halbherzige Ausflüchte gegeben, und immer wieder hatte man auf das fehlende Geld verwiesen, doch auch das war nur eine Ausrede gewesen. Insgeheim, so vermutete Forbes, hatte man immer noch darauf gehofft, daß jemand irgendein neues Verfahren entwickeln würde, das es ermöglichte, den Hansom-Komplex doch noch zu retten.

Nun, das Problem gab es nicht mehr. Der gesamte Häuserblock war so gründlich zerstört, wie es nur denkbar war. Von dem Wunder der Architektur war nur ein riesiger Schutthaufen geblieben, aus dem man bislang bereits drei Tote geborgen hatte, allesamt Stadtstreicher, die in dem leerstehenden Haus Unterschlupf gesucht hatten. Vermutlich würden es nicht die letzten sein.

Forbes hielt sich nun schon seit mehr als fünf Stunden im Unglücksgebiet auf, doch es war ihm noch immer nicht gelungen, das Geschehen wirklich zu verarbeiten. Er hatte sich für abgebrüht gehalten und nicht geglaubt, das ihm noch irgend etwas, das mit seinem Beruf zusammenhing, unter die Haut gehen könnte; doch hier wurde er eines Besseren belehrt. Selbst der Phantasie eines Mannes, der seit zwanzig Jahren Tote unter eingestürzten Mauern hervorzog, Leichenteile zwischen zerborstenen Brückenpfeilern herauszerrte und weinende Kinder vor den Ruinen der Häuser sah, in denen ihre gesamte Familie ums Leben gekommen war, waren Grenzen gesetzt.

Der Wirklichkeit nicht.

Diese Katastrophe war so schwerwiegend, daß sie größere Konsequenzen nach sich ziehen mußte. Köpfe würden rollen, und Forbes konnte von Glück sagen, wenn sein eigener nicht dabei war. Zwar hatte er mit dem Hansom-Komplex nichts zu tun gehabt, wohl aber mit den Genehmigungen für den Ausbau des U-Bahn-Netzes.

Dabei war das Schlimmste nicht einmal das, was geschehen war. Sicher, drei Tote waren entsetzlich; aber es waren letztendlich nur ein paar Obdachlose, die niemand wirklich vermißte. Viel schlimmer war die Vorstellung, was alles hätte passieren können. Wenn dieses gigantische Gebäude zum Beispiel nicht leergestanden hätte, sondern tatsächlich bewohnt gewesen wäre, oder ..

Nein. Es war besser, er stellte sich nicht zu deutlich vor, was hätte passieren können. Sie hatten ein furchtbares Unglück erlebt, doch Forbes wußte auch, daß sie zugleich nur um Haaresbreite an einer gewaltigen Katastrophe vorbeigeschlittert waren.

Inzwischen zeichnete sich zumindest ein einigermaßen deutliches Bild ab, wie es zu dem Unglück hatte kommen können. Überlebende Tunnelarbeiter hatten berichtet, daß man auf große unterirdische Hohlräume gestoßen wäre, von deren Existenz vorher niemand etwas geahnt hatte. Der Durchbruch zu einer dieser Grotten mußte die offenbar ziemlich instabile Statik der Höhlen zerstört und diese zum Einsturz gebracht haben. Das wiederum hatte Auswirkungen bis hin zur nahegelegenen Atkins-Road gehabt und das Erdreich unter dem Hansom-Komplex einsacken lassen. Mittlerweile wurde unter äußersten Sicherheitsvorkehrungen daran gearbeitet, die unterirdischen Höhlen freizulegen, damit man sie untersuchen und die Leichen der verschütteten Tunnelarbeiter bergen konnte. Drei Tote hatte man bereits gefunden, vier weitere Männer wurden noch vermißt. Überlebenschancen wurden ihnen angesichts der Schwere der Verwüstungen kaum noch eingeräumt, doch es bestand immerhin noch ein kleiner Hoffnungsfunke, und deshalb wurde die Suche entschlossen weitergeführt. Nach Forbes' Meinung vollkommen sinnlos, aber trotzdem entschlossen; und sei es nur, um den Angehörigen der verschütteten Arbeiter Genüge zu tun – und natürlich der öffentlichen Meinung.

Forbes drehte sich vom Anblick der geborgenen Leichen ab, als er Berger, den Leiter der Rettungsmannschaften, auf sich zukommen sah. Er sah erschöpft aus und auf eine schwer in Worte zu fassende, nicht unbedingt körperliche Art müde.

»Wir haben einen schmalen Durchbruch geschafft«, berichtete Berger. »Zumindest ein Teil der Höhlen ist noch intakt. Sieht sogar einigermaßen stabil aus.«

»Ein Lebenszeichen von den Vermißten?«

»Nein, Sir, leider nicht. Damit besteht wohl kaum noch Hoffnung, daß sie überlebt haben könnten.« Er schüttelte müde den Kopf. »Wenigstens dürfte es schnell gegangen sein. Ich glaube nicht, daß sie viel gespürt haben.«

»Ich werde mir die Höhlen ansehen. Wie beurteilen Sie die Stabilität?«

Berger zuckte mit den Schultern. »Schwer zu sagen, Sir. Theoretisch kann es jederzeit zu weiteren Einstürzen kommen. Lediglich den Durchbruch, den wir geschaffen haben, konnten wir so weit absichern, daß dort kaum noch Gefahr besteht. Aber ich kann nichts garantieren.«

»Also gut, sehen wir uns die Sache an.« Forbes wunderte sich selbst ein bißchen über den mutigen

Klang in seiner Stimme. In seinem Innern sah es ganz und gar nicht so aus. Er wollte so ziemlich überall hin auf dieser Welt, nur nicht dort hinunter. Leider mußte er es. Forbes folgte dem Mann ein Stück durch den stark abschüssigen Tunnel, bis sie die Einbruchstelle erreichten. Sie betraten den schmalen, notdürftig mit Eisenträgern abgestützten Durchgang. Forbes fühlte sich ziemlich mulmig. Zwischen den Stützen rieselten Sand und Staub hervor; er konnte hören, wie die Träger unter ihrer Last knirschten und ächzten, und für einen Moment war es ihm, als könnte er die Tonnen von Felsgestein und Erde körperlich fühlen – wie eine erdrückende Last, die ihm den Atem abschnüren wollte.

Er hatte die Bergungstrupps aufgefordert, ihre Kräfte in erster Linie darauf zu konzentrieren, diesen Durchgang zu schaffen und notdürftig abzusichern. Die Suche nach weiteren Leichen hatte Zeit. Angesichts des geschehenen Unglücks kam es ihm ein bißchen makaber vor, daß er alles daransetzte, sich wie ein drittklassiger Abenteurer an die Erforschung der unterirdischen Höhlen zu machen; aber ihm blieb keine andere Wahl. Zum einen hatte bislang die kleine Chance bestanden, daß noch Überlebende in den Grotten eingeschlossen waren, zum anderen mußte er unter allen Umständen herausfinden, wie groß und stabil die Höhlen waren, und wie weit sie sich erstreckten. Möglicherweise bestand die Gefahr weiterer Einstürze, von denen dann auch bewohnte Häuser oder stark frequentierte Straßen und Plätze betroffen sein könnten. Unvorstellbar, wenn sich etwa herausstellte, daß noch weitere, möglicherweise bewohnte Gebäude vom Einsturz bedroht waren!

Der Durchbruch war etwa zwei Dutzend Yards lang, und wenn er an größeren Felsbrocken vorbeiführte, die noch nicht beiseite geräumt worden waren, stellenweise so schmal, daß sich Forbes, Berger und die drei Männer in ihrer Begleitung nur seitlich hindurchzwängen konnten. Hinzu kam, daß die Luft immer schlechter wurde, daß Forbes nun tatsächlich kaum noch atmen konnte. Sein Herz schlug immer schneller. Seine Hände zitterten leicht, und obwohl es ständig kälter wurde, war er am ganzen Leib in Schweiß gebadet.

Forbes verstand seine eigene Reaktion nicht. Was er empfand, war ein heftiger Anfall von Klaustrophobie. Dabei war ihm dieses Gefühl normalerweise vollkommen fremd; zumal sein Beruf es mit sich brachte, daß er dann und wann in engen, dunklen Räumen herumkriechen mußte. Forbes atmete hörbar erleichtert auf, als sie schließlich die Höhle erreichten, von der Berger gesprochen hatte.

Ihre ursprüngliche Größe war nicht mehr abzuschätzen, da die rechte, zur Atkins-Road gelegene Seite ebenfalls eingestürzt war. Auf der linken Seite hingegen erstreckte sich immerhin noch ein Teil der Grotte, der von beeindruckender Größe war. Die gewölbte Decke war gut zwanzig Fuß hoch und bestand aus massiv aussehendem Felsgestein, in dem auch Kalk enthalten sein mußte, denn von der Decke hing ein Gewirr spitzer Stalaktiten herab, denen ein fast gleich großer Wald bizarr geformter Stalagmiten vom Boden aus entgegenwuchs. Einige davon waren zerbrochen, vielleicht beim Einsturz der Höhle beschädigt, vielleicht von den Männern zerstört, die vor ihm hier gewesen waren. Trotzdem war es ein beeindruckender, beinahe unheimlicher Anblick, der Forbes an das Gebiß eines gigantischen, prähistorischen Haifisches erinnerte, der vor Äonen hier gestrandet und versteinert sein mochte. Und so ganz nebenbei machte es Forbes klar, wie unglaublich alt diese Höhle sein mußte; denn diese Stalagmiten und ihre Gegenstücke wachsen nur sehr, sehr langsam – nur einen Millimeter im Jahr, vielleicht sogar noch weniger. Vielfach hatten sie sich bereits mit den vom Boden her aufragenden Stalagmiten zu Kalksäulen verbunden, die das Gewölbe wie dicke Träger stützten; ein Anblick, der eine Stabilität vorgaukelte, die es ganz und gar nicht gab.

Das Licht der Karbidlampen brach sich in den feucht schimmernden Tropfsteingebilden, brachte den Fels zum Gleißen und wurde vielfach gebrochen reflektiert. Jeder Schwenk der Lampen schuf eine Vielzahl von Leuchtreflexen. Das Spiel von Licht und Schatten täuschte Leben und huschende Bewegungen vor. Und noch etwas, das ... nicht hierher gehörte. Zu den optischen Reizen schuf Forbes' Phantasie die passenden Laute: ein feuchtes Schleifen und Huschen, leise, platschende, schnelle Schritte, etwas wie ein Atmen ...

William Forbes preßte die Lippen fest zusammen. Er hatte keinen Blick für die Schönheit der Tropfsteinhöhle, sondern betrachtete sie mit ganz anderen Augen. Und was er sah, gefiel ihm nicht. Ganz und gar nicht. Zwar sah die Decke massiv aus und wurde zusätzlich noch durch die steinharten Tropfsteinsäulen gestützt, aber die Dimensionen der Höhle waren gewaltig, auch wenn er die Größe des eingestürzten Teils nur schätzen konnte. Im hinteren Teil führten bogenförmige Durchgänge in der Felswand in eine weitere, möglicherweise ebenso große Höhle – und wenn es diese beiden Höhlen gab, lag die Vermutung nahe, daß noch weitere existierten. Die Vorstellung eines ganzen Systems solcher Grotten unter dem Zentrum der Stadt war nicht nur unheimlich, sondern äußerst beängstigend. Da die Zahl der Einwohner rapide stieg, wuchs die Stadt immer mehr und das nicht nur flächenmäßig. Der Trend, immer höhere und damit schwerere Häuser zu erbauen, zeichnete sich bereits seit Jahren ab, und wenn er sich fortsetzte, würde man irgendwann Häuser mit zehn, zwanzig, vielleicht noch mehr Stockwerken bauen. Irgendwann würde man die Grenzen dessen übersteigen, was die Höhlendecken an Gewicht zu tragen vermochten. Möglicherweise war das, was mit dem Hansom-Komplex passiert war, nur der Anfang.

Sicher, sie befanden sich tief unter der Erde, gute achtzig bis neunzig Fuß, eher mehr, da die Höhlen noch ein gutes Stück tiefer als der tiefste Punkt der geplanten U-Bahn-Linie lagen, doch das bedeutete längst nicht, daß der gesamte Zwischenraum aus festem Fels bestand. Forbes wußte sogar mit absoluter Sicherheit, daß dies nicht der Fall war. Die Oberfläche bestand aus ganz normalem Erdreich, und es gab eine Lehmschicht von unterschiedlicher Dicke. Außerdem verlief das Kanalisationssystem unter der Stadt. Möglicherweise maß die Felsschicht stellenweise kaum mehr als ein oder zwei Yards; das würden genauere Messungen ergeben müssen.

»Ich möchte mir auch die angrenzenden Höhlen ansehen«, erklärte Forbes. »Ich muß mir wenigstens einen ungefähren Überblick über ihre Größe verschaffen.«

»Ich komme mit Ihnen«, sagte Berger. »Ihr anderen bleibt zurück. Es hat keinen Sinn, wenn ihr euch auch noch in Gefahr bringt.«

Die letzte Bemerkung, fand Forbes, war höchst überflüssig. Aber er schwieg dazu.

Der Durchbruch endete etwa in halber Höhe der Höhle. Über eine Leiter stiegen die beiden Männer tiefer hinab und drangen vorsichtig weiter vor. Sie mußten über einige lose Felsbrocken klettern, um die Nebenhöhle zu erreichen. Auch hier gab es Tropfsteinsäulen, und die Grotte war tatsächlich mindestens ebenso groß wie die erste. Wenigstens schloß sich keine weitere daran an, zumindest nicht unmittelbar. Dafür waren im Hintergrund der Höhle mehrere unregelmäßig geformte Risse im Gestein zu erkennen, die sich wie Stollen weit in die Felswand hinein fortzusetzen schienen. Das ist keine Höhle, dachte Forbes erschrocken, das ist ein verdammtes Labyrinth!

»Es hat keinen Zweck, wenn wir uns die auch noch ansehen«, stellte er fest. »Es sind einfach zu viele, und wer weiß, wie weit sie sich hinziehen.«

Das war nur die halbe Wahrheit. Sicherlich stimmte es, doch der Hauptgrund für Forbes' plötzliches Zögern war ein ganz anderer: mit einem Mal hatte er Angst davor, weiterzugehen. Eine völlig grundlose, aber immer stärker werdende Angst, die er kaum noch beherrschen konnte. Mit zitternder Stimme fuhr er fort: »Hier müssen richtige Forschungstrupps her und ...«

»Da ist jemand!« stieß Berger plötzlich hervor. Er

packte Forbes am Arm und deutete mit der anderen Hand auf einen der Stollen. Im ersten Moment glaubte Forbes an eine Täuschung; dann aber nahm auch er eine Bewegung in der Dunkelheit hinter einem der Löcher wahr – und im nächsten Augenblick kam ein Mann aus dem Stollen herausgetaumelt. Seine Bewegungen waren schleppend, und er war offenbar völlig am Ende seiner Kräfte; denn kaum hatte er die Höhle erreicht, knickten die Beine unter ihm ein. Er stürzte zu Boden und blieb wie vom Blitz gefällt liegen.

Forbes eilte zu dem Mann hinüber und kniete neben ihm nieder, um ihm zu helfen. Aber er wagte es nicht, ihn zu berühren.

Der Mann bot einen furchtbaren Anblick. Er stank widerlich, und Forbes erkannte verwirrt, daß es sich nicht um einen der vermißten Bauarbeiter handelte. Die Kleidung des Mannes war zerlumpt und zerrissen und ebenso wie die Hände, das Gesicht und das strohblonde Haar des Unbekannten vollkommen verdreckt; dennoch war zu erkennen, daß es sich um die ehemals vermutlich weiße Uniform eines Marineoffiziers handelte. Der Mann war völlig entkräftet und fast zum Skelett abgemagert. Er zitterte am ganzen Körper; seine Lippen bebten, als versuchte er, etwas zu sagen, und die Augen rollten wild unter den geschlossenen Lidern hin und her.

Forbes verschwendete einen kurzen Augenblick an die Frage, wie, zum Teufel, ein offenbar ranghoher Marineoffizier in diese unterirdischen Höhlen gelangt sein mochte; dann griff er nach dem Kopf des Mannes und hob ihn vorsichtig an.

Vielleicht hätte er das besser nicht getan, denn

kaum, daß der Unbekannte die Berührung spürte, begann er wie rasend um sich zu schlagen und riß die Augen auf. Die ungezügelte Wildheit des Wahnsinns, den er im Blick des Fremden las, lähmte Forbes für einige Sekunden so sehr, daß er vollkommen unfähig war, sich zu bewegen. Mehrere harte Faustschläge trafen ihn und schleuderten ihn zurück. Forbes stürzte rücklings zu Boden und schlug schwer mit dem Hinterkopf gegen einen Stein.

Als er endlich aus seiner Erstarrung erwachte und benommen die Arme zu einer Gegenwehr nach oben riß, war es bereits zu spät. Dicht über sich sah er das zu einer Grimasse verzerrte Gesicht des Unbekannten. Gleich darauf spürte er einen heißen Schmerz an der Kehle und vernahm schlürfende Geräusche.

Dann senkte sich Dunkelheit über ihn.

Die Fahrt verlief weitgehend schweigend. Rowlf döste vor sich hin, während Howard und ich damit beschäftigt waren, auf verschiedenen Seiten aus den Fenstern der Kutsche zu starren. Meine Stimmung hatte sich seit dem Aufbruch vom Ashton-Place nicht sonderlich gebessert, und ich wollte meine schlechte Laune nicht an Howard abreagieren; deshalb schwieg ich und hing meinen Gedanken nach.

Das Problem mit dem Kater hatte sich ganz von allein gelöst. Nach kaum zwei Meilen, die das Tier friedlich dösend auf meinem Schoß verbracht hatte, war es plötzlich unruhig geworden und hatte kläglich zu miauen begonnen, so daß ich den Kutscher schließlich hatte anhalten lassen. Kaum hatte ich die Tür geöffnet, war die Katze mit einem Satz im Freien und Sekunden später verschwunden. Es tat mir ein bißchen leid, denn ich hatte das Tier gemocht, war aber zugleich auch froh, daß es seiner Wege ging. Ich hatte im Moment wahrlich genug andere Sorgen. Und so ganz nebenbei weder die Zeit noch die Gelegenheit, mich um einen zugelaufenen Kater zu kümmern.

Wir hatten die Innenstadt bereits hinter uns gelassen und näherten uns dem Eastend. Mit jedem Yard, den wir zurücklegten, schien die Umgebung ein wenig verkommener zu werden, und der Verfall setzte sich fort, bis wir unser Ziel erreichten. Die Pension WESTMINSTER lag in einer Gegend, für die selbst die Bezeichnung Slum noch geschmeichelt gewesen wäre. In der kopfsteingepflasterten Straße gähnten unzählige Löcher, durch die die Kutschenräder rumpelten, und jedesmal wurde ich auf meinem Sitz durchgeschüttelt. Ein durchdringender Gestank nach Fäulnis erfüllte die Luft. Überall lagen Abfälle und Unrat aus überquellenden Abfalltonnen herum, und dazwischen wuselten selbst jetzt, am hellen Tag, vereinzelte Ratten, die sich von unserer Ankunft nicht im mindesten stören ließen. Die Häuser waren heruntergekommen und verfallen. Die wenigen Fenster im Erdgeschoß waren vernagelt oder trotz des hellen Sonnenlichts mit Läden verschlossen. Auf eine der nackten Ziegelsteinmauern hatte ein Kind schon vor Jahren mit Kreide ›Bob ist dof‹ gekritzelt. Wie bei jedem meiner seltenen Besuche hier juckte es mich in den Fingern, den Satz wenigstens orthographisch zu verbessern.

Der Kutscher hielt an. Ich stieß den Wagenschlag auf, stieg aus und trat gemeinsam mit Howard und

Rowlf auf die Pension zu. Der Zustand des Hauses unterschied sich äußerlich nicht im mindesten vom Rest der Gegend. Lediglich an dem handgemalten, über der Tür angenagelten Schild war zu erkennen, daß es sich um eine Pension handelte, nicht um ein Abbruchhaus.

Der Eindruck, es mit einer heruntergekommenen Absteige zu tun zu haben, änderte sich allerdings schlagartig, nachdem Howard die Tür geöffnet und wir das Innere des Gebäudes betreten hatten. Er hatte das Haus schon gekauft, lange bevor ich ihn kennenlernte, und ebenso lange handelte es sich bereits um keine Pension mehr. Das Schild war – wie auch der verwahrloste äußere Zustand des Gebäudes – lediglich Tarnung. Schon damals hatte Howard mächtige Feinde gehabt, nicht nur die Dienerkreaturen der GROSSEN ALTEN, sondern auch den Orden der Templer. Er hatte sich verstecken müssen, und als Versteck war das WESTMINSTER ideal. Selbst in den Jahren, die er in Andara-House eingezogen war, hatte Howard es nie aufgegeben, und nun war er seit gut einem Jahr wieder hier eingezogen. Aus irgendeinem Grund, den ich niemals ganz verstanden hatte, war das Gebäude sogar von den berüchtigten Straßenbanden verschont geblieben, die diese Gegend beherrschten.

Über einen Flur betraten wir den mit kostbaren Möbeln ausgestatteten Salon. Im marmornen Kamin flackerte ein Feuer und verbreitete behagliche Wärme im Raum. Eine Wand wurde bis unter die Decke zur Gänze von einem Buchregal eingenommen. Die Regalbretter bogen sich unter dem Gewicht der darauf gestapelten Schwarten, Schriftrollen und

Folianten. Schon als ich zum ersten Mal hiergewesen war, hatten sie mich fasziniert. Zum größten Teil handelte es sich um Werke, die sich mit den verschiedensten Formen des Okkultismus, größtenteils freilich mit den GROSSEN ALTEN beschäftigten. Auch mein Vater hatte eine bedeutsame Sammlung solcher Schriften besessen – die wie alles andere dem Brand in Andara-House zum Opfer gefallen war –, aber mit der Sammlung Howards hatte sie es nie aufnehmen können. Kein Wunder, hatte doch schon mein Vater das meiste, was er über die GROSSEN ALTEN wußte, von Howard erfahren. Das Wissen, das er hier zusammengetragen hatte, war ungeheuer. Nebenbei – auch ungeheuer gefährlich.

Eine Tür wurde geöffnet. Mary Winden, meine frühere Haushälterin, die ebenfalls hier eingezogen war, bis Andara-House sich wieder in einem bewohnbaren Zustand befinden würde, kam auf mich zu. Ein freudiges Lächeln lag auf dem Gesicht der ältlichen Frau. »Robert!« rief sie und umarmte mich; wie üblich so stürmisch, daß mir für einen Moment die Luft wegblieb. »Wie schön, Sie wieder einmal hier zu sehen!«

»Lieber wäre mir, ich hätte Sie bereits wieder zu Hause begrüßen können«, antwortete ich. »Aber nach dem, was ich vorhin gesehen habe, wird das wohl noch eine Weile auf sich warten lassen.«

»Ich habe dir schon mehr als einmal angeboten, ebenfalls hierherzuziehen, statt dein Geld für die Suite im Hilton zu verpulvern«, erinnerte Howard. »Es wäre mit Abstand das Vernünftigste.«

»Doktor Gray ist da anderer Ansicht«, entgegnete ich mit einem spöttischen Lächeln. »Er ist sehr damit beschäftigt, mein Image in den besseren Kreisen der Stadt aufzupolieren. Eine Absteige wie das WESTMINSTER wäre Gift für meinen guten Ruf.«

»Und das Hilton ist Gift für deinen Geldbeutel«, konterte Howard.

Ich seufzte. Um meine finanziellen Verhältnisse brauchte ich mir wahrlich keine Sorgen zu machen. Ich hatte mir nie viel aus Geld gemacht, doch mein Vater hatte mir ein so umfangreiches Erbe an Bargeld, Wertpapieren und Immobilien hinterlassen, daß ich es wahrscheinlich trotz aller Anstrengungen in der mir verbleibenden natürlichen Lebenszeit nie ausgeben konnte. Dr. Gray war nicht nur mein Anwalt, sondern zugleich mein Vermögensverwalter, und er war auf dem einen Gebiet ein ebenso großes Genie wie auf dem anderen. Er hatte mein Vermögen so geschickt und gewinnbringend angelegt, daß es trotz der kostspieligen Suite im Hilton, der an Straßenraub grenzenden englischen Steuer und anderer umfangreicher Spenden an zahlreiche Wohltätigkeitsorganisationen ohne mein Zutun von Tag zu Tag anwuchs. Ab einer gewissen Menge schien sich Geld tatsächlich (fast) ganz von allein zu vermehren, wie ein altes Sprichwort behauptete.

Mein Geldbeutel war also kein Argument, mit dem Howard mich ködern konnte, doch wenn ich mir selbst gegenüber ehrlich war, scherten mich die sogenannten besseren Kreise, auf deren Anerkennung Gray so viel Wert legte, ebensowenig wie mein guter Ruf. Andererseits hatte gerade diese Haltung mich schon früher oft genug in Schwierigkeiten gebracht. Es hatte enorme Vorteile, sich mit den Leuten der Londoner Oberschicht gut zu stehen, da diese meist nicht nur über gehörigen Reichtum, sondern auch über eine Menge Macht und Einfluß verfügten, und ich sah keine Veranlassung, mir ihre Sympathie zu verscherzen. Also hatte ich ausnahmsweise auch diesbezüglich mal auf Dr. Grays Ratschläge gehört, war standesgemäß ins Hilton gezogen und nahm gehorsam an allen möglichen langweiligen Feiern und Wohltätigkeitsveranstaltungen teil und was dergleichen Foltermethoden sonst noch angeblich zum gesellschaftlichen Leben gehörten.

»Lassen wir das«, murmelte ich und ließ mir von Mary meinen Mantel abnehmen. »Wie wäre es mit einer Tasse Ihres phantastischen Kaffees? Es wäre das einzige, das diesen verpfuschten Vormittag noch retten könnte.«

»Gern«, sagte sie und verließ das Zimmer.

»Wenn du so weitermachst, wird es noch viele Vormittage wie diesen geben«, sagte Howard. Er war an einen Schrank getreten und hatte sich ein Glas Sherry eingeschenkt. »Und du wirst nächstes Jahr noch im Hilton wohnen.«

»Wenn ich so weitermache?« Ich fuhr herum und starrte Howard verblüfft an. »Bislang dachte ich eigentlich, daß es Storm wäre, der nicht von der Stelle kommt.«

»Weil du es mit deinen Anweisungen verhinderst«, erwiderte Howard.

»Ach ja?« Gereizt trat ich zwei Schritte auf ihn zu und funkelte ihn kampfeslustig an. Sein völlig idiotischer Vorwurf hatte meine schlechte Laune wieder angefacht, und damit provozierte er selbst den Streit, den ich tunlichst hatte vermeiden wollen. »Glaubst du vielleicht, ich hätte Anweisung gegeben, daß er die Leute nur im Schneckentempo arbeiten und alles wieder einreißen lassen soll, was neu aufgebaut wurde?«

»Natürlich nicht.« Howard schüttelte den Kopf und trank einen Schluck Sherry. »Aber du hast ihm die Anweisungen erteilt, beim Wiederaufbau des Hauses Veränderungen gegenüber dem Original vorzunehmen. Und solange es dabei bleibt, wird er mit der Arbeit nicht weiterkommen. Das Haus läßt es nicht zu.«

»Unsinn!« stieß ich eine Spur barscher als beabsichtigt hervor. »Diese Diskussion hatten wir doch schon vor Monaten, und wir waren uns beide einig, daß es sich um ein völlig neues Haus handelt. Alles daran ist neu, also kann gar nichts mehr von der Magie meines Vaters darin wirken. Es sei denn, er hätte das gesamte Grundstück für alle Ewigkeit mit einem Bann belegt, und so mächtig war er ja nun wohl auch wieder nicht.« Es hatte ein Scherz werden sollen, doch er verunglückte ebenso wie mein flüchtiges Lächeln.

Dementsprechend ernst blieb Howard. Er setzte sich und zog eine neue Zigarre aus der Innentasche seines Jacketts, biß die Enden ab und spuckte sie jeweils eine knappe Fingerbreit rechts und links des auf dem Tisch stehenden Aschenbechers. Umständlich setzte er die Zigarre in Brand, paffte ein paarmal daran und blies stinkende Rauchwolken in meine Richtung. Dann verfehlte er auch mit dem Streichholz zielsicher den Aschenbecher.

»Das habe ich auch geglaubt«, antwortete er mit einiger Verspätung. »Aber wir haben uns offenbar getäuscht. Anfangs dachte auch ich, daß Storm ein

Betrüger wäre, der uns nur hinzuhalten versucht, aber während der Kutschfahrt hatte ich ausreichend Zeit zum Nachdenken.«

»Scheinbar nicht genug«, wandte ich mit finsterem Gesicht ein. Ich war mir selbst nicht sicher, warum ich so gereizt reagierte. Im Grunde hatte Howard nur das ausgesprochen, was mir seit unserem Gespräch vorhin selbst schon im Kopf herumging. Aber vielleicht ärgerte mich gerade die Tatsache, daß Howard jene Vermutung aussprach, die ich nach Kräften zu verdrängen versuchte. Vielleicht lag es auch nur daran, daß Storm entlastet wurde, wenn es sich wirklich so verhielt, und daß ich keine Lust hatte, meinem Zorn auf den Bauleiter durch etwas so Lapidares wie logischen Argumenten den Boden entziehen zu lassen.

»Vielleich sollt' ich mirn Storm ma zur Brust nehm unnem solang mittem Vertrach die Glatze poliern, bissa vernünftich arbeitn tut«, schlug Rowlf vor.

Ich lächelte flüchtig, während Howard nicht auf den Einwand reagierte. »Es ist ganz offensichtlich, daß sich Andara-House gegen die Veränderungen wehrt«, fuhr er fort. »Die Parallelen zu allen früheren Versuchen, das Haus zu renovieren, sind deutlich genug. Du hast es an der Mauer erlebt, die vorhin eingestürzt ist.«

Als wollte er seine Worte damit bekräftigen, blies er eine weitere Rauchwolke in meine Richtung. Ich hustete demonstrativ und wedelte mit der Hand vor meinem Gesicht herum. »Das war eben stümperhafte Arbeit«, beharrte ich trotzig.

Howard schüttelte den Kopf und machte ein beinahe mitleidiges Gesicht. »Das war es nicht«, behauptete er. »Ich bin kein Fachmann, aber für mich sah die Wand vollkommen in Ordnung aus. Jedenfalls nicht so baufällig, daß sie bei dem kleinsten Windhauch wie ein Kartenhaus zusammenbrechen mußte. Warum verschließt du die Augen vor der Wirklichkeit? Wenn Andaras Magie in dem Haus immer noch wirksam ist, dann ist das nur ein Vorteil für dich. Sie schützt dich. Erinnere dich doch nur an die Ereignisse bei deinem Einzug. Du hättest nicht mal die ersten zwei Tage nach deiner Ankunft in London überlebt, wenn das Haus dich nicht vor Necrons Drachenkrieger beschützt hätte.«

»Wie du weißt, habe ich mit dem Tod inzwischen so meine Erfahrungen«, versetzte ich spitz. »Hauptsache, du hast einen Freund wie Viktor, der mich wieder zusammenflickt und neu zum Leben erweckt, wenn mir mal was passiert.« Die Worte rutschten mir heraus, bevor ich sie zurückhalten konnte, und ich bereute sie im selben Moment, in dem ich sie aussprach. »Es tut mir leid«, murmelte ich.

Mary unterbrach den Disput, indem sie mit einem Tablett zurückkehrte, es auf den Tisch stellte und mir eine Tasse dampfenden Kaffee einschenkte. Auch sie schien die im Raum hängende Spannung zu spüren, denn sie warf erst mir und dann Howard einen verwirrten Blick zu, bevor sie das Zimmer wieder verließ.

»Auf jeden Fall glaube ich nicht, daß in Andara-House immer noch die Magie meines Vaters wirksam ist«, nahm ich das Gespräch in besänftigendem Tonfall wieder auf. »Und selbst falls es so sein sollte, bedeutet das nicht, daß es mir gefällt. Ich habe das

Haus nie gemocht, wie es war, und das weißt du. Ein paarmal war ich nahe daran, es aufzugeben und irgendwo anders hinzuziehen. Wenn ich schon ein Haus habe, dann will ich es mir auch einrichten können, wie es mir gefällt. Andara-House war ein düsteres Loch, und ich bin es einfach leid, in einem düsteren Loch zu leben. Ich möchte ein behagliches Heim, in dem ich mich wohl fühlen kann, verstehst du das denn nicht?« Ich warf einen demonstrativen Blick in die Runde und beantwortete meine Frage in Gedanken selbst: nein. Er verstand es nicht.

»Doch, ich verstehe dich sehr gut.« Howard schien sich für meine spitze Bemerkung revanchieren zu wollen, indem er mir immer neue und jedesmal dickere Rauchwolken ins Gesicht blies. »Ich bin ja selbst überrascht, daß Rodericks Magie immer noch wirksam ist. Aber es ist nun einmal so, und du mußt dich damit abfinden. Du solltest die positiven Seiten daran sehen. Bei den Gegnern, mit denen du es zu tun hast, solltest du für jede Hilfe dankbar sein.«

»Gegen Priscylla und die SIEBEN SIEGEL DER MACHT hat es mich auch nicht schützen können«, wandte ich ein.

»Das Haus hat es versucht«, entgegnete Howard ruhig. »Es hat dir genügend Warnungen zukommen lassen, aber du hast sie alle in den Wind geschlagen. Du warst ja buchstäblich blind vor Liebe.«

Er wollte noch mehr sagen, doch in diesem Moment trat Mary erneut ins Zimmer, und sie war nicht allein. Bei ihr befand sich Harley, der Sohn von Grays Butler Davids. Ich war für die Ablenkung dankbar; die Diskussion mit Howard führte ohnehin zu nichts. Sie riß nur alte Wunden wieder auf.

Rowlf grinste über sein ganzes Bulldoggengesicht. »Wie sieht's denn mittem strampellosen Fahrrad aus?« fragte er spöttisch.

Harley, Davids' Sohn, warf ihm einen finsteren Blick zu, ging jedoch wohlweislich nicht auf die Bemerkung ein, um keinen weiteren Spott zu provozieren. Seit ich ihn kannte, arbeitete er verbissen an einer Erfindung. Er hatte es sich in den Kopf gesetzt, ein selbsttätig fahrendes Fahrrad zu entwickeln, ohne trotz allen Eifers bislang irgendwelche Erfolge verbuchen zu können. »Doktor Gray schickt mich«, wandte sich Harley an mich. »Inspektor Cohen war bei ihm und sucht Sie. Er möchte unbedingt mit Ihnen sprechen, Mister Craven.«

»Cohen?« Ich runzelte die Stirn. »Hat er gesagt, was er will?«

Harley schüttelte den Kopf. »Nein, aber es wäre sehr wichtig. Er bittet Sie, in die Atkins-Road zu kommen, wo heute nacht dieses Haus eingestürzt ist.«

Mein Stirnrunzeln vertiefte sich. Was konnte Cohen von mir wollen, das mit dem Einsturz des Hansom-Komplexes zu tun hatte? Ich war es ja mittlerweile gewohnt, für alles mögliche verantwortlich gemacht zu werden – aber einstürzende Häuser gehörten noch nicht dazu.

Jedenfalls bis jetzt.

Da ich es bestimmt nicht herausfinden würde, wenn ich weiter hier herumstand, nickte ich und bat Mary, mir meinen Mantel zu bringen. »Also gut, ich komme.«

Hätte ich es bis zu diesem Moment noch nicht gewußt – spätestens jetzt wäre mir klar geworden, was man unter dem Begriff Chaos zu verstehen hatte. Das gesamte Gebiet um die Atkins-Road war weiträumig abgesperrt worden, was angesichts der unzähligen Schaulustigen, die in der Gegend herumstanden und sich gegenseitig bestätigten, daß sie ein solches Unglück schon längst hätten kommen sehen, wohl auch dringend nötig war. Der Lärm und das Durcheinander waren unbeschreiblich. Ich hatte nach Howards Ankündigung eine Menge erwartet – aber nicht das. Die vergleichsweise wenigen Polizisten und wirklichen Hilfskräfte, die ebenso tapfer wie vergebens versuchten, wenigstens einen Anschein von Ordnung aufrecht zu erhalten, taten mir in der Seele leid.

»Diese verdammten Gaffer«, stieß Howard hervor, der es sich nicht hatte nehmen lassen, mich ebenso wie Rowlf zu begleiten. »Möchte nur wissen, was die alle hier wollen. Es gibt doch sowieso nichts zu sehen.«

»Die gucken, ob eina guckt«, sagte Rowlf. Ich enthielt mich jeden Kommentars. Die Sensationsgier der Leute war mir schon immer zuwider gewesen. Ich hätte vielleicht etwas dezentere Worte gewählt – aber im Grunde sprach Howard nur das aus, was auch ich fühlte.

Mit dem Wagen kamen wir unmöglich bis an eine der Absperrungen heran, so daß uns nichts anderes übrigblieb, als auszusteigen und uns zu Fuß einen Weg durch die Menge zu erdrängeln, was uns jedoch nur gelang, weil Rowlf vorausging und uns recht unsanft einen Weg bahnte. Wüste Flüche und Verwünschungen begleiteten uns, und ich bekam ein paar derbe Knüffe ab, die sich im Laufe der nächsten Stunden sicherlich zu prachtvollen blauen Flecken entwickeln würden, bis es uns gelang, uns zu der Absperrung selbst vorzudrängen. Ein sichtlich genervter Bobby wollte uns zurückscheuchen und gab seine feindselige Haltung erst auf, als ich ihm meinen Namen nannte und sagte, daß Inspektor Cohen uns erwartete. Mit einem Mal wurde er sogar regelrecht freundlich und winkte hastig einen Kollegen herbei, der uns zu Cohen führen sollte.

Den eingestürzten Hansom-Komplex bekamen wir erst gar nicht zu sehen, was mir auch ganz recht war. Im Gegensatz zu den meisten Menschen, die insgeheim nur deshalb über die Sensationslust anderer schimpften, weil diese ihnen die Aussicht in der ersten Reihe versperrten, war ich tatsächlich kein bißchen schaulustig. Vielleicht lag es daran, daß ich in meinem Leben schon zuviel Schlimmes gesehen hatte, um mich noch begierig am Unglück anderer zu ergötzen. Es ist eine eigenartige Sache mit dem Unglück – wenn man sich zu sehr damit beschäftigt, macht man es auf sich aufmerksam.

Wir stiegen eine lange Treppe hinunter, die in eine im Bau befindliche U-Bahn-Station führte, und gingen ein Stück durch einen der Tunnel. Ein Bauarbeiter händigte uns Schutzhelme aus und bestand zu unserer eigenen Sicherheit darauf, daß wir sie aufsetzten. Der Tunnel verlief stark abschüssig, und nach einigen Dutzend Yards mußten wir eine Leiter in einem engen Schacht hinunterklettern, um eine noch tiefer gelegene Etage der unterirdischen Baustelle zu erreichen, wo wir auch endlich auf Cohen trafen. Er trug ebenfalls einen Schutzhelm, der ihm sichtlich zu groß und tief in die Stirn gerutscht war.

Kaum hatte er mich erblickt, kam er auch schon auf mich zu. »Craven, endlich. Wo haben Sie denn bloß gesteckt?« Meist redete er mich mit Robert an; daß er jetzt den förmlicheren Nachnamen benutzte, zeigte deutlich, daß es sich um eine offizielle Angelegenheit handelte; aber das war wohl auch nicht anders zu erwarten, wenn er mich ausgerechnet hierher bestellte.

Ich setzte zu einer geharnischten Antwort an, die in etwa darauf hinauslaufen würde, daß ich nicht vorhätte, untätig in meiner Hotelsuite herumzusitzen und darauf zu warten, bis er mich eventuell einmal zu sprechen wünschte, doch er ließ mich gar nicht erst zu Wort kamen, sondern machte eine wegwerfende Geste und schob sich den Helm aus der Stirn. »Ist ja auch egal. Die Hauptsache ist, Sie sind da.«

»Dann können Sie uns sicherlich auch endlich sagen, was Sie von uns wollen«, entgegnete Howard, und Rowlf maulte nuschelnd: »Wahrscheinlich suchta noch 'n paar Dumme zum Saubamachn.«

Cohen ignorierte ihn. »Der Grund, weshalb ich Sie hergebeten habe, ist nicht der Einsturz des Hauses«, erklärte er. »Damit hätte Scotland Yard höchstens zu tun, wenn es darum ginge, die Verantwortlichen festzunehmen; aber das ist nicht meine Angelegenheit. Doch im Zusammenhang mit dem Einsturz ist etwas sehr Seltsames passiert. Um ehrlich zu sein, ich bin völlig ratlos, was dahinterstecken könnte. Sie haben sich doch stark für diese kleine Insel interessiert, die voriges Jahr an der Themsemündung auftauchte.«

Ich nickte. Das Erscheinen der Insel mußte in

irgendeiner Form mit dem von mir verschuldeten Auftauchen R'lyehs zu tun haben, der Stadt der GROSSEN ALTEN, an nahezu der gleichen Stelle in einem alternativen Zeitstrom, der beinahe zur Realität geworden wäre und das Ende der menschlichen Zivilisation bedeutet hätte. Howard und Rowlf waren in eine nahe Zukunft geschleudert worden und hatten miterlebt, wie die Dämonenhorden der GROSSEN ALTEN binnen weniger Jahre ihre Herrschaft über die Erde neu angetreten hatten. Insofern hatte ich gar nicht anders gekonnt, als mich mit der Insel zu beschäftigen, und mein Interesse war erst wieder erlahmt, als feststand, daß es sich nicht um R'lyeh handelte, sondern einfach nur um ein paar Felsen, die durch eine Laune der Natur an dieser Stelle aus dem Meer aufgestiegen waren. Möglicherweise war die Insel ein Teil des Grundes, auf dem die Stadt einst gestanden hatte, doch R'lyeh selbst war verschwunden, und nach wenigen Tagen war das Eiland von einem Zerstörer der britischen Kriegsmarine gesprengt worden. Cohens Worte nun machten mich neugierig und besorgt zugleich.

»Was ist los mit der Insel – und was hat sie mit dem hier zu tun?« wollte ich wissen.

Cohen schob sich den Helm in den Nacken und kratzte sich an der Stirn. »Gerade das weiß ich eben nicht, aber Sie haben eine gewisse Erfahrung mit ähm ... seltsamen Ereignissen. Deshalb hoffe ich, daß Sie mir weiterhelfen können. Kommen Sie, ich zeige Ihnen, um was es geht.«

Er drehte sich um und führte uns tiefer in den Tunnel hinein. Nach einer Weile erreichten wir einen schmalen, mit Stahlträgern abgestützten Durchbruch in dem herabgestürzten Geröll der Einbruchstelle. »Bei den Tunnelarbeiten stießen die Männer auf eine bislang unbekannte, ziemlich große Höhle«, berichtete er, während wir uns hindurchzwängten, wobei vor allem Rowlf an einigen Stellen beträchtliche Schwierigkeiten hatte. »Man vermutet, daß die Erschütterungen beim Durchstoßen der Höhlenwand den Einsturz verursacht haben, was sich bis auf den Hansom-Komplex ausgewirkt hat. Das hier ist die Grotte.«

Wir erreichten das Ende des abgesicherten Durchbruchs. Verblüfft starrte ich in die Tropfsteinhöhle hinunter, die trotz ihres teilweisen Einsturzes immer noch gewaltig war. Einige Männer hielten sich darin auf, räumten Gesteinsbrocken zur Seite und stellten Messungen an.

»Niemand weiß bislang, wie groß diese Katakomben sind«, fuhr Cohen fort, während wir über eine Leiter in die Höhle hinunterstiegen. Unten angekommen, rückte er seinen Schutzhelm zurecht und führte uns in eine angrenzende, beinahe ebenso große, aber unversehrte Grotte. Beklommen betrachtete ich die Umrisse eines Menschen, die mit Kreidestrichen auf dem Boden skizziert waren. Eine kleine Lache halb getrockneten Blutes hatte sich dort ausgebreitet. »Ein gewisser Forbes von der städtischen Bauaufsichtsbehörde«, berichtete Cohen. »Er hat die Höhle heute vormittag inspiziert, um herauszufinden, ob weitere Einsturzgefahr besteht und noch andere Häuserblöcke bedroht sind. Er wurde ermordet.«

»Ermordet?« hakte Howard nach. »Hier unten? Wissen Sie, von wem?«

»Das ist ja gerade das Mysteriöse. Er war nicht

allein. Sein Begleiter behauptet, der Täter wäre völlig entkräftet aus einem der Stollen da drüben getaumelt.« Er deutete in die angegebene Richtung, wo ich mehrere unregelmäßig geformte Risse entdeckte, die sich anscheinend tief in die Felswand hinein fortsetzten. »Forbes hat ihm zu helfen versucht, aber der Mann hatte bereits völlig den Verstand verloren. Bevor jemand eingreifen konnte, hat er sich auf Forbes gestürzt und ihm die Kehle durchgebissen.«

»Die … Kehle durchgebissen?« vergewisserte ich mich.

Cohen nickte. Er sah plötzlich ziemlich nervös aus. Und als er weitersprach, begriff ich auch, warum. »Das ist noch nicht alles«, sagte er.

»So?«

Cohen wich meinem Blick aus und begann unruhig mit den Füßen zu scharren. »Er hat versucht, das Blut des Mannes zu trinken.«

»Wollen Sie uns weismachen, daß es sich um einen Vampir gehandelt hat?« Howard lächelte nervös.

»Ich bitte Sie, Mister Lovecraft, wer glaubt schon an solche Schauermärchen?« Cohen schüttelte so heftig den Kopf, daß er sich gleich darauf erneut den Helm aus der Stirn schieben mußte. »Nein, der Mann war schlicht und einfach wahnsinnig. Nachdem er Forbes getötet hatte, verlor er das Bewußtsein und konnte gefesselt werden. Er befindet sich momentan in einer Gefängniszelle und wird vermutlich noch heute in eine Irrenanstalt eingewiesen.«

»Einer der Bauarbeiter«, vermutete ich. »Wenn der Mann durch den Einsturz hier eingeschlossen wurde, hat er wahrscheinlich einen Schock erlitten und deshalb den Verstand verloren.« Meine eigene

Erklärung überzeugte nicht einmal mich selbst. Trotzdem fügte ich hinzu: »So etwas kommt vor.«

»Nein«, widersprach Cohen. »Das war zwar auch mein erster Gedanke, aber so einfach ist es nicht, fürchte ich. Der Mann muß sich schon wesentlich länger hier unten aufgehalten haben.«

»Wieso?« fragte Howard.

»Er war in einem unbeschreiblichen Zustand«, antwortete Cohen. »Vollkommen entkräftet, und so gut wie verhungert ... Außerdem trug er die Uniform eines Marineoffiziers. Inzwischen haben wir herausgefunden, um wen es sich handelt. Der Mann heißt Clive Hasseltime und war Erster Offizier an Bord der THUNDERCHILD – das Schiff, das damals ausgelaufen ist, um diese Felsinsel zu erforschen. Und das ist das Mysteriöse daran.«

»Wieso?«

Cohen sah immer unbehaglicher aus. »Auch unter dem Eiland hat man Höhlen und Stollen entdeckt. Hasseltime gehörte dem Team an, das dorthin vorgedrungen ist, um die Sprengung vorzunehmen. Bis auf den Kommandanten und zwei Marinesoldaten kehrte niemand zurück. Es heißt, die anderen wären bei einem Einsturz einer der Stollen getötet worden. Unter ihnen befand sich auch Hasseltime. Die Insel wurde unmittelbar darauf gesprengt und der Fall zu den Akten gelegt.«

»Moment mal«, stieß ich fassungslos hervor. »Wollen Sie damit sagen, daß diese Stollen bis unters Meer reichen, und daß Hasseltime von dort aus bis hierher gelaufen sein könnte?«

Die bloße Vorstellung war so absurd, daß ich mich weigerte, sie überhaupt näher ins Auge zu fassen.

»Das sind gut sechzig, siebzig Meilen. Es ist völlig unmöglich, daß es über eine solche Entfernung hinweg eine Verbindung geben kann!«

Cohen zuckte mit den Achseln. »Ich will gar nichts andeuten, da ich nicht den Hauch einer Theorie habe, was das alles bedeuten könnte. Ich habe lediglich die Fakten aufgezählt, soweit sie mir bekannt sind. Einen Reim darauf kann ich mir absolut nicht machen. Deshalb hoffe ich ja, daß Sie mir helfen können.«

Ich ließ den Blick noch einmal, und diesmal sehr viel aufmerksamer, durch die Höhle schweifen und betrachtete vor allem die Eingänge der Stollen, bis ich mich schließlich wieder Cohen zuwandte. »Nur mal angenommen, die Stollen führen tatsächlich bis zum Meer«, murmelte ich. »Die Distanz könnte jemand in wenigen Tagen bequem zurücklegen. Aber das Auftauchen der Insel liegt fast ein halbes Jahr zurück. Wie sollte Hasseltime hier unten überlebt haben? Wovon hat er sich ernährt? Das alles ergibt keinen Sinn!«

»Fragen Sie mich was Leichteres.« Cohen zuckte erneut mit den Achseln. »Aber da ist noch etwas, was nicht ins Bild paßt. Kommen Sie.«

Er ließ uns Lampen bringen und führte uns zu einem der Stollen. »Keine Sorge, die Experten haben sie untersucht und behaupten, sie wären einsturzsicher«, erklärte er, als er Howards skeptischen Blick bemerkte.

Howard wirkte nicht überzeugt – ich übrigens auch nicht –, aber wir widersprachen nicht, sondern folgten Cohen wortlos.

Wir traten durch den Riß im Fels. Die Wände waren rauh und bestanden aus unbearbeitetem

Gestein, waren also allem Anschein nach auf natürlichem Wege entstanden. In sanften, dem Verlauf der Gesteinsschichten folgenden Windungen führte der Stollen etwa zwei, drei Dutzend Yards weit, um dann wie abgeschnitten vor einer massiven Felswand zu enden.

»Bei den anderen ist es ebenso«, berichtete Cohen und schob seinen Helm aus der Stirn. »Alle enden nach einem kurzen Stück. Die Experten haben bereits nach verborgenen Durchgängen gesucht, aber nichts gefunden.«

»Wissen Sie wenigstens, aus welchem Stollen Hasseltime kam?« erkundigte sich Howard verstört.

»Entweder aus diesem hier oder dem gleich nebenan. Die anderen Stollen liegen zu weit entfernt. Bei diesen beiden ist sich Berger, das ist der Mann, der bei Forbes war, nicht ganz sicher. Wollen Sie den anderen auch noch sehen?«

Ich tastete mit den Händen über die Wände, fühlte aber nur rauhen Fels. Es gab keinerlei noch so feine Risse, die das Vorhandensein eines versteckten Durchgangs andeuteten, und so nickte ich schließlich; obwohl ich das sichere Gefühl hatte, zu wissen, was wir dort finden würden – nämlich das gleiche wie hier.

Wir verließen den Stollen und traten in den unmittelbar angrenzenden Tunnel. Auch dieser endete nach wenigen Dutzend Yards, allerdings nicht vor einer Felswand, sondern in einer kleinen, etwa fünfzig Fuß durchmessenden Höhle. In der Mitte fiel der Boden steil ab, und in der Vertiefung hatte sich Wasser angesammelt, das im Lampenlicht wie Teer glänzte. Der kleine Teich nahm etwa die Hälfte der

Höhle ein. Es war ohnehin kühl hier, doch von der Wasseroberfläche stieg ein eisiger Hauch auf, der mich frösteln ließ. Ich trat einen Schritt von dem Tümpel zurück. Das schwarze Wasser flößte mir Unbehagen ein, ohne daß ich genau sagen konnte, warum. Aber ich hatte in langer, schmerzhafter Erfahrung gelernt, auf meine Gefühle zu hören, und so behielt ich den Tümpel aufmerksam im Auge, während Cohen weitersprach.

»Sie können sich gern auch hier etwas umsehen«, sagte er. »Aber auch hier waren bereits Spezialisten am Werk. Es gibt definitiv keine verborgenen Türen oder andere Durchgänge.«

»Was ist mit dem Tümpel?« fragte ich.

Cohen schüttelte den Kopf. »Nichts. Um sicherzugehen, daß es unter Wasser keine Verbindung gibt, ist sogar schon jemand in den Tümpel hinabgetaucht. Sämtliche Höhlen und Stollen hier waren hermetisch von der Außenwelt abgeschlossen, bevor die Wand beim Tunnelbau heute nacht durchstoßen wurde.« Er seufzte. »Wie immer Hasseltime hierhergekommen ist … auf normalem Wege jedenfalls nicht.«

Aus dem Mund eines Mannes wie Cohen war dies ein sehr erstaunliches Eingeständnis; aber ich war nicht in der Stimmung, diese Tatsache entsprechend zu würdigen. Das unbehagliche Gefühl, das schon die ganze Zeit in mir gewesen war, wurde immer stärker. Ich hatte das Gefühl, daß es besser war, wenn wir hier so schnell wie möglich verschwanden.

Mir fielen einige kleine Öffnungen in der rückwärtigen Stollenwand auf, und ich trat darauf zu. Es handelte sich um mehrere Dutzend winziger Löcher, nicht einmal dick genug, daß ich einen Finger hineinstecken konnte, aber so kreisrund, daß sie unmöglich auf natürliche Weise entstanden sein konnten. Ich strich behutsam darüber. Ein klein wenig gallertartiger, farbloser Schleim blieb an meinem Finger haften. Angeekelt wischte ich die Hand an der Mauer ab.

»Sind die Löcher von einem der Bauarbeiter gebohrt worden?« erkundigte ich mich.

Cohen zuckte mit den Schultern. »Nicht, daß ich wüßte. Wegen der Spurensuche habe ich ausdrücklich angeordnet, daß hier nichts verändert wird.« Er verzog das Gesicht zu einem gezwungenen Lächeln. »Aber ich glaube kaum, daß Hasseltime aus einem dieser Löcher gekrochen kam.«

Ich starrte ihn an, und Cohens Grinsen geriet endgültig zur Grimasse. Was ein harmloser Scherz hatte werden sollen, der keinem anderen Zweck dienen sollte als dem, die angespannte Stimmung zu verbessern, geriet zum Gegenteil; etwas, das wie ein böses Omen in der Luft hing.

»Das kanna ganich so sein«, brummte Rowlf, während wir uns auf den Rückweg machten. Er schüttelte verdrossen und mehrmals hintereinander den Kopf. »Niemand nich taucht einfach so ausm Nichts auf. Vielleicht gab's 'n Eingang da, wos alles zusammengekracht is. Irgendwie mußa Haselnuss ja reingekommn gewesn sein.«

»Hasseltime«, verbesserte ihn Cohen. Er warf Rowlf einen schrägen Seitenblick zu, nickte aber trotzdem bekräftigend mit dem Kopf. »Daran haben die Spezialisten auch schon gedacht. Die Erklärung überzeugt mich nicht sehr, wenn ich ehrlich sein soll, aber es ist leider die einzige.«

»Muß es deshalb auch die richtige sein?« fragte ich.

Cohen hob die Schultern. »Wenn man alles Unmögliche wegläßt, dann muß das, was übrigbleibt, wohl die Wahrheit sein – so unwahrscheinlich es auch klingen mag«, antwortete er geheimnisvoll.

»Ein interessanter Satz«, pflichtete ich ihm bei. »Aber das erklärt noch nicht, wieso sich Hasseltime überhaupt hier unten befand, nachdem er vor rund einem Jahr angeblich in den Stollen unter der Felseninsel ums Leben kam.«

Cohen zuckte abermals mit den Schultern. »Anscheinend hat er den Einsturz dort und auch die Sprengung überlebt, aber er ist definitiv *nicht* mit von der Insel zurückgekommen. Dafür gibt es mehrere übereinstimmende Zeugenaussagen.«

»Können wir mit ihm sprechen?« fragte ich. Wir hatten wieder die große Höhle erreicht, von welcher der Stollen abzweigte. Ich hätte in diesem Moment selbst nicht sagen können, warum, aber ich fühlte mich irgendwie ... *erleichtert.* Als wäre dort drinnen etwas gewesen, dessen Anwesenheit ich gefühlt hatte. Etwas nicht Gutes.

Cohen nickte, schob sich den Helm aus der Stirn und schüttelte gleich darauf den Kopf. »Wenn Sie wollen, sicher – aber es hat keinen Sinn. Er ist völlig apathisch und nimmt seine Umgebung gar nicht wahr. Kakophonie – oder so ähnlich, sagt der Arzt.«

»Tonie«, verbesserte ihn Rowlf.

Cohen blickte ihn fragend an.

»Katatonie«, wiederholte Rowlf. »Smuß heißn tun: *Katatonie.*«

Cohen starrte ihn weiter an, schwieg aber.

»Hatte er denn nichts bei sich, das in irgendeiner Form Aufschluß darüber geben könnte, wo er die letzten Monate gesteckt hat?« fragte ich rasch. »Irgendeine Kleinigkeit ... ein paar Fasern an seiner Kleidung, Sand in den Schuhen ... irgend etwas?«

»Unser Labor untersucht seine Kleider noch – bislang allerdings ohne Ergebnis.« Cohen griff in seine Tasche und zog eine etwa handtellergroße, fast runde Steinplatte hervor, die er mir reichte. »Das hier steckte in seiner Uniformtasche. Keine Ahnung, was das zu bedeuten hat.« Nach einer winzigen Pause und in leicht verändertem Tonfall fügte er hinzu: »Ich hatte gehofft, daß Sie mir vielleicht weiterhelfen könnten.«

Ich betrachtete die Scheibe; das heißt: ich *versuchte* es.

Es war ein unheimliches, furchteinflößendes Gefühl, das vielleicht noch um so schlimmer war, als ich es nicht zum ersten Mal im Leben verspürte.

Da waren ... Linien, die sich zu einem fremdartigen Symbol zusammenfügten. Bilder, die keine waren, aber irgendwie den Eindruck erweckten, Bilder werden zu *wollen.* Symbole, deren Bedeutung mir verschlossen blieb, von denen ich aber wußte, daß es keine guten Bedeutungen waren ...

Es war ein äußerst seltsames, beunruhigendes Bild, das länger zu betrachten mir schwerfiel. Bereits nach wenigen Sekunden erwachte hinter meiner Stirn ein dumpfes Kopfweh, und meine Augen begannen zu schmerzen, als würde ich etwas betrachten, wozu zu sehen sie nicht gemacht waren, so daß ich den Blick abwenden mußte. Mein Herz begann schneller zu schlagen. Ich hatte weder einen solchen Stein noch das Symbol darauf jemals gesehen – wohl aber *Darstellungen* wie diese. Die Linien schienen sich auf unmögliche, sinnverwirrende Art zu krümmen und zu winden, gehorchten nicht der euklidischen Geometrie, sondern gehörten zum fremdartigen Kosmos der GROSSEN ALTEN.

Ein deutlicher Anhaltspunkt, daß mit dem mysteriösen Auftauchen Hasseltimes irgend etwas ganz und gar nicht stimmte.

Um einiges deutlicher, als mir lieb gewesen wäre.

Das Wissen, was diese Erkenntnis *wirklich* bedeutete, war bereits in mir, aber noch weigerte ich mich, aus der düsteren Ahnung einen konkreten *Verdacht* werden zu lassen. Ich hatte Zeit meines Lebens die Meinung vertreten, daß es zu nichts gut ist, sich selbst zu belügen – aber es gibt Augenblicke, da man selbst mit den ehesten Grundsätzen brechen muß. Und dies war einer davon.

»Kann ich das ... vorübergehend behalten?« erkundigte ich mich in – wie ich hoffte – möglichst beiläufigem Tonfall. Ich drehte den Stein in den Händen und versuchte, einen zwar interessierten, aber nicht beunruhigten Eindruck zu erwecken. Ob es mir bei Cohen gelang, weiß ich nicht. Rowlf jedenfalls blickte mich nur kurz aus den Augenwinkeln an und wurde um deutlich mehr als nur eine Spur blasser. »Ich würde es gern genauer untersuchen. Vielleicht steckt hinter dem Symbol eine Bedeutung, die uns weiterhilft, wenn ich sie entschlüsseln kann.«

Cohen zögerte. »Es ist ein Beweisstück«, wandte er ein. »Vielleicht hat es keinerlich Bedeutung, vielleicht aber doch. Immerhin habe ich es mit einem Mordfall zu tun.«

»Sie haben selbst gesagt, daß Hasseltime den Verstand verloren hat und daß es keinen Zweifel gibt, daß er der Täter war«, erwiderte ich. »Es geht also nicht darum, einen Schuldigen zu finden, sondern nur darum, die Hintergründe zu klären, und dabei kann dieser Stein möglicherweise helfen. Sie bekommen ihn spätestens in ein paar Tagen zurück.«

Cohen zögerte sichtlich. Offenbar hatte er mir meine gespielte Gelassenheit nicht abgenommen. Aber ich konnte ihm unmöglich erklären, was ich da wirklich in den Händen hielt.

Schon, weil ich es eigentlich gar nicht wußte …

»Also gut, versuchen Sie, ob Sie etwas darüber herausfinden können«, gab er schließlich widerstrebend nach. »Sonst können Sie mir nichts sagen? Nicht mal eine Ihrer verrückten … Gespenstergeschichten?«

Ich lächelte flüchtig und – wie ich hoffte, wenigstens jetzt – überzeugend. Im Moment war es mir weit lieber, Cohen hielt mich für verrückt, als daß er der Wahrheit nahe kam. Im vergangenen Jahr hatte es mich zusammen mit Cohen auf der Suche nach dem Magier Crowley in den schottischen Ort Brandersgate verschlagen, und was wir dort erlebt hatten, hätte ausgereicht, jeden normalen Menschen von der Existenz finsterer magischer Kräfte zu überzeugen.

Wie gesagt: jeden normalen Menschen.

Nicht so Cohen. Tief in seinem Innern mochte er wissen – oder zumindest ahnen –, daß es das Übernatürliche gab, und trotzdem leugnete er weiterhin standhaft alles, was seinem Weltbild widersprach. Cohen gehörte zu den Menschen, denen man nachsagte, mit beiden Beinen fest auf dem Boden der Tatsachen zu stehen. Doch er gab sich damit nicht zufrieden, sondern *krallte* sich regelrecht in diesen Boden; was unter anderem dazu führte, daß er schlichtweg die Augen vor allem verschloß, was ihn in seiner Überzeugung hätte wanken machen können. Ob sie nun taugten oder nicht – er klammerte sich an logische Erklärungen, selbst wenn sie noch so absurd sein mochten. Ich hatte es mittlerweile aufgegeben, ihn vom Gegenteil überzeugen zu wollen. Selbst wenn er scherzhaft von verrückten Gespenstergeschichten sprach, so hatte sein Weltbild doch bereits einige Risse erlitten. Das zeigte nicht zuletzt die Tatsache, daß er sich mit dieser seltsamen Angelegenheit überhaupt an mich wandte. Wenn ich versuchte, sein Weltbild vollends zu zertrümmern, würde ich ihm den Boden unter den Füßen wegziehen, und wahrscheinlich würde ich damit mehr Schaden als Nutzen anrichten. Cohen war mit Leib und Seele Polizist, und einen Großteil seines Lebens hatte er damit zugebracht, Verbrecher zu jagen und sie auf der Basis von Tatsachen, gesammelten Indizien und unwiderlegbaren Beweisen zu überführen. Vermutlich *konnte* er gar nicht anders, als sich an diese Rationalität zu klammern, wollte er nicht alles verlieren, woran er sein Leben lang geglaubt hatte.

»Bevor ich mir ein Bild machen kann, brauche ich mehr Informationen«, antwortete ich deshalb ausweichend. »Zunächst einmal über Hasseltimes Verschwinden, und was genau damals auf dieser Insel vorgefallen ist. Können Sie für mich in Erfahrung bringen, ob sich der Kommandant dieses Schiffes in London befindet?«

»Das habe ich bereits«, antwortete Cohen. »Captain Blossom hat kurz nach den Ereignissen voriges Jahr seinen Abschied von der Royal Navy eingereicht und ist in den vorzeitigen Ruhestand getreten.«

»Dann kann man mit ihm reden?«

Cohen schüttelte enttäuscht den Kopf. »Zwei meiner Männer haben ihn schon vernommen, ohne etwas Neues zu erfahren. Er bleibt dabei, daß ein Stollen eingestürzt ist, und da er sah, wie die Felsen auf die Männer herunterfielen, stand für ihn außer Zweifel, daß niemand das Unglück überlebt haben könnte. Wenn Sie selbst mit ihm sprechen wollen, kann ich Ihnen natürlich die Adresse geben. Allerdings ...«

»Allerdings was?« hakte ich nach, als er nicht weitersprach.

»Der Mann ist ziemlich sonderbar, wie meine Leute mir berichtet haben.« Cohen tippte sich mit dem Zeigefinger gegen den Helm, der ihm prompt wieder in die Stirn rutschte. »Man kann es auch etwas direkter ausdrücken: Er tickt nicht mehr ganz richtig im Oberstübchen. Scheint so, als litte er unter Verfolgungswahn. Anscheinend ist das so eine Art ... Berufskrankheit bei der Navy. Ich habe auch nach den beiden Marinesoldaten geforscht, die damals von der Expedition zurückkehrten. Einer hat sich wenige Wochen später selbst umgebracht, der andere sitzt seither in der Klapsmühle.«

Ich hatte Mühe, mir meine jäh aufkeimende Aufregung nicht anmerken zu lassen. »Geben Sie mir die Adresse«, verlangte ich – vielleicht ein wenig *zu* heftig, denn Cohen sah mich eine Sekunde lang durchdringend und mit einer neu aufkommenden Spur des überwunden geglaubten Mißtrauens an, das jahrelang zwischen uns geherrscht hatte. Dann nickte er, griff in seine Tasche und zog einen zerknitterten Zettel hervor, den er mir reichte. Blossoms Adresse stand bereits darauf. Völlig überrascht war er über meine Bitte also nicht.

»Gehen wir«, sagte Howard. »Wir können den Mann später besuchen.«

»Ich begleite Sie nach oben«, sagte Cohen. Er schauderte sichtbar. »Ich bin froh, wenn ich hier herauskomme, ehrlich gesagt. Das Ganze hier ist mir unheimlich.«

Aus dem Munde eines Mannes wie Cohen war dies ein erstaunliches Eingeständnis. Immerhin hatte ich selbst erlebt, wie er Zeuge echter, uralter Magie geworden war – und sich hinterher immer noch beharrlich weigerte, es zuzugeben. Ich gönnte es Cohen weiß Gott nicht (*das* gönnte ich nicht einmal meinem schlimmsten Feind); aber er hätte vermutlich selbst Cthulhus Existenz noch dann verleugnet, wenn er ihm Auge in Auge gegenüberstehen sollte.

Wenn auch sicherlich nicht für lange.

Um so erstaunlicher war, was er jetzt gesagt hatte.

Wir verließen das unterirdische Labyrinth auf demselben Weg, auf dem wir gekommen waren, aber wesentlich schneller. Und auch ich atmete hörbar auf, als wir endlich wieder ans Tageslicht traten. Cohen war keineswegs der einzige, dem das Gewirr von Stollen und Höhlen unheimlich war. Selbst der Anblick der Menschenmenge, die noch weiter angewachsen zu sein schien, während wir unter der Erde geweilt hatten, kam mir angenehmer vor als die düsteren, feuchten Stollen.

Obwohl ich nicht besonders begeistert darüber war, führte Cohen uns diesmal direkt an der gewaltigen Ruine vorbei, die einst der Hanson-Komplex gewesen war. Ich schenkte dem Durcheinander aus zerborstenen Balken, Steinen und Schutt nur einen flüchtigen Blick – und blieb überrascht stehen und schaute noch einmal und genauer hin.

»Was ist?«

Auch Howard hatte innegehalten und sah mich eine Sekunde lang eindeutig alarmiert an, ehe er meinem Blick folgte. Offenbar bemerkte *er* nichts Außergewöhnliches, denn sein Gesichtsausdruck wurde fragend, als er sich wieder an mich wandte. »Was hast du?«

Ich deutete stumm auf einen kleinen, graugetigerten Körper, der zur Hälfte unter einem Schuttberg vergraben lag. »Sieh mal.«

»Und?« Howards Stirnrunzeln vertiefte sich. Er zuckte mit den Schultern. »Eine tote Katze. Das ist traurig, aber ich denke nicht, daß ich mir im Moment *darüber* besondere Sor…«

Er verstummte, als sein Blick meiner ausgestreckten Hand folgte und er die zweite tote Katze sah, deren Kadaver ein Stück neben dem der ersten lag.

Und die dritte.

Und die vierte.

Insgesamt zählte ich auf Anhieb sieben tote Tiere. Und irgend etwas sagte mir, daß ich noch mehr gefunden hätte, hätte ich mir die Mühe gemacht, danach zu suchen.

»Ja, seltsam, nicht wahr?« sagte Cohen. »Das ist

mir auch schon aufgefallen. Ich schätze, es müssen ein paar Dutzend Katzen sein, die es hier erwischt hat. Wahrscheinlich haben sie hier reiche Beute gemacht. Das alte Gemäuer muß vor Ratten und Mäusen nur so gewimmelt haben. Sie mögen Katzen?«

»Ich mag alle Tiere«, antwortete ich, ohne ihn anzusehen. »Und Katzen ganz besonders.« Aber das war nicht der Grund für meine Beunruhigung. Howard hatte recht – der Tod der Tiere war bedauerlich, aber im Moment wahrhaftig nicht meine größte Sorge.

Etwas völlig anderes beunruhigte mich. Im ersten Moment wußte ich nicht mal selbst genau, was es war, doch als ich auf die toten Tiere zuging und sie mir genauer ansah, wurde aus vager Beunruhigung jäher Schrecken.

Das Tier, das ich zuerst entdeckt hatte, war eindeutig von den Trümmern des zusammenbrechenden Hauses erschlagen worden und zwei oder drei der anderen wohl auch.

Aber längst nicht alle. Die meisten Tiere wiesen nicht mal sichtbare äußere Verletzungen auf, und zwei oder drei lagen an Stellen, an denen es keine Trümmer gab.

Ich mochte Katzen. Ich liebte sie geradezu. Trotzdem: Was mich erschreckte, war nicht der Umstand, daß sie tot waren.

Es war die Frage, *was* sie umgebracht hatte.

»Und ich habe geglaubt, es wäre vorbei«, murmelte ich, nachdem sich die Kutsche in Bewegung gesetzt hatte. »Ich Narr! Ich hätte es besser wissen müssen.«

»Es wird nie vorbei sein«, sagte Howard und blickte mich an. Auch er wirkte sehr ernst und auf eine unbestimmte Weise erschrocken, die mir deutlich machte, daß er die Bedeutung der Tonscherbe ebenso klar erkannt haben mußte wie ich. »Jedenfalls werden wir das wohl nicht mehr erleben. Wir haben einen Sieg über die GROSSEN ALTEN errungen, mehr nicht. Für uns mag er bedeutsam gewesen sein, aber für sie war es wahrscheinlich nicht mehr als ein Nadelstich. Wir haben eine Schlacht gewonnen, nicht den Krieg. Und vielleicht nicht einmal das, sondern nur ein kleines Scharmützel.«

»Schon.« Ich zuckte mit den Achseln. »Aber ich hatte gehofft, wir hätten wenigstens ein paar Jahre Ruhe gewonnen. Das ist doch nur eine Wimpernschlag für Wesen, die Millionen von Jahren alt sind?«

Ich ließ meinen Blick kurz zu Rowlf schweifen, der in einer Ecke der Kutsche Platz genommen hatte. Sein Kopf war auf die Brust gesunken, und er hatte die Augen geschlossen und schnarchte wie ein ganzes Sägewerk. Genau wie ich hatte er in der vergangenen Nacht so gut wie keinen Schlaf bekommen; dennoch bezweifelte ich, daß er eingeschlafen war. Wahrscheinlich hatte er einfach keine Lust, sich zu unterhalten und tat nur so, als schliefe er. Sein Schnarchen klang nicht völlig überzeugend.

Auch Howard schwieg ein paar Sekunden; dann holte er eine seiner Zigarren hervor und zündete sie umständlich an. »Noch ist nicht erwiesen, daß wir es bei dieser Sache wirklich mit den GROSSEN ALTEN zu tun haben«, sagte er und blies mir eine stinkende Qualmwolke ins Gesicht.

Ich griff in die Tasche meines Mantels, holte den

Stein heraus, den Cohen mir gegeben hatte, und hielt ihn Howard entgegen, wobei ich darauf achtete, die sinnverwirrenden Linien auf dem Stein nicht anzuschauen. Howard mußte ihn gesehen haben; aber wenn er darauf bestand, Spielchen zu spielen ... bitte. Vielleicht war das seine Art, mit dem Schrecken fertig zu werden. »Und was ist damit? Glaubst du, das wäre nur ein Zufall? Du weißt doch so gut wie ich, wer das hier gemacht hat.«

»Besser«, behauptete er gedehnt und mit einer Betonung, die mich aufhorchen ließ. Er griff nach dem Stein und betrachtete ihn einige Sekunden lang, ehe er ihn mir zurückgab, ein paarmal blinzelte und sich mit einer Hand über die Augen strich. »Immerhin habe ich fast mein ganzes Leben damit verbracht, Wissen über sie zu sammeln.«

»Eben«, stieß ich hervor. »Dann dürfte dir doch wohl klar sein, daß es sich um ein Symbol der GROSSEN ALTEN ...«

»Nein«, fiel Howard mir scharf ins Wort. »Eben deshalb weiß ich, daß es sich *nicht* um ein Symbol der GROSSEN ALTEN handelt.«

»Wie?« Ich blinzelte.

»Es ist ihnen sehr ähnlich«, gestand Howard, »und es ist mindestens ebenso fremdartig, aber ich bin mir sicher, daß es kein Zeichen der ALTEN ist. Ziemlich sicher wenigstens«, fügte er nach ein paar Sekunden hinzu.

Ungläubig runzelte ich die Stirn und betrachtete den Stein noch einmal, diesmal sehr viel genauer als das erste Mal. Wie schon zuvor gelang es mir nicht, den Verlauf der Linien klar zu erkennen. Sie waren auf eine schlichtweg unmöglich in Worte zu fassende

Art ineinander gekrümmt und verschlungen und schienen vor meinen Augen zu verschwimmen. Nach ein paar Sekunden mußte ich den Blick abwenden, als meine Augen erneut zu schmerzen begannen und der dumpfe Schmerz in meinem Schädel wieder erwachte. Es war die gleiche Wirkung, wie sie jedes Zeichen, jedes Bauwerk, ja, sogar jedes Wort aus der dämonischen Welt der GROSSEN ALTEN auf einen Menschen ausübt.

Und dennoch …

Möglicherweise hatte Howard recht.

Irgend etwas an den sinnverwirrenden Linien war anders, als ich es kannte, wenn auch vielleicht nur um eine Winzigkeit. Es war ein Unterschied, den ich nicht benennen, im Grunde nicht einmal richtig erkennen konnte, sondern nur unterschwellig fühlte.

Aber selbst wenn dies kein Zeichen der GROSSEN ALTEN war, dann war es das einer Kultur, die ihr insofern glich, daß sie für Menschen ebenso fremdartig sein mußte. Und wahrscheinlich ebenso tödlich.

»Nun?« erkundigte sich Howard.

»Ich … ich weiß es nicht«, murmelte ich. Alles schien sich in meinem Kopf zu drehen. Ich blickte aus dem Kutschenfenster, doch das Schwindelgefühl verstärkte sich eher noch, so daß ich den Blick rasch wieder Howard zuwandte. Meine Verwirrung hatte einen Grad erreicht, der beinahe an körperlichen Schmerz grenzte. Und so ganz nebenbei verspürte ich plötzlich eine neue, nagende Furcht: Was, wenn Howard recht hatte? Und wenn wir es plötzlich mit einem anderen, möglicherweise ebenso gefährlichen

Gegner zu tun bekamen – noch dazu einem, über den wir absolut nichts wußten?

Ich weigerte mich, den Gedanken zu Ende zu führen.

»Die Unterschiede sind winzig«, sagte Howard, »aber sie sind da, und ich bin sicher, daß ich Zeichen wie dieses schon einmal irgendwo gesehen habe.« Er sog genießerisch an seiner Zigarre und paffte eine weitere Rauchwolke in die Luft. Ich hustete, wie immer demonstrativ und wieder wie immer völlig vergebens.

»Und noch etwas«, fuhr Howard fort. »Ich bin sicher, daß auf diesem Stein nur ein Teil eines sehr viel größeren Zeichens zu sehen ist. Zu viele Linien enden einfach am Rande des Steins. Das bedeutet, daß man sie nicht nur in diesen Stein eingraviert hat, sondern daß er aus einem viel größeren Relief herausgebrochen wurde.«

»Trotzdem«, beharrte ich. »Es muß eine Verbindung zu den GROSSEN ALTEN geben. Wenn Hasseltime wirklich auf dieser Insel war und den Stein von dort mitgebracht hat, dann kann es kein Zufall sein. Du weißt, was diese Insel wirklich war!«

»Sicher. Ich glaube auch nicht an einen Zufall. Aber wenn es diese Verbindung gibt, dann müssen wir sie aufklären. Und ich fürchte, daß sie anders aussieht, als wir jetzt schon ahnen.« Er schüttelte den Kopf.

»Ich bin sicher, daß ich Zeichen wie dieses schon einmal irgendwo gesehen habe. Vielleicht auf einer Abbildung, in einem Buch … Wenn ich mich bloß erinnern könnte! Auf jeden Fall werde ich versuchen, mehr darüber herauszufinden.«

Ich hielt ihm den Stein entgegen.

»Willst du ihn nehmen?«

Howard hob abwehrend die Hände. »Nein, lieber nicht. Behalte du ihn. Ich glaube, bei dir ist er besser aufgehoben.«

Was das betraf, war ich zwar gründlich anderer Ansicht, doch Howards Tonfall zeigte, daß es keinen Sinn hatte, darüber diskutieren zu wollen. In *einem* Punkt hatte er eine fast schon verblüffende Ähnlichkeit mit Cohen: Wenn er etwas nicht verstehen wollte, dann verstand er es nicht. Basta.

Seufzend verstaute ich den Stein wieder in meiner Manteltasche und lehnte mich zurück.

Obwohl wir vorhatten, Captain Blossom zu besuchen, hatte ich Howard gebeten, mich zunächst am Hilton abzusetzen, damit ich eine Kleinigkeit essen und mich umziehen konnte. Getreu dem Motto, daß Kleider Leute machten, hatte ich für das Gespräch mit Storm heute morgen extra einen meinen vornehmsten Anzüge samt einem ebenso vornehmen Mantel ausgewählt. Beides mochte zwar geeignet sein, Eindruck auf Bauleiter zu machen, die mit ihrem Termin im Verzug sind, nicht aber auf Erkundungsexpeditionen in unterirdische Gänge. Sowohl der Mantel als auch der Anzug waren völlig verdreckt, und ich wollte nicht wie ein Landstreicher bei Blossom auftauchen. Es reichte schon, wenn er mich für verrückt hielt.

»Ich schlage vor, ihr holt mich in einer Stunde wieder am Hotel ab«, sagte ich, als wir in die Straße einbogen, an der das Hilton lag.

Howard nickte. »In Ordnung.«

Wir erreichten das Hotel, und ich stieg aus. Dienstbeflissen öffnete der Portier mir die Tür, doch ich zögerte noch, einzutreten. Ein paar Schritte entfernt entdeckte ich, halb hinter einem Blumenkübel verborgen, einen kleinen, beigeweißen Schatten. Kaum hatten unsere Blicke sich getroffen, rannte der Kater auch schon auf mich zu und sprang mit einem Satz in meine Arme. Ich war so verblüfft, daß ich automatisch zugriff.

Kein Zweifel – es war der Kater, dem ich in den Trümmern von Andara-House begegnet war. Doch innerhalb der kaum zwei Stunden, die seit unserer letzten Begegnung verstrichen waren, hatte er sich stark verändert. Sein zuvor so glänzendes Fell starrte vor Schmutz, und er roch nach Staub und modriger Erde; kurz: er sah ungefähr so aus wie vermutlich auch ich …

Ich verbarg das Tier so gut es ging unter meinem Mantel und betrat das Hotel. Als ich das Foyer zur Hälfte durchquert hatte, bemerkte ich einen weiteren Bekannten: MacIntosh, den Hotelmanager, der aus einer Tür hinter der Rezeption trat und mir nacheilte. Ich ignorierte ihn geflissentlich und näherte mich mit raschen Schritten dem Aufzug. Ausnahmsweise einmal hatte ich Glück; denn die Kabine befand sich gerade im Erdgeschoß.

»Mister Craven!« rief MacIntosh, während ich die Tür schloß, doch ich tat auch weiterhin so, als hätte ich ihn nicht bemerkt. Erst als sich die Kabine ruckelnd in Bewegung setzte, konnte ich mir ein schadenfrohes Grinsen nicht verbergen. Ich kraulte den Kater auf meinem Arm.

»Wo kommst du denn her?« murmelte ich. »Und wie hat es dich gerade hierher verschlagen?«

Der Fahrstuhl hielt mit einem Ruck, und ich stieg aus. Der Kater wand sich aus meinem Griff und sprang mit einem Satz auf den Boden, wich aber nicht von meiner Seite.

»Mister Craven!« vernahm ich erneut MacIntoshs Stimme, als ich gerade die Tür meiner Suite aufschloß, und diesmal hatte er so laut gerufen, daß ich mich beim besten Willen nicht mehr taub stellen konnte. Seufzend drehte ich mich zu ihm um. Keuchend kam er den Gang entlang gestürmt. Er mußte die ganze Treppe hinaufgerannt sein, für einen Mann wie ihn eine beachtliche Leistung.

»Mister Craven«, sagte er eisig. »Hatten Sie einen angenehmen Tag? Was macht Ihr Bauvorhaben?«

»Es zieht sich hin«, antwortete ich und schaute mich nach dem Kater um, konnte ihn jedoch nirgends entdecken. Der Anblick des Tieres hätte vermutlich ausgereicht, MacIntosh vollends die Geduld verlieren zu lassen. »Sie kennen doch Cheops Gesetz, oder?«

»Che… was?« fragte MacIntosh.

»Cheops Gesetz«, wiederholte ich. »Es dauert immer doppelt so lange und kostet immer dreimal so viel, wie man denkt. Ich fürchte, eine Weile müssen Sie uns beide noch ertragen.«

Der Manager lächelte erneut, doch es war ein Lächeln, das selbst Cthulhus Großmutter hätte frösteln lassen.

»Dann habe ich vielleicht ausnahmsweise eine erfreuliche Nachricht für Sie. Ihr Bauleiter hat mir mitteilen lassen, daß er Sie unverzüglich zu sprechen wünscht. Es wäre sehr dringend.« War das Schadenfreude, was ich in seinem Lächeln gewahrte?

Ich verdrehte die Augen. Nach unserem Gespräch am Vormittag war Storm so ziemlich der letzte Mensch, den ich zur Zeit sehen wollte – gleich hinter MacIntosh.

»Und die gute Nachricht?«

MacIntoshs Gesicht wurde noch eine Spur eisiger, doch er ignorierte meine Bemerkung wohlweislich. »Ich habe mir erlaubt, das auch Ihren Begleitern ausrichten zu lassen. Sie warten noch vor dem Hotel.«

Ich seufzte erneut.

»Also gut, ich komme, sobald ich mich umgezogen habe.«

»Ich bin gespannt, was er jetzt wieder will«, brummte ich verdrossen, während wir uns dem Ashton-Place näherten. »Das heißt, eigentlich hält sich meine Spannung noch in Grenzen. Etwas Angenehmes wird es wohl kaum sein, wie ich mein Glück einschätze. Wahrscheinlich ist einem der Arbeiter eine Rolle Tapete auf den Kopf gefallen, und vor lauter Aberglauben weigern sich die anderen jetzt, weiterzuarbeiten.«

Wie MacIntosh gesagt hatte, hatte Howard vor dem Hotel gewartet. Lediglich Rowlf hatte darauf verzichtet, uns zu begleiten, weil er angeblich noch ein paar dringende Geschäfte zu erledigen hätte. Ich hatte wohlweislich nicht nachgefragt, da ich mir nur zu gut vorstellen konnte, worin diese Geschäfte bestanden.

Es dauerte nicht lange, bis wir den Ashton-Place erreichten. Auf den ersten Blick schien sich nichts verändert zu haben. Einige der Arbeiter trugen Balken,

Steine oder Säcke in scheinbar immer noch ungeordnetem Chaos hin und her, doch wie es auch im Inneren des Hauses aussehen mochte, wenigstens die Außenmauern standen noch – was mir nach allem, was ich am Vormittag hier erlebt hatte, schon gar nicht mehr selbstverständlich erschienen war. Insofern verspürte ich angesichts der äußerlichen Normalität bereits Erleichterung und war sogar größenwahnsinnig genug, mir den Luxus einer vorsichtigen Hoffnung zu gestatten, Storm könnte vielleicht ausnahmsweise mit einer erfreulichen Neuigkeit aufwarten.

Storm erwartete uns in der Eingangshalle des Hauses, die immer noch weder getäfelt noch tapeziert war, wie ich mit wenig Erstaunen, dafür aber mit sofort wieder aufsteigendem Zorn registrierte.

»Ich hoffe, Sie haben mich nicht erneut kommen lassen, nur um mir wieder zu erklären, daß Sie nicht weiterkommen«, sagte ich anstelle einer Begrüßung. Storms ausgestreckte Hand ignorierte ich geflissentlich.

»Nein, Mister Craven, es geht um etwas anderes«, erwiderte Storm. »Ich hielt es für wichtig genug, Sie sofort zu benachrichtigen. Sie sollten es sich selbst ansehen. Bitte, kommen Sie.«

»Verraten Sie mir wenigstens, ob es sich um eine gute oder um eine schlechte Nachricht handelt«, verlangte ich. Die Geheimniskrämerei trug nicht gerade dazu bei, meine Laune zu bessern.

»Das ... läßt sich nicht so einfach sagen«, druckste Storm herum.

Also eine schlechte, dachte ich. Storm führte uns auf die Kellertür zu. Die großen, ungemein massiven Kellergewölbe waren bei dem Brand kaum in Mitleidenschaft gezogen worden. Lediglich die verbrannte Treppe war inzwischen durch eine neue ersetzt worden. Wie ich mit einem leisen Gefühl des Erstaunens feststellte, stand sie sogar noch und schien durchaus stabil genug zu sein, das Gewicht eines erwachsenen Mannes zu tragen – obwohl sie von der Firma STORM DEVASTATIONS erbaut worden war …

»Es geht um das Fundament«, erklärte Storm. »Ich habe die Grundmauern noch einmal genauer überprüft, wie wir es heute morgen besprochen haben, und dabei bin ich auf etwas Interessantes gestoßen.«

Storm reichte mir eine Lampe und nahm selbst auch eine; dann stiegen wir in den Keller hinunter. Ich verband nicht gerade angenehme Erinnerungen mit diesem Ort. Auf diesem Weg hatte mich Crowley Monate zuvor in die Kanalisation geführt, um mich dort zu ermorden. Wir passierten die inzwischen zugemauerte Stelle und drangen in ein weiteres Gewölbe vor. Ich war auch früher selten hier unten gewesen. Im Grunde hatte ich nicht einmal sämtliche überirdischen Räume von Andara-House gesehen. Viele davon hatten ohnehin leergestanden, und so wurde auch der Keller nicht genutzt – doch das war nicht der einzige Grund. Irgend etwas an diesen Gewölben war mir immer schon unheimlich gewesen, und auch jetzt spürte ich wieder eine sonderbare Beklemmung. Nach allem, was ich in meinem Leben gesehen und erlebt hatte, mag es lächerlich erscheinen – doch in diesem Keller fühlte ich mich so befangen und verängstigt wie ein Kind, das die Dunkelheit fürchtet und von seiner Mutter nach unten geschickt worden ist. Ich mußte mich beherrschen, um nicht ein Lied zu pfeifen …

»Wußten Sie, daß es mehr als nur diesen Keller gab?« erkundigte sich Storm.

Ich blickte ihn überrascht an. »Wie meinen Sie das?«

Wir hatten einen kleinen, hoffnungslos mit Gerümpel vollgestopften Raum erreicht. »Ich habe den ganzen Krempel zur Seite räumen lassen«, erklärte der Bauleiter. »Das Zeug lagert wahrscheinlich schon seit einem halben Jahrhundert oder noch länger hier unten. Dahinter kam diese Tür zum Vorschein.« Er beleuchtete mit der Lampe eine massiv aussehende Holztür im Hintergrund des Raumes und öffnete sie. Hinter der Tür waren steinerne Stufen zu sehen, die weiter in die Tiefe führten. »Weder diese Treppe, noch die tiefergelegenen Gewölbe sind in irgendeinem Bauplan verzeichnet.«

»Davon habe ich nichts gewußt«, behauptete ich und schaute Howard an. »Weißt du etwas darüber?«

Er schüttelte den Kopf. »Nein. Bevor du hier eingezogen bist, war ich ziemlich selten in Andara-House. Dein Vater war ja die meiste Zeit unterwegs, und was dieses Haus betraf, war er nie sehr mitteilsam.«

»Das könnte jedenfalls eine Erklärung für die großen Schwierigkeiten sein, die wir mir dem Haus haben«, fuhr Storm fort. »Ein zweiter, tieferer Keller verändert natürlich die Statik des gesamten Gebäudes. Möglicherweise werden dadurch Spannungen in den Wänden verursacht; ich werde entsprechende Messungen noch anstellen lassen. Das ist aber nicht der eigentliche Grund, weshalb ich Sie hergebeten habe. Kommen Sie.«

Wir stiegen nacheinander die Treppe hinunter

und erreichten ein weiteres Gewölbe, das denen über uns weitgehend glich, doch steigerte sich mein Gefühl des Unbehagens mit jeder Stufe, die ich weiter in die Tiefe stieg. Staubbedeckte Spinnweben hingen wie die zerfetzten Segel mythischer Schiffe in dem Gewölbe, und auch der Fußboden war mit einer fast knöcheltiefen Staubschicht bedeckt. Wir gingen äußerst vorsichtig, um nicht mehr als unbedingt nötig davon aufzuwirbeln; dennoch legte sich der trockene Staub schwer auf meine Lungen, brachte mich zum Husten und ließ meine Augen brennen.

»Was ich Ihnen zeigen möchte, ist gleich dort drüben«, sagte Storm und leuchtete mit seiner Lampe in die angegebene Richtung. »Wie ich schon sagte, wollte ich nur das Fundament überprüfen und bin deshalb hier heruntergekommen. Und dabei habe ich das hier entdeckt.«

Der Lichtschein unserer Lampen riß ein eingebrochenes Mauerstück aus der Dunkelheit. Es mußte sich um eine der Außenmauern handeln, denn dahinter befand sich kein weiteres Kellergewölbe – aber auch kein massives Erdreich, sondern ein kleinerer Hohlraum. Erst als ich dicht an den Mauerdurchbruch trat, erkannte ich, daß es sich um einen Stollen handelte, der sich in beide Richtungen erstreckte, so weit das Lampenlicht reichte. Doch die bloße Tatsache seiner Existenz war nicht mal das Erstaunlichste an dem Stollen.

Die Wände bestanden aus massivem Felsgestein, und trotzdem waren sie völlig eben, beinahe wie glasiert.

»Verstehen Sie jetzt, weshalb ich Sie kommen

ließ?« drang Storms Stimme in meine Gedanken. »Ich bin den Stollen ein Stück entlanggegangen. Er führt weit über die Grenzen des Anwesens hinaus und schneidet sich mit einem völlig gleichen anderen Stollen, so daß ich vermute, daß es noch mehr gibt. Nach dem Unglück in der Innenstadt heute morgen hielt ich es für besser, zunächst einmal mit Ihnen zu sprechen, damit Sie entscheiden können, was nun geschehen soll. Ich schätze, wir müssen das der Bauaufsicht melden.«

Ich nickte geistesabwesend, kletterte durch das Loch in der Mauer in den Gang hinein und strich mit den Fingern über die Stollenwand. Sie war ebenso glatt, wie sie aussah. Obwohl der Stollen gut drei Yards durchmaß, gab es keinerlei noch so kleinen Vorsprung, nicht die geringste Unebenheit. Selbst mit modernsten Präzisionsinstrumenten mußte es nahezu unmöglich sein, das Gestein so akkurat zu bearbeiten, ganz abgesehen davon, wer überhaupt ein Interesse daran haben sollte, einen solchen Stollen tief unter der Erde zu bohren. Beide Kellergewölbe waren mehrere Yards hoch, so daß wir uns sogar noch unterhalb der Kanalisation befanden.

Ratlos starrte ich Howard an. »Kannst du dir einen Reim darauf machen?«

Howard zuckte nur mit den Schultern.

Ich zögerte spürbar, weiterzugehen. Dieser Stollen ... machte mir angst. Ich konnte selbst nicht sagen, warum, aber irgend etwas daran war ... unheimlich. Auf eine Weise, die mir sonderbar bekannt vorkam, auch wenn ich im Moment noch nicht sagen konnte, wieso.

»Ich würde dort nicht hineingehen«, sagte Storm, als ich Anstalten machte, weiterzugehen. »Wer weiß, wie alt diese Stollen sind. Sie könnten zusammenbrechen.«

Das glaubte ich kaum. Im bleichen Licht meiner Lampe schimmerten die Wände wie polierter Stahl, und sie fühlten sich auch genauso hart an. Nachdenklich strich ich mit den Fingerspitzen darüber. Da war etwas Glitschiges. Ich hob die Hand an die Augen und blickte einen Moment stirnrunzelnd auf den farblosen, zähen Schleim, der an meinen Fingern klebte. Er fühlte sich kalt an, glibberig ... und unangenehm. Nicht ekelhaft, wie man hätte erwarten können, nur unangenehm. Ein schwacher, fremdartiger Geruch ging davon aus.

»Vielleicht gehen Sie und holen eine weitere Lampe, Mister Storm«, bat ich. »Ich werde mich hier ein wenig umsehen. Keine Sorge – ich passe auf.«

Storm entfernte sich, ohne mich noch einmal davon abhalten zu wollen, die Stollen weiter zu erkunden. Vielleicht fühlte er das Fremde, Unheimliche ebenso wie ich. Vielleicht hoffte er auch insgeheim, daß der Stollen über mir zusammenbrechen würde. Immerhin war ich wahrscheinlich nicht gerade ein Lieblingskunde.

»Was, um alles in der Welt, ist das?« murmelte Howard, nachdem wir allein waren.

Diesmal war ich es, der nur mit den Schultern zuckte.

Howard trat neben mich, und wir gingen langsam weiter. Eine Weile folgten wir schweigend dem Stollen; dann gelangten wir an eine Stelle, an der er einen zweiten, gleichartigen Stollen kreuzte. Das hieß – ich dachte im ersten Moment, es wäre ein gleichartiger Gang. Aber ganz stimmte das nicht.

Dieser andere Stollen hatte den gleichen, runden Querschnitt wie der, in dem wir uns befanden, und auch seine Wände waren so glatt, als wäre er mit einer Präzisionsmaschine in die Erde gefräst (oder geschmolzen?) worden. Aber sein Durchmesser war ein wenig kleiner als der unseres Stollens.

Auf der linken Seite.

Auf der gegenüberliegenden war er ein wenig größer.

Ich machte Howard auf diesen Umstand aufmerksam. Er nickte nachdenklich, bewegte sich wenige Schritte weit in den nach rechts abzweigenden Stollen hinein und blieb schließlich wieder stehen.

»Da vorn scheint ein weiterer Stollen abzuzweigen«, sagte er. »Das ist ja ein ganzes Labyrinth.« Er machte einen weiteren Schritt, blieb wieder stehen und kam schließlich zu mir zurück. Offensichtlich fühlte er sich hier so unwohl wie ich – was ich mit jeder Sekunde besser verstehen konnte. Ganz plötzlich hatte ich das Gefühl, daß wir nicht allein hier unten waren. Irgend etwas war hier, oder war hier gewesen; etwas, dessen Präsenz ich noch immer spürte.

»Der Gang wird weiter vorn noch größer«, sagte Howard. »Wir sollten ein paar vernünftige Lampen und etwas Werkzeug besorgen und uns genauer umsehen. Das gefällt mir nicht. Laß uns zurückgehen.«

Alles in mir schrie danach, ihm zuzustimmen. Ich wollte hier heraus, und das so schnell wie nur irgend möglich. Trotzdem zögerte ich noch. Ich hob meine

Lampe und leuchtete in den vor mir liegenden Stollenabschnitt. Ich konnte mich täuschen – aber es sah aus, als verenge sich der Stollen vor uns unmerklich.

Die Erklärung für dieses Phänomen war so einfach wie absurd – und sie ließ mir einen eisigen Schauer über den Rücken laufen.

Was immer diesen Stollen gegraben hatte, war *gewachsen,* während es sich durch die Erde bewegte …

»Du hast recht«, sagte ich. »Gehen wir.«

Wir erreichten den Mauerdurchbruch, der wieder zurück in die Keller von Andara-House führte, und Howard stieg mit einem weit ausgreifenden Schritt hindurch. Er hatte es nicht laut ausgesprochen, doch allein die Hast dieser einen Bewegung machte mir endgültig klar, daß er dasselbe empfinden mußte ich ich – und mindestens ebenso froh war, wieder aus diesem unheimlichen Labyrinth herauszukommen. Ich folgte ihm so dichtauf, daß ich ihm mit meiner Lampe um ein Haar die Jacke angesengt hätte – und blieb plötzlich wieder stehen.

Irgendwo in dem Gang hinter mir war ein Geräusch gewesen. Es war zu rasch verklungen und zu leise, um es identifizieren zu können, aber es war da.

»Was ist?« fragte Howard. Er war ein paar Schritte vorausgeeilt und erst stehengeblieben, als er merkte, daß ich ihm nicht folgte. Ich konnte sein Gesicht in der Dunkelheit hier unten nicht erkennen, doch seine Stimme klang eindeutig alarmiert.

Ich antwortete nicht laut, machte aber eine entsprechende Geste. Nach einigen Sekunden kam Howard zurück, wenn auch mit allen Anzeichen von

Widerwillen. Auch er legte den Kopf schräg und lauschte.

Und nach wenigen Augenblicken hörten wir es beide.

Es war ein Schleifen. Ein Geräusch, als würde etwas Schweres über rauhen Felsboden gezerrt. Und noch etwas: ein leises Zischen und Knistern, von dem ich mir nicht vorstellen konnte, was es zu bedeuten hatte, und das mir trotzdem einen eisigen Schauer über den Rücken laufen ließ.

»Was ist das?« flüsterte Howard.

Anstelle einer Antwort – die ich ihm nicht geben konnte – zuckte ich nur mit den Schultern, hob meine Lampe höher und drehte mich um. Howard atmete scharf ein, als ich wieder in den Stollen zurücktrat und mich diesmal nach rechts wandte, aber er machte keine Anstalten, mich zurückzuhalten. Im Gegenteil – nach einem Augenblick folgte er mir, und wir drangen zum zweiten Mal in das unheimliche Felsenlabyrinth ein, diesmal in die andere Richtung.

Ich vermochte nicht mal zu schätzen, wie weit wir in den Stollen vorgedrungen waren; sicherlich etliche hundert Schritte, vielleicht sogar eine halbe oder eine dreiviertel Meile. Auf jeden Fall blieb Howard plötzlich stehen und machte mich auf etwas aufmerksam, das ich vielleicht unbewußt bemerkt, bisher aber noch nicht richtig begriffen hatte.

»Fällt dir etwas auf?« fragte er.

»Eine ganze Menge«, antwortete ich. »Aber ich bin nicht ganz sicher, ob ich weiß, was du meinst.«

»Dann sieh doch mal zurück«, sagte Howard.

Ich gehorchte. In dem zwar starken, aber trotzdem begrenzten Licht unserer Lampen war es nicht leicht, dem Gang weiter als wenige Dutzend Schritte zu folgen, aber schließlich glaubte ich doch zu begreifen, was Howard meinte. Ich drehte mich wieder um, schaute einige Sekunden in die andere Richtung und wandte mich dann mit einem fragenden Blick an Howard.

»Der Stollen ist nicht ganz gerade«, sagte ich. »Ist es das?«

Howard nickte. »Ja.«

»Und? Was ist so besonders daran?«

»Vielleicht nichts«, sagte Howard achselzuckend. »Trotzdem ist es merkwürdig, finde ich. Vorhin *war* er ganz gerade. Und jetzt beschreibt er einen Bogen.

Ich verstand immer noch nicht ganz, worauf er hinauswollte, und ich sagte es ihm auch.

»Man könnte meinen, daß der Stollen einen Bogen um Andara-House gemacht hat«, sagte Howard. »Aber ich sage ja – es muß nichts zu bedeuten haben. Ich ...«

»Still!« Ich hob erschrocken die Hand, doch das wäre gar nicht nötig gewesen, denn Howard hatte es ebenso gehört wie ich und war mitten im Satz verstummt.

Es war das gleiche Geräusch wie vorhin, nur viel lauter diesmal, viel näher. Erschrocken hob ich meine Lampe, blickte nach rechts und nach links und dann wieder nach rechts – und unterdrückte nur mit Mühe einen Schreckenslaut.

Diesmal konnte ich das Ende des Stollens sehen. Oder auch nicht.

Was ich im allerersten Moment für massiven Fels hielt, *bewegte* sich. Wir waren noch zu weit vom Ende des Tunnels entfernt, um Einzelheiten zu erkennen, aber was ich sah, ließ mich frösteln: es war, als wäre die ganze Wand irgendwie ... lebendig. Das war natürlich vollkommen unmöglich; trotzdem hatte dieser Gedanke etwas so Entsetzliches, daß ich im ersten Moment kaum die Kraft aufbrachte, weiterzugehen.

Und kurz, nachdem ich es schließlich getan hatte, wünschte ich mir beinahe, es nicht getan zu haben.

Die Wand bewegte sich tatsächlich. Und irgendwie war sie auch lebendig geworden. Allerdings war das, was wir beim Näherkommen sahen, nicht die Felswand am Ende des Stollens.

Es war etwas Lebendiges.

Oder zumindest etwas, das sich bewegte und kroch.

Es waren ... *Würmer.*

Ich vermochte ihre Anzahl nicht mal zu schätzen. Es mußten Zehntausende sein, vielleicht Millionen, ein Nest wuselnder, durcheinanderwimmelnder, kleinfingerdünner, glitschiger Würmer, die die Stirnwand des Stollens in einer solchen Masse bedeckten, daß der Fels nirgends mehr wirklich zu sehen war. Das Rascheln und Schaben, das wir gehört hatten, war das Geräusch, das entstand, wenn sich ihre winzigen Leiber aneinanderrieben.

»Großer Gott!« sagte Howard angeekelt. »Was ist denn *das!*«

Ich blieb ihm die Antwort auf diese Frage schuldig; aber auch ich schüttelte mich angewidert. Der Anblick war wirklich ekelerregend. Und er machte mir angst.

Dabei sahen die Geschöpfe gar nicht besonders bedrohlich aus. Die Tiere waren allesamt nicht dicker als mein kleiner Finger und kaum nennenswert länger, doch es waren unglaublich viele und an der bloßen Art, wie sie sich bewegten und durcheinanderkrochen, war etwas unbeschreiblich Furchteinflößendes.

Howard stellte seine Lampe auf den Boden, trat dichter an die Wand heran und ging in die Hocke, um die winzigen, widerwärtigen Geschöpfe genauer in Augenschein zu nehmen. Ich tat es ihm gleich, achtete aber streng darauf, dem glitschigen Durcheinander nicht zu nahe zu kommen. Irgendwie hatte ich das Gefühl, daß von diesen Wesen eine furchtbare Gefahr ausging.

Howard griff in die Tasche und zog eine seiner langen, bleistiftdünnen Zigarren heraus. Ich hätte ihm durchaus zugetraut, selbst in diesem Moment nicht von seinem Laster ablassen zu können; aber statt sich die Zigarre anzustecken, benutzte er sie, um damit einen der Würmer aus der wimmelnden Masse herauszuziehen. Das winzige, blinde Tierchen ringelte sich hektisch um die Zigarre, und ich sah, daß es über ein Maul voller mikroskopisch kleiner, aber offensichtlich sehr scharfer Zähne verfügte, die es sofort in den Tabak grub.

Allerdings nur, um ihn unverzüglich wieder auszuspucken.

»Da soll noch einer sagen, Würmer hätten keinen Geschmack«, sagte ich. »Sogar diese Kreatur merkt, wie ekelhaft diese Dinger sind.«

Howard blieb ernst. Behutsam hob er die Zigarre mit dem darumgewickelten Wurm höher, um das Geschöpf besser sehen zu können. Auch aus der Nähe bot es keinen besonders erfreulichen Anblick. Sein Körper war in zahllose gleichgroße Segmente unterteilt, und sein Fleisch war halb durchsichtig. Man konnte sehen, wie sich darunter winzige, pumpende Organe bewegten.

»Wo kommen diese Biester her?« murmelte ich. Ich sah nachdenklich auf und musterte die nach Zehntausenden zählende Masse vor uns. Täuschte ich mich, oder hatte sich die Stirnwand des Stollens ein kleines Stück von uns entfernt?

Howard zucke mit den Achseln und legte die Zigarre mit angeekeltem Gesichtsausdruck zu Boden. Und im gleichen Moment, in dem der Wurm den Felsen berührte …

»Mein Gott, Robert!« keuchte Howard. »Schau doch!«

Das Tier erwachte plötzlich zu hektischer Aktivität. Es verlor von einer Sekunde auf die andere jedes Interesse an der Zigarre und fraß sich statt dessen in den steinharten Boden hinein …

Meine Augen quollen vor Schrecken und Unglauben schier aus den Höhlen, als ich sah, wie mühelos sich das Geschöpf in den Fels hineingrub.

Und das war nicht mal das Schlimmste …

Das Schlimmste war, daß es dabei wuchs.

Es war, als nähme seine Masse im gleichen Maße zu, in dem es sich in den Fels hineinfraß. Binnen weniger Augenblicke war es auf das nahezu Doppelte seiner Länge angewachsen.

»O Gott!« stieß Howard hervor. »So also ist dieser Stollen entstanden! Aber wie …«

Er kam nicht weiter. Der Wurm hatte plötzlich zu fressen aufgehört. Für eine Sekunde lag er still; dann begann er plötzlich zu zucken und zittern, und mit einem Mal schnürte sein Körper sich in der Mitte zusammen. Das bizarre Geschöpf zitterte und bebte – und teilte sich.

Vor uns lagen jetzt zwei Würmer, die sich unverzüglich weiter in den Felsen hineinzufressen begannen ...

Es dauerte eine volle Sekunde, bis mir die wirkliche Bedeutung dessen bewußt wurde, was sich da vor Howards und meinen Augen abspielte – aber dann fuhr mich mit einem Schrei hoch und starrte die Stirnwand des Stollens an, die sich *tatsächlich* ein gutes Stück von uns entfernt hatte.

Es war keine Einbildung gewesen. Es waren die Würmer. Sie fraßen sich mit unglaublicher Geschwindigkeit in den massiven Fels hinein, und mit ebenso unglaublicher Geschwindigkeit wuchsen und teilten sie sich. Deshalb also wurde der Tunnel nicht nur länger, sondern auch beständig größer. »O nein«, flüsterte Howard. »Robert – weißt du, was das bedeutet?«

Ich war mir nicht ganz sicher, nickte aber trotzdem. Natürlich wußte ich, was Howard meinte, doch dieses Wissen war so entsetzlich, daß ich es für einige Sekunden einfach nicht wahrhaben wollte.

Was wir da beobachteten, war die alte Geschichte mit dem Schachbrett und dem Reiskorn. Man nehme ein normales Schachbrett mit vierundsechzig Feldern und lege auf das erste Feld ein einzelnes Reiskorn, auf das zweite zwei, auf das dritte vier, das fünfte acht, dann sechzehn, zweiunddreißig und so weiter. Am Ende kommt man auf eine Zahl, die das Mehrfache der gesamten Welternte an Reis beträgt. Und das bei nur vierundsechzig Verdoppelungen.

Auf diesen Stollen und die Würmer übertragen,

die sich in rasendem Tempo teilten, bedeutete das nichts anderes, als daß aus dem vergleichsweise harmlosen Gang, in dem wir uns jetzt noch befanden, bereits in kurzer Zeit ein gewaltiger Abgrund werden würde, groß genug, ganze Straßenzüge zu verschlingen. Vielleicht sogar die ganze Stadt.

»Wir ... wir müssen sie aufhalten«, sagte Howard und zündete sich mit zitternden Fingern eine Zigarre an. »Ist dir klar, was hier geschieht? Das ist eine mathematische Progression. In ein paar Stunden gibt es genug von diesen Biestern, um ganz London zu verschlingen!«

Während er diese Worte sprach, hatten sich die beiden Würmer, die sich zwischen unseren Füßen in den Fels hineingruben, erneut geteilt. Zwischen Howard und mir ringelten sich jetzt bereits vier der ekelhaften Tiere. Ich trat wuchtig mit dem Absatz darauf. Eines verfehlte ich, aber die drei anderen wurden unter meinem Schuh zermalmt. Die Leichtigkeit, mit der diese Geschöpfe zu töten waren, überraschte mich ein wenig; aber ich gab mich trotzdem keinen Illusionen hin. Der Punkt, an dem die Zahl der Kreaturen so sehr angestiegen war, daß man mit Zertreten nicht nachkam, war nicht mehr fern.

Trotzdem hob ich den Fuß, um auch den letzten verbliebenen Wurm zu zermalmen, ehe er sich erneut teilen konnte, doch Howard hielt mich mit einer raschen Bewegung zurück.

»Warte!«

Behutsam ließ er sich in die Hocke sinken, nahm einen gewaltigen Zug aus seiner Zigarre, die ihr Ende in greller Rotglut aufflammen ließ, und stieß damit nach dem Wurm.

Das Ergebnis übertraf meine kühnsten Erwartungen. Der Wurm rollte sich zusammen, zuckte wild hin und her – und zerfiel zu grauer Asche, noch bevor ihn das glühende Ende der Zigarre überhaupt berührt hatte. Die Tiere waren offensichtlich extrem hitzeempfindlich.

»Wenigstens etwas«, sagte Howard. Er richtete sich auf, hob die Zigarre zum Mund, um einen neuen Zug daraus zu nehmen, überlegte es sich aber im letzten Moment anders und schnippte seinen Glimmstengel zielsicher in die Masse der Würmer, die sich mittlerweile einen guten Meter von uns entfernt hatte. Die Tiere spritzten regelrecht auseinander. Aber so schnell sie auch waren, verbrannte die Glut noch Dutzende von ihnen zu Asche. Die Zigarre sengte eine handbreite, tödliche Spur in die Würmerarmee.

»Genau das habe ich gehofft!« sagte Howard triumphierend. »So können wir sie erledigen.«

»Ach?« antwortete ich. »Wunderbar. Dann laufen wir am besten zurück und besorgen uns ein paar hundert Zigarren. Und sämtliche Londoner Kettenraucher.«

Howard blieb ernst. »Du läufst zurück«, sagte er, »und besorgst irgend etwas Brennbares. Öl, Petroleum, Farbe – irgendwas, aber schnell. Wir müssen die Biester ausräuchern, ehe es zu spät ist.«

»Und du?«

Howard grinste, hob eine der beiden Petroleumlampen in die Höhe und blies den Docht aus. Mit einer raschen Bewegung schraubte er den Glaskolben ab, trat so dicht an die Würmer heran, wie er es wagte, und verteilte das Petroleum mit schüttelnden Bewegungen über die wimmelnde, weiße Masse.

»Tritt zurück!« sagte er. Während ich hastig gehorchte und dabei die zweite Lampe aufraffte, trat auch er ein paar Schritte zurück, riß ein Streichholz an und warf es zu Boden.

Eine grelle Stichflamme fuhr in die Höhe, und eine Sekunde später fing das gesamte ausgegossene Petroleum Feuer. Die Hitze war so gewaltig, daß wir uns hastig einige weitere Schritte zurückzogen und schützend die Hände vor die Augen heben mußten. Ein Zischen und Brodeln erklang, das mir einen Schauer über den Rücken laufen ließ, aber darunter glaubte ich auch noch etwas zu hören – einen dünnen, hohen Laut, wie das Schreien aus unzähligen winzigen Kehlen. Wahrscheinlich war es Einbildung.

Die Hitze nahm weiter zu, so daß wir uns noch einmal ein Stück zurückziehen mußten. Das Petroleum verbrannte rasch, aber die Flammen hatten jetzt auf die Würmer übergegriffen, und die kleinen Biester brannten wie Zunder. Die ganze Wand vor uns schien in Flammen zu stehen.

Es dauerte nicht lange. Bereits nach kaum einer Minute sanken die Flammen wieder in sich zusammen, und nach einigen weiteren Sekunden schon brannte es nur noch an zwei, drei Stellen, wo sich das Petroleum zu kleinen Pfützen gesammelt hatte. Ein ekelerregender Gestank lag in der Luft, und der Boden war fast knöcheltief mit einer grauen, pulverigen Schicht bedeckt; alles, was von den steinfressenden Würmern übriggeblieben war.

Trotz der Hitze und des furchtbaren Gestanks durchsuchten wir das Tunnelende sorgfältig und mehrmals hintereinander nach überlebenden Würmern. Wir fanden keine. Wir hatten ja mit eigenen Augen gesehen, wie hitzeempfindlich die Tiere (Tiere?) waren. Selbst die, die nicht unmittelbar von den Flammen erfaßt worden waren, mußten an der Hitze eingegangen sein. Der Stein, über den wir gingen, war warm, und die Wand, die den Stollen abschloß, so heiß, daß ich es nicht wagte, sie mit der bloßen Hand zu berühren.

Trotzdem war ich kein bißchen beruhigt. Im Gegenteil. Dieser Sieg war für meinen Geschmack beinahe zu leicht gewesen.

»Schnell jetzt«, sagte Howard. »Lauf zurück, und hol irgend etwas Brennbares. Ich sehe mir inzwischen diesen anderen Stollen an.«

Bei seinen Worte fiel mir siedendheiß ein, daß wir auf eine Abzweigung gestoßen waren – und das bedeutete nichts anderes, als daß es noch eine zweite Würmerarmee gab, die sich immer schneller und schneller durch den Londoner Untergrund fraß. Und vielleicht nicht nur eine …

»Und bring ein Glas mit!« rief Howard mir nach, während ich bereits mit weit ausgreifenden Schritten davoneilte. »Mit einem festen Deckel!«

28. September 1892

Einige der Männer fuhren herum und stürzten kopflos davon. Zwei oder drei warfen in heller Panik gar ihre Waffen fort, und die wenigen, die die Nerven behielten, zogen sich – wenn auch ununterbrochen schießend – langsam vom See zurück. Die Höhle hallte wider vom Geschrei der Männer, dem peitschenden Geräusch der Schüsse und ihren verzerrten, nicht enden wollenden Echos. Blossom wußte im allerersten Moment nicht, was schlimmer war: das entsetzliche Geschehen, dessen Zeuge er wurde oder der Lärm, der wie mit Hämmer auf ihn einschlug und ihn fast an den Rand des Wahnsinns zu treiben schien.

Trotzdem bewegte auch er sich rasch wieder auf den Ausgang zu, beinahe, ohne daß es seines bewußten Zutuns bedurft hätte. Er schoß, bis das Magazin seines Gewehrs leer war; dann fuhr er herum und rannte mit weit ausgreifenden Schritten durch den Torbogen hinaus in den Stollen. In seinen Ohren gellten noch immer die verzweifelten Schreie der Männer, die längst im Wasser versunken waren und tot sein mußten, von den mörderischen Fangarmen erdrückt, vom ätzenden Wasser verbrannt oder einfach ertrunken. Hinter Blossoms Stirn jagten sich die Gedanken. Was er gesehen hatte, widersprach nicht nur allem, woran er glaubte und bisher zu wissen geglaubt hatte, es war vollkommen unmöglich. Trotzdem war es geschehen. Ein Teil von ihm beharrte noch immer darauf, daß es einfach nicht wahr sein konnte und daß sie wohl allesamt Opfer einer Halluzination geworden sein mußten. Doch ein anderer und im Moment sehr viel stärkerer Teil von ihm hatte auch die Gefahr registriert, die von diesem

Geschehen ausging – ob nun unmöglich oder nicht –, und es war dieser Teil, der Soldat, der im Moment eindeutig die Kontrolle über Blossoms Reaktionen übernommen hatte und ihm wahrscheinlich auch das Leben rettete. Ganz gleich, was da hinter ihnen war, es würde ihn zweifellos umbringen, so, wie es die Männer umgebracht hatte, deren Leben ihm anvertraut gewesen war. Sie mußten tot sein. Trotzdem glaubte er ihre verzweifelten Hilferufe noch immer zu hören – ein lautloses Gellen und Flehen hinter seiner Stirn, das er vielleicht für den Rest seines Lebens nie wieder ganz loswerden konnte. Er begriff nicht, was hier geschehen war, nicht wirklich, und eigentlich wollte er es auch nicht. Er wußte nur eins: Sie waren in eine Welt vorgedrungen, in der sie nichts zu suchen hatten, und das, was jetzt geschah, war der Preis, den sie für diesen Frevel bezahlten. Aber wie und warum – das waren Fragen, vor deren Antworten er fast noch mehr Angst hatte als vor den Geschehnissen, deren Zeuge er gerade geworden war. Erst, als er die Höhle verlassen und ein gehöriges Stück zwischen sich und ihren Eingang gebracht hatte, wagte er es, wieder stehenzubleiben und sich noch einmal umzudrehen.

Er war der letzte, der herausgekommen war. Der See lag wieder so ruhig und unbewegt wie zu Anfang da; ein Anblick von beinahe hämisch erscheinender Ruhe und Harmlosigkeit, der Blossom fast ebenso traf, als hätte er die Kreatur noch immer gesehen. Hier und da kräuselte sich noch ein wenig grauer Rauch, doch weder von Hasseltime noch von den fünf anderen Männern, die das Ungeheuer verschlungen hatte, war auch nur eine Spur zu bemerken. Ebensowenig wie von dem Monster selbst. Es war so schnell und spurlos verschwunden wie ein Spuk.

Und vielleicht war es nichts anderes gewesen.

»Mein Gott, was ... was war das?« keuchte einer der Männer. Seine Stimme schwankte. Ein hysterischer Unterton lag darin, der Blossom fast noch mehr erschreckte als das, was gerade vor seinen Augen geschehen war. Er spürte die Gefahr, die davon ausging, doch er hatte nicht mehr die Kraft, darauf zu reagieren. Wie konnte er einem anderen Mut zusprechen, wenn er ihn selbst nicht mehr hatte?

»Ich weiß es nicht«, murmelte er. »Und ich will es auch nicht wissen. Raus hier. So schnell wie möglich raus hier!«

Keiner der Männer widersprach. Im Laufschritt und mit zum Zerreißen angespannten Nerven machten sie sich auf den Rückweg. Blossom lud seine Waffe nach, setzte sich mit weit ausgreifenden Schritten an die Spitze der kleinen Gruppe und nahm sich kaum die Zeit, an den Abzweigungen auf die Markierungen zu achten, die sie angebracht hatten. Daß die Männer sich trotzdem nicht verirrten, war ein wahres Wunder; aber daran verschwendete Blossom in diesem Moment keinen Gedanken.

Und die Gefahr war noch nicht vorbei.

Ganz im Gegenteil ...

Sie hatten die Stelle passiert, an der sie das unheimliche Relief entdeckt hatten, als am hinteren Ende der Gruppe plötzlich ein gellender Schrei erklang. Blossom blieb stehen, hob instinktiv sein Gewehr und fuhr herum. Er war auf alles gefaßt. Vielleicht war das Ungeheuer aus seinem Versteck im See herausgekrochen und hatte sie verfolgt. Vielleicht hatte die Dunkelheit ein weiteres, noch tödlicheres Monster ausgespien, oder … Blossom erstarrte für eine Sekunde mitten in der Bewegung. Er hatte gedacht, auf alles vorbereitet zu sein, aber das stimmte nicht. Es gab immer noch Schlimmeres.

Einer der Männer hatte seine Waffe fallen gelassen. Er schrie ununterbrochen und wedelte verzweifelt mit dem linken Arm. Der andere sowie seine Schultern und sein Rücken waren flach gegen die Stollenwand gepreßt, in einer unnatürlichen, verkrampften Haltung, in der eigentlich niemand dastehen konnte. Es sah fast so aus, dachte Blossom schaudernd, als wäre er an der Felswand festgeklebt.

»Verdammt, was tun Sie da?« rief er. »Kommen Sie sofort …«

Erschrocken brach er ab. Er hatte sich einige Schritte auf den Mann zubewegt, blieb aber jetzt wieder stehen. Auch die acht anderen Matrosen wichen entsetzt einen Schritt von ihrem Kameraden zurück, als sie sahen, was wirklich mit ihm geschah.

Der Mann lehnte nicht einfach an der Wand, und da war auch nichts, was ihn festhielt. Es gab einen ganz anderen Grund, aus dem er sich nicht bewegen konnte …

Seine Schultern, die Hand, der rechte Unterarm und selbst ein Teil seines Kopfes waren in die Wand eingesunken. Der unheimliche Prozeß setzte sich rasend schnell fort. Es war, als ob die Wand begonnen hätte, den Mann aufzusaugen. Seine Schreie wurden schriller, verzweifelter, als der Matrose regelrecht in die Mauer hineingezogen wurde. Es dauerte kaum zehn Sekunden, und er war in dem vermeintlich massiven Gestein fast zur Hälfte versunken – wie eine Fliege in weichem Sirup.

»Helft mir!« schrie er. »So helft mir doch!«

Blossom ließ sein Gewehr fallen und ergriff den Mann am Arm, und durch sein Beispiel ermutigt, sprangen auch zwei weitere Matrosen herbei und versuchten, ihren Kameraden aus dem tödlichen Sog zu befreien. Sie zerrten mit aller Kraft, doch ebensogut hätten sie versuchen können, die Felswand mit bloßen Händen einzureißen. Auch Blossom zog mit aller Gewalt, bis er glaubte, seine Muskeln müßten zerreißen, ohne auch nur das geringste ausrichten zu können. Es gelang ihnen nicht mal, den unheimlichen Prozeß aufzuhalten, geschweige denn, den unglückseligen Matrosen wieder aus der Wand herauszuziehen. Schließlich ragten nur noch die linke Hand und der dazugehörige Unterarm aus der Wand; dann waren auch sie verschwunden. Vor Blossom erhob sich wieder eine fugenlose, glatte Fläche aus scheinbar diamantharter Lava. Der Matrose war so spurlos verschwunden, als hätte es ihn nie gegeben.

Und vielleicht war es auch so, dachte Blossom hysterisch. Vielleicht waren sie gar nicht wirklich hier. Vielleicht war *er* nicht wirklich hier, sondern halluzinierte. Es mußte so sein. Nichts von alledem, was er hier erlebte, konnte wirklich geschehen, und …

Blossom spürte die Gefahr, die in diesem Gedanken lag, im allerletzten Moment, und irgendwie gelang es ihm sogar, sie zurückzudrängen. Hysterie und Wahnsinn zogen sich – vielleicht ein letztes Mal – wieder zurück, doch ihr Bruder, die Furcht, blieb. Halb verrückt vor Angst und Entsetzen, fuhr Blossom herum.

Es war noch nicht vorbei. Einer der Männer neben ihm schrie auf, als seine Füße im Boden zu versinken begannen. Mit verzweifelter Kraft versuchte er sich loszureißen, doch der schwarze Stein war plötzlich weich wie heißer Teer.

Schreiend sank der Mann bis zu den Knien ein, verlor durch seine verzweifelten Bewegungen das Gleichgewicht und stürzte nach vorn. Er versuchte, seinen Fall mit den Händen abzufangen, doch seine Finger stießen auf keinen Widerstand. Seine Arme tauchten in den Boden ein wie in schwarzes Wasser, das sich kaum eine Sekunde später mit einem schmatzenden Geräusch über ihm schloß.

Der enge Stollen verwandelte sich in ein Tollhaus. Die überlebenden Männer stürzten in kopfloser Panik davon, und auch Blossom begann zu rennen, ohne zu wissen, wohin. Nur fort, fort, fort! Ein paarmal prallte er gegen die Wände oder einen der anderen, und zwei oder dreimal entging er nur durch eine verzweifelte Bewegung einem schnappenden weichen Maul, das dort erschien, wo sich gerade noch massiver Fels befunden hatte.

Blossom sah, wie einer der Männer stolperte, gegen und *in* die Wand stürzte, die seinen Kopf, die Schultern und den Oberkörper mit einem schmatzenden Geräusch aufsog. Auf einen anderen Matrosen regnete ein Hagel faustgroßer schwarzer Tropfen herab, als die Decke über ihm plötzlich flüssig wurde. Der aufgeweichte Fels schien kein Gewicht zu haben. Die Steine, obwohl zum Teil kopfgroß, verletzten den Mann nicht, doch sie rannen wie klebriger Sirup an seinem Körper hinunter, verschmolzen blitzschnell mit dem Boden und rissen den unglückseligen Burschen mit sich. Er hatte keine Chance. Seine Schreie verhallten hinter Blossom in der Dunkelheit des Ganges.

Blossom rannte. Er wußte nicht, was von den entsetzlichen Bildern rings um ihn herum Wirklichkeit und was Trugbilder waren, die seiner eigenen Panik entsprangen. Er wußte nicht mehr, wohin er rannte oder wie weit. Irgendwann begannen seine Kräfte zu erlahmen. Er lief langsamer, stolperte, fing sich im letzten Moment wieder, stolperte erneut und stürzte diesmal wirklich. Er rechnete fest damit, ebenso im Boden zu versinken wie die anderen vor ihm, doch der Fels war hart; Blossom schlug so schwer auf, daß er für eine Sekunde am Rande der Bewußtlosigkeit dahindämmerte und Blut über sein Gesicht lief, als er sich wieder aufrichtete.

Gerade im richtigen Moment, um zu sehen, wie die Wand neben ihm zu schmelzen begann. Eine Sekunde später zitterte auch der Felsen, auf dem er saß.

Blossom hatte nicht mehr die Kraft zu schreien, als er langsam in den schwarzen Stein einsank …

18. Februar 1893

»Widerlich«, sagte Howard. Seit wir Andara-House verlassen hatten, war dies das erste Wort, das er sprach, doch er tat es mit solcher Inbrunst, daß ich automatisch zu ihm aufsah, und ihn stirnrunzelnd musterte. Er hatte eine seiner unvermeidlichen Zigarren zwischen den Lippen und musterte das kleine Glas, um das er mich gebeten hatte und in dem sich nun einige der kleinen, halb durchsichtigen Würmer ringelten. Jetzt, im hellen Tageslicht betrachtet, sahen die furchtbaren Geschöpfe noch ekelerregender und abstoßender aus als unter der Erde … und trotz allem auf eine Weise harmlos, die beinahe absurd erschien. Ekelhaft, aber ungefährlich.

Trotz des beißenden Rauchs seiner Zigarre, der in dichten Schwaden in der Luft hing, hatte ich das Gefühl, zum ersten Mal seit einer Ewigkeit wieder frei durchatmen zu können. Howard und ich waren mehr als eine Stunde durch die unterirdischen Stollen rings um Andara-House gelaufen und zum Teil gekrochen – eine Stunde, in der wir insgesamt weitere vier der unheimlichen Stollen entdeckt und ebenso viele Wurmkolonien vernichtet hatten. Das hatte sich als leichter erwiesen, als ich zu hoffen gewagt hatte. Die Biester waren wirklich leicht zu töten – zumal ich von Storm einen Eimer mit Farbverdünner bekommen hatte, dessen durchdringender Geruch zwar immer noch in meiner Kleidung haftete, der aber wie flüssiges Dynamit brannte und radikal mit den kleinen Ungeheuern aufgeräumt hatte.

Trotzdem war es ein Alptraum gewesen. Wir waren den Stollen in beiden Richtungen gefolgt, bis sie entweder endeten oder so eng wurden, daß man nicht mal mehr kriechend darin vorwärts kam, ohne auf weitere Würmer zu treffen. Aber ich war keineswegs beruhigt. Das Problem bestand nicht darin, die kleinen Biester zu vernichten. Das Problem war, sie alle zu erwischen. Wenn auch nur ein einziges Tier übriggeblieben war, würde es nur wenige Stunden dauern, bis ihre Zahl wieder die ursprüngliche Höhe erreicht hatte. Oder das Doppelte. Oder gar das Millionenfache …

Ich hatte das Glas mitgebracht, um das Howard mich gebeten hatte; auch wenn ich von seinem Vorhaben, einige der kleinen Biester lebend einzufangen, alles andere als begeistert war. Trotzdem hatte ich ihm dabei geholfen. In dem sorgfältig verschlossenen und zusätzlich in eine Decke gewickelten Glas, das ich einem von Storms Arbeitern kurzerhand aus der Hand gerissen und die darin befindliche Erdbeerkonfitüre ausgeschüttet hatte, ringelten sich jetzt sieben oder acht der kleinen Ungeheuer. Howard hatte darauf bestanden, einige der Tiere lebend einzufangen, um sie untersuchen zu lassen. Mir wäre wesentlich wohler gewesen, hätten wir auch sie verbrannt, aber ich sah natürlich ein, daß Howard recht hatte. Solange wir nicht vollkommen sicher sein konnten, die Gefahr ein für allemal gebannt zu haben, mußten wir versuchen, soviel wie möglich über unsere neuen Feinde herauszufinden.

Neue Feinde …

Wäre es nicht so entsetzlich gewesen, hätte ich über diesen Gedanken lachen können. Nach dem, was mir Howard vorhin über die Zeichen auf dem Stein gesagt hatte, hatte ich mich insgeheim bereits damit abgefunden, daß mich die Vergangenheit endgültig wieder eingeholt hatte und daß der Kampf noch nicht vorbei war – aber das? Ich hatte mit Wesen gekämpft, die die Macht von Göttern besaßen, und sie letzten Endes besiegt – oder zumindest für eine Weile in ihre Schranken verwiesen. Und jetzt kämpften wir gegen Würmer ...

Ich verscheuchte den Gedanken.

»Und was tun wir jetzt?«

»Wir bringen dich zurück zum Hilton, und dann wirst du nichts anderes mehr machen, als dich ins Bett zu legen und bis morgen früh zu schlafen«, erwiderte Howard in bestimmendem Tonfall und blies mir zur Bekräftigung noch eine Rauchwolke ins Gesicht.

»Findest du nicht, wir sollten Cohen die Würmer zeigen?« Ich betrachtete noch einmal angeekelt den kleinen Behälter mit den herumwuselnden Tierchen. So scharf ihre Zähne auch sein mußten, das Glas vermochten sie nicht zu durchdringen, und da sie keine Nahrung mehr fanden, wuchsen sie nicht weiter und teilten sich auch nicht mehr. »Wofür haben wir sie schließlich sonst eingefangen?«

»Sobald ich dich abgesetzt habe, fahre ich direkt weiter«, erklärte Howard. »Es gibt tatsächlich jemanden, dem ich die Würmer zeigen will. Ich werde sie zu Viktor bringen.«

»Viktor?« Ich erschrak wohl ein bißchen mehr, als mir selbst klar war; denn Howard blickte mich eine Sekunde stirnrunzelnd an, ehe er wieder an seiner Zigarre sog, die Asche auf den Boden schnippte und mir eine übelriechende blaugraue Qualmwolke ins Gesicht blies.

»Hast du eine bessere Idee?« sagte er in mein gequältes Husten hinein. »Ich kann schlecht mit diesen netten kleinen Tierchen zur Universität spazieren und sie einem x-beliebigen Biologieprofessor zeigen, oder? Wir müßten eine Menge Fragen beantworten.«

Zweifellos hatte er recht damit – aber ich hatte die Umstände nicht vergessen, unter denen wir Howards altem Freund Viktor das letzte Mal begegnet waren. Vorsichtig ausgedrückt: Wahrscheinlich war er nicht besonders gut auf uns zu sprechen.

»Das mag sein«, sagte Howard, nachdem ich endlich wieder soweit zu Atem gekommen war, um meine Bedenken laut artikulieren zu können. »Aber er ist kein Narr. Er ist sicher sehr verärgert über das, was du und ich ihm angetan haben. Aber erstens weiß er, daß es nicht absichtlich geschah, und zweitens spielt das wirklich keine Rolle – nicht bei dieser Gefahr, die diese Geschöpfe bedeuten könnten. Außerdem ist er einer der besten Wissenschaftler, die ich kenne.«

Auch das entsprach der Wahrheit – immerhin hatte Viktor Frankenstein das Unmögliche geschafft und mich nach mehr als fünf Jahren von den Toten zurückgeholt. Ein ungutes Gefühl jedoch blieb trotzdem. Aber ich kannte Howard gut genug, um zu wissen, daß er sich von seinem einmal gefaßten Vorsatz nicht mehr würde abbringen lassen.

Auch den Gedanken, ihn zu begleiten, verwarf ich so schnell wieder, wie er gekommen war. Nachdem mich Viktor wiedererweckt hatte, waren wir von einer Dienerkreatur der GROSSEN ALTEN angegriffen worden, und zum damaligen Zeitpunkt hatte ich noch nicht wieder gelernt, mein magisches Erbe zu beherrschen. Ich hatte die Kreatur zwar vernichtet, aber meine eigenen Kräfte nicht mehr bändigen können, und um ein Haar wäre ihnen auch Viktor zum Opfer gefallen. Es hatte ihn fast den Verstand, einen Großteil seiner Einrichtung und einen guten Freund gekostet.

Nein, er war vermutlich wirklich nicht besonders gut auf mich zu sprechen.

Es war besser, wenn ich im Hotel blieb.

Außerdem hatte Howard recht. Ich war tatsächlich hundemüde und sehnte mich nach meinem Bett. Der morgige Tag würde sicher nicht minder anstrengend werden, als der heutige, und ich würde einen klaren Kopf brauchen.

Wir schwiegen, bis wir das Hotel erreichten, wo ich mich von Howard verabschiedete und ausstieg. Ich blickte mich suchend auf dem Gehsteig um, halbwegs davon überzeugt, daß der Kater auch diesmal wieder auf mich wartete, doch ich konnte ihn nirgends entdecken. Anscheinend hatte mich das Tier doch nicht so sehr ins Herz geschlossen, wie ich geglaubt hatte. Fast ein wenig enttäuscht, betrat ich das Hotel.

Daß irgend etwas nicht stimmte, wurde mir schon klar, als ich aus dem Aufzug stieg, und noch bevor ich um die Biegung des Hotelflures kam, hinter der mein Zimmer lag. Ich hörte Lärm und die aufgeregten Stimmen von mindestens vier, fünf Personen.

Die Quelle der allgemeinen Aufregung war nichts anderes als die Tür zu meiner Suite. Ein gutes halbes Dutzend Hotelangestellter hatte sich davor versammelt, angefangen vom Manager bis hin zu einem Stubenmädchen. Letzteres blickte mich bleich und aus großen Augen an, während ersterer gerade damit beschäftigt war, die Tür mittels eines Generalschlüssels zu öffnen. Als ich um die Ecke bog, ließ er von diesem Vorhaben ab und eilte mir entgegen, wobei er einen möglichst entrüsteten Ausdruck auf sein Gesicht zauberte.

»Mister Craven!« Ich konnte das Ausrufezeichen regelrecht hören. »Jetzt ist das Maß voll!«

Ich blickte ihn verständnislos an. Die Versammlung vor meiner Tür redete weiter wild durcheinander, aber da waren auch noch andere Geräusche; Laute, die ich nicht genau zu identifizieren vermochte, die mir aber irgendwie zugleich fremd und auf eine ungute Weise vertraut vorkamen.

»Aber was ist denn los?« fragte ich.

»Was los ist?« Macintosh wurde noch bleicher. »Das hören Sie doch wohl selbst, oder? Dieser Lärm! Und ... und dieser Gestank!« Tatsächlich nahm auch ich jetzt einen fremdartigen Geruch wahr, der zweifelsfrei aus meiner Suite kam. Es war im Grunde nur ein Hauch – sehr schwach, aber zugleich so widerwärtig, daß es mir schier den Magen umdrehte. Und was die Geräusche anging ... da waren ein Heulen und Brausen, ein Splittern und Wehklagen, ein Bersten und Wimmern – kurz: es war, als hätte sich die Hölle aufgetan.

»Nun, Mister Craven, was haben Sie dazu zu sagen?« Der Manager baute sich herausfordernd vor mir auf – na ja, er versuchte es.

»Das frage ich Sie«, gab ich gelassen zurück. »Was geht eigentlich in meiner Abwesenheit in meinem Zimmer vor?«

MacIntosh quietschte wie eine jener Gummipuppen, die man genau zu diesem Zweck zusammendrücken mußte, doch ich ließ ihn einfach stehen, zog meinen Zimmerschlüssel aus der Tasche und öffnete die Tür. Gottlob nur einen Spaltbreit. Und gottlob nur für eine Sekunde.

Doch was ich in diesem einen Moment sah war schon sehr viel mehr, als ich überhaupt sehen wollte.

Das Hotelzimmer war verschwunden. Das hieß: nicht nur das Zimmer, das ganze Hotel war nicht mehr da. Das, was sich auf der anderen Seite der Tür erstreckte, war viel zu gewaltig, um in irgendeinen auch nur vorstellbaren, von Menschenhand geschaffenen Raum hineinzupassen.

Unter mir erstreckte sich ein Labyrinth. Ich schätzte, daß ich aus einer Höhe von einer halben Meile oder mehr darauf hinabblickte, und wenn diese Schätzung der Wahrheit auch nur nahe kam, dann mußten die Schluchten und Irrgänge unter mir wahrhaft gigantisch sein.

Die Breite der Schluchten, die das nachtschwarze, lichtschluckende Gestein teilten, schwankte zwischen einigen wenigen und etlichen hundert Metern, wobei ihre Tiefe jedoch immer gleich zu sein schien. Wie tief sie waren, wagte ich nicht mal zu schätzen; aber sie mußten gewaltig sein. An ihrem Grund bewegten sich punktgroße Gestalten, von denen ich annahm, daß es Menschen waren.

Das Allerschlimmste aber war: Bei dem, was ich sah, handelte es sich ganz eindeutig um die Architektur der GROSSEN ALTEN, oder zumindest jener Wesen, deren Zeichen in den Stein in meiner Tasche graviert waren, falls Howard recht hatte und es sich wirklich um andere Kreaturen handelte. Ein düsteres, pulsierendes rotes Licht lag über der Szenerie, das es unmöglich machte, genau zu entscheiden, wo das Labyrinth endete und der Horizont begann, oder ob es überhaupt so etwas wie einen Horizont gab. Und nun hörte ich noch einen anderen, unheimlichen Laut: ein tiefes, vibrierendes Grollen, gerade noch an der Grenze des Wahrnehmbaren, zugleich aber unvorstellbar machtvoll; wie das Knurren eines erwachenden Drachen, auf dessen Schultern die Welt ruhte.

Und dann spürte ich, wie sich irgend etwas aus der roten Ferne löste und immer schneller auf die Tür zuraste.

Im allerletzten Moment warf ich die Tür ins Schloß, drehte mich herum und preßte mich mit dem Rücken dagegen. Eine Sekunde lang wartete ich mit angehaltenem Atem darauf, daß irgend etwas die Tür traf und sie zerfetzte – samt allem, was davor stand.

»Nun, Mister Craven?« fragte MacIntosh herausfordernd. »Was haben Sie gesehen? Vielleicht Ihre sonderbaren Freunde, die sich widerrechtlich in diesen Räumlichkeiten aufhalten und ... und Orgien feiern?«

»Also ... ganz so würde ich es nicht formulieren«, antwortete ich ausweichend.

»Sondern?«

»Nun ja, es ist eher ...« Ich wußte immer noch nicht, was ich antworten sollte, aber ich wurde dieser Verlegenheit enthoben.

Der Türknauf in meinem Rücken bewegte sich, und einen Moment später hörte ich das Kratzen; ein Laut, als scharrten riesige hornige Krallen über Stahl oder Schiefer.

»Nun, Mister Craven?« Den Gesichtsausdruck des Managers als süffisant zu bezeichnen, wäre geschmeichelt gewesen. Er verschränkte die Finger hinter dem Rücken und begann auf den Zehenspitzen zu wippen, wodurch er mir abwechselnd bis zum Kinn und bis zum Adamsapfel reichte. »Hätten Sie vielleicht die Güte, beiseite zu treten und uns an Ihrem ... äh ... Erlebnis teilhaben zu lassen?«

»Ich glaube nicht, daß Sie das wirklich wollen«, sagte ich. Trotzdem machte ich einen Schritt zur Seite. Das Kratzen wiederholte sich, und es wurde lauter. Und als ich mich herumdrehte, sah ich, wie der Türknauf sich weiter drehte.

»Um Gottes willen!« keuchte ich. »Bringt euch in Sicherheit! Lauft!«

Keiner der Männer und Frauen in meiner Umgebung reagierte, obwohl ich die letzten Worte geschrien hatte. Wahrscheinlich wäre es auch zu spät gewesen. Die Tür schwang mit einem unheimlichen Krachen auf – und eine goldfarbene Perserkatze stolzierte aus dem Zimmer.

Der Hotelmanager starrte die Katze eine Sekunde lang aus hervorquellenden Augen an; dann trat er mit einem großen Schritt über sie hinweg und stieß die Zimmertür auf. Dahinter lag genau das, was dahinterliegen sollte: ein Hotelzimmer.

»Mister Craven, das Halten von Haustieren in unserem Hause ist prinzipiell nicht gestattet!« lamentierte der Manager. Ich ignorierte ihn kurzerhand, trat an ihm vorbei und streckte vorsichtig den Kopf ins Zimmer.

Nichts.

Das unheimliche Labyrinth tauchte nicht wieder

auf. Vorsichtig machte ich einen Schritt, mit dem ich vollends ins Zimmer trat, und auch jetzt geschah nichts.

Aber ich konnte mir dieses unheimliche Labyrinth doch nicht nur eingebildet haben!

»Woher kommt dieses Tier?« keifte der Manager.

Ich hätte eine Menge darum gegeben, die Antwort zu kennen. Der Kater war vor einigen Stunden zusammen mit mir aus dem Aufzug gestiegen und dann verschwunden, als MacIntosh aufgetaucht war. Irgend jemand mußte in der Zwischenzeit die Tür meines Zimmers geöffnet haben, und das Tier war unbemerkt hineingeschlüpft.

Es war die einzige logische Erklärung.

Aber irgendwie vermochte ich nicht so recht daran zu glauben.

»Das Tier gehört mir nicht«, sagte ich, bückte mich nach dem Kater und nahm meinen Worten auch noch den allerletzten Rest von Glaubwürdigkeit, indem ich das Tier auf die Arme nahm und hinter den Ohren zu kraulen begann.

Auf der anderen Seite des Ganges öffnete sich eine Tür, und eine fette Frau, die einen nicht minder fetten Pudel an der Leine führte, trat heraus.

»Ich dachte, Tiere wären in diesem Hotel verboten?« fragte ich.

Der Manager kam nicht mehr dazu, zu antworten. Der Kater erspähte den Pudel im selben Augenblick wie ich, doch er reagierte nicht halb so gelassen auf seinen Anblick.

Im Gegenteil. Er legte die Ohren an, stieß ein wütendes Fauchen aus und benutzte meinen Arm als Sprungschanze und die Halbglatze des Managers als

Zwischenstation, um sich mit einem gewaltigen Satz auf den Pudel zu stürzen.

Der Pudel war gut dreimal so groß wie der Kater und sicherlich fünfmal so schwer. Trotzdem hatte er keine Chance. Der Kater sprang ihn an und riß ihn von den Füßen. Die Leine entglitt der Dicken, während die Tiere, ineinander verkrallt und verbissen, über den Boden kugelten und schließlich hinter der Gangbiegung verschwanden.

Die fette Frau begann zu kreischen und stürzte hinterher, und ich wandte mich an den Hotelmanager und sagte erneut: »Wie gesagt, das Tier gehört mir nicht. Ich habe keine Ahnung, wie es in mein Zimmer kommt. Aber in Anbetracht der Umstände werde ich noch einmal darauf verzichten, mich über die Nachlässigkeit Ihres Personals zu beschweren.«

MacIntosh riß Mund und Augen auf und keuchte. »Das ist ... das ...«

»Jedenfalls bin ich sehr froh, daß Sie offenbar auch Ausnahmen von ihrer Hausordnung machen«, unterbrach ich ihn. »Lassen Sie mir bitte ein kleines Menü aufs Zimmer schicken. Die Auswahl überlasse ich Ihnen. Ach ja, außerdem bitte ein Schälchen Milch und ein paar kleine Fleischhäppchen. Sie wissen schon, für wen.«

MacIntoshs Gesicht lief rot an, aber ich gab ihm keine Zeit, mit dieser – zugegeben – neuerlichen Unverschämtheit fertig zu werden, sondern knallte ihm die Tür vor der Nase zu.

Trotzdem: Irgendwie hatte ich nicht das Gefühl, die anderen ausgesperrt, sondern mich selbst eingesperrt zu haben.

Ich fand keine Ruhe mehr an diesem Abend. So müde ich vorher auch gewesen war, mittlerweile fühlte ich mich wieder putzmunter. Man hatte mir etwas zu essen und auch die bestellten Häppchen und die Milch gebracht, doch Merlin – wie ich den Kater mittlerweile getauft hatte – war bislang nicht zurückgekehrt. Da ich keine Lust hatte, stundenlang wach im Bett zu liegen und auf den Schlaf zu warten, hatte ich mich an den Schreibtisch gesetzt und damit begonnen, einen Teil des gewaltigen Papierwustes abzuarbeiten, der sich im Laufe der letzten Tage angesammelt hatte, doch meine Gedanken weigerten sich, den aneinandergereihten schwarzen Symbolen auf dem Papier irgendeinen Sinn abzugewinnen. Wann immer ich es versuchte, schienen sie plötzlich zu eigenem Leben zu erwachen und sich neu zu ordnen, bis sie ein sinnverwirrendes, düsteres Labyrinth bildeten, in das etwas in mir hineintauchen und sich verlieren wollte.

Schließlich gab ich es auf und trat vom Schreibtisch zurück. Der Papierberg darauf schien mich höhnisch anzugrinsen. Er war eindeutig gewachsen, während ich so leichtsinnig gewesen war, für einen Moment nicht hinzusehen. Ich verfluchte nicht zum ersten Mal die britische Bürokratie, die den Weg dorthin, mein eigenes Erbe anzutreten, mit schier unüberwindlichen Hindernissen gepflastert hatte.

Hätte Dr. Gray nicht nach seiner Rückkehr sofort alle nur denkbaren Vorkehrungen getroffen – und hätte es da nicht Rowlf gegeben, der mich mit den besten nur vorstellbaren gefälschten Papieren versorgt hatte –, hätte ich schon längst resigniert.

Das Zimmer, so groß und hell es auch sein mochte,

kam mir plötzlich winzig und stickig vor. Ich hatte das Gefühl, kaum noch richtig atmen zu können und eingesperrt zu sein. Ich hätte mir sogar gewünscht, daß Rowlf auftauchen würde, so sehr er mir in der letzten Zeit mit seiner Anhänglichkeit auf die Nerven gegangen war. Einen Moment überlegte ich ernsthaft, ob ich hinuntergehen und mich ein bißchen mit MacIntosh streiten sollte. Natürlich war dieser Gedanke albern, doch er machte mir auch klar, wie sehr ich mich im Augenblick nach menschlicher Gesellschaft sehnte.

Bevor ich tatsächlich in die Verlegenheit kommen konnte, irgend etwas Voreiliges zu tun, hörte ich ein Kratzen an der Tür. Ich ging hin und öffnete. Im ersten Moment starrte ich nur verblüfft ins Leere; dann wuselte ein goldfarbener Schatten zwischen meinen Füßen hindurch ins Zimmer, und mir wurde erst in diesem Augenblick klar, daß mein samtpfotiger Freund zurückgekommen war. Hastig schloß ich die Tür und bückte mich nach Merlin, doch er wich meiner Hand aus. Immerhin konnte ich sehen, daß er etwas Kleines, Helles im Maul trug. Vielleicht eine Maus oder gar eine Ratte. Die Aussicht, dem Hotelmanager ein solches Ungeziefer zu präsentieren, das in seinen heiligen Hallen gefangen worden war, stimmte mich regelrecht fröhlich.

Ich versuchte ein zweites Mal, nach dem Kater zu greifen, doch das Tier schien Gefallen an dem Spiel gefunden zu haben. Er wartete, bis ich ihn fast erreicht hatte; dann brachte er mit einem Satz wieder gute zwei Meter Distanz zwischen uns.

Wir wiederholten dieses Spielchen sieben oder achtmal, ehe ich seiner überdrüssig wurde und aufgab. Der Kater maunzte mich unter dem Tisch hervor noch ein paarmal auffordernd an; aber schließlich gab er auf und lieferte seine Beute wie ein gut abgerichteter Jagdhund zu meinen Füßen ab. Automatisch bückte ich mich danach. Ich nahm sie in die Hand und drehte sie einen Moment ratlos in den Fingern.

Es war keine Ratte. Und schon gar keine Maus.

Was der Kater da voller Stolz vor mich hingelegt hatte, war ein lockiges weißes Ohr.

Das Ohr eines weißen Pudels, um genau zu sein.

Es klopfte an der Tür. Ich ging hin und öffnete, war aber aus irgendeinem Grund vorsichtig genug, es nur einen schmalen Spalt breit zu tun; ein überaus kluger Entschluß, wie sich schon im nächsten Augenblick herausstellen sollte.

Draußen auf dem Hotelflur stand MacIntosh. Er war nicht allein. Hinter und über ihm ragte die enorme Leibesfülle der Pudelbesitzerin empor.

»Ja?« fragte ich.

»Mister Craven, es geht noch einmal um diese Katze«, begann der Manager.

Ich spürte, wie sich etwas zwischen meinen Beinen hindurchmogeln wollte, schob den Kater hastig mit dem Fuß zurück und sagte: »Wie gesagt, sie gehört mir nicht. Was ist denn damit?«

»Erzählen Sie mir lieber, wo meine Prinzessin ist«, keifte die fette Frau.

»Ihre Prinzessin?«

»Der Hund«, erklärte der Manager.

Ich konnte mir nicht verkneifen, hinzuzufügen: »Sie meinen das Haustier, das in diesem Hotel nicht erlaubt ist?«

»Meine Prinzessin ist verschwunden, seit ... seit Ihr haariges Ungeheuer so heimtückisch über sie hergefallen ist!« keifte die Dicke.

Ich verbarg die Hand mit dem Pudelohr hastig hinter dem Rücken. »Madam, ich versichere Ihnen, daß ich keine Ahnung habe, wo sich Ihre ... äh ... Prinzessin befindet«, sagte ich. Das entsprach sogar der Wahrheit. Ich hatte zwar das Ohr des Pudels in der Hand, aber ich hatte nicht die blasseste Ahnung, wo der Rest sein mochte.

»Das glaube ich Ihnen nicht!« keifte die Dicke. Sie trat einen Schritt vor, wobei sie den bedauernswerten Hotelmanager beinahe zwischen der Tür und ihrem enormen Busen zerquetschte, und versuchte, an mir vorbei einen Blick in mein Zimmer zu werfen. Ich tat mein Möglichstes, ihr dieses Vorhaben zu erschweren, was aber gar nicht so einfach war.

Immerhin hatte ich nur eine Hand und einen Fuß frei, um die Tür zuzuhalten. Der Rest meiner Extremitäten war damit beschäftigt, das Hundeohr hinter meinem Rücken zu verbergen, beziehungsweise den Kater zurückzuhalten, der es sich in den Kopf gesetzt hatte, ausgerechnet jetzt das Zimmer zu verlassen.

»Ich fürchte, ich kann Ihnen nicht helfen, Madam«, sagte ich. »Sollte ich Ihre Prinzessin irgendwo sehen, gebe ich sofort Mister MacIntosh Bescheid.«

Und damit schloß ich die Tür und drehte mit einer demonstrativen Bewegung den Schlüssel herum. Der Kater maunzte enttäuscht. Ich nahm an, daß er sich nach dem Pudel auch gern auf dessen Herrin gestürzt hätte, aber dieses Vergnügen konnte ich ihm leider nicht gönnen – sosehr ich seinen Wunsch auch nachempfinden konnte.

»Tut mir leid, mein Freund«, sagte ich. »Aber es ist besser, wenn du dich im Moment dort draußen nicht blicken läßt.« Ich hob das abgerissene Ohr vor die Augen. »Obwohl ich zu gern wüßte, wo der Rest dieses Hundes ist.«

Der Kater maunzte erneut, drehte sich herum und ging auf den Wandschrank zu. Unterwegs blieb er zwei-, dreimal stehen, sah zu mir zurück und maunzte auffordernd. Auch das war ein Verhalten, das man wohl eher bei einem Hund erwartet hätte – aber es war so eindeutig, daß ich der Aufforderung ganz automatisch nachkam und dem Tier folgte.

Ich war nicht überrascht, als ich die Tür des Wandschranks öffnete und sah, was sich dahinter verbarg …

Es war das zweite Mal, daß der Wandschrank kein Wandschrank mehr war. Beim ersten Mal hatte er sich in einen Schacht verwandelt, in den ich um ein Haar hinuntergefallen wäre.

Jetzt war die Veränderung beinahe noch bizarrer; und obwohl ich mich im Gegensatz zu meinem Erlebnis in der vergangenen Nacht diesmal nicht in unmittelbarer Gefahr zu befinden schien, machte sie mir fast noch mehr angst. Denn zum einen erblickte ich etwas ganz und gar Unmögliches. Einen Raum nämlich, der innen größer war als außen. Und der auch ganz bestimmt nicht ins Londoner Hilton gehörte.

Vor mir lag eine schmale, sich in engen, halsbrecherisch steilen Kehren in die Tiefe windende Treppe. Die Stufen bestanden aus geborstenem grauem

Stein und waren so ausgetreten, als wären sie von Millionen und Abermillionen Füßen über ebensoviele Jahre hinweg glattgeschliffen worden. Ein muffiger, feuchter Hauch drang aus der Tiefe zur mir herauf, und ich hatte das unbestimmte Gefühl von Entfernung und Weite.

Und das ganz und gar nicht unbestimmte Gefühl von Gefahr ...

Der Kater sprang leichtfüßig vier, fünf Stufen vor mir her in die Tiefe und maunzte mich auffordernd an. Ich dachte allerdings nicht daran, ihm zu folgen.

»Tut mir leid«, sagte ich kopfschüttelnd. »Ich betrete keine Treppen, die plötzlich in meinem Wandschrank auftauchen. Schon aus Prinzip nicht, weißt du?«

Der Kater legte den Kopf auf die Seite und maunzte ganz leise, aber ich blieb hart. »Und ich diskutiere auch nicht mit wildfremden Katzen, die plötzlich in meinem Hotelzimmer auftauchen, mein Freund«, fuhr ich fort. »Das habe ich noch nie getan, und ich werde auch jetzt ganz bestimmt nicht damit anfangen.«

Ich richtete mich wieder auf und trat einen Schritt zurück, und in diesem Moment hörte ich den Schrei. Er war sehr leise, sehr weit entfernt – gerade noch auf jener imaginären Grenze, an der man nicht sicher sein konnte, ob er wirklich oder nur eingebildet war. Doch im nächsten Moment hörte ich ihn schon wieder.

Es war der Schrei eines Kindes.

Und von da an wurde die Geschichte eindeutig unangenehm.

Blitzartig schossen mir ein Dutzend Möglichkeiten durch den Kopf – angefangen von der, daß ich schlicht und einfach Halluzinationen hatte, bis hin zu der, daß dort unten tatsächlich der verzweifelte Hilferuf eines Kindes erklungen war.

Das eine erschien mir so unmöglich wie das andere, aber ich konnte auch nicht einfach dastehen und so tun, als wäre nichts geschehen. Schweren Herzens setzte ich einen Fuß auf die oberste Stufe und folgte dem Kater.

Allerdings nur wenige Schritte weit.

Der Treppenschacht, der auf so unheimliche Weise in meinem Wandschrank aufgetaucht war, war nicht nur völlig unmöglich, er war auch vollkommen finster. Heldenmut hin oder her – oder was immer man dafür halten mochte –, ich würde niemandem helfen, wenn ich im Dunkeln gegen ein Hindernis prallte oder auf einer der ausgetretenen Stufen ausglitt und mir den Hals brach. Von allen anderen unangenehmen Überraschungen, die mir meine Phantasie mit sadistischer Detailfreude vorgaukelte, ganz zu schweigen.

Was, wenn die Treppe plötzlich im Nichts endete und statt der erwarteten Stufe ein Abgrund dort gähnte, wohin ich meinen Fuß setzte, oder wenn der Treppenschacht außer Schimmelpilzen und Moder noch andere, möglicherweise weit unangenehmere Bewohner hatte, oder, oder, oder …

Ich zog es vor, den Gedanken nicht weiterzuverfolgen, sondern machte auf der Stelle kehrt und ging in meine Suite zurück. Der Kater miaute protestierend, aber ich ließ mich auch jetzt nicht auf eine Diskussion mit ihm ein.

»Tut mir leid«, sagte ich bestimmt. »Du kannst ja vielleicht im Dunkeln sehen, aber ich nicht. Warte hier, ich komme so schnell wie möglich zurück.« Und damit schloß ich die Tür, durchquerte eilig das Zimmer und trat auf den Korridor hinaus.

Zu meiner Erleichterung begegnete ich weder MacIntosh noch der fetten Frau, während ich hinunter zur Rezeption eilte und den völlig perplexen Empfangschef mit meiner Forderung nach einer Petroleumlampe konfrontierte.

»Eine Lampe?« Der Mann warf einen schrägen Blick nach draußen. Es hatte gerade erst zu dämmern begonnen. »Ist mit der Beleuchtung in Ihrem Zimmer etwas nicht in Ordnung?«

Ich dachte angestrengt über eine plausible Begründung für meine zugegeben etwas ungewöhnliche Bitte nach, doch in diesem Moment sah ich meinen Freund, MacIntosh, aus den Augenwinkeln auftauchen, und der Ausdruck gerechter Empörung auf seinem Gesicht ließ mich auch noch meine letzten Hemmungen über Bord werfen.

»Bisher nicht«, antwortete ich. »Aber was nicht ist, kann ja noch werden, nicht wahr? Nach allem, was ich in Ihrem famosen Hotel bisher erlebt habe, möchte ich nicht mitten in der Nacht aufwachen und feststellen müssen, daß die Beleuchtung ausgefallen ist.«

»Mister Craven, ich kann Ihnen versichern ...«, begann der Portier, aber ich schnitt ihm grob – und eine kleines bißchen lauter, als nötig gewesen wäre – das Wort ab.

»Ihre Versicherungen in Ehren, guter Mann, aber ich möchte eine Lampe. Und wenn wir schon einmal dabei sind: Besorgen Sie doch zwei, drei Mausefallen, ja? Ich glaube, ich habe Ungeziefer in meinem Zimmer.«

Ich hörte ein Ächzen hinter mir, aber das Geräusch des in Ohnmacht fallenden Managers blieb aus. Schade eigentlich. Während der Portier ging, um meinem Wunsch nachzukommen und eine Lampe zu besorgen, drehte ich mich um und maß MacIntosh so kühl, wie es mir angesichts meines wahren Gemütszustandes gerade noch möglich war.

»Mister Craven, ich glaube, wir müssen uns unterhalten«, sagte er. Irgendwie schaffte er es tatsächlich, seine Fassung zu bewahren – doch seine Augen hatte er nicht in der Gewalt. In seinem Blick war ein Flackern, das mich zur Vorsicht gemahnt hätte, wäre er einen Meter größer und ungefähr doppelt so schwer gewesen. So aber antwortete ich gelassen:

»Ja. Sobald ich Zeit dafür habe. Im Moment möchte ich lieber versuchen, mein Zimmer in einen Zustand zu versetzen, der seinem Preis wenigstens halbwegs angemessen erscheint.«

»Das einfachste wäre dann, Sie würden ausziehen«, antwortete er.

Ich zollte ihm in Gedanken Anerkennung. Eine solche Schlagfertigkeit hätte ich dem Burschen gar nicht zugetraut. Natürlich ließ ich mir nichts davon anmerken. Und ich wurde auch der unangenehmen Pflicht einer Antwort enthoben, denn in diesem Moment kehrte der Portier bereits zurück. Er schwenkte eine reichlich zerschrammte, aber offensichtlich noch funktionstüchtige Petroleumlampe. Die Augenbrauen des Managers rutschten so weit nach oben, daß sie unter seinem Haaransatz verschwunden wären, hätte er einen gehabt.

»Darf ich fragen, was das bedeutet?« krächzte er.

»Sicher dürfen Sie das«, antwortete ich, nahm die

Lampe entgegen und machte mich auf den Weg zur Treppe.

Wenige Minuten später war ich wieder in meinem Zimmer, verschloß die Tür hinter mir und ging zum Wandschrank. Doch ich machte noch einmal kehrt, ehe ich ihn betrat, nahm einen Stuhl und stellte ihn unter die Klinke.

Auch wenn es mir mittlerweile eine geradezu diebische Freude breitete, den Manager zur Weißglut zu reizen, durfte ich nicht den Fehler begehen und ihn unterschätzen. Der Mann tat nur seine Pflicht, und die tat er nicht mal schlecht. Es war gut möglich, daß er sich seines Generalschlüssels bediente, um eine überraschende Zimmerinspektion vorzunehmen. Und sosehr mich der Gedanke an das verblüffte Gesicht auch erheiterte, das er beim Anblick des mutierten Wandschranks machen mußte, so sehr erschreckte mich die Vorstellung, daß er mir unter Umständen folgen würde.

Ich weigerte mich immer noch, wirklich über die Bedeutung all der unheimlichen Geschehnisse nachzudenken, die mit der vergangenen Nacht ihren Anfang genommen hatten, aber das änderte nichts daran, daß ich sie im Grunde sehr wohl kannte.

Es war nicht vorbei. Für eine kurze Zeit, einige wenige Tage nur, hatte ich mich der Illusion hingeben können, meine alten Feinde endgültig besiegt zu haben, aber das war leider wohl nur ein frommer Wunsch gewesen. Mittlerweile hatte ich mehr als einen Beweis dafür erhalten.

Immerhin war die Treppe noch da, als ich vorsichtig den Wandschrank öffnete. Der Kater übrigens auch. Er hockte auf der zweitobersten Stufe und blickte mich vorwurfsvoll an. Um so mehr, als ich auch jetzt noch keine Anstalten machte, ihm sofort in die Tiefe zu folgen, sondern nach kurzem Zögern noch einmal ins Zimmer zurücktrat, um nach Streichhölzern zu suchen, mit denen ich meine Lampe entzünden konnte.

Endlich aber hatte ich es geschafft. Die Lampe verbreitete beruhigendes gelbes Licht, und in den Modergestank mischte sich der Geruch von brennendem Petroleum. Der Kater maß mich mit einem fast menschlich wirkenden, ungeduldigen Blick, lief rasch vor mir die Stufen hinab und blieb wieder stehen, um zu mir zurückzublicken und ein ungeduldiges Miauen auszustoßen. Erneut fiel mir auf, daß er sich ganz und gar nicht wie eine Katze benahm.

Die Treppe führte in steilem Winkel in die Tiefe. Ich hörte die Schreie jetzt nicht mehr; dafür verspürte ich bald einen eisigen, feuchten Hauch, und in den unangenehmen Modergeruch mischte sich noch etwas – etwas Bekanntes, das ich nicht gleich einzuordnen vermochte.

Vielleicht, weil es einfach zu absurd war.

Ich roch Salzwasser.

Überrascht blieb ich stehen. Der Kater protestierte lautstark, aber ich verharrte trotzdem noch einige Sekunden lang dort, wo ich war. Die seltsamen Geräusche, den mehr als sonderbaren Kater, ja, selbst die Treppe hätte ich vielleicht noch irgendwie erklären können, wenn ich mir ein paar zusätzliche Windungen ins Gehirn gebogen und die Logik vergessen hätte – aber Salzwasser? Hier? Mitten in London? Das war völlig unmöglich!

Ich war mehr als nur leicht beunruhigt, als ich weiterging.

Weiter und weiter führte die Treppe in die Tiefe. Ich hatte es längst aufgegeben, die Stufen zu zählen, ebenso, wie ich es aufgegeben hatte, mir auszurechnen, wie tief ich mich bereits unter den Kellern des Hilton befinden mochte. Dieser sonderbare Schacht mußte unmittelbar bis in die Kanalisation Londons hinabführen, vielleicht noch tiefer.

Als die Treppe endlich endete, hatte ich schon kaum mehr damit gerechnet. Ich hatte das Gefühl, eine Meile tief in die Erde hinabgestiegen zu sein – natürlich war das unmöglich, aber mein schmerzender Rücken und meine verkrampfte Wadenmuskulatur behaupteten das Gegenteil.

Erschöpft ließ ich mich gegen die feuchte Wand der halbrunden, niedrigen Kammer sinken, in der ich herausgekommen war, um einige Augenblicke auszuruhen und neue Kraft zu schöpfen, doch mein vierbeiniger Führer ließ keine längere Rast zu. Er miaute unwillig, und auch der leidende Ausdruck, den ich auf mein Gesicht zwang, schien ihn nicht zu beeindrucken.

Trotzdem verbrachte ich noch einige Augenblicke damit, die Kammer zu mustern, ehe ich seinem Drängen endlich nachgab und ihm folgte. Sie durchmaß kaum fünf Schritte, und die Wände bestanden aus den gleichen, nur roh behauenen Steinblöcken wie die des Teppenschachts, aber irgend etwas daran war ... unheimlich.

Ich konnte es nicht in Worte oder auch nur in Gedanken fassen. Der Stein war Stein, mehr nicht, aber zugleich auch ... etwas Fremdes. Etwas, das nur aussah und sich nur anfühlte wie Stein, aber in Wirklichkeit …

Nein, ich wußte es nicht. Aber ich wußte, daß hier irgend etwas nicht in Ordnung war. Ich kam mir vor wie eine Maus, die in das weit aufgerissene Maul einer reglos daliegenden Riesenschlange hineinmarschiert und sich fragt, wieso es in dieser sonderbaren Höhle eigentlich so warm war und wieso von der Decke so viele spitze Steine hängen, ohne indes zu erkennen, wo sie sich wirklich befand.

Alles in mir schrie danach, auf der Stelle kehrt zu machen und die Treppe wieder hinaufzulaufen, so schnell ich nur konnte. Aber ich hörte nicht auf diese innere Stimme – vielleicht, weil ich zugleich spürte, daß ich gar nicht mehr zurück konnte, selbst wenn ich es gewollt hätte. Es war nicht das erste Mal, daß ich feststellen mußte, daß manche Wege nur in eine Richtung führten, und was immer dies hier sein mochte, eines war es ganz bestimmt nicht: ein ganz normaler Weg.

Dem halbrunden Raum schloß sich ein niedriger, leicht abschüssiger Gang an, dessen Wände aus den gleichen schwarzen Basaltblöcken bestanden, die ich schon kannte. Der Modergeruch ließ allmählich nach; dafür wurde das Salzwasseraroma jetzt stärker.

Unmöglich oder nicht, ich mußte mich in der Nähe des Meeres befinden. Vielleicht – ich wußte, daß dieser Gedanke verrückt war, aber es war die einzige Erklärung, die mir einfallen wollte – lag vor mir eine unterirdische Höhle, die irgendwie mit dem Meer verbunden war. Ich mußte wieder an Hasseltime denken, der auf der kleinen Felseninsel an der

Themsemündung zurückgeblieben war und irgendwie einen Weg bis nach London gefunden hatte.

Allmählich begann sich meine Umgebung zu verändern. Zuerst bemerkte ich es nicht – die Petroleumlampe brannte zwar mit beruhigender Beständigkeit, aber ihr Licht reichte nicht sehr weit; der gelbe Schein löste sich schon nach zwei oder drei Schritten in zerfasernde Schatten auf, obwohl er eigentlich sehr viel weiter hätte reichen müssen. Das hieß – eigentlich stimmte das nicht. Das Licht *reichte* weiter; aber irgend etwas schien ihm seine Wirklichkeit zu nehmen, anders konnte ich es nicht beschreiben. Ich konnte weiter sehen, doch alles, was jenseits der imaginären Drei-Schritte-Grenze lag, war irgendwie ... falsch. Verzerrt, auf unmöglich zu beschreibende Weise, die mir unglaublich fremd und trotzdem auf furchtbare Weise vertraut vorkam.

Weil ich sie kannte.

Es war nicht das erste Mal, daß ich in eine Welt eindrang, die sich dem Zugriff menschlicher Sinne entzog; weiß Gott nicht.

Was immer Howard über andere, fremde Feinde erzählt hatte, mochte vielleicht auf die irrsinnigen Linien auf dem Stein zutreffen, nicht aber auf das hier. Dies war die Welt der GROSSEN ALTEN, jener blasphemischen Gottheiten, die vor Urzeiten von den Sternen herabgestiegen waren und seither auf den Moment ihres Erwachens warteten, den Moment, in dem sie ihre Schreckensherrschaft über die Erde erneut antreten konnten, jener Welt, der sie schon einmal fast den Untergang gebracht hatten ...

Und in diesem Moment war es, als fiele es mir wie Schuppen von den Augen. Wie hatte ich es auch nur eine einzige Sekunde lang nicht bemerken können? Wie hatte ich auch nur einen Herzschlag lang so blind sein können?

Ich hatte es doch sogar gewußt! Noch bevor ich die Treppe hinunterging, hatte ich mir selbst eingestanden, daß es nichts als das Wirken der GROSSEN ALTEN war, das ich spürte! Doch es war, als hätte irgend etwas verhindert, daß dieser Gedanke genug Substanz gewann, um mich auch die Gefahr erkennen zu lassen, die er bedeutete.

Genauer gesagt: die Falle, in die ich blind hineingetappt war.

Abrupt blieb ich stehen. Der Kater begann wieder zu lamentieren, aber jetzt achtete ich nicht mehr darauf. Statt dessen hob ich die Lampe höher und hielt sie am ausgestreckten Arm von mir fort, um auf diese Weise vielleicht einen halben Schritt mehr zu gewinnen, den ich wirklich erkennen und nicht nur erahnen konnte.

Ich begann zu laufen, zuerst noch langsam, aber schon bald in einen schnellen Schritt verfallend und schließlich rennend. Jetzt, da ich einmal wußte, wo ich war, verfehlte der betäubende Zauber seine Wirkung. Ganz schwach spürte ich noch den Gedanken in mir, daß ich mich reichlich albern benahm und es überhaupt keinen Grund gäbe, mit einer brennenden Petroleumlampe in der Hand durch diesen Gang zu rennen, als würde ich von tausend Furien gehetzt, aber nun, da ich wußte, daß dies nicht meine Gedanken waren, vermochte er mich nicht mehr einzulullen.

Ganz im Gegenteil: Ich hatte ihn jetzt als das erkannt, was er war – nämlich der Einfluß eines fremden, feindlichen Geistes –, und so schürte er meine Furcht eher noch, statt mich zu beruhigen.

Schließlich rannte ich, so schnell ich nur konnte. Ein paarmal drohte ich auf dem schlüpfrigen Boden auszugleiten, und einmal hätte ich um ein Haar tatsächlich das Gleichgewicht verloren und wäre gestürzt, was angesichts der brennenden Lampe in meiner Hand möglicherweise fatale Folgen gehabt hätte. Trotzdem nahm ich mein Tempo nicht zurück, sondern wurde eher noch schneller.

Meine Lungen begannen zu brennen. Der unendlich lange Weg die Treppe hinunter forderte seinen Tribut; mein Rücken tat weh, und meine Beine fühlten sich an, als wären sie mit kleinen Bleikugeln gefüllt, die bei jedem Schritt ein bißchen schwerer wurden.

Zudem zwang mich die Lampe zu einer unbequemen Körperhaltung, die noch mehr Kraft aufzehrte. Aber ich war noch nicht sehr weit in diesen Stollen vorgedrungen und mußte bald wieder die Treppe erreicht haben.

Nach fünf Minuten dachte ich das immer noch.

Nach zehn Minuten versuchte ich es mir mit verzweifelter Kraft einzureden, und nach weiteren fünf Minuten erreichte ich eine Gangkreuzung und blieb vollkommen erschöpft – und vollkommen fassungslos – stehen.

Ich war an keiner Kreuzung vorbeigekommen. Ich glaubte es nicht nur, ich war ganz sicher. Der Gang war schnurgerade und leicht abschüssig verlaufen, und jetzt, als ich mir notgedrungen die Zeit nahm, darüber nachzudenken, begriff ich auch, daß ich allerhöchstens dreißig oder vierzig Schritte weit in den Gang eingedrungen war, ehe mir bewußt wurde, wo ich mich befand.

Hinter mir war das Tappen weicher Pfoten zu vernehmen, und es hätte des vorwurfsvollen Miauens nicht bedurft, um mir zu sagen, daß der Kater mich eingeholt hatte.

Kater? Lächerlich! Dieses Tier war alles mögliche, nur eines ganz bestimmt nicht – ein Kater.

Ich drehte mich zu ihm um, senkte die Lampe wieder ein wenig und blickte ihn durchdringend an. Mit dem Kater war es irgendwie dasselbe wie mit diesem Gang – jetzt, als ich wieder zu halbwegs klarem Denken fähig war, fragte ich mich, wie ich auch nur eine Sekunde lang hatte glauben können, es mit einem ganz normalen Tier zu tun zu haben!

Und trotzdem – es gab einen Unterschied: So unheimlich und sonderbar diese vermeintliche Katze auch sein mochte, ich spürte nichts Feindseliges in ihr. Das Tier hatte mich zweifellos in diese Falle gelockt – und das ebenso zweifellos mit voller Absicht! – aber es gelang mir nicht, es als meinen Feind zu betrachten oder gar als Gefahr.

Ganz im Gegenteil hatte ich das verwirrende Gefühl, es (oder etwas in ihm?) zu kennen. Da war etwas Vertrautes in seinem Blick, irgendwo, tief in seinen unergründlichen gelben Augen, und anders als bei diesem unheimlichen Labyrinth war es ein freundliches Gefühl.

»Meinst du nicht, daß es an der Zeit wäre, mit dem Versteckspielen aufzuhören und mir zu sagen, wer du wirklich bist?« fragte ich. Zugleich kam ich mir bei diesen Worten selbst ein bißchen albern vor – stand ich tatsächlich hier und redete mit einer Katze?

Ich lachte, aber insgeheim hoffte ich trotzdem, eine Antwort zu erhalten. Wenn dieses Tier nicht das war, was es zu sein schien, dann war es möglicherweise nicht nur keine normale Katze, sondern vielleicht überhaupt kein Tier.

Doch meine Hoffnung wurde enttäuscht. Der Kater blickte mich nur weiter aus seinen geheimnisvollen Augen an, und das einzige Gefühl, das ich darin las, war so etwas wie leiser Spott, fast, als amüsiere er sich über meine Hilflosigkeit. Schließlich gab ich das stumme Blickduell auf, das ich sowieso nur verlieren konnte, und wandte mich wieder der Kreuzung zu.

Ich blieb dabei, daß es diese Kreuzung vorhin noch nicht gegeben hatte, aber was nutzte mir dieses Wissen schon? Jetzt war sie da, basta. Ihr Vorhandensein zu leugnen, war ungefähr ebenso sinnvoll, als hätte ich mit dem Fuß aufgestampft. Statt weiter über eine Erklärung für das Unerklärbare nachzudenken, trat ich zögernd auf die Kreuzung hinaus und sah mich in alle vier Richtungen um.

Nicht, daß es viel zu sehen gegeben hätte. Der kleine Bereich der Wirklichkeit, der meinen Sinnen zugänglich blieb, war in allen vier Richtungen gleich. Und vermutlich war es ohnehin egal, wohin ich mich wandte. Man konnte sich schließlich nur einmal verlaufen. Also marschierte ich auf gut Glück los.

Korrekt hätte es wahrscheinlich heißen müssen: auf gut Pech. Ich war gerade fünf oder sechs Schritte weit gekommen, da gabelte sich der Gang erneut. Und noch einmal. Und dann wieder.

Nach der zehnten Kreuzung hörte ich auf zu zählen. Und nach der ich-weiß-nicht-mehr-wievielten hörte ich auch auf zu gehen.

Erschöpft ließ ich mich gegen die Wand sinken, stellte die Lampe ab und setzte mich einen Augenblick später auf den feuchten Boden. Mir war kalt. Ich fühlte mich unendlich müde, und in meine Furcht hatte sich so etwas wie resignierender Trotz gemischt. Wenn es sowieso egal war, wohin und wie lange ich lief, dann konnte ich ebensogut auch hier sitzen bleiben und darauf warten, was geschah.

Dieses Labyrinth war nicht auf natürlichem Wege entstanden, sondern erschaffen worden, von irgend jemandem oder irgend etwas. Und früher oder später würde dieser Jemand schon kommen und nachsehen, ob sich eine Maus in seiner Falle gefangen hatte.

Etwas berührte meine Hand. Ich schlug die Augen auf, drehte müde den Kopf und erblickte den Kater, der sich neben mich gesetzt hatte und mich mit der Schnauze anstieß. Ich hob die Hand, kraulte das weiche Fell zwischen seinen Ohren und wurde mit einem zufriedenen Schnurren belohnt; ein Laut, der eine eigenartige beruhigende Wirkung auf mich ausübte. Ich spürte, wie sich ein Lächeln auf meine Lippen stahl, beinahe gegen meinen Willen.

»Tja, mein Freund«, sagte ich. »Ich schätze, jetzt bist du an der Reihe. Ich bin dir bis hierher gefolgt – aber nun weiß ich nicht mehr weiter. Wieso hast du mich hierhergebracht?«

Natürlich antwortete der Kater nicht, aber er hörte auf zu schnurren, und in seinem Blick erschien etwas Vorwurfsvolles. Plötzlich begriff ich den Fehler in meinen Worten, als hätte ich den Gedanken erst laut aussprechen müssen.

Ich war dem Kater nicht hierher gefolgt. Ganz im Gegenteil – er war mir nachgekommen. Und um das Maß voll zu machen, folgte diesem ersten Begreifen ein zweites, und zwar so heftig und mit solchem Nachdruck, daß ich mich im nächsten Moment am liebsten selbst geohrfeigt hätte.

Meine Vorwürfe waren ziemlich ungerecht. Konkret hatte ich mich erst ab dem Moment verirrt, als ich dem Kater nicht mehr gefolgt war!

»Ist es das, was du mir sagen willst?« fragte ich. »Kennst du den Weg hier heraus?« Voller plötzlicher Erregung – und daraus resultierender neuer Kraft – sprang ich auf und nahm meine Lampe wieder an mich. Der Kater erhob sich ebenfalls und lief ein Stück in die Richtung zurück, aus der wir gekommen waren.

Um es kurz zu machen – es ging den ganzen Weg zurück. Ich erkannte keine einzige Abzweigung wieder, und da ich nicht wußte, wie weit ich in dieses unheimliche Labyrinth eingedrungen war, konnte ich auch nicht sagen, ob der Rückweg tatsächlich ebenso lang war – aber er war sehr lang, und endlich fand ich mich in dem gleichen abschüssigen Gang wieder, auf dem ich das erste Mal kehrtgemacht hatte.

Ich war noch erschöpfter, noch müder, und irgendwie hatte ich noch mehr Angst, aber ich beging nicht den Fehler, ein zweites Mal umkehren und auf eigene Faust den Rückweg finden zu wollen. Wenigstens eins hatte ich mittlerweile begriffen: Im selben Moment, in dem ich die Treppe betrat, hatte ich mich meinem vierbeinigen Führer auf Gedeih und Verderb ausgeliefert. Ich konnte nur hoffen, daß er tatsächlich das war, was ich glaubte.

Ich weiß nicht mehr, wie lange ich dem Kater noch folgte – es mögen Stunden gewesen sein, ebensogut aber auch nur Augenblicke. Doch plötzlich hörte ich wieder den Schrei, der mich ursprünglich hier heruntergelockt hatte.

Seltsamerweise erschien er mir jetzt weiter entfernt und leiser als vorhin – aber das Geräusch war trotzdem noch laut genug, um es eindeutig als das zu identifizieren, was es war: die verzweifelten Schreie eines Kindes. Ich konnte die Worte nicht verstehen; aber es waren Hilferufe, daran bestand kein Zweifel. Ich rannte los.

Vor mir gabelte sich der Stollen wieder. Ich rannte jetzt so schnell, daß ich den Kater bald überholte und das Tier hinter mir zurückblieb, doch diesmal bestand nicht die Gefahr, daß ich mich verirrte – die Schreie wurden lauter, und ich konnte die Richtung, aus der sie kamen, deutlich genug bestimmen, um die richtige Abzweigung zu nehmen.

Das Geräusch wurde immer deutlicher, der Ton darin drängender, verzweifelter, und schließlich erkannte ich vor mir das Ende des Ganges, der offenbar in einen größeren, von mattgrauer Helligkeit erfüllten Raum mündete. Ich mobilisierte noch einmal alle Kräfte, um die letzten Schritte so schnell zurückzulegen, wie ich nur konnte.

Um ein Haar wären es tatsächlich meine letzten Schritte gewesen.

Drei Dinge geschahen gleichzeitig:

Ich stürmte durch den Ausgang des Stollens.

Die Schreie brachen urplötzlich ab.

Und der Boden vor mir auch.

Mit einer entsetzten Bewegung versuchte ich mich

mitten im Lauf zurückzuwerfen, was zu einer geradezu grotesken Situation führte: Meine Beine rannten noch weiter, als hätte der Befehl, anzuhalten, die entsprechenden Muskeln noch nicht erreicht, während ich den Oberkörper mit aller Kraft zurückwarf und dabei wild mit den Armen ruderte, um meinen eigenen Schwung irgendwie aufzuzehren.

Alles ging viel zu schnell, als daß ich wirklich erkennen konnte, was vor mir lag, aber ich hatte einen flüchtigen Eindruck von ungeheurer Weite – und vor allem Tiefe! – die sich vor mir ausbreitete. Dann spürte ich, wie unter meinen Füßen plötzlich nichts mehr war, und stürzte nach hinten, wobei ich aber gleichzeitig vom Schwung meiner eigenen Bewegung immer noch weitergerissen wurde.

Die Lampe flog im hohen Bogen davon und verschwand in der Tiefe. Mit grausamer Wucht schlug ich auf dem Boden auf, schlitterte hilflos weiter und griff verzweifelt mit beiden Händen nach irgend etwas, woran ich mich festhalten konnte. Doch der Boden war so glatt wie Glas. Unter meinen Beinen war nichts mehr, dann unter meinem Gesäß und schließlich dem Rücken. Ich begann zu stürzen, drehte mich dabei um meine eigene Achse und schrammte unsanft mit dem Gesicht über den Steinboden.

Und dann fand ich Halt.

Der Ruck schien mir beide Hände aus den Gelenken reißen zu wollen. Ein entsetzlicher Schmerz explodierte in meinen Armen und einen Sekundenbruchteil später in den Schultern, doch ich klammerte mich mit jedem bißchen Kraft fest, das ich noch in meinem Körper fand, und ich hatte ausnahmsweise sogar Glück – meine wild strampelnden Beine trafen auf Widerstand.

Mit aller Gewalt stemmte ich mich hinein, ignorierte die neuerliche Pein, als die meisten meiner Fingernägel abbrachen, und preßte mich mit verzweifelter Kraft gegen die Wand.

Der Sturz endete. Irgendwie hatte ich das Kunststück fertiggebracht, mich mit beiden Händen an der Kante und mit dem gesamten Körper an der senkrechten Wand festzuklammern, die hinter dem Gangende gelauert hatte. Für endlose Sekunden hing ich so wie eine zu groß geratene Fliege und vollkommen verkrampft da, bis ich es auch nur wagte, die Augen zu öffnen und einen Blick in die Tiefe zu werfen.

Vor mir breitete sich eine Höhle von geradezu unvorstellbarer Größe aus. Die Decke und die gegenüberliegende Wand verschwanden in grauer Entfernung und schienen meilenweit weg zu sein. Ich konnte die unvorstellbare Weite dieses Raumes beinahe körperlich fühlen. Aber das war es nicht, was mich einen halb erstickten, ungläubigen Schrei ausstoßen ließ.

Es war das, was sich auf dem Boden dieser unterirdischen Welt befand.

Das Labyrinth.

Unter mir, Meilen entfernt, wie es schien, breitete sich das schwarze Labyrinth aus, das ich schon in jener schrecklichen Vision zu sehen geglaubt hatte, als ich vor meiner Tür stand und die unheimlichen Laute hörte. Jetzt sah ich es wirklich, und es war hundertmal größer und tausendmal bizarrer, als ich geglaubt hatte.

Es war nicht einfach nur ein Labyrinth. Es war ein

Bild. Die Schluchten und Gänge, manche davon so breit wie eine Straße, bildeten ein Muster, das allerdings nicht klar zu erkennen war. Doch was sich dort, unendlich tief unter mir, ausbreitete, war ein unvorstellbar großes Relief, ein Bild, das eine Geschichte erzählte, die ich kannte, auch wenn ich sie in diesem Moment vielleicht noch nicht wirklich verstand.

Und es gab noch einen zweiten Grund, daß ich ungläubig die Augen aufriß.

Der Stollen endete tatsächlich hoch oben in der Wand der Höhle, doch es gab nur eine kurzes Stück darunter einen gut drei Meter breiten Absatz an der Wand, der sich wie eine steinerne Galerie rings um die gesamte Höhle zu ziehen schien. Meine Füße, die ich noch immer mit aller Kraft in winzige Unebenheiten und Risse der Wand preßte, befanden sich ungefähr fünf Zentimeter darüber.

Vielleicht waren es auch nur drei.

Auf dem Weg hinunter zum Boden dieser unmöglichen Höhle ging mir etwas verloren, von dem ich mir bis zu diesem Augenblick gar nicht mehr bewußt gewesen war, daß ich es besaß: Der Bezug zur Wirklichkeit.

Die Galerie führte in beiden Richtungen an der Wand des Hohlraums entlang, soweit mein Blick reichte, und obwohl ich nicht mehr über meine Lampe verfügte, konnte ich jetzt weitaus besser sehen als vorhin. Was immer es gewesen war, das das Licht – oder besser: den sichtbaren Teil davon – aufzehrte, es war auch hier vorhanden, aber nicht mehr so intensiv wie in den Stollen des Labyrinths. Deshalb entdeckte ich die Treppe bereits, als ich noch gute zwanzig oder dreißig Schritte davon entfernt war.

Jedenfalls redete ich mir ein, daß es eine Treppe war. Die steinernen Stufen waren direkt aus dem Fels herausgemeißelt, und keine war breiter als zwei nebeneinandergelegte Hände. Dafür waren sie alle unterschiedlich hoch und zum Teil von unterschiedlicher Form. Daß es so etwas wie ein Geländer nicht gab, muß im Grunde wohl nicht mehr erwähnt werden.

Unter normalen Umständen hätten mich keine zehn Pferde dazu gebracht, auch nur einen Fuß auf diese Treppe zu setzen. Sie führte so jäh in die Tiefe, daß schon die geringste Unachtsamkeit mit nichts anderem als einem tödlichen Sturz enden mußte. Schon bei ihrem bloßen Anblick wurde mir schwindelig.

Aber die Umstände waren nicht normal. Mein vierbeiniger Führer hüpfte die Stufen hinunter, als wäre es die breite Freitreppe vor dem Buckingham-Palast, und was geschehen würde, wenn ich mich abermals auf eigene Faust auf den Weg machte, konnte ich mir lebhaft genug vorstellen, um diesen Gedanken nicht weiter zu verfolgen.

Außerdem waren da immer noch die Schreie.

Ich hatte sie wieder gehört, als sich mein rasender Herzschlag beruhigt und ich aufgehört hatte, mich in Gedanken selbst zu beschimpfen. Wahrscheinlich waren die Schreie die ganze Zeit nicht abgebrochen; ich hatte sie einfach nicht mehr wahrgenommen. Allerdings hatten sie sich geändert – was ich jetzt hörte, war eher ein Wimmern und verzweifeltes Schluchzen, in das sich nur noch ab und an ein halbherziger Schrei mischte.

Also warf ich alle meine Hemmungen über Bord, redete mir ein, daß nichts passieren konnte, wenn ich die Nerven behielt, und machte mich daran, eine ungefähr eine halbe Meile hohe, halsbrecherisch steile Steintreppe hinunterzukraxeln, die so schmal war, daß ich mit eng an die Wand gepreßtem Rücken und seitwärts hinuntergehen mußte.

Ich konnte hinterher nicht sagen, wie lange ich gebraucht hatte – aber es war nicht mal annähernd so lange gewesen, wie ich fürchtete, denn auf dem Weg nach unten geschah etwas sehr Sonderbares.

Ich verlor schon nach den ersten Schritten jegliche Furcht. Der Abgrund, der lauernd unmittelbar neben meinen Füßen darauf wartete, mich zu verschlingen, erschreckte mich plötzlich nicht mehr, denn irgend etwas in mir schien einfach zu wissen, daß mir nichts geschehen würde. Bald ging ich schneller, und nach einer Weile gab ich meine übervorsichtige Art des Gehens ganz auf und folgte dem Kater ebenso schnell und sicher, wie er die Treppe hinunterrannte.

Und als ich schließlich ihr Ende erreichte, war die Höhle verschwunden.

Im ersten Moment bemerkte ich es nicht. Von oben hatte ich gesehen, daß die Treppe in einer der weniger breiten, aber sehr tiefen Schluchten endete, die in ihrer Gesamtheit dieses unheimliche Relief bildeten, so daß mir an den schwarzen, zu beiden Seiten steil aufragenden Wänden des Ganges, in dem ich herauskam, gar nichts auffiel. Aber dann blickte ich – eigentlich nur durch Zufall – nach oben, und was ich sah, ließ mich verblüfft mitten im Schritt innehalten und mir die Augen reiben. Ich hatte damit gerechnet, so etwas wie ein steinernes Firmament zu sehen, vielleicht auch nur jenes unbestimmbare Gefühl von Weite und gewaltiger Leere zu empfinden, mit dem mich der Anblick der riesigen Höhle im allerersten Moment erfüllt hatte. Statt dessen erblickte ich die steinerne Decke eines Ganges, der so niedrig war, daß ich mir unweigerlich den Schädel angestoßen hätte, wäre ich von etwas größerem Wuchs gewesen.

Ich war wieder in einem Tunnel. Statt in das gewaltige steinerne Labyrinth einzutauchen, das ich aus der Höhe gesehen hatte, war ich wieder in einem Gang. Dabei war ich vollkommen sicher, den riesigen granitenen Irrgarten aus der Höhe gesehen zu haben! Aber das war doch vollig unmöglich! Es sei denn …

Nein – dieser Gedanke war eindeutig zu phantastisch. Ich weigerte mich schlichtweg, ihn weiter zu verfolgen. Absurd, total absurd.

Außerdem war da noch immer das Wimmern, und es war jetzt so nahe, daß ich nicht mehr weit von seinem Ursprung entfernt sein konnte.

Als wäre dieser Gedanke ein Stichwort gewesen, verfiel der Kater plötzlich in ein schärferes Tempo, so daß ich alle Mühe hatte, mit ihm Schritt zu halten. Obwohl ich bald rannte, so schnell ich nur konnte, wuchs der Abstand zwischen uns weiter, und schließlich schlug er einen Haken nach rechts und verschwand in einem Seitengang.

Ich legte noch einmal Tempo zu, doch ich war gewarnt – als ich den Stollen verließ und in die dahinterliegende Höhle stürmte, war ich darauf vorbereitet, mich plötzlich wieder einem Abgrund oder irgendeiner anderen bösen Überraschung gegenüberzusehen.

Meine Vorsicht erwies sich als übertrieben, allerdings nicht überflüssig. Tatsächlich befand sich vor mir fester Boden, keine neue tückische Fallgrube von ein paar Meilen Tiefe. Doch hinter dem drei oder vier Meter messenden Felsstreifen lag das Wasser eines kleinen, kreisrunden Sees, in den ich unweigerlich hineingestürzt wäre, wäre ich blindlings in die Katakombe gestürmt.

Verwirrt blieb ich stehen und schaute mich um. Der Kater war verschwunden, und für einen Moment fürchtete ich, er könnte ins Wasser gestürzt und darin versunken sein, denn der Raum hatte keinen sichtbaren zweiten Ausgang. Aber das war nicht das einzig Ungewöhnliche: Ich hörte das Schreien und Wimmern jetzt ganz deutlich – aber ich war allein. Da war kein Kind. Nur der See.

Ich drehte mich zwei-, dreimal im Kreis und schaute mich aufmerksam um, ohne mehr als die Bewegung meines eigenen Schattens zu gewahren; dann unterzog ich den See einer eingehenderen Musterung. Wie sich zeigte, war er nicht ganz so normal, wie ich im ersten Moment geglaubt hatte.

Das Wasser war sehr dunkel, fast schwarz, was bewies, daß er sehr tief sein mußte, und es gab einen schmalen sandigen Streifen, der den kaum zehn Meter durchmessenden See einrahmte – angesichts des Umstandes, daß es sich nur um ein Wasserloch in einer tief unter der Erde liegenden Höhle handelte, eigentlich eine glatte Unmöglichkeit.

Behutsam näherte ich mich dem Wasser, ging unmittelbar davor in die Hocke und streckte meine Hand aus, ohne es jedoch zu berühren.

Und ich tat sehr gut daran.

Meine Haut begann zu prickeln. Es war kein echter Schmerz; das Gefühl war nicht einmal wirklich unangenehm, aber sehr erschreckend – es war, als hätte ich in Glaswolle gegriffen, die Millionen und Abermillionen winzigster Splitterchen in meiner Haut hinterlassen hatte.

Jetzt fiel mir auch der Geruch auf, der von dem schwarz daliegenden Wasser ausging. Ein sonderbar durchdringender, ätzender Hauch – wie das Prickeln auf meiner Haut nicht wirklich schmerzhaft, aber unangenehm. Vorsichtig beugte ich mich weiter vor, nahm einen tiefen Atemzug – und prallte so erschrocken wieder zurück, daß ich das Gleichgewicht verlor und auf dem Hosenboden landete. Der Dunst, der von diesem See aufstieg, brannte wie Feuer in meinen Lungen.

Zutiefst erschrocken saß ich eine ganze Weile da und starrte den unheimlichen Tümpel an. Dann begann ich in meinen Hosentaschen zu graben, bis ich ein zusammengeknülltes Stück Papier fand. Ich zögerte noch einen letzten Moment; dann warf ich es ein kleines Stück vor dem Ufer ins Wasser.

Ich war nicht einmal mehr sonderlich überrascht, als sich das Papier, noch während es aufweichte und sich dabei auseinanderfaltete, schwarz zu färben begann. Das, was ich für Wasser gehalten hatte, begann zu brodeln. Grauer, ätzender Rauch stieg in die Höhe. Es verging kaum eine Minute, und von dem Papierfetzen war nichts mehr übrig.

Was ich für Wasser gehalten hatte, war nichts anderes als ein Säuresee. Hätte mich nicht eine innere Stimme gewarnt und davon abgehalten, die Hand hineinzutauchen ...

Ich zog es vor, nicht darüber nachzudenken, was dann geschehen wäre – zumal ich in diesem Moment etwas entdeckte, das auch nicht unbedingt dazu angetan war, meine Stimmung zu bessern. Der Strand war nämlich keineswegs so leer, wie ich bisher angenommen hatte. Hier und da lugten größere Steine und abgebrochene Äste aus dem Sand – nur, daß es keine Steine und Äste waren, so wenig, wie der Sand wirklich Sand war.

Das, worauf ich saß, waren winzige Knochensplitter, und bei den größeren Bruchstücken, die an mehreren Stellen daraus hervorragten, handelte es sich ebenfalls um Knochen – menschliche Knochen. Ich sah einen Teil eines Schädels, eine skelettierte, nur noch dreifingrige Hand, das Stück eines Unterschenkelknochens und einen halben Brustkorb ... ich hätte die Aufzählung noch beliebig lange fortsetzen können, doch worauf meine Entdeckung hinauflief, war ebenso simpel wie erschreckend. Ich hockte mitten in einem gewaltigen Grab ...

Mir blieb nicht die Zeit, das Entsetzen zu verarbeiten, das mit dieser Erkenntnis einherging. Plötzlich war der See nicht mehr schwarz. Unter seiner Oberfläche – tief, erschreckend tief im Wasser –, begann ein giftgrünes, flackerndes Licht zu lodern, ein kaltes Feuer, das direkt aus der Tiefe des Sees emporstieg und vor dessen Schein sich etwas bewegte, ein großer, sich windender Umriß, der rasch größer wurde und näher kam, lautlos, aber so schnell, daß mir nicht mal Zeit blieb, einen Schreckensschrei auszustoßen, geschweige denn, irgend etwas zu tun.

Und dann brach ein Ungeheuer durch die schäumende Oberfläche des Säuresees. Spritzer der ätzenden Flüssigkeit regneten auf mich herab, so daß ich mich hastig zur Seite warf und schützend die Hände über das Gesicht riß. Ich erkannte das, was der See ausspie, nur als Schemen – und trotzdem war dieser flüchtige Eindruck beinahe schon mehr, als ich sehen *wollte.*

Es war eine Ausgeburt der Hölle, ein zum Leben erwachter Fiebertraum, wie er schlimmer nicht sein konnte. Das Ding war gewaltig. Es schien ein schrecklicher Zwitter zwischen einem Menschen und einem pumpenden, warzenübersäten Balg zu sein, aus dem Dutzende riesenhafter Tentakel hervorwuchsen. Ich sah einen schrecklichen, zahnbewehrten Schnabel und gewaltige Glotzaugen, aber auch einen durchaus menschlichen Körper, der auf unmöglich anmutende Weise mit der Chimäre verwachsen zu sein schien.

Keuchend vor Schmerz stürzte ich zu Boden. Wo die Spritzer meine Kleidung getroffen hatten, kräuselte sich grauer Rauch empor, wo sie meine Haut berührten, brannten sie wie Feuer. Ich krümmte mich vor Schmerz.

Und wahrscheinlich rettete mir dies das Leben, denn einer der peitschenden Tentakel zischte wie eine angreifende Schlange nur um Haaresbreite über mich hinweg, hämmerte mit einem dumpfen Laut in die Knochensplitter und zermalmte sie. Verzweifelt wälzte ich mich zur Seite, kämpfte mich auf Hände und Knie hoch und kroch vor dem See und dem brüllenden, kreischenden Ungeheuer zurück.

Und in diesem Moment erkannte ich meinen Irrtum.

Was ich für ein schreckliches Zwitterwesen gehalten hatte, bestand in Wirklichkeit aus zwei Körpern. Da war das Ungeheuer, ein gräßliches Krakenmonster mit zahllosen peitschenden Armen, und da war ein menschlicher Körper, der sich mit verzweifelter Kraft gegen den erstickenden Griff des Monsters wehrte und aus Leibeskräften schrie.

Es war ein Kind. Das Kind, dessen Schreie ich gehört und die mich letzten Endes hier heruntergeführt hatten!

Ich dachte in diesem Moment nicht mehr nach. Ich sah nur undeutlich das Kind, einen vielleicht zehn-, zwölfjährigen Jungen, der sich in Todesqualen wand, und das Ungeheuer, das ihn mit Dutzenden von Armen zugleich umklammert hatte und ihn wieder in die Tiefe des Sees hinabzerren wollte. Keine einzige der zahllosen Unmöglichkeiten an diesem Bild fiel mir in diesem Moment auf.

Blindlings sprang ich in die Höhe, rannte mit weit ausgreifenden Schritten um den See herum und raffte noch im Laufen einen spitzen Knochen auf, die einzige Waffe, deren ich habhaft werden konnte. Der Junge kämpfte mit der unglaublichen Kraft der Todesangst gegen das Ungeheuer, doch sein Widerstand erlahmte bereits.

Als ich das jenseitige Ufer des Sees erreichte, war aus seinem verzweifelten Um-sich-schlagen schon ein kraftloses Strampeln geworden, und der Leib des Krakenmonsters begann wieder in die Tiefe zu sinken. Die Kleider des Jungen schwelten. Sein Haar war verkohlt, und seine Haut war rot.

Mit aller Gewalt schwang ich meinen improvisierten Speer und rammte ihn tief in den Leib des Ungeheuers.

Ein spitzer, pfeifender Schrei erklang. Der Blick der riesigen starrenden Augen richtete sich direkt auf mich, und eine Sekunde später zuckten vier, fünf gewaltige Tentakel in meine Richtung. Ich wich den meisten aus, doch einer schlang sich um mein rechtes Bein und riß mich mit einem einzigen Ruck zu Boden.

Ich fiel, schlug instinktiv mit dem Knochen zu und spürte, wie ich traf. Aber der Hieb hatte nicht die geringste Wirkung. Es war, als hätte ich auf einen dicken Gummischlauch geschlagen. Der Knochen federte zurück und wäre mir um ein Haar aus der Hand geprellt worden.

Zugleich aber wurde ich mit unbarmherziger Kraft auf den See zu gezerrt.

Meine Füße gerieten in die Säure. Das Leder meiner Schuhe begann Blasen zu werfen und zu schwelen, und eine Sekunde später raste ein unvorstellbarer Schmerz durch meine Beine. Ich schrie gellend auf, warf mich mit aller Kraft zurück und stach blindlings mit dem Knochen auf den Tentakel ein. Irgendwie mußte ich ihn wohl auch getroffen haben, denn für eine Sekunde lockerte sich sein Griff – und ich nutzte die Chance, um mich endgültig loszureißen und hastig wieder ein Stück vom Ufer zurückzukriechen.

Dem Wunder, daß ich überhaupt noch lebte, schloß sich ein weiteres an. Ich war für Sekunden vollkommen hilflos. Das dicke Leder meiner Schuhe hatte mich wohl vor schlimmeren Verletzungen bewahrt, aber die Schmerzen waren für den Augenblick so groß, daß ich mit einer Bewußtlosigkeit kämpfte. Hätte das Ungeheuer mich in diesem Moment erneut angegriffen, wäre ich vollkommen hilflos gewesen.

Doch es verzichtete darauf. Als sich die blutigen Schleier vor meinen Augen lichteten, begegnete ich seinem Blick, einem Blick, der so voller Bosheit, so voller Haß und dem Versprechen auf kommende Vernichtung war, daß ich innerlich aufstöhnte.

Ein Wald zitternder Tentakel erhob sich über mir. Doch der tödliche Hieb, den ich erwartete, blieb aus. Sekundenlang starrte mich das Ungeheuer noch haßerfüllt an; dann glitt es langsam wieder in sein schwarzes, ätzendes Element zurück und versank in der Tiefe.

Trotzdem war ich nicht allein.

Ich hörte ein Geräusch hinter mir und drehte mich halb um.

Das Monstrum hatte nicht nur darauf verzichtet, mich anzugreifen. Es hatte auch sein Opfer losgelassen. Der Knabe stand unmittelbar hinter mir, und er bot einen wahrhaft entsetzlichen Anblick: Seine Kleider waren von der Säure verkohlt und sein Schädel fast kahl. Seine Haut war verätzt, und seine Lippen waren zu einem schrecklichen Totenkopfgrinsen erstarrt.

Und trotzdem war es nicht das, was mir vor Schrecken schier das Blut in den Adern gerinnen ließ.

Der Junge hatte sich ebenfalls mit einem spitzen Knochensplitter bewaffnet, den er wie einen Dolch in beiden Händen hoch über dem Kopf hielt – und genau in diesem Moment damit nach meinem Gesicht stieß.

Ich versuchte noch zu reagieren, doch ich spürte selbst, daß ich nicht schnell genug war.

Meine verzweifelte Abwehrbewegung kam zu spät. Ich warf mich zur Seite und versuchte zugleich, nach den Beinen des Jungen zu treten, aber da fuhr der Knochendolch auch schon herab – und bohrte sich nur einen Fingerbreit neben meinem Gesicht in den Boden.

Den Bruchteil einer Sekunde darauf stürzte der Junge rücklings auf den Strand, ließ seine Waffe fallen und griff mit beiden Hände nach dem fauchenden, goldfarbenen Monster, das plötzlich wie aus dem Nichts aufgetaucht war und mit Zähnen und Krallen auf sein Gesicht einschlug.

Ich war im allerersten Moment viel zu perplex, um überhaupt zu reagieren. Erst nach Sekunden stemmte ich mich hoch, kroch auf Händen und Knien zu dem Jungen und versuchte, den Kater von ihm herunterzuzerren.

Ich brauchte meine ganze Kraft dafür, denn das Tier gebärdete sich plötzlich wie toll. Zwei-, dreimal hintereinander stieß ich es zurück, und ebensooft fuhr es mit einem wütenden Fauchen und unglaublich schnell herum, um sich erneut auf den Jungen zu stürzen. Schließlich wußte ich mir nicht anders zu helfen, als ihm einen derben Hieb mit der flachen Hand zu versetzen, der es meterweit davonkugeln ließ.

Sofort richtete es sich wieder auf – aber es griff nicht noch einmal an. Statt dessen starrte es mit undeutbarem Ausdruck abwechselnd auf mich und den Jungen. Ein tiefes, drohendes Knurren drang aus seiner Brust. Zähne und Krallen drohten, doch er schien begriffen zu haben, daß ich es ernst meinte – und im Zweifelsfall immer noch stärker war als er.

Ich warf dem Kater einen letzten, mahnenden Blick zu und wandte mich dann wieder zu dem Jungen um. Er hatte vorhin erst versucht, mich aufzuspießen, aber ich zweifelte nicht daran, daß es eine bloße Panikreaktion gewesen war. Vermutlich war er vor Angst und Schmerz halb wahnsinnig und hätte jeden angegriffen, der ihm über den Weg gelaufen wäre.

Im Grunde war es ein Wunder, daß er überhaupt noch lebte. Das Ungeheuer mußte ihn gepackt und in die Tiefe des Säuresees hinabgezerrt haben, so, wie schon zahllose andere ahnungslose Opfer vor ihm, wie die Knochen bewiesen. Daß er nicht ertrunken oder von der ätzenden Flüssigkeit nicht auf der Stelle getötet worden war, konnte man nur als ein Wunder bezeichnen.

Und nicht einmal als das größte.

Ich riß ungläubig die Augen auf, als ich in sein Gesicht schaute. Gerade, als er über mir gestanden und dazu angesetzt hatte, mich aufzuspießen, war seine Haut schwer verätzt gewesen. Jetzt wirkte sie allenfalls noch rot, als hätte er einen leichten Sonnenbrand – und auch diese Rötung verschwand, als er sich mit dem Unterarm über das Gesicht fuhr und dabei die Nase hochzog.

Ich stand auf, streckte die Hand nach dem Jungen aus und blieb hastig wieder stehen, als er erschrocken zurückprallte. »Keine Angst«, sagte ich. »Ich tue dir nichts. Niemand tut dir etwas.«

Ich versuchte zu lächeln, doch ich spürte selbst, daß es bei dem Versuch blieb. Der Kater fauchte drohend, und die Angst in den Augen des Jungen wurde wieder stärker. Irgend etwas in diesen Augen kam mir bekannt vor, aber der Eindruck verschwand, ehe er deutlicher werden konnte.

Vorsichtig machte ich einen weiteren Schritt auf den Jungen zu. Er wich um die gleiche Distanz vor mir zurück, und ich blieb wieder stehen.

»Wer bist du?« fragte ich. Keine Antwort. Die dunklen, auf so beunruhigende Weise vertraut erscheinenden Augen starrten mich nur an.

»Also gut«, sagte ich. »Du mußt nicht antworten. Aber du brauchst auch keine Angst mehr zu haben. Auch nicht vor dem Kater. Er … er hat nur gedacht, er müßte mich verteidigen, verstehst du? Er ist ganz harmlos.«

Der Kater ließ ein Fauchen hören, das meine Worte Lügen strafte, doch ich ignorierte ihn. Behutsam streckte ich die Hand aus und trat erneut auf den Jungen zu. Diesmal blieb er stehen. Ich faßte neuen Mut und machte einen weiteren Schritt. Der Junge rührte sich noch immer nicht. Schließlich trat ich vollends an ihn heran – und in diesem Moment verpaßte er mir einen heimtückischen Tritt, daß ich bunte Sterne sah und auf die Knie sank.

Als ich wieder atmen konnte, stand der Junge unmittelbar vor mir. Er blickte mich jetzt nicht mehr angsterfüllt an, sondern grinste. Im allerersten Moment verstand ich das nicht. Bis ich den Totenkopf sah, den er in der Hand hielt.

Irgendwie gelang es mir, dem Schlag die größte Wucht zu nehmen, aber ich fand mich trotzdem stöhnend und mit dröhnendem Schädel lang ausgestreckt auf dem Boden wieder. Allerdings nur für einen Moment – dann krümmte ich mich, als ein gemeiner Fußtritt meine empfindlichsten Körperteile traf und glühende Schmerzpfeile durch meinen Leib jagte.

Rein instinktiv griff ich zu, doch der Bengel entwischte mir mit erstaunlichem Geschick – allerdings nicht, ohne mir mit dem Absatz so kräftig auf die Finger zu treten, daß ich erneut vor Schmerz aufheulte.

Das Maß war voll. Zornig sprang ich in die Höhe, packte den Burschen mit einer so blitzartigen Bewegung, daß er erschrocken keuchte, und schüttelte ihn. »Hör endlich auf!« schrie ich. »Ich tue dir nichts, begreif das doch! Ich bin gekommen, um dich hier herauszuholen, du Dummkopf!«

Der Knirps versuchte, mir das Knie noch einmal zwischen die Beine zu rammen, doch ich hatte es vorhergesehen und blockte den Angriff mit dem Oberschenkel ab.

Was ich nicht vorausgesehen hatte, war sein Angriff mit Zeige- und Mittelfinger, die er mir wuchtig in die Augen stieß.

Als ich wieder sehen konnte, lag ich bäuchlings auf dem Knochenstrand, und der Bengel hüpfte wie Quasimodo auf meinem Rücken herum, daß meine Rippen krachten. Stöhnend wälzte ich mich zur Seite, verpaßte ihm eine ungeschickte Ohrfeige, die kaum Wirkung zeigte, und bekam die Antwort in Form eines Faustschlags, der meine Unterlippe aufplatzen ließ.

Dennoch richtete ich mich auf, bekam den Burschen irgendwie zu fassen und stieß ihn so grob zu Boden, daß jetzt er es war, der vor Schmerz aufheulte – und blitzschnell eine Handvoll der Knochensplitter aufraffte und mir ins Gesicht warf.

Nachdem es mir diesmal gelungen war, mein Sehvermögen irgendwie zurückzuerlangen, war der Junge verschwunden. Statt dessen hockte der Kater vor mir und starrte mich an. Ich weiß, es ist unmöglich – aber ich schwöre jeden Eid, daß ich in diesem Moment ein schadenfrohes Grinsen auf seinem Gesicht sah.

»Was immer du sagen willst«, murmelte ich, »behalte es für dich.«

Damit sprang ich auf, lauschte eine Sekunde und lief dann in die Richtung los, in der ich die hastigen Schritte des Jungen vernahm. Der Kater schloß sich mir an, machte jetzt aber keine Anstalten mehr, die Führung zu übernehmen. Und ich war mir plötzlich auch gar nicht mehr so sicher, daß er mich wirklich hierher gebracht hatte, um den Jungen zu retten.

Der Gang, durch den wir stürmten, verzweigte sich schon nach wenigen Schritten, doch das Geräusch trappelnder Schritte wies mir zuverlässig den Weg. Außerdem hörte ich den Jungen noch immer – nur, daß er jetzt nicht mehr verzweifelt um Hilfe schrie, sondern lachte. Das Geräusch erfüllte mich mit einem Zorn, der mir zusätzliche Kraft verlieh. Ich schritt schneller aus, und schon nach wenigen Augenblicken sah ich die schlanke Gestalt des Burschen vor mir. Er schien meine Annäherung zu spüren, denn er warf plötzlich einen Blick über die

Schulter zurück und verdoppelte seine Anstrengungen, um mir zu entkommen. Er war vielleicht gemeiner als ich, doch keinesfalls schneller. Ich holte weiter auf, streckte die Hand nach ihm aus – und prallte so entsetzt und mitten in der Bewegung zurück, daß ich beinahe das Gleichgewicht verloren hätte.

In dem Stollen, der vor mir lag, bot sich mir ein geradezu apokalyptischer Anblick.

Auf der einen Seite war es noch immer der Stollen, schwarz, leer, finster; aber zugleich schien es da noch eine andere Wirklichkeit zu geben, als wäre ich plötzlich in der Lage, zwei Welten auf einmal zu sehen, die gleichzeitig am selben Ort waren, ohne sich indes wirklich zu berühren. Es war wie ein Bild aus einem Traum – aber wenn, dann einem Nachtmahr der gräßlichsten Art, die man sich nur vorzustellen vermag.

Ich sah ein halbes Dutzend schemenhafter, halb transparenter Gestalten; Männer in den blauen Uniformen der britischen Kriegsmarine, die gegen einen unsichtbaren Feind zu kämpfen schienen. Sie schrien, doch ihre Schreie waren wie sie selbst – nicht real, sondern nur Schatten ihrer selbst, die von weit, weit her zu kommen schienen.

Voller Entsetzen beobachtete ich, wie einer der Männer direkt vor mir in den Boden einzusinken begann, der plötzlich wie weicher, flüssiger Teer war. Seine verzweifelt ausgestreckten Hände gestikulierten in meine Richtung, und ich griff ganz instinktiv danach – und hindurch.

Meine Hände glitten durch seinen Körper hindurch, als wäre er ein Geist …

Aber das war er nicht. Seine in Todesangst aufgerissenen Augen starrten mich an, und ich wußte mit unerschütterlicher Gewißheit, daß er mich sah, ebenso deutlich wie ich ihn. Sein Blick flehte verzweifelt um Hilfe, doch es gab nichts, was ich für ihn tun konnte. Hilflos mußte ich zusehen, wie der Mann im Boden versank und sich der schwarze Stein über ihm schloß.

Neben mir erklang ein boshaftes Lachen. Ich fuhr herum und starrte den Jungen an, und im selben Moment, in dem ich in seine Augen blickte, begriff ich, daß er mich aus keinem anderen Grund hierhergelockt hatte, als mir dies zu zeigen, ja, vielleicht nur, um sich an meiner Qual zu weiden. Ich hatte ihn nicht eingeholt. Er hatte sich einholen lassen.

Ich …

Der Anblick traf mich wie ein Faustschlag. Die Wand, vor der der Junge stand, war nicht leer. Sie bestand aus dem gleichen schwarzen Fels wie alles hier, aber darin eingebettet war ein bizarr geformtes, unheimliches Relief, ein Bild, das ich noch nie zuvor im Leben gesehen hatte und trotzdem sofort erkannte.

Es war das Labyrinth.

Der Irrgarten, den ich zweimal in einer Vision erblickte hatte und in dem ich mich zweifellos in diesem Moment befand. Doch es war noch mehr. Dieses Bild … lebte.

Nein, leben war das falsche Wort.

Es war. Es bedeutete irgend etwas.

Es enthielt etwas.

Es war ein Gefängnis, ein Behälter, ein Fluch – alles, nur nicht das, was es zu sein schien, ein bizarres Relief nämlich, das irgend jemand oder irgend etwas in den Stein geritzt hatte.

Ich spürte den finsteren, unendlich mächtigen Geist, der in die verschlungenen Linien und Vertiefungen gebannt war, die gleichen sinnverwirrenden Zeichen, wie ich sie auf dem Stein gesehen hatte, den Hasseltime bei sich gehabt hatte, und mit einem Mal wußte ich mit unerschütterlichen Gewißheit, daß der Brocken von diesem Relief stammte. Deutlich verspürte ich eine unvorstellbare Macht, die von den Fesseln einer düsteren Magie gehalten, aber nicht wirklich gebändigt wurde – und die unsichtbare Verbindung, die zwischen diesem Relief und dem Jungen bestand.

Jemand schrie. Der Laut riß mich in die Wirklichkeit zurück. Ich fuhr herum, sah eine panisch um sich schlagende Gestalt, die vor meinen Augen von der Wand verschlungen wurde, und begriff im selben Moment, daß all dies wirklich geschah – vielleicht nicht hier und jetzt, aber irgendwo und irgendwann.

Es war kein Traum. Die schemenhaften Gestalten waren lebende Menschen, deren Tod ich hilflos mit ansehen mußte. Als ich den Stollen betreten hatte, waren es noch fünf oder sechs Männer gewesen. Jetzt sah ich gerade noch drei, und auch von denen begann einer bereits in den Steinboden einzusinken, der sich unter ihm zu verflüssigen schien. Ich blickte in ein angstverzerrtes Gesicht, in Augen, die nur noch aus Furcht und Panik und dem verzweifelten Flehen um Hilfe bestanden, und wieder spürte ich, daß der Mann mich sah.

Der Junge lachte schallend, trat auf den im Boden versinkenden Mann zu und setzte ihm den Fuß auf die Brust. Meine eigenen Hände waren durch die Gestalt hindurchgeglitten, die ich zu halten versucht hatte, doch der Fuß des mörderischen Kindes drückte den Unglückseligen erbarmungslos und mit erstaunlicher Kraft tiefer in den weichen Boden. Schon war er fast zur Hälfte darin versunken. Noch Augenblicke, und es war um den Mann geschehen.

Ob mich in diesem Moment irgend etwas lenkte, oder ob es pures Glück war, weiß ich nicht. Ich handelte ganz instinktiv. Blitzschnell trat ich vor, packte den Bengel und schleuderte ihn gegen die Wand. Ich hatte nicht alle Kraft in die Bewegung gelegt, denn trotz allem wollte ich ihn nicht schwer verletzen oder gar umbringen, aber die Wucht meines Stoßes reichte, ihn haltlos herumtaumeln und mit weit aufgerissenen Armen gegen das Relief stolpern zu lassen.

Und hinein.

Es ging so schnell, daß ich keine Einzelheiten erkennen konnte. Für den Bruchteil einer Sekunde wurde auch sein Körper durchsichtig – so, wie die Körper der Männer vor mir – und dann war es, als ob er plötzlich nicht mehr vor, sondern irgendwie *in* dem unheimlichen Bild war – nicht wirklich mit ihm verschmolzen und trotzdem irgendwie ein Teil davon. Ich hörte einen gellenden, unglaublich spitzen, panischen Schrei, und dann glitt er in das Relief hinein und war verschwunden.

Und im selben Moment begannen auch die drei überlebenden Männer, das Relief und der schwarze Stollen vor meinen Augen zu verblassen.

Ich erwachte mit hämmernden Kopfschmerzen und einem widerwärtigen Geschmack auf der Zunge. Ich konnte nicht richtig atmen, und auf meiner Brust schien ein Zentnergewicht zu lasten. Außerdem schien es keinen Knochen in meinem Leib zu geben, der nicht auf die eine oder andere Weise schmerzte.

Dann öffnete ich die Augen – und mußte einige meiner ersten Eindrücke korrigieren. Das unsichtbare Zentnergewicht, das auf meiner Brust hockte, wog nicht unbedingt Zentner, aber es war auch nicht unsichtbar, sondern hatte die Form eines goldfarbenen Katers, der mich aus seinen gelben Augen hämisch anstarrte und sich die Zeit, die ich brauchte, um vollends zu mir zu kommen, damit vertrieb, seine Krallen rhythmisch ein- und auszufahren und dabei kleine, gleichmäßige Lochmuster in meinem Hemd und der Haut darunter zu hinterlassen.

Das Hämmern war nicht in meinem Kopf, sondern irgendwo hinter mir, an der Tür, und der schlechte Geschmack war in Wahrheit ein widerwärtiger Geruch, der aus der offenstehenden Tür meines Wandschranks drang.

Unsicher richtete ich mich auf, scheuchte den Kater von mir herunter und schaute zur Tür zurück. Der Stuhl stand noch immer zuverlässig so unter der Klinke, wie ich ihn hingestellt hatte, und wahrscheinlich war das auch gut so, denn irgend jemand rüttelte ununterbrochen an der Klinke und polterte dabei weiter gegen die Tür. Ich glaubte, eine Stimme zu hören, die in schrillem Tonfall meinen Namen rief. Nach einigen Augenblicken identifizierte ich die Stimme als die des Hotelmanagers.

Ich stand auf und warf einen Blick zum Fenster. Draußen war es noch hell, also konnten mein Ausflug und meine Ohnmacht nicht allzu lange gedauert haben. Erst nach ein paar Sekunden wurde mir der Fehler in meinen Gedanken bewußt. Obwohl der Himmel noch immer von dunklen Regenwolken verhangen war, konnte ich schemenhaft durch sie hindurch die Sonne erkennen. Die Fenster meiner Suite jedoch befanden sich nach Osten hin, und das bedeutete, daß es nicht mehr Nachmittag, sondern bereits wieder Morgen war.

Mühsam schlurfte ich zur Tür, machte aber auf halbem Wege wieder kehrt, als ich an einem Spiegel vorbeikam und einen flüchtigen Blick hineinwarf. Ich bot einen erbärmlichen Anblick. Es gab keinen Zoll an mir, der nicht irgendwie verdreckt, verbrannt, verätzt, zerrissen oder blutbesudelt gewesen wäre und wenn es darüber hinaus noch eines weiteren Beweises dafür bedurft hätte, daß mein unheimliches Erlebnis kein Traum gewesen war, so wäre es der Wandschrank gewesen.

Der Treppenschacht war zwar verschwunden, doch der Schrank hatte sich trotzdem nicht in das zurückverwandelt, was er eigentlich sein sollte. Statt der ordentlichen Regale und Kleiderbügel enthielt er eine schwarze, fürchterlich stinkende Masse, in der es unentwegt brodelte und blubberte und die sich langsam und zähflüssig auf dem Boden vor dem Schrank auszubreiten begann, wie der Inhalt eines überlaufenden Gullys. Etwas in dieser Art mußte es wohl auch sein.

Ich stand lange so da und blickte abwechselnd die langsam größer werdende Pfütze und den Kater an. Es sollte noch lange dauern – konkret länger als ein Jahr –, bis ich wirklich begriff, welche Bedeutung mein unheimliches Abenteuer gehabt hatte, doch eines war mir jetzt schon klar, und diese Erkenntnis erfüllte mich mit einer Angst, die beinahe körperlich schmerzte: Meine Gegner waren so gefährlich und bereit wie ehedem, und vielleicht hatte der Kampf, von dem ich bisher geglaubt hatte, daß er vor fünf Jahren sein vorläufiges Ende gefunden hätte, in Wahrheit erst an diesem Tage richtig begonnen.

Das Hämmern an der Tür wurde immer lauter und drängender, und jetzt hörte ich auch deutlich die Stimme des Hotelmanagers.

»Mister Craven! Ich bestehe darauf, daß Sie die Tür öffnen! Unverzüglich!« Er klang eindeutig hysterisch. Nun ja, in einer halbe Minute würde er Grund dazu haben.

»Ich komme ja schon«, antwortete ich, während ich mich umwandte, den Kater auf die Arme nahm und mit einem Fußtritt den Stuhl zur Seite fegte, der den Türgriff blockierte. Ich hörte das Klirren eines Schlüssels; dann wurde die Tür mit einem Ruck aufgerissen, und MacIntosh stürmte wie ein zu klein geratener Racheengel ins Zimmer.

»Gut, daß Sie kommen«, empfing ich ihn. »Ich wollte sowieso gerade nach Ihnen rufen lassen. Wir müssen uns unbedingt einmal über den Zimmerservice in Ihrem Hause unterhalten, fürchte ich.«

»Hier muß es sein«, sagte ich, nachdem ich die Adresse noch einmal mit der auf dem Zettel verglichen hatte, den Inspektor Cohen mir am vergangenen Tag gegeben hatte. Captain Blossom bewohnte ein kleines Haus in einer Vorortsiedlung nicht weit von der Themse entfernt.

Howard nickte nur müde, stieg mit ungelenken

Bewegungen als erster aus dem Wagen und wies den Kutscher an, zu warten. Unter seinen Augen lagen dicke schwarze Ringe, die verrieten, daß er entschieden zu wenig Schlaf gehabt hatte. Sein Besuch bei Viktor hatte bis spät in die Nacht gedauert, ohne jedoch ein greifbares Ergebnis zu bringen. Entsprechend begeistert war er gewesen, als ich ihn bereits um kurz nach neun Uhr aus dem Bett geworfen hatte, doch nach den unheimlichen Erlebnissen in dem Labyrinth hatte ich das Gefühl, daß die Zeit drängte. Irgendeine noch weitgehend unbekannte Gefahr braute sich rings um uns zusammen, und solange ich nicht mehr darüber wußte, wollte ich keine Minute unnötig vergeuden.

Im Gegensatz zu Howard fühlte ich selbst mich mittlerweile wieder einigermaßen fit. Frei nach dem Motto, daß Frechheit stets siegt, hatte ich auch die Auseinandersetzung mit MacIntosh am Morgen durchgestanden. Aber mir war klar, daß ich mich auf immer dünnerem Eis bewegte. MacIntosh hatte mir unzweideutig klargemacht, daß er im Interesse des Rufes seines Hotels nicht mehr bereit wäre, weitere Eskapaden meinerseits zu dulden.

Das Schlimmste an allem war, daß ich ihm insgeheim sogar recht geben mußte, so sehr seine umständliche, geschwollene Art mich auch reizte. Unabhängig davon, daß ich an vielen der merkwürdigen Ereignisse gerade in den letzten beiden Tagen keinerlei Schuld trug, hatte ich mir bereits ziemlich viel herausgenommen.

Aber das war im Moment noch mein geringstes Problem. Ein Bad und ein ausgiebiges Frühstück hatten meine Lebensgeister wieder geweckt, und obwohl ich bei meinem nächtlichen Ausflug zahlreiche Prellungen erlitten hatte, die sich zu prachtvollen blauen Flecken entwickelt hatten, war ich doch wenigstens ohne ernsthafte Verletzungen davongekommen.

Nein, viel mehr beunruhigte mich, wie es überhaupt zu diesem Ausflug hatte kommen können. Ich hatte Howard bislang nichts davon erzählt, da erstens die Zeit für einen ausführlichen Bericht nicht ausgereicht hätte, und ich zweitens so vieles selbst noch nicht verstand, daß ich nicht gewußt hatte, wie ich in Worte kleiden konnte, was passiert war. Dafür war alles einfach zu unglaublich. Nach logischem Ermessen war es schlichtweg unmöglich, daß ich durch eine Treppe in einem Schrank mitten im Hilton in ein gigantisches, bislang unbemerktes Labyrinth direkt unter der City von London hinabgestiegen war, doch menschliche Logik und Naturgesetze waren Maßstäbe, die für die GROSSEN ALTEN nicht galten. Ich machte mir viel weniger Gedanken darüber, wie ich in dieses Labyrinth gelangt war, als vielmehr darüber, was meine Erlebnisse dort zu bedeuten hatten, zumal ich mich an einige Details nur undeutlich erinnern konnte.

Da war zunächst einmal der Junge. Deutlich erinnerte ich mich daran, wie ich ihn an dem unterirdischen See getroffen und er mich angegriffen hatte, doch es gelang mir nicht, mir sein Aussehen klar ins Gedächtnis zu rufen. Wann immer ich es versuchte, blieb sein Gesicht nur eine verschwommene Fläche.

Ein weiteres Rätsel schließlich bildeten die Matrosen, die ich gesehen hatte. An ihr Aussehen immerhin erinnerte ich mich, und was ihre Identität betraf, so hatte ich zumindest einen vagen Verdacht, und obwohl auch er aller Logik Hohn sprach, so hoffte ich, daß Kapitän Blossom wenigstens in dieses Mysterium ein klein wenig Licht bringen würde. Deswegen hatte ich darauf bestanden, Blossom so schnell wie möglich aufzusuchen, so unverständlich diese Eile für Howard auch war.

Und dann war da noch Merlin, wie ich den Kater seiner merkwürdigen Fähigkeiten und seines noch merkwürdigeren Verhaltens wegen inzwischen getauft hatte, doch ich hatte es zumindest vorläufig aufgegeben, mir über ihn den Kopf zu zerbrechen. Während ich mich zurechtmachte, hatte sich Merlin heißhungrig über die Milch und die Fleischhäppchen vom vergangenen Abend hergemacht, um sich anschließend auf meinem Bett zu einem Verdauungsschläfchen zusammenzurollen. Ich hoffte, daß er beim Aufwachen nicht vor lauter Langeweile – oder aus purer Gehässigkeit, wozu Katzen manchmal einen besonders ausgeprägten Hang zu haben scheinen – ausprobierte, wie lange er brauchte, um die kostbaren Vorhänge zu zerfetzen, oder seine Initialen in die nicht minder kostbaren Möbel zu schnitzen.

Wir schritten durch einen kleinen Vorgarten und blieben vor der Haustür stehen. Ich betätigte den Türklopfer. Es dauerte nicht lange, bis eine ältliche Gouvernante mit einem Häubchen auf dem Kopf uns öffnete. »Sie wünschen?« fragte sie in nicht unbedingt freundlichem Tonfall.

Ich bemühte mich, so unbefangen wie möglich zu lächeln, obwohl ich die Feindseligkeit spürte, die von ihr ausging. »Mein Name ist Robert Craven, das ist Howard Lovecraft«, stellte ich uns vor. Rowlf war diesmal nicht mit uns gekommen. Wenn Blossom wirklich unter Verfolgungswahn litt, hätte das Aussehen des Hünen vermutlich nicht besonders vertrauenerweckend auf ihn gewirkt.

»Und?«

»Wir kommen von Inspektor Cohen und möchten gern mit Captain Blossom sprechen.«

Das Gesicht der Frau wurde eine weitere Spur abweisender. »Schon wieder?« entgegnete sie. »Der Captain hat der Polizei doch gestern vormittag schon alle Fragen beantwortet. Lassen Sie den armen Mann doch endlich in Ruhe. Er hat genug mitgemacht.«

»Wer ist denn da?« ertönte eine barsche, männliche Stimme aus dem Innern des Hauses.

»Schon wieder zwei Polizisten«, antwortete die Haushälterin. Ich setzte dazu an, diesen Irrtum richtigzustellen, doch die Stimme aus dem Haus – von der ich annahm, daß es sich um die Blossoms handelte – kam mir zuvor.

»Lassen Sie die Männer herein.«

Mit finsterem Gesicht gab die Frau den Eingang frei. Wir betraten einen kleinen Flur, und sie nahm uns die Mäntel ab. Hier – wie auch im Wohnzimmer, in das die Frau uns führte – war unverkennbar, daß es sich um das Heim eines Seemannes handelte. Seekarten und Bilder von Schiffen hingen an den Wänden, mehrere gerahmte Patente und Auszeichnungen der Royal Navy; auf den Regalen standen klobige Kompasse und andere nautische Instrumente, außerdem zahlreiche filigran gefertigte Flaschenschiffe.

Captain Blossom erwartete uns in einem Schaukelstuhl sitzend und legte bei unserem Eintreten eine Zeitung aus der Hand, in der er geblättert hatte. Er war ein grauhaariger Mann mit markantem, von Wind und Wetter gegerbtem Gesicht. Seine steife, übertrieben aufrechte Haltung zeugte noch von seiner Karriere als Berufssoldat. Aus eisgrauen Augen musterte er uns.

Sein Anblick traf mich wie ein Schlag.

Blossom. Ich hatte seinen Namen nicht gekannt, aber er war kein Fremder für mich.

So wenig, wie ich offensichtlich für ihn.

Die Zeitung in Blossoms Händen begann so heftig zu zittern, daß das Papier raschelte. Für einen winzigen Moment, vielleicht nur den Bruchteil einer Sekunde, breitete sich ein Ausdruck maßlosen Entsetzens auf seinen Zügen aus.

Wir waren uns schon einmal begegnet, vor ein paar Stunden erst, einige Meilen und eine Wirklichkeit entfernt.

Er war einer der Seeleute, die ich in dem Labyrinth getroffen hatte. Obwohl ich ihn nur eine Sekunde lang wirklich gesehen hatte, erkannte ich ihn zweifelsfrei wieder; ebenso wie er mich.

Dann war es vorbei. Blossom ließ die Zeitung vollends sinken, und irgend etwas in seinem Blick veränderte sich. Er strahlte noch immer Stärke aus, doch in seinen Augen war auch etwas, das mich sofort erkennen ließ, was Cohens Männer gemeint hatten. Sein Blick flackerte um eine Winzigkeit, huschte eine Spur zu schnell hin und her, um seine Furcht völlig überspielen zu können. Ich hatte Blicke wie diesen schon oft bemerkt. Es handelte sich nicht um Nervosität, sondern Blossom wirkte wie ein in die Ecke gedrängtes Tier, das verzweifelt nach einem Fluchtweg suchte.

»Sie wünschen?« fragte er noch einmal – auf eine Art und Weise, die mir zweifelsfrei klarmachte, daß es besser war, nichts von unserem ersten Zusammentreffen zu erwähnen. Wenigstens jetzt noch nicht. Für mich gab es keinen Zweifel, daß diese Begegnung für ihn bereits sehr viel länger zurücklag als für mich, nicht nur deshalb, weil er in dem Labyrinth eine Marineuniform getragen hatte, während er nach Cohens Aussage bereits vor Monaten pensioniert worden war. Ich hatte sogar eine ziemlich genaue Vorstellung davon, wann dieses Zusammentreffen für ihn stattgefunden hatte.

Ich setzte zu einer Erklärung an, doch Blossom unterbrach mich, kaum daß ich den Mund geöffnet hatte.

»Setzen Sie sich doch.« Er deutete auf einige freie Sessel. Es klang herrisch und befehlsgewohnt, doch auch in seiner Stimme schwang ein Hauch von Furcht mit, den er nicht ganz verbergen konnte, und die keinen faßbaren Grund zu haben schien. »Polly – bitte, bereiten Sie mir und den Herren doch einen Grog zu.« Er lächelte flüchtig. »Ein heißer Grog ist genau das richtige bei dieser Kälte.«

Ich stellte mich und Howard erneut vor, während wir uns setzten. Es fiel mir schwer, mich weiterhin unbefangen zu geben, doch zu meiner eigenen Überraschung bemerkte Howard nichts von dem, was zwischen Blossom und mir vorging. »Allerdings fürchte ich, daß hier ein kleines Mißverständnis vorliegt«, fügte ich hinzu. »Inspektor Cohen ist zwar ein guter Bekannter von uns, und er gab uns auch Ihre Adresse, aber wir sind selbst nicht von der Polizei.«

Ich weiß, sagte sein Blick. Laut und in etwas schärferem Tonfall als zuvor fragte er: »Sind Sie Reporter?«

»Nein.« Ich schüttelte den Kopf. »Wir sind lediglich aus … persönlichen Gründen sehr daran interessiert, was voriges Jahr auf dieser Felseninsel in der Themsemündung geschah.«

Für einen kurzen Moment flackerte sein Blick etwas stärker, irrte zum Fenster und zum Gemälde eines sinkenden Schiffes neben dem Kamin; dann hatte er sich wieder unter Kontrolle. »Alles, was passiert ist, habe ich schon erzählt«, behauptete er. »Oft genug. Vielleicht sogar ein paarmal zu oft, Mister Craven. Es gibt nichts, das ich noch hinzufügen könnte.«

Das entsprach nicht der Wahrheit, ich spürte es deutlich. Ich hatte schon immer gespürt, wenn mich jemand belog; diese Fähigkeit war ein Teil meines magischen Erbes. In diesem Fall hätte ich allerdings darauf verzichten können. Ich wußte nur *zu* gut, was damals auf der Insel wirklich geschehen war. Schließlich war ich dabei gewesen. Auch, wenn ich es bis vor wenigen Minuten noch nicht mal selbst gewußt hatte.

»Zumindest soweit es Hasseltime betrifft, Ihren ersten Offizier, gibt es schon noch einiges hinzuzufügen«, widersprach Howard. »Entgegen Ihrer Aussage hat er sehr wohl überlebt.«

Hasseltime. Er mußte einer der Männer gewesen sein, die vor meinen Augen im Boden versunken waren.

»Dann muß ich mich damals getäuscht haben«, entgegnete Blossom kühl. »Als der Stollen einstürzte, konnte ich sehen, wie die Felsbrocken auf die

Männer hinabstürzten. Es schien mir unvorstellbar, daß jemand überlebt haben könnte.«

»Und Sie haben es einfach dabei bewenden lassen?« fragte Howard.

»Was sollte ich tun? Ich habe mir nichts vorzuwerfen, Mister Lovecraft«, antwortete Blossom. »Sind Sie gekommen, um mir Vorwürfe zu machen? Das haben schon andere versucht. Es gab eine Anhörung vor dem Marineausschuß, wo ich von jeder Schuld freigesprochen wurde.«

»Und warum haben Sie dann unmittelbar darauf den Dienst quittiert?« fragte Howard.

»Das war eine rein persönliche Entscheidung. Auch wenn ich keine Schuld an dem Unglück trug, sind doch immerhin mehr als ein Dutzend meiner Männer vor meinen Augen gestorben, bei einem Unternehmen, das ich geleitet habe.«

»Verstehen Sie uns nicht falsch«, sagte ich rasch. »Es geht uns ganz gewiß nicht um Schuldzuweisungen. Wir möchten nur die Wahrheit herausfinden. Immerhin hat Hasseltime damals überlebt, und trotz der Sprengung muß er die Insel irgendwie verlassen haben, und ist jetzt, fast ein halbes Jahr später, in einem unterirdischen Stollen in London wieder aufgetaucht. In einem Stollen, der scheinbar keinerlei Verbindung zur Außenwelt hat. Wir möchten nur herausfinden, wie er dorthin gekommen ist – und wo er sich die vergangenen Monate aufgehalten hat. Wie er die ganze Zeit überleben konnte.«

»Warum fragen Sie dann nicht ihn? Er dürfte es am besten wissen.« Blossom klang trotzig, nicht feindselig. Aber sein Blick war eindeutig gequält.

»Leider weiß er nicht mal seinen Namen«, erwiderte Howard. »Was immer er erlebt hat, muß grauenhaft gewesen sein. Er hat vollkommen den Verstand verloren. Wie ich gehört habe, ist es den beiden Marinesoldaten, die zusammen mit Ihnen von der Expedition zu der Insel zurückgekehrt sind, ebenso ergangen.«

Die Haushälterin betrat erneut das Zimmer, um den Grog zu servieren, und verhinderte, daß Blossom sofort antwortete. Ich nippte an dem heißen Getränk. In dem Tee befand sich eine ziemlich kräftige Portion Rum. Blossom schwieg auch, nachdem Polly das Zimmer wieder verlassen hatte.

»Ich will ganz ehrlich sein«, unternahm ich einen neuen Anlauf, um das Gespräch wieder in Gang zu bringen. Für einen Moment begann sich schiere Panik in Blossoms Blick auszubreiten. »Wir können ganz offen miteinander reden, Captain Blossom. Mister Lovecraft ist ein guter Freund und Vertrauter von mir.«

Howard blickte mich stirnrunzelnd an, doch ich beachtete ihn nicht, sondern konzentrierte mich ganz auf Blossom. »Sie und ich wissen doch genau, was damals auf dieser Insel wirklich geschah. Ich kann Ihnen selbst nicht erklären, was es war, aber möglicherweise ist es so ungeheuerlich, daß niemand Ihnen die Wahrheit geglaubt hätte. Wir haben gewisse Erfahrung mit solchen ... sagen wir: Vorfällen, und ich kann Ihnen versichern, daß nichts von dem, was Sie uns erzählen, an fremde Ohren dringen wird.«

Während ich sprach, beobachtete ich Blossom sehr genau. Er hatte sich gut in der Gewalt, doch seine Augenlider zuckten fast unmerklich, und sein Blick flackerte noch unruhiger. »Ich weiß nicht, wovon Sie reden«, sagte er stur.

»O doch«, behauptete ich. »Das wissen Sie. Und Sie kennen mich auch.«

»Ach?« fragte Blossom höhnisch, während sich Howards Stirnrunzeln noch vertiefte. »Vielleicht aus einem anderen Leben, wie?« Der Spott in seiner Stimme klang wenig überzeugend. »Hören Sie, ich kenne Sie nicht, meine Herren, und ganz abgesehen davon, daß ich bereits alles gesagt habe, was es zu sagen gibt, sehe ich keinen Grund, warum ich mich von Ihnen einem Verhör unterziehen lassen sollte. Ich wäre Ihnen dankbar, wenn Sie austrinken und mein Haus verlassen würden, denn ich bin sehr beschäftigt.«

»Damit, vor der Vergangenheit zu fliehen?« fragte ich leise.

Zorn, der nur mühsam die immer stärker auflodernde Furcht überdecken konnte, keimte in seinem Blick auf. »Ich sagte ...«

»Ich weiß, was Sie gesagt haben, und ich weiß auch, daß es nicht die Wahrheit ist«, unterbrach ich ihn. »Sie haben Ihren Dienst quittiert und sich hier verkrochen, weil Sie immer noch panische Angst haben. Sie sehen übermüdet aus, und unter Ihren Augen liegen dunkle Schatten. Ich bin sicher, Sie schlafen nicht viel, ist es nicht so?«

»Hören Sie auf!« sagte Blossom. Seine Stimme zitterte. »Ich weiß nicht mal, wovon Sie reden! Gehen Sie! Gehen Sie endlich!«

»Wir wollen Ihnen doch nur helfen«, erwiderte ich.

»Sie ...«, begann er, doch ich fiel ihm abermals ins Wort.

»Ich habe schon oft Menschen wie Sie getroffen. Wie ich schon sagte, haben Mister Lovecraft und ich einige Erfahrungen mit solcherlei ... nun ja, *Phänomenen.* Auch für mich war es ein Schock, als ich damals erkannte, daß es jenseits unserer Realität noch eine zweite Wirklichkeit gibt.«

»Das ist lächerlich!« keuchte Blossom. Er zitterte am ganzen Leib. Der Mann tat mir inständig leid. Ich konnte mir gut vorstellen, wie er das letzte Jahr verbracht hatte. Und nun kam ich hierher und riß die Wunden wieder auf, die gerade mühsam zu verheilen begonnen hatten. Aber es mußte sein. So sanft ich konnte, fuhr ich fort: »Es *gibt* diese andere Realität, Blossom, glauben Sie mir. Und es ist eine Welt voller finsterer Mächte und schrecklicher Wesenheiten. Ich bin überzeugt, daß es mit diesen Mächten im Zusammenhang steht, was Sie damals auf der Insel erlebt haben und daß es etwas *hiermit* zu tun hat.«

Während ich sprach, zog ich den flachen Steinbrocken, den ich von Cohen erhalten hatte, aus der Tasche und hielt ihn Blossom entgegen. Die Wirkung war erstaunlich. Sein Zorn verrauchte schlagartig und wich endgültig nackter Panik. Seine Augen weiteten sich vor Entsetzen; er wurde blaß. Seine Hände begannen so stark zu zittern, daß er sie um die Lehnen des Schaukelstuhls krallte. »Woher ... haben Sie das?« stieß er mit bebender Stimme hervor.

»Hasseltime hatte es bei sich«, erklärte ich. »Und ich vermute, daß er es auf dieser Insel gefunden hat. Daß es ein kleiner Teil eines sehr viel größeren Reliefs ist.«

Blossom schwieg fast eine Minute lang und starrte

abwechselnd mich und das Symbol auf dem Stein mit flackerndem Blick an; dann nickte er zögernd. Mühsam stemmte er sich in die Höhe, ging mit schleppenden Schritten zu dem Bild mit dem Schiffsuntergang neben dem Kamin, das mir zuvor schon durch seine Blicke in diese Richtung aufgefallen war, und nahm es ab. Dahinter kam ein kleiner, in die Wand eingelassener Tresor zum Vorschein. Blossom öffnete den Safe und griff hinein. Als er die Hand zurückzog, hatte er einen ähnlichen Stein ergriffen, in den ein ebenso sinnverwirrendes Symbol eingraviert war. Er berührte den Stein nur mit den Fingerspitzen und hielt ihn so vorsichtig fest, als fürchte er, sich daran zu verbrennen.

»Sie haben recht«, murmelte er und legte den Stein auf den Tisch. Seine Stimme klang brüchig. »Ich habe niemals jemandem erzählt, was damals wirklich geschehen ist, weil ich wußte, daß mir ohnehin niemand glauben würde.« Er ließ sich wieder in seinen Schaukelstuhl sinken. »Aber das wissen Sie ja sowieso schon.«

»Aber ich nicht« sagte Howard. Er musterte abwechselnd mich und Blossom. »Vielleicht wäre ja jemand so gütig, mir zu erzählen, was hier überhaupt vorgeht?«

Ich warf Blossom einen auffordernden Blick zu. Auch ich kannte ja nur einen kleinen Teil seiner Erlebnisse auf der Insel.

»Also gut.« Blossom seufzte. »Ich werde Ihnen alles erzählen. Vielleicht werden Sie mich für verrückt halten, aber ich schwöre, daß jedes Wort der Wahrheit entspricht.«

Er begann zu berichten.

28. September 1892

Sie waren noch zu dritt. Ein Stück neben Blossom lehnte ein Soldat an der Wand, keuchend, mit aschfahlem Gesicht und zu Tode erschöpft. Einige Schritte den Gang hinab kniete eine zweite, zitternde Gestalt. Von den anderen war keine Spur mehr zu sehen.

»Was … was war das … Sir?« stammelte der Mann, der neben ihm lehnte. Sein Gesicht war so bleich, daß es in der Dunkelheit zu leuchten schien; die Augen darin waren schwarz, mit nichts anderem als grauer Panik erfüllte Abgründe. »Der … dieser Mann. Wer …?«

»Ich weiß es nicht«, stöhnte Blossom. Er versuchte aufzustehen, doch es gelang ihm erst beim dritten Anlauf. »Raus hier«, murmelte er. »Schnell!«

Hinter seiner Stirn überschlugen sich die Gedanken. Alles begann sich zu verwirren. Er war nicht mehr sicher, was er wirklich gesehen hatte und was ihm lediglich seine Furcht vorgegaukelt hatte. Da war ein Kind gewesen, und dieser Mann, ein sonderbarer, schlanker Fremder mit einem asketisch wirkenden Gesicht und einer weißen Strähne im Haar, und er hatte … irgend etwas getan, das ihn und wohl auch die anderen gerettet hatte, doch es war Blossom unmöglich, sich daran zu erinnern oder auch nur wirklich darüber nachzudenken. Alles verwirrte sich, wurde unscharf, sobald er es versuchte. Als wäre da noch etwas in seinem Kopf, das nicht dorthin gehörte, aber auch nie wieder verschwinden würde, und das verhinderte, daß er sich wirklich erinnerte.

Er wollte es auch nicht. Er wollte nur noch raus hier. Nichts anderes.

Sie hatten Glück im Unglück. Einer der Scheinwerfer brannte noch, und trotz ihrer kopflosen Flucht waren sie nicht vom richtigen Weg abgekommen, denn bereits an der nächsten Abzweigung stießen sie auf einen der Pfeile, die Hasseltime so gewissenhaft angebracht hatte.

Immer wieder glaubte Blossom während des Rückwegs, aus den Augenwinkeln huschende, schleichende Bewegungen wahrzunehmen, die aber stets verschwanden, sobald er genauer hinsah. Die Dunkelheit außerhalb des eng begrenzten Lichtscheins ihrer Lampe schien zu brodeln und nicht einfach nur Dunkelheit, sondern eine Wand aus Schwärze und Materie gewordener Finsternis zu sein, die im gleichen Tempo vor ihnen zurückwich, wie sie sich ihr näherten, sich aber hinter ihnen sofort wieder schloß.

Doch es gab keine weiteren Zwischenfälle mehr. Unbehelligt erreichten sie den Schacht, durch den sie herabgestiegen waren. Weit, unendlich weit über ihnen war ein verwaschener Fleck von grauem Tageslicht zu sehen; der herrlichste Anblick, den Blossom je in seinem Leben genossen hatte.

»Ihr zuerst!« befahl er, obwohl alles in ihm danach schrie, selbst so schnell wie möglich in die Höhe zu klettern. Doch er war immer noch Offizier der britischen Kriegsmarine, und bereits der bloße Anblick des Flecken Tageslichts weit über ihnen half ihm, einen Teil seiner Selbstbeherrschung zurückzugewinnen. Einen kleinen Teil.

Mit sichtbarer Erleichterung griffen die beiden Matrosen nach den eisernen Stufen und begannen, nach oben zu steigen. Blossom folgte ihnen so dicht, daß der über ihm kletternde Mann ihm mehrmals auf die Finger trat, doch der Captain spürte den Schmerz nicht mal.

Immer wieder schaute er in die Tiefe, doch unter ihm rührte sich nichts mehr. Das schwarze Ungeheuer, in dessen Eingeweide sie vorgestoßen waren, hatte seine Opfer bekommen und schien wenigstens für den Moment zufrieden. Dennoch atmete Blossom erst auf, als er sich schließlich als letzter über den Rand des Schachts zog.

Die beiden Matrosen waren einige Schritte zur Seite getaumelt und auf die Knie gefallen. Jenkins, der auf Hasseltimes Befehl hin zurückgeblieben war, starrte abwechselnd sie und seinen Kommandanten völlig fassungslos an.

»Was ist passiert?« fragte er verwirrt. »Wo ...« Er trat an den Rand des Schachts, beugte sich vor und blickte einige Sekunden lang hinab, ehe er sich wieder zu Blossom umwandte und seinen Satz zu Ende führte: »... sind die anderen?«

»Tot«, keuchte Blossom. Selbst das Sprechen fiel ihm schwer. Er schmeckte Blut im Mund, und sein Gesicht und seine Hände begannen plötzlich wieder zu brennen, als die kalte Seeluft seine versengte Haut traf.

»Tot?« entfuhr es Jenkins.

»Ein Felsrutsch«, murmelte Blossom. Aus den Augenwinkeln sah er, wie einer der beiden überlebenden Soldaten aufblickte und ihn anstarrte. Dennoch fuhr der Captain mit etwas festerer Stimme fort: »Wir sind in eine Höhle eingedrungen. Sie ist eingebrochen. Sie ... sind alle unter den Felsmassen begraben worden.

»Aber das ... das kann doch gar nicht sein«, stammelte Jenkins. »Ich meine ... ich ... ich habe nichts gehört. Man hätte doch ...«

»Wir waren sehr tief unten«, sagte Blossom. Er atmete drei-, viermal hintereinander gezwungen tief und gezwungen ruhig ein und aus; dann erhob er sich mit großer Anstrengung auf die Füße und sah Jenkins noch einmal und sehr fest an. »Es ist ein reines Wunder, daß wir davongekommen sind«, sagte er. »Es tut mir leid, aber die anderen sind tot.«

Jenkins wollte abermals widersprechen, doch Blossom brachte ihn mit einer befehlenden Geste zum Schweigen. »Haben Sie die Sprengladungen schon angebracht?«

»Ein paar«, antwortete Jenkins. »Ich ... wollte die übrigen zu Ihnen herunterlassen. Die Wirkung des Sprengstoffs wäre sicher größer, wenn er dort unten zündet.« Er fuhr sich nervös mit dem Handrücken über das Kinn. »Aber Sie wollen die Insel doch nicht wirklich sprengen?« fragte er. »Vielleicht leben ja doch noch einige von den anderen. Und vielleicht ... ist nur der Durchgang verschüttet, und wir können hinuntergehen und sie ...«

»Die anderen sind tot«, unterbrach ihn Blossom scharf. Er hatte keine Kraft mehr zum Diskutieren, wollte nur noch weg von diesem höllischen Eiland. »Wir sprengen die Insel. Jetzt. Wo ist das restliche Dynamit?«

Widerstrebend deutete Jenkins auf die Sprengstoffkiste, die sie herbeigeschleppt hatten. Sie war noch zu gut zwei Dritteln mit Dynamitstangen gefüllt. Blossom nahm eine davon heraus, griff mit zitternden Fingern nach der Rolle mit Zündschnur und wickelte ein Stück von gut dreißig oder vierzig Yards ab, dessen Ende er mit einer Zündkapsel verband, die er sorgsam in die Dynamitstange hineinschob. Seine Hände zitterten dabei so stark, daß Jenkins ihm helfen mußte.

»Bitte, Sir!« sagte Jenkins noch einmal. »Sie dürfen die Insel nicht sprengen. Wir können zurückkommen und Lampen und Schaufeln mitbringen. Vielleicht lebt ja doch noch einer von ihnen. Hasseltime ist dort unten, und ...«

»... und noch weitere vierzehn Männer, ich weiß«, sagte Blossom. Jenkins fuhr zusammen, als er den schrillen Unterton in der Stimme des Captains vernahm, und dem Ausdruck auf seinem Gesicht nach zu schließen, mußte Blossom in diesem Moment den Anblick eines Wahnsinnigen bieten. Instinktiv wich er einen Schritt vor ihm zurück. Etwas leiser, aber noch immer in jenem beinahe hysterischen Tonfall fuhr Blossom fort: »Da unten lebt niemand mehr, glauben Sie mir. Und jetzt helfen Sie mir. Fassen Sie an!«

Für eine Sekunde sah es fast so aus, als wolle sich Jenkins schlichtweg weigern, den Befehl auszuführen. Schließlich aber gewann der anerzogene Respekt vor dem Vorgesetzten doch die Oberhand. Widerwillig, aber trotzdem gehorsam, bückte er sich und ergriff das eine Ende der Sprengstoffkiste, deren Deckel Blossom notdürftig wieder aufgesetzt hatte.

Das Gewicht überstieg beinahe seine Kräfte. Blossom taumelte vor Anstrengung, als sie die Kiste über den Rand des Schachts wuchteten, und als er sie losließ, wäre er um ein Haar nach vorn und ebenfalls in die Tiefe gestürzt. Hastig richtete er sich auf und trat einen Schritt zurück. Endlose Sekunden vergingen, ehe ein dumpfes Krachen aus der Tiefe den Aufschlag verkündete.

»Sir …«, begann Jenkins noch einmal.

»Zurück zum Boot!« befahl Blossom. »Schnell!« Er wartete nicht, bis sich Jenkins und die beiden anderen umdrehten und losmarschierten, sondern setzte die Zündschnur in Brand und warf die Dynamitstange in den Schacht. Dann fuhr er herum und rannte mit weit ausgreifenden Schritten hinter den drei Männern her, die den Strand und den dort zurückgebliebenen Matrosen fast erreicht hatten.

Sie waren viele gewesen, als sie die Insel betraten. Jetzt waren sie noch zu fünft, so daß sie eines der Boote zurückließen und das andere mit vereinten Kräften ins Wasser stießen.

Jenkins und der zweite Matrose griffen nach den Riemen und begannen hastig zu pullen, während Blossom und die beiden anderen Überlebenden erschöpft auf der harten Bank niedersanken. Blossom begann in Gedanken zu zählen. Als sie dieses Unternehmen vorbereiteten, hatte er ganz bewußt eine sehr langsam abbrennende Zündschnur gewählt, um auf jeden Fall genügend Zeit zu haben, sich und das Sprengkommando wieder in Sicherheit zu bringen.

Dennoch war er jetzt nicht mehr sicher, daß sie es auch wirklich schafften. Sie saßen in einem großen und sehr schweren Boot, das für die dreifache Anzahl von Männern gedacht war, und die Entfernung zur THUNDERCHILD schien mit jedem Riemenschlag größer statt kleiner zu werden. Außerdem lief das kleine Schiffchen durch den ungleichen Takt der beiden Riemen immer wieder ein Stück aus dem Kurs, so daß sie noch langsamer vorankamen.

Ihre Rückkehr blieb jedoch nicht unbemerkt. An Bord der THUNDERCHILD brach hektische Betriebsamkeit aus. Ein weiteres Boot wurde in aller Hast zu Wasser gelassen und kam ihnen entgegen. Als sie auf gleicher Höhe waren, wechselten mehrere Matrosen geschickt zu ihnen über. Unter ihnen erkannte Blossom auch Frederics, den Steuermann der THUNDERCHILD.

»Was ist passiert?« fragte Frederics. Er sah sich verstört im Boot um; dann blickte er in Richtung der kleinen Insel. »Wo sind die anderen?«

»Tot«, murmelte Blossom. »Sie sind alle tot. Ich erkläre es Ihnen später. Jetzt aber nichts wie weg hier! Die ganze Insel fliegt gleich in die Luft.«

Frederics erbleichte, war jedoch geistesgegenwärtig genug, keine weitere Zeit mit Fragen zu vergeuden, sondern begann, Befehle zu brüllen. Die Matrosen legten sich mit aller Kraft in die Riemen, und nun kamen sie wesentlich schneller vorwärts. Sie erreichten die THUNDERCHILD und kletterten an Bord, und kurz bevor der völlig erschöpfte Blossom von Frederics über die Reling gezogen wurde, wehte ein dumpfer, sonderbar nachhallender Donnerschlag von der Insel zu ihnen herüber.

Sonst nichts. Nur dieser eine, trockene Knall.

Blossom taumelte. Alles drehte sich um ihn. Er war zu Tode erschöpft, nicht nur körperlich, sondern auch geistig. Mit letzter Kraft wandte er sich um, lehnte sich schwer gegen die Reling und blickte zur Insel zurück. Eine dünne Rauchwolke kräuselte sich aus dem Loch in ihrer Mitte, doch die gewaltige Explosion, auf die er gewartet hatte, blieb aus.

Blossom hätte vor Enttäuschung beinahe aufgestöhnt. Er hatte damit gerechnet, daß die Sprengstoffkiste beim Aufschlagen in fünfzig oder sechzig Yards Tiefe auseinanderbrach, doch auch die Explosion dieser einen Dynamitstange hätte ausreichen müssen, die anderen zu zünden. Vielleicht war es ja sogar geschehen.

Ganz plötzlich wurde ihm klar, wie lächerlich das Unterfangen war, dieses gewaltige unterirdische Labyrinth mit einigen Dutzend Dynamitstangen sprengen zu wollen. Alle Sprengkraft der Welt zusammengenommen hätte nicht gereicht, diese Insel zu zerstören.

»Captain, Sir!« sagte Frederics. »Was ist dort drüben passiert? Wo sind die anderen Männer?« Seine Stimme klang scharf, fordernder, als es seinem Rang zukam, und verriet seine Nervosität. Doch Blossom kam nicht dazu, zu antworten.

Er spürte es, kurz bevor es geschah. Ein unmerkliches Zittern durchlief die See und den stählernen Rumpf der THUNDERCHILD, so etwas wie ein Donnergrollen, das man nicht hören, dafür aber um so deutlicher spüren konnte, und dann …

Es war wie ein Vulkanausbruch. Eine grellweiße Stichflamme erhob sich über der Insel in die Luft, ein gleißender Speer aus Licht, der für einen Moment heller als die Sonne erstrahlte. Dann folgte eine Flut von orangerotem Feuer und ein Hagel von zerborstenem Fels und glühenden Gesteinsbrocken.

Die Explosion war unvorstellbar; hundertmal heftiger, als das Dynamit sie hatte auslösen können. Aus dem Meer raste immer noch Feuer in den Himmel hinauf, und die Druckwelle war so gewaltig, daß sich die THUNDERCHILD merklich auf die Seite legte. Es sah aus, als würde sich das gesamte Eiland ein Stück weit in die Höhe heben, ehe es auseinanderbrach und von einer brodelnden Glutwolke verschlungen wurde.

Rotglühende Trümmerstücke regneten in weitem Umkreis auf das Meer herab, und zahlreichere kleinere Brocken trafen die THUNDERCHILD. Einige prallten mit einem Dröhnen wie dem von Kanonenschüssen von den Panzerplatten ab; andere bohrten sich hinein und blieben darin stecken, oder sie durchbrachen die Panzerung sogar. Auch auf das Deck des Schiffes ging ein Hagelschauer von Gesteinsbrocken nieder und verletzte mehrere Besatzungsmitglieder.

Wo die Insel gewesen war, bildete sich plötzlich ein Strudel, ein schäumender, weißer Sog, der sich schneller und immer schneller drehte und dann urplötzlich zu einem Geysir aus kochender Gischt wurde, der sich fünfzig oder hundert Yards weit in den Himmel erhob.

Eine gewaltige Flutwelle raste auf die THUNDERCHILD zu, traf den Zerstörer mit der Wucht eines Hammerschlages und ließ ihn abermals stark krängen. Die beiden Boote, die sie noch nicht eingeholt hatten, wurden unter Wasser gedrückt und verschwanden.

Dann war es vorbei. Die THUNDERCHILD richteten sich mit einer majestätischen Bewegung wieder auf; einige kleinere Trümmerstücke klatschten noch hier und da ins Wasser, und über dem Meer trieb schwarzgelber Rauch. Die Insel existierte nicht mehr. Selbst, wenn die Explosion dem Labyrinth tief unter dem Meeresboden wahrscheinlich nicht viel hätte anhaben können, so war doch sein einziger Zugang zerstört.

Aber daran dachte Captain Blossom in diesem Moment nicht. Sein Gesicht war aschfahl, und seine Hände klammerten sich immer noch mit aller Kraft an die Reling, obwohl das Schiff längst aufgehört hatte, unter seinen Füßen zu zittern. In seinen Ohren gellten noch immer die schier unmenschlichen Schreie der Männer, die das Ungeheuer in die Tiefe gezerrt hatte und die von den Wänden verschlungen worden waren. Und er wußte, daß er diese Schreie nie wieder vergessen würde.

So wenig wie das Bild des Fremden mit der weißen Strähne im Haar, der ihn und die anderen gerettet hatte. Blossom war noch immer nicht sicher, ob er den Mann wirklich gesehen hatte oder nicht, ob es ihn überhaupt gegeben hatte. Doch so absurd ihm dieser Gedanke selbst erscheinen mochte – zugleich war er sich vollig sicher, daß er diesen Mann irgendwann einmal wiedersehen würde.

19. Februar 1893

Blossoms Bericht hatte weit über eine Stunde gedauert, zumal er vor Erschöpfung mehrere kurze Pausen hatte einlegen müssen. Zweimal war seine Haushälterin während dieser Zeit ins Zimmer gekommen und hatte uns aufgefordert, ihn endlich in Ruhe zu lassen und zu gehen, doch er hatte sie barsch wieder hinausgeschickt.

Was ich gehört hatte, erschreckte mich nicht ganz sosehr, wie zu erwarten gewesen wäre. Dafür war in den letzten Tagen bereits zuviel passiert, und ich hatte Zeit genug gehabt, mich damit abzufinden, daß meine uralten Feinde wieder aktiv geworden waren. Außerdem hatte ich bereits während meines Ausflugs in das Labyrinth vermutet, daß es sich um nichts anderes als die Katakomben der Felseninsel handelte, und wenn ich auch immer noch keine Ahnung hatte, wie dies geschehen war, so hatte mich spätestens die Begegnung mit den Marinesoldaten argwöhnen lassen, daß mich der Weg durch den Wandschrank nicht nur an einen mehrere Meilen entfernten Ort, sondern auch um mehrere Monate in die Vergangenheit geführt hatte.

Als er zu diesem Teil seiner Geschichte kam, musterte mich Blossom immer wieder unschlüssig, und ich spürte auch Howards teils neugierige, teil verärgerte Blicke, die ich mit einem entschuldigenden Schulterzucken beantwortete.

»Wie Sie bereits wissen, mußte ich mich anschließend einer Anhörung vor dem Marineausschuß unterziehen«, schloß Blossom seinen Bericht. »Ich log und blieb bei meiner Darstellung, daß die Männer durch einen Erdrutsch verschüttet wurden. Niemand konnte mir das Gegenteil beweisen, so daß ich von jeder Schuld freigesprochen wurde. Niemand erfuhr jemals, was *wirklich* geschehen war, aber ich, ich kannte die Wahrheit. Was ich damals erlebt habe, hätte ausgereicht, die meisten Menschen in den Wahnsinn zu treiben.«

»So wie Ihre beiden Begleiter, die mit Ihnen aus dem Labyrinth entkommen sind«, warf ich ein.

Blossom nickte. »Ja, leider. Beide wurden nicht damit fertig, was passiert war. Kent verlor den Verstand und wurde in ein Sanatorium eingewiesen, in dem er heute noch sitzt. Simmons schnitt sich selbst die Kehle durch, einen Tag, bevor er vor dem Ausschuß vernommen werden sollte.« Blossom senkte den Blick und schüttelte den Kopf. »Auch ich war vor Angst fast wahnsinnig, und mehr als einmal war ich selbst nahe dran, meinem Leben ein Ende zu setzen, Gott möge mir vergeben. Aber ich habe es nicht getan. Sehen Sie, ich wurde streng christlich erzogen, und wie Sie wohl wissen, gilt Selbstmord als eine der schlimmsten Todsünden. Ich ... ich konnte es einfach nicht, aber ich konnte auch mein Leben nicht wie zuvor weiterführen. Ich reichte meinen Abschied ein, und seither verkroch ich mich hier. Bis heute habe ich mit niemandem darüber gesprochen, was damals geschah. Ich begreife es immer noch nicht.«

Ich verstand die unausgesprochene Frage in seinen letzten Worten, und auch Howard spießte mich mit seinen Blicken mittlerweile regelrecht auf. Ihm war anzusehen, daß er vor Neugier beinahe platzte. Spätestens sobald wir wieder allein waren, würde ich ihm erzählen müssen, was in der letzten Nacht passiert war, also konnte ich es ihm auch jetzt sofort sagen. Ich bezweifelte, daß Blossom mir glaubte, aber vielleicht würde es ihm trotzdem ein wenig helfen, auch den Rest der Geschichte zu erfahren.

Ich begann, indem ich ihm mit möglichst knappen Worten das Wichtigste schilderte, was ich über die GROSSEN ALTEN wußte; dann erzählte ich ihm kurz von meinem seit Jahren währenden Kampf gegen sie und ihre Dienerkreaturen. Mein Bericht wies gewaltige Lücken auf, sonst hätte ich mindestens siebenundfünfzig Heftromane und ein Paperback dafür benötigt, noch bevor ich zu den aktuellen Ereignissen gekommen wäre. Insbesondere meinen fast fünf Jahre währenden Tod ließ ich aus, um meiner Geschichte nicht auch noch den letzten Rest Glaubwürdigkeit zu nehmen. Was ich erzählte, war auch so schon schwer genug zu verdauen. Blossom hörte mit ausdruckslosem Gesicht zu, das nicht erkennen ließ, was er dachte und fühlte, doch ich bemerkte, daß sich das furchtsame Funkeln in seinen Augen mehr und mehr verstärkte.

Schließlich kam ich auf die Ereignisse der vergangenen Nacht zu sprechen. Ich berichtete, wie ich durch den Wandschrank in meinem Hotelzimmer gegangen war und in das Labyrinth gelangt war, verschwieg jedoch auch nicht, daß ich für das Geschehen selbst keine Erklärung hatte.

Diesmal erzielte ich eine Reaktion bei Blossom: Er war unverkennbar enttäuscht.

Nachdem ich geendet hatte, herrschte für mehrere Minuten Schweigen, bis Blossom sich schließlich räusperte.

»Ich weiß nicht, was ich von alldem halten soll, meine Herren«, sagte er. Seine Stimme klang müde, kraftlos. »Und ich will es auch gar nicht wissen. Ich glaube, Sie sollten jetzt gehen.« Er griff nach dem Stein auf dem Tisch und hielt ihn mir entgegen. »Nehmen Sie ihn, Mister Craven. Ich habe ihn seit damals verwahrt. Dutzende Male wollte ich ihn schon wegwerfen, aber ich habe es nie über mich gebracht, obwohl er mir vom ersten Tag an Angst eingeflößt hat. Ich glaube, bei Ihnen ist er besser aufgehoben als bei mir. Und ich bin ihn endlich los.«

Ich nickte und steckte den Stein wortlos ein. Wir verabschiedeten uns von Blossom. Ich bedauerte, daß ich ihm nicht hatte helfen können, ihm vielleicht sogar nur noch größere Angst eingeflößt hatte, doch ich hoffte, daß dies nicht der Fall war.

Als wir das Zimmer verließen, traf uns ein verächtlicher Blick seiner Haushälterin. »Sind Sie jetzt endlich zufrieden?« zischte sie vorwurfsvoll. »Warum lassen Sie dem alten Mann nicht seine Ruhe? Sie sehen doch, daß es ihm nicht gut geht.«

Schweigend verließen wir das Haus und kehrten zu unserer Kutsche zurück. Auch während der ersten Minuten der Fahrt herrschte Schweigen. Sowohl Howard als auch ich starrten zu verschiedenen Seiten aus den Fenstern.

»Ich frage mich, was wir Cohen sagen sollen«, murmelte er schließlich.

»Ich schlage vor, wir bleiben bei der bisherigen Darstellung und behaupten, Blossom hätte uns nichts Neues erzählt«, erwiderte ich nach kurzem Zögern. Es war bereits später Vormittag, dennoch schien es, als ob die Dämmerung an diesem Tag überhaupt nicht weichen wollte. Der Himmel hing voller dunkler Wolken, und die Luft roch nach Schnee. Der nach dem eher milden Regenwetter der letzten Tage bereits überwunden geglaubte Winter schickte sich an, noch einmal mit aller Macht zurückzukehren. Auch in der Kutsche war es so kalt, daß ich trotz meines dicken Wollmantels fröstelte. »Die Wahrheit würde Cohen uns sowieso nicht glauben.«

»Vorausgesetzt, es handelt sich auch wirklich um die Wahrheit. Die *ganze* Wahrheit«, fügte er betont hinzu.

Die Spitze entging mir keineswegs. Howard war noch immer ein wenig beleidigt, daß ich ihm die Ereignisse der vergangenen Nacht verschwiegen hatte, und ich konnte ihm das nicht verdenken.

»Es tut mir leid, Howard«, sagte ich kleinlaut. »Ich hätte es dir erzählen sollen, ich weiß, aber es war wenig Zeit, und ich dachte, es wäre nicht nötig.«

»Nicht nötig«, ächzte Howard.

»Ach, verdammt, ich … ich hatte einfach Angst davor«, gestand ich. »Kannst du das nicht verstehen? Howard, ich … ich bin mein ganzes Leben lang vor diesen Dingen davongerannt, und jetzt … jetzt habe ich ein zweites Leben geschenkt bekommen, und …«

»Das hast du nicht«, sagte Howard. »Niemand bekommt etwas geschenkt. Und es gibt Dinge, vor denen kann man nicht wegrennen. Das solltest *du* am besten wissen.«

»Wie meinst du das?« fragte ich. »Hat Viktor etwa nicht …«

»*Frankenstein*«, unterbrach mich Howard betont, »hat deinen Körper geheilt. Aber er ist kein Zauberer. Er weiß viel, aber das Geheimnis des Lebens kennt auch er nicht.«

»Was soll das heißen?« fragte ich erschrocken. »Wenn nicht er, wer hat dann …«

»Ich behaupte nicht, daß es so ist«, unterbrach mich Howard. »Aber ich glaube, daß du aus einem ganz bestimmten Grund zurückgeschickt worden bist. So etwas wie Zufall gibt es nicht. Du und ich, wir haben hier eine Aufgabe zu erfüllen, Robert. Und du weißt das.« Er blickte mich eine Sekunde lang durchdringend an; dann gab er sich einen sichtbaren Ruck und wechselte sowohl das Thema wie die Tonart: »Also gut – was hältst du von alledem?«

»Blossom sagt die Wahrheit«, antwortete ich überzeugt. »Ich war zwar nicht die ganze Zeit über bei ihm und seinen Männern, aber was ich gesehen habe, bestätigt seine Behauptung. Außerdem – warum sollte er sich so eine Geschichte ausdenken? Der Mann hat Angst, panische Angst, selbst jetzt noch.«

Ich machte eine kurze Pause. »Viel mehr Sorgen bereiten mir die vielen Fragen, die immer noch ungeklärt sind. Wir wissen nach wie vor nicht, wie Hasseltime die vergangenen Monate überleben konnte, und wie er in die von der Außenwelt abgeschlossenen Höhlen gelangt ist. Außerdem ist immer noch ungeklärt, was es mit dieser Insel überhaupt auf sich hat. Es handelt sich nicht um R'lyeh, soviel steht wohl fest. Aber nach allem, was wir erfahren haben, hätte sich die *Stadt der schwarzen Pyramide* fast genau an dieser Stelle befinden müssen. Ich bin dort gewesen.«

Howard nickte nachdenklich. »Wir wissen immerhin bereits, daß die Bezeichnung R'lyeh als Stadt auf dem Grund des Meeres mehrdeutig zu verstehen ist«, entgegnete er. »Vor Millionen von Jahren hat sie einst auf dem Festland gelegen. Wenn sie dann versank, könnte das eine Folge der Kontinentalverschiebung gewesen sein. Zugleich ist aber auch das Meer der Zeit gemeint. R'lyeh bewegt sich in der Zeit, und die Zeit ist ein sensibles Gebilde. George Wells hat sie mit seiner Maschine gründlich durcheinandergebracht, und auch Crowley hat die Zeitlinien durch seine Manipulationen verschoben. Niemand weiß, was mit R'lyeh passiert ist, aber wir wissen, daß sich die Stadt dort befunden haben muß.«

»Oder einmal befinden wird«, fügte ich hinzu.

Howard nickte nachdenklich. »Zumindest etwas von ihrer finsteren Magie ist offenbar an diesem Ort zurückgeblieben.«

»Das wäre eine Möglichkeit«, räumte ich ein, obwohl mich die Theorie nicht völlig überzeugte. »Schade, daß Hasseltime selbst uns nichts sagen kann.«

»Du könntest versuchen, mit deinen magischen Kräften in seinen Verstand einzudringen«, schlug Howard zögernd vor.

»Auf keinen Fall.« Ich schüttelte entschieden den Kopf. Das magische Erbe meines Vaters war mir nach wie vor unheimlich. Wann immer ich meine Kräfte eingesetzt hatte – fast immer hatte es schlimme Folgen und brachte Unheil über andere. Anfangs hielt ich es für einen Fluch, der auf mir lastete, doch möglicherweise war es nichts anderes als der Preis, den ich dafür bezahlen mußte, mich dieses finsteren Erbes zu bedienen. Aus diesem Grund schreckte ich davor zurück, wann immer es möglich war. Howard wußte das, und deshalb versuchte er auch gar nicht, mich zu überreden.«

»Wir werden mit Hasseltime reden, aber das ist auch alles. Zuerst möchte ich noch einmal in diese Stollen.«

»Warum?«

»Weil ich mir unbedingt noch einmal den kleinen See in der Höhle anschauen möchte«, antwortete ich. »Wenn es einen versteckten Zugang gibt, dann nur dort.«

»Cohen hat doch bereits Leute hinabtauchen lassen«, wandte Howard ein. »Warum interessiert dich gerade der See?«

Ich zuckte mit den Schultern. »Nur ein vages Gefühl. Vielleicht ist es Zufall, aber ... wie Blossom erzählt hat, wurde Hasseltime in den See hinausgezerrt, der unter der Insel lag. Und in einem der Stollen, aus denen er herausgekommen ist, befindet sich auch ein See.«

»Wie du meinst.« Howard wirkte nicht sehr überzeugt, erhob aber auch keine Einwände. »Wenn ich dich zurück zum Hilton bringen soll, ist es kein großer Umweg. Aber vorher sollten wir noch schnell bei mir zu Hause vorbeifahren. Ich muß etwas holen.«

Ich verkniff mir die Frage, um was es sich handelte. Wenn Howard unbedingt den Geheimnisvollen spielen wollte – bitte, ich hatte Geduld.

»Der Kerl ist mir unheimlich«, sagte Oskins. Die Worte galten niemand Bestimmtem, und das konnten sie auch nicht, denn der grauhaarige Wärter stand ganz allein vor der Zelle, in der der Gefangene untergebracht war, und trotzdem hatte er das Gefühl, eine Antwort zu bekommen; als wäre da plötzlich ein Echo, das die Worte wiederholte und gleichsam verzerrt zurückwarf, so daß sie zu etwas anderem, Ungutem wurden, das ihn schaudern ließ.

Natürlich war das bloße Einbildung. Es gab hier kein Echo. Oskins versah seinen Dienst als Gefängnisaufseher jetzt im fünfundzwanzigsten Jahr, und es hatte in all diesen Jahren kein Echo hier gegeben. Diese Umgebung, so trist und deprimierend sie auch sein mochte, hatte ihm niemals angst gemacht. Jetzt aber tat sie es ... na ja, zumindest *beinahe*. Und er war ziemlich sicher, daß es an diesem neuen Gefangenen lag, den er jetzt durch die kleine, vergitterte Klappe in der Zellentür beobachtete.

Dabei war an seinem Äußeren absolut nichts Besonderes – sah man davon ab, daß er seit dem gestrigen Vormittag, als man ihn hergebracht hatte, vollkommen reglos auf seinem Bett hockte und ins Leere starrte. Aber auch das war eigentlich nichts Besonderes. In diesem Teil des Gefängnisses waren nicht die wirklich schweren Jungs untergebracht. Oskins bewachte die meiste Zeit Untersuchungsgefangene oder einfach Trunkenbolde, die über die Stränge geschlagen hatten, und viele von ihnen waren zum ersten Mal im Leben im Gefängnis. Das führte oft zu einer Art Schock, so daß Oskins den Anblick von wie erstarrt dasitzenden Männern eigentlich gewohnt sein mußte.

Aber an dem hier war etwas anders. Oskins konnte nicht sagen, was es war, aber das Gefühl war beinahe körperlich spürbar. Irgend etwas Unheimliches ging von dieser Gestalt aus. Vielleicht, überlegte Oskins, lag es an dem, was man ihm über diesen Mann erzählt hatte. Der Bursche war nicht nur ein Mörder, er war auch vollkommen verrückt. Angeblich hatte er einen städtischen Beamten zu Tode gebissen und anschließend versucht, sein Blut zu trinken. Oskins' Meinung nach gehörte der Bursche nicht ins Gefängnis, sondern in die Klapsmühle.

Doch auch das war es nicht allein. Da war noch etwas. Etwas, das ...

Nein. Er konnte es nicht in Worte fassen, und er wollte es auch gar nicht. Mit einer entschlossenen Bewegung schloß er die Klappe und trat mit einem Ruck von der Tür zurück, um seinen Rundgang fortzusetzen – der zwar völlig sinnlos, aber Vorschrift war. Seit mehr als zwei Jahrzehnten war der Rundgang so sehr Teil von Oskins' täglicher Routine, daß er längst aufgehört hatte, sich Gedanken darüber zu machen, warum er eigentlich tat, was er tat.

Doch auch an diesem Teil seines normalen Tagesablaufs war heute nichts normal. Mehr als die Hälfte der zweiundzwanzig Zellen, die zu Oskins' ›Revier‹ gehörten, stand leer – London erlebte gerade eine ruhige Zeit, was die Kriminalität anging, und selbst die wenigen Insassen des Untersuchungsgefängnisses gehörten eher zur harmlosen Sorte – abgesehen von dem Verrückten, verstand sich. Aber sie waren nervös. Einige liefen unruhig in ihren Zellen auf und ab, andere saßen auf ihren Betten und starrten Oskins feindselig an, wenn sie das Geräusch der Klappe hörten, und einer nahm gar seinen Trinkbecher und schleuderte ihn nach dem Wärter. Das Gefäß prallte harmlos gegen das Gitter und fiel verbeult zu Boden, und Oskins schloß die Klappe hastig wieder. Normalerweise hätte er ein solches Verhalten sofort und angemessen hart geahndet, doch irgendwie spürte er, daß diese Aggressivität gar nicht ihm persönlich galt. Nein, etwas stimmte hier nicht. Das ganze Gefängnis schien Kopf zu stehen, seit dieser neue Gefangene eingeliefert worden war.

Auch seine beiden Kollegen, die in der Wachstube auf ihn warteten, waren heute ungewöhnlich nervös. Sie waren bereits unruhig gewesen, als Oskins zu seinem Rundgang aufgebrochen war, und daran hatte sich nichts geändert, als er zurückkam. Paul, der Jüngere von beiden, sah ihm nur nervös entgegen, doch sein älterer Kollege Mark fragte: »Was macht er?«

Oskins mußte nicht zurückfragen, um zu wissen, wen Mark meinte. Es gab seit dem gestrigen Tag nur ein Gesprächsthema hier im Gefängnis: ihren unheimlichen Neuzugang. »Er sitzt auf dem Bett und starrt Löcher in die Luft«, antwortete er. »Genau wie gestern. Und wahrscheinlich noch in drei Jahren, wenn ihn niemand weckt.«

»Kaum«, antwortete Mark. Auf Oskins' fragenden Blick hin machte er eine Kopfbewegung zur Tür und fuhr fort: »Der Direktor war gerade hier – du hast ihn nur knapp verpaßt. Hasseltime wird gleich abgeholt.«

»Abgeholt. Wohin?«

»Wo er hingehört.« Paul tippte sich mit dem Zeigefinger an die Schläfe. »In die Klapse. Ehrlich gesagt bin ich froh, wenn er weg ist. Man muß sich das mal vorstellen – er hat versucht, das Blut dieses armen Burschen zu trinken. Hält sich anscheinend für einen Urenkel von Dracula.«

Der letzte Satz hatte wohl scherzhaft klingen sollen, doch Paul erreichte damit das genaue Gegenteil. Mark fuhr unmerklich zusammen, und auch Oskins lachte keineswegs, sondern blickte seinen jüngeren Kollegen strafend an. Natürlich glaubte er nicht an

Vampire und dergleichen Unsinn, aber an diesem Hasseltime *war* etwas Unheimliches. Und was immer es auch war – irgendwie hatte er das Gefühl, daß sie besser keine Scherze darüber machen sollten.

Sie mußten sich nicht mehr allzu lange gedulden. Es verging kaum eine weitere Viertelstunde, als an die Tür geklopft wurde. Auf Oskins' Wink öffnete Paul, und drei in ziemlich schäbiges Zivil gekleidete Männer betraten die Wachstube. Zwei von ihnen waren wahre Riesen: Sechs-Fuß-Kleiderschränke mit der Schulterbreite und den Händen von Gorillas (und den dazu passenden Gesichtern), während der dritte von ganz normaler Statur war, auch wenn er zwischen seinen beiden Begleitern wie ein Zwerg wirkte. Nach dem, was Mark ihm vorhin erzählt hatte, war Oskins nicht überrascht, als sich die drei Besucher als ebenjene Männer von der staatlichen Nervenheilanstalt vorstellten, die ihnen angekündigt worden waren, um Hasseltime abzuholen. Trotzdem überprüfte Oskins akribisch die Schriftstücke, die sie mitgebracht hatten, ehe er Paul den Schlüsselbund in die Hand drückte und ihm auftrug, ihre Gäste zu Hasseltime zu führen. Die beiden Gorillas entfernten sich in Begleitung des jungen Aufsehers, während der dritte Mann in der Wachstube zurückblieb. Seine Papiere hatten ihn als Dr. Gifford legitimiert, doch Oskins' Meinung nach war er entschieden zu jung, um wirklich Arzt zu sein. Zumindest kein guter.

»Wollen Sie Ihren Patienten nicht persönlich entgegennehmen?« erkundigte sich Oskins.

Gifford schüttelte den Kopf und setzte sich unaufgefordert an den kleinen Tisch neben der Tür, auf dem noch die Reste von Oskins' einfachem Frühstück standen. Ebenso unaufgefordert griff er nach Oskins' Tasse und nippte an dem längst kalt gewordenen Tee.

»Das wird nicht nötig sein«, sagte er. »Frank und Thys werden schon mit ihm fertig.«

»Ihre beiden Begleiter.« Oskins musterte die Teetasse in Giffords Hand strafend, was den jungen Arzt aber nicht besonders zu beeindrucken schien.

»Sie haben die beiden ja gesehen«, bestätigte Gifford lachend. »Die zwei haben zusammen nicht mal genug Grips für einen, aber sie werden mit jedem Verrückten fertig, glauben Sie mir. Eigentlich ist das ein Witz für sich – wissen Sie, daß die beiden früher einmal selbst Insassen unserer Anstalt waren?«

»Nein«, antwortete Oskins einsilbig. Woher auch?

»Waren sie«, bestätigte Gifford, leerte den Rest des Tees mit einem einzigen Zug und verzog das Gesicht. »Ihr Tee ist zu süß, guter Mann. Zuviel Zucker ist nicht gesund.«

Oskins setzte zu einer ärgerlichen Antwort an, doch Mark kam ihm zuvor. »Ich halte es trotzdem für besser, wenn Sie selbst mitgehen, Doktor. Dieser Hasseltime ist irgendwie ... unheimlich. Vielleicht sollten Sie ihm eine Spritze geben oder so was.« »Das werde ich, guter Mann, das werde ich«, antwortete Gifford. »Sobald wir in der Klinik sind. Was meinen Sie mit unheimlich?«

Mark zuckte unglücklich mit den Schultern. »Unheimlich eben«, sagte er. »Er ... macht mir beinahe angst.«

Gifford lachte. »Aber ich bitte Sie! Der Mann ist krank, das ist alles.«

»Er ist nicht wie Ihre anderen Patienten«, sagte Oskins.

»Ach? Woher wollen Sie das wissen? Ich meine: Sie kennen meine anderen Patienten doch gar nicht.«

Das stimmte zwar, war trotzdem aber nur ein Teil der Wahrheit. Oskins hatte in seinem Leben schon genug Verrückte gesehen, denn auch sie kamen zumeist erst hierher, ehe sie an die entsprechenden Institutionen weitergeleitet wurden. »Ich habe so jemanden noch nie gesehen«, fuhr er fort. »Irgend etwas mit ihm stimmt nicht. Glauben Sie mir.«

Gifford bedachte ihn mit einem fast mitleidigen Blick. »Sie irren sich«, sagte er. »Ich weiß, wovon ich rede, glauben Sie mir. So wie Ihnen geht es den meisten Menschen, die auf jemanden wie Hasseltime treffen. Die Menschen fürchten nun einmal alles, was sie nicht verstehen. Ich will das Problem nicht verharmlosen – Menschen wie Hasseltime können sehr gefährlich sein. Aber wir wissen, wie wir mit ihnen umzugehen haben, vor allem Frank und Thys. Machen Sie sich keine Sorgen.«

Sorgen machte Oskins sich auch gar nicht. Jedenfalls nicht in diesem Augenblick. Wohl aber in der nächsten Sekunde – denn da hörten sie Pauls Stimme, die einen gellenden Schrei ausstieß.

Mehr als eine Stunde, nachdem wir Blossom verlassen hatten, näherten wir uns endlich der Polizeisperre, die den zusammengebrochenen Hansom-Komplex noch immer abschirmte. Howard hatte sich geirrt: Nach Meilen gerechnet, mochte der Abstecher hierher keinen großen Umweg bedeuten, zeitlich aber sehr wohl. Schon seit einer geraumer Weile waren wir immer langsamer geworden; jetzt bewegte die Kutsche sich nur noch im Schrittempo voran, so daß wir wahrscheinlich schneller gewesen wären, wenn wir ausgestiegen und das letzte Stück tatsächlich zu Fuß gegangen wären.

Was dagegen sprach, war der Umstand, daß die Straße – selbst hier, noch mehr als einen halben Block von dem zusammengestürzten Haus entfernt – bereits hoffnungslos verstopft war. Die Menschenmenge war seit dem vergangenen Tag kein bißchen kleiner geworden, sondern schien mir eher noch gewachsen zu sein. Offenbar waren nun auch von weiter her Gaffer angereist, so daß wir vermutlich hoffnungslos steckengeblieben wären, wären wir tatsächlich zu Fuß gegangen. Der zweispännigen Droschke, deren Zugtiere äußerst nervös auf die Menschenmenge und vor allem auf die gereizte Stimmung reagierten, die von ihr Besitz ergriffen hatte, wichen die Gaffer aus, wenn auch widerwillig. Howard und mich hätte die Menge wahrscheinlich einfach verschluckt.

Wie Howard gesagt hatte, waren wir zunächst zur Pension WESTMINSTER gefahren, und mittlerweile wußte ich, was er unbedingt hatte holen wollen, auch wenn ich gern darauf verzichtet hätte. Voller Abscheu ließ ich meinen Blick immer wieder zu dem Tuch gleiten, in welches das Glas mit den Würmern gehüllt war, die wir aus den Stollen unter Andara-House mitgebracht hatten. Viktors Untersuchung an den Kreaturen hatte keine Ergebnisse gebracht, aber er hatte eindeutig mit ihnen experimentiert, und die Art dieser Experimente beunruhigte mich zusätzlich, denn es befanden sich nun fast doppelt so viele Würmer im Glas wie am gestrigen Abend.

Als ich das nächste Mal aus dem Fenster blickte, stellte ich fest, daß wir die Absperrung beinahe erreicht hatten. Nachdem ich Howard mit einer Kopfbewegung darauf aufmerksam gemacht hatte, ergriff er das Glas vorsichtig, verbarg es unter seinem Mantel und blickte ebenfalls aus dem Fenster.

Die Kutsche hielt an, und wir stiegen aus und drängelten und schoben uns das letzte Stück des Weges ziemlich rücksichtslos durch die Menge. Ich versuchte dabei, mich schützend vor Howard zu halten. Unvorstellbar, wenn das Glas unter seinem Mantel zerbrochen wäre und die Würmer freikämen!

Endlich hatten wir die Polizeisperre erreicht, und ich setzte zu einer umständlichen Erklärung an, wurde aber zu meinem eigenen Erstaunen sofort durchgelassen. Erst dann erkannte ich den Bobby, dem ich schon gestern begegnet war. Er hatte sich mein Gesicht offensichtlich besser gemerkt als ich mir das seine.

»Mister Craven«, begann er. »Wo bleiben Sie denn nur? Inspektor Cohen wartet schon seit fast zwei Stunden auf Sie.«

»Wir wurden … aufgehalten«, antwortete ich ausweichend. Die Worte des Polizisten erschreckten mich. Ich hatte nicht gewußt, daß Cohen mich sehen wollte, doch wenn er nach mir geschickt hatte, konnte das nur bedeuten, daß erneut etwas passiert war.

»Wo ist er?«

»Wieder unten.« Der Polizeibeamte machte eine entsprechende Handbewegung und verzog das Gesicht. »Was gibt es in diesem Loch eigentlich zu sehen?«

»Wieso?« fragte ich, wohlweislich, ohne auf seine Frage zu antworten.

»Weil alle ganz aus dem Häuschen sind. Seit einer Stunde kommen ununterbrochen irgendwelche Leute und klettern nach unten. Aber keiner kommt wieder raus. Das ist ja fast, als hätten sie da unten das achte Weltwunder entdeckt.«

»Ich ... ich habe keine Ahnung«, sagte ich – was nicht ganz der Wahrheit entsprach. Ich hatte eine Ahnung. Eine ganze Menge Ahnungen sogar. Aber keine davon war besonders angenehm. So beließ ich es dabei, einen besorgten Blick mit Howard zu tauschen, und beeilte mich, hinter dem diensteifrigen Bobby die Leiter hinabzuklettern, die in das unterirdische Labyrinth unter dem Hansom-Haus hinabführte.

Zumindest der erste Eindruck, der sich uns bot, bestätigte die Behauptung des Polizisten. Im Vergleich zu gestern wimmelte es jetzt geradezu von Menschen. Überall brannten Fackeln oder hastig herbeigeschaffte Karbid- und Petroleumlampen, und wir wurden trotz unserer uniformierten Begleiter zwei- oder dreimal aufgehalten und barsch gefragt, was wir hier unten zu suchen hätten. Ohne den jungen Beamten wären wir wahrscheinlich niemals auch nur bis in Cohens Nähe gekommen.

Der Inspektor erwartete uns in der weitläufigen Höhle, in der ich ihn auch gestern angetroffen hatte. Auch dieser Raum hatte sich radikal verändert – er war jetzt taghell erleuchtet, und außer Cohen hielten sich noch mindestens acht oder neun weitere Personen hier auf. Was mir nicht besonders gefiel. Nicht, wenn ich daran dachte, was ich hier vielleicht finden würde.

Aber das waren nicht die einzigen Veränderungen. Es gab noch eine weitere, sehr viel drastischere, die mir allerdings im ersten Moment gar nicht auffiel.

Doch als ich sie bemerkte, blieb ich wie vom Donner gerührt stehen. Ich konnte selbst spüren, wie meine Augen ein Stück weit aus den Höhlen quollen. Meine Hände begannen zu zittern.

»Was ist los?« fragte Howard alarmiert. »Was hast du?«

Ich antwortete nicht, sondern starrte weiter wie gelähmt auf die gegenüberliegende Wand der Höhle. Genauer gesagt, auf das gewaltige Felsenrelief, das dort erschienen war, wo ich am gestrigen Morgen nichts als gewachsenen Stein erblickt hatte …

»Ah, Mister Craven!« Cohen kam mir armwedelnd entgegen. »Endlich! Wo waren Sie denn nur die ganze Zeit?«

Ich hörte seine Worte, doch ihre Bedeutung drang irgendwie nicht richtig in mein Bewußtsein. Unverwandt starrte ich das Relief an. Es war nicht irgendein Relief. Es war ein Durcheinander von Linien und Kreisen, Wellen und Parallelen, beinahe umrißlosen Formen und bizarren Gestalten, ein … *Ding*, das man kaum länger als einige Sekunden ansehen konnte, ohne daß einem schwindelte, und das sich in beständiger wogender Bewegung zu befinden schien. Und vor allem: Es war ein Bild, das ich kannte.

Es handelte sich um das gleiche Relief, das ich bei meinem Ausflug in das Labyrinth unter der Felseninsel gesehen hatte!

Das Relief, von dem die beiden Steinbrocken stammten, die ich in der Tasche trug!

»Unglaublich, nicht?« fragte Cohen, der mein

Schweigen und meinen entsetzten Blick wohl vollkommen falsch deutete. »Wir alle waren gestern fast den ganzen Tag hier unten, und keiner von uns hat es gesehen! Dabei war es nur unter ein paar Zentimetern Schmutz verborgen.«

Ungläubig starrte ich ihn an. »Schmutz?«

Cohen nickte heftig. »Wir mußten nur ein bißchen kratzen, um es zum Vorschein zu bringen. Stellen Sie sich das nur vor! Um ein Haar hätten wir diesen Raum wieder versiegelt, und es wäre nie gefunden worden.«

Und das wäre auch besser gewesen, dachte ich. War Cohen wirklich so blind, oder wollte er nicht sehen, was für eine Art Bild das war? Es war nicht irgendein Bild. Es war ein Relief, das von den GROSSEN ALTEN oder ihnen sehr ähnlichen Wesen geschaffen worden sein mußte, und wie alles, was der Hinterlassenschaft dieser Dämonenrasse entsprang, konnte es nur Übles hervorbringen.

»Sie müssen sich irren, Inspektor«, sagte Howard und zeigte auf das Bild. Auch wenn er nichts von dem aussprach, was er dabei wirklich empfinden mochte, so sprach sein Gesichtsausdruck Bände. Er hatte das bizarre Gebilde im selben Moment erkannt wie ich. »Ich habe diese Wand heute morgen höchstpersönlich untersucht. Sie bestand aus massivem Fels. Da war kein Schmutz, unter dem das da verborgen gewesen sein könnte!«

»Das dachte ich auch«, antwortete Cohen. Er schüttelte den Kopf. »Aber wir müssen uns wohl beide getäuscht haben. Ich meine: Das Ding kann ja schließlich nicht einfach aus dem Nichts aufgetaucht sein, oder?«

Ganz genau das war es. Aber ich ersparte es mir, dies laut auszusprechen. Zögernd trat ich an Cohen vorbei und näherte mich dem gewaltigen Steinrelief, das die gesamte Rückwand der Höhle vom Boden bis unter die Decke einnahm. Es kam mir größer vor, als ich es in Erinnerung hatte, auf eine schwer in Worte zu fassende Weise gewaltiger und vor allem gewalt*tätiger*, aber es war zweifellos das gleiche Relief, das ich in den Gängen unter der Insel gesehen hatte.

Ich war nicht der einzige, dessen Interesse dem steinernen Bild galt. Ein halbes Dutzend Männer machten sich daran zu schaffen, kratzten mit kleinen Werkzeugen oder auch den bloßen Händen an dem Stein herum oder standen davor und diskutierten eifrig. Und zumindest einem davon mußte meine Neugier wohl aufgefallen sein, denn er unterbrach plötzlich sein Gespräch und trat auf mich zu.

»Kennen wir uns?« fragte er. »Sie sind …« Seine Augen weiteten sich ungläubig, und ich konnte sehen, wie alle Farbe aus seinem Gesicht wich. Und auch ich fuhr spürbar zusammen, denn ich hatte den grauhaarigen, vielleicht sechzigjährigen Mann im selben Augenblick wiedererkannt wie er mich.

»Mister Craven?« fragte er fassungslos. »Aber das … das kann doch nicht sein! Sie sind …«

»Nicht der, für den Sie mich halten«, unterbrach ich ihn hastig. »Sie verwechseln mich mit meinem Bruder.«

Montgomery starrte mich weiter mit einem Ausdruck an, der mir auch noch das letzte bißchen Farbe aus dem Gesicht weichen ließ. Clifford Montgomery hatte zwar nicht zu meinem engsten Freundeskreis gezählt, aber wir hatten uns doch ziemlich gut gekannt. Gut genug zumindest, daß er auf diese plumpe Lüge einfach nicht hereinfallen *konnte*.

»Bruder?« fragte er denn auch. »Wie meinen Sie das?«

»Robert Craven war mein Zwillingsbruder«, antwortete ich. »Mein *eineiiger* Zwillingsbruder. Man hat uns früher oft verwechselt, vor allem, da sich unsere Eltern auch noch den Scherz erlaubt haben, uns denselben Namen zu geben. Ich glaube, sie konnten uns oft selbst nicht auseinanderhalten und wollten es sich auf diese Art einfacher machen.« Ich lachte, doch es klang sehr viel nervöser, als mir lieb war. »Ich war richtig froh, als Bobby nach England gegangen ist. Ich bin in den Staaten zurückgeblieben.«

»Aber diese Ähnlichkeit ...« Montgomery schüttelte immer wieder den Kopf, und ich spürte deutlich, daß er noch immer alles andere als überzeugt war. »Ich habe schon Zwillinge gesehen, aber das ... Ich hätte meine rechte Hand verwettet, daß Sie es sind.«

»Gut, daß Sie es nicht getan haben«, antwortete ich. Um das Thema zu wechseln, deutete ich auf das Relief. »Was ist das?«

Montgomery starrte mich noch eine weitere, sehr unangenehme Sekunde lang durchdringend an, dann aber drehte auch er sich zu dem Relief um, und als er weitersprach, war in seiner Stimme jener Klang von mühsam unterdrückter Begeisterung, zu der wahrscheinlich nur Wissenschaftler fähig sind, die gerade etwas vollkommen Neues entdeckt haben.

»Wir wissen es noch nicht genau«, gestand er. »Aber es ist phantastisch, nicht wahr?«

»Hm«, äußerte ich. »Ehrlich gesagt, ich finde es ... unheimlich.«

Montgomery nickte. »Ja, das könnte man sagen«, erwiderte er. »Niemand von uns hat so etwas je gesehen. Es muß einer bisher vollkommen unbekannten Kultur entstammen. Und es muß uralt sein.«

Wenn du wüßtest, wie alt, mein Freund, dachte ich. Laut sagte ich: »Sie verstehen etwas von solchen Dingen?«

»Das will ich wohl meinen.« Montgomery lächelte. »Bitte entschuldigen Sie meine Unhöflichkeit, Mister Craven. Ich habe mich noch gar nicht vorgestellt. Mein Name ist Montgomery. Ich bin der Leiter der naturhistorischen Abteilung im hiesigen Museum.«

Ich unterdrückte im allerletzten Moment den Impuls, ihn zu seiner Beförderung zu beglückwünschen – als wir uns das letzte Mal gesehen hatten, war er noch stellvertretender Leiter dieser Abteilung gewesen.

»Und Sie?« erkundigte er sich. »Darf ich fragen, welches Interesse *Sie* an diesem Bild haben?«

»Eigentlich keines«, log ich. »Ich bin nur zufällig hier. Ich versuche gerade, das Erbe meines Bruders anzutreten, und Mister Lovecraft ...«

»Er war ein guter Freund Ihres Bruders, ich weiß«, unterbrach mich Montgomery. »Er ist ein sehr vertrauenswürdiger Mensch, ganz egal, was man über ihn erzählt. Ich habe all diese verrückten Dinge nie geglaubt, die man ihm vorgeworfen hat. Halten Sie sich ruhig an ihn.«

Ich lenkte das Gespräch mit einer Kopfbewegung wieder auf das Relief. Montgomery war noch immer ein wenig mißtrauisch; das spürte ich. Es war vielleicht besser, nicht zu viel über meinen verstorbenen ›Bruder‹ zu reden. »Was geschieht jetzt damit?« fragte ich. »Ich nehme an, Sie werden es gründlich untersuchen und entsprechende Zeichnungen anfertigen lassen, um ...«

»Wo denken Sie hin, Mister Craven«, unterbrach mich Montgomery lächelnd. »Sie glauben doch nicht wirklich, daß wir ein solches archäologisches Kleinod hier lassen? Diese Gänge werden gründlich vermessen und dann zugemauert!«

Genau das hatte ich gehofft. Aber noch bevor ich meiner Erleichterung Ausdruck verleihen konnte, fuhr Montgomery fort: »Vorher werden wir es natürlich vorsichtig ausgraben und ins Museum schaffen.«

Hätte er mir ohne Vorwarnung einen Eimer Eiswasser über den Kopf geschüttet, hätte ich kaum erschrockener sein können. »Wie bitte?« krächzte ich.

»Aber selbstverständlich«, sagte Montgomery. »Dieser Fund muß gesichert werden.«

»Aber das ... das geht doch nicht«, murmelte ich. Das durfte auf keinen Fall geschehen, unter gar keinen Umständen.

»Und wieso nicht?« Montgomerys Augen wurden schon wieder schmal vor Mißtrauen. Ich hatte schon früher mit ihm über die Frage diskutiert, ob es stets richtig war, alles und jedes Artefakt aus der Vergangenheit zu retten, oder ob die Zeit manchmal gut daran tat, den Mantel des Vergessens über gewisse Dinge zu breiten. Wir waren in dieser Frage nicht immer einer Meinung gewesen.

»Ich ... ich meine, das ... das geht doch gar nicht«,

antwortete ich hastig. »Das Ding muß doch Tonnen wiegen!«

»Ach, das.« Montgomery winkte ab. »Es wird bestimmt ein hartes Stück Arbeit, aber ich bin sicher, daß wir es schaffen. Keine Sorge.« Er lachte. »Es ist unglaublich, wissen Sie das? Ich könnte schwören, daß ich Ihrem Bruder gegenüberstehe! Er hatte die gleiche Art, über diese Dinge zu reden, wie Sie. Aber jetzt entschuldigen Sie mich bitte. Ich habe noch zu tun. Vielleicht sehen wir uns später noch einmal. Ich würde gern ein wenig mehr mit Ihnen über Ihren Bruder plaudern, doch im Moment ...«

»Sicher«, sagte ich hastig, drehte mich um und ging mit schnellen Schritten zu Howard und Cohen zurück, die neben dem kleinen See in der Mitte der Höhle standen und mit gedämpften Stimmen miteinander redeten. Howard sah höchst alarmiert aus, und auch Cohen blickte mir nicht unbedingt erfreut entgegen.

»Nun?« begann er. »Was halten Sie davon?«

»Das Relief?« Ich tauschte einen raschen Blick mit Howard und nickte andeutungsweise. »Es gibt gar keinen Zweifel. Es stammt von *ihnen*.«

»Von ihnen?« Cohen legte den Kopf schräg. »Sie meinen, diesen ... diesen Wesen?«

»Warum sprechen Sie es nicht aus, Cohen?« fragte Howard. »Robert meint, daß es von den GROSSEN ALTEN stammt. Das Ding muß zerstört werden.«

»Nicht so hastig«, sagte Cohen. »Es ist nur ein Bild.«

»Das ist es nicht«, entgegnete Howard. »Cohen, Sie haben selbst genug erlebt, um zu wissen, wovon ich rede. Was muß eigentlich noch passieren, damit Sie endlich begreifen, womit wir es hier zu tun haben?«

»Ich sehe nur einen alten Stein, in den jemand ein paar sinnlose Krakel gemeißelt hat«, behauptete Cohen stur. Howard wollte abermals widersprechen, doch Cohen brachte ihn mit einer herrischen Geste zum Verstummen. »Und selbst wenn – was, denken Sie, sollte ich tun? Ein paar Stangen Dynamit holen und das Ding in die Luft sprengen? Wir befinden uns hier unmittelbar unter einer bewohnten Straße, mein Freund.«

»Das würde nicht mal etwas nutzen«, sagte ich. »Ich glaube nicht, daß wir es überhaupt zerstören können. Aber es darf auf keinen Fall hier herausgeschafft werden.«

»Herausgeschafft?« Cohen starrte mich an. »Was meinen Sie damit?«

»Hat Montgomery Ihnen nichts gesagt?« erkundigte ich mich. Cohen schüttelte den Kopf, und ich erklärte ihm rasch, was der Archäologe vorhatte. »Und das darf auf gar keinen Fall geschehen«, schloß ich.

»Das wird es auch nicht«, sagte Cohen grimmig. »Dafür werde ich sorgen. Das Ding bleibt hier.«

»Sie kennen Montgomery nicht«, sagte ich. »Wenn er sich einmal etwas in den Kopf gesetzt hat, ist er schwer wieder davon abzubringen.«

»Und Sie kennen offenbar die englische Bürokratie noch immer nicht«, antwortete Cohen. Plötzlich grinste er. »Keine Angst. Ich finde mindestens ein Dutzend Gesetze und Verordnungen, die es verbieten, einen tonnenschweren Steinbrocken aus dem Londoner Untergrund auszugraben und ins Museum zu schaffen. Wenn das alles ist, worum Sie sich Sorgen machen …«

»Das ist es leider nicht«, sagte ich. Ich sah Howard an. »Hast du ihm noch nichts gesagt?«

Howard deutete ein Kopfschütteln an, und Cohen fragte scharf: »*Was* gesagt?«

Anstelle einer sofortigen Antwort streckte ich die Hand in Howards Richtung aus. Howard zögerte einen spürbaren Augenblick; dann griff er unter den Mantel und zog das Marmeladenglas mit den Würmern heraus. Er achtete sorgsam darauf, es mit seinem Körper vor allzu neugierigen Blicken abzuschirmen, während er das Tuch abnahm und Cohen das Glas zeigte.

»Igitt, was ist denn *das*?« fragte Cohen angeekelt. »Diese Biester sind ja widerlich.«

»Ich fürchte, nicht nur das«, sagte ich. Howard verbarg das Glas wieder unter seinem Mantel, und ich nahm Cohen beim Arm und zog ihn ein Stück zur Seite. »Ich erkläre Ihnen alles, aber im Moment ist nur eines wichtig: Schaffen Sie die Leute hier heraus. Ganz egal wie, aber sie müssen weg. Alle. Und zwar schnell.«

Selbst in meinen Ohren klang diese Erklärung reichlich dünn, doch Cohen überraschte mich nicht zum ersten Mal damit, im entscheidenden Augenblick keine überflüssigen Fragen zu stellen, sondern richtig zu reagieren. Trotz aller berufsmäßigen Skepsis, mit der er mich mitunter schier in den Wahnsinn treiben konnte, hatte er doch ein untrügliches Gespür für Gefahr und den Ernst einer Situation. Ohne irgendeine weitere Frage zu stellen, wandte er sich um und ging zu Montgomery und den anderen hinüber. Ich verstand nicht, was er sagte, aber die versammelten Wissenschaftler begannen lautstark zu protestieren – was ihnen natürlich herzlich wenig nutzte.

Während Cohen – unterstützt von einigen Bobbys – Montgomery und die anderen aus dem Raum hinauskomplimentierte, begannen Howard und ich damit, die Wände zu untersuchen. Wir wurden rasch fündig. Und diesmal wußte ich, was ich vor mir hatte, als ich die winzigen, wie mit einem Präzisionsbohrer in den Fels gefrästen Löcher sah, die mir schon gestern aufgefallen waren.

»Sie sind also wirklich von hier gekommen«, murmelte Howard düster.

»Was ist von hier gekommen?« fragte Cohen. Er war lautlos wieder hinter uns getreten, aber ich antwortete erst, nachdem ich mich mit einem raschen Blick in die Runde davon überzeugt hatte, daß wir auch tatsächlich allein waren.

»Die Würmer, die Howard Ihnen gezeigt hat«, sagte ich. »Erinnern Sie sich?« Ich deutete auf die Löcher. »Das haben *sie* gemacht.«

Cohen sah mich zweifelnd an. »Das ist massiver Fels.«

Ich ersparte es mir, zu antworten. Howard zog das Glas hervor, schraubte den Deckel ab und schüttelte vorsichtig einen der sich windenden Würmer heraus, ehe er es hastig wieder verschloß. Das Tier fiel auf den Boden, kroch zielsicher auf die Wand zu und begann sich unverzüglich hineinzufressen.

Cohens Augen wurden rund vor Staunen. »Aber das ist doch ...«

»Nicht mal das Schlimmste«, unterbrach ich ihn. »Passen Sie auf.«

Es dauerte nur einige Augenblicke, bis sich der

Wurm zu teilen begann. Cohen schnappte hörbar nach Luft, als vor uns plötzlich *zwei* der widerwärtigen kleinen Geschöpfe daran gingen, sich einen Weg in den Felsen zu graben. Ich zertrat sie hastig.

»*Das* ist es, worüber ich mir Sorgen mache«, sagte ich. »Die Biester teilen sich, Cohen. Rasend schnell. Und ich nehme an, sie sind von hier gekommen.« Ich deutete auf die winzigen, runden Löcher vor uns im Fels. »Ich habe bisher vier Löcher entdeckt, aber Howard und ich habe allein fünf Kolonien dieser Biester gefunden. Keine Sorge«, sagte ich rasch, als Cohen noch mehr erbleichte. »Wir haben sie vernichtet. Sie sind gottlob relativ einfach umzubringen. Aber wenn wir nur einen einzigen übersehen haben, sind die Folgen ...«

Ich sprach nicht weiter, doch das war auch nicht nötig. Cohen mochte ein berufsmäßiger Skeptiker sein, aber das bedeutete nicht, daß er phantasielos gewesen wäre.

»Wir müssen unbedingt wissen, wie viele von diesen Biestern hier aufgetaucht sind«, sagte Howard. »Helfen Sie uns, die Löcher zu suchen. Und beten Sie, daß es nicht mehr als fünf sind.«

»Aber was nutzt das?« fragte Cohen. »Wenn sich die Biester ununterbrochen teilen, können es schon Tausende von Kolonien sein!«

»Eher Millionen«, sagte Howard düster. »Aber wenn diese Kreaturen sich so verhalten wie die, die wir gefunden und vernichtet haben, dann bleiben sie offenbar zusammen. Ich nehme an, daß die Tiere, die von einer Mutterkreatur abstammen, immer in ihrer Nähe bleiben.«

»Und wenn nicht?« fragte Cohen.

»Dann brauchen wir uns keine Sorgen mehr zu machen«, antwortete Howard. »Dann können wir nämlich nichts mehr tun.«

Gemeinsam machten wir uns auf die Suche nach weiteren Wurmlöchern. Obwohl uns die Zeit auf den Nägeln brannte, gingen wir sehr gründlich zu Werke und untersuchten die Wände Zoll für Zoll. Aber es schien, als hätten wir – und ganz London – noch einmal Glück gehabt. Wir entdeckten ein weiteres Wurmloch unweit der Stelle, an der wir die ersten vier gefunden hatten, mehr aber nicht, obwohl wir den gesamten Raum zweimal durchkämmten. Es schien, als hätten Howard und ich tatsächlich sämtliche Wurmkolonien entdeckt und vernichtet.

Ich hätte aufatmen können, doch irgend etwas hinderte mich daran. Die Gefahr war noch nicht vorüber. Es war einfach zu leicht gewesen. Ich kannte die Mächte, gegen die wir kämpften, zu gut, um mir auch nur eine Sekunde einzubilden, daß sie so einfach zu besiegen waren.

»Im Prinzip gebe ich dir recht«, sagte Howard, nachdem ich meine Bedenken in Worte gekleidet hatte. »Aber vielleicht sollten wir jetzt nicht den Fehler begehen, und die Gegenseite überschätzen. Das kann genauso schlimm sein, wie sie zu unterschätzen. Immerhin haben wir die Würmer nur durch einen geradezu unglaublichen Zufall *überhaupt* entdeckt. Ein paar Stunden später …«

Aber auch das beruhigte mich nicht. Im Gegenteil. Ich war mir nicht sicher, ob die Würmer wirklich *zufällig* alle in der Nähe von Andara-House gewesen waren. Nur war mir bisher kaum die notwendige

Ruhe geblieben, über diese Frage nachzudenken. Vielleicht hatte ich es auch nicht wirklich gewollt, denn die Antwort darauf lag auf der Hand, und sie war alles andere als beruhigend: Die Biester waren nicht gekommen, um London zu vernichten. Sie waren *meinetwegen* hier.

»Die Würmer sind also offensichtlich aus dieser Höhle gekommen«, sagte Cohen. »Aber ich frage mich, wie sie hierhergekommen sind.«

»Durch den See«, vermutete ich. Der Gedanke lag auf der Hand. Schließlich war auch Hasseltime aller Wahrscheinlichkeit nach aus dem kleinen Tümpel in der Mitte der Höhle aufgetaucht. Nebeneinander näherten wir uns dem nahezu kreisrunden Wasserloch.

Der kleine See lag noch genauso da, wie ich ihn in Erinnerung hatte. Gelegentlich fiel ein Tropfen von der Decke – was erklärte, wie der See überhaupt entstanden war – und ließ kleine Wellenringe entstehen, die sich am Ufer verliefen; ansonsten war die Oberfläche ruhig und unbewegt wie ein Spiegel. Es war nichts Auffälliges an dem See, sah man von dem Gefühl immer stärkeren Unbehagens ab, das ich bei dem Anblick empfand und das von dem fast unnatürlich eisigen Hauch stammen mochte, der von der Wasseroberfläche aufstieg.

Howard schien es ebenso zu ergehen wie mir, denn in seinem Gesicht spiegelte sich eine Scheu vor dem See, die mir auch ohne Worte klar machte, daß sein Unbehagen beim Anblick dieses Wasserloches nicht nur dem Wissen entstammte, was aus ihm herausgekrochen war.

»Falls Sie recht haben«, sagte Cohen, »dann haben

wir ein Problem. Was tun wir, wenn noch mehr von diesen Biestern hier auftauchen?«

Ich antwortete nicht, sondern trat unmittelbar an die Kante des fast bis zum Rand gefüllten Felsbeckens, ging in die Hocke und tauchte die Hand ins Wasser. In einer Reflexbewegung hätte ich sie beinahe augenblicklich wieder zurückgerissen. Das Wasser war nicht einfach nur kalt, es war so eisig, daß ich das Gefühl hatte, die Finger würden mir erfrieren. Ich stöhnte unterdrückte auf, und mein Gesicht verzerrte sich vor Schmerz. Gleich darauf vertrieb die Kälte jedes Gefühl. Bis auf ein leichtes Prickeln in den Fingerspitzen wurde meine Hand taub, doch ich unterdrückte weiter den Impuls, sie herauszuziehen. Diese Kälte war eindeutig nicht natürlichen Ursprungs. Innerhalb der Höhle war es zwar nicht warm, doch als kalt konnte man es auch nicht gerade bezeichnen. Die Temperatur des Wasser jedoch lag eindeutig weit unter dem Gefrierpunkt – was wiederum völlig unmöglich war, da es in diesem Fall längst hätte gefrieren müssen.

Für einen Moment lauschte ich gebannt in mich hinein, verspürte aber nur ein leises Unbehagen und Furcht. Ich bewegte die Hand ein paarmal hin und her und hatte den Eindruck, eine sirupartige, wesentlich dichtere und zähere Flüssigkeit als Wasser zwischen meinen Fingern zu spüren. Auch die gegen den Beckenrand schwappenden Wellen sahen seltsam träge aus und glätteten sich fast sofort wieder.

»Sonderbar«, murmelte ich und zog die Hand zurück. Meine Finger waren immer noch taub vor Kälte. Ich hauchte sie ein paarmal an und steckte sie zum Aufwärmen unter den Mantel in die Achselhöhle. Das Prickeln verstärkte sich, als würde mir jemand mit Tausenden von Nadeln in die Hand stechen.

»Was ist sonderbar?« erkundigte sich Howard.

»Das Wasser. Hast du nicht gesehen, wie zähflüssig es sich bewegt? Außerdem ist es kalt. *Zu* kalt.«

»Mir ist nichts auf gefallen«, behauptete Howard zweifelnd. Auch er ging in die Hocke, tauchte seine Hand ins Wasser und plätscherte mit den Fingern. »Nicht gerade warm, aber auch nicht sonderlich kalt. Ich weiß nicht, was du hast.«

»Aber ...« Verblüfft tauchte auch ich die Hand noch einmal ein und zog sie mit einem gellenden Schmerzensschrei sofort zurück. Obwohl ich wußte, daß es völlig unmöglich war, hätte ich jeden Eid geschworen, daß das Wasser innerhalb der wenigen Sekunden mindestens doppelt so kalt geworden war wie zuvor. Ich konnte die Finger kaum noch bewegen. Mühsam schob ich die Hand in die Manteltasche und stieß gleich darauf einen weiteren Schrei aus, als meine Fingern die immer noch darin befindlichen Steinbrocken berühren. So eisig das Wasser war, so ungeheuer *heiß* kam mir das Stück Fels vor. Schon bei der flüchtigen Berührung hatte ich mir die Fingerkuppen verbrannt.

»Was haben Sie?« fragte Cohen alarmiert. »Nichts«, antwortete ich automatisch. Umständlich griff ich mit der anderen Hand in die Manteltasche und fühlte – nichts. Meine Fingerspitzen glitten über rauhen Stein.

»Also, was tun wir jetzt?« fragte Howard, dem offensichtlich gar nicht aufgefallen war, was ich tat.

»Wir könnten es zuschütten«, sagte Cohen. »Ist

zwar eine Menge Arbeit, aber mit viel Zement und gutem Willen ...«

Der Gedanke war verlockend. Ich dachte einen Moment über Cohens Vorschlag nach, ehe ich mich wieder aufrichtete. Mit Cohens Idee war es wie mit dem Gedanken, daß wir tatsächlich die ganze Brut erledigt haben sollten – sie kam mir ein wenig *zu* verlockend vor.

Howard schien es ähnlich zu ergehen, denn er sagte: »Im Prinzip kein schlechter Gedanke. Aber leider ist das alles nur Theorie. Die Biester sind nämlich auf keinen Fall aus dem Wasser gekommen. Das läßt sich ganz einfach beweisen.«

»Was haben Sie vor?« erkundigte sich Cohen.

Howard zog sein Glas wieder hervor, schraubte es auf und ließ einen der Würmer unmittelbar neben dem Wasserloch auf den Boden fallen. Das eklige Geschöpf versuchte sofort, zur Wand hinter ihm zu kriechen, doch Howard vertrat ihm den Weg und stieß es mit einer zielsicheren Bewegung ins Wasser.

Der Wurm explodierte.

Es war, als hätte man eine Stange Dynamit ins Wasser geworfen. Für den Bruchteil einer Sekunde sah ich einen grellweißen, lodernden Funken unmittelbar unter der Wasseroberfläche; dann schoß eine zwei Meter hohe Fontäne aus dem See und überschüttete uns mit eiskaltem Wasser. Ein Krachen wie von einem Kanonenschuß erscholl, und der Boden unter unseren Füßen zitterte spürbar.

Howard und ich schauten uns betroffen an, während Cohen – triefnaß und wütend vor sich hinschimpfend – die durch die Explosion alarmiert hereingeeilten Bobbys wieder aus der Höhle scheuchte.

Ein scharfer, verbrannter Geruch lag in der Luft, und dort, wo der Wurm versunken war, schien das Wasser noch immer zu kochen.

»Soviel zu der Idee, daß die Biester aus dem See gekommen sind«, murmelte Howard. »Du bist nicht der einzige, der ein paar kleine Geheimnisse hat. Viktor hat gestern schon herausgefunden, daß die netten Tierchen kein Wasser vertragen.«

»Aber das kann doch nicht sein«, murmelte ich. »Dieser Raum hat keinen anderen Zugang! Irgendwoher *müssen* sie doch gekommen sein!«

»Jedenfalls nicht aus dem Wasser«, sagte Howard kopfschüttelnd. »Du hast gesehen, was passiert, wenn die Biester naß werden.« Er hob das wieder verschraubte Glas vor die Augen und musterte die darin herumwimmelnden Würmer nachdenklich. »Woher, zum Teufel, seid ihr gekommen?«

Cohen wurde blaß. »Passen Sie um Gottes willen auf, daß Ihnen nicht das Glas ins Wasser fällt! Ich habe keine Lust, in die Luft gesprengt zu werden«, sagte er.

»Keine Sorge«, erwiderte Howard. »Ich gebe acht. Solange sie in einem abgeschlossenen Behälter sind ...«

Er sprach nicht weiter, als er sah, wie ich die Augen aufriß und ihn anstarrte. Im selben Moment begriff auch er.

Die Würmer *waren* aus dem Wasser gekommen. Es war der einzige Weg. Aber sie waren nicht naß geworden, denn sie hatten sich in einem – wie Howard es genannt hatte – abgeschlossenen Behälter befunden.

»Großer Gott!« flüsterte Howard, und ich fügte im gleichen, entsetzten Tonfall hinzu:

»Hasseltime!«

Selbst mit einem schnellen Fuhrwerk betrug die Entfernung zwischen dem Hansom-Komplex und dem Londoner Untersuchungsgefängnis normalerweise eine gute halbe Stunde, doch wir schafften es in weniger als zwanzig Minuten. Ich erfuhr nie, was Cohen dem Kutscher gesagt hatte, aber der Mann trieb seine Tiere an, als wären sämtliche Dämonen der Hölle hinter uns her, so daß die Straßen nur so an uns vorüberflogen. Wir mußten sämtliche Verkehrsregeln übertreten haben, die jemals aufgestellt worden waren, und ich allein gewahrte drei Bobbys, die wild gestikulierend hinter uns her stürmten.

Dennoch hatte ich das Gefühl, daß wir nicht von der Stelle kamen. Die Kutsche jagte durch die Stadt, daß ich mehr als einmal ernsthaft befürchtete, sie könnte umstürzen oder mit einem anderen Fuhrwerk oder einem Fußgänger zusammenstoßen, der nicht schnell genug aus dem Weg sprang. Zugleich aber schien die Zeit stehenzubleiben.

Ich war so gut wie sicher, daß wir zu spät kamen.

Hasseltime.

Es gab nur diese eine Erklärung. So entsetzlich der Gedanke auch sein mochte – die Geschöpfe waren in Hasseltimes Körper gewesen, als er aus dem See gekommen war. Wahrscheinlich war dies der einzige Grund für seine Rückkehr; und ebenso wahrscheinlich waren die fünf Ungeheuer, die sich vom See aus auf den Weg zu Andara- House gemacht hatten, nicht die einzigen. Vielleicht hatte man sie sogar nur geschickt, um mich abzulenken.

Vor meinen Augen stieg eine schreckliche Vision auf: Ich sah den Londoner Untergrund, der von einem Gewirr aus Hunderten und Tausenden von immer länger und größer werdenden Stollen durchzogen war; ich sah Armeen aus Milliarden und Abermilliarden der widerwärtigen kleinen Ungeheuer, die die Stadt aushöhlten, bis die Straßen unter dem Gewicht der Häuser zusammenbrachen. Vielleicht war es längst zu spät, das Unglück noch aufzuhalten.

Zumindest die Straße, die zum Gefängnis führte, war noch stabil genug, um das Gewicht des Fuhrwerks zu halten. In rasendem Tempo näherten wir uns dem geschlossenen Tor des riesigen, festungsähnlichen Gebäudes. Erst im buchstäblich allerletzten Moment brachte der Kutscher sein Gefährt zum Stehen, und wir sprangen so hastig heraus, daß Cohen und Howard sich gegenseitig behinderten und der Inspektor um ein Haar von den Füßen gefegt worden wäre.

Cohen vollbrachte ein weiteres Wunder, indem er uns mit nur wenigen Worten Einlaß verschaffte – eine Prozedur, die normalerweise nicht unter einer Viertelstunde zu bewerkstelligen war. Aber damit hörte unsere Glückssträhne dann auch auf. Wir wurden eingelassen, doch unser Weg endete vor einer weiteren, verschlossenen Tür, an die Cohen eine kleine Ewigkeit lang vergeblich hämmerte, bis sich schließlich eine vergitterte Klappe darin öffnete. Eine übellaunige Stimme, die zu einem ebenso übellaunig dreinblickenden Gesicht gehörte, fragte:

»Was gibt es denn? Wieso, zum Teufel, machen Sie hier einen solchen Lärm?«

»Machen Sie auf, Mann!« herrschte Cohen den Uniformierten an. »Ich bin Inspektor Cohen! Ich muß einen Ihrer Untersuchungsgefangenen sprechen. Sofort!«

»Und wieso?« Der Mann machte keine Anstalten, die Tür zu öffnen, sondern maß Cohen mit einem verächtlichen Blick. »Sie haben eine Vollmacht, nehme ich an?«

»Zum Teufel, seit wann brauche ich eine Vollmacht, um einen Verdächtigen zu verhören?« fauchte Cohen. »Machen Sie endlich auf! Es ist dringend!«

Der Gefängnisbeamte kratzte sich am Kinn und musterte Cohen mit einem neuerlichen, nicht sehr freundlichen Blick. »Ein Untersuchungsgefangener?« fragte er.

Cohen stand sichtlich kurz davor, zu explodieren, doch bevor er noch mehr sagen konnte, um den Mann auf der anderen Seite der Tür zu verärgern, mischte sich Howard ein.

»Es ist wirklich dringend, Sir«, sagte er. »Wir müssen mit Mister Hasseltime reden, und zwar schnell. Es geht um Leben und Tod.«

»Um wessen Leben?« fragte der andere.

»Das eines Zeugen«, antwortete Howard. Insgeheim bewunderte ich die Ruhe, die er an den Tag legte. Auch wenn sie nur gespielt war. »Wir brauchen eine Information von Mister Hasseltime. Falls wir sie nicht sofort bekommen, könnte das Leben eines Unschuldigen in Gefahr geraten. Das möchten Sie doch sicher nicht, oder?«

Der andere überlegte einige Sekunden lang angestrengt, wobei er sich weiter angelegentlich am Kinn kratzte. »Das kann ich nicht entscheiden«, sagte er schließlich. »Ich werde den Direktor fragen. Warten Sie hier.«

»Aber das ...« Cohen brach mit einem wütenden

Laut ab, als die Klappe mit einem Knall zugeworfen wurde. Durch die Tür hindurch konnten wir hören, wie sich schlurfende – und nicht sonderlich schnelle – Schritte entfernten.

»Verdammt!« sagte Cohen. »Ich bringe den Kerl um!«

»Er tut nur seine Pflicht«, sagte Howard. »Sie wären auch nicht besonders begeistert davon, wenn hier jeder einfach so hereinspazieren könnte, oder?«

»Das kommt darauf an, was auf dem Spiel steht«, maulte Cohen. »Außerdem bin ich nicht *jeder*, verdammt noch mal.«

Doch es half nichts – wir mußten uns in Geduld fassen, ob es uns nun gefiel oder nicht. Wir verloren die auf dem Weg hierher gewonnene Zeit wieder, indem wir tatenlos herumstanden und warteten. Es vergingen sicher zehn Minuten, ehe die Klappe endlich wieder geöffnet wurde. Diesmal war es ein älterer, schnauzbärtiger Mann mit grauem Haar und sorgfältig ausrasierten Koteletten, der uns durch die Gitter hindurch anblickte – offensichtlich der Gefängnisdirektor, wie ich aus Cohens erleichtertem Aufatmen schloß.

»Inspektor Cohen!« sagte er überrascht. »Was gibt es denn so Wichtiges?« Zugleich hörten wir das Geräusch des Schlüssels, der sich im Schloß bewegte. Die Tür schwang einige Zoll weit langsam und dann mit einem Ruck weiter auf, als Cohen unwillig dagegenstieß.

»Hasseltime!« sagte er herrisch. »Wo ist er? Wir müssen mit ihm reden. Ist er noch hier?«

»Natürlich«, antwortete der Gefängnisdirektor, der nun sichtlich gar nichts mehr verstand. »Sie haben Glück – er soll gerade abgeholt werden. Aber was ist denn nur …«

»Abgeholt? Von wem? Wohin?«

»Aber Sie haben doch selbst angeordnet, daß er in die Nervenheilanstalt gebracht ….«, begann der Direktor.

Cohen hörte ihm gar nicht mehr zu, sondern stieß ihn mit einem derben Ruck aus dem Weg und rannte los. Howard und ich folgten ihm auf dem Fuß, während sich der Gefängnisdirektor und sein unfreundlicher Begleiter erst nach einigen Augenblicken von ihrer Überraschung erholten, uns dann aber um so schneller und lautstark protestierend folgten.

»Inspektor, das geht doch nicht! Es gibt gewisse Regeln, die selbst Sie einhalten müssen!«

Wenn dem so war, so ignorierte Cohen besagte Regeln einfach. Er stürmte mit weit ausgreifenden Schritten vor uns her, stieß eine weitere Tür auf und rannte eine Treppe hinauf, so schnell, daß selbst Howard und ich alle Mühe hatten, ihm zu folgen. Im Sturmschritt durcheilten wir das Gefängnis und näherten uns dem Trakt, in dem die Untersuchungsgefangenen untergebracht waren.

»Inspektor Cohen, jetzt reicht es!« rief der Direktor hinter uns. »Ich verlange auf der Stelle eine Erklärung!«

Cohen ignorierte ihn weiter – und das war ein Fehler, wie sich in der nächsten Sekunde zeigte. Plötzlich flogen vor uns zwei Türen auf, und fast ein halbes Dutzend fragend dreinblickender Männer in den blaugrauen Uniformen des Gefängnispersonals stürmte auf den Gang, alarmiert vom

Lärm und den wütenden Rufen des Direktors. Doch so verdutzt die Männer auch sein mochten – es hielt sie nicht davon ab, den Befehlen ihres Dienstherren zu gehorchen und Cohen und uns den Weg zu vertreten.

»Ich muß doch wirklich bitten!« schnaufte der Direktor, nachdem er keuchend zu uns aufgeholt hatte. »Inspektor, was ist denn in Sie gefahren?!«

Cohen versuchte, sich zwischen den Männern hindurchzudrängeln, die den Gang vor uns abriegelten, doch die Übermacht war zu groß.

»Lassen Sie mich durch!« verlangte er. »Ich muß Hasseltime sehen! Sofort, ehe er abgeholt wird!«

»Gern«, antwortete der Direktor. »Sobald Sie mir den Grund für Ihre Aufregung verraten haben. Und vor allem einen guten Grund dafür nennen, warum diese beiden Zivilisten hier sind. Ihren Diensteifer in Ehren, Inspektor, aber dies ist ein Gefängnis, in dem gewisse Vorschriften ...«

Genau in diesem Moment erklang auf dem Gang vor uns ein gellender, unmenschlicher Schrei, so daß der Direktor abrupt mitten im Wort abbrach.

Diesmal versuchte niemand mehr, Cohen aufzuhalten. Mit einer Behendigkeit, die ich einem Mann von seiner Statur niemals zugetraut hätte, stürmte er los und rannte den Gang entlang. Ich folgte ihm, so schnell ich konnte, fiel aber ebenso hoffnungslos zurück wie Howard und die anderen Männer.

Einen Moment später rannte ich Cohen im wahrsten Sinne des Wortes über den Haufen, denn er war durch eine geöffnete Zellentür gestürzt und unmittelbar dahinter stehengeblieben. Ich brauchte einige Sekunden, um mein Gleichgewicht wiederzufinden – und dann um etliches länger, um meine Fassung wiederzufinden.

Wir waren in Hasseltimes Zelle. Daran gab es gar keinen Zweifel, denn der Mann, der vor uns auf dem Boden lag, war niemand anderes als Hasseltime – genauer gesagt, das, was von ihm übrig war.

Dicht neben dem ehemaligen Navy-Offizier kniete ein junger Mann in der Uniform des Gefängnispersonals, der sich würgend übergab und dabei kleine, wimmernde Laute ausstieß, und an der Wand hinter Hasseltimes Leiche standen zwei Männer von hünenhafter Statur, deren Gesichtsfarbe heftig mit dem Weiß ihrer Kleidung wetteiferte. Hasseltime selbst lag auf dem Rücken, in einer immer größer werdenden, dampfenden Blutlache. Ein Teil seines Gesichts, die Hälfte seines Halses und ein gutes Stück seiner Brust fehlten; dafür war etwas anderes da.

Ich hatte erwartet, Dutzende der durchsichtigen dünnen Wurmkreaturen aus seinem Körper herausbrechen zu sehen; darauf wäre ich vorbereitet gewesen. Ganz automatisch hatte ich mich sogar schon in der Zelle umgesehen und nach einer Schüssel oder einem Krug mit Wasser Ausschau gehalten. Doch was ich wirklich erblickte, übertraf meine schlimmsten Befürchtungen. Es waren nicht Dutzende von Würmern, sondern ein einziger, fast armdicker, widerwärtiger Wurm, der sich mit zuckenden Bewegungen aus Hasseltimes aufgebrochenem Brustkorb herauswand – und unverzüglich damit begann, sich in den Boden hineinzugraben!

Der Anblick war so furchtbar, daß ich für zwei, drei Sekunden regungslos dastand und das gräßliche Bild betrachtete. Als ich meinen Schrecken schließlich überwand, war es zu spät. In der dampfenden Blutlache, in der Hasseltime lag, bildete sich ein winziger Strudel, und plötzlich war der Wurm nicht mehr da. Statt dessen gähnte ein faustgroßes Loch im Boden, durch das Hasseltimes Blut in das darunterliegende Stockwerk tropfte.

»Großer Gott!« keuchte eine Stimme hinter mir. Ich fuhr herum und erkannte den Gefängnisdirektor. »Was geht hier vor? Ich verlange eine Erklä ...«

Ich schnitt ihm das Wort ab, indem ich ihn bei den Rockaufschlägen ergriff und so heftig schüttelte, daß seine Zähne aufeinanderschlugen. »Was ist hier drunter?« fuhr ich ihn an.

»Zellen«, antwortete er automatisch. »Aber sie stehen leer. Und ...«

Mehr brauchte ich nicht zu wissen. Ich ließ den Mann los, stieß einen weiteren Beamten grob zur Seite und rannte den Gang wieder zurück zur Treppe, so schnell ich konnte. Hinter mir wurden hastige Schritte laut, als sich Howard und nach ein paar Sekunden auch Cohen ebenfalls auf den Weg machten. Ich zweifelte nicht daran, daß uns auch etliche Männer des Gefängnispersonals folgten, doch daran verschwendete ich in diesem Moment keinen Gedanken. Ich wußte, daß ich praktisch keine Chance hatte, das Ungeheuer zu stellen. Ich hatte schließlich mit eigenen Augen gesehen, wie schnell es sich in den steinernen Boden hineingefressen hatte, während ich selbst darauf angewiesen war, den Weg in die darunterliegende Etage über Flure und Treppen zurückzulegen.

Meine Gedanken rasten. Wir befanden uns in der zweiten Etage. Das hieß, daß unter uns zwei weitere

Stockwerke und vielleicht noch ein Keller lagen, und dann nichts mehr. Wenn der Wurm den gewachsenen Grund erreichte, ehe wir ihn einholen und stellen konnten, war London verloren. Und vielleicht nicht nur London …

Ich setzte alles auf eine Karte. Statt am Ende der Treppe abzubiegen, um die Zelle unter der Hasseltimes zu erreichen, stürmte ich weiter nach unten, erreichte das Erdgeschoß und sah zu meiner maßlosen Erleichterung, daß es weiter in die Tiefe ging. Es gab einen Keller. Vielleicht hatten wir noch eine winzige Chance, die Bestie aufzuhalten.

Wo genau hatte Hasseltimes Zelle gelegen? Ich versuchte, den Weg, den ich oben gegangen war, in Gedanken zurückzuverfolgen. Ich war nach links abgebogen, mußte also jetzt nach rechts, und dann … zwanzig Schritte weit? Dreißig?

Vor mir lag ein düsterer, kaum beleuchteter Kellergang, von dem fast ein Dutzend Türen abzweigten. Mußte ich nach rechts oder links? Die dritte oder die vierte Tür?

Es war aussichtslos. Ich stieß wahllos einige Türen auf, blickte in die dahinterliegenden Räume und suchte die Decken ab. Sie waren voller Schmutz und Spinnweben, aber unversehrt.

Ich durchsuchte jeden einzelnen Raum auf dem Gang, doch das Ergebnis war überall das gleiche. Kein Wurmloch. Diesmal hatte ich mich verkalkuliert. Das Ungeheuer war noch irgendwo über mir und hatte entweder die Richtung gewechselt oder sich in eine der Wände hineingefressen, statt direkt in die Tiefe zu streben, wie ich vermutet hatte.

Endlich schlossen Howard und Cohen zu mir auf.

»Wo ist es?« keuchte Cohen. »Haben Sie es erwischt?«

Ich schüttelte niedergeschlagen den Kopf. »Nein. Es ist ...«

Howard schrie auf und versetzte mir einen Stoß, der mich so wuchtig gegen die Wand torkeln ließ, daß ich Sterne sah. Doch ich nahm es meinem Freund nicht übel. Vermutlich hatte er mir damit das Leben gerettet.

Von der Decke rann flüssiges Gestein. Rotglühende Tropfen fielen zu Boden und bildeten kleine Feuernester. In der nächsten Sekunden fiel etwas Dunkles, sich heftig Windendes genau dort herab, wo ich einen Moment zuvor noch gestanden hatte, und klatschte mit einem ekelerregenden Laut zu Boden.

Zum ersten Mal sah ich das Ungeheuer wirklich.

Es ähnelte den kleinen Felsfressern nur vage. Sein Körper war im Verhältnis zur Länge viel dicker und nicht transparent, sondern von einer dunklen, an grobes Leder erinnernden Haut überzogen. Wie seine kleinen Artgenossen hatte er keine sichtbaren Sinnesorgane, wohl aber ein gewaltiges, mit rasiermesserscharfen Zähnen bewehrtes Maul. Ein bestialischer Gestank ging von der Kreatur aus.

»Wasser!« brüllte Howard. »Cohen – wir brauchen *Wasser*!«

Während Cohen – der erneut eine erstaunliche Geistesgegenwart und Kaltblütigkeit bewies – herumfuhr und in einem der Kellerräume verschwand, um das Verlangte zu holen, rappelte ich mich auf und trat mit einem entschlossenen Schritt auf den Wurm zu. Der Ekel, mit dem mich der Anblick der

Kreatur erfüllte, war beinahe übermächtig, doch irgendwie gelang es mir, meinen Abscheu zu überwinden. Ich hob den Fuß und rammte ihn mit aller Kraft auf den Kopf des Wurmungeheuers.

Es war der schlimmste Schmerz, den ich je im Leben verspürte hatte. Ein weißglühender Pfeil schien sich durch meine Fußsohle zu bohren und bis in meine Hüfte hinauf zu schießen. Ich brüllte vor Qual, stürzte mit hilflos rudernden Armen zur Seite und schlug so schwer auf den Boden, daß ich um ein Haar das Bewußtsein verloren hätte. Doch auch so nahm ich kaum noch wahr, was rings um mich herum geschah. Wimmernd und mit eng an den Leib gezogenen Knien lag ich da und kämpfte gegen den Schmerz, der immer noch schlimmer zu werden schien. Mein rechter Schuh schwelte, und es stank nach verbranntem Leder und angesengtem Fleisch. Wie durch einen Vorhang aus blutgetränktem Nebel sah ich, wie sich der Wurm – der keineswegs tot, ja, anscheinend nicht einmal verletzt war – herumdrehte und seinen augenlosen Schädel in meine Richtung wandte.

Und ich sah noch etwas, das mir einen neuerlichen eisigen Schauer über den Rücken laufen ließ. Aus dem Körper des Wurms begannen weiße, halb durchsichtige Fäden zu kriechen. Und erst jetzt begriff ich.

Was da vor uns lag, war das Muttertier. Die Brutstätte, aus der die kleinen, steinfressenden Ungeheuer stammten. Wenn diese Kreatur entkam, stand uns eine Invasion der Würmer bevor, die keine Macht der Welt mehr würde aufhalten können …

Cohen kam zurück. Er balancierte einen verbeulten Blechtopf mit Wasser in der Hand. Mit einem zornigen Schrei warf er sich vor, schleuderte den Wurm mit einem Fußtritt zur Seite und schüttete das Wasser über ihm aus.

Eine Kette winziger Explosionen erfolgte. Die Würmer, die gerade dabei waren, aus dem Muttertier herauszukriechen, lösten sich in Rauch und Flammen auf.

Aber das große Tier nicht.

Cohen stöhnte vor Entsetzen, als er begriff, daß das Wasser diesem Geschöpf offenbar nichts anhaben konnte.

Erneut kroch der Wurm auf mich zu. Ich mußte ihm wohl doch irgendwie Schmerz zugefügt haben, oder er hatte mich instinktiv als seinen gefährlichsten Gegner identifiziert – oder ich hatte einfach Pech. Jedenfalls kroch die Bestie zielsicher auf mich zu. Ihre winzigen, aber rasiermesserscharfen Zähne schnappten nach meinen Fuß. Ich zog das Bein im letzten Augenblick zurück, doch als ich aufstehen wollte, knickte mein verletzter Fuß unter mir weg, und ich stürzte wieder hilflos zu Boden.

Der Wurm war heran. Seine Zähne schnappten nach meinem Gesicht. Ich warf mich mit einer verzweifelten Bewegung herum, entging dem Angriff um Haaresbreite und rollte zur Seite – und gegen die Wand! Ich war gefangen. Ich konnte nicht aufstehen, und mir blieb auch keine Zeit mehr, erneut vor dem Ungeheuer davonzukriechen, das eine erstaunliche Geschwindigkeit entwickelte. Ich konnte die Hitze spüren, die von seinem Körper ausging, als es meine Hüfte berührte. Der Stoff meines Mantels begann zu schwelen.

Plötzlich stieß der Wurm einen zischenden Laut

aus und prallte zurück. Er krümmte sich. Im ersten Moment begriff ich überhaupt nicht, was geschehen war, doch dann gewahrte ich eine fingerlange, heftig blutende Wunden in seiner Flanke – und im selben Augenblick sah ich etwas Schwarzes durch den verkohlten Stoff meiner Manteltasche schimmern.

Ganz instinktiv griff ich zu, riß einen der Steinbrocken aus der Manteltasche und schwang ihn wie ein Messer. Ich dachte nicht darüber nach, was ich tat, und dies rettete mir vermutlich das Leben, denn der Wurm spürte die Gefahr, die von meiner improvisierten Waffe ausging. Mit einer unglaublich schnellen Bewegung warf er sich herum und versuchte, davonzukriechen.

Aber so schnell er auch war, er war nicht schnell genug. Die dünne Steinscheibe traf seinen Körper in der Mitte und zerteilte ihn so mühelos wie das Skalpell eines Chirurgen. Der Wurm kreischte vor Schmerz und Agonie, krümmte sich und versuchte, nach mir zu beißen.

Ich ließ ihm keine Chance. Ich spürte, wie mir die Sinne zu schwinden begannen. Trotzdem hörte ich nicht auf, mit der steinernen Klinge immer und immer wieder nach ihm zu hacken, selbst, als er längst still dalag und sich nicht mehr rührte.

Howard erzählte mir später, daß Cohen und er den Stein gewaltsam aus meinen Fingern hatten lösen müssen, nachdem ich das Bewußtsein verloren hatte. Ich selbst erinnere mich kaum mehr daran. Zu sagen, daß ich in eine Art Blutrausch verfiel, wäre wohl nicht das richtige Wort – obwohl es der Wahrheit in der Sache wohl ziemlich nahe kam. Ich wußte nicht mehr, was ich tat; und hätte ich es gewußt, hätte ich kaum etwas dagegen tun können. Der Wurm war längst tot, ein zerfetzter, blutiger Kadaver, in dem jetzt nicht mal mehr die bösartige Karikatur von Leben war, die ihn einst beseelt hatte. Doch ich schlug und hackte und stieß immer wieder und wieder auf ihn ein, bis auch meine Hände längst zu bluten begonnen hatten und jedes Gefühl daraus wich.

In diesem Moment war diese Kreatur mehr als nur ein weiterer Feind für mich, mehr als nur ein weiteres Ungeheuer, das meine Gegner ausgesandt hatten, um mich zu vernichten und ihre Pläne endlich zu verwirklichen. Dieser Wurm versinnbildlichte in diesem Moment alles, vor dem ich je zu fliehen versucht hatte. Ich war wie von Sinnen. Immer und immer wieder schlug ich auf die Kreatur ein.

Ich hatte mein Leben, mein gesamtes *erstes* Leben, dem Kampf gegen die finsteren Mächte aus der Vergangenheit gewidmet, und ich hatte den höchsten Preis bezahlt, den ein Mensch zu zahlen imstande ist – den Tod. Und ich hatte wirklich geglaubt – für einige wenige, kostbare Wochen –, daß ich genug getan hätte, vielleicht mehr, als das Schicksal einem einzelnen Menschen abverlangen konnte.

Aber das stimmte nicht. Es war niemals genug.

Es hatte gerade erst wieder begonnen.

McDonald blickte stirnrunzelnd auf die Taschenuhr, auf deren Deckel sein Daumen einen häßlichen Fettfleck hinterlassen hatte, klappte ihn mit der linken Hand zu und wickelte mit der anderen das Lunchpaket aus, das seine Frau ihm zurechtgemacht hatte. Es war noch nicht ganz Zeit zum Abendessen, doch weder McDonald noch seine beiden Kollegen nahmen es damit sehr ernst – so wenig wie ihre Vorgesetzten, die sowohl über diese wie über gewisse andere kleine Freiheiten hinwegsahen, die die Männer sich dann und wann herausnahmen –, vielleicht als Ausgleich für die schlechtbezahlte, unangenehme Arbeit, die sie Nacht für Nacht in den Kellergeschossen der Pathologie verrichten mußten. Zumindest nahm McDonald an, daß es so war.

Er selbst empfand seine Arbeit als nicht besonders unangenehm; nicht, nachdem er so viel Zeit gehabt hatte, sich daran zu gewöhnen. Sicher, während der ersten Jahre hatte es ihn manchmal gewaltige Überwindung gekostet, seinen Dienst zu tun, aber das hatte sich geändert. Mittlerweile hatte McDonald seine eigene Einstellung zu den leblosen Körpern, die auf dem verchromten Tisch im Nebenraum landeten, und die war sehr simpel: tot war tot, und es spielte eigentlich keine Rolle, wer der Tote war, oder wie er gestorben war.

Der Bursche zum Beispiel, den sie an diesem Abend vorbereiteten, damit die Ärzte am nächsten Morgen mit Skalpellen und Fachausdrücken über ihn herfallen konnten, ohne den wirklich unangenehmen Teil der Arbeit zu tun: ihn zu waschen, zur Untersuchung herzurichten und gegebenenfalls die einzelnen Teile zu sortieren. Noch am gestrigen Morgen war dieser Mann ein ehrbarer Beamter gewesen, mit der Aussicht auf eine Pension und einen geruhsamen Lebensabend, und wahrscheinlich hatte er eine Familie gehabt und Freunde, mit denen zusammen er Pläne für die nächsten Jahre gemacht hatte. Jetzt war es damit aus. Soviel McDonald gehört hatte, war der arme Kerl einem Verrückten in die Hände gefallen, der ihm die Kehle durchgebissen hatte. Widerlich …

McDonald verscheuchte den Gedanken, wickelte sein Brot vollends aus und stellte fest, daß seine Frau wieder einmal einen Anflug ihres ganz besonderen Humors gehabt haben mußte: auf dem Sandwich war Schweinebregen. McDonald grinste, biß nichtsdestotrotz mit großem Appetit hinein und begann genüßlich zu kauen. Im selben Moment erscholl aus dem Nebenraum die Stimme eines seiner beiden Kollegen.

»Himmelarschdonnerwetter! Was ist denn das für eine Sauerei?«

McDonald runzelte die Stirn, betrachtete das angebissene Sandwich eine Sekunde lang verwirrt und stand auf. Das Brot in der Rechten und noch immer genüßlich kauend, ging er in den benachbarten Raum. Seine beiden Kollegen standen vor dem Untersuchungstisch und wandten ihm den Rücken zu. Trotzdem konnte McDonald sehen, daß sie den toten Bauaufsichtsbeamten bereits entkleidet und auf den Tisch gelegt hatten. Zumindest von seinem Standort aus konnte McDonald nichts Außergewöhnliches an der Leiche erkennen.

»Was ist denn los?« fragte er mit vollem Mund.

Stan, der ältere der beiden Männer, drehte sich halb zu ihm herum und deutete zornig gestikulierend auf den Leichnam. »Schau dir das an! Sie hätten es uns wenigstens sagen können!«

»Was sagen?« McDonald trat, noch immer kauend, an seinem Kollegen vorbei und warf einen neugierigen Blick auf den Toten. In der nächsten Sekunde verstand er, was Stan gemeint hatte.

»Diese dämlichen Hunde!« schimpfte Stan. »Wahrscheinlich haben sie sich halb tot gelacht, als sie ihn in den Krankenwagen verfrachtet haben und an unsere Gesichter dachten. Scheiße, da kann einem ja der Appetit vergehen!«

Das geschah zwar nicht, aber McDonald verstand die Erregung seines Kollegen durchaus. Es war nicht das erste Mal, daß die Ambulanzler, die die Toten brachten, ihnen nicht *alles* sagten, womit sie zu rechnen hatten.

»Sie haben erzählt, daß ihm jemand die Kehle durchgebissen hat!« beschwerte sich Stan. »Aber sie haben nicht gesagt, daß er ihn *ausgehöhlt* hat!« Diese Behauptung kam der Wahrheit ziemlich nahe, fand McDonald. Der Schädel des Toten war auf die Seite gerollt, so daß man seinen Hinterkopf sehen konnte. Oder auch nicht. Wo die Schädeldecke des Toten sein sollte, gähnte ein mehr als faustgroßes Loch. Sein Gehirn und alles, was sonst noch in seinem Schädel sein sollte, fehlte.

»Wo, zum Teufel, ist sein Gehirn?« empörte sich Stan.

McDonald blickte eine Sekunde lang nachdenklich auf sein Sandwich hinunter, dann wieder auf den geöffneten Schädel des Toten, dann zuckte er mit den Schultern und biß herzhaft in sein Brot.

»Keine Ahnung«, sagte er. »Ehrlich gesagt, interessiert es mich auch nicht. Darüber sollen sich die Ärzte den Kopf zerbrechen. Die werden besser bezahlt als wir.«

Und damit drehte er sich um und ging, um seinen vorgezogenen Lunch fortzusetzen.

Das faustgroße Loch, das im Boden direkt unter

dem Untersuchungstisch gähnte, bemerkten an diesem Abend weder er noch einer seiner Kollegen. Es fiel erst den Männern der Tagschicht auf, die unverzüglich einen Maurer bestellten, um es ausbessern zu lassen.

Kevin Collins arbeitete bereits seit fast dreißig seiner insgesamt neunundvierzig Jahre auf der Harper-Werft. Die harte Arbeit hatte ihre Spuren hinterlassen. Er war ein bulliger Mann mit breiten Schultern und Händen, die an die Pranken eines Bären erinnerten. Wo er hinschlug, da wuchs so schnell kein Gras mehr, das konnten zahlreiche Zecher bezeugen, die im Laufe der Zeit den Fehler begangen hatten, sich in einer der zahlreichen Kneipen des Hafenviertels, in denen Collins verkehrte, mit ihm anzulegen. Er war kein streitsüchtiger Mann, ganz gewiß nicht, aber er ging auch keiner Schlägerei aus dem Weg, wenn er provoziert wurde.

Angst kannte er nicht. Er wußte, daß er sich auf seine eigenen Kraft verlassen konnte, falls ihm jemand dumm kam, wenn er nach getaner Arbeit in irgendeiner Spelunke herumhing und ein paar Bier trank, bis er sich irgendwann ins Bett fallen ließ, um am nächsten Morgen wieder zur Arbeit zu erscheinen. Ein Tag war wie der andere, und seit vor nunmehr elf Jahren seine Frau an einer tückischen Krankheit gestorben war, gab es auch keine anderen Menschen oder sonstigen Besitztümer mehr, die ihm so viel bedeuteten, daß er um ihren Verlust fürchten mußte. Wovor oder um was sollte er also Angst haben?

Zumindest hatte er das bis vor ein paar Tagen geglaubt. Seitdem jedoch hatte sich seine Einstellung geändert.

Es war eine Veränderung, die er sich nicht erklären konnte, sowenig wie die Furcht selbst. Hätte ihm vor einigen Wochen jemand erzählt, daß er sich irgendwann ausgerechnet vor einem *Schiff* fürchten würde, so hätte er schallend darüber gelacht.

Doch die HMS THUNDERCHILD war nicht einfach nur irgendein Schiff. Vor mehr als vier Monaten war sie in die Werft eingelaufen. Collins wußte nicht, was mit dem Kriegsschiff geschehen war, auf jeden Fall wies es einige Beschädigungen auf. In der Bordwand befanden sich mehrere kleine Löcher, die unbedingt abgedichtet werden mußten, zumal einige davon in gefährlicher Nähe zur Wasserlinie prangten. Eine Routinereparatur, mehr nicht, die höchstens wenige Tage Zeit in Anspruch nehmen würde.

Wenigstens hatte man das damals geglaubt.

Aber irgend etwas war an dem Schiff war wie verhext. Die Löcher abzudichten, erwies sich als beinahe unmöglich. Die genauen Gründe dafür kannte Collins nicht, und sie waren ihm auch egal. Er hatte damals an einem anderen Schiff gearbeitet, doch er hatte von Kollegen über die THUNDERCHILD gehört. Während der Reparaturarbeiten war es zu überdurchschnittlich vielen Unfällen gekommen, drei davon mit tödlichem Ausgang. Einige der Arbeiter hatten sich im Laufe der Zeit sogar geweigert, das Schiff überhaupt noch einmal zu betreten. Sie hatten nicht mal mehr darüber sprechen wollen, oder wenn, dann nur hinter vorgehaltener Hand. Und was sie zum Besten gegeben hatten, war nicht mehr als albernes, abergläubisches Gerede gewesen.

Im Kern lief dieses Gerede immer wieder darauf hinaus, daß es an Bord des Zerstörers spuken sollte.

Collins hatte darüber lediglich gegrinst. Er war kein gläubiger Mensch, und Aberglaube lag ihm erst recht fern. Das versponnene Gerede der anderen war ganz sicher nicht dazu geeignet, seine diesbezügliche Einstellung zu ändern, zumal niemand ihm Genaueres über die Art des angeblichen Spuks erzählen konnte – oder wollte –, geschweige denn, irgendwelche Beweise dafür vorlegte. Das Schiff war den meisten, die darauf gearbeitet hatten, lediglich auf eine nicht näher zu beschreibende Art unheimlich.

Eines allerdings war Collins aufgefallen: Seine mit der Reparatur der THUNDERCHILD betrauten Kollegen hatten sich zu verändern begonnen. Fast alle kannte er, traf sich oft genug mit ihnen abends auf ein paar Bier, und deshalb war ihm die Veränderung aufgefallen. Sie wurden wortkarger und weniger gesellig, einige von ihnen sogar regelrecht streitsüchtig, selbst die, die es vorher nie gewesen waren. Collins hatte es jedoch auf den schleppenden Fortgang der Arbeiten und den daraus resultierenden Druck von seiten der Werftleitung geschoben.

Aus den anfangs veranschlagten Tagen waren Wochen geworden, und schließlich war man dazu übergegangen, nicht mehr länger zu versuchen, die Löcher zu flicken, sondern einen Teil der Panzerung völlig zu erneuern. Dies hatte weitere Wochen in Anspruch genommen, und zu dieser Zeit hatte auch Collins für einige Tage auf der THUNDERCHILD gearbeitet.

Seither hatte sich seine Einstellung dem Schiff gegenüber verändert, und er konnte die Schilderungen der anderen nachvollziehen. Es gab keine konkreten Geschehnisse, die er zu benennen vermochte, doch bei Betreten des Schiffes hatte Collins stets ein Unbehagen verspürt, wie er es nie zuvor gekannt hatte. Manchmal war es ihm vorgekommen, als ob sich die THUNDERCHILD veränderte, während er an Bord war. Mehr als einmal hatte er sich in den labyrinthischen Gängen und Korridoren verlaufen, was ihm sonst noch nie auf einem Schiff passiert war. Ein paarmal hätte er sogar jeden Eid geschworen, daß es bestimmte Gänge und Korridorbiegungen noch wenige Stunden zuvor nicht gegeben hatte, so verrückt ihm diese Gedanken nachträglich auch erschienen. Aber gegen das Unbehagen kam er nicht an. Das Gefühl, ein unerwünschter Eindringling in dem Schiff zu sein, war fast übermächtig geworden, ohne daß Collins es sich erklären konnte, doch er war mehr und mehr zu der Überzeugung gelangt, daß irgend etwas abgrundtief Böses von dem Zerstörer Besitz ergriffen hatte. Jeden Tag hatte er am Ende seiner Schicht erleichtert aufgeatmet, und er war heilfroh gewesen, als man ihn nach einigen Tagen wieder zur Reparatur eines anderen Schiffes abgestellt hatte.

Als man die THUNDERCHILD schließlich aus dem Trockendock zu Wasser ließ, hätte dies um ein Haar in einer Katastrophe geendet. An irgendwelchen verborgenen Stellen war weiterhin Wasser ins Schiff eingedrungen. Es hatte so tief gelegen, daß nicht mehr viel gefehlt hätte, es vollends versinken zu lassen. Nur mit knapper Not hatte man es ins

Trockendock zurückschaffen können, und dort befand es sich seither, ohne daß weiter daran gearbeitet wurde. Von Zeit zu Zeit erschienen irgendwelche Ingenieure in Begleitung hoher Tiere des Schiffahrtsamtes und der Marine, um es zu inspizieren und über Konstruktionsplänen zu brüten, aber bislang hatte niemand die Ursache des Beinahe-Untergangs ergründen können.

Collins war sich bis zum heutigen Tage nicht sicher, was es mit der THUNDERCHILD auf sich hatte. Es lag inzwischen mehr als zwei Monate zurück, daß er den Zerstörer zuletzt betreten hatte, doch sein bloßer Anblick flößte ihm noch immer Unbehagen ein, und obwohl es auf dem letzten und abgelegensten Dock der Werft lag, bekam er es an jedem Arbeitstag mehrmals zu sehen.

Auch an diesem Tag war dies nicht anders. Zusammen mit einigen Kollegen war Collins damit beschäftigt, letzte Reparaturen an den Deckaufbauten eines Seglers vorzunehmen, auf dem Dock, das dem der THUNDERCHILD am nächsten lag. Es war später Nachmittag, und in knapp einer halben Stunde würde seine Schicht zu Ende sein. Collins vermied es, so gut es ging, zu dem Zerstörer hinüberzublicken; dennoch gelang es ihm nicht, dessen Nähe aus seinen Gedanken zu verbannen.

Fast den ganzen Tag über hatte es geregnet, doch im Westen lockerte die Bewölkung allmählich auf, und gelegentlich brachen sogar die Strahlen der untergehenden Sonne durch die Wolkendecke.

Nur mit Mühe konnte Collins einen Schrei unterdrücken, als wieder einmal die Sonne kurzzeitig durch ein Wolkenloch brach und er den Schatten sah, der sich rings um ihn herum auf dem Deck des Segelschiffes ausbreitete.

Schatten?

Was er sah, war ein monströser Umriß, irgend etwas, das wie ein gigantisch aufgeblähter Balg mit einer Vielzahl langer tentakelartiger Arme aussah, die wild umherpeitschten und nach ihm zu greifen schienen.

Für Sekunden war Collins wie gelähmt und unfähig, sich zu bewegen, im eisernen Würgegriff der Panik. Dann entglitt der schwere Hammer seinen Händen und traf seine Zehen. Ein wilder Schmerz zuckte durch seinen Fuß und trieb ihm die Tränen in die Augen. Er stöhnte und kniff die Lider zusammen.

Als er die Augen wieder öffnete, war der Bann gebrochen. Der Schatten stammte nicht von einem tentakelbewehrten Ungeheuer, sondern lediglich von den gedrungenen Deckaufbauten der THUNDERCHILD. Gleich darauf schoben sich wieder Wolken vor die Sonne, und der Schatten verblaßte vollends.

Erst jetzt bemerkte Collins, daß er am ganzen Körper zu zittern begonnen hatte. Die schweren Arbeitsschuhe hatten ihn vor einer Verletzung bewahrt, aber noch immer stand das Bild des monströsen Schattens deutlich vor seinen Augen. Er wußte, daß er sich den Anblick nicht nur eingebildet hatte.

Kevin Collins hatte geglaubt, daß es nichts gäbe, das ihm noch Angst einflößen könnte, geschweige denn Panik.

An diesem Tag wurde er eines Besseren belehrt, und obwohl er sich noch am selben Abend so gründlich betrank, wie seit dem Tod seiner Frau nicht mehr, gelang es ihm nicht, dieses Gefühl zu betäuben.

Mit halsbrechischer Geschwindigkeit jagte die Kutsche durch die menschenleeren Straßen und schwankte dabei von einer Seite zur anderen, daß ich bei jeder Kurve für einen Moment befürchtete, sie würde umkippen. Dennoch war vom Bock her fast ununterbrochen das Knallen der Peitsche zu hören, mit der Rowlf die Pferde zu noch größerer Eile antrieb. Jede Unebenheit des Kopfsteinpflasters wurde bei diesem Tempo beinahe ungefedert in den Innenraum übertragen, daß ich das Gefühl bekam, auf einem störrischen Maulesel zu reiten und Mühe hatte, nicht von der Sitzbank geschleudert zu werden. Mir gegenüber kämpfte Howard mit den gleichen Schwierigkeiten. Er hatte die Zähne fest zusammengebissen und sah leicht grün im Gesicht aus. Er hatte sogar seine erst halbgerauchte Zigarre aus dem Fenster geworfen, nachdem sie ihm zweimal aus dem Mund gefallen war.

Zum Glück herrschte kaum Verkehr. Es war noch nicht mal zehn Uhr nachts, und normalerweise hätte das Nachtleben in einer Metropole wie London gerade erst begonnen, doch Regen und eisiger Wind hatten die Menschen von den Straßen vertrieben. Nur vereinzelt begegnete uns ein anderes Fuhrwerk, oder es war ein gebückt dahineilender Fußgänger zu entdecken.

»Wann sind wir denn endlich da?« brummte Howard. »Rowlf wird uns noch umbringen, wenn er weiter wie ein Geisteskranker fährt.«

»Wir müssen Montgomery von seinem idiotischen Plan abbringen, und dabei kann es auf jede Minute ankommen«, gab ich zurück.

»Hast du wenigstens schon eine Idee, wie wir das

anstellen sollen, wenn nicht einmal Cohen etwas dagegen unternehmen kann?«

Ich zuckte verlegen mit den Achseln und wich seinem Blick aus. Alles war viel zu schnell gegangen, als daß ich Zeit gehabt hätte, mir einen Plan zurechtzulegen. Wahrscheinlich hatte Howard sogar recht, und wir würden gar nichts ausrichten können, aber ich weigerte mich, auch nur darüber nachzudenken. Ich wollte wenigstens vor Ort sein und alles versuchen, um doch noch zu verhindern, daß Montgomery sein Vorhaben in die Tat umsetzte.

»Uns wird schon etwas einfallen, wenn wir erst mal da sind«, murmelte ich. Doch ich konnte nicht mal mich selbst damit überzeugen, und Howard verzog skeptisch das Gesicht, sagte aber nichts. Auch er wußte, wieviel auf dem Spiel stand.

Die Kutsche verlangsamte ihre Fahrt, und ich blickte erneut aus dem Fenster. Wir befanden uns bereits in der Atkins-Road und hatten unser Ziel fast erreicht. Links von uns erstreckte sich der gewaltige, erst zu einem Teil abgetragene Schuttberg, der vom Hansom-Komplex übriggeblieben war.

Mit einem heftigen Ruck, der mich abermals fast von der Sitzbank geschleudert hätte, kam die Kutsche zum Stehen. Ich stieß die Tür auf und sprang ins Freie, wobei ich um ein Haar mit einem Bobby zusammengeprallt wäre, der mir mit abwehrend vorgestreckten Händen entgegengeeilt kam.

»Bitte entschuldigen Sie, Sir, aber Sie dürfen hier nicht weiter«, sagte er scharf. »Die Straße ist vorübergehend gesperrt.«

»Gerade deshalb bin ich hier«, entgegnete ich.

»Mein Name ist Robert Craven. Inspektor Cohen hat mich hergebeten.«

Das Gesicht des Polizisten wurde schlagartig freundlicher. Er rang sich sogar ein leichtes Lächeln ab.

»Verzeihung, Mister Craven, das ist natürlich etwas anderes. Kommen Sie, der Inspektor erwartet Sie bereits.«

Während ich zusammen mit Howard und Rowlf dem Bobby folgte, registrierte ich mit Beunruhigung die beiden großen Lastenfuhrwerke, die auf der Straße standen und offenbar zum Abtransport des Reliefs zum Museum dienen sollten. Der Bobby führte uns in die unterirdischen Höhlen, und auch die Veränderungen, die es hier gegeben hatte, erfüllten mich mit Unbehagen. Als ich vor etwas mehr als einer Woche zum ersten Mal hiergewesen war, hatten wir eine einfache Leiter hinabsteigen müssen. Jetzt war der Einstieg beträchtlich erweitert worden, und man hatte Stufen in den Fels geschlagen, die eine breite Treppe bildeten.

In der von Karbidscheinwerfern taghell erleuchteten Höhle hielten sich zahlreiche Personen auf. Die meisten waren in einfache Arbeitsmonturen gekleidet, aber es waren auch einige Polizisten und Männer in vornehmen Anzügen da, vermutlich honorige Mitarbeiter des Museums. Auch Montgomery entdeckte ich bei ihnen. Er stand direkt vor dem mehrere Yards durchmessenden Relief und erteilte Anweisungen. Arbeiter hatten bereits damit begonnen, die gewaltige Steinplatte von der Felswand zu lösen.

Ich zwang mich, das Relief zu betrachten, aber trotz

der Entfernung gelang es mir nur für kurze Zeit. Die auf aberwitzige, schier unmöglich erscheinende Art ineinander gekrümmten und gedrehten Linien, die in den Stein eingraviert waren, schienen allen Naturgesetzen Hohn zu sprechen und überstiegen in ihrer Fremdartigkeit die Aufnahmefähigkeit des menschlichen Verstandes. Sie entstammten der Geometrie eines Universums, das mit unserem unvereinbar war. Wieder trieb mir ihr bloßer Anblick nach wenigen Sekunden Tränen in die Augen und verursachte einen stechenden Kopfschmerz hinter meiner Stirn, so daß ich den Blick abwenden mußte, bevor der Schmerz allzu schlimm wurde. Ich bemerkte, daß auch die meisten anderen Anwesenden sich bemühten, das Relief nur kurz anzublicken, und sich immer wieder benommen über die Augen strichen. Ich konnte ihr Verhalten gut verstehen. Gerade deswegen war es Wahnsinn, wenn Montgomery das Relief hier wegschaffen ließ und es in einem Museum ausstellte. Ich wußte nicht, welche Bedeutung die eingravierten Zeichen hatten, und ob dem Relief irgendwelche dämonischen Kräfte innewohnten, doch es war bereits gefährlich, es auch nur zu intensiv zu betrachten. Ein allzu langer Anblick der sinnverwirrenden Gravuren konnte einen Menschen durchaus den Verstand kosten und ihn in den Wahnsinn treiben.

»Kommt mir vor, als würd' dat Ding jedesmal noch häßlicha werdn«, brummte Rowlf und schnitt eine Grimasse. Die Stimme des bulligen Hünen, der sich in den letzten Jahren zum Boß einer der größten Diebesbanden Londons aufgeschwungen hatte, riß mich aus meinen Grübeleien. Ich entdeckte Cohen, der sich uns mit raschen Schritten näherte.

»Craven, endlich!« rief er und nickte Howard und Rowlf einen flüchtigen Gruß zu. Gleich darauf hustete er und fächelte mit der Hand nach frischer Luft, nachdem Howard ihm eine Rauchwolke aus seiner frisch angezündeten Zigarre entgegengepustet hatte.

»Was geht hier vor?« fragte ich. »Haben Sie mir nicht versprochen, Sie könnten Montgomery für Monate oder sogar Jahre aufhalten?«

»Das dachte ich auch.« Cohen gestikulierte wild mit den Händen. »Aber er hat offenbar ein paar äußerst einflußreiche Freunde. Ich wollte für heute gerade Feierabend machen, als er mit einem richterlichen Beschluß in mein Büro gestürmt kam. Ich kann ihn nicht mehr aufhalten. Der Beschluß räumt ihm alle nötigen Vollmachten ein.«

»Aber irgend etwas muß man doch tun können! Dieses Ding ist *gefährlich*, das wissen Sie so gut wie ich.«

»Ich weiß überhaupt nichts. Für mich sind es nur ein paar Krakel in einer Steinplatte, aber Sie wissen anscheinend mehr darüber. Deshalb habe ich Sie rufen lassen. Ich bin mit meinen Möglichkeiten am Ende.« Cohen zuckte resignierend mit den Schultern. »Alles weitere liegt nur noch an Ihnen. Versuchen Sie, ob Sie Montgomery überzeugen können, wenn Ihnen so viel daran liegt. Aber ich bezweifle, daß Sie Erfolg damit haben werden. Der Mann ist regelrecht besessen von dieser Platte.«

»Wartet hier. Ich spreche erst mal allein mit ihm«, bat ich Howard und Rowlf; dann wandte ich mich ab und ging zu dem Museumsleiter hinüber. Ich kannte Clifford Montgomery bereits von früher, und wir waren bei weitem nicht immer einer Meinung gewesen. Im Gegenteil. Cohen hatte mit seiner Bemerkung den Nagel auf den Kopf getroffen. In gewisser Hinsicht war Montgomery von seiner Arbeit tatsächlich geradezu besessen.

Als er meine Schritte hörte, blickte er auf und drehte sich zu mir herum. Montgomery war ein knapp sechzigjähriger, leicht untersetzter Mann mit ergrautem Haar und dunklen Augen, in denen überdeutlich die Begeisterung funkelte, die er empfand.

»Ah, Mister Craven«, begrüßte er mich. »Darf ich fragen, was Sie hierhergeführt hat?«

»Das gleiche wie Sie«, erwiderte ich und deutete dabei auf das Relief. »Halten Sie es wirklich für vernünftig, das Ding hier wegzuschaffen und für die Öffentlichkeit auszustellen?«

»Es ist ohne jeden Zweifel eine bedeutende archäologische Entdeckung, und deshalb hat die Öffentlichkeit ein Anrecht, daran teilzuhaben«, behauptete er. »Allerdings werden die Leute sich noch eine Weile gedulden müssen. Zunächst einmal müssen wir weitere, gründliche Untersuchungen vornehmen. Ich habe bereits mit mehreren Experten gesprochen, und wir sind übereinstimmend zu dem Ergebnis gekommen, daß es einer Kultur entstammt, über die wir bislang so gut wie nichts wissen, falls überhaupt.«

»Und das sollte auch besser so bleiben«, murmelte ich leise, doch Montgomery hatte meine Worte gehört.

»Das ist vielleicht Ihre Meinung, Mister Craven, aber ich denke anders darüber. Unseren ersten vorsichtigen Schätzungen nach ist dieses Relief mindestens zehntausend Jahre alt, und insofern ist es wissenschaftlich von geradezu unschätzbarem Wert. Wenn sich auf diese Art und Weise die Existenz einer bislang völlig unbekannten Kultur beweisen ließe ...«

»... würde sich dadurch überhaupt nichts ändern, außer daß Ihr Name in Fachbüchern genannt wird«, fiel ich ihm ins Wort, wobei es mir angesichts des Ernstes der Situation leichtfiel, mir ein Grinsen zu verkneifen. Zehntausend Jahre. Montgomery würde völlig ausrasten, wenn er erführe, daß das Relief aller Wahrscheinlichkeit nach bereits älter als *zweihundert Millionen* Jahre war! Es war besser, ihn in seinem Irrtum zu belassen. »Aber darum geht es nicht«, fuhr ich hastig fort. »Nehmen wir einmal an, das Relief entstammt tatsächlich einer bislang unbekannten Kultur, so muß sie ziemlich schrecklich gewesen sein. Sehen Sie sich diese Zeichen doch nur mal genauer an.«

Montgomery räusperte sich. »Ich gebe zu, es ist etwas ... fremdartig, aber das ist bei einer uralten Kultur ja nicht anders zu erwarten.«

»Es ist nicht nur fremdartig, es ist unheimlich«, erwiderte ich, obwohl mir mit jeder Sekunde deutlicher bewußt wurde, daß ich mich vergeblich mühte. Montgomerys Entschluß stand fest, und ich würde ihn nicht mehr umstimmen können, egal, was ich sagte. Dennoch wollte ich noch nicht aufgeben. »Ist es Ihnen schon mal gelungen, die Abbildung länger als ein paar Sekunden intensiv zu betrachten? Sie wären nicht der einzige, der Schwierigkeiten dabei hätte. Beobachten Sie doch nur mal die anderen Männer. Und Sie wollen dieses Relief öffentlich ausstellen?«

Ein unsicherer Ausdruck glitt über Montgomerys Gesicht. »Worauf wollen Sie hinaus, Mister Craven? Wollen Sie vielleicht behaupten, daß hier so etwas wie Zauberei im Spiel ist?« Er lachte, doch es klang eine Spur zu laut und gezwungen, um echt zu wirken, und er wurde rasch wieder ernst. »Sie sehen Ihrem Zwillingsbruder nicht nur verblüffend ähnlich, Sie haben auch sonst mehr Ähnlichkeit mit ihm, als Sie vielleicht ahnen. Es heißt, er hätte sich viel mit Okkultismus und sonstigem Hokuspokus beschäftigt. Nichts für ungut, aber falls Sie vorhaben, mich ebenfalls mit solchem Unsinn zu überzeugen, dann muß ich Ihnen sagen, daß Sie sich den Falschen dafür ausgesucht haben.«

Mühsam kämpfte ich den in mir aufkochenden Zorn nieder. Nachdem ich im Kampf gegen die GROSSEN ALTEN gestorben war und Viktor Frankenstein mich nach jahrelanger Arbeit ins Leben zurückgeholt hatte, gab ich mich allgemein als mein eigener Zwillingsbruder gleichen Namens aus. Ich hatte mir erstklassige Papiere besorgt, die meine falsche Identität bestätigten, und nach monatelangem Kampf gegen die englische Bürokratie war es mir gelungen, auch ganz offiziell mein eigenes Erbe anzutreten. Aber davon konnte Montgomery freilich nichts ahnen.

Schon früher hatte ich gelegentlich mit ihm diskutiert, doch es hatte sich als völlig aussichtslos erwiesen, ihn von der Existenz fremder, dämonischer Mächte zu überzeugen. Bis zu einem gewissen Punkt konnte ich seine Einstellung sogar verstehen, teilte er sie doch mit einem Großteil der Bevölkerung, und auch ich selbst hatte die meiste Zeit meines Lebens nicht anders gedacht, bis ich auf schreckliche Weise von der Existenz der GROSSEN ALTEN und ihrer Dienerkreaturen überzeugt worden war. Doch es waren gerade Menschen wie Montgomery, die mit ihrer blinden Wissenschaftsgläubigkeit unwissentlich dazu beitrugen, das Verderben heraufzubeschwören, und die es den dämonischen Göttern erleichterten, wieder auf der Erde Fuß zu fassen, über die sie vor Äonen schon einmal geherrscht hatten.

Auf diesem Weg kam ich jedenfalls nicht weiter. Besorgt beobachtete ich, wie die Arbeiter das Relief immer weiter von der Felswand lösten. Ich beschloß, meine Gangart zu ändern.

»Wie ich gehört habe, war mein Bruder einer der bedeutendsten Gönner Ihres Museums«, sagte ich mit mühsam erzwungener Ruhe. »Und auch ich habe bereites mehrere beträchtliche Beträge gespendet. Wenn ich mir allerdings ansehe, daß diese Spenden unter anderem dazu mißbraucht werden, mit immensem Aufwand und entsprechend hohen Kosten irgendwelche Felsbrocken mit völlig sinnlosen Kritzeleien auszugraben, sollte ich mein Geld in Zukunft vielleicht besser für andere Zwecke zur Verfügung stellen.«

»Wollen Sie mir etwa drohen?« fragte Montgomery so laut, daß einige der Umstehenden sich zu uns umwandten und uns neugierig musterten. »Glauben Sie mir, ich habe die volle Rückendeckung des gesamten Direktoriums«, sprach er mit gedämpfter, aber immer noch verärgert klingender Stimme weiter. »Natürlich wäre es bedauerlich, wenn Sie uns nicht mehr unterstützen würden, aber ganz sicher lassen wir uns von Ihnen nicht vorschreiben, was wir zu tun und zu lassen haben. Und was den Aufwand betrifft, so hält er sich in Grenzen, da wir die gesamte Platte in mehrere leicht zu transportierende Teile zerlegen und sie erst im Museum wieder zusammensetzen werden.« Ich fuhr herum und starrte auf das Relief. Erst jetzt fiel mir auf, daß die Arbeiter nicht nur damit beschäftigt waren, es von der Wand zu lösen, sondern zudem bereits Vorbereitungen trafen, es mit Steinsägen in insgesamt vier Stücke von jeweils etwas mehr als einem Yard Durchmesser zu zerteilen.

»Das ist Wahnsinn«, keuchte Howard neben mir. »Montgomery, das dürfen Sie nicht tun!«

»Für Sie immer noch *Mister* Montgomery, *Mister* Lovecraft«, erwiderte er scharf. »Außerdem habe ich einen gültigen Gerichtsbescheid, der besagt, daß ich genau das sehr wohl tun darf. Und jetzt entschuldigen Sie mich bitte. Im Gegensatz zu Ihnen habe ich hier zu arbeiten«, fügte er hinzu und kehrte zu seinen Begleitern zurück.

Howard ballte die Fäuste und blickte mich hilflos an. »Robert, verdammt, tu doch etwas!«

Ich schüttelte resigniert den Kopf. »Ich kann nichts mehr tun. Dieser Dummkopf hört mir ja nicht mal richtig zu, und er hat das Gesetz auf seiner Seite.« Ich schaute noch einmal zu dem Relief hinüber. »Wir können nur hoffen, daß unsere Sorgen unbegründet waren. Vielleicht ist das Relief ja wirklich harmlos.«

Die Worte klangen nicht mal in meinen eigenen Ohren überzeugend, und obwohl Howard schwieg, zeigte sein Blick deutlich, wie wenig er von dieser Hoffnung hielt. Nichts, was die GROSSEN ALTEN hinterlassen hatten, war harmlos, diese Erfahrung hatten wir bereits mehr als einmal machen müssen. Ihr Erbe war zwar Millionen von Jahre alt, aber so gefährlich wie am ersten Tag seiner Schöpfung. Es war schon zahllosen Menschen zum Verhängnis geworden, die darauf gestoßen waren und sich zu weit vorgewagt hatten, ohne zu wissen, womit sie es zu tun hatten.

Voller Sorge und von bangen Vorahnungen erfüllt beobachtete ich, wie die Arbeiter das Relief zu zerlegen begannen. Ich konnte nicht sagen, was ich erwartete, doch mir stockte für einige Sekunden der Atem, als sich die Sägen ins Gestein fraßen. Erst als auch nach mehreren Minuten noch nichts geschehen war, ließen meine Befürchtungen allmählich etwas nach, ohne sich jedoch ganz zu legen.

Mit vereinter Anstrengung wuchteten die Männer das erste abgetrennte Segment auf einen flachen Karren und banden es darauf fest, um es aus der Höhle zu schaffen, als Howard mich plötzlich am Arm packte und so fest zudrückte, daß ich nur mit Mühe einen Schmerzensruf unterdrücken konnte.

»Sieh dir das an, Robert!« keuchte er aufgeregt und deutete auf den Karren.

»Was denn?« preßte ich hervor. »Und laß endlich los, du brichst mir ja den Arm.«

»Ich muß vollkommen blind gewesen sein, daß es mir nicht vorher schon aufgefallen ist«, fuhr er wie im Selbstgespräch fort, lockerte aber wenigstens seinen Griff. »Dabei ist es doch so deutlich.«

»Wovon sprichst du überhaupt?« Für gewöhnlich war Howard die Ruhe selbst. Ich hatte ihn selten so aufgeregt erlebt.

»Die Steinbrocken, die Blossom und Hasseltime

bei sich hatten«, stieß er hervor. »Wir sind davon ausgegangen, daß sie von dem Relief stammen, und daß die Zeichen darauf Ausschnitte aus dem großen Symbol sind. Aber das sind sie nicht. In Wahrheit sind beide vollkommen identisch! In verkleinerter Form zeigen beide genau das gleiche Bild wie das gesamte Relief.«

»Und?« fragte ich verwirrt. »Ich verstehe nicht, worauf du hinauswillst.«

»Dann sieh dir mal die Teile an, die diese Narren gerade auseinandergesägt haben! Jedes der Teile zeigt jetzt plötzlich genau das gleiche Symbol, obwohl auf jedem nur ein *Ausschnitt* zu sehen sein dürfte.«

»Unmöglich«, murmelte ich, trat aber ein paar Schritte vor, um mir die Steinplatten genauer anschauen zu können. Wie zuvor fiel es mir auch jetzt schwer, die Zeichen darauf länger als ein paar Sekunden zu betrachten, doch ich ignorierte den stechenden Kopfschmerz und zwang mich, die Gravuren miteinander zu vergleichen, ohne daß es mir gelang, in dem anscheinend völlig sinnlosen Durcheinander von Linien Gemeinsamkeiten zu entdecken.

»Du mußt versuchen, dir bestimmte geometrische Muster einzuprägen, dann erkennst du es«, riet Howard. »Für mich gibt es inzwischen überhaupt keinen Zweifel mehr. Schau in die obere linke Ecke. Dort siehst du einige Bögen, die wider alle Logik zusammen eine Art Dreieck bilden.«

Ich konzentrierte mich auf die angegebene Ecke, konnte aber nur eine Spirale erkennen, die sich nach innen wie nach außen gleichermaßen zu verengen schien. Diese Spirale aber sah ich dafür in jedem der Teilstücke an der gleichen Stelle, und auch bei weiteren geometrischen Monstrositäten erging es mir ebenso.

»Aber … das ist doch unmöglich«, wiederholte ich fassungslos. »In dem Symbol muß es schon vorher einzelne Stellen und Zeichen gegeben haben, die sich mehrmals wiederholt haben, oder …«

»Es sind genau die gleichen Zeichen, die ich auf den beiden Steinen gefunden habe, die wir von Blossom und Hasseltime haben«, fiel Howard mir ins Wort. »Schade, daß wir sie nicht dabeihaben, aber ich bin mir fast sicher, daß sie exakte Abbilder des gesamten Reliefs und nun auch seiner einzelnen Segmente zeigen. Warte einen Moment.«

Howard trat zu der Stelle, an der die gewaltige Steinplatte zerlegt worden war. Das Auseinandersägen war nicht völlig glatt verlaufen, denn mehrere Stücke waren von dem Relief abgesplittert. Einige waren nicht viel größer als ein Fingernagel, andere fast so groß wie eine Schachtel Zündhölzer. Howard bückte sich nach einem der größeren Stücke und lächelte Montgomery freundlich dabei an.

»Keine Sorge, Sie bekommen es gleich zurück«, sagte er. Einige Sekunden lang betrachtete er die Gravuren auf dem Bruchstück; dann blinzelte er und reichte es an mich weiter.

Es fiel mir schwer, in der Vielzahl der Linien auf dem kleinen Steinbrocken überhaupt noch irgend etwas zu erkennen, doch Howard unglaubliche Behauptung schien sich zu bestätigen. Nachdem ich mehrmals zwischen den großen Segmenten und dem Brocken hin und her geschaut hatte und mein

Kopf bereits wieder zu schmerzen begann, entdeckte ich wiederum die gleichen Zeichen.

»Glaubst du mir jetzt?« erkundigte sich Howard. »Die Gravuren verändern sich. Vorher war auf dem Splitter bestimmt nur ein winziger Ausschnitt zu sehen, aber kaum war er vom restlichen Relief abgetrennt, hat er das gesamte Symbol gezeigt. Und wahrscheinlich ist es bei jedem anderen Teilstück ganz genauso.«

»Aber ...«

»Entschuldigen Sie bitte«, sagte Montgomery und nahm mir den Steinbrocken aus der Hand. »Aber ich glaube, das hier gehört mir. Außerdem möchte ich Sie bitten, ein wenig zurückzutreten, damit Sie die Arbeiten nicht behindern, meine Herren. Am besten wäre es, Sie würden die Höhle ganz verlassen.«

Ich starrte ihn an und sagte sekundenlang gar nichts; für eine noch kürzere Zeitspanne danach war ich hin und her gerissen, ihn einfach anzubrüllen und darauf zu vertrauen, daß meine Autorität und Cohens Schützenhilfe letztendlich den Ausschlag geben mochten. Schlimmstenfalls konnte ich die Maske fallen lassen und mich ihm offenbaren. Ich konnte das Gefühl immer noch nicht wirklich begründen, aber ich *wußte* einfach, daß dieses Relief nicht aus diesem unterirdischen Raum entfernt werden durfte. Nicht in einem Stück und schon gar nicht in mehreren. Unsere Entdeckung verwirrte mich noch immer über die Maßen, doch wenn ich auch nicht in der Lage war, eine auch nur halbwegs vernünftige Erklärung dafür zu liefern – ich spürte einfach, daß ein unvorstellbares Geheimnis dahinter lauerte. Und eine vielleicht noch unvorstellbarere Gefahr.

»Mister Montgomery …«, begann ich. »Bitte, Sie …«

Ich kam nicht weiter, denn in diesem Moment versetzte mir Howard einen derben Stoß, der mich haltlos ein paar Schritte nach vorn stolpern ließ. Mit wild rudernden Armen schaffte ich es irgendwie, das Gleichgewicht zu wahren und nicht auf die Nase zu fallen. Zugleich wirbelte ich zornig herum und wollte Howard anfahren.

Statt dessen stolperte ich einen weiteren halben Schritt zurück und riß die Hände vors Gesicht; genauer gesagt: vor meine Nase, die von einer Sekunde zur anderen heftig zu bluten begonnen hatte und noch heftiger schmerzte – was möglicherweise an der Faust lag, die wuchtig darauf gelandet war.

Halb blind vor Überraschung und Schmerz prallte ich mit dem Rücken und Hinterkopf gegen die Wand, so daß ich nun auch noch bunte Sterne sah. Was mich in diesem Moment einzig rettete, waren vermutlich meine antrainierten Reflexe. Ich sah einen verschwommenen Schatten und spürte mehr, als ich sah, wie sich etwas auf mich zu bewegte. Instinktiv riß ich den Kopf zur Seite und die Arme hoch. Nur den Bruchteil einer Sekunde später landete die Faust, die soeben auf meine Nase gekracht war, mit womöglich noch größerer Wucht an der massiven Felswand neben meinem Gesicht.

Der gellende Schmerzensschrei, der dieser Aktion folgte, entschädigte mich zumindest ein bißchen für den Nasenstüber – allerdings meiner Meinung nach längst nicht genug. Ich brachte den Schrei zum Verstummen, indem ich dem Kerl die Faust in den

Magen rammte und im selben Atemzug das Knie hochriß. Er keuchte, verdrehte die Augen und stürzte nach hinten, wobei er nach Luft schnappte wie ein Fisch auf dem Trockenen. Mir blieb jedoch keine Zeit, mich über meinen Sieg zu freuen, denn ich wurde bereits von zwei weiteren Männern attackiert. Diesmal reagierte ich schneller. Der Vorteil der Überraschung war dahin, und bei den Angreifern handelte es sich um niemand andere als die Arbeiter, die Montgomery mitgebracht hatte, um das Relief abzutransportieren. Unter normalen Umständen hätte ich keine besonderen Schwierigkeiten gehabt, mit zweien oder auch dreien von ihnen fertig zu werden – aber leider *waren* die Umstände nicht normal. Die Übermacht war gewaltig, und die Burschen boxten und prügelten mit einer Verbissenheit auf mich ein, die es mir schwer machte, nicht gefährlich getroffen zu werden.

Und sie waren nicht nur auf mich losgegangen. Ich sah aus den Augenwinkeln, daß sich auch Howard und Cohen verbissen gegen jeweils drei oder vier Arbeiter wehrten. Sogar Montgomery wurde von zwei der Burschen gepackt und festgehalten, obwohl er sich mit erstaunlicher Kraft wehrte.

Ich verstand immer noch nicht, was hier überhaupt los war.

Und es sollte noch eine geraume Weile vergehen, *bis* ich es verstand.

Mit einem Mal ging alles sehr schnell. Ich packte einen der Burschen, der versucht hatte, sich von hinten an mich heranzuarbeiten, und benutzte ihn als lebende Keule, um zwei seiner Spießgesellen niederzuschlagen. Den vierten fegte ich mit einem Fußtritt aus dem Weg, um zu Howard und Cohen hinüberzukommen, die etwas größere Schwierigkeiten zu haben schienen, sich ihrer Haut zu wehren. Beide schlugen sich wacker, doch Howard war nie ein Verfechter körperlicher Gewalt gewesen wie ich, und Cohen war trotz allem ein typisch englischer Polizist, der seine Fälle lieber mit dem Gehirn als den Fäusten löste. Wenn ich den beiden nicht bald zu Hilfe kam, war es um sie geschehen. Ich konnte mir später den Kopf darüber zerbrechen, was so urplötzlich in diese Männer gefahren sein mochte, uns vollkommen grundlos anzugreifen.

»Howard!« rief ich. »Cohen! Ich komme!«

Vielleicht hätte ich das besser nicht gesagt. Gleich fünf der insgesamt sieben oder acht Burschen, die sich mit Howard und Cohen beschäftigten, fuhren herum und stürzten sich mit einer stummen Verbissenheit auf mich, die mich mehr als alles andere erschreckte. Es gelang mir, zwei von ihnen niederzuschlagen; dann packten mich die anderen drei und rangen mich durch ihre bloße Übermacht nieder.

Irgendwie gelang es mir trotzdem, noch einmal auf die Beine zu kommen. Ich schickte einen weiteren Kerl mit einem Hieb zu Boden, der heftig genug war, den Mann eine Weile liegen bleiben zu lassen, ergriff einen zweiten am Handgelenk und wollte ihn gegen seinen Kumpanen schleudern, um auf diese Weise ein wenig Luft zu bekommen. Diesmal aber hatte ich mich verschätzt. Der Bursche war stärker, als ich erwartet hatte. Sogar erheblich stärker. Statt sich von mir herumwirbeln zu lassen, packte er seinerseits mich und verwandelte meine Drehbewegung in ein hilfloses Stolpern, dem er mit einem kräftigen Tritt noch mehr Nachdruck verlieh. Ich taumelte haltlos nach vorn, sah die Wand regelrecht auf mich zuspringen und riß im allerletzten Moment die Arme in die Höhe, um mir an dem Fels nicht den Schädel einzuschlagen. Dann prallte ich mit solcher Gewalt gegen die Wand, daß mir die Luft wegblieb.

Ich verlor zwar nicht das Bewußtsein, spürte aber, wie alle Kraft aus meinen Gliedern wich und meine Beine unter mir nachgaben. Hilflos stürzte ich zu Boden, rollte auf den Rücken und sah den Mann, der mich überwältigt hatte, hoch wie einen Turm über mir aufragen. Ich war sicher, daß er die Geschichte jetzt mit einem wohlgezielten Fußtritt zu einem kurzen, wenn auch nicht unbedingt schmerzlosen Ende bringen würde, doch zu meiner Überraschung tat er nichts dergleichen. Statt dessen ließ er sich vor mir in die Hocke sinken, zog einen Strick aus der Jackentasche und griff beinahe sacht nach meinen Handgelenken. Ich versuchte benommen, mich zu wehren, doch er ignorierte meine Gegenwehr einfach, fesselte mich an Händen und Füßen und schien dann schlagartig jedes Interesse an mir zu verlieren.

So abrupt und scheinbar vollkommen unmotiviert, wie der Überfall begonnen hatte, endete er auch. Howard, Cohen und Montgomery wurden auf die gleiche Weise gefesselt wie ich. Als die Männer damit fertig waren, wandten sie sich wieder ihrer Arbeit zu, als wäre nichts geschehen.

Howard, Cohen und ich mußten hilflos mit ansehen, wie die Männer die gewaltige Felsplatte mit geschickten Bewegungen aus der Wand lösten und abtransportierten – zehnmal müheloser und ungefähr zwanzigmal schneller, als ich es jemals für möglich gehalten hätte. Nicht mal zehn Minuten, nachdem sie uns überwältigt hatten, verschwanden die Männer mit ihrer Beute.

Und Montgomery.

»Nun komm schon«, drängte Kelly flüsternd. »Was ist denn los mit dir? Angst?«

Phillip Norris funkelte ihn für einen Moment zornig an, schluckte die scharfe Antwort, die ihm auf der Zunge lag, dann aber hinunter und zuckte nur mit den Achseln. Im Unterschied zu dem drahtigen, eher kleinen Kelly war Norris groß und kräftig. Auf den ersten Blick vermittelte er einen gutmütigen, ein wenig behäbigen Eindruck, doch das war nur äußerer Schein. Wenn es darauf ankam, konnte sich Norris trotz seiner Statur ebenso schnell und geschmeidig bewegen wie Kelly. Schon so mancher, der ihn nur nach dem ersten Eindruck beurteilt und für einen tumben Deppen gehalten hatte, mußte sich anschließend eines Besseren belehren lassen.

»Dann komm endlich!« zischte Kelly, als er keine Antwort erhielt. »Es dauert nicht mehr lange, bis der Nachtwächter zurückkommt.«

Norris rührte sich auch weiterhin nicht; er blieb hinter den Kistenstapeln geduckt hocken. Von Anfang an war er von Kellys Plan nicht sonderlich angetan gewesen, und auf dem Weg hierher war auch der Rest seiner ohnehin nicht besonders großen Zuversicht zum größten Teil verschwunden. Mittlerweile bedauerte er, daß er überhaupt auf Kelly gehört und sich zu diesem verrückten Unternehmen hatte überreden lassen. Es regnete leicht, und der Wind trieb von der Themse her Nebelschwaden heran, die ein wenig wie umherschwebende Gespenster aussahen.

Doch es war nicht das Wetter, das Norris zu schaffen machte. Er war es gewohnt, auch bei Wind und Regen draußen zu sein.

»Du weißt, daß Rowlf solche Extratouren nicht leiden kann«, murmelte er. »Wir hätten vorher mit ihm darüber sprechen sollen. Vielleicht wäre er ja einverstanden gewesen.«

»Ja, und dann hätten wir die Beute mit allen teilen müssen«, schnaubte Kelly. »Ich denke gar nicht daran. Rowlf geht mir mit seinen dämlichen Ansichten sowieso schon seit langem auf die Nerven. Seit er das Kommando hat, ist doch nichts mehr los.«

»Den meisten von uns geht es immerhin wesentlich besser als früher«, wandte Norris ein. Die Richtung, die das Gespräch nahm, gefiel ihm nicht. Rowlf hatte ihm mehr als einmal aus Schwierigkeiten herausgeholfen, und er fühlte sich ihm verpflichtet. Außerdem mochte Norris ihn und stimmte mit den meisten seiner Ansichten überein. Deshalb behagte es ihm gar nicht, wie Kelly gegen Rowlf hetzte, und daß er den geplanten Bruch als eine Art Revolte zu betrachten schien. Er schüttelte den Kopf. »Ich hätte nicht mitkommen sollen.«

»Unsinn.« Kellys Stimme klang verärgert und ungeduldig. »Aber ich glaube allmählich, daß es ein Fehler war, dich überhaupt mitzunehmen. Hätte ich statt dessen doch bloß Steve gefragt. Der hat mehr Mumm. Der hätte sich bestimmt nicht so angestellt.«

Norris packte ihn blitzschnell am Kragen.

»He, versuch nicht, mich für blöd zu verkaufen, hörst du? Du *hast* mit Steve gesprochen, ich hab's nämlich zufällig mitbekommen. Aber er hatte keine Lust, sich noch mal auf eine von deinen verrückten Ideen einzulassen. Der war klüger als ich. Aber ich lass' mich von dir auch nicht mehr verschaukeln. Ich steige aus, klar?«

Er wollte sich aufrichten, doch Kelly packte ihn am Arm und zog ihn hastig wieder nach unten.

»Der Wächter, paß auf!«

Norris sträubte sich nicht länger gegen den Griff, sondern duckte sich freiwillig tiefer. Durch eine winzige Lücke zwischen den Kisten beobachtete er, wie sich die Gestalt des Nachtwächters aus den treibenden Nebelschwaden schälte. Nur knapp zwei Dutzend Schritte von Norris und Taylor entfernt, ging er vorüber. Es handelte sich um einen alten Mann, der seinen Job sichtlich gelangweilt erledigte. Zum Schutz vor dem Regen hatte er den Kragen seiner Uniformjacke hochgeschlagen und sich die Mütze tief in die Stirn gezogen. Zwar trug er eine Waffe, doch im Ernstfall wäre er sicherlich keine Gefahr gewesen, so wenig wie seine Kollegen, die anderenorts auf dem Werftgelände patrouillierten. Doch unnötige Gewalt war Rowlf verhaßt, und selbst Kelly schien dieses ungeschriebene Gesetz in Fleisch und Blut übergegangen zu sein.

Sie beobachteten, wie sich der alte Mann langsam wieder entfernte, bis er vom Nebel verschluckt wurde, dann atmete Kelly tief durch.

»Also gut«, unternahm er einen neuen Anlauf. »Vergiß, was ich gerade gesagt habe. Es tut mir leid. Aber willst du wirklich aufgeben, wo wir so weit gekommen sind? Ich sag' dir, aus diesem Schiff ist ein kleines Vermögen rauszuholen. Da gibt es alle möglichen Präzisionsinstrumente. Die Navy rüstet ihre Schiffe mit dem Besten vom Besten aus. Und Waffen. Allein in der Waffenkammer befindet sich ein kleines Vermögen. Ich weiß aus sicherer Quelle, daß nichts von der Ausrüstung von Bord geschafft wurde. Es ist alles noch da, zum Greifen nahe. Wir brauchen nur noch zuzupacken. Mit ein bißchen Glück bringt der Plunder jedem von uns über hundert Pfund. Das ist mehr, als wir bei Rowlf in einem ganzen Jahr bekommen, und es ist praktisch kein Risiko dabei. Willst du das wirklich sausen lassen?«

Norris' bereits fester Entschluß geriet ins Wanken. Zu stark war die Verlockung, die von Kellys Worten ausging, die Aussicht, vielleicht schon am nächsten Tag mehr Geld in seinen Händen zu halten, als er jemals auf einmal besessen hatte.

Zögernd blickte er zu dem Schiff hinüber. Anders als die übrigen Segler oder kleinen Passagierdampfer, die sich zur Reparatur auf der Harper-Werft befanden, handelte es sich bei der HMS THUNDERCHILD um einen Zerstörer der britischen Kriegsmarine. Auf Privatschiffen war für gewöhnlich nichts zu holen, während Kriegsschiffe, auf denen sich noch Ausrüstung oder sonstiges kriegstaugliches Material befanden, normalerweise gesondert bewacht wurden. Hier jedoch war dies nicht der Fall. Angeblich lag das Schiff bereits ziemlich lange in der Werft, und irgendwann hatte man die Posten abgezogen. Es wäre ein Kinderspiel, sich an Bord zu schleichen und alles fortzuschaffen, was nicht niet- und nagelfest war.

Dennoch war Norris nicht wohl bei dem Gedanken. Unverwandt blickte er zur THUNDERCHILD hinüber. Irgend etwas ging von dem Schiff aus, das ihm Unbehagen einflößte. Wie ein schwarzer Schattenriß hob es sich gegen den nicht ganz so dunklen Himmel ab, als würde an dieser Stelle ein riesiges, finsteres Loch in der Wirklichkeit klaffen; ein Ding, das nur aus Gestalt gewordener Schwärze zu bestehen schien. Norris hatte das Gefühl, als würden ihn aus dem Schutz der Dunkelheit heraus zahlreiche Augen voller Bosheit und Gier anstarren. Alles in ihm schrie danach, so schnell wie möglich von hier zu verschwinden.

»Komm schon, gib dir einen Ruck«, drängte Kelly. »Allein kann ich das ganze Zeug unmöglich wegschaffen.«

Seine Worte brachen den Bann. Norris strich sich verwirrt mit einer Hand über die Augen. Was waren das für verrückte Gedanken? Es handelte sich nur um ein ganz normales Schiff, nichts weiter. Nichts jedenfalls, wovor er Angst zu haben brauchte. Noch nie hatte er sich vor der Dunkelheit gefürchtet, nicht mal als Kind, und er hatte nicht vor, jetzt damit anzufangen.

»Also gut«, murmelte er. »Gehen wir.«

Sie schauten sich noch einmal sichernd nach allen Seiten um; dann huschten sie geduckt auf das Schiff zu, jede Deckung ausnutzend. Sollte ihnen später, beim Abtransport der Beute, wider Erwarten doch einer der Nachtwächter in die Quere kommen, würden sie ihn überwältigen, doch im Moment hätte eine Entdeckung ihren ganzen Plan in Gefahr gebracht. Das Risiko war zu groß, daß das Fehlen eines Wächters von den anderen bemerkt wurde.

Doch alles ging gut. Ohne entdeckt zu werden,

erreichten sie das Gerüst, das an einer Seite des Zerstörers aufgebaut war. An der untersten Ebene gab es keine Leitern, aber das war kein Problem. Kelly ergriff eine der Gerüststangen über seinem Kopf und schwang sich auf eines der massiven Bretter hinauf. Norris folgte ihm und war Sekunden später neben ihm angelangt. Von hier aus war alles ein Kinderspiel. Sie brauchten nur einige Leitern zwischen den einzelnen Ebenen des Gerüstes hinaufzusteigen, um die Reling des Schiffes zu erreichen, und schwangen sich darüber an Bord.

Norris' Unbehagen verstärkte sich, doch er schob es auf seine Nervosität. Bei einem Bruch war er immer nervös, selbst wenn es sich um eine noch so einfache Sache handelte. Dafür hatte er schon zu viele schlechte Erfahrungen durch plötzliche unliebsame Überraschungen gemacht. Einmal war er in eine Villa eingebrochen, deren Besitzer sich mit seiner Frau auf einem Wohltätigkeitsball vergnügte und der seinem Personal für den Abend freigegeben hatte. Es hätte sich niemand im Haus befinden dürfen, und soweit es Menschen betraf, stimmte das auch. Norris hatte allerdings nichts von dem Wachhund gewußt, der in der Villa zurückgeblieben war, ein riesiger Rottweiler mit einem Maul voller mörderischer Reißzähne. Das Tier hatte ohne einen verräterischen Laut gewartet, bis er ins Haus eingedrungen war, und hatte sich dann aus der Dunkelheit heraus urplötzlich auf ihn gestürzt. Nur mit knapper Not war es Norris gelungen, seine Kehle zu schützen; dafür hatte das verdammte Biest seinen Arm fast zu Hackfleisch verwandelt, ehe es ihm gelungen war, seinen Revolver zu ziehen und den Hund zu erschießen. Das lag mittlerweile rund acht Jahre zurück, doch seitdem traute Norris keinem Frieden mehr, mochte er noch so sicher erscheinen.

Hier jedoch gab es keinen konkreten Grund zur Beunruhigung. Das Deck des Schiffes war menschenleer, und auch von außerhalb konnten sie hier nicht mehr entdeckt werden. Er hatte vor ein paar Minuten schließlich selbst erst gesehen, daß in der Dunkelheit von unten keine Konturen oder Bewegungen mehr erkennbar werden konnten und daß das Schiff mit allem, was sich darauf befand, wie eine Wand aus geronnener Schwärze erschien. Für einen kurzen Moment hatte Norris sogar das Gefühl, als wäre es hier, an Bord der THUNDERCHILD, tatsächlich dunkler, doch auch dies war mit Sicherheit nur Einbildung.

»Hier lang«, raunte Kelly und deutete in Richtung einiger Decksaufbauten. Sie hasteten darauf zu und blieben vor einer massiv aussehenden Stahltür stehen, die ihnen den Weg ins Innere des Schiffes versperrte. Kelly zog ein Brecheisen unter seiner Jacke hervor und setzte die Spitze in dem schmalen Spalt zwischen Tür und Rahmen an. Mit aller Kraft stemmte er sich dagegen. Das Metall knirschte, hielt dem Druck jedoch stand.

»Jetzt hilf mir doch endlich!« zischte Kelly.

Norris trat neben ihn und stemmte sich ebenfalls gegen die Brechstange, doch obwohl er wesentlich stärker war als Kelly, gelang es ihnen selbst mit vereinten Kräften nicht, die Tür aufzustemmen. Nach mehreren erfolglosen Versuchen gaben sie schließlich auf. Wütend trat Kelly gegen die Tür.

»Diese verdammten Navy-Kähne«, stieß er hervor. »Warum müssen die Idioten hier auch alles so stabil bauen! Auf einem anderen Schiff hätten wir diese Schwierigkeiten nicht.«

»Aber auch keine Waffenkammer und keine wertvolle Ausrüstung«, entgegnete Norris und konnte sich ein leichtes Grinsen nicht verkneifen. »Ich denke, das wird ein Kinderspiel?«

Mit der Brechstange in der Hand stieg er eine eiserne Treppe zur Brücke hinauf. Der Kommandostand des Schiffes war von großen Fenstern umgeben. Ungeachtet des immer noch andauernden Regens zog Norris seine Jacke aus und wickelte sie um die Stange, um den Lärm zu dämpfen; dann schlug er kraftvoll zu. Das Glas war speziell gehärtet und so dick, daß er mehrere Schläge brauchte, bis es schließlich zerbrach. Trotz der Jacke kam Norris das Splittern überlaut vor. Er war sicher, daß es in der Stille der Nacht meilenweit zu hören sein mußte.

»Zum Teufel, geht's nicht noch ein bißchen lauter?« knurrte Kelly, der neben ihn getreten war. »Willst du die halbe Stadt wecken?«

Mehrere Minuten blieben sie regungslos stehen, ohne daß jemand kam, um nach der Ursache des Lärms zu forschen. Dann erst löste sich ihre Anspannung. Offenbar hatte tatsächlich niemand etwas gehört. Rasch stieß Norris einige Scherben aus dem Rahmen und schwang sich ins Innere des Kommandostandes.

In dem Raum war es so dunkel, daß er kaum die Hand vor Augen sehen konnte, doch wegen der großen Fenster wagte er nicht, die mitgebrachte Petroleumlampe zu entzünden. Der Lichtschein mußte weithin sichtbar sein, und es wäre töricht gewesen, ihr Glück über Gebühr zu strapazieren. Zusammen mit

Kelly tastete er blindlings umher, bis er schließlich fand, was er gesucht hatte: eine unverschlossene Tür, die ihnen ein weiteres Vordringen ermöglichte. Die Männer traten hindurch. Erst als Kelly die Tür hinter sich geschlossen hatte, wagte es Norris, die Petroleumlampe zu entzünden. Seine Finger waren klamm vor Kälte und zitterten so stark, daß er mehrere Streichhölzer brauchte, bis es ihm endlich gelang, den Docht in Brand zu setzen.

Der Lichtschein der Lampe zeigte ihnen eine Treppe, die nur wenige Schritte von ihnen entfernt begann und tiefer in die stählernen Eingeweide des Schiffes hinabführte.

»Ich schlage vor, wir sehen uns erst mal gründlich um«, raunte Kelly. »Dann können wir immer noch entscheiden, was wir mitnehmen.«

»Nur die wahren Schätze, wie?« Norris lachte leise, um sich selbst zu beruhigen. Seine Nervosität hatte sich ein wenig gelegt, nachdem es ihnen so problemlos gelungen war, in die THUNDERCHILD einzudringen, ohne entdeckt zu werden. Jedenfalls empfand er nicht mehr die gleiche Art von Nervosität wie zuvor. An ihre Stelle war etwas anderes getreten – ein Unbehagen, für das es keine vernünftige Erklärung gab, und das vage und ungreifbar blieb. Es war so etwas wie die Vorahnung eines Unglücks, aber das war verrückt. Schon oft hatte Norris das unerklärliche Gefühl gehabt, daß er irgend etwas nicht tun sollte, und meist hatte er diese Vorahnungen ignoriert, ohne daß etwas geschah. Auch hier würde es nicht anders sein.

Sie stiegen die Treppe hinunter. Dumpf hallten ihre Schritte auf den eisernen Trittstufen, bis Norris plötzlich stehenblieb und auch seinen Begleiter zurückhielt.

»Hast du das gehört?«

»Nein. Was denn?«

»Da war ein Geräusch, irgendwas Metallisches. Ich …« Er lauschte einige Sekunden lang; dann zuckte er verlegen mit den Achseln. »Ich war sicher, was gehört zu haben.«

»Wahrscheinlich nur das Echo unserer Schritte.« Kelly schob sich an ihm vorbei. »Komm schon, wir haben nicht die ganze Nacht Zeit.«

Norris zögerte noch ein paar Sekunden, dann eilte er Kelly nach. Am Fuß der Treppe erreichten sie einen langen Gang. Das Licht der Lampe reichte nur knapp ein Dutzend Yards weit. Kleine Pfützen einer ölig glänzenden Flüssigkeit hatten sich auf dem Boden gebildet. Es roch nach Rost und Moder. Kelly verzog das Gesicht.

»Hier müßte mal saubergemacht werden. Ich dachte immer, die Navy wäre so auf Ordnung und Sauberkeit bedacht.«

»Immerhin liegt das Schiff schon seit Monaten hier. Welche Richtung?«

»Keine Ahnung. Versuchen wir es erst mal da.«

Kelly deutete nach rechts, und sie folgten dem Gang. Vereinzelt zweigten Türen davon ab. Keine war verschlossen, wie sich herausstellte. Dahinter befanden sich leere Räume, deren ursprüngliche Funktion nicht mehr zu erkennen war.

»Allmählich habe ich Zweifel, ob es hier wirklich noch was zu holen gibt«, sagte Norris.

»Vertrau mir. Mein Informant ist zuverlässig. Er hat in den letzten Wochen ein paarmal hier gearbeitet.«

»Mir kommt es eher vor, als wäre hier schon seit Jahren kein Mensch mehr gewesen.« Er strich mit einer Hand über die Wand. Eine dicke Schicht aus dunklem Rost blieb an seinen Fingern zurück. »Sieh dir das an. Das ist doch nicht normal, gerade wenn hier seit Monaten gearbeitet wird. Wieso rosten die Wände ausgerechnet hier drin so stark?«

»Was weiß ich«, brummte Kelly unwirsch. »Interessiert mich auch nicht. Die Luft hier ist feucht, und dann rostet das Eisen nun mal.«

»Und dieser Gestank?« Demonstrativ rümpfte Norris die Nase. Der Geruch nach Moder und Fäulnis hatte sich noch verstärkt; es roch sogar ein bißchen süßlich, wie nach Verwesung, obwohl nichts zu entdecken war, das diesen Geruch hätte verursachen können. Hier gab es nichts als Eisen.

»Was weiß ich?« brummte Kelly noch einmal. Diesmal klang seine Stimme eindeutig verärgert. »Vielleicht liegt irgendwo eine tote Ratte rum oder sonstwas. Willst du jetzt vielleicht umkehren, nur weil es hier nicht nach Veilchen duftet?«

»Darum geht es doch nicht! Verdammt, begreifst du eigentlich gar nichts?«

»O doch, ich begreife sehr gut, daß du ein jämmerlicher Feigling bist, der sich bei jeder Kleinigkeit vor Angst fast in die Hosen macht. Siehst du hier irgendwas, wovor wir uns fürchten müssen? So leicht war es selten, an einen Haufen Kohle ranzukommen. Aber du hast ja so viel Schiß, daß du es noch schaffst, uns alles zu versauen!«

Norris machte einen drohenden Schritt auf Kelly zu. Er ärgerte sich immer mehr, daß er sich hatte überreden lassen hierherzukommen. Gerade Kelly hatte keinen Grund, sauer zu sein! Der Kerl war ein Idiot, der sich jetzt auch noch aufspielte und die dicke Lippe riskierte. Nur zu gern hätte Norris ihm die große Klappe gestopft, aber …

Er ließ die bereits halb zum Schlag erhobene Faust wieder sinken. Im Grunde seines Herzens war Norris ein friedliebender Mensch. Er schlug sich nur, wenn es gar nicht anders ging. Trotzdem hätte er sich um ein Haar dazu hinreißen lassen, auf Kelly loszugehen, nur weil dieser ihm Feigheit vorgeworfen hatte. Was war nur mit ihm los? Sicher, er war gereizt, und er fühlte sich in dieser Umgebung beklommen, aber das war noch lange kein Grund, sich so gehen zu lassen.

»Was ist los?« fragte Kelly herausfordernd. »Schlag mich doch! Oder bist du auch dazu zu feige, weil du genau weißt, daß du dann von mir eine ordentliche Abreibung bekommst?«

Erneut schoß heiße Wut in Norris hoch, doch er kämpfte dagegen an.

»Hör auf damit«, preßte er hervor. »Wir müssen … aufhören. Wir sind doch nicht hier, um uns zu schlagen!«

Langsam wich die Wut aus Kellys Blick. Er schüttelte den Kopf und strich sich mit einer Hand die Haare aus der Stirn. Erschrecken zeichnete sich in seinem Gesicht ab.

»Du hast recht«, murmelte er. Es fiel ihm sichtlich schwer, die Worte auszusprechen. »Was ist nur mit uns los? Wir benehmen uns beide wie die kleinen Kinder.«

»Es ist dieses Schiff«, behauptete Norris. »Irgend etwas stimmt hier nicht.«

»Ach was.« Kelly lachte, doch es klang gekünstelt. »Das ist bloß ein Schiff. Wir sind beide wohl einfach ein bißchen mit den Nerven runter.«

Für den Moment gab sich Norris mit dieser Erklärung zufrieden, obwohl sie ihn ganz und gar nicht überzeugte. Sicher, mit seinen Nerven stand es nicht gerade zum besten, aber das war nicht der einzige Grund für sein Verhalten. Die Umgebung wurde ihm mit jeder Minute unheimlicher, obwohl – oder gerade *weil* – es keinen rational faßbaren Anlaß dafür gab. Er spürte einfach unterschwellig, daß es mit diesem Schiff irgend etwas Besonderes auf sich hatte. Sie sollten nicht hier sein. Irgend etwas Böses lauerte in diesen stählernen Wänden und wartete nur auf eine günstige Gelegenheit zum Zuschlagen.

Doch obwohl dieses Gefühl so stark war, daß es beinahe an Gewißheit grenzte, behielt Norris seine Gedanken für sich. Er wollte nicht schon wieder einen Streit mit Kelly provozieren. Außerdem war er sich bewußt, wie verrückt es klingen mußte, wenn er aussprach, was ihm durch den Kopf ging. Er verstand es ja selbst nicht, und – schlimmer noch – es erschien ihm viel zu absurd, als daß er ernsthaft daran glauben konnte. Geschichten über Spuk und Geister waren für ihn bislang nicht mehr als Ammenmärchen gewesen, mit denen man kleine Kinder erschrecken konnte. Jetzt kamen ihm erste Zweifel. Doch solange es keine Beweise gab, daß hier wirklich etwas nicht mit rechten Dingen zuging, bemühte er sich, diese Zweifel zu verdrängen.

Sie gingen weiter den Korridor entlang, bis der Lichtschein der Lampe auf eine massive eiserne Wand an seinem Ende traf. Hier gab es keine weitere Tür.

»Endstation«, kommentierte Kelly. »Versuchen wir es in der anderen Richtung.«

Sie wandten sich um und gingen den Korridor zurück, über den sie gekommen waren, bis sie nach knapp einem Dutzend Schritten auf einen Quergang stießen, der sich in beide Richtungen weiter fortsetzte, als das Licht der Lampe reichte.

»Verdammt«, preßte Norris hervor. Seine Stimme klang bei weitem nicht so fest, wie er es sich gewünscht hatte. »Vorhin gab es hier keine Abzweigung!«

»Wir müssen sie irgendwie übersehen haben«, erwiderte Kelly. Doch auch seine Stimme hörte sich beklommen an.

»Es war keine Abzweigung da!« behauptete Norris. Nur mit Mühe gelang es ihm, die Angst in Zaum zu halten, die erneut in ihm emporwallte. Sein erster Eindruck hatte ihn nicht getäuscht. Irgend etwas an dieser Umgebung stimmte ganz entschieden nicht.

»Sie *muß* dagewesen sein«, beharrte Kelly. »Gänge entstehen schließlich nicht einfach aus dem Nichts. Wahrscheinlich waren wir nur abgelenkt. Oder hast du vielleicht eine bessere Erklärung?«

Eine Erklärung hatte Norris nicht, aber er wußte, daß es nicht so war, wie Kelly behauptete. Sicher, sie hatten sich auf dem Weg hierher kurze Zeit gestritten und nicht so aufmerksam wie zuvor auf ihre Umgebung geachtet, doch er war sich sicher, daß ihnen eine solche Abzweigung zu beiden Seiten hin auf keinen Fall entgangen wäre.

Dennoch erstreckte sie sich jetzt vor ihnen.

»Wir sollten weiter geradeaus gehen«, schlug er vor. »Dann müßten wir auf alle Fälle wieder an die

Treppe gelangen, über die wir hergekommen sind.« Und über die zumindest er, Norris, auf alle Fälle den Rückweg antreten würde, sobald sie dort angelangt waren. Es war ihm egal, wieviel Beute in diesem Schiff zu holen war. Selbst wenn die Kronjuwelen der Queen hier irgendwo versteckt wären, würde er keine Minute länger als unbedingt nötig hierbleiben. Es war immer noch besser, auf Geld zu verzichten, als das Leben zu verlieren. Nicht mal Neugier rechtfertigte einen solchen Preis. Es war ihm völlig egal, was mit diesem verfluchten Schiff los war, solange es ihm nur gelang, lebend von hier wegzukommen.

Von nackter Angst getrieben, eilte Norris los, ohne auf Kelly zu warten. Hinter sich hörte er die Schritte seines Begleiters, doch er kümmerte sich nicht darum – so wenig wie um die Türen rechts und links des Ganges.

Norris wußte nicht, wie lange er rannte. Schon nach kurzer Zeit quälten ihn heftige Seitenstiche, doch er ignorierte sie und stürmte blindlings weiter, wobei er die Lampe wie ein flammendes Fanal am ausgestreckten Arm vor sich her trug.

Irgendwann blieb er stehen. Kellys Schritte waren verstummt, und als er sich umdrehte, war der Gang hinter ihm leer. Aber das war es nicht allein, das ihn frösteln ließ. Der Korridor, durch den er zusammen mit Kelly gegangen war, war nicht annähernd so lang gewesen wie das Stück, das er mittlerweile zurückgerannt war. Er hätte die Treppe zurück zur Kommandobrücke der THUNDERCHILD schon längst erreichen müssen, und er hätte …

Mit einem leisen Aufschrei zuckte Norris zurück, als er sich gegen die Wand lehnte und rauhen Untergrund im Rücken spürte. Die Wand hinter ihm, ebenso wie die vor ihm, bestand plötzlich nicht mehr aus glattem Eisen, sondern aus grob bearbeitetem Gestein.

Aber das war *unmöglich*!

Es *konnte* kein Gestein an Bord dieses Schiffes geben. Es war vollständig aus Eisen, Stahl und Holz gebaut. Und doch bestanden die Wände rechts und links, ebenso wie Decke und Boden, eindeutig aus grobem Felsgestein.

Norris schloß für mehrere Sekunden die Augen, doch als er sie wieder öffnete, hatte der Anblick sich nicht verändert, und als er mit einer Hand über die Wand strich, fühlte er auch unter seinen Fingerspitzen unebenen Fels.

Keuchend prallte Norris zurück. Was hier geschah, ging über seinen Verstand. Das *konnte* nicht die Realität sein, unmöglich! Es waren Wahnvorstellungen, nicht mehr als Einbildung, und wenn er auch nicht begriff, was diese Trugbilder auslöste, war es die einzige halbwegs stichhaltige Erklärung, die ihm einfiel.

Möglicherweise würden die Illusionen verschwinden, wenn er wieder mit Kelly zusammen war. Bei seiner panischen Flucht war es Norris egal gewesen, was aus seinem Begleiter wurde. Nun wünschte er sich, Kelly wäre noch bei ihm. Zu zweit würden sie eher eine Erklärung finden. Und wenn nicht, wäre dieses beängstigende Phänomen gemeinsam auf alle Fälle leichter zu ertragen als allein.

Ein paarmal rief Norris laut den Namen seines Begleiters. Seine Rufe hallten als verzerrtes, meckernd klingendes Echo von den Wänden wieder und pflanzten sich dabei immer weiter fort, doch er bekam keine Antwort.

Während er gelaufen war, hatte er Kellys Schritte lange Zeit nur ein Stück hinter sich gehört, bis sie irgendwann verklungen waren. Allzuweit konnte sein Begleiter also nicht entfernt sein. Er brauchte nur denselben Weg in umgekehrter Richtung zu gehen und würde wieder auf Kelly stoßen.

Norris begann, den Korridor zurückzugehen, zunächst nur langsam und zögernd, dann immer schneller, bis er schließlich losrannte.

Ich hatte nicht damit gerechnet, nach den Ereignissen des vergangenen Abends auch nur eine Minute Schlaf zu finden. Ich hatte mich noch eine Zeitlang mit Howard unterhalten, ohne daß das Gespräch irgendein Ergebnis brachte. Wir hatten keine Ahnung, mit welchen Gegnern wir es zu tun hatten, und bevor wir nicht wenigstens ein paar Anhaltspunkte fanden, konnten wir auch nichts unternehmen. Schließlich hatte mich Howard von Rowlf ins Hilton zurückfahren lassen und mir den Rat gegeben, mich für ein paar Stunden hinzulegen. Erst als ich meine Suite betreten hatte, war mir bewußt geworden, wie müde ich war, und tatsächlich war ich bereits wenige Minuten, nachdem ich mich ins Bett gelegt hatte, eingeschlafen. Es war ein unruhiger, von Alpträumen gepeinigter Schlaf gewesen, aus dem ich immer wieder aufgeschreckt war.

Erst gegen Morgen war ich schließlich in einen tieferen Schlummer gesunken, und als ich das nächste Mal erwachte, war es bereits halb zwölf. Das Tageslicht vertrieb die Schatten der Alpträume, und schon nach ein paar Sekunden konnte ich mich nicht mal mehr richtig erinnern, *was* ich eigentlich geträumt hatte.

Dafür erinnerte ich mich um so deutlicher an die Geschehnisse des gestrigen Abends, und es war genau diese Erinnerung, die meine Müdigkeit vollends vertrieb. In aller Eile duschte ich und zog mich an. Merlin war nirgends zu entdecken, aber daran war ich gewohnt. Seit der Kater bei mir eingezogen war, kam und ging er, wie es ihm gefiel, und ich ließ das Fenster im Badezimmer stets nur angelehnt, auch wenn es mir nach wie vor ein Rätsel war, wie das Tier es schaffte, aus dem sechsten Stock des Hotels sicher bis zum Boden zu gelangen – und zurück.

Da ich so schnell wie möglich mit Howard sprechen wollte, verzichtete ich darauf, mir wie üblich das Frühstück aufs Zimmer bringen zu lassen. Stattdessen verließ ich die Suite und ließ mir im Speisesaal lediglich eine Tasse Kaffee servieren, während ich auf die bestellte Kutsche wartete. Aus der einen Tasse wurden zwei, bis endlich eine Hotelangestellte an meinen Tisch kam und mir mitteilte, daß der Wagen eingetroffen sei.

»Sind Sie ganz sicher, daß Sie zu dieser Adresse wollen?« erkundigte sich der Kutscher, nachdem ich ihm mein Ziel genannt hatte. »Die Pension WESTMINSTER liegt in einer Gegend, die … nun ja, ziemlich schäbig ist. Selbst bei Tage ist es nicht ungefährlich dort. Ich vermute, Sie meinen das *Hotel* gleichen Namens.«

Ich seufzte. Gespräche wie dieses waren in den

letzten Monaten fast schon zu einem Ritual geworden, wann immer ich Howard besuchen wollte. Kein Kutscher schien sich vorstellen zu können, daß ein Gast des Hilton wirklich die heruntergekommene Pension WESTMINSTER aufsuchen wollte, und die Ratschläge, es doch lieber im gleichnamigen Hotel zu versuchen, kamen mir mittlerweile schon zu den Ohren heraus. Ein paarmal hatte ich Howard bereits darauf angesprochen, seinen Wohnort zu wechseln, war aber stets auf taube Ohren gestoßen. Er war der Besitzer und einzige Gast der Pension, und er hatte sich das nach außen hin so verfallen wirkende Haus im Innern äußerst feudal eingerichtet. Dennoch gab es für ihn keinen konkreten Grund mehr, dort wohnen zu bleiben. Als ich ihn vor Jahren kennengelernt hatte, war er vor seinen Brüdern vom Templerorden auf der Flucht gewesen, die ihn für einen Verräter hielten. Damals hatte das WESTMINSTER ein nahezu ideales Versteck abgegeben, doch diese Zeiten lagen lange zurück. Dennoch weigerte sich Howard nach wie vor standhaft, in eine bessere Gegend umzuziehen, ohne daß ich ihm als Erklärung jemals mehr als ein Achselzucken hatte entlocken können.

»Nein, die Adresse stimmt«, bestätigte ich und drückte dem Kutscher eine weitere Pfundnote in die Hand, mit der Bitte, sich zu beeilen.

»Wie Sie meinen«, murmelte er, schob seinen schwarzen Zylinder zurecht und ließ die Peitsche knallen, kaum daß ich eingestiegen war.

Während der Fahrt hing ich meinen Gedanken nach. Ich hatte vor, später noch zusammen mit Howard zu Scotland Yard zu fahren, um mich bei

Cohen zu erkundigen, ob die Suche nach Montgomery und den Dieben des Reliefs bereits Fortschritte gemacht hätte. Ganz sicher war es nicht gestohlen worden, weil irgend jemand es auf eine archäologische Kostbarkeit abgesehen hatte, davon war ich überzeugt. Den Dieben – beziehungsweise ihren Hintermännern – war es gezielt um diese Hinterlassenschaft der GROSSEN ALTEN gegangen, und die bloße Vorstellung, daß sich das Relief nun in den Händen von Anhängern der uralten Dämonengötter befinden könnte, die es benutzten, um damit neues Grauen heraufzubeschwören, drehte mir den Magen um. Ich mußte so schnell wie möglich herausfinden, was dahintersteckte, um größeres Unheil abzuwenden. Möglicherweise hatte Cohen ja bereits einige Hinweise gefunden. Selbst mitten in der Nacht dürfte es nahezu unmöglich sein, eine tonnenschwere, auf mehrere Fuhrwerke verladene Steinplatte durch London zu transportieren, ohne irgendwelche Spuren zu hinterlassen.

Die Kutsche wurde langsamer und hielt kurz darauf an.

»Wir sind am Ziel«, teilte der Kutscher mir überflüssigerweise mit. Seine Stimme klang nervös, und er blickte sich unbehaglich um, was ich gut verstehen konnte. Die Gegend, in der die Pension lag, hatte sich seit meinem ersten Besuch kaum verändert, und wahrscheinlich würde dies nie der Fall sein. Die Häuser waren heruntergekommen, ihre wenigen Fenster selbst am hellen Tag größtenteils mit Brettern vernagelt. Überall lagen Abfälle, und es stank durchdringend nach Fäulnis. In einem Hauseingang auf der gegenüberliegenden Straßenseite drückten sich ein paar wenig vertrauenerweckende Gestalten herum.

Ich stieg aus, bedankte mich bei dem Kutscher und trat auf das WESTMINSTER zu. Nur ein handgemaltes, fast verblichenes Schild, das neben der Tür angenagelt war, deutete darauf hin, daß es sich um eine Pension handelte, aber das spielte keine Rolle. Gäste wurden hier ohnehin nicht aufgenommen. Während ich anklopfte, trieb hinter mir der Kutscher seine Pferde an. Vermutlich war er heilfroh darüber, aus dieser Gegend verschwinden zu können, in die sich normalerweise wohl kaum ein Fahrgast verirrte.

Es dauerte nur wenige Sekunden, bis die Tür aufgerissen wurde und ich in Rowlfs mißgelauntes Bulldoggengesicht mit den Hängebacken, der vorstehenden Oberlippe und den großen Tränensäcken unter den Augen blickte. Sollte sich tatsächlich einmal ein potentieller Gast hierher verirren, so würde bereits der Anblick dieses Gesichts genügen, ihn sich rasch eines Besseren besinnen zu lassen. Gleich darauf jedoch hellte sich Rowlfs Miene auf, als er mich erkannte, und er begann über das ganze Gesicht zu strahlen.

»Robert!« rief er, umarmte mich, als hätten wir uns seit einer halben Ewigkeit nicht mehr gesehen, und nicht erst seit ein paar Stunden, und drückte mich an sich, daß mir die Luft wegblieb. Glücklicherweise dauerte die Umarmung nur wenige Sekunden, dann gab er den Weg frei und ließ mich eintreten.

»Ist Howard schon auf?« erkundigte ich mich.

»Is er«, bestätigte Rowlf und schloß die Tür. »Aba er is nich da nich. Is schon vor gut zwei unner halben

Stunde wechgegangn. Leida hatter nich gesacht, wohin, aba es würd' wohl 'ne Weile dauern.«

Ich runzelte die Stirn. Geheimniskrämerei gehörte so unvermeidlich zu Howard wie seine stinkenden Zigarren, doch er neigte nicht zu Alleingängen und war im allgemeinen recht zuverlässig. Für diesen Vormittag waren wir verabredet gewesen; wenn er trotzdem fortgegangen war, ohne auf mich zu warten, mußte es einen wirklich wichtigen Grund dafür geben.

»Hat er denn gar nichts gesagt?«

Rowlf schüttelte den Kopf. »Nee. H.P. hat bis spät inner Bibliothek üba irgendwelchen Büchern gebrütet. Das machter schon seit Wochen fast jede Nacht, aba heut isser erst gar nich schlafen gegangen. Heut morgen hatter die Zeitung gelesen, und dann is er plötzlich aufgesprungn un aussem Haus gestürmt. Wollte nich mal, daß ich mitkomm, sondern hat sich 'ne Kutsche kommen lassen. Er hat nur gesacht, es würd' nich lange dauern, un ich soll dir ausrichten, dassde 'nen Moment warten sollst, falls du vor ihm kämst.«

Mary Winden, meine frühere Haushälterin, die sich um Howards leibliches Wohl kümmerte, solange ich im Hilton wohnte, kam aus der Küche und begrüßte mich mit einem freudigen Lächeln. Ich bat sie, einen Kaffee für mich aufzubrühen, und ging vor Rowlf her in die Bibliothek. Von der peniblen Ordnung, die hier gewöhnlich herrschte, war im Moment nichts zu erkennen. Zahlreiche Bücher waren aus dem deckenhohen Regal herausgenommen worden, das eine ganze Wand bedeckte. Einige davon lagen aufgeschlagen auf dem gewaltigen

Tisch in der Mitte des Zimmers, andere stapelten sich auf den Stühlen und sogar dem Fußboden. Ein Aschenbecher quoll vor Zigarrenstummeln beinahe über, und auf den wenigen freien Stellen des Tisches erkannte ich die einander überlappenden Spuren von Kaffeetassen. Sehr vielen Tassen.

Auf einem bequemen Lehnsessel in der Ecke neben dem Kamin entdeckte ich die unordentlich zusammengefaltete Ausgabe der heutigen *Times*. Ich blätterte sie flüchtig durch. Der Überfall am gestrigen Abend war zu spät erfolgt, um noch erwähnt zu werden, und auch sonst konnte ich nichts entdecken, was Howard dazu gebracht haben könnte, so überstürzt das Haus zu verlassen.

Ich legte die Zeitung wieder zurück und wandte mich dem Tisch zu. Zwischen den Büchern lagen auch die beiden knapp handtellergroßen, von dem Relief stammenden Gesteinsbrocken, die ich von Blossom und Hasseltime erhalten hatte. Ich zwang mich, die Muster darauf zu betrachten und erkannte, daß sie tatsächlich bis auf winzige Abweichungen, die durch die unregelmäßige Form der Steine bedingt war, identisch waren. An das Symbol auf dem Relief selbst jedoch konnte ich mich trotz größter Konzentration nicht mehr erinnern. Je intensiver ich es mir in Erinnerung zu rufen versuchte, desto weniger gelang es mir, doch zweifelte ich mittlerweile kaum noch an Howards Behauptung, daß es dem Symbol auf beiden Steinen glich.

Nach ein paar Sekunden legte ich die Steine zurück und widmete mich den Büchern. Wie alle Werke in Howards Sammlung handelte es sich auch bei denen, die aufgeschlagen und mehr oder weniger übereinandergestapelt auf dem Tisch verteilt lagen, um Werke, die sich mit Okkultismus, Magie, untergegangenen Kulturen und dergleichen mehr befaßten. Größtenteils waren sie in mir unbekannten Sprachen verfaßt, teilweise waren mir sogar die Schriftzeichen selbst fremd. Nacheinander nahm ich die Bücher hoch und betrachtete die aufgeschlagenen Seiten, mit denen Howard sich beschäftigt hatte, und blätterte jeweils auch ein paar Seiten zurück, ohne auf etwas zu stoßen, das mir weiterhalf.

Dann entdeckte ich die Illustration. Sie befand sich in einem der untersten Bücher des Stapels, einem großen, schweren und offensichtlich sehr alten Werk, gebunden in dickes, dunkles Leder, das im Laufe der Zeit fast steinhart geworden war. Eine komplette Seite wurde von der Zeichnung eines fremdartigen Symbols eingenommen, dessen Linien sich auf unmögliche Art ineinander wanden. Es waren Zeichen der gleichen Art, wie sie sich auf dem Relief befanden, und auch ihr Anblick löste Schwindel und Kopfschmerz in mir aus. Vor Aufregung über die Entdeckung begann mein Herz schneller zu schlagen.

Noch einmal griff ich nach einem der beiden Steine und verglich das Symbol darauf mit dem in dem Buch. Anders als ich erwartet hatte, waren sie nicht identisch, jedenfalls nicht vollständig. Wohl aber erkannte ich einzelne Teile wieder. Ohne Zweifel entstammte die Abbildung derselben Kultur wie das Relief.

Ich musterte den Text auf der gegenüberliegenden Seite genauer. Er war zwar in lateinischen Buchstaben geschrieben, aber in einer mir fremden

Sprache. Trotzdem überflog ich ihn, und schließlich wurde ich fündig. Inmitten der unbekannten Wörter entdeckte ich einen Begriff, der mir durchaus bekannt war.

Eine ungeheure Aufregung ergriff mich; mein Puls begann zu rasen. Ich mußte wieder daran denken, daß Howard schon vor einiger Zeit behauptet hatte, daß die Zeichen nicht von den GROSSEN ALTEN, sondern einer anderen, ihnen ähnlichen Kultur stammten. Bislang war ich diesbezüglich skeptisch geblieben. Zu groß war die Ähnlichkeit mit allem, was ich von den GROSSEN ALTEN kannte. Jetzt aber erkannte ich, daß Howard recht gehabt hatte. Die Erkenntnis hätte mich eigentlich erleichtern müssen; immerhin zeigte sie, daß das Relief nichts mit meinen uralten Erzfeinden zu tun hatte. Doch ich verspürte keine Erleichterung. Jedenfalls wußte ich jetzt, warum die Zeichen mir so bekannt vorgekommen waren, und auch wenn sie nicht von den GROSSEN ALTEN stammten, bedeutete das nicht, daß die Gefahr deshalb geringer war.

Meine Hände zitterten plötzlich, und die Buchseite verschwamm vor meinen Augen – mit Ausnahme der beiden mir bekannten Wörter inmitten des Textes, die mit so schrecklichen Erinnerungen verbunden waren. Wie gebannt starrte ich sie an. Sie lauteten *Thul Saduun*.

Norris wußte nicht, wie lange er bereits durch die unheimlichen Gänge irrte. Es mochten Stunden sein, vielleicht Tage. Er hatte längst schon jedes Gefühl für die Zeit verloren. Selbst der Schrecken und das Entsetzen waren irgendwann zu groß geworden, als daß er sie noch bewußt wahrnahm.

Kelly hatte er nicht wiedergetroffen, und irgendwann hatte er auch die Hoffnung aufgegeben, daß es ihm noch gelingen würde. Die Wahnvorstellungen hingegen hielten auch weiterhin an. Nichts deutete darauf hin, daß er sich noch an Bord der THUNDERCHILD befand, obwohl es gar nicht anders sein konnte; Wände, Boden und Decke bestanden überall aus massivem Stein, und sie zogen sich so lang hin, wie es im Innern des zwar großen, aber dennoch nur wenige Dutzend Yards langen Zerstörers schlichtweg unmöglich war. Unter anderen Umständen wäre Norris ohne jeden Zweifel überzeugt davon gewesen, sich im Innern eines Berges oder eines unterirdischen Systems von Gängen und Höhlen zu befinden, doch er war ebenso sicher, das Schiff nicht verlassen zu haben.

Eine Zeitlang hatte er sich dem Glauben hingegeben, dies alles wäre nicht mehr als ein Traum, und er würde irgendwann zu Hause in seinem Bett aufwachen und feststellen, daß er überhaupt nie mit Kelly zur Harper-Werft und an Bord der THUNDERCHILD gegangen wäre, ja, daß es das Schiff womöglich gar nicht gäbe. Doch er wußte, daß dies nicht stimmte, daß seine Erlebnisse Wirklichkeit waren, zumindest ein fremdartiger, unbegreiflicher Teil der Realität.

Irgend etwas in seinem Kopf war durcheinandergeraten; vielleicht hatte er sogar vollends den Verstand verloren. Im Verlauf der letzten Stunden hatte der Gedanke seinen Schrecken für Norris verloren, er hätte es sogar begrüßt, sich in die tröstliche Umarmung des Wahnsinns flüchten zu können, da es vielleicht der einzige Ausweg für ihn gewesen wäre. Doch nicht mal das gelang ihm. Er wußte nicht, was mit ihm geschah, und was das alles zu bedeuten hatte, konnte ansonsten aber genauso klar denken wie immer, und das war vielleicht der schlimmste Fluch überhaupt.

Zudem hatte er festgestellt, daß der unbegreifliche Veränderungsprozeß seiner Umgebung immer noch nicht abgeschlossen war. Anfangs hatte sein Weg ihn statt durch eiserne Korridore durch Felsgänge geführt, die es *hier* zwar nicht geben dürfte, die ansonsten aber völlig normal gewesen waren. Mittlerweile jedoch hatte sich alles um ihn herum noch ein gehöriges Stück weiter in die Welt der Alpträume und des Unfaßbaren verschoben.

Die Gänge schienen auf eine unbeschreibliche Art zu *leben*.

Irgendwann war Norris bewußt geworden, daß sie ständig ihre Form veränderten. Wenn er ein Stück weit einen völlig geraden Korridor entlanggegangen war und zurückblickte, entdeckte er Biegungen hinter sich, und wie aus dem Nichts entstanden Gabelungen oder Abzweigungen. Aber das war es nicht allein. Die Gänge waren zugleich auf eine völlig unmögliche Art in sich gekrümmt und verdreht; sie waren gerade und gleichzeitig gebogen, führten nach oben und unten zugleich, und immer wieder glaubte Norris aus den Augenwinkeln heraus Winkel wahrzunehmen, die allen bekannten Formen Hohn sprachen und gar nicht existieren dürften. Wann immer er genauer hinzusehen versuchte, verschwammen sie vor seinen Augen, und ein beißender Schmerz erwachte hinter seiner Stirn, so daß er den Blick nach ein paar Sekunden stets abwenden mußte, weil das, was er sah, seinen Verstand, sogar sein Vorstellungsvermögen überstieg.

An einer Kreuzung mehrerer Gänge ließ Norris sich schließlich zum wiederholten Male zu Boden sinken. Er war mit seiner Kraft am Ende, und seine Füße taten ihm weh; aber das registrierte er nur am Rande, ebenso wie den Durst, der ihn bereits seit geraumer Zeit plagte. Er fühlte nur noch eins: Erschöpfung. Er wußte, daß es für ihn keinen Weg mehr aus diesem Labyrinth heraus geben würde. Er würde sterben, und welchen Unterschied machte es da noch, ob er sich noch länger auf der vergeblichen Suche nach einem Ausgang weiterquälte, oder ob er gleich hier sitzen blieb und auf den Tod wartete. Er tastete nach dem Revolver in seinem Gürtel. Ein kurzer, schneller Tod wäre in jedem Falle gnädiger, als hier unten zu verdursten. Hunderte Male hatte er bereits daran gedacht, seinen Leiden selbst ein Ende zu setzen, hatte es dann aber doch nicht getan. Er war kein besonders religiöser Mensch, doch seine Mutter war fromm gewesen, und von Kindheit an hatte er gelernt, daß Selbstmord eine Todsünde wäre, die mit ewiger Verdammnis gesühnt würde. Dieses Denken saß so tief in ihm, daß er nicht dagegen ankam, zumindest nicht, solange seine Verzweiflung nicht so vollkommen war, daß ihm selbst das gleichgültig gewesen wäre. Was er hier erlebte, war bereits eine Form der Verdammnis, doch irgendwo tief in ihm brannte immer noch ein Funken Hoffnung, und auch diesmal löste er nach kurzem Zögern wieder die Hand von der Waffe.

Noch blieb ihm Zeit, wenn auch nicht mehr viel. Zum Teil beruhte seine Hoffnung darauf, daß er Licht hatte, doch das Petroleum in seiner Lampe war bis auf einen winzigen Rest verbraucht. Länger als eine Stunde würde die Lampe kaum noch brennen, und solange wollte auch Norris noch warten. Warten und weiterhin auf ein Wunder hoffen.

Zusammengekauert saß er da und starrte in die Dunkelheit der Gänge um ihn herum, als er plötzlich etwas spürte. Im ersten Moment hielt er es für Einbildung; dann aber begriff er, daß sich tatsächlich etwas veränderte. Der Boden unter ihm begann sich zu bewegen. Es war ein beinahe unmerkliches Vibrieren, das sich in regelmäßigen Abständen wiederholte, fast wie das dumpfe Schlagen eines Herzens, und es verstärkte sich mit jeder Sekunde.

Norris sprang auf, aber noch bevor er dazu kam, sich Gedanken darüber zu machen, was dieses neuerliche Phänomen zu bedeuten hatte, hörte er plötzlich Schritte, die sich ihm näherten.

Jähe Hoffnung keimte wieder in ihm auf. Der einzige Mensch, der sich außer ihm noch hier befand, war Kelly, und nun trafen sie sich endlich wieder. Gemeinsam würden sie einen Ausweg finden, davon war er überzeugt. An diesen Gedanken klammerte sich Norris; er verlieh ihm frische Kraft. Die Laterne mit ausgestrecktem Arm vor sich haltend, rannte er los, den Schritten entgegen, die er nun immer deutlicher hörte. Vor ihm beschrieb der Gang einen Knick. Kelly mußte sich direkt dahinter befinden. Norris jagte um die Biegung – und blieb stehen, als wäre er gegen eine unsichtbare Mauer geprallt.

Die Gestalt stand kaum drei Schritte von ihm entfernt, aber es war nicht Kelly.

Es war überhaupt kein Mensch.

Die Kreatur war riesig, fast so groß wie zwei Männer. Obwohl sie direkt im Lichtschein der Laterne stand, waren ihre Umrisse nur verschwommen zu erkennen, so, als wäre sie hinter einem Nebelschleier verborgen, der verhinderte, daß Norris sie deutlich erkennen konnte. Allerdings legte Norris auch keinerlei Wert darauf. Was er sah, reichte aus, um ihn mit nackter, grenzenloser Panik zu erfüllen. Das Blut in seinen Adern schien zu Eiswasser zu gefrieren.

Der Körper des Ungeheuers war von bräunlichgrünen Schuppen bedeckt. Es hatte kurze, stämmige Beine, auf denen ein unförmiger, aufgedunsener Rumpf ruhte, aus dessen oberer Hälfte zahlreiche peitschendünne Tentakeln sprossen, die sich in der Luft wie Schlangen wanden. Darüber saß ein klobiger Kopf, der von einem einzelnen, in düsterem Rot glosenden Auge und einem weit vorstehenden, papageienartigen Schnabel beherrscht wurde, dessen Knacken Norris einen eisigen Schauer über den Rücken trieb. Er war unfähig, sich zu bewegen. Sekundenlang starrte er die Kreatur nur mit weit aufgerissenen Augen an; dann endlich gelang es ihm, den Mund zu öffnen.

Er begann gellend zu schreien, und im selben Moment verschwand der Spuk. Die Umrisse der Kreatur zerfaserten, als würde sie sich auflösen, und an ihrer Stelle entstand eine andere, vertraute Gestalt. Aus dem einen roten Auge wurden zwei braune; der Papageienschnabel verwandelte sich in einen Mund und eine Nase, und auch der Rest des Körpers wurde zu dem eines Menschen.

Norris verstummte. Er blinzelte ein paarmal, strich sich mit der Hand über die Stirn und starrte Kelly an, der seinen Blick ebenso verständnislos erwiderte.

»Was ... was ist los mit dir?« fragte er verwirrt. »Ich weiß, ich sehe schrecklich aus, aber das ist kein Grund, gleich loszuschreien, als hättest du ein Gespenst gesehen.«

Norris schluckte.

»In gewisser Hinsicht *habe* ich das«, murmelte er. In seinem Kopf drehte sich alles. Er suchte nach Worten, um zu beschreiben, was er gesehen hatte, doch es gelang ihm nicht. Davon abgesehen würde Kelly ihn sicherlich für verrückt halten, und vielleicht hatte er damit ja sogar recht. Das Ungeheuer, das er sich eingebildet hatte, konnte nur der Phantasie eines Wahnsinnigen entspringen. Aber nach all dem Unbegreiflichen, das er in den vergangenen Stunden in diesem Irrgarten erlebt hatte, war es kein Wunder, wenn er allmählich den Verstand verlor. »Du glaubst gar nicht, wie froh ich bin, dich wiederzusehen.«

Er wollte auf Kelly zueilen und ihn vor Erleichterung umarmen, doch es gelang ihm nicht, die Füße vom Boden zu heben, um die kaum drei Yards zu überwinden, die sie trennten. Der Mann vor ihm war ohne Zweifel Kelly, mit dem er bereits seit vielen Jahren befreundet war, aber noch immer erinnerte er sich allzu deutlich an die Alptraumkreatur, die er an seiner Stelle zu sehen geglaubt hatte, und die bloße Erinnerung daran verhinderte, daß er sich Kelly näherte.

»Im Gegenteil, das glaube ich dir sogar gern«, behauptete Kelly. »Ich bin ebenfalls froh, daß ich dich endlich gefunden habe.«

»Was … was hat das alles zu bedeuten?« stieß Norris hervor. »Wo sind wir hier bloß hingeraten?«

»Das weiß ich auch nicht. Aber das spielt jetzt keine Rolle mehr. Ich habe den Ausgang aus diesem Labyrinth gefunden. Komm mit, ich bringe uns hier heraus.«

Die Nachricht erfüllte Norris mit neuer Hoffnung. Es war ihm egal, was hier passierte, solange es ihm nur gelang, diesem Alptraum wieder zu entkommen, zurück in die normale Welt, wo Stahl sich nicht plötzlich in Stein verwandelte, und wo es keine unheimlichen Gänge gab, die wie aus dem Nichts heraus hinter seinem Rücken Abzweigungen und Seitenstollen bildeten.

Dennoch blieb er mißtrauisch. Irgend etwas stimmte nicht mit Kelly. Norris konnte es nicht näher erfassen, doch sein Freund wirkte auf eine beinahe unmerkliche Weise verändert. Er freute sich nicht so, wie zu erwarten gewesen wäre, und er sprach auch anders als sonst. Doch die wesentlichste Veränderung war auf eine Art erfolgt, die sich nicht greifen und in Worte kleiden ließ, die Norris aber trotzdem unterschwellig spürte.

»Was ist? Worauf wartest du noch? Laß uns endlich hier verschwinden«, sagte Kelly und lächelte. »Ich möchte keine Minute länger als unbedingt nötig in diesem unheimlichen Labyrinth bleiben.«

Seine Worte und vor allem sein Lächeln rissen Norris aus seiner Erstarrung. Wenn Kelly ihm verändert vorkam, dann lag es vermutlich daran, daß die

Stunden in dieser bizarren unterirdischen Welt auch an ihm nicht spurlos vorübergegangen waren. Wahrscheinlich war er ebenfalls erschöpft und mit den Nerven am Ende, und das schlug sich in seinem Verhalten nieder. Später würde ihm noch genügend Zeit bleiben, um darüber nachzudenken. Im Moment wollte Norris nichts anderes, als so schnell wie möglich von hier verschwinden.

Er schüttelte die Lähmung ab und schloß zu Kelly auf. Schweigend gingen sie nebeneinander den Stollen entlang, doch obwohl sie nicht mal eine halbe Armlänge voneinander entfernt waren, spürte Norris die unsichtbare Mauer, die sich zwischen ihnen erhob und sie trennte. Scheinbar wahllos bog Kelly in Seitenstollen ab, die sich wie ein Ei dem anderen glichen.

»Wie findest du dich hier bloß zurecht?« brach Norris schließlich das drückende Schweigen.

»Eigentlich ist es gar nicht mal so schwer, wenn man das System erst einmal verstanden hat, das hinter diesem Labyrinth steckt«, erklärte Kelly bereitwillig. »Aber ich habe selbst ziemlich lange gebraucht, um es zu erkennen. Es wäre zu kompliziert, es dir zu erklären. Vertrau mir einfach. Wir haben es nicht mehr weit.«

Vertrauen war das Schlüsselwort, denn genau das hatte Norris nicht mehr. Und das galt nicht nur Kelly gegenüber. Norris vertraute nicht mal mehr sich selbst und seinen eigenen Wahrnehmungen. Es fiel ihm schwer zu glauben, daß es ein System in dem Labyrinth gäbe, da die Stollen sich ständig veränderten und immer wieder neue entstanden; aber darauf kam es jetzt nicht mehr an. Allein war er in diesem

Irrgarten in jedem Fall verloren. Wollte er wenigstens noch eine kleine Chance auf Rettung haben, blieb ihm also gar nichts anderes übrig, als mit Kelly zu gehen, selbst wenn dieser bereits den Verstand verloren hatte und seine Behauptung, den Ausweg zu kennen, als leeres Gerede erweisen sollte.

Aber dem war nicht so. Irgendwann, nach gar nicht so langer Zeit, bemerkte Norris, daß es ein Stück vor ihm plötzlich heller wurde. Licht schimmerte hinter einer Biegung des Stollens hervor, in dem sie sich befanden. Unwillkürlich ging Norris schneller, überholte Kelly. Erleichterung durchpulste ihn, erlosch jedoch gleich darauf, als er die Biegung erreichte und sah, was sich dahinter befand.

Er stand am Eingang zu einer großen, von zahlreichen Fackeln fast taghell erleuchteten Höhle. Nach den vielen Stunden in der nur vom matten Schein der Laterne erhellten Dunkelheit schmerzte ihn das Licht in den Augen und blendete ihn, so daß er nur undeutlich die Umrisse mehrerer Personen erkannte. Norris begriff nicht, was die Versammlung zu bedeuten hatte, aber er spürte instinktiv, daß sein Mißtrauen nur zu berechtigt gewesen war.

Kelly hatte ihn in eine Falle gelockt ...

Er wollte sich herumwerfen und fliehen, doch es blieb bei dem Versuch. Er spürte noch einen Luftzug, dann traf ein mörderischer Hieb seinen Nacken und löschte sein Bewußtsein aus.

Genaugenommen war Treymour niemals Howards Freund gewesen; nicht mal das, was man gemeinhin einen guten Bekannten nennen würde. Dennoch alarmierte Treymours Verschwinden Howard über die Maßen.

Dabei hätte er nicht mal genau sagen können, warum.

Es war Jahre her, seit er das letzte Mal von Treymour gehört, und noch länger, daß er ihn das letzte Mal gesehen hatte – und das unter Umständen, an die er sich lieber nicht erinnern wollte. Treymour und er waren einst Angehörige derselben Bruderschaft gewesen – zu einer Zeit, die Howard am liebsten aus seinem Gedächtnis gestrichen hätte, wäre dies nur möglich gewesen. Auch die genauen Umstände ihres letzten Zusammentreffens waren nicht unbedingt dergestalt gewesen, daß er sich gern daran erinnerte …

Nein – Howard konnte es drehen und wenden, wie er wollte: Im Grunde sollte er *froh* sein, daß Dr. James Treymour mit ziemlicher Sicherheit nicht mehr in der Stadt und mit einiger Wahrscheinlichkeit sogar nicht mehr unter den Lebenden weilte, denn Treymour war Teil eines Lebens, von dem er sich endgültig losgesagt hatte.

Um so mehr hatte ihn seine Reaktion überrascht, als er den Artikel in der Zeitung entdeckte, in dem von Treymours Verschwinden berichtet wurde; es war eine kleine Notiz, beinahe am Rande, die der Schreiberling wahrscheinlich nur in das Blatt aufgenommen hatte, um die Seite zu füllen. Die Meldung war in bewußt belanglosem, ja, beinahe schon spöttischem Ton gehalten.

Vielleicht hatte gerade *das* Howard so alarmiert. Ungeachtet all der Jahre, die vergangen waren, kannte er Treymour immer noch gut genug, um zu wissen, daß ein Mann wie er nicht einfach so *verschwand*.

Ein Geräusch im Nebenzimmer ließ Howard in seinem ruhelosen Auf und Ab innehalten und riß ihn zugleich aus seinen düsteren Überlegungen. Er blieb stehen, blickte erwartungsvoll zur Tür und wartete darauf, daß sie geöffnet wurde. Er war jetzt seit einer guten halben Stunde hier und wartete darauf, mit Treymours ehemaliger Haushälterin zu sprechen, und sowohl seine Geduld als auch seine Zeit waren begrenzt. Sicherlich war Robert jetzt schon wieder im WESTMINSTER und wartete ungeduldig auf ihn, und er hatte eigentlich Besseres zu tun, als hier herumzustehen und sich den Kopf über das Verschwinden eines ›drittklassigen Okkultisten‹ zu zerbrechen – wie es in der Zeitung gestanden hatte.

Das Problem war nur, daß besagter drittklassiger Okkultist in Wirklichkeit ein ehemaliger *Master* des Templerordens gewesen war und damit ein Mann, dessen Wissen um die Magie und die geheimen Kräfte der Natur und des menschlichen Geistes mindestens ebenso groß war wie das Howards und vermutlich größer als das Wissen Roberts. Die Tatsache, daß sich dieser Mann ausgerechnet jetzt in London befand, hätte er noch als Zufall akzeptieren können; daß er ausgerechnet *jetzt* verschwand – und dies unter höchst ominösen Umständen – nicht mehr.

Howard gestand sich ein, daß es wahrscheinlich ein Fehler gewesen war, Robert nicht die ganze Wahrheit zu erzählen. Der Junge hatte ein Recht zu wissen, was ihn erwartete.

Und vor allem, mit *wem* sie es zu tun hatten.

Ja, er würde ihm die *ganze* Geschichte erzählen.

Gleich, nachdem er ins WESTMINSTER zurückgekehrt war, würde er …

Die Tür wurde mit einer so heftigen Bewegung aufgerissen, daß Howard erschrocken zusammenfuhr und den Gedanken bewußt abbrach. Etwas von seinem Erschrecken mußte sich wohl auf seinem Gesicht widerspiegeln, denn die ältliche, grauhaarige Frau, die so abrupt im Türeingang erschienen war, blickte ihn für einen Moment mit tief gefurchter Stirn an, ehe sie mit einem weiteren Schritt vollends ins Zimmer trat und die Tür ebenso heftig wieder hinter sich schloß, wie sie sie geöffnet hatte.

»Sie sind Mr …?«

»Phillips«, sagte Howard rasch. Er versuchte, ein freundliches Lächeln auf sein Gesicht zu zwingen, spürte aber selbst, daß es ihm nicht gelang. Er war nervös. Die gute halbe Stunde, die er hier nun schon wartete, hatte mehr an seinen Nerven gezerrt, als er sich eingestehen wollte. Es lag nicht an mangelnder Selbstbeherrschung oder Ungeduld – es lag an diesem Zimmer.

Das Haus befand sich in einer unauffälligen Gegend der Stadt, und so wie sein Äußeres war auch seine Einrichtung: unauffällig und bieder, auf jene ganz bestimmte Art trist, die es einem leicht machte, sich hier nicht wohl zu fühlen, ohne einen Grund dafür nennen zu können, und die es einem noch leichter machte, das Haus möglichst schnell wieder zu vergessen. Nichts davon war Zufall. Hätte Howard noch irgendwelche Zweifel gehabt, wer hier *gewohnt* hatte und was dieses blasse, ein wenig ungastliche Zimmer und die abweisende Atmosphäre betraf, die im ganzen Haus herrschte – diese

Zweifel wären ausgeräumt gewesen. Treymours Handschrift war hier so deutlich zu spüren, als wäre er noch immer irgendwie unsichtbar im Zimmer.

»Phillips«, sagte die Frau. Sie nickte, mit einem sonderbaren, beinahe grimmigen Gesichtsausdruck, als hätte sie diesen Namen erwartet, oder als würde er etwas ganz Bestimmtes für sie bedeuten. Sie sah weder besonders freundlich aus, noch gab sie sich irgendwelche Mühe, so zu wirken.

»Sie sind einer von diesen Zeitungsschmierern, nehme ich an?« Noch bevor Howard widersprechen konnte, hob sie sowohl die Hand als auch die Stimme und fuhr in deutlich schärferem Tonfall fort: »Geben Sie sich erst gar keine Mühe, Mister Phillips-oder-wie-Sie-auch-heißen-mögen. In den letzten beiden Tagen haben Ihre Kollegen sich hier die Klinke in die Hand gegeben. Ich werde nicht mehr sagen, was ich nicht schon gesagt habe.«

»Verzeihung, Miss …?«

»Stone«, antwortete die Frau. »Madelaine Stone.«

»Miss Stone«, sagte Howard. »Ich fürchte, hier liegt ein Mißverständnis vor. Ich bin nicht von der Zeitung. Und ich bin keineswegs hier, um Sie auszuhorchen oder Ihnen irgendwelche Informationen zu entlocken, die Sie nicht preisgeben wollen.«

»Wer sind Sie dann?« fragte Miss Stone. »Und lügen Sie mich nicht an – ich habe zu lange für Dr. Treymour gearbeitet, um nicht sofort zu erkennen, wenn jemand die Unwahrheit sagt. Ihr Name ist nicht Phillips.«

»Das stimmt«, gestand Howard. Er war ein wenig überrascht. Miss Stone schien zu jenen seltenen Menschen zu gehören, die Wahrheit und Lüge mit einem untrüglichen Instinkt sofort erkannten. Vielleicht hatte er sich in ihr getäuscht.

»Und wie lautet Ihr Name dann?«

»Das … tut nichts zur Sache«, antwortete Howard ausweichend. »Ich bin ein alter Bekannter von Dr. Treymour. Als ich heute morgen in der Zeitung von seinem Verschwinden las, war ich zutiefst beunruhigt.«

»Ein alter Bekannter. So.« Miss Stones Augen wurden schmal, und Howard fragte sich, ob er vielleicht schon wieder einen Fehler gemacht hatte. Möglicherweise waren Treymours alte Bekannte nicht unbedingt automatisch auch Miss Stones Freunde. »Und wieso weiß ich dann nichts von Ihnen? Ich arbeite seit zehn Jahren für Dr. Treymour, aber er hat niemals einen Mister Phillips erwähnt.«

»Es ist auch länger als zehn Jahre her, daß wir uns das letzte Mal gesehen haben«, antwortete Howard.

»Ich verstehe«, sagte Madelaine Stone spöttisch. »Wenn ich Ihnen jetzt mitteile, daß ich schon seit zwanzig Jahren für ihn arbeite, dann werden Sie sich gewiß hastig verbessern und mir erklären, daß es genausolange her ist, seit sie sich das letzte Mal gesehen haben, wie?«

Howard seufzte. Unten auf der Straße waren das Rollen von Rädern und das unwillige Wiehern eines Pferdes zu hören. »Hat Dr. Treymour jemals von seiner Zeit in Paris gesprochen?« fragte er.

»Paris?« Es gelang Miss Stone nicht, ihre Überraschung zu verbergen, als Howard den Namen der Stadt aussprach. Sie sah plötzlich alarmiert aus. Und ein kleines bißchen erschrocken.

»Ja. Wir haben uns dort das letzte Mal gesehen. Ich weiß nicht, wieviel James Ihnen … wieviel Dr. Treymour von seiner Zeit in Paris erzählt hat, aber …«

»Nicht viel«, unterbrach ihn Stone. Sie klang jetzt mehr als nervös. »Aber trotzdem schon mehr, als ich eigentlich wissen wollte. Ich … möchte nicht darüber reden.«

Das konnte Howard nur zu gut verstehen. Offensichtlich hatte Treymour seiner Haushälterin doch mehr erzählt, als sie zugab. Und auf jeden Fall mehr, als sie hatte hören wollen.

»Ich möchte auch nicht mit *Ihnen* reden«, fuhr sie fort. Das Rollen der Räder unten vor dem Haus war verstummt, und Howard hörte, wie ein Kutschenschlag aufgerissen und gleich darauf mit einem Knall wieder zugeschlagen wurde. Madelaine Stone warf einen nervösen Blick zum Fenster.

»Das kann ich verstehen«, fuhr Howard fort. »Aber ich bitte Sie einfach, mir zu glauben, Miss Stone, daß es sehr wichtig ist, daß Sie mir gewisse … Fragen beantworten. Die Zeitungsmeldung war in dieser Hinsicht leider höchst unpräzise. Aber ich … *muß* wissen, wie Dr. Treymour verschwunden ist. In dem Bericht war von höchst sonderbaren Umständen die Rede.«

»Wenn jemand aus einem verschlossenen Zimmer verschwindet, das keinen zweiten Ausgang und kein Fenster hat, dann ist das höchst sonderbar«, sagte Miss Stone.

»Wie meinen Sie das?«

Die Frau schaute wieder nervös zum Fenster. Sie schien auf irgend etwas zu lauschen. »Ich will von alledem nichts wissen«, sagte sie. »Gehen Sie, Mister

Phillips. Gehen Sie schnell. Ich habe einen Fehler gemacht.«

»Ich verstehe Sie durchaus«, sagte Howard geduldig. »Aber es ist wirklich sehr wichtig! Für mich. Und auch für andere. Was ist genau passiert?« In Stones Augen blitzte es ungeduldig auf, und für eine Sekunde war Howard vollkommen sicher, daß sie ihn nun hinauswerfen würde. Aber dann schien sie zu begreifen, daß es vielleicht das Einfachste war, seine Fragen zu beantworten. Als sie sprach, tat sie es sehr schnell, beinahe gehetzt.

»Ich weiß nicht, was hier geschehen ist«, sagte sie. »Ich will es auch nicht wissen. Ich weiß nur, daß Dr. Treymour in den letzten Tagen … seltsam war.«

»Seltsam?«

»Er hat sich verändert«, antwortete Miss Stone. »Verstehen Sie … er war nie ein sehr geselliger Mann. Manchmal kam es vor, daß er sein Zimmer tagelang nicht verließ, und manchmal hat er eine Woche lang kein Wort geredet. Aber seit einigen Tagen …«

»… hatte er Angst«, vermutete Howard, als Madelaine Stone nicht weitersprach.

Sie nickte.

»Wissen Sie, wovor?«

»Nein. Er hat nichts gesagt. Aber ich habe genau gespürt, daß etwas mit ihm nicht stimmte. Er hat das Haus überhaupt nicht mehr verlassen, und mir hat er verboten, irgend jemanden hereinzulassen. In den letzten beiden Tagen mußte ich ihn sogar in seinem Zimmer einschließen.«

»Sie?« fragte Howard überrascht.

Sie nickte, kramte einen Schlüssel aus der Kitteltasche und hielt ihn ihm hin. »Das hier ist der einzige

Schlüssel, den es zu seinem Arbeitszimmer gibt. Ich mußte ihn einschließen, und ich durfte nur öffnen, um ihm die Mahlzeiten zu bringen. Er hatte Angst, Mister Phillips. Furchtbare Angst.«

So wie du, dachte Howard. Er sprach diesen Gedanken nicht aus, doch er hätte schon blind sein müssen, um nicht zu sehen, daß diese Frau allein bei der Erinnerung an das Geschehene vor Angst beinahe den Verstand verlor. Vielleicht war das, was er in der Zeitung gelesen hatte, doch nicht so übertrieben gewesen, wie es schien …

»Und dann?« fragte er ungeduldig.

Stone hob unglücklich die Schultern. »Ich weiß nicht, was passiert ist«, sagte sie. »Es war vorgestern nacht. Ich hatte ihm das Abendessen gebracht und das Zimmer wieder verriegelt, ganz, wie er es verlangte. Ich war schon zu Bett gegangen, deshalb weiß ich nicht genau, wie es angefangen hat. Aber ich hörte … Geräusche.«

»Geräusche?«

»Sonderbare Laute«, sagte Stone unbehaglich. Ein Schatten huschte über ihr Gesicht. »Unheimliche Laute. Ich habe so etwas noch nie zuvor gehört. Es war wie … Schreie … oder Rufe. Vielleicht waren es auch Worte, aber wenn, dann in einer Sprache, die nicht für Menschen geschaffen sein kann. Es war furchtbar. Ich … ich lief sofort hin.«

Die Stimme versagte ihr. Sie kämpfte mit aller Macht gegen die schrecklichen Bilder, die aus ihrer Erinnerung emporzusteigen schienen. Howard geduldete sich, bis die Frau ihre Selbstbeherrschung so weit zurückerlangt hatte, daß sie weitersprechen konnte. »Es war … unheimlich. Ich sah Licht unter der Tür, aber es war nicht das Licht der Lampe, verstehen Sie. Es war … ein Flackern, wie von Flammen. Ich hatte Angst und dachte, es wäre ein Feuer im Zimmer ausgebrochen, und Dr. Treymour wäre gefangen.«

»Aber es war kein Feuer«, vermutete Howard, als die Frau abermals stockte.

Sie schüttelte schwach den Kopf. »Nein. Ich … ich habe sofort aufgeschlossen, aber ich war nervös, und ich hatte Angst, so daß ich den Schlüssel fallen ließ. Und als ich die Tür endlich aufbekommen hatte, war es zu spät.« Sie blickte Howard an, und ihre Augen wurden groß vor Furcht. »Das Licht war erloschen, und die Schreie waren verstummt. Und … und Dr. Treymour war nicht mehr da. Verstehen Sie? Er war verschwunden. Einfach … weg. Wäre ich … wäre ich nicht so ungeschickt gewesen, dann … dann wäre das alles vielleicht nicht passiert. Ich habe ihn gehört. Ich habe gehört, wie er um Hilfe schrie! Eine Sekunde nur! Hätte ich die Tür auch nur eine Sekunde früher geöffnet …«

»Dann wären Sie jetzt vielleicht tot«, sagte Howard ernst.

Sie erwiderte nichts, doch sie starrte ihn weiterhin an, und der Ausdruck von Furcht auf ihren Zügen wurde noch tiefer.

»Sie dürfen sich keine Vorwürfe machen, Miss Stone«, fuhr Howard fort. »Auch ich kann Ihnen nicht sagen, was in diesem Zimmer geschehen ist, aber Sie hätten nichts daran ändern können, glauben Sie mir.«

»Woher wollen Sie das wissen?« fragte Stone.

»Weil ich James kenne«, antwortete Howard. »Ich

weiß, daß er nicht der Mann ist, der zu sein er hier vorgegeben hat. Diese Journalisten, von denen Sie sprachen, mögen ihn für einen Betrüger gehalten haben, einen Scharlatan, der versucht, den Menschen mit ein paar Taschenspielertricks das Geld aus der Tasche zu ziehen. Er hat dieser Rolle bewußt gespielt, nicht wahr?«

Stone nickte. Ein Ausdruck neuerlichen, noch tieferen Erschreckens breitete sich auf ihren Zügen aus. »Sie ... Sie kannten ihn wirklich«, murmelte sie. »Sie waren Freunde.«

»Nein«, widersprach Howard. »Aber wir standen einmal ... sagen wir: auf derselben Seite. Wenigstens dachten wir es.«

»Ich habe einen Fehler gemacht«, sagte Madelaine Stone erneut.

»Nein«, entgegnete Howard. »Das haben Sie nicht. Sie hätten ihn nicht retten können. Und was immer ihm zum Verhängnis geworden ist, hätte auch Sie vernichtet, wären Sie eine Sekunde früher in das Zimmer gekommen. Ich bin nicht mal sicher, ob Sie jetzt in Sicherheit sind. Vielleicht sollten Sie dieses Haus verlassen.«

»Dazu ist es zu spät, fürchte ich«, sagte Miss Stone. »Großer Gott, was habe ich getan? Gehen Sie, Mister Phillips. Gehen Sie! *Schnell!*«

Howard blickte sie irritiert an. Plötzlich war in ihrer Stimme ein Klang, den er nur noch mit dem Wort *Panik* beschreiben konnte. »Aber was ...«

»Gehen Sie!« unterbrach ihn die Frau. Sie schrie fast. »Solange Sie es noch können!«

Doch er konnte es nicht mehr.

Noch bevor Madelaine Stone das letzte Wort ausgesprochen hatte, wurde die Tür mit einem Rück aufgerissen, und drei Männer stürmten herein. Zwei von ihnen packten Howard, so schnell und kompromißlos, daß er kaum begriff, wie ihm geschah, während der dritte etwas langsamer näher kam und ihn mit einem langen, abschätzenden Blick musterte. Dann wandte er sich langsam und mit einem unangenehmen Lächeln an Madelaine Stone.

»Ausgezeichnete Arbeit«, sagte er. »Sie haben sich Ihre Belohnung verdient, Miss Stone.«

»Sie ... Sie täuschen sich«, sagte Stone. Ihre Stimme zitterte. »Ich habe mich geirrt. Er ist ein Freund von Dr. Treymour.«

»Das behauptet er«, erwiderte der Fremde. Er war sehr groß, hatte ein unangenehmes Gesicht und eine von Falten zerfurchte Glatze. »Zweifellos hat er das behauptet. Aber die Wahrheit dürfte ein wenig anders aussehen.« Er wandte sich an Howard. »Nicht wahr, Mister Lovecraft?«

»Love ...« Stone sog scharf die Luft zwischen den Zähnen ein und wandte sich zu Howard um. »Sie ... *Sie* sind Lovecraft?«

Howard nickte, soweit es ihm möglich war. Die beiden Männer hielten ihn mit so eiserner Kraft, daß er sich kaum noch bewegen konnte. Ihr Griff schmerzte.

»Großer Gott!« murmelte Madelaine Stone. »Was habe ich getan? Aber Sie ... Sie haben doch gesagt ...« Sie wandte sich wieder an den Mann mit der Glatze. »Sie haben gesagt, ich soll Bescheid geben, wenn jemand nach Dr. Treymour fragt, damit wir seine Entführer dingfest machen!«

Der Kahlköpfige lachte leise. »Das stimmt«, sagte er. »Und ich danke Ihnen auch noch einmal für Ihre Hilfe. Und was die versprochene Belohnung angeht ...«

Und damit griff er unter seinen Mantel, zog einen schmalen Dolch hervor und stieß ihn der Frau mit einer fast gemächlichen Bewegung ins Herz. »... hier ist sie.«

Madelaine Stones Augen weiteten sich. Sie taumelte, hob die Hand an die Brust und starrte sekundenlang fassungslos auf den allmähliche größer werdenden roten Fleck auf ihrem Kleid. Dann brach sie lautlos zusammen. Sie war tot, ehe ihr Körper zu Boden schlug.

Mehrere Minuten lang starrte ich das aufgeschlagene Buch völlig regungslos an, ohne mehr zu sehen als die beiden Wörter und das auf die gegenüberliegende Seite gezeichnete Symbol. Kein Wunder, daß mir die Zeichen auf dem Relief bekannt vorgekommen waren, auch wenn sie nicht von den GROSSEN ALTEN stammten. Eine Zeitlang hatte ich geglaubt, es mit völlig neuen Feinden zu tun zu haben, aber das war ein Irrtum gewesen.

Die Thul Saduun.

Erinnerungen stiegen in mir auf und drohten mich zu überwältigen, und keine von ihnen war angenehmer Natur. Ich wußte nicht allzuviel über die Thul Saduun, kannte aber zumindest in groben Zügen ihre Geschichte. Genau wie die GROSSEN ALTEN waren auch sie einst von den Sternen zur Erde gekommen. Sie hatten einen Äonen währenden Krieg gegen die ALTEN geführt, der das Antlitz der Erde verwüstet hatte, doch schließlich waren sie unterlegen und wurden unterjocht. Aber die Thul Saduun waren ein zu mächtiges und kriegerisches Volk, als daß sie sich in ein Dasein als Dienerrasse gefügt hätten. Es hatte nicht lange gedauert, bis sie sich erneut gegen die GROSSEN ALTEN auflehnten, und diesmal würden sie für ihren Frevel grausam bestraft und verbrannt, so, wie es später den ALTEN selbst erging, als sie in ihrem Größenwahn gegen die Gesetze der Schöpfung selbst verstießen und von den ÄLTEREN GÖTTERN bezwungen wurden.

Doch die Thul Saduun hatten ihre Spuren hinterlassen, und immer wieder waren Menschen ihren falschen Verlockungen von Macht erlegen und hatten versucht, sie aus ihren Kerkern zu befreien. Bereits vor zweihundert Millionen Jahren hatten die Magier von Maronar, einer frühen Hochzivilisation der Erde, ihnen einen Weg zurück in unsere Welt geebnet und Maronar dadurch den Untergang gebracht. Seither verlor sich die Spur der Thul Saduun im Dunkel der Geschichte.

Vor rund zehn Jahren hatte ich zum ersten Mal von *jenen in der Tiefe* erfahren, wie die Thul Saduun auch genannt wurden. Auf der Vulkaninsel Krakatau hatte der Fischgott Dagon, einer der wenigen Überlebenden Maronars, erneut versucht, die Thul Saduun zu beschwören. Er hatte ihre Brut gemästet, die *Ssaddit*, indem er den Feuerwürmern Menschenopfer darbrachte. Gemeinsam mit Kapitän Nemo und seiner NAUTILUS hatte ich Dagons Pläne vereiteln können, doch uns allein wäre es niemals gelungen. Die GROSSEN ALTEN selbst jedoch hatten in Gestalt Hasturs, des UNAUSSPRECHLICHEN, in den Kampf eingegriffen und verhindert, daß ihre abtrünnigen Vasallen neue Macht erlangten. Der Krieg der finsteren Götter hatte zu einer der größten Katastrophen der Menschheitsgeschichte geführt, als die gesamte Insel mitsamt der *Ssaddit* bei einem Ausbruch des Krakatau vernichtet worden war.

Und nun tauchte mitten in London ein Relief mit Symbolen der Thul Saduun auf, dem eine noch unbekannte magische Kraft innewohnte, und das Fanatikern in die Hände gefallen war. Ich mußte unter allen Umständen verhindern, daß *jene in der Tiefe* auf diesem Weg erneut Einfluß auf unsere Welt erlangten oder gar eine Möglichkeit zur Rückkehr fanden.

Jemand rüttelte mich an der Schulter, doch ich reagierte nicht. Erst als mir mit sanfter Gewalt das Buch aus den Händen genommen und zur Seite gelegt wurde, schrak ich aus meinen düsteren Gedanken auf. Benommen rieb ich mir die Augen. Als ich aufsah, blickte ich direkt in Rowlfs besorgtes Bulldoggengesicht.

»Robert? Verdammich, nu sach doch endlich wat. Was 'n los mit dir?«

»Nichts«, murmelte ich. »Es ist … nichts. Aber Howard hat etwas entdeckt, das …« Ich brach ab, als die Tür des Zimmers geöffnet wurde. Mit einem Tablett in den Händen, auf dem zwei Tassen und eine Kanne sowie eine Zuckerdose und ein Milchkännchen standen, trat Mrs. Winden ein.

»Ihr Kaffee, Robert«, sagte sie, blickte sich einen Moment um und stellte das Tablett dann auf den einzigen noch freien Stuhl. Ich nickte nur flüchtig, und als ich keine Anstalten machte, irgend etwas zu sagen, runzelte sie die Stirn und verließ die Bibliothek wieder. Mary Winden kochte so ziemlich den besten Kaffee, den ich je getrunken hatte, doch im Moment brauchte ich etwas Stärkeres, und so warf ich dem Tablett nur einen kurzen Blick zu und trat dann an einen Schrank, in dem ich Howards Vorräte an Hochprozentigem wußte. Ich schenkte mir ein Glas Brandy ein und leerte es auf einen Zug. Der Alkohol rann durch meine Kehle und schien in meinem Magen zu explodieren, daß mir Tränen in die Augen traten, und ich zu keuchen begann. Trotzdem schenkte ich mir sofort ein weiteres Glas ein und kehrte damit zum Tisch zurück.

Die ganze Zeit über beobachtete Rowlf mich schweigend, obwohl die Neugier ihm überdeutlich ins Gesicht geschrieben stand, bis er schließlich herausplatzte: »Was hat H.P. entdeckt? Weißte, wo er hin is?«

Ich schüttelte den Kopf. »Nein, das eine hat mit dem anderen wahrscheinlich nichts zu tun. Er hat nur etwas über das Relief herausgefunden.«

Ein wenig wunderte es mich, daß er sich nicht direkt mit mir in Verbindung gesetzt hatte, nachdem er wußte, daß es sich bei den Gravuren um Zeichen der Thul Saduun handelte. Doch so bedeutsam diese Entdeckung auch war, zur Zeit brachte sie uns praktisch nicht weiter, so daß es keinen Unterschied machte, ob ich ein paar Stunden früher oder später davon erfuhr. Um so weniger paßte es jedoch ins Bild, daß Howard so einfach weggegangen war, ohne zumindest eine Nachricht zu hinterlassen. Die einzige vernünftige Erklärung dafür war, daß er geglaubt hatte, schnell wieder zurück zu sein, noch bevor ich ankäme, und wenn sein Aufbruch mehr als zwei Stunden zurücklag, konnte das nur bedeuten, daß er durch irgend etwas aufgehalten worden war.

»Glaubste, daß er Ärga gekriegt hat?« Rowlf schenkte sich eine Tasse Kaffee ein und stürzte die kochendheiße Brühe mit einem Schluck hinunter, ohne auch nur das Gesicht zu verziehen.

Ich zögerte mit der Antwort. Es konnte eine ganz harmlose Erklärung für Howards Verspätung geben, aber es war ebenso gut möglich, daß er in irgendwelchen Schwierigkeiten steckte. Ich biß mir auf die Lippe. Allein das verschwundene Relief bereitete mir bereits genug Kopfschmerzen, vor allem jetzt, nachdem ich wußte, wer es geschaffen hatte, und ich hatte mir von Howard Hilfe erhofft. Zusätzliche Probleme konnte ich zur Zeit weiß Gott nicht gebrauchen.

»Howard kann ganz gut auf sich selbst aufpassen«, sagte ich. »Spann schon mal das Pferd an. Wir fahren erst mal zu Scotland Yard und fragen Cohen, ob er schon etwas herausgefunden hat. Vielleicht ist Howard ja wieder da, wenn wir zurückkommen.«

»Aba H.P. hat gesagt, daß wir hier auffen warten solln.«

»Er hat auch gesagt, daß er nicht lange wegbleiben würde«, erinnerte ich ihn. »Wir haben keine Zeit, hier untätig herumzusitzen.«

»Wennste meinst«, brummte Rowlf wenig überzeugt und verließ schulterzuckend das Zimmer. Ich wandte mich dem Kamin zu und starrte in die prasselnden Flammen. Howards Verschwinden beunruhigte mich mehr, als ich mir selbst eingestehen wollte.

Sein erstes Empfinden nach dem Erwachen war Schmerz. Instinktiv wollte er die Hand zum Kopf heben, von wo der Schmerz kam, doch noch bevor er die Bewegung ausführen konnte, kehrte ein Teil seiner Erinnerungen zurück und ließ ihn verharren. Er wußte wieder, wer er war, und daß man ihn niedergeschlagen hatte. Zugleich spürte er, daß er nicht allein war. Es war nicht das erste Mal, daß Norris aus einer Ohnmacht erwachte, und er hatte sich angewöhnt, vorsichtig zu sein, so daß es ihm mittlerweile in Fleisch und Blut übergegangen war. Reglos blieb er liegen und versuchte, die wirren Erinnerungsfetzen hinter seiner Stirn zu ordnen.

Da war ein Schiff gewesen, auf dem er zusammen mit Kelly etwas stehlen wollte, doch an Bord des Schiffes war irgend etwas geschehen. Die stählernen Korridore waren zu Stein geworden, zu einem gewaltigen Labyrinth, und dann ... Immer rascher brachen die Erinnerungen über ihn herein, und sie brachten nicht nur das Wissen um die vergangenen Stunden, sondern auch das Grauen zurück.

»Ich weiß, daß du wach bist«, drang Kellys Stimme an sein Ohr. »Du kannst mir nichts vormachen.«

Norris sah ein, daß es keinen Sinn hatte, wenn er sich weiter schlafend stellte, dafür kannte Kelly ihn zu gut. Er öffnete die Augen und kniff sie gleich darauf wieder zusammen, als erneut ein sengender

Schmerz durch seinen Kopf zuckte. Vorsichtig blinzelte er ein paarmal, bis der Schmerz sich gelegt hatte. Norris lag auf dem Boden eines kleinen, vollkommen kahlen Raumes mit grob behauenen Felswänden. Erhellt wurde der Raum lediglich von einer Fackel, deren Licht ihm während der ersten Sekunden dennoch unerträglich grell erschien, bis seine Augen sich daran gewöhnt hatten. Langsam richtete er sich in eine sitzende Haltung auf und lehnte sich mit dem Rücken an die Wand. Behutsam tastete er über seinen Hinterkopf und fühlte unter seinen Fingern eine ziemlich große Beule, deren bloße Berührung ihn aufstöhnen ließ.

Kelly stand mit vor der Brust verschränkten Armen knapp zwei Schritte von ihm entfernt und blickte auf ihn herab. Sein Gesicht war zu einem kalten, vollkommen humorlosen Lächeln verzogen.

»Nun stell dich nicht so an«, sagte er. »Ich weiß, was für einen harten Schädel du hast. So ein Schlag wird dich schon nicht umbringen.«

»Warum … hast du das getan?« brachte Norris stockend über die Lippen. »Was … was ist hier los?«

»Etwas Wundervolles«, erwiderte Kelly, und sein Blick verklärte sich. »Etwas, das ich mir nie im Leben erträumt habe. Eine göttliche Offenbarung.« Seine Stimme nahm einen pathetischen Tonfall an. »Ich kam nur wegen der Aussicht auf Beute her, aber ich fand etwas anderes, viel Bedeutenderes: Erleuchtung.«

Unter anderen Umständen hätten seine Worte lächerlich geklungen, doch der überzeugte, geradezu begeisterte Tonfall, in dem Kelly sprach, machte Norris mehr angst als alles andere. Er hätte es verstehen können, hätte sein Freund ihn an die Wachmänner der Werft oder die Polizei verraten, damit er selbst eine geringere Strafe bekam, aber hier ging es um etwas ganz anderes, das nur noch am Rande mit dem Einbruch zu tun hatte. Der Mann vor ihm war Kelly, doch er hatte sich verändert, war ein völlig anderer geworden. Für einen kurzen Augenblick sah Norris noch einmal die Horrorgestalt, die er an Kellys Stelle zunächst im Stollen gesehen zu haben glaubte, doch er verdrängte die Erinnerung daran sofort wieder. Offenbar hatte sein Begleiter den Verstand verloren, und solange er nichts Genaueres wußte, war es das beste, auf sein Spiel einzugehen.

»Erleuchtung?« fragte Norris. »Was soll das heißen? Wovon sprichst du?«

»Ich kann es dir nicht mit Worten erklären, du müßtest es schon selbst erleben. Man hat mir den Weg zur göttlichen Macht gezeigt, und ich wünschte, wir könnten diesen Weg zusammen gehen. Aber während man mich in den Kreis der Auserwählten aufgenommen hat, wurde für dich ein anderes Schicksal bestimmt.«

»Was für ein Schicksal?«

Während er sprach, wägte Norris seine Chancen ab, sich auf Kelly zu stürzen und ihn zu überwältigen. Den Revolver hatte man ihm abgenommen, aber er war auch so stärker als sein Gegenüber, und wenn er schnell genug war, würde es ihm keine Probleme bereiten, Kelly niederzuschlagen. Die Tür des Raumes war nur angelehnt, so daß er fliehen könnte, aber er wußte nicht, was ihn dann erwartete. Falls sie sich immer noch in diesem unheimlichen Labyrinth befanden, worauf die Felswände hindeuteten, würde er sich nur erneut verirren und jämmerlich sterben.

»Du wirst es erkennen, wenn die Zeit dazu reif ist. Aber wenn es dir ein Trost ist, kann ich dir verraten, daß auch du eine wichtige Rolle im göttlichen Plan spielst. Du wirst dazu beitragen, daß *jene in der Tiefe* wieder …« Kelly brach ab. »Alles zu seiner Zeit. Ich bin nur gekommen, um dir zu sagen, daß du nichts zu fürchten brauchst. Wir sind bloß unbedeutende Spielfiguren im großen Plan, und es ist eine Ehre, zu seinem Gelingen beitragen zu dürfen.«

»Warte!« rief Norris hastig, als Kelly sich umdrehen und gehen wollte. Er stand auf und unterdrückte das Schwindelgefühl, das ihn dabei befiel. Seine Kopfschmerzen hatten sich inzwischen weitgehend gelegt. Die Worte sprudelten nur so aus ihm hervor. »Von was für einem göttlichen Plan sprichst du? Wer sind die Männer, die ich gesehen habe? Wo sind wir hier, und was hat es mit dem Schiff auf sich? Was …«

»Langsam«, fiel Kelly ihm unwirsch ins Wort. »Ich habe dir doch schon gesagt, daß ich dir deine Fragen nicht beantworten kann. Das wäre so, als würde man versuchen, einem Blinden die unterschiedlichen Farben zu erklären. Ich kann dir nur versprechen, daß alles seine Bedeutung hat, was geschehen ist und geschehen wird. Etwas unbeschreiblich Großes ist im Gange. Etwas, gegen das unser Leben völlig unwichtig ist, und du …«

Norris sprang.

Das meiste von dem, was Kelly sagte, war offensichtlich nicht mehr als das Gefasel eines Geisteskranken, doch auch wenn es keinen vernünftigen

Sinn ergab, klang dennoch etwas Gefährliches darin mit, und zumindest seine letzten Worte zeigten Norris deutlich, daß man vorhatte, ihn zu töten. Doch er würde um sein Leben kämpfen, statt sich von einer Horde Verrückter umbringen zu lassen, die sich einbildeten, im Auftrag einer göttlichen Macht zu handeln. Lieber würde er wieder in das Labyrinth fliehen und dort weiterhin nach einem Ausgang suchen, selbst wenn es ebenfalls seinen Tod bedeuten sollte, als sich wehrlos in sein Schicksal zu ergeben.

Er stieß sich von der Wand ab und sprang mit einem gewaltigen Satz auf Kelly zu, der viel zu überrascht war, um auch nur eine Abwehrbewegung zu machen. Norris wollte ihn mit sich zu Boden reißen und ihn mit ein paar harten Schlägen außer Gefecht setzen, doch er erreichte ihn nicht. Als er nur noch einen halben Yard von ihm entfernt war, stieß Kelly blitzartig seine rechte Hand vor. Sie traf Norris an der Brust, und er hatte das Gefühl, gegen eine massive Wand gestoßen zu werden. Mit einem Schmerzensschrei prallte er zurück und stürzte zu Boden, während Kelly nicht mal aus dem Gleichgewicht geriet.

»Das war sehr dumm von dir«, sagte er verächtlich, und sein Gesicht zeigte wieder das kalte, gehässige Lächeln wie am Anfang. »Glaubst du wirklich, eine lächerliche, unwichtige Gestalt wie du könnte sich gegen die Macht leibhaftiger Götter auflehnen?« Norris blieb verkrümmt am Boden liegen, stöhnte und schnappte keuchend nach Luft. Er hatte nicht mehr die Kraft, noch einmal aufzustehen. Kelly betrachtete ihn noch einige Sekunden lang; dann drehte er sich um und verließ die Zelle. Mit einem dumpfen Knall fiel die Tür hinter ihm ins Schloß, und ein Riegel wurde vorgeschoben.

Norris war wieder allein.

Howard hatte keine Ahnung, wohin man ihn brachte. Man hatte ihm die Augen verbunden und ihn in eine Kutsche gezerrt, und sämtliche Versuche, seine Entführer in ein Gespräch zu verwickeln, hatten sich als fruchtlos erwiesen und ihm lediglich einen harten Schlag mit dem Handrücken auf den Mund eingebracht, worauf er es vorgezogen hatte, ebenfalls zu schweigen.

Die Fahrt hatte ziemlich lange gedauert, war also offenbar in einen Randbezirk Londons erfolgt. Aber vielleicht spielte sein Zeitempfinden ihm nur einen Streich, oder seine Entführer wollten ihn verwirren. Als die Fahrt schließlich endete, und Howard aus der Kutsche kletterte, stieg ihm der charakteristische Geruch der Themse in die Nase. Er wurde ein Stück vorwärts geschleift, und seine Vermutung, daß er sich in der Hafengegend befand, erhielt neue Nahrung, als man ihm eine Strickleiter in die Hände drückte und er vor sich eine metallene Wand spürte, bei der es sich vermutlich um die Außenhülle eines Schiffes handelte. Barsch forderte man ihn auf, hochzuklettern.

Howard fragte sich, was das alles zu bedeuten hatte. Wollte man ihn außer Landes verschleppen? Bislang hatte er kaum Angst verspürt, doch bei diesem Gedanken griff die Furcht wie mit einer eisigen Hand nach ihm. Dennoch kam er dem Befehl nach und kletterte langsam die hölzernen Sprossen hinauf, bis Hände ihn packten und über eine Brüstung zerrten, bei der es sich um nichts anderes als eine Schiffsreling handeln konnte.

Über eine stählerne Treppe wurde er ein Stück in die Tiefe geführt; schließlich ging es einen langen Korridor mit mehreren Abzweigungen entlang. Es dauerte eine Weile, bis Howard registrierte, daß sich der Boden unter seinen Füßen verändert hatte. Hatte es sich anfangs um Metall gehandelt, so ging er nun über Stein, was seine Annahme, daß er sich an Bord eines Schiffes befand, wieder ins Wanken brachte. Die ganze Angelegenheit wurde immer mysteriöser, und im gleichen Maße wuchs seine Beklemmung.

Nach einer Weile wurde ihm endlich die Binde abgenommen, und er stellte fest, daß er tatsächlich unmöglich auf einem Schiff sein konnte. Er befand sich in einer großen, von zahlreichen Fackeln an den Wänden fast taghell erleuchteten Höhle, in deren Mitte sich in einer rund ein Dutzend Fuß tiefen Senke ein See aus brodelnder, kochender Lava befand. Der See durchmaß gut zehn, fünfzehn Yards, und wie eine Brücke spannte sich ein schmaler Steg aus Fels darüber.

Es war unmöglich, schlicht und einfach unmöglich. Selbst wenn sich – was ebenfalls so gut wie unmöglich war – unter dem See ein tausende Fuß tiefer Schacht erstreckte, aus dem die Lava emporquoll, so müßte ihre Oberfläche abkühlen, aber das war nicht der Fall. Aber es konnte ohnehin niemand unbemerkt einen so tiefen Schacht bohren, daß er bis zu den flüssigen Gesteinsschichten im Innern der Erde reichte.

Schon gar nicht mitten in London, und nicht mit

normalen Mitteln. Andererseits war die gesamte Höhle alles andere als normal. Ihre Form war unbeschreiblich – so bizarr, daß sie unmöglich von der Natur oder menschlichen Händen geschaffen worden sein konnte. Trotz der zahlreichen Fackeln war sie an vielen Stellen von Finsternis und Schatten erfüllt, die sich in beständiger, einzeln nicht wahrnehmbarer Bewegung zu befinden schienen, so daß ihre Architektur sich immer wieder seinen Blicken zu entziehen schien. Da waren Formen, deren bloßer Anblick ihm in den Augen schmerzten, unmögliche Winkel, Brückenkonstruktionen und Stege entlang der Wände, die einen Architekten in den Wahnsinn getrieben hätten, Baulichkeiten, die Howard Übelkeit verursachten, wenn er sie nur betrachtete.

Er keuchte und taumelte einen Schritt zurück. Sofort griffen seine Bewacher zu und hielten ihn fest. Mit einem halblauten Stöhnen schloß er für ein paar Sekunden die Augen, versuchte an nichts zu denken und ballte die Fäuste. Als er nach einigen Sekunden die Augen wieder öffnete, waren die Formen der Höhle immer noch fremd und bizarr, aber nicht mehr so irrsinnig wie zuvor.

Howard drehte den Kopf und blickte sich zu seinen Bewachern um. Es waren insgesamt fünf Männer, die hinter ihm standen und ihm den Fluchtweg versperrten. Erst jetzt bemerkte er auch rund ein Dutzend weitere Personen, die entlang der Höhlenwände standen. Sie waren in graue, mönchsartige Kutten gehüllt, unter deren Kapuzen hervor sie ihn mit ausdruckslosen Gesichtern anstarrten. Auch seine drei Entführer hatten inzwischen gleichartige Kutten übergestreift. Wie Howard auffiel, handelte es sich bei den Anwesenden ausschließlich um Männer, keine einzige Frau war darunter, und Howard kannte keinen von ihnen. Doch außer den Kutten gab es noch eine Gemeinsamkeit zwischen den Männern. In ihren Augen schimmerte eine Kälte, die Howard schaudern ließ.

Ein hochgewachsener, schlanker Mann kam um den Lavasee herum und wechselte leise ein paar Worte mit dem Glatzköpfigen; dann trat er auf Howard zu.

»Sieh an, Howard Lovecraft«, sagte er. Seine Stimme klang gehässig, und in seinen Augen schienen Eiskristalle zu glitzern. Er mochte um die Vierzig sein, und sein Gesicht war so schmal, daß es schon hager wirkte. »Wie schön, daß Sie uns mit Ihrer Anwesenheit beehren. Wir hätten uns in nächster Zeit ohnehin um Sie und Robert Craven gekümmert, aber so ist es noch viel einfacher. Schade, daß Ihr Freund nicht gleich mitgekommen ist. Doch wir haben auch für Sie allein Verwendung.«

»Was soll das?« fragte Howard betont barsch, um seine Unsicherheit zu überspielen. »Wer sind Sie, und was wollen Sie von mir? Was haben Sie mit Doktor Treymour gemacht?«

»Das sind eine Menge Fragen auf einmal, aber dennoch lassen Sie sich einfach beantworten. Mein Name ist bedeutungslos. Was den lieben Treymour betrifft, so weilt er nicht mehr unter uns, und Sie sind hier, um sein Schicksal zu teilen. Treymour verfügte über ein beachtliches magisches Potential, ebenso wie Sie, und *jene in der Tiefe* sind sehr hungrig. Es ist nicht ganz einfach, diesen Hunger mit geeigneten Opfern zu stillen.«

»Die … die Thul Saduun«, keuchte Howard. »Sie sprechen von den Thul Saduun!«

Mit einem Mal ergab alles einen grauenvollen Sinn. Treymours Verschwinden, der Lavasee … Howard war nicht dabeigewesen, als Dagon einst versucht hatte, *jene in der Tiefe* zu beschwören, doch er hatte durch Robert in allen Einzelheiten von den Feuerwürmern erfahren, den *Ssaddit*, die sich durch Menschenopfer zu Thul Saduun entwickelten. Alles paßte zusammen, seit er in der vergangenen Nacht herausgefunden hatte, um wessen Symbole es sich bei den Gravuren des Reliefs handelte.

»Sie wissen erstaunlich viel, Lovecraft«, sagte der Hagere. »Unter anderen Umständen wären Sie gewiß eine interessante Bereicherung unserer kleinen Gruppe. Aber wie ich schon sagte – *jene in der Tiefe* sind äußerst hungrig, und es gibt leider nur wenige geeignete Opfer. Die meisten normalen Menschen besitzen eine so lächerliche geringe Lebensenergie, daß sie kaum ausreicht, die Gier der *Ssaddit* zu stillen. Aber wenn es Ihnen ein Trost sein sollte – Sie brauchen Ihren letzten Weg nicht allein zu gehen.«

»Sie … Sie sind ja wahnsinnig!« stieß Howard hervor. »Ihr alle seid wahnsinnig!« Er wollte sich auf den Mann vor ihm stürzen, doch noch bevor er einen Schritt machen konnte, fühlte er sich von kräftigen Händen an den Armen gepackt und zurückgerissen. »Wenn die Thul Saduun wirklich erwachen sollten, werden sie die ganze Menschheit vernichten, auch euch!«

»Unser Leben ist bedeutungslos«, behauptete der Hagere mit der ruhigen Überzeugung eines Fanatikers. »Nur *jene in der Tiefe* zählen. Wenn es ihnen gefällt, uns zu töten, so mögen sie es tun. Aber das werden sie nicht. Sie werden erkennen, wer ihre treuen Diener sind.«

»Sie töten euch!« brüllte Howard und warf sich wild hin und her, ohne den Griff seiner Bewacher sprengen zu können. »Hört ihr? Wir werden alle sterben, alle! Vielleicht bringen die Thul Saduun euch als letzte um, aber sie werden auch euch nicht verschonen. Sie kennen das Wort Gnade nicht.«

Er hatte gehofft, wenigstens bei einigen der Umstehenden eine Reaktion auszulösen, doch er sah sich getäuscht. Niemand schien seine Worte auch nur zu beachten, oder es war den Menschen gleichgültig, was mit ihnen geschah. Offensichtlich standen sie bereits zu sehr im Bann des Bösen, als daß ihnen ihr eigenes Schicksal noch etwas bedeutete.

Der Hagere machte eine knappe Geste, und von drei Kuttenträgern begleitet, wurde ein weiterer Mann aus dem Hintergrund der Höhle herangeführt. Er war groß und kräftig; dennoch unternahm er keinen Versuch, sich gegen seine Bewacher zur Wehr zu setzen. Sein Gesicht war von abgrundtiefem Entsetzen gezeichnet. Er wurde von seinen Begleitern bis an den Rand des Stegs über den Lavasee geführt und dort losgelassen. Sofort versuchte er, wieder zurückzulaufen, doch er wurde wie von einer unsichtbaren Hand langsam vorwärtsgeschoben.

»Tja, Lovecraft, es war angenehm, mit Ihnen zu plaudern, aber nun ist es Zeit«, sagte der Hagere kalt. »Es ist nicht gut, *jene in der Tiefe* zu lange warten zu lassen. Auch wenn Sie es vielleicht nicht so sehen, Ihr Tod wird nicht sinnlos sein, sondern helfen, uns einem gewaltigen Ziel ein großes Stück näherzubringen.«

»Ja, dem Untergang der Menschheit!« keuchte Howard. Erneut stemmte er sich gegen den Griff der beiden Männer, die ihn gepackt hielten, doch er war ihnen an Kraft weit unterlegen. Um sich nicht selbst unnötige Schmerzen zuzufügen, ließ er sich von ihnen ohne weitere Gegenwehr zum Steg führen. Doch kurz bevor sie ihn erreichten, handelte Howard noch einmal. Er hatte gesehen, wie es dem anderen Mann ergangen war, als er erst mal auf dem Steg stand. Wenn es für ihn überhaupt noch eine Chance gab, mußte er sie jetzt nutzen.

Mit aller Kraft warf er sich nach hinten und ließ sich gleich darauf mit seinem ganzen Gewicht nach vorn fallen. Howards Rechnung ging auf. Seine Bewacher wurden von der Aktion völlig überrascht. Einer der Männer verlor das Gleichgewicht und geriet ins Stolpern. Der Griff um Howards rechten Arm lockerte sich, so daß ein heftiger Ruck genügte, um ihn ganz zu befreien. Sofort fuhr er herum und hämmerte seinem zweiten Bewacher mit aller Kraft den Ellbogen ins Gesicht. Der Mann taumelte zurück, ließ Howard aber nicht los, so daß sie beide um ein Haar über die Felskante in den Lavasee gestürzt wären.

Bevor es dazu kommen konnte, fühlte Howard, wie sein freier Arm von dem zweiten Kuttenträger wieder gepackt und ihm mit brutaler Kraft auf den Rücken gedreht wurde. Er biß die Zähne zusammen; dennoch stöhnte er vor Schmerz, und Tränen schossen ihm in die Augen.

»Das war nicht sehr klug von dir, Lovecraft«,

zischte der Mann und versetzte ihm einen kräftigen Stoß, der ihn direkt auf den Steg hinaustaumeln ließ. Mit wild rudernden Armen bemühte sich Howard, sein Gleichgewicht wiederzuerlangen, um nicht in die Lava zu stürzen. Es gelang ihm nicht. Er stieß einen gellenden Schrei aus, als er mit einem Fuß ins Leere trat. Doch das gleiche Phänomen, das verhindert hatte, daß sein Schicksalsgefährte umkehren konnte, verhinderte nun, daß er fiel. Entlang des Stegs schien es eine unsichtbare Barriere zu geben, die seinen Sturz auffing und ihn mit sanfter Gewalt zurückschob. Außerdem schirmte sie ihn von der Gluthitze ab. Obwohl sich kaum ein Dutzend Fuß unter ihm brodelnde Lava befand, war es auf dem Steg nicht mal sonderlich warm.

Howard versuchte erst gar nicht, in die Richtung zurückzugehen, aus der er gekommen war, da er nicht daran zweifelte, daß die unsichtbare Macht auch ihn daran hindern würde. Statt dessen ging er auf den Unbekannten zu, der bereits die Mitte des Stegs erreicht hatte. Mit panikerfüllten Augen blickte der Mann ihm entgegen.

»Was hat man mit uns vor«, stieß er heraus. »Was … was sind das für Leute?«

»Ich bin Howard Lovecraft«, erwiderte Howard ausweichend. Jetzt war nicht die Zeit für Erklärungen, auch wenn ihm der Mann leid tat, der vermutlich nur ein völlig unbeteiligtes Opfer war.

»Phillip … Norris. Was, um Gottes willen, geht hier bloß vor?«

Howard wurde einer Antwort enthoben, denn in diesem Moment ertönte ein dumpfer, in der gesamten Höhle nachhallender Gongschlag.

»Ach, und noch etwas, Lovecraft!« rief der Hagere. Er war bis an den Rand der Grube getreten. »Ich könnte mir vorstellen, daß es Sie brennend interessiert, was aus einem gewissen Gegenstand geworden ist, und ich möchte nicht, daß Sie unwissend sterben. Betrachten Sie es als eine Art Abschiedsgeschenk. Sie brauchen nur nach dort hinten zu sehen.«

Howard wandte den Blick in die Richtung, in die der Mann deutete. Auf halber Höhe einer der Felswände gab es eine Art Empore, hinter der ein schmaler Durchgang zu sehen war. Daneben erstreckte sich das verschwundene Relief, als wäre es niemals zerteilt worden und fest mit der Felswand verwachsen.

Nach allem, was geschehen war, hätte der Anblick keine große Überraschung für Howard mehr darstellen dürfen. Dennoch traf er ihn wie ein Schlag ins Gesicht. Mit dem Auffinden des Reliefs hatte alles erst begonnen; es war in irgendeiner Form der Auslöser gewesen. Howard war sicher, daß dieses Relief den Schlüssel zu allen Vorgängen und ungelösten Rätseln darstellte. Vielleicht hätte er verhindern können, daß überhaupt Menschen in seinen Bann gerieten, wenn Robert und er die Gefahr frühzeitig erkannt hätten und es ihnen irgendwie gelungen wäre, das Relief zu zerstören. Er hätte damit nicht nur sein eigenes Leben gerettet, sondern auch das vieler anderer; denn was er gehört hatte, ließ keinen Zweifel daran, daß Norris und er nicht die ersten Opfer der *Ssaddit* sein würden.

Jetzt aber war es für ihn zu spät, um noch etwas zu unternehmen. Ein weiterer Gongschlag erklang, dann noch einer und noch einer und immer weiter, bis der vibrierende Nachhall der einzelnen Schläge zu einem gewaltigen, metallischen Sirren wurde, das die gesamte Höhle erfüllte. Das Licht der Fackeln schien düsterer zu werden, und plötzlich hatte Howard das Gefühl, ein ganz sachtes Vibrieren und Beben des Felssteges unter einen Füßen zu spüren. Erschrocken beugte er sich so weit vor, wie die unsichtbare Barriere entlang der Brücke es zuließ, und blickte in die Tiefe. Noch immer hatte sich im trägen, zähflüssigen Brodeln der Lava nichts geändert.

Dafür kam Bewegung in die Reihe der Kuttenträger. Sie traten näher, bis sie den Rand der Grube erreicht hatten und einen Kreis darum herum bildeten. Einige Sekunden lang verharrten sie, dann begannen sie sich erneut zu bewegen.

Es erinnerte ein bißchen an ein bizarres Ballett; eine perfekte, genau aufeinander abgestimmte Folge von Bewegungen, die trotz des dumpfen Schreckens, mit dem sie Howard erfüllten, nicht einer gewissen morbiden Faszination entbehrten. Der Hagere begann, indem er erst den linken, dann ganz langsam den rechten Arm in die Höhe hob, wobei seine Kutte sich wie ein zuckender Schmetterlingsflügel spannte. Dann nahm der Mann neben ihm die Bewegung auf, dann dessen Nebenmann und so weiter. Langsam lief die Bewegung durch die gesamte Reihe der Versammelten, bis sie alle mit hoch erhobenen Armen dastanden. Dann erfolgte alles in umgekehrter Reihenfolge, um schließlich wieder von neuem zu beginnen. Es sah wie das allmähliche Öffnen und Schließen einer gewaltigen düsteren Blüte aus.

Die Männer stimmten ein leises, nur langsam an Lautstärke und Eindringlichkeit zunehmendes Summen und Raunen an, das den gleichen Rhythmus wie die flatternde Bewegung hatte und sich mit dem metallischen Sirren des Gongs zu einer bizarren, erschreckenden Melodie zusammenfügte.

Dann ...

Howard beherrschte selbst Kräfte, die von vielen Menschen als Zauberei bezeichnet würden, und er war bereits mehr als einmal Zeuge echten magischen Wirkens geworden. Doch wie fast jedesmal, wenn er mit dem Übernatürlichen konfrontiert wurde, vermochte er das Geschehen kaum zu begreifen, geschweige denn, in Worte zu fassen. Etwas Unsichtbares, Körperloses schien wie ein knisterndes elektrisches Feld über der Reihe der Kuttenträger zu entstehen, entfaltete sich wie eine riesige, ungeheuer machtvolle Aura und fügte sich dem Gesang und dem Sirren und Vibrieren des Gongs hinzu.

Norris ließ den Blick panikerfüllt umherschweifen, doch auch er wurde von dem Geschehen so in Bann geschlagen, daß er es nicht wagte, einen Laut von sich zu geben. Dies änderte sich erst, als etwas geschah, das Howard schier den Atem stocken ließ und sich wie eine eisige Faust um sein Herz legte. Norris stieß einen gellenden Schrei aus ...

... und Howard sah, wie er in die Höhe gehoben wurde, als hätte ihn eine unsichtbare Hand gepackt!

Schreiend und wild mit den Beinen strampelnd schwebte der Mann bereits mehrere Handbreit über dem Felsen des Steges.

Der Gesang der Kuttenträger wurde lauter. Howard sah, wie erneut diese flatternde, gleitende Bewegung durch ihre Reihe glitt, und im selben Moment schwebte Norris wieder ein Stück höher, begann sich dabei um seine eigene Achse zu drehen und glitt weiter in das Nichts über dem Lavasee hinaus. Seine Schreie steigerten sich zu einem spitzen, überschnappenden Kreischen. Schneller und schneller begann er zu kreisen und trieb damit immer wieder auf den See hinaus und gleichzeitig in die Höhe. Howard rechnete damit, jeden Moment selbst von der gleichen unsichtbaren Kraft gepackt und hochgehoben zu werden, doch nichts dergleichen geschah.

Dafür änderte sich irgend etwas im Rhythmus der Bewegungen der Sektenmitglieder. Zugleich wurden ihr Gesang und das Hallen des Gongs härter, schneller und dermaßen aggressiv, daß Howard glaubte, die einzelnen Schläge als körperlichen Schmerz spüren zu können. Norris zuckte wie unter einem Peitschenhieb zusammen, bäumte sich in seiner unsichtbaren Fessel auf, ohne sie dadurch abstreifen zu könne, und begann ... *zu bluten.*

Howard sah keine Wunde, keinerlei sichtbare Verletzung, doch mit einem Male war die Luft rings um Norris von rotem Nebel erfüllt: Millionen und Abermillionen winziger blutiger Tränen, die langsam in die Tiefe zu sinken begannen.

Sie erreichten den See nicht. Etwa auf halbem Weg zwischen der Lava und dem unglückseligen Opfer begann sich der rote Nebel zu sammeln und formte sich zu einer konkaven, nach unten gewölbten Scheibe von gut fünf Yards Durchmesser. Norris' Schreie verstummten; wahrscheinlich war er bereits tot. Howard hoffte es für den Mann.

Wieder änderte sich etwas im Summen der Kuttenträger. Zuerst spürte Howard den Unterschied nur, ohne ihn näher definieren zu können; dann begann er Worte aus dem monotonen Singsang herauszuhören.

»Thuuuuul«, summte die Menge. *»Thuuuuul.«*

Es dauerte einige Sekunden, bis Howard die beiden Worte erkannte.

THUL SADUUN.

Die eisige Hand, die sich noch immer um sein Herz zu pressen schien, drückte mit einem harten Ruck fester zu. Er hatte gewußt, mit wem er es hier zu tun hatte und was geschehen würde, aber etwas nur zu wissen und es selbst zu *erleben*, war ein gewaltiger Unterschied.

»Thul!« summte die Menge, und plötzlich klang das Wort anders – härter, fordernder, nicht mehr wie eine Bitte oder wie ein Ruf, sondern wie ein Befehl. »Thul Saduun! Thul Saduun!« Immer und immer wieder.

Dann begann es tief unten im Herzen der kochenden Lava zu zucken. Etwas Großes, Rauchiges war für einen kurzen Moment in der brodelnden Glut zu sehen, zerfloß aber sofort wieder.

»Thul Saduun!« brüllten die Männer. »Thul Saduun! Thul Saduun! Thul Saduun!«

Der Spiegel aus Blut unter Norris wurde fester, bis er wie eine glänzende Scheibe zwischen dem Toten und der Lava schwebte, glänzend, massiv wie Stahl und rasend schnell um die eigene Achse rotierend. Und in der Tiefe bildeten sich *Körper* ...

Wie beim ersten Mal waren sie nicht deutlich zu erkennen. Ein Teil der Lava schien sich schwarz zu färben, bildete dunkle, sich auf unbeschreibliche Weise in sich selbst windende Schläuche, faserige

Stränge rauchiger Schwärze. Tastend wie blinde, schwarze Würmer griffen sie nach oben, immer wieder zerfließend, als wäre ihre Existenz auf dieser Ebene des Seins nicht wirklich genug, bis sie schließlich den Spiegel aus Blut berührten und den roten Nebel gierig in sich aufzunehmen begannen.

Mehr …

Es war kein Wort, kein gedanklicher Befehl, keine irgendwie geartete Form der Verständigung, wie Howard sie jemals kennengelernt hatte, sondern ein Gefühl unbeschreiblicher, unstillbarer Gier, das die Halle erfüllte.

Mehr! schrien die Würmer, und *Thul Saduun!* riefen die Kuttenträger, ein furchtbarer, atonaler Wechselgesang, der Howard aufschreien, die Hände gegen die Schläfen pressen und in die Knie sinken ließ.

Dann packte die unsichtbare Hand plötzlich auch ihn. Er hatte gewußt, daß es geschehen würde; trotzdem schrie er wie von Sinnen auf, warf sich herum und begann wie in Raserei um sich zu schlagen. Natürlich nutzte es nichts. Die Berührung war sanft wie die eines Lufthauchs, doch zugleich von übermenschlicher Stärke. Etwas Unsichtbares griff nach ihm und schmiegte sich wie eine zweite, eisige Haut um seinen Körper. Er verlor den Boden unter den Füßen, wurde sanft in die Höhe gehoben und glitt schwerelos über den Rand des Stegs hinaus. Hilflos mußte er miterleben, wie er über den Höllenpfuhl gehoben wurde.

Nur Sekunden später begann sich die unsichtbare Hand um ihn zusammenzupressen.

Im ersten Moment war es kaum zu spüren; es war nicht mehr als ein sanfter Druck, der ihn von allen

Seiten gleichzeitig umschloß, sich aber rasend schnell steigerte. Howard spürte, wie sein Herz langsamer zu schlagen begann, wie sich das Blut in seinen Adern staute. Sein Blick verschleierte sich, wurde rot und wabernd, und plötzlich atmete er roten Nebel und hatte einen bitteren Metallgeschmack auf der Zunge.

Das also ist der Tod, dachte Howard matt. Es tat nicht einmal weh. Die gleiche unsichtbare Macht, die ihn gepackt hielt, verhinderte, daß er Schmerzen oder auch nur Furcht empfand. Sein Inneres war voller Verzweiflung und Entsetzen, doch er hatte überhaupt keine Angst. Statt dessen spürte er Zorn. Zorn darüber, daß ausgerechnet sein Tod die Thul Saduun stärken und dazu beitragen würde, ihnen eine Rückkehr zu ermöglichen; eine unbändige, mit jedem Moment stärker werdende Wut. Er fühlte, wie die Feuerwürmer unter ihm voller Gier nach seinem Geist griffen; er konnte spüren, wie sie in sein Bewußtsein eindrangen. Es war das Ekelhafteste, das er jemals erlebt hatte.

Dann …

Alles geschah so plötzlich, daß Howard im ersten Moment nicht begriff, was vor sich ging. Mit einem Mal war da eine neue, fremde Kraft, die sich zwischen ihn und die *Ssaddit* geschoben und sie aus seinem Geist verbannt hatte.

IHN NICHT!

Die Stimme war plötzlich da, ohne daß Howard wußte, ob sie durch die Höhle hallte oder nur in seinem Kopf erklang. Unter ihm schrien die chaotischen Inkarnationen der Thul Saduun vor Enttäuschung und Wut auf, doch gegen die unsichtbare Mauer waren sie machtlos; es war eine magische Präsenz von solcher Macht, wie Howard sie noch nie erlebt hatte. Sie zerrte ihn wie ein Spielball herum und auf den festen Boden am Ufer des Lavasees zu. Er sah den dunklen Stein wie durch einen Nebel auf sich zukommen und versuchte, den Sturz instinktiv mit den Armen aufzufangen, doch er war zu langsam.

Er spürte nur noch den fürchterlichen Aufprall, ehe die Schwärze ihn verschlang.

Ein übereifriger Beamter führte Rowlf und mich durch das Gebäude von Scotland Yard. Dabei kannte ich den Weg zu Inspektor Cohens Büro inzwischen fast schon im Schlaf, sooft war ich ihn bereits gegangen, wenn auch meistens nicht ganz aus freien Stücken. Aber das lag lange zurück, und obwohl es übertrieben wäre, Cohen und mich als enge Freunde zu bezeichnen, verstanden wir uns mittlerweile recht gut. Mehr als einmal war er bereits auf unwiderlegbare Beweise für die Existenz der GROSSEN ALTEN und anderer dämonischer Kräfte gestoßen; dennoch weigerte er sich weiterhin beharrlich, die Existenz des Übernatürlichen anzuerkennen. Aber das war nicht mehr als eine Schutzmaßnahme, um sich weiterhin an seinem Weltbild festklammern zu können. Sooft er es auch leugnete – tief in seinem Innern wußte Cohen längst, daß es Magie und finstere Mächte jenseits unserer Vorstellungskraft gab, und da er mich als eine Art Experte auf dem Gebiet des Okkulten betrachtete, zog er mich gelegentlich bei Ermittlungen zu Rate, die in eine entsprechende Richtung deuteten. Auf diese Art hatte ich überhaupt erst von dem Fund des Reliefs erfahren. Ein sichtlich übermüdeter Cohen erwartete uns, über einem Stapel von Papieren brütend. Seine Wangen wirkten eingefallen, und unter seinen Augen lagen dicke dunkle Schatten. Bei unserem Eintreten blickte er kurz von seinen Akten auf und nickte uns zu, bevor er sich wieder in das Durcheinander auf seinem Schreibtisch vertiefte.

»Augenblick«, brummte er. »Ich bin gleich soweit. Setzen Sie sich bitte schon mal.«

Ich nahm auf einem freien Stuhl Platz, während Rowlf es vorzog, neben der Tür stehen zu bleiben. Ungeduldig wartete ich, bis Cohen schließlich nach ein, zwei Minuten mit einem Kopfschütteln die Papiere vor sich zusammenschob und zur Seite legte.

»Ich begreife das einfach nicht«, sagte er und seufzte. »Die ganze Stadt scheint im Moment verrückt zu spielen.«

»Inwiefern?«

Er winkte ab. »Nicht so wichtig. Es hat nichts mit dem Relief zu tun. – Ich nehme an, Sie sind gekommen, um sich zu erkundigen, ob wir schon eine Spur haben.«

Ich nickte. »Und? Haben Sie?«

»Leider nicht.« Er zuckte mit den Achseln. »Es ist wie verhext. Niemand scheint die Fuhrwerke nach ihrem Aufbruch aus der Atkins-Road mehr gesehen zu haben, und auch über das Relief weiß niemand etwas. Ich habe meine gesamten Verbindungen zur Unterwelt spielen lassen, da die angeblichen Arbeiter höchstwahrscheinlich angeheuerte Ganoven waren, aber niemand kennt sie. Oder niemand wagt es, etwas zu sagen.«

Ich konnte mir bei diesen Worten nur mit Mühe ein Grinsen verkneifen. Auch ich hatte ein paar kleine Geheimnisse, und eines davon war Rowlfs Position als Chef einer der größten Diebesbanden von London. Obwohl er und seine Leute sich weitgehend darauf beschränkten, die Reichen zu bestehlen und einen großen Teil ihrer Beute unter die Armen der Stadt zu verteilen, gefiel mir nicht besonders, was er tat. Doch alle Versuche von Howard und mir, Rowlf davon abzubringen, hatten sich als fruchtlos erwiesen. Im Grunde hatte ich mir allerdings auch nicht allzuviel Mühe gegeben. Schließlich hatte ich mich als Jugendlicher selbst jahrelang in den New Yorker Slums mit Taschendiebstählen und anderen Gaunereien über Wasser gehalten. Daß ich bald darauf zum Erben eines ungeheuren Vermögens wurde, war eine der schier unglaublichen Fügungen des Schicksals, die man sich normalerweise nicht mal zu erträumen wagt. Nichtsdestotrotz war ich mittlerweile einer der reichsten Männer Englands, und manche der Leute, die Rowlf und seine Bande um Schmuck und Bargeld erleichtert hatten, gehörten zwar nicht gerade zu meinen Freunden, zumindest aber zu meinen Bekannten.

Doch Rowlfs Nebenbeschäftigung hatte auch ihre guten Seiten. Durch ihn hatte ich Verbindungen zur sogenannten Unterwelt, von denen Cohen und die Polizei nur träumen konnten. Dennoch hatte selbst Rowlf bislang nichts über die Männer in Erfahrung bringen können, die das Relief geraubt hatten.

»Und Montgomery?« erkundigte ich mich. »Was ist mit ihm?«

»Ebenfalls Fehlanzeige«, berichtete Cohen. »Wie

Sie vielleicht wissen, ist seine Frau bereits vor vielen Jahren gestorben, und er hat keine Kinder. Es gibt jedoch einige Verwandte, mit denen wir mittlerweile ebenso in Verbindung stehen wie mit den Direktoren des Museums. Nirgendwo ist bislang eine Lösegeldforderung oder sonst eine Nachricht eingegangen.«

Ich glaubte auch nicht, daß dies geschehen würde. Da ich überzeugt war, daß es sich bei dem oder denjenigen, die den Auftrag zum Raub des Reliefs erteilt hatten, nicht um einfache Kriminelle handelte, denen es nur ums Geld ging, lag es nahe, daß dies auch nicht der Grund für die Entführung Montgomerys war. Vielleicht vermutete man, daß er mehr über das Relief, die GROSSEN ALTEN und die Thul Saduun wußte, und hatte ihn deshalb für eine Weile aus dem Verkehr ziehen wollen. Zumindest hoffte ich, daß es nur um eine *Weile* ging und daß man ihn nicht kurzerhand umbrachte. Doch falls es sich bei den Unbekannten wirklich um Anbeter der Thul Saduun handelte, durfte ich nicht auf Milde hoffen.

Ein weiterer Grund, weshalb ich so schnell wie möglich mehr über sie erfahren mußte.

»Das bedeutet im Klartext, daß Sie bislang nicht den geringsten Hinweis auf die Täter haben«, faßte ich zusammen.

Cohen nickte bedrückt.

»Leider kann ich Ihnen keine bessere Mitteilung machen. Außerdem ist es nicht der einzige Fall, an dem ich zur Zeit arbeite. Die meisten anderen werde ich wohl abgeben können, aber nicht alle. Mehrere Kollegen sind zur Zeit krank oder im Urlaub, und wir schaffen es kaum noch, unser Pensum zu bewältigen.« Er deutete auf die Ringe unter seinen Augen. »Sehen Sie mich nur an. Ich habe letzte Nacht keine drei Stunden geschlafen, und trotzdem werde ich mein Bett wahrscheinlich erst spät heute abend wiedersehen. Ich sage ja, es ist zur Zeit wie verhext.«

»Um welche Art von Fällen handelt es sich denn hauptsächlich?« fragte ich. Ich war nicht wirklich daran interessiert, doch falls sich herausstellte, daß die Bande eines gewissen *Jemand* für einen Teil der Gesetzesübertretungen verantwortlich war, konnte ich Rowlf bitten, seine Leute vorübergehend zurückzupfeifen. Montgomery und das Relief waren momentan wichtiger als alles andere, und wie es aussah, brauchte ich dringend die Hilfe der Polizei, wenn ich irgend etwas darüber herausfinden wollte.

»Die üblichen Delikte: Mord, Einbruch, Diebstahl und dergleichen mehr, und wie es aussieht, eine Reihe von Entführungsfällen. Mehr als ein halbes Dutzend Personen sind in den letzten zwei Tagen spurlos verschwunden, doch in keinem der Fälle hat es bislang Lösegeldforderungen gegeben. Fast wie bei Montgomery, nur haben wir bislang keine Beweise für ein gewaltsames Verschleppen. Genausogut kann es sich auch um Morde handeln, ohne daß wir die Leichen bislang gefunden haben. Die Leute kamen einfach nicht nach Hause.«

Hinter mir sog Rowlf scharf die Luft ein. Auch ich mußte automatisch an Howard denken, doch einen entsprechenden Zusammenhang zu konstruieren, wäre derzeit noch ziemlich weit hergeholt gewesen. Möglicherweise war Howard mittlerweile ja auch schon wieder zum WESTMINSTER zurückgekehrt und ärgerte sich, daß wir nicht auf ihn gewartet hatten.

Verwundert blickte Cohen zu Rowlf hinüber.

»Was ist denn?«

»Nix«, behauptete Rowlf kurz angebunden.

»Es geht um Howard Lovecraft«, berichtete ich. »Er ist heute morgen aus dem Haus gegangen und sagte, er würde nicht lange fortbleiben. Doch als ich ihn gut zwei Stunden später besucht habe, war er noch nicht zurück. Aber das ist bestimmt nur ein Zufall«, fügte ich rasch hinzu. »Es dürfte kaum nötig sein, nach ihm zu suchen.«

»Wir haben auch so genug Arbeit«, entgegnete Cohen. »Doch sollte Mister Lovecraft auch heute abend nicht zurückkommen, sollten Sie mir Bescheid sagen.«

»Und Sie informieren mich, sobald Sie etwas über Montgomery oder das Relief erfahren, einverstanden?« Ich stand auf und verabschiedete mich. »Sie erreichen mich entweder in der Pension WESTMINSTER oder im Hilton.«

Auf dem Korridor hatte ich Schwierigkeiten, mit Rowlf Schritt zu halten, so eilig strebte er dem Ausgang zu. Die Nachricht, daß weitere Leute verschwunden waren, beunruhigte ihn offenbar sehr. Vermutlich machte er sich auch Selbstvorwürfe, daß er Howard allein hatte wegfahren lassen.

»Warten wir erst mal ab, bis wir wieder im WESTMINSTER sind. Vielleicht ist Howard ja inzwischen zurück und wartet schon ganz ungeduldig auf uns«, sprach ich aus, womit ich mich bereits in Cohens Büro selbst aufzumuntern versucht hatte, doch auch jetzt fiel es mir schwer, an meine Worte zu glauben.

Und obwohl ich mir gewünscht hätte, daß ich mich irrte, sollte ich recht behalten.

Es war bei weitem nicht das erste Mal, daß Howard aus einer Bewußtlosigkeit erwachte, aber es war das erste Mal, daß er auf *diese* Weise in die Realität zurückfand. Er erwachte nicht, sondern wurde von irgend etwas geweckt, das wie eine glühende Pranke nach seinem Geist griff und ihn mit roher Gewalt zurück in die Realität riß.

Er spürte, daß er nicht lange ohne Bewußtsein gewesen war; ein paar Minuten höchstens, vielleicht sogar nur Sekunden. Das erste, das er nach seinem Erwachen sah, war eine goldene Gesichtsmaske von grausamem Schnitt mit Augen aus geschliffenem Rubin, die kalt auf ihn herabstarrten. Der Mann, der diese Maske trug, war in eine Art Kutte gehüllt; allerdings war sie im Gegensatz zu denen der anderen schwarz.

Beinahe im selben Moment, in dem Howard die Augen aufschlug, griff die glühende Faust, die ihn aus der Ohnmacht gerissen und zuvor vor den *Ssaddit* geschützt hatte, ein weiteres Mal nach seinen Gedanken. Sie zwang ihn, sich aufzusetzen und nach einer weiteren Sekunde vollends aufzustehen. Es war Howard unmöglich, sich den Befehlen der fremden Macht zu entziehen, so daß er sich auf die Beine quälte, obwohl er nur mit Mühe stehen konnte und das Gefühl hatte, als hätten ihn während seiner Ohnmacht einige Riesen als Punching-Ball mißbraucht.

Erst als er stand, sah er, daß ein paar Schritte hinter dem Maskierten noch eine weitere Gestalt stand, die ebenfalls eine schwarze Kutte trug. Es handelte sich um einen Liliputaner oder ein Kind, das Howard gerade mal bis zur Hüfte reichte. Das Gesicht der Gestalt war im Dunkeln unter der tief in die Stirn gezogenen Kapuze verborgen.

»Mister Lovecraft?«

Es war mehr eine Feststellung als eine Frage, und obwohl – oder gerade weil – die Stimme stark verzerrt hinter der Maske hervordrang, war es die mit Abstand unangenehmste, die Howard je gehört hatte. Vorsichtshalber versuchte er erst gar nicht, sich das dazu passende Gesicht vorzustellen.

»Ich hoffe, es ist Ihnen klar, daß ich Sie gerade vor dem sicheren Tod gerettet habe, Lovecraft«, fuhr der Maskierte fort. »Sie sollen wissen, daß ich nicht Ihr Feind bin.«

»Ach, nein?« stieß Howard hervor. »Wahrscheinlich handelt sich alles nur um ein Mißverständnis, nicht wahr?«

»In gewisser Hinsicht. Zumindest hege ich keinerlei persönliche Feindschaft gegen Sie.«

»So wenig wie gegen diesen Norris?« Howard schrie fast. »Es war gar nichts Persönliches, wie? Genau wie bei Treymour und Montgomery und ...«

»Genug!« Der Maskierte schnitt ihm mit einer herrischen Geste das Wort ab. »Für unser Ziel müssen nun mal Opfer gebracht werden. Man kann kein Omelett zubereiten, ohne ein paar Eier zu zerschlagen.«

Fassungslos starrte Howard sein Gegenüber an. Wut loderte in ihm empor, aber stärker noch als sein Zorn war sein Entsetzen über die Gleichgültigkeit, mit der dieser Mann über Menschenleben sprach.

»Sie ...« keuchte er. »Sie verdammter ...«

Erneut schlug die glühende Pranke in seinem Geist zu, brachte Howard zum Verstummen und ließ ihn stöhnend auf die Knie sinken. Der Maskierte betrachtete ihn einige Sekunden lang durch seine kalten, ausdruckslosen Rubinaugen, dann wandte er sich an einen nur wenige Schritte entfernt stehenden Kuttenträger.

»Wer hat befohlen, Lovecraft zu opfern?«

Der Mann kam erst gar nicht zum Antworten.

»Ich war es, Meister«, antwortete der Hagere, der Howard bei seiner Ankunft in der Höhle im Empfang genommen hatte, und trat näher. Seine Stimme klang unterwürfig, zugleich aber auch aggressiv, und auf seinen Zügen lag ein verbissener, beinahe trotziger Ausdruck. Er hatte die Lippen zu einem schmalen, blutleeren Strich zusammengepreßt, und sein Gesicht erschien Howard ein wenig blasser, als er es in Erinnerung hatte. »Bruder Elliot«, sagte der Maskierte. »Natürlich, ich hätte es mir denken können. Niemand sonst würde wagen, so etwas ohne meinen ausdrücklichen Befehl zu tun.« Seine Stimme klang so kalt, daß sogar Howard fröstelte. Aber es kam noch etwas hinzu. Jetzt, nachdem Howard ihn eine Zeitlang hatte reden hören, kam ihm die Stimme trotz der Verfremdung durch die Maske vage bekannt vor, ohne daß er sie jemandem hätte zuordnen können. Doch es konnte ebensogut sein, daß er sich nur etwas einbildete.

Der trotzige Ausdruck auf Elliots Gesicht wurde stärker. »Es stimmt. Ich habe befohlen, ihn zu opfern«, bekannte er mit einer zornigen Geste in Richtung Lavasee. »Du weißt, wie hungrig *jene in der Tiefe* sind, und ...«

»Du bist und bleibst ein Dummkopf«, fiel der Maskierte ihm ins Wort. »Anscheinend habe ich mich in dir getäuscht, als ich dich zu meinem Stellvertreter machte. Das war jetzt bereits das dritte Mal innerhalb der letzten Wochen, daß du eigenmächtig gehandelt hast. Drei große Fehler. Das ist einer zuviel.«

Elliot erbleichte; dann erwachte sein Trotz erneut. »Es wird immer schwerer, geeignete Opfer für das Ritual zu finden, ohne Aufsehen zu erregen, das weißt du«, sagte er scharf. »Und *jene in der Tiefe* werden immer unmäßiger in ihrer Gier. Lovecraft war beinahe so etwas wie ein Geschenk des Himmels. Schließlich hast du doch Treymours Haus gerade deshalb überwachen lassen, weil du gehofft hast, daß ein Bekannter mit ähnlichen Kräften wie er selbst dort auftaucht. Und genau das ist ja auch geschehen.«

»Aber nicht ausgerechnet Howard Lovecraft«, sagte der Maskierte eisig. »Du hast recht – daß gerade er uns in die Arme gelaufen ist, war ein Geschenk des Himmels. Aber du hattest nichts Besseres zu tun, als dieses Geschenk beinahe zu vergeuden. Dieser Mann ...«, er zeigte auf Howard, »besitzt nicht nur ein paar schwache magische Kräfte, er ist ein Träger der *Macht*. Willst du mir erzählen, du hast das nicht gespürt?«

»Ich habe es gespürt«, bekannte Elliot mit einer Mischung aus Trotz und wachsender Unsicherheit. Sein Blick irrte an Howard und dem Maskierten vorbei und heftete sich auf den Lavasee. Er schluckte. Nervös fuhr er sich mit der Zungenspitze über die Lippen. »Ich habe es gespürt«, sagte er noch einmal. »Gerade deshalb habe ich den Befehl gegeben, ihn *jenen in der Tiefe* zu opfern. Ein solches Opfer hätte ihre Kraft enorm gestärkt und ihre Gier auf lange Zeit befriedigt.«

»Natürlich«, stieß der Maskierte hervor. »Aber lebend kann Lovecraft uns tausendmal mehr nutzen. Nicht nur durch seine Macht, sondern auch durch sein Wissen. Und er ist der beste Freund und engste Verbündete Robert Cravens. Du weißt so gut wie ich, wie gefährlich Craven ist. Schon einmal ist es ihm gelungen, die Rückkehr *jener in der Tiefe* zu verhindern. Durch Lovecraft hingegen können wir alles über Cravens Aktivitäten erfahren und jeden seiner Schritte kontrollieren. Lovecraft wäre eine ungeheuer wichtige Bereicherung unseres Kreises. Wesentlich wichtiger, als du es bist.« Er machte eine Pause, starrte Elliot für einen Moment an und fuhr leiser, doch in lauerndem Tonfall fort: »Aber vielleicht war es ja auch keine Unfähigkeit, Bruder Elliot. Vielleicht bist du im Gegenteil schlauer, als ich bislang geahnt habe. Ich weiß, wie ehrgeizig du bist. Vielleicht wolltest du Lovecraft als einen potentiellen Anwärter auf deine Position ausschalten und zugleich sogar die Möglichkeit, uns Craven vom Hals zu schaffen, ganz bewußt vereiteln. Falls es Craven gelingen sollte, unsere Pläne zu durchkreuzen, würde der Zorn *jener in der Tiefe* in erster Linie mich treffen, und du könntest für einen erneuten Versuch an meine Stelle treten. War das dein Plan, Bruder Elliot? Wenn ja, bist du ein größerer Narr, als ich gedacht habe, einen solchen Fehler zu begehen.«

Elliot erbleichte noch mehr. »Das ... das ist nicht wahr!« keuchte er. Seine Hände begannen zu zittern. »Ich hatte nichts dergleichen im Sinn, Meister«, stammelte er. »Ich wollte *jenen in der Tiefe* nur ein

Opfer darbieten, das sie für einige Zeit zufriedengestellt hätte. Ich wollte ...«

Der Maskierte schnitt ihm mit einer zornigen Handbewegung das Wort ab.

»Vielleicht hast du sogar recht, und wir sollten *jenen in der Tiefe* wirklich ein besonderes Opfer darbringen, um ihre Gier zu besänftigen«, sagte er ruhig. »Aber es wird ganz bestimmt nicht Lovecraft sein.«

Elliot begriff einen Moment zu spät, was die Worte des Maskierten zu bedeuten hatten. Mit einem gellenden Schrei sprang er zurück und riß instinktiv die Linke vors Gesicht. Seine andere Hand zuckte unter seine Kutte und kam mit einem Revolver wieder zum Vorschein.

Er führte die Bewegung nie zu Ende.

Der Maskierte murmelte ein einzelnes, düster klingendes Wort. Der Revolver wurde Elliot aus den Fingern gerissen und fiel mehrere Yards von ihm entfernt zu Boden. Niemand machte Anstalten, die Waffe aufzuheben.

Der Maskierte blickte sich kurz zu seinem zwergenhaften Begleiter um, der die ganze Zeit stumm im Hintergrund gestanden und die Szene regungslos verfolgt hatte; dann wandte er sich wieder Elliot zu. Die gleiche unsichtbare Hand, die zuvor schon Norris gepackt und die auch Howard bereits am eigenen Leib gespürt hatte, ergriff den immer noch schreienden Hageren, hob ihn in die Höhe und ließ ihn über dem See schweben. Roter Nebel quoll unter seiner Kutte hervor.

Die Lava begann stärker zu brodeln, und erneut waren schattenhafte, schwarze Konturen darin zu entdecken; jedoch wiederum zu kurz und zu undeutlich, um sie wirklich zu erkennen. Elliots Schreie verstummten.

Howard wandte sich ab, als sich der blutige Nebel langsam zur Lava hinabsenkte und sich Sekunden später auch der unsichtbare Griff um Elliots Leichnam löste.

»Erschreckt Sie das Schicksal des Verräters?« erkundigte sich der Maskierte ungerührt. Howard wollte antworten, doch in seinem Hals saß plötzlich ein bitterer, harter Kloß, der ihn am Sprechen hinderte. O ja, Elliots Schicksal erschreckte ihn, aber noch mehr schockierte ihn die Gleichgültigkeit, die der Maskierte nicht nur dem Leben Fremder, sondern auch seiner eigenen Leute entgegenbrachte. Zudem war er immer stärker davon überzeugt, daß er die Stimme kannte.

»Es braucht Sie nicht zu erschrecken«, fuhr der Mann fort. »Ich wußte schon seit Tagen, daß Bruder Elliot es darauf abgesehen hat, meine Stelle einzunehmen, doch er hat sich zu ungeschickt angestellt und zu viele Fehler begangen. Es ist nicht schade um ihn, zumal ich mir sicher bin, daß Sie die besten Voraussetzungen mitbringen, um bereits in kurzer Zeit an seine Stelle zu treten. Aber sein Schicksal sollte Ihnen eine Lehre sein. So wie ihm ergeht es allen, die mich zu hintergehen versuchen. *Jene in der Tiefe* lassen sich nicht täuschen.«

»Sie ... Sie müssen verrückt sein«, keuchte Howard. »Lieber sterbe ich, als Ihnen bei Ihren wahnsinnigen Plänen auch noch zu helfen!«

»Ich fürchte, diese Wahl bleibt Ihnen nicht, Lovecraft«, erwiderte der Maskierte mit der gleichen unerschütterlichen Ruhe, die er die ganze Zeit über gezeigt hatte. »Ihnen bleibt überhaupt keine Wahl mehr. Und es kommt nicht im geringsten darauf an, was Sie wollen. Sie stehen längst auf unserer Seite, auch ohne es zu wissen. Ihnen bleibt gar nichts anderes übrig, als uns zu helfen.«

»Niemals! Ich …«

Die Hand des Maskierten zuckte vor und tastete nach Howards Gesicht. Die gespreizten Finger preßten sich gegen seine Schläfe. Erneut spürte Howard die glühende Pranke in seinem Kopf, doch diesmal war er darauf vorbereitet. Einen Augenblick, bevor die Hand zuschlagen konnte, versetzte er dem Maskierten einen kraftvollen Stoß gegen die Brust, der den Mann zurücktaumeln ließ, wobei er bis an den Rand des Lavasees geriet.

»Haltet ihn auf!« brüllte er.

Howard lief los. Mit einer Kraft, die ihn selbst überraschte, stieß er zwei, drei Männer zur Seite, die sich ihm in den Weg stellten, und rannte blindlings auf einen der Stollen in der Felswand zu.

»Worauf wartet ihr noch!« brüllte der Maskierte. »Packt ihn! Er darf uns nicht entkommen!«

Howard rannte so schnell wie nie zuvor im Leben.

Obwohl ich mir während der gesamten Kutschfahrt nicht gestattet hatte, sonderlich große Hoffnungen aufkeimen zu lassen, versetzte es mir dennoch einen Stich, als ich nach unserer Rückkehr von Mrs. Winden erfahren mußte, daß Howard weder zurückgekehrt war, noch eine Nachricht geschickt oder sich sonstwie gemeldet hatte. Meine Besorgnis wuchs. Inzwischen gab es für mich keinen Zweifel mehr, daß ihm etwas zugestoßen sein mußte. Zwar war Howard – genau wie ich selbst, um ehrlich zu sein – nicht gerade ein Musterbeispiel an Pünktlichkeit, doch es war mittlerweile früher Nachmittag, und er würde nicht für so lange Zeit einfach verschwinden, ohne zu sagen, wohin er ging, oder ohne sich wenigstens zu melden. Er mußte wissen, daß wir uns Sorgen um ihn machten.

Der einzige Anhaltspunkt war die Zeitung, in der er vor seinem überhasteten Aufbruch gelesen und offenbar irgend etwas entdeckt hatte, das ihn stark beunruhigte. Ich ging wieder in die Bibliothek, griff erneut nach der *Times* und blätterte sie noch einmal durch, diesmal wesentlich sorgfältiger als beim ersten Mal. Rowlf tigerte währenddessen unruhig im Zimmer herum, und auch mir fiel es schwer, mich auf die Zeitung zu konzentrieren.

Diesmal jedoch wurde ich fündig, allerdings nur, weil Cohen mich mit seinen Klagen über die gehäuften Vermißtenfälle auf die richtige Spur gebracht hatte. Anderenfalls hätte ich die kleine, nur wenige Zeilen lange Meldung über das spurlose Verschwinden eines Dr. James Treymour sicherlich auch diesmal wieder nicht weiter beachtet. Die Meldung enthielt nur wenige Informationen; es wurde lediglich erwähnt, daß Treymour seit dem vergangenen Tag vermißt wurde. An sich wäre daran nichts weiter auffällig gewesen, zumal ich mich nicht erinnern konnte, Treymour zu kennen, doch in einem kurzen Nebensatz wurde er als *Wahrsager und Bühnenmagier* bezeichnet. Zugegeben, es war nur ein winziger Anhaltspunkt, aber der einzige, den ich hatte.

Trotzdem blätterte ich die Zeitung bis zum Ende durch, um sicher zu gehen, daß es keine weiteren Meldungen gab, die mir einen Hinweis liefern könnten, doch ich entdeckte nichts.

»Treymour«, murmelte ich vor mich hin.

»Wat?« erkundigte sich Rowlf und blickte mich hoffnungsvoll an. »Hasse wat gefunden?«

Ich gab keine Antwort, sondern dachte angestrengt nach. Howard lebte bereits wesentlich länger als ich in London, und eine Zeitlang – vor allem noch vor dem Tod meines Vaters – hatte er sich gezielt in okkultistischen Zirkeln aufgehalten, um herauszufinden, inwieweit es sich bei den dort tätigen Personen um Scharlatane handelte oder ob einige von ihnen über wirkliche magische Kräfte verfügten. Es war also gut möglich, daß er Treymour auf diesem Wege kennengelernt hatte.

»Kennst du einen Doktor James Treymour?« wandte ich mich an Rowlf. »Oder hat Howard den Namen vielleicht mal erwähnt?«

Rowlf dachte einen Moment nach; dann zuckte er mit den Achseln und schüttelte gleichzeitig den Kopf. »Kennen tu ich 'n nich«, antwortete er. »Aba's kann gut sein, daß H.P. den Namen ma genannt hat. Er kennt 'ne ziemliche Menge Leute. Kamma ja unmöglich alle im Kopp behaltn. Wieso? Is wat mittem Dokta?«

»Er ist seit gestern verschwunden«, berichtete ich. »Ich weiß nicht, ob es was zu bedeuten hat, aber er ist so eine Art Wahrsager. Vielleicht kennt Howard ihn und ist deshalb so hastig aufgebrochen, um herauszufinden, was mit ihm geschehen ist.«

»Wär' möglich«, stieß Rowlf aufgeregt hervor.

»Dann sollt'n wir auch hinfahrn. Komm schon, worauf warteste noch?«

»Weißt du vielleicht, wo Treymour wohnt? Das steht hier nämlich nicht.«

»Nee«, gab Rowlf zerknirscht zu; dann hellte seine Miene sich auf. »Aba Cohen weißet bestimmt.«

»Und die Redaktion der *Times*«, ergänzte ich. »Sie liegt näher als Scotland Yard. Falls wir da nichts erfahren, können wir immer noch mit Cohen ...«

Ich wurde unterbrochen, als Mrs. Winden aufgeregt ins Zimmer gestürmt kam.

»Bitte, kommen Sie schnell«, keuchte sie. »Vor dem Haus ist ...«

Ich rannte bereits los. Vom Korridor aus konnte auch ich den Tumult vor dem Haus vernehmen. Irgend etwas polterte, und wilde Flüche waren zu vernehmen, aber das allein war nicht der Grund für meine Aufregung. Zumindest eine der beiden Stimmen kannte ich nur zu gut; sie gehörte Howard!

Ich riß die Haustür auf und blieb wie erstarrt stehen. Ich hatte mich nicht verhört; es handelte sich tatsächlich um Howard, doch er befand sich in einem schlimmen Zustand. Seine Kleidung war schmutzig und stellenweise zerrissen, sein Haar zerzaust, und im Gesicht und auf den Händen hatte er zahlreiche blutige Kratzwunden.

Trotzdem begann ich über das ganze Gesicht zu grinsen, was nicht allein an der Erleichterung über Howards Rückkehr lag, sondern zu einem mindestens genauso großen Teil an dem Bild, das sich mir bot, denn Howard war nicht der einzige Vermißte, den ich sah. Zusammen mit einem Mann in der Uniform eines Mietkutschers war Howard vollauf damit beschäftigt, sich gegen einen ungewöhnlichen Gegner zur Wehr zu setzen. Es handelte sich um eine beigebraune Katze, die gerade damit begonnen hatte, ihre Krallen in Howards Anzug zu bohren und daran in die Höhe zu klettern. Mit einem raschen Griff packte der Kutscher das Tier im Nacken und riß es zurück, wobei ein paar Fetzen von Howards ohnehin bereits zerrissenem Anzug zwischen ihren Krallen hängen blieben.

»Merlin!« rief ich laut. Der Kater wandte mir den Kopf zu und musterte mich einige Sekunden lang mit Augen, in denen ich auch diesmal eine Intelligenz zu erkennen glaubte, die weit über die eines normalen Tieres hinausging.

»Robert, hol dieses verrückte Biest weg!« rief Howard mir zu.

Ich ging zum Kutscher und griff nach dem Kater, doch er fauchte mich mit einer für ihn völlig ungewohnten Aggressivität an. Bevor ich ihn richtig zu fassen bekam, nutzte Merlin die Gelegenheit, um sich zu befreien. Er benutzte die Arme des Kutschers als Sprungschanze, um wie ein Blitz erneut auf Howard zuzuschießen und sich an seiner Brust festzuklammern.

Howard versuchte, Merlin zu packen, doch gedankenschnell hieb der Kater nach ihm. Mit einem Schrei, dem gleich darauf ein wütender Fluch folgte, zog Howard die Hand zurück, auf deren Rücken Merlin weitere blutige Spuren hinterlassen hatte. Als das Tier seine Krallen spreizte, um nach Howards Gesicht zu schlagen, schlug Howard seinerseits zu. Er traf Merlin und schaffte es, ihn von seiner Brust zu schleudern, doch es kostete ihn die Hälfte seiner Weste.

Bevor sich Merlin erneut auf ihn stürzen konnte, packte ich das Tier im Nacken und hob es hoch. Es gebärdete sich wie toll, wand sich in meinem Griff hin und her und versuchte auch nach mir zu schlagen, erreichte mich aber nicht. Ich überlegte einen Moment und eilte dann in die Küche, wo ich die Tür zum Abstellraum öffnete, Merlin in die kleine Kammer hineinwarf und die Tür sofort wieder zuschlug. Sicherheitshalber schloß ich sie auch ab; erst dann atmete ich auf.

Vor dem Haus waren das Klappern von Pferdehufen und das Rollen von Rädern zu hören, als der Kutscher eilig das Weite suchte. Aus der Besenkammer drang ein Poltern, gefolgt von dem wütenden Kratzen scharfer Krallen am Holz der Tür. Auch jetzt beruhigte sich der Kater noch nicht.

Ich drehte mich zu Howard um und blickte ihn entschuldigend an.

»Keine Ahnung, was mit Merlin los ist«, sagte ich. »So habe ich ihn noch nie erlebt.«

Howard winkte ab und ließ sich erschöpft auf einen Stuhl sinken. »Ist jetzt nicht so wichtig. Ich habe einiges zu erzählen.«

»Das können Sie später tun. Zuerst werden Sie mal baden und sich umziehen, und dann werde ich mich um Ihre Verletzungen kümmern«, bestimmte Mrs. Winden. Sie holte einen Kasten mit Verbandzeug aus einem Schrank und stellte ihn auf den Tisch.

»Das hat Zeit«, erwiderte Howard aufgeregt. »Ich muß unbedingt ...«

Mrs. Winden ließ ihn nicht aussprechen. »Nein, das hat *keine* Zeit«, fiel sie ihm ins Wort. »Oder wollen Sie vielleicht, daß noch mehr Schmutz in die

Wunden kommt und sie sich entzünden? Na also. Und jetzt ab in die Wanne!« befahl sie in resolutem Tonfall, der keinen Widerspruch duldete. »Ich werde das Wasser für Sie einlassen.«

Während sie Howard nach oben begleitete, kehrte ich mit Rowlf zähneknirschend in den Salon zurück, um dort darauf zu warten, daß Mrs. Winden Howard wieder aus ihren fürsorglichen Händen entließ.

Merlin tobte noch immer im Abstellraum herum und kratzte mit seinen Krallen an der Tür.

Meine und Rowlfs Geduld wurde auf eine harte Probe gestellt. Schweigend und voller Unruhe warteten wir im Salon. Ich brannte darauf, Howard unzählige Fragen zu stellen; nicht nur darüber, wo er gewesen und was ihm zugestoßen war, sondern vor allem, was er über die Thul Saduun herausgefunden hatte. Seine Andeutungen wiesen darauf hin, daß sein Erlebnis im Zusammenhang damit stand, und möglicherweise wuchs die Gefahr mit jeder Minute, die wir untätig hier herumsaßen.

Ein paarmal war ich nahe daran, einfach nach oben zu stürmen, um mit Howard zu sprechen, doch ich beherrschte mich mühsam. Im Grunde hatte Mrs. Winden ja recht, auch wenn es mir in dieser Situation schwerfiel, es mir einzugestehen. Aber ich hatte ja selbst gesehen, in welch bemitleidenswerten Zustand Howard sich befand. Die meisten seiner Wunden waren sicherlich nur mehr oder weniger oberflächliche Abschürfungen und Kratzer – und an einer ganzen Reihe davon trug sicherlich Merlin mit seinem völlig unverständlichen Verhalten die

Schuld –, doch so verdreckt, wie Howard war, und wie er nach sämtlichen Abwässerkanälen Londons stank, konnten selbst diese harmlosen Verletzungen gefährlich werden, falls Schmutz hineingeriet und sie sich entzündeten.

Der Türklopfer wurde betätigt. Die dumpfen Schläge ließen mich zusammenzucken und rissen mich aus meinen Grübeleien. Ich runzelte die Stirn. Besucher verirrten sich höchst selten hierher. Rowlf ging zur Tür und öffnete. Ich konnte hören, wie er ein paar Minuten leise mit einem anderen Mann sprach, ohne verstehen zu können, um wen es sich handelte, oder um was es ging. Neugierig schaute ich ihn an, als er zurückkam.

»Etwas Wichtiges?« erkundigte ich mich.

Rowlf schüttelte den Kopf und zuckte gleich darauf mit den Schultern.

»Was für mich«, erklärte er. »Zwei von meinen ... Leuten sin seit gestern verschwundn. Hatt'n irgendwas vor, aba ich weiß noch nix Genaues nich.«

»Wenn du willst, kannst du dich gern darum kümmern«, bot ich ihm an. Ich wußte sehr wohl, wen er mit seinen *Leuten* meinte, und auch, wie gut er sich mit jedem einzelnen verstand und sich um sie sorgte. »Ich komme hier schon zurecht.«

Rowlf schüttelte erneut den Kopf.

»Im Moment kannich sowieso nix tun«, behauptete er. »Erst müssn wir ma rauskriegen, wasse überhaupt vorgehabt habn.«

»Wie du meinst.« Ich verzichtete darauf, Rowlf zu fragen, ob das Verschwinden seiner beiden Leute etwas mit dem der übrigen Personen zu tun hatte, von denen Cohen erzählt hatte. Die Antwort lag auf der Hand, und ich wollte nicht noch zusätzlich Salz auf die Wunde streuen. Rowlf hatte sich zwar in den letzten Jahren zum Oberhaupt einer Diebesbande aufgeschwungen, doch es ging ihm dabei längst nicht nur um Profit und Beute. Er betrachtete seine Bande beinahe als so etwas wie eine große Familie und sorgte sich um das Schicksal jedes einzelnen. Wahrscheinlich war es auch nicht allein die Neugier auf Howards Geschichte, sondern auch gerade diese Sorge, die Rowlf hierbleiben ließ. Immerhin bestand die Möglichkeit, daß Howard etwas über das Schicksal der Vermißten herausgefunden hatte.

Nach mehr als einer Stunde, die mir wie eine Ewigkeit vorgekommen war, trat Howard schließlich ins Zimmer. Er hatte gebadet und saubere Kleidung angezogen, und er trug zahlreiche leichte Verbände, doch die Erschöpfung war ihm immer noch deutlich anzumerken. Seine Bewegungen waren langsam und vorsichtig wie die eines alten Mannes, als er an den Schrank trat, sich einen Cognac einschenkte und sich dann auf einen Stuhl sinken ließ.

»Sie sind wieder da, Robert«, sagte er. Auch seine Stimme klang zittrig, und während er sprach, spiegelte sich ein tiefempfundenes Entsetzen in seinen Augen. »Die Thul Saduun. Zumindest ihre Anhänger.«

»Erzähle«, forderte ich ihn auf. »Wo bist du gewesen? Es hatte etwas mit diesem Doktor Treymour zu tun, nicht wahr?«

»Du hättst mich mitnehmen soll'n, statt ganz allein loszurennen«, fügte Rowlf vorwurfsvoll hinzu. »Wir ham uns 'ne Menge Sorgen gemacht.«

»Tut mir leid«, erwiderte Howard. »Wenn ich

gewußt hätte, was mich erwartet, wäre ich bestimmt nicht allein gegangen, doch ich hätte nicht gedacht, daß es gefährlich werden könnte. Ja, es hat alles mit Treymour zu tun. Aber der Reihe nach.« Er machte eine kurze Pause, nippte an seinem Cognac und atmete tief durch. »Bruder Treymour. Ich kenne ihn schon seit vielen Jahren. Er gehörte früher zu den Templern.«

»Ein *Master*?« hakte ich nach, als Howard nicht von sich aus weitersprach. Auch er hatte diesem geheimen Orden einst angehört, sogar als *Master*, wie sich die mit großer magischer Kraft ausgestatteten Mitglieder des Führungszirkels nannten. Aufgrund seiner Fähigkeit, das Zeitgefüge zu verändern, war Howard zum *Time-Master* geworden, war dann aber mit den Zielen des Ordens nicht mehr einverstanden gewesen und hatte sich davon getrennt – ein Sakrileg, auf das die Todesstrafe stand. Jahrelang war er von den Templern gejagt worden und hatte sich verstecken müssen. In dieser Zeit hatte er das WESTMINSTER gekauft, einen idealen Unterschlupf.

Aber das alles gehörte längst der Vergangenheit an. Schon vor Jahren hatte ich Jean Balestrano, dem damaligen Oberhaupt des Ordens, das Leben gerettet und als Gegenleistung gefordert, daß er die Menschenjagd auf Howard abblies, was er auch getan hatte. Mittlerweile war Balestrano tot, und aufgrund eines schrecklichen Irrtums seinerseits waren auch die mächtigsten *Master* gestorben. Von diesem Schlag hatte sich der Orden bis heute nicht erholt; er war fast in Bedeutungslosigkeit verfallen. Es hatte Rivalitäten und Streitigkeiten um die Führung gegeben, von denen ich nicht wußte, ob oder wie sie entschieden worden waren.

»Genau wie ich waren viele Mitglieder des Ordens unzufrieden«, berichtete Howard weiter. »Aber erst in dem Chaos nach Bruder Balestranos Tod haben sie gewagt, ihn zu verlassen. Treymour war einer von ihnen. Er kam damals nach London und nahm Kontakt mit mir auf. Er besaß ein schwaches magisches Potential, das er nutzte, um sich als Wahrsager durchzuschlagen.«

»Besaß? Heißt das ...«

»Er ist tot, ja«, bestätigte Howard. »Ich las heute morgen in der Zeitung von seinem spurlosen Verschwinden und dachte, daß vielleicht der Orden dahintersteckt; deshalb wollte ich herausfinden, was geschehen war. Aber es war nicht der Orden. Es waren Anbeter der Thul Saduun, die ihn entführt hatten. Sie ... sie züchten *Ssaddit* als Wirtskörper für die Thul Saduun heran, genau wie es einst die Magier von Maronar getan haben, und später Dagon, und ...« Er hielt inne, als er merkte, daß er sich verhaspelte, und trank erneut einen Schluck. »Sie bringen ihnen Menschenopfer dar«, fuhr er dann mit belegter Stimme fort. »Vor allem Menschen mit magischer Begabung. Wahrscheinlich haben sie sich überall in den magischen Zirkeln der Stadt umgesehen. So sind sie auf Treymour gekommen. Und weil sie wohl vermutet haben, daß er Kontakt zu ähnlich begabten Personen hatte, haben sie sein Haus beobachtet. Sie haben mich überwältigt, als ich dort eintraf. Dann haben sie mir die Augen verbunden und mich mit einer Kutsche weggebracht. Fragt mich gar nicht erst, wohin, ich weiß es nicht.«

»Nicht ungefähr? Wie lange wart ihr denn unterwegs?«

Howard zögerte kurz. »Vielleicht eine Stunde, eher etwas mehr. Als man mir die Augenbinde wieder abnahm, waren wir in einer großen Höhle.« Er erzählte von dem Lavasee und den in der Glut lebenden *Ssaddit*, und wie er geopfert werden sollte und durch das Eingreifen des geheimnisvollen Maskierten im letzten Moment gerettet worden war, bis zu seiner geglückten Flucht. »Es war ein regelrechtes Labyrinth von Gängen und Stollen«, berichtete er. »Ich bin einfach immer weiter gerannt. Sie haben mich verfolgt, aber irgendwie habe ich sie abhängen können, und dann war ich irgendwann in der Kanalisation. Ich weiß nicht mehr, wie lange ich durch die Abwässerkanäle geirrt bin, bis es mir endlich gelang, wieder an die Oberfläche zu kommen. Das war in der Nähe vom Richmond Park. Zum Glück hatte man mir mein Geld nicht abgenommen, so daß ich mir eine Kutsche nehmen und herkommen konnte. Und was diese Fanatiker nicht geschafft haben, das hätte dann fast ein verrückter Kater vollendet«, fügte er mit einem gequälten Lächeln hinzu.

Für einige Sekunden herrschte Schweigen. Howards Bericht hatte schreckliche Erinnerungen in mir wachgerufen. Obwohl Todfeinde, standen die Thul Saduun den GROSSEN ALTEN in Grausamkeit, Machthunger und Gefährlichkeit kaum nach. Wie mächtig sie waren, zeigte sich schon daran, daß es ihnen gelungen war, den finsteren Göttern von den Sternen in einem Jahrtausende währenden Krieg zu trotzen, auch wenn sie letztlich doch unterlegen waren. Doch spätestens seit vor einigen Jahren

Dagons Versuche gescheitert waren, die Thul Saduun aus ihren Kerkern zu befreien, in die sie nach ihrer Niederlage von den GROSSEN ALTEN verbannt worden waren, hatte ich geglaubt, daß die von ihnen drohende Gefahr endgültig oder zumindest für lange Zeit gebannt wäre. Nun aber mußte ich erfahren, daß eine Gruppe von Fanatikern erneut damit begonnen hatte, sie zu befreien. Die Vorstellung, was geschehen würde, wenn *jene in der Tiefe* tatsächlich eines Tages zurückkehrten, war zu grauenvoll, um sie auch nur annähernd zu erfassen. Es wäre die Apokalypse, der Untergang der Menschheit.

Alles stand irgendwie mit dem Relief im Zusammenhang. Mit seiner Entdeckung hatte alles begonnen, und seit Howard nun herausgefunden hatte, daß die Zeichen darauf von den Thul Saduun stammten, gab es für mich kaum noch einen Zweifel, daß dem Relief eine finstere Macht innewohnte, welche die Ereignisse in Gang gebracht hatte. Wir mußten es unbedingt finden und zerstören, um diesen Schrecken zu beenden.

»Du hast gesagt, daß dir die Stimme des Maskierten bekannt vorkam«, ergriff ich schließlich das Wort. »Aber du weißt wirklich nicht, wem sie gehört?«

»Ich habe die ganze Zeit darüber nachgedacht«, erwiderte Howard. »Und ich bin immer noch überzeugt, daß ich die Stimme bereits mehrmals gehört habe. Außerdem sagte der Mann, daß er mich kennen würde. Ich glaube, ich weiß inzwischen, wer er war.«

»Und wer?« drängte ich, als er nicht weitersprach.

Wieder zögerte Howard mit der Antwort.

»MacIntosh«, sagte er dann. Er stieß den Namen wie einen Fluch aus. »Es war MacIntosh. Der Manager des Hilton.«

Es war mittlerweile eine gute Stunde her, daß Howard mit dem Bericht über seine Erlebnisse zum Ende gekommen war, und noch immer weigerte sich ein Teil meines Verstandes, ihm zu glauben. Ich zweifelte nicht daran, daß er die Wahrheit gesagt hatte; es war eher so, daß ich mir nicht eingestehen wollte, wie groß die Bedrohung inzwischen geworden war, ohne daß einer von uns so lange etwas davon mitbekommen hatte. Ich wünschte, ich könnte einfach weiterhin die Augen vor der Realität verschließen, statt mich ein weiteres Mal der von den Thul Saduun drohenden Gefahr stellen zu müssen.

Besonders schwer fiel es mir zu glauben, daß ausgerechnet MacIntosh hinter allem stecken sollte. Seit ich im Hilton wohnte – mittlerweile eine ziemlich lange Zeit – war ich mehr als einmal unangenehm mit ihm aneinandergeraten. MacIntosh war ein Pedant, und vielleicht mußte man das als Manager eines so vornehmen und teuren Hotels wie des Hilton auch sein, was aber nichts daran änderte, daß ich Pedanten, die es mit Hausordnungen, Verfügungen oder sonstigen unbedeutenden Kleinigkeiten allzu genau nahmen, noch nie gemocht hatte. Eine Abneigung, die durchaus auf Gegenseitigkeit beruhte, denn mehr und mehr schien MacIntosh meine Anwesenheit in den vornehmen Hotelräumlichkeiten als eine Art Blasphemie zu betrachten, einen Fehler, den es bei der nächsten sich bietenden Gelegenheit zu korrigieren galt. Ich hatte ihn oft genug provoziert, und MacIntosh war zweifellos ein Trottel (sonst hätte es längst keinen so großen Spaß gemacht, immer wieder mit ihm aneinanderzugeraten), doch bislang hatte ich ihn lediglich für einen *harmlosen* Trottel gehalten.

Doch wenn Howard recht hatte, war MacIntosh alles andere als harmlos. Ich konnte mir nicht vorstellen, aus welchem Grund ein Mann wie er zum Führer eines dämonischen Kultes werden sollte, doch vermutlich war dies nicht aus freiem Willen geschehen. Irgend etwas mußte passiert sein, daß MacIntosh unfreiwillig unter den geistigen Einfluß der Thul Saduun geraten war. Ganz so abwegig war diese Vorstellung nicht, wenn ich nur an einige unheimliche Erlebnisse dachte, die mir im Hilton bereits zugestoßen waren. So hatte sich der Schrank in meiner Suite vor wenigen Wochen erst in einen bodenlosen Schacht verwandelt, aus dessen Tiefe ein tentakelbewehrtes *Etwas* nach mir zu greifen versucht hatte, und kurz darauf hatte sich derselbe Schrank in ein *Tor* verwandelt, das mich nicht nur in das Labyrinth unter der kleinen Felseninsel geführt hatte, die sich vor einigen Wochen in der Themsemündung aus dem Wasser erhoben hatte, sondern auch zurück in der Zeit.

Unzählige Male hatte ich mich seither gefragt, was es mit diesem *Tor* auf sich hatte, das allen Gesetzmäßigkeiten dieses einst von den GROSSEN ALTEN geschaffenen Transportsystems zum Trotz scheinbar aus dem Nicht heraus entstanden war, zumal der Schrank seither wieder nichts anderes als ein ganz normaler Schrank zu sein schien. Eine Lösung hatte ich nicht gefunden, doch wenn ausgerechnet der Manager des Hotels von den Thul Saduun beeinflußt und mit magischer Macht ausgestattet worden war, erschien auch dieses Rätsel plötzlich in einem anderen Licht.

Trotz Mrs. Windens entschiedenem Protest hatte es sich Howard nicht nehmen lassen, mich zum Hilton zu begleiten. Rowlf hingegen hatte sich uns nach einigem Zögern – und entgegen seiner ursprünglichen Absicht nicht angeschlossen. Kurz vor unserem Aufbruch hatte er ein weiteres Mal Besuch erhalten. Wie er berichtete, hatten die beiden vermißten Mitglieder seiner Bande offenbar in der vergangenen Nacht im Alleingang versucht, ein Schiff zu plündern, das in einer Werft im Trockendock lag. Sie waren von diesem Unternehmen aber nicht mehr zurückgekehrt. Ein anderes Bandenmitglied, das die beiden Männer in groben Zügen in ihren Plan eingeweiht hatten, hatte sich geweigert, an dem eigenmächtigen Beutezug teilzunehmen, und Rowlf diese Informationen gegeben, und er hatte sich entschlossen, persönlich nach seinen vermißten Leuten zu suchen.

Ich hätte ihn bei der Konfrontation mit MacIntosh gern dabeigehabt, zumal mir Howard in seinem geschwächten Zustand sicherlich keine große Hilfe sein würde, falls es zu einem Kampf kommen sollte. Andererseits wäre es ein Kampf, der bestimmt nicht durch Körperkraft entschieden würde, und ich hatte Rowlf nicht gegen seinen Willen zu etwas drängen wollen, so daß ich mit Howard allein losgefahren war.

Die Kutsche hielt vor dem Hilton, und wir stiegen

aus. Der Türsteher öffnete uns, und ich drückte ihm pflichtschuldig ein kleines Trinkgeld in die Hand.

Als ich mich an der Rezeption nach MacIntosh erkundigte, erlebte ich eine Enttäuschung. Er befand sich zur Zeit nicht im Haus, sondern war bereits vor einigen Stunden weggefahren. Ich wechselte einen vielsagenden Blick mit Howard. Offenbar war MacIntosh noch nicht von der Opferzeremonie am Vormittag zurückgekehrt. Ich hinterließ eine Nachricht, in der ich ihn bat, mich nach seiner Rückkehr baldmöglichst aufzusuchen.

»Sagen Sie ihm, es ginge um meinen bevorstehenden Auszug aus dem Hotel, dann wird er sicher genug Zeit für mich finden«, trug ich dem Portier grinsend auf. Der Mann ließ sich nicht anmerken, was er von dieser Neuigkeit hielt, sondern nickte nur und versprach, MacIntosh unverzüglich zu informieren, sobald er ihn sähe.

Mit dem Lift fuhren Howard und ich zu meiner Suite. Erneut blieb mir nichts anderes übrig, als zu warten, was sich mehr und mehr zu meiner unliebsamen Hauptbeschäftigung an diesem Tag entwickelte. Doch während Howard matt in einem Sessel saß und an einer Zigarre paffte, sprang ich immer wieder auf und lief ungeduldig durch das Zimmer.

»Hoffen wir, daß MacIntosh wirklich zurückkehrt«, sagte Howard nach einer Weile.

Ich unterbrach meine Wanderung und blieb vor ihm stehen.

»Wie meinst du das?«

»Na ja, nach meiner Flucht dürfte eine ziemliche Aufregung geherrscht haben«, erklärte Howard bedächtig. »MacIntosh muß befürchten, daß ich ihn erkannt habe. Er kann es nicht mit Sicherheit wissen, aber er wird zumindest die Möglichkeit einkalkulieren. Vielleicht beschließt er, seine normale bürgerliche Existenz gar nicht mehr weiterzuführen, sondern sich nur noch der Erweckung der Thul Saduun zu widmen.«

Die Vorstellung war erschreckend. Auf diesen Gedanken war ich noch gar nicht gekommen.

»Dann hätten wir diese Spur verloren und müßten wieder ganz von vorn anfangen«, faßte ich zusammen. »Außer MacIntosh haben wir so gut wie keine Hinweise.«

»Es ist aber ebensogut möglich, daß er zurückkommt«, fuhr Howard fort. »Vielleicht hält er das Risiko für kalkulierbar. Seine Stimme wurde so verfälscht, daß er sich darauf verlassen könnte, daß ich sie nicht erkannt habe oder höchstens einen vagen Verdacht hege. In diesem Fall wird er sich dumm stellen und so tun, als wüßte er von nichts. Wir können ihm schließlich nichts beweisen.«

»Auf jeden Fall ist er gewarnt, und wenn er hört, daß wir auf ihn warten, wird er erst recht mißtrauisch«, ergänzte ich nachdenklich. »Wir müssen also höllisch vorsichtig sein. Es ist gut möglich, daß er Verstärkung mitbringt, um nachzuholen, was ihm heute morgen nicht gelungen ist.«

»In einem Hotel wie dem Hilton verschwinden Menschen nicht einfach spurlos«, erwiderte Howard ruhig. »Ich glaube nicht, daß wir in dieser Hinsicht etwas zu befürchten haben.«

»Als Manager hätte MacIntosh bestimmt Mittel und Wege, so etwas zu bewerkstelligen«, sagte ich. »Aber ich glaube auch nicht, daß er es wagen wird, sich hier auf einen offenen Kampf mit uns einzulassen. Trotzdem wünschte ich, Rowlf wäre bei uns.«

Howard machte eine Bewegung, die ebensogut ein Kopfschütteln, ein Achselzucken oder gar ein Nicken sein konnte. Dann hielt er für einen Moment in seinem ruhelosen Auf und Ab inne und warf einen raschen Blick auf die Schranktür. Es war ein Blick, der mir nicht gefiel.

Doch einen winzigen Moment, bevor er unangenehm genug werden konnte, um mir einen Grund zu geben, Howard darauf anzusprechen, drehte er sich mit einem Ruck herum und fuhr fort, wie der sprichwörtliche gefangene Tiger im Zimmer auf und ab zu gehen.

Unser Gespräch wurde immer einsilbiger und verstummte schließlich ganz. Eine sonderbar unbehagliche Atmosphäre breitete sich in dem Zimmer aus, unbehaglich und ... *unwirklich* zugleich. Howard war mein Freund, mein bester und vielleicht sogar einziger Freund, und ich hatte mich in seiner Nähe niemals unbehaglich oder gar unwohl gefühlt. Was war los?

Was, um alles in der Welt, war nur mit mir los?

Nein. Ich korrigierte mich in Gedanken. Was, um alles in der Welt, war mit *Howard* los?

Von seiner gewohnten, stets bedächtigen ruhigen Art schien nichts mehr geblieben zu sein. Er wirkte nervös, fahrig, fast ängstlich. Und er wich ständig meinem Blick aus, was ich von Howard nun wirklich nicht gewohnt war.

Nach einiger Zeit klopfte jemand an die Tür, und MacIntosh kam herein. Auf seinem Gesicht war der übliche, verdrießliche Ausdruck zu lesen, und in seinen kleinen Äuglein blitzte es schon wieder kampflustig, als er mich erblickte.

Und vielleicht war es gerade das, was mich verwirrte.

Zu behaupten, daß MacIntosh irgend etwas anderes als Mißfallen und Unmut mir gegenüber empfand, wäre tollkühn gewesen; wahrscheinlich war ich ihm ungefähr so willkommen wie ein Furunkel am Hintern. Aber dieser Mann war nicht mein Todfeind. Wahrscheinlich hätte er mich liebend gern in einer eisigen Dezembernacht und nur in Unterhosen bekleidet aus seinem Hotel geworfen, aber die bloße Vorstellung, daß mir MacIntosh nach dem Leben trachten sollte, war einfach lächerlich. Howard mußte sich getäuscht haben!

Ich hatte eigentlich vor, MacIntosh möglichst dezent auszuhorchen, doch kaum hatte er das Zimmer betreten, fiel mir auf, wie sich Howards Gesicht vor Haß verzerrte. Meine Hoffnung, daß sich Howard trotzdem beherrschte, erfüllte sich nicht. Ich kam nicht mal dazu, einen Laut hervorzubringen, als Howard auch schon die Fassung verlor. Er sprang auf und beschimpfte den völlig ahnungslosen MacIntosh wild, sein Spiel wäre durchschaut, und er bräuchte sich gar nicht erst länger zu verstellen, und allerlei anderer hanebüchener Unsinn. Sowohl MacIntosh als auch ich standen vollkommen fassungslos da und starrten Howard offenen Mundes an. Ich konnte ihn gerade noch davon abhalten, sich auf den geschockten Hotelmanager zu stürzen, doch Howard dachte gar nicht daran, sich zu beruhigen. Ganz im Gegenteil: Um seine Anschuldigungen zu untermauern, riß er die Tür des Schranks auf, in dem sich einst das *Tor* befunden hatte.

Und damit nahm die Katastrophe ihren Lauf.

Obwohl ich direkt neben Howard stand, gelang es mir nicht, ihn zurückzuhalten. Trotz seines geschwächten Zustands bewegte er sich so schnell, daß er meiner zupackenden Hand auswich, so daß ich an seinem Arm vorbei ins Leere griff. Im nächsten Moment hatte er die Schranktür bereits aufgerissen.

Ich war überzeugt, daß sich dahinter nichts als das ganz normale Innere des Wandschranks befinden würde, denn der Zufall, daß sich ausgerechnet jetzt, zum ersten Mal nach mehr als zwei Wochen, wieder das *Tor* dort befinden würde, wäre einfach ...

Das *Tor* war da.

Es war kein richtiges *Tor*, wie ich das uralte Transportsystem der GROSSEN ALTEN kannte, doch es war etwas, das auf keinen Fall in einen Wandschrank des Hilton gehörte.

In jeden anderen Wandschrank übrigens auch nicht.

Mir bot sich das gleiche bizarre Bild wie schon einmal: eine schmale Steintreppe mit ausgetretenen Stufen, die sich in steilen Kehren in die Tiefe schraubte.

Der einzige, den der Anblick nicht zu überraschen schien, war Howard. MacIntosh stieß ein gequältes, ungläubiges Keuchen aus, und als ich ihm einen kurzen Blick zuwarf, sah ich, daß ihm die Augen fast aus den Höhlen quollen. Entweder war er der begnadetste Schauspieler, dem ich je begegnet war, oder Howard hatte sich ganz gewaltig getäuscht, und der Hotelmanager wußte tatsächlich nichts über die

Thul Saduun oder sonstige dämonische Geschöpfe und deren Magie.

Ich kam jedoch nicht dazu, diesen Gedanken weiter zu verfolgen. Etwas wie ein goldener Blitz kam die Treppe herauf und aus dem Schrank geschossen und stürzte sich auf Howard.

Der Anblick Merlins überraschte und erschreckte mich beinahe noch mehr als zuvor der Blick auf die Treppe. Es handelte sich eindeutig um Merlin, denn jede Einzelheit in der Maserung seines Fells stimmte. Doch ich konnte mir beim besten Willen keinen Reim darauf machen, wie der Kater aus der Abstellkammer entkommen sein konnte, in der er bei unserem Aufbruch aus dem WESTMINSTER noch eingesperrt gewesen war – geschweige denn, wie er in meinen *Schrank* gelangt war –, doch ich verschob die Lösung auch dieses Rätsels auf später.

Wie schon zuvor, reagierte Howard trotz seiner Schwäche erneut mit erstaunlicher Schnelligkeit. Als Merlin aus dem Schrank hervorgeschossen kam und sich auch diesmal zielsicher auf ihn stürzte, versetzte er dem Kater einen kräftigen Tritt, der das Tier zurückschleuderte, daß es mit einem erschrocken klingenden Laut durch die Luft flog. Gleich darauf jedoch stolperte Howard, taumelte zur Seite und prallte gegen mich. Auch ich wurde aus dem Gleichgewicht gerissen. Instinktiv streckte ich die Hände aus, um mich am Rand des Schranks festzuhalten, doch ich war zu langsam. Ich griff ins Leere, ruderte noch einen Moment wild mit den Armen und stürzte dann mit einem erstickten Schrei kopfüber die steinerne Treppe im Innern des Schranks hinunter.

Rowlf haßte es, Robert oder Howard anzulügen, und erst recht beide zugleich, und er konnte sich nicht erinnern, wann dies schon einmal passiert war. Aber in diesem Fall hatte er nicht mal ein schlechtes Gewissen.

Außerdem war es keine Lüge im eigentlichen Sinne gewesen. Er hatte ihnen lediglich etwas *verschwiegen*. Steve, ein Mitglied seiner Bande, hatte ihm Informationen darüber geliefert, was die beiden Vermißten vorgehabt hatten – wesentlich genauere Informationen als diejenigen, die Rowlf Robert und Howard gegeben hatte. Es stimmte, Kelly und Norris hatten ein Schiff in einer Werft plündern wollen, doch Rowlf kannte auch den Namen der Werft und den des Schiffes. Hätte er Robert und Howard jedoch berichtet, daß seine beiden Leute bei einem Beutezug ausgerechnet auf der THUNDERCHILD verschwunden waren, hätten sie mit Sicherheit ihre Planung geändert und ihn nicht allein gehen lassen. Entweder wären sie mit ihm zur THUNDERCHILD gefahren und hätten ihr Verhör MacIntoshs verschoben, oder sie hätten darauf bestanden, daß er sie zum Hilton begleitete, damit sie sich anschließend gemeinsam um die THUNDERCHILD kümmern könnten.

Beides hatte Rowlf nicht gewollt.

Weder sollten Robert und Howard damit warten, sich den Hotelmanager vorzuknöpfen, falls dieser wirklich hinter dem neuen Kult um die Thul Saduun steckte, noch wollte Rowlf damit warten, nach seinen verschwundenen Leuten zu suchen, obwohl – oder gerade weil – ihr Vorhaben, ausgerechnet die THUNDERCHILD zu plündern, ihn mit besonders großer Sorge erfüllte.

Der Name des Schiffes war ihm durchaus vertraut. Die THUNDERCHILD war ein Zerstörer der britischen Kriegsmarine, der unter dem Kommando von Captain Blossom vor einiger Zeit jene kleine Felsinsel erkundet und nach dem Tod mehrerer Besatzungsmitglieder vernichtet hatte, die in der Themsemündung aufgetaucht war – dort, wo sich in einer anderen Zeitepoche R'lyeh befand, die Stadt, in der Cthulhu begraben lag, der mächtigste der GROSSEN ALTEN. Nach allem, was Robert erzählt hatte, stammte aus den labyrinthischen Katakomben unter der Insel auch das geheimnisvolle Relief. Sie hatten die damals beschädigte THUNDERCHILD bislang nicht weiter beachtet – anscheinend ein Fehler, wie sich nun zeigte.

Vielleicht würde sich alles als reiner Zufall erweisen, doch für Rowlf lag auf der Hand, daß es einen Zusammenhang gab zwischen dem Verschwinden seiner Leute auf diesem Schiff, dem Relief und den Bemühungen, die Thul Saduun zu neuem Leben zu erwecken. Gerade deshalb wollte er sich allein dieser Sache annehmen. Das hieß – nicht ganz allein. Rowlf gefiel sich darin, in der Öffentlichkeit die Rolle des Dummkopfs mit den Muskelpaketen und dem winzigen Hirn zu spielen; doch wenn er auch nicht so klug oder gebildet war wie Robert und Howard, war er alles andere als ein Dummkopf. Vor allem standen ihm in letzter Zeit Möglichkeiten zur Verfügung, die die beiden nicht besaßen, und die ihnen auch nicht gefallen würden. Oft genug hatten Robert und Howard zum Ausdruck gebracht, wie wenig sie davon hielten, daß sich Rowlf zum Anführer einer Diebesbande gemacht hatte.

Sollten sie sich ruhig um MacIntosh kümmern, was sicherlich genauso wichtig war die THUNDERCHILD; Rowlf war überzeugt, daß er das Rätsel des Schiffes allein lösen konnte. Auch wenn die beiden bestimmt eine ganze Reihe von Einwänden gehabt hätten, erschien es Rowlf am sinnvollsten, auf diese Art getrennt vorzugehen. Deshalb hatte er auch keine Gewissensbisse, Robert und Howard einen Teil seiner Informationen verschwiegen zu haben. Rowlf hatte insgesamt zehn seiner besten Leute zusammengetrommelt, die ihn begleiten sollten. Eine offizielle Nachfrage bei der Werftleitung hätte sicherlich nichts genutzt. Es blieb ihnen also nichts anderes übrig, als heimlich auf das Gelände vorzudringen und sich an Bord der THUNDERCHILD zu schleichen – und das konnten sie erst nach Feierabend auf der Werft. Da es jedoch bereits später Nachmittag war, mußten Rowlf und seine Männer sich nicht allzulange gedulden, bis die Arbeiter nach und nach die Werft verließen. Lediglich einige Nachtwächter blieben zurück. Im Halbdunkel der einsetzenden Abenddämmerung schlich Rowlf mit seinen Begleitern auf das Gelände. Ohne Mühe überwältigten sie zwei der Wächter und sperrten sie gefesselt und geknebelt in einen Schuppen.

Die THUNDERCHILD auf einem etwas abgelegenen Trockendock zu finden, erwies sich ebenfalls als einfach, zumal es zur Zeit das einzige Kriegsschiff war, das sich zur Reparatur hier befand. Als finsterer, monströs erscheinender Koloß hob sich das Schiff gegen den grauen, immer dunkler werdenden Abendhimmel ab.

Rowlf schauderte unwillkürlich bei dem Anblick.

Er konnte die Umrisse der kleinen Waffentürme und anderer Deckaufbauten deutlich erkennen, und natürlich wußte er genau, daß es sich bloß um ein Schiff handelte, nicht mehr und nicht weniger. Dennoch *fühlte* er etwas anderes.

Die Silhouette der THUNDERCHILD schien sich in beständiger, nicht faßbarer Bewegung zu befinden, als gäbe es da eine zweite Wirklichkeit, welche die Realität zu überlappen versuchte, ohne daß es gelang. Jedesmal, wenn Rowlf versuchte, sich stärker auf diese Veränderungen zu konzentrieren, endeten sie oder setzten sich an einer anderen Stelle fort, die er nur am Rande seines Blickfelds wahrnahm.

Im ersten Moment glaubte Rowlf, er würde sich nur etwas einbilden oder die schlechten Lichtverhältnisse würden seinen Augen einen Streich spielen, doch ein rascher Blick in die verwirrten Gesichter seiner Begleiter zeigte ihm, daß es ihnen ebenso erging wie ihm selbst. Auch ihnen flößte die bloße *Nähe* des Schiffes ein unerklärliches, jedoch tiefempfundenes Unbehagen ein, das sich nicht einfach verdrängen ließ.

Im Gegenteil, es weckte Rowlfs Mißtrauen erst richtig. Es war nicht das erste Mal, daß er diese Art von Unbehagen empfand; das Gefühl, war ihm sogar vertraut: So reagierten Menschen immer dann, wenn sich Artefakte der GROSSEN ALTEN der Nähe befanden. Wenngleich sich Rowlf nicht vorstellen konnte, daß die THUNDERCHILD irgend etwas mit den GROSSEN ALTEN zu tun hatte, verspürte er hier das gleiche Gefühl.

Er räusperte sich beklommen.

»Is nur'n Schiff, verdammt!« stieß er hervor,

schroffer als beabsichtigt und ein bißchen gegen seine eigene Überzeugung, doch er durfte seine ohnehin schon nervösen Leute nicht weiter verunsichern. Trotzdem war er noch vorsichtiger als bisher. »Ihr wartet hier«, befahl er. »Ich seh ersma allein auffm Kahn nach'm Rechten.«

Er erntete keinen Widerspruch.

Langsam näherte sich Rowlf der THUNDERCHILD. Nirgendwo brannte Licht, und auf dem Schiff waren keinerlei Bewegungen oder sonstigen Lebenszeichen zu entdecken. Abgesehen von dem nur aus den Augenwinkeln wahrnehmbaren Eindruck von Veränderungen und seinem Unbehagen, das mit jedem Schritt stärker wurde, den er sich dem Schiff näherte, gab es keinerlei Anzeichen, daß mit der THUNDERCHILD etwas nicht stimmte oder daß sich jemand an Bord aufhielt.

Das Schiff lag im Trockendock, so daß sich Rowlf wenigstens keine Gedanken darüber zu machen brauchte, wie er an Bord kam. Er kletterte am Gerüst an der vorderen Breitseite des Schiffes hinauf. Etwa auf halber Höhe spürte er plötzlich ein dumpfes Vibrieren, als hätte sich das Gerüst – oder das Schiff – um eine Winzigkeit bewegt. Erschrocken verharrte er und wartete einige Sekunden, doch die Bewegung wiederholte sich nicht. Möglicherweise war es nur ein Windstoß gewesen, oder eine Halterung des Gerüsts hatte sich geringfügig verschoben. Rowlf kletterte weiter, schwang sich über die Reling und duckte sich sofort in die Schatten. Erst nachdem er sich vergewissert hatte, daß sich wirklich niemand in seiner Nähe aufhielt, richtete er sich wieder auf.

Er wollte seinen Leuten gerade ein Zeichen geben,

daß sie ihm folgen sollten, als sich die THUNDERCHILD erneut bewegte, diesmal wesentlich heftiger. Ein gewaltiger Stoß erschütterte das Schiff und riß Rowlf fast von den Beinen, so daß er für einen Moment ums Gleichgewicht kämpfen mußte. Knirschend lösten sich mehrere Halterungen, mit denen das Gerüst an der Schiffswand befestigt war. Als Rowlf sich über die Reling beugte, entdeckte er zahlreiche Risse, die den Boden vor dem Schiff wie das Muster eines Spinnennetzes durchzogen.

Ein Erdbeben! durchzuckte es ihn.

Nach nur wenigen Sekunden erfolgte ein weiterer, noch stärkerer Erdstoß. Das gesamte Schiff bäumte sich auf und schien zu ächzen wie ein waidwundes Tier. Rowlf blieb nur deshalb auf den Beinen, weil er sich mit aller Kraft an der Reling festhielt. Der größte Teil des Gerüsts stürzte polternd in sich zusammen. Die Risse im Boden um das Schiff verwandelten sich in breite Spalten; aus einigen quoll feurige Lava hervor.

Rowlf glaubte seinen Augen nicht zu trauen. Selbst bei einem Erdbeben war es unmöglich, daß Lava bis an die Erdoberfläche stieg. Dann aber erinnerte er sich an Howards Schilderung des Lavasees in der Höhle. Alles deutete darauf hin, daß es auch in dieser Hinsicht einen Zusammenhang gab.

Gehetzt blickte er sich um. Er mußte vom Schiff herunter, das offenbar das Zentrum des Geschehens bildete, doch das Gerüst war zusammengebrochen. Die Schiffswand war viel zu glatt zum Klettern, und einen Sprung aus dieser Höhe würde er keinesfalls überleben.

Seine Begleiter wichen vor der sich immer weiter

ausbreitenden Lava zurück. Rowlf konnte ihre aufgeregten und erschrockenen Rufe hören. Er sah auch, wie aus größerer Entfernung, Wächter herbeigerannten, die der Lärm aufgeschreckt hatte, doch das war im Moment seine geringste Sorge.

Erneut durchlief ein furchtbarer Ruck das Schiff, und diesmal stürzte Rowlf hart zu Boden. Als er sich aufrappelte, sah er, daß die THUNDERCHILD ein Stück in den Boden eingebrochen war. Rings um das Schiff breitete sich Lava aus, in die es immer tiefer einsank. Rowlf spürte die mörderische Hitze bis zum Deck herauf.

Nichts schien das Einsinken der THUNDERCHILD mehr aufhalten zu können, und auf Hilfe von außen durfte Rowlf nicht hoffen. Zugleich war ihm klar, daß es sich hier nicht um ein Naturereignis handelte, ein Erdbeben, wie er zunächst angenommen hatte. Die Lava, die es hier gar nicht geben *durfte,* sprach entschieden dagegen. Nein, hier waren magische Kräfte am Werke, und das Zentrum des Geschehens war eindeutig das Schiff selbst.

Die Hitze wurde immer stärker und würde ihn töten, wenn er noch lange wartete. Eine Flucht von Bord war unmöglich. Rowlf erkannte, daß er nur dann eine kleine Überlebenschance hatte, wenn er sich tiefer ins Schiff zurückzog, wo er besser vor der Hitze geschützt war.

Er drehte sich um und stürmte eine Treppe zur Kommandobrücke hinauf. Eins der großen Fenster des Kommandantenstandes war eingeschlagen worden, so daß er mühelos ins Innere gelangen konnte. Rowlf konnte sich gut vorstellen, daß es sich um Spuren des Einbruchs von Kelly und Norris handelte.

Durch eine offenstehende Stahltür drang er tiefer ins Innere des Schiffes vor. Nach ein paar Stufen verblaßte das Licht der Abenddämmerung hinter ihm. Er hakte die kleine Lampe, die er vorsorglich mitgenommen hatte, vom Gürtel los und zündete sie an. Der brennende Docht schuf eine drei, vier Yards durchmessende Oase der Helligkeit, so daß er nicht blind umhertasten mußte.

Auch jetzt schwankte der Boden unter ihm noch leicht – ein Zeichen, daß das Schiff immer noch tiefer in die Lava einsank. Aber wenigstens hatten die heftigen Stöße aufgehört. Anscheinend hatten sie nur dazu gedient, die Erdkruste unter und rings um die THUNDERCHILD aufbrechen zu lassen.

Rowlf stieg eine eiserne Treppe hinab und gelangte auf einen Korridor. Nachdem er ihn einige Schritte entlang gegangen war, bemerkte er, daß die Wände des Gangs sich plötzlich veränderten. Wie schon zuvor, beim Betrachten des gesamten Schiffes aus der Entfernung, war es eine Veränderung, die Rowlf nicht im einzelnen verfolgen konnte, die sich seinen Blicken immer wieder entzog, sobald er sich auf einen bestimmten Punkt konzentrierte, die aber nichtsdestoweniger stattfand. Als er sich umdrehte, war der Treppenaufgang verschwunden, aus dem er erst vor wenigen Sekunden getreten war, und die Veränderungen um ihn herum setzten sich immer schneller fort. Aus dem Stahl der Wände wurde groß behauenes Felsgestein, ein ebenso unbegreiflicher wie furchteinflößender Prozeß, der allein vermutlich bereits ausgereicht hätte, manchen anderen in den Wahnsinn zu treiben. Doch Rowlf hatte schon zu viele Dinge erlebt, die allen Naturgesetzen Hohn zu sprechen schienen, und er verfügte über eine fast unerschütterliche Ruhe, die ihm half, auch jetzt die Nerven zu behalten.

Langsam ging er weiter.

Ich weiß nicht, wie viele Stufen ich hinunterstürzte. Es mochten Dutzende, vielleicht sogar Hunderte gewesen sein, und jede einzelne traf meinen Körper wie ein Hammerschlag. Verzweifelt versuchte ich, mich irgendwo festzuhalten und meinen Sturz zu bremsen, doch die Treppe war zu steil und die Wände zu glatt. Mir blieb nichts anderes übrig, als mich mehr schlecht als recht zusammenzukrümmen und meinen Kopf mit den Armen zu schützen.

Irgendwann endete der rasende Sturz, ohne daß ich es zunächst merkte. Es dauerte eine Weile, bis mir bewußt wurde, daß mich keine weiteren Hiebe mehr trafen, daß Himmel und Erde aufgehört hatten, einen irren Tanz um mich herum aufzuführen, und daß ich regungslos auf Steinboden lag. Für einige Sekunden genoß ich die Ruhe und gab mich ganz dem Erstaunen hin, überhaupt noch am Leben zu sein. Dann erinnerte mich mein Körper nachdrücklich an den Preis, den ich dafür zu zahlen hatte. Ich fühlte mich so zerschlagen, als wäre Dschingis Khans gesamte Horde mindestens ein dutzendmal über mich hinweggetrampelt, und es schien keine Stelle meines Körpers zu geben, die *nicht* weh tat. Ich hatte unzählige Abschürfungen und Prellungen erlitten, und mit Sicherheit würde ich mich spätestens in ein paar Stunden vor Schmerz überhaupt nicht mehr bewegen können – doch als ich mich vorsichtig aufrichtete und den

Knoten löste, zu dem meine Arme und Beine irgendwie geworden waren, stellte ich fest, daß ich mir wie durch ein Wunder anscheinend nichts gebrochen hatte und auch von anderen schweren Verletzungen verschont geblieben war.

In Gedanken bedankte ich mich bei Howard, dessen Ungeschick ich diesen Sturz zu verdanken hatte, und auch bei Merlin, der mit seinem verrückten Verhalten dies alles überhaupt erst ausgelöst hatte, und blickte mich um.

Und sah genau das, was ich erwartet oder, besser gesagt, befürchtet hatte. Ich befand mich in einem steinernen Gang, der durch einen trüben, leicht rötlichen Schein dämmrig erleuchtet wurde, der direkt aus den Wänden zu sickern schien, so daß ich wenigstens meine unmittelbare Umgebung erkennen konnte. Erneut hatte mich das seltsame *Tor* in meinem Kleiderschrank ins Labyrinth unter der Felseninsel verschlagen – und möglicherweise auch wieder zurück in der Zeit.

Nun, noch einmal würde ich mich hier ganz bestimmt nicht auf eine Erkundungstour ins Ungewisse machen, die bestenfalls damit enden konnte, daß ich mich verirrte. Bei dem Gedanken, mich mit meinem gepeinigten Körper die ganze Treppe noch einmal in umgekehrter Richtung hinaufquälen zu müssen, stöhnte ich zwar innerlich auf, aber etwas anderes blieb mir wohl nicht übrig. Mit einem Achselzucken drehte ich mich um – und erstarrte.

Diesmal kam *wirklich* ein gequältes Stöhnen über meine Lippen.

Die Treppe war verschwunden.

Es war völlig unmöglich. Schließlich war ich sie

gerade erst herabgestürzt und hatte sie vor wenigen Sekunden noch gesehen, als ich mich umgeschaut hatte. Doch wo sie sich meiner Erinnerung und allen Regeln der Vernunft nach befinden mußte, erhob sich nichts als eine solide Felswand. Aber auch so etwas kannte ich schon von diesem unbegreiflichen Labyrinth. Durchgänge und Abzweigungen schienen hier wie aus dem Nichts zu entstehen und, obwohl sie gerade noch dagewesen waren, auf ebenso geheimnisvolle Weise zu verschwinden, wenn man einen Moment nicht hinsah.

Ich streckte die Hand aus, doch unter meinen Fingerspitzen fühlte ich nichts als massiven Fels.

Mit klopfendem Herzen folgte ich langsam dem Gang. Erst jetzt wurde mir zum ersten Mal wirklich bewußt, wie sehr dies alles meinem ersten Ausflug in das Labyrinth unter der Felseninsel glich. Außerdem war ich in den letzten Wochen ja noch ein weiteres Mal in einem ähnlichen System von unterirdischen Stollen gewesen, als ich in die von den Würmern geschaffenen Gänge unter Andara-House eingedrungen war. Die beiden Erlebnisse waren jedoch kaum miteinander zu vergleichen, denn im einen Fall war ich durch das *Tor* in ein auf magischem Wege entstandenes Labyrinth gelangt, und ich hatte mich unversehens an einem Ort wiedergefunden, der zahllose Meilen weit entfernt lag – und irgendwie auf der anderen Seite der Wirklichkeit. Doch die Ähnlichkeit in der Beschaffenheit der Stollen war so groß, daß es sich kaum um einen Zufall handeln konnte – auch wenn ich noch nicht die leistete Ahnung hatte, wie diese Verbindung aussehen konnte.

Und jetzt befand ich mich ein weiteres Mal in einem unterirdischen Labyrinth, das es eigentlich nicht geben durfte. Ich wußte weder, wo es sich befand, noch, wohin es führte, doch genau wie damals hatte ich das Gefühl, daß mich an seinem Ende etwas erwarten würde, das mir nicht besonders gefiel.

Und genau wie damals sollte ich recht behalten.

»Das ... das ist doch unmöglich!« keuchte Billings fassungslos und sprach damit aus, was sie alle dachten. Er war zusammen mit Rowlf und den anderen zur Harper-Werft gekommen, um nach Kelly und Norris zu suchen, doch das Bild, das sich ihnen nun bot, war nicht nur unmöglich – es war wie ein Blick in die Hölle.

Als die Erde zu beben angefangen hatte, hatte Billings zuerst an ein Erdbeben gedacht. Zwar hatte er in seinem ganzen Leben noch keines erlebt, aber schon davon gehört. Immer mehr Spalten brachen im Boden um die THUNDERCHILD auf – dem Schiff, auf dem Rowlf nun gefangen war.

»Wir müssen etwas unternehmen!« stieß einer seiner Begleiter hervor. »Wir ... wir können ihn doch nicht einfach im Stich lassen!«

»Und was sollen wir tun?« fauchte Billings ihn an. Das Gefühl der Hilflosigkeit und Verzweiflung ließ seine Stimme aggressiver klingen, als er es wollte. »Kannst du vielleicht fliegen oder durch Lava schwimmen?«

Deutlich konnte er Rowlf hinter der Reling sehen, doch es gab keinen Ausweg mehr für ihn und auch umgekehrt keine Möglichkeit, zu ihm vorzudringen.

Das Gerüst, über das Rowlf aufs Schiff geklettert war, war zusammengebrochen, und immer mehr rotglühende Lava quoll aus den Erdspalten und legte eine undurchdringliche Feuerbarriere rings um die THUNDERCHILD.

Aber damit war der unheimliche Prozeß noch nicht vorbei. Ein Teil des Bodens unter der THUNDERCHILD brach in sich zusammen. Mit einem heftigen Ruck sackte das gesamte Schiff um mehrere Fuß in die Tiefe und sank langsam immer weiter ein. Billings und die anderen beobachteten mit fassungslosem Schrecken und wie gelähmt das Geschehen. Er sah Rowlf auf dem Schiff herumlaufen und zu einem der großen Decksaufbauten hasten. Gleich darauf war er verschwunden, hatte sich offenbar vor der Hitze ins Innere des Schiffes geflüchtet. Aber auch das war höchstens eine Rettung für kurze Zeit. Es konnte nicht lange dauern, bis die Lava auch den massiven Stahl der Schiffshülle zum Schmelzen bringen würde. Und wenn nicht das, so würde die Hitze im Innern des Schiffes binnen kurzer Zeit weit genug ansteigen, um jedes Leben auszulöschen.

Tiefer und tiefer versank die THUNDERCHILD in der Lava. Das flüssige Gestein reichte bereits bis fast zur Reling.

Dann sah Billings plötzlich etwas, das ihn erneut vor Schrecken aufkeuchen ließ – ein Anblick, den er bis an sein Lebensende nicht vergessen würde. Inmitten der Lava *bewegte* sich etwas. Irgend etwas Gewaltiges, Schwarzes tauchte für einen Moment aus der roten Glut auf und versank gleich darauf wieder darin. Obwohl Billings es für nicht mal eine Sekunde gesehen hatte, war er sicher, sich nicht getäuscht zu haben, und er war überzeugt daß es auch kein Felsbrocken oder ein abgelöstes Stück der Schiffshülle gewesen war, sondern etwas, das …

… das *lebte* und sich bewegte, das *aus eigener Kraft* auf- und wieder untergetaucht war. Der Anblick war zu kurz gewesen, als daß Billings das Aussehen dieses *Etwas* erfassen oder auch nur irgendeine deutliche Form hätte erkennen können; dennoch hatte der kurze Moment genügt, ihn bis ins Mark erstarren zu lassen.

Die THUNDERCHILD war inzwischen so tief gesunken, daß die Lava zähflüssig über die Reling schwappte und sich auf das Deck des Schiffes ergoß. Kurz darauf ragten nur noch die Decksaufbauten aus der rotglühenden Masse heraus, doch auch sie versanken unaufhaltsam. Nur die träge schwappende Lavamasse zeigte noch an, wo sich bis vor wenigen Minuten der gewaltige Zerstörer der Royal Navy befunden hatte.

Als hätte sie ihr Werk getan, begann die Lava abzukühlen. Sie wurde dunkler und nahm an einigen Stellen eine gräuliche Färbung an. Nun würde es nicht mehr lange dauern, und eine Decke aus wiedererstarrtem Felsgestein würde sich wie eine Grabplatte über der Stelle erstrecken, wo das Schiff versunken war.

Billings hatte das Gefühl, aus einem Traum zu erwachen. Er rieb sich über die Augen und schüttelte den Kopf, als ließe sich die Benommenheit auf diese Art vertreiben. Erst jetzt nahm er langsam wieder wahr, was um ihn herum geschah.

Mehrere Wächter näherten sich ihnen. Billings und seine Leute waren in der Übermacht und hätten sie problemlos überwältigen können, aber wozu?

»Verschwinden wir«, stieß er mit rauher Stimme hervor. »Hier können wir nichts mehr tun.«

Keiner seiner Männer erhob irgendeinen Einspruch. Sie alle hatten schließlich mit eigenen Augen gesehen, was passiert war. Und vermutlich erging es jedem einzelnen wie Billings – sie hatten noch nicht *wirklich* begriffen, was dieses unfaßbare Geschehen zu bedeuten hatte, doch es hatte sie bis auf den Grund ihrer Seele erschüttert. Sie wollten nur noch eins: weg hier.

Was sich allerdings als weniger einfach herausstellte, als Billings im ersten Moment angenommen hatte. Trotz ihrer zahlenmäßigen Unterlegenheit legten die Männer des Wachpersonals plötzlich gehörig an Tempo zu, und in der Ferne konnte Billings die aufgeregten Stimmen weiterer Männer hören, die rasch näher kamen. Möglicherweise würde sie der Anblick des auf so bizarre Weise veränderten Trockendocks lange genug ablenken, daß Billings und seine Leute die Männer überwältigen konnten – aber darauf wollte er die nächsten fünf Jahre seines Lebens lieber nicht verwetten. Seit Rowlf die Führung der Gang übernommen hatte, hatten sich ihre Mitglieder zwar keine schwereren Verbrechen als Diebstahl oder gelegentlich Schmuggel zuschulden kommen lassen, was aber nichts daran änderte, daß die Namen und Gesichter der meisten Männer, die sich in Billings' Begleitung befanden, den Behörden noch in guter Erinnerung waren. Die Polizei würde sich die Gelegenheit, auf diese Weise ein paar alte Rechnungen zu begleichen, bestimmt nicht entgehen lassen ...

Billings spurtete los, fuhr aber schon nach wenigen Schritten mitten in der Bewegung herum, als auch vor ihnen zwei Männer in den blauen Uniformen der Hafenwächter erschienen. Er fluchte lauthals. Noch war die Situation nicht wirklich gefährlich, doch sie konnte es jeden Moment werden. Billings und seine Leute waren beinahe umzingelt; aber sie konnten sich verdammt noch mal keinen Kampf leisten, der sie nur Zeit kosten würde; Zeit, die die Bobbys vielleicht brauchten, um herzukommen.

»Billings! Hier!«

Billings schaute sich im Laufen um und erblickte eine einzelne, elegant gekleidete Gestalt, die ein Stück hinter ihnen aufgetaucht war und aufgeregt mit beiden Armen gestikulierte. Im ersten Moment war er zu aufgeregt, um sie zu erkennen; dann aber fiel ihm der elegante Anzug auf, und vor allem die unvermeidliche, qualmende Zigarre, die der Fremde in der Linken hielt.

»Hier entlang! Schnell!«

Howard deutete nach links, nicht direkt zum Ausgang des Geländes, sondern auf die offenstehende Tür eines Lagerschuppens, hinter der nichts als Dunkelheit lauerte. Billings änderte abrupt die Richtung und bedeutete den anderen, ihm zu folgen. Er fragte sich, warum er nicht von selbst auf diese Idee gekommen war. Schließlich war er früher oft genug hiergewesen, um zu wissen, daß sie das Hafengelände auf diesem Wege weitaus schneller – und vor allem sicherer – verlassen konnten. Der Schuppen grenzte an eine wenig frequentierte Straße, und seine Rückwand bestand nur aus ein paar morschen Brettern, die sie ohne Anstrengung losreißen konnten.

Billings und die anderen rannten los. Dicht gefolgt von den Männern des Wachpersonals – die sich allerdings keine *zu* große Mühe gaben, die anderen einzuholen, denn diese waren ihnen zahlenmäßig noch immer überlegen –, erreichten sie den Schuppen und stürmten hinein. Billings war der erste, der durch die weit offenstehende Tür rannte; unmittelbar hinter Howard, der erst herumfuhr, als er den Schuppen fast schon erreicht hatte, und mit weit ausgreifenden Schritten in der Dunkelheit jenseits der Tür verschwand.

Im Innern des Schuppens herrschte tiefe Dunkelheit. Billings prallte gegen ein Hindernis, biß die Zähne zusammen, um einen Schmerzenslaut zu unterdrücken, und wandte sich nach links – um prompt gegen ein weiteres, äußerst *hartes* Hindernis zu prallen, das in der Finsternis verborgen war. Diesmal ließ der Schmerz bunte Kreise und Punkte vor seinen Augen aufflammen. Er fluchte, schüttelte ein paarmal benommen den Kopf und versuchte, in der fast völligen Finsternis irgend etwas zu erkennen. Er sah nur Schatten; seltsam klobige Umrisse, denen die Dunkelheit ihre Tiefe genommen hatte. Dafür aber schien sie den Schemen etwas anderes gegeben zu haben …

Es war verrückt – aber ganz genau das war der Eindruck, den Billings hatte. Irgend etwas … stimmte mit den Schatten nicht. Was es war, konnte er nicht sagen, aber es war da, und es war zu deutlich, um es als bloße Täuschung abzutun. *Etwas* war hier. Nicht seine Leute. Auch nicht die Männer vom Wachpersonal, sondern etwas anderes. Etwas, das nicht hierher gehörte …

Dann fiel ihm die Stille auf.

Er war nur einen oder zwei Schritte vor den anderen in den Schuppen gestürmt, und er hätte sie hören müssen. Ihre Schritte, ihr Atmen, im Zweifelsfalle auch ihre Schmerzensschreie und Flüche, denn sie mußten in der Dunkelheit ebenso wie er gegen irgendwelche Hindernisse gerannt sein. Doch Billings hörte nichts.

Absolut nichts.

»Howard?« rief er.

Nichts. Billings vernahm nur das Hämmern seines eigenen Herzens.

»Tom?« rief er. »Mike! Frederic!«

Nichts.

Das Schweigen war vollkommen. Keine Antwort. Keine Schritte. Nichts, das darauf hindeutete, daß außer ihm noch mindestens neun weitere Männer in diesem Schuppen waren. Aber das war doch vollkommen unmöglich!

Billings spürte, wie sich Panik in seinem Denken ausbreitete, und dieses Gefühl half ihm noch einmal, sie niederzukämpfen, wenn auch nicht für lange. Sein Herz begann immer schneller und härter zu schlagen, und seine Hände und Knie zitterten. Noch einmal rief er die Namen der anderen, dann noch einmal, so laut er konnte, doch die Antwort war jedesmal gleich.

Stille.

Billings streckte die Hände aus und bewegte sich vorsichtig tastend weiter in die Dunkelheit hinein. Dann und wann stieß er gegen ein Hindernis, ohne es jedoch identifizieren zu können. In regelmäßigen Abständen blieb er stehen und rief erneut nach seinen Begleitern. Schließlich hielt er ganz inne, drehte sich um und schaute zum Eingang zurück.

Er war nicht mehr da.

Billings blinzelt. Er drehte sich wieder um, blinzelte noch einmal, und drehte sich schließlich mit weit aufgerissenen Augen ein-, zwei-, dreimal um die eigene Achse.

Die Tür war verschwunden.

Sie war groß genug, um ein zweispänniges Fuhrwerk hindurchzulassen, und hätte eigentlich hell erleuchtet sein müssen, doch sie war *einfach nicht mehr da.*

Aber vielleicht war das gar nicht die wirkliche Erklärung. Vielleicht war die Wahrheit noch viel, viel schlimmer.

Nicht die Tür war verschwunden. Nicht Howard und die anderen.

Er war nicht mehr da.

Billings begann zu schreien.

Die Veränderung hielt an. War ich anfangs noch der Meinung gewesen, mich in demselben unterseeischen Labyrinth zu befinden, in dem ich damals Hasseltime und die anderen getroffen hatte, so begriff ich allmählich, daß dies nicht stimmte. Die Gänge *ähnelten* jenen, in denen ich mich damals wiedergefunden hatte, aber sie waren eben nur *ungefähr* so. Der Unterschied war schwer in Worte zu fassen, doch es gab ihn; es war so, als würde man die Kopie eines großen Kunstwerks betrachten, eine meisterliche, perfekte Kopie, die dem Original bis ins kleinste Detail glich.

Für geraume Zeit bewegte ich mich durch schwarze, von düsterem Zwielicht erfüllte Gänge. Manchmal kam ich an Abzweigungen vorbei, in die ich aufmerksam hineinschaute. Doch ich hütete mich, vom geraden Weg abzuweichen, aus Furcht, mich zu verirren. Zwei-, dreimal gelangte ich an Kreuzungen, die ich aber ebenso ignorierte; statt dessen bewegte ich mich stur weiter geradeaus. Zumindest in *einem* Punkt ähnelte dieses Labyrinth dem vor der Themsemündung: es war gigantisch. Hier – wie damals dort – hatte ich schon nach kurzem jedes Zeitgefühl verloren, so daß ich nicht mehr zu sagen vermochte, ob ich seit Stunden oder Minuten über den schwarzen Stein schritt. Aber es mußten wohl eher Stunden sein, denn meine Beine und mein Rücken begannen zu schmerzen, und in meinen Gedanken erwachte eine leise Stimme, die mir allerlei unangenehme Dinge zuzuflüstern begann.

Gerade, als sie den Punkt erreicht hatte, an dem sie nicht mehr lästig war, sondern *furchteinflößend* wurde, hörte ich andere, diesmal durchaus reale Stimmen. Abrupt blieb ich stehen und lauschte.

Ich hatte eine weitere Gangkreuzung erreicht, so daß es mir im ersten Moment schwerfiel, die genaue Richtung zu orten, aus der die Stimmen kamen. Unschlüssig drehte ich mich nach rechts, dann nach links, machte ein paar Schritte in die entsprechende Richtung und kehrte wieder um, als die Stimmen prompt wieder leiser wurden. Nun mußte ich von meiner bisherigen Vorgehensweise abweichen, niemals den direkten Weg zu verlassen, was mich mit einigem Unbehagen erfüllte. Andererseits – Stimmen bedeuteten *Menschen*, und auch, wenn diese

Menschen nicht gezwungenermaßen meine Freunde sein mußten (ich hatte nicht vergessen, was Howard mir auf dem Weg zum Hotel erzählt hatte), so erschien mir doch alles besser, als weiter durch dieses grauenhafte Labyrinth zu irren. Trotzdem nahm ich mir vor, vorsichtig zu sein. Sehr vorsichtig.

Die Stimmen wurden allmählich lauter, seltsamerweise aber nicht deutlicher. Ich konnte jetzt klar die Stimmen von mindestens acht oder zehn Personen identifizieren, die sich offenbar aufgeregt miteinander unterhielten. Dabei bedienten sie sich jedoch einer Sprache, deren ich nicht mächtig war; einige schienen auch zu singen oder eine Art Gebet zu sprechen. Auch das paßte zu Howards Erzählung. Ich ging langsamer und versuchte, die graue Dämmerung vor mir mit Blicken zu durchdringen. Meine Nerven waren bis zum Zerreißen gespannt.

Trotzdem wäre ich um ein Haar in die gewaltige Halle hineingestolpert, in die der Gang mündete.

In der einen Sekunde hatte ich nichts als den gleichförmigen, grauschwarzen Stein des Tunnels vor mir gesehen, durch den ich seit einer kleinen Ewigkeit stolperte; eine scheinbar endlose Röhre, an deren Ende ein verschwommenes Licht waberte, das niemals näher kam. Im nächsten Sekundenbruchteil befand ich mich in einer gewaltigen, aus dem gleichen, lichtschluckenden grauen Stein bestehenden Höhle, die voller Menschen war. Es gab keinen Übergang, kein hinein- oder durch irgend etwas hindurchtreten, sondern nur das *hier* und das *dort*, aber kein *dazwischen*.

Was mich rettete, war nicht etwa meine Geistesgegenwart, sondern der pure Schrecken, mit dem mich dieser plötzliche Wechsel erfüllte. Ganz instinktiv prallte ich zurück und fand mich jäh in dem einförmigen grauen Gang wieder, der sich scheinbar bis in die Unendlichkeit vor mir fortsetzte.

Für einen Moment blieb ich mit klopfendem Herzen stehen und versuchte, das Unbegreifliche irgendwie zu verarbeiten. Nicht, daß es mir gelungen wäre. Ich war in meinem Leben schon auf so manche scheinbar unerklärlichen Dinge gestoßen, und viele davon waren weitaus erschreckender und auch gefährlicher gewesen, aber nur sehr wenig *unheimlicher*. Ich fand keine Erklärung für diesen gespenstischen Effekt, so angestrengt ich es auch versuchte.

Behutsam strecke ich die rechte Hand aus. Halbwegs rechnete ich damit, sie einfach im Nichts verschwinden zu sehen, doch das geschah nicht; ebensowenig spürte ich etwas Außergewöhnliches. Doch als ich schließlich all meinen Mut zusammennahm und erneut einen Schritt nach vorn tat, wiederholte sich das unheimliche Geschehen: Der Gang verschwand und machte jenem gewaltigen Felsendom Platz, in den ich gerade schon einmal so jäh hineingestolpert war.

Diesmal aber war ich vorbereitet und deshalb vorsichtiger. Ich warf nur rasch einen Blick nach rechts und links, stellte fest, daß ich mich nicht getäuscht hatte und die Höhle tatsächlich voller Menschen war, und zog mich hastig zurück. Niemand schien Notiz von mir genommen zu haben.

Ich war einen Moment unschlüssig. Die beiden kurzen Eindrücke, die ich von der Halle gewonnen hatte, schienen meine Vorsicht ebenso zu bestätigen wie meinen Verdacht, es hier mit denselben Gegnern zu tun zu haben, von denen Howard mir erzählt hatte; und auch wenn ich noch immer nicht die geringste Ahnung hatte, wer sie waren und aus welchen Beweggründen heraus – oder für wen! – sie arbeiteten, so war mir doch klar, daß ich diesen Leuten besser aus dem Weg ging, und daß ich ganz bestimmt keine *Hilfe* von ihnen zu erwarten hatte.

Andererseits hatte ich keine besonders große Auswahl. Ich konnte nicht zurück. Zwar hätte mich nichts daran gehindert, kehrtzumachen und einen anderen Weg aus diesem Labyrinth heraus zu suchen, doch ich war ziemlich sicher, daß es ein vollkommen sinnloses Unterfangen gewesen wäre. Vermutlich konnte ich bis zum Jüngsten Tag durch dieses magische Labyrinth stolpern, ohne einen anderen Ausgang zu finden. Und da war noch etwas …

Ich konnte das Gefühl nicht wirklich in Worte kleiden, aber es war da; das sichere Gefühl, daß ich eigentlich *wissen* sollte, was diese unheimliche Szene auf der anderen Seite der unsichtbaren Barriere zu bedeuten hatte. Ein so deutliches Gefühl des *déjà vu*, daß ich es einfach nicht ignorieren konnte, selbst wenn ich es gewollt hätte. Es war lange her, im wortwörtlichen Sinne tatsächlich in einem anderen Leben; aber ich hatte etwas ganz Ähnliches schon einmal erlebt.

So faßte ich schließlich all meinen Mut zusammen und trat ein drittes Mal durch die unsichtbare Mauer, die den Gang vor mir verschloß. Diesmal zog ich mich nicht hastig wieder zurück, sondern schaute nur unauffällig nach rechts und links und registrierte erleichtert, daß anscheinend auch diesmal niemand von meinem Eintreten Notiz zu nehmen schien.

Dabei war die Höhle tatsächlich voller Menschen. Ich schätzte, daß es an die dreißig, wenn nicht sogar vierzig Gestalten waren, die hoch aufgerichtet und in dunkelrote, höchst seltsam anmutende Mäntel gehüllt vor mir standen. Vielleicht lag es einfach daran, daß sie zu beschäftigt waren, um irgend etwas anderes wahrzunehmen. Ich konnte zwar nicht erkennen, was sie taten, aber sie standen in einem großen, dicht geschlossenen Kreis da und schienen sich an den Händen zu halten – genau konnte ich es nicht sagen, denn irgend etwas stimmte mit ihren Mänteln tatsächlich nicht. Es war unmöglich, sie genau zu betrachten. So verrückt es mir selbst vorkam, es schien, als wären diese Mäntel in ständiger Bewegung, weniger wie Kleidungsstücke, als vielmehr wie …

lebende Dinge.

Und dann wußte ich, wieso diese Szene mir auf so unangenehme Weise bekannt erschien, und wo ich etwas Derartiges schon einmal gesehen hatte.

Doch diese Erkenntnis kam zu spät.

Der andauernde Gesang der Menge, der die Höhle bisher erfüllt hatte, brach jäh ab. Einige der Gestalten hoben die Köpfe und sahen mich an, andere wandten sich direkt zu mir um, und zwei oder drei hoben die Hände und zeigten auf mich. Einer machte gar einen Schritt in meine Richtung.

Ich wartete nicht ab, ob sich die anderen der Bewegung anschlossen, sondern fuhr auf der Stelle herum und warf mich mit einer verzweifelten Bewegung wieder zurück in den Stollen, aus dem ich gekommen war.

Jedenfalls wollte ich es.

Leider war der Stollen nicht mehr da.

Wo der unsichtbare Eingang sein sollte, befand sich jetzt eine durch und durch sichtbare und äußerst massive Felswand.

Rowlf wußte nicht, wieviel Zeit vergangen war – eine Stunde, zwei oder drei. Doch er glaubte nicht mehr daran, daß es einen Ausgang aus diesem unheimlichen Labyrinth gab – oder wenn, daß er ihn finden würde. Er konnte nicht sagen, wie lange er schon durch diese graue Unendlichkeit aus Stein und stets gleichförmigen Tunneln schritt, und wann seine Umgebung endgültig jede Ähnlichkeit mit einem Schiff verloren hatte. Auch wenn er sicher nicht annähernd so viel von solchen Dingen verstand wie Howard oder gar Robert, so war ihm doch klar, daß er irgendwie in eine andere Welt geraten war, zu der die THUNDERCHILD nur der Zugang gewesen war; eine Tür zudem, die offensichtlich nur in eine Richtung führte.

Gerade als er soweit war, das erste Mal ernsthaft mit dem Gedanken zu spielen, dieses sinnlose Sich-weiter-quälen aufzugeben, sich einfach auf den Boden zu setzen und abzuwarten, was weiter passierte, hörte er Stimmen.

Am Anfang waren sie sehr leise, so dicht an der Grenze des gerade noch Hörbaren, daß Rowlf nicht vollkommen sicher war, ob die Stimmen wirklich existierten, oder ob ihm seine Furcht und seine überstrapazierten Nerven nur etwas vorgaukelten. Er blieb stehen, lauschte, kam zu keinem befriedigenden Ergebnis und ging vorsichtig weiter.

Bald wurden die Stimmen deutlicher. Rowlf konnte nicht verstehen, was dort vorn gesprochen wurde, doch er begriff immerhin, daß es ziemlich viele Stimmen waren, und irgend etwas warnte ihn, vorsichtig zu sein. Diese Menschen dort vorn – sofern es überhaupt Menschen waren – mußten nicht zwangsläufig seine Freunde sein. Ganz im Gegenteil. Während die Stimmen lauter wurden, bewegte sich Rowlf immer langsamer und immer leiser. Die letzten Schritte legte er auf Zehenspitzen zurück, so lautlos wie eine Katze.

Möglicherweise rettete ihm dies das Leben.

Urplötzlich fand er sich in einer gewaltigen, von grauem und flackerndem rotem Licht erfüllten Höhle wieder. Er konnte sich nicht erinnern, das Ende des Ganges erreicht zu haben. Aber vielleicht war er einfach *zu* angespannt gewesen und hatte deshalb nicht mehr genau genug auf seine Umgebung geachtet.

Der Anblick, der sich ihm bot, war allerdings so phantastisch, daß Rowlf über dieses Rätsel nicht wirklich nachdachte, sondern nur ungläubig die Augen aufriß.

Die Höhle war annähernd rund. In ihrer Mitte mußte sich irgend etwas Außergewöhnliches befinden, denn die gut drei Dutzend Menschen, die sich in dem gewaltigen Hohlraum aufhielten, hatten sich dort alle im Kreis versammelt und starrten zu Boden. Sie hielten sich an den Händen und schienen gemeinsam eine Art Lied zu summen; es war eine Melodie, die Rowlf auf unangenehme Weise an irgend etwas erinnerte, ohne daß er genau sagen konnte, was es war. So oder so, die Menschen mußten sich in tiefer Konzentration befinden, denn niemand schien bemerkt zu haben, daß ein Fremder hereingekommen war.

Dies aber würde mit Sicherheit nicht mehr lange so bleiben. Rowlf registrierte voller Unbehagen, daß die Höhle zwar groß war, aber kein Versteck bot. Der Boden war vollkommen glatt; nur hier und da gab es paar Erhebungen, die aber nicht mal ausgereicht hätten, einen Hund zu verbergen, geschweige denn, einen Koloß wie Rowlf. Hastig warf er einen Blick über die Schulter zurück, mußte aber feststellen, daß er sich wohl doch weiter in die unterirdische Halle hineinbewegt hatte, als ihm bewußt gewesen war, denn er konnte den Eingang nicht mehr entdecken. Somit konnte es nur noch Sekunden dauern, bis *er* entdeckt wurde; Rowlf machte sich in diesem Punkt nichts vor. Er war alles andere als ein Schwächling und hätte nicht gezögert, sich mit fünf oder sechs Gegnern gleichzeitig anzulegen. Aber gegen diese Übermacht hatte er keine Chance.

Doch es sollte anders kommen.

Auf der anderen Seite der Höhle ... *flackerte* etwas.

Rowlf konnte es nicht anders ausdrücken. Für einen Moment war ihm, als sähe er dort drüben eine menschliche Gestalt, die wie ein Trugbild aus dem Nichts erschien und beinahe ebenso schnell wieder verschwand. Einige Sekunden später wiederholte sich das Phänomen. Diesmal blieb der Schemen lange genug bestehen, daß Rowlf ihn erkennen konnte.

Es war Robert.

Der Anblick erfüllte ihn mit solchem Erstaunen, daß er um ein Haar aufgeschrien hätte. Nur mit letzter Kraft riß er sich noch einmal zusammen. Es glich ohnehin einem Wunder, daß man ihn bisher noch nicht entdeckt hatte. Er fragte sich, wie lange dieses Wunder noch Bestand haben würde – und ob es tatsächlich ein Wunder war oder einen ganz anderen Grund hatte …

Robert verschwand auf die gleiche, spukhafte Art, auf die er erschienen war, und diesmal verging ungefähr eine halbe Minute, bis er sich ein drittes Mal materialisierte. Diesmal jedoch blieb er nicht stehen, um sich erschrocken und aus ungläubig aufgerissenen Augen umzuschauen, wie die beiden Male zuvor; statt dessen trat er einige Schritte weit in die Halle hinein – und somit auf den Kreis der Betenden zu. Auch von Robert nahm im ersten Moment niemand Notiz, wie zuvor von Rowlf.

Rowlf wagte nicht, Robert eine Warnung zuzurufen, oder ihm auch nur zu winken. Er betete im stillen, daß Robert endlich in seine Richtung blicken und ihn entdecken möge. Und er begriff immer weniger, daß umgekehrt *sie* von Robert noch immer nicht entdeckt worden waren …

Allerdings blieb das nur noch ungefähr eine Sekunde so.

Plötzlich blickte eine der Gestalten auf, hob die Hand und deutete anklagend auf Robert. Im nächsten Moment fuhren auch die anderen herum und schauten den Eindringling überrascht – aber auch eindeutig zornig – an. Rowlf spannte sich, um sofort losstürmen und Robert zu Hilfe eilen zu können, doch Robert tat in diesem Moment etwas völlig Unerwartetes und – vor allem – ziemlich *Verrücktes*. Er wirbelte auf der Stelle herum, stieß sich mit aller

Kraft ab und prallte so wuchtig gegen die Höhlenwand, daß er bewußtlos zusammenbrach. Rowlf beobachtete fassungslos, wie Robert zusammensank und die Männer zu ihm eilten. Aber instinktiv erkannte er auch die wohl unwiderruflich letzte Chance, die ihm auf diese Weise blieb. Für einige Sekunden war die Menge noch abgelenkt, und zum ersten Mal konnte er sehen, worauf die drei Dutzend Gestalten sich bisher konzentriert hatten: Der Kreis, den sie gebildet hatten, markierte den Rand eines gewaltigen, von pulsierendem rotem Licht erfüllten Schachts, der sich ungefähr in der Mitte der Höhle befand und über den sich ein schmaler, offenbar aus natürlich gewachsenem Fels bestehender Steg spannte. Die Luft darüber flimmerte, als würde aus der Tiefe dieses Schachts eine gewaltige Hitze emporsteigen.

Rowlf sah aber noch etwas: Eine einzelne Gestalt war am Rande des Schachts stehengeblieben und blickte nun konzentriert zu den anderen hinüber. Der Mann war ziemlich groß, soweit Rowlf es erkennen konnte; nicht so breitschultrig wie er, aber fast ebenso hoch gewachsen. Und für den Moment war er vollkommen abgelenkt.

Rowlf wäre nicht Rowlf gewesen, hätte er *diese* Einladung ausgeschlagen …

Ich konnte nicht sehr lange bewußtlos gewesen sein, denn als ich die Augen wieder aufschlug, fand ich mich auf dem Rücken liegend und von zahlreichen, in zitternde rote Mäntel gehüllte Gestalten umringt am Boden liegend. Mein Kopf dröhnte, und ich fühlte warmes Blut, das mir aus einer frischen Platzwunde auf der Stirn übers Gesicht lief.

Meine Gedanken rasten. Ich erinnerte mich jetzt. Plötzlich wußte ich, woher ich diesen unheimlichen, an- und abschwellenden Gesang kannte. Maronaar. Die THUUL SADUUN. Howards und meine Reise in eine Millionen Jahre zurückliegende Vergangenheit. Die Ssaddit. Alles war plötzlich wieder da, so genau und plastisch, als wäre es erst gestern passiert und nicht vor so vielen Jahren. Ich erinnerte mich wieder an jedes noch so winzige Detail unseres schrecklichen Ausflugs in die Vergangenheit.

Und diese Vergangenheit war da. Sie stand in Gestalt von mehr als dreißig Männern vor mir, und sie schwebte fühlbar in der Luft, wie ein körperlich gewordener Hauch des Bösen …

Plötzlich teilte sich die Menge, und ein einzelner, sehr schlanker Mann trat auf mich zu. Nach Howards Beschreibung erkannte ich ihn wieder. Nun – zumindest brauchte ich mir jetzt nicht mehr den Kopf darüber zu zerbrechen, ob ich unter Freunden oder Feinden war …

»Robert Craven, wenn ich nicht irre«, sagte der Fremde. Wie alle anderen trug auch er einen jener furchtbaren lebenden Mäntel, wie sie die Magier von Maronaar vor Millionen Jahren getragen hatten, um ihre Psi-Kräfte zu verstärken. Doch er hatte die Kapuze zurückgeschlagen, vermutlich, um mich besser in Augenschein nehmen zu können.

»Das stimmt«, antwortete ich. »Kennen wir uns? Ich meine … sind wir uns schon einmal begegnet, Mister …?« Er ignorierte das Fragezeichen hinter dem ›Mister‹ geflissentlich, aber ich war nicht besonders beleidigt. Dies war wahrscheinlich nicht der richtige Moment, um Freundlichkeiten auszutauschen. Außerdem hatte ich das ungute Gefühl, daß unsere Bekanntschaft nicht mehr lange genug währen würde, als daß es sich lohnte, sich den Namen des Mannes zu merken.

Ich erhob mich vorsichtig und war halbwegs darauf gefaßt, sofort wieder zurückgestoßen zu werden, doch die Männer in den roten Mänteln wichen, ganz im Gegenteil, beinahe respektvoll vor mir zurück. Nur mein direktes Gegenüber rührte sich nicht, sondern maß mich weiter aus seinen unangenehmen, kalten Augen.

»Sie sind schneller gekommen, als ich dachte«, sagte er schließlich.

Ich blickte ihn fragend an. »Was ... soll das heißen?«

»Mister Craven, bitte, enttäuschen Sie mich nicht«, sagte der andere. »Sie wollen mir doch nicht ernsthaft weismachen, daß ihr Freund Howard Ihnen nichts von unserer ... Begegnung erzählt hat?«

»Howard?« fragte ich überrascht.

»Haben Sie wirklich geglaubt, er wäre uns *entkommen*?« Der Bursche lachte leise. Es war kein sehr angenehmes Geräusch. »Das können Sie nicht im Ernst annehmen.«

Es dauerte einen Moment, bis ich begriff, was diese Worte bedeuteten.

»Howard?« murmelte ich. »Sie haben ihn ...«

»Entkommen lassen, selbstverständlich«, sagte der Fremde. Er lachte wieder. »Er wäre gewiß sehr wertvoll für uns gewesen, aber noch viel wertvoller war er als Köder.«

»Als Köder für mich«, murmelte ich düster.

»Ganz recht. Ich hatte gehofft, daß er Sie hierherlocken würde. Es gibt jemanden, der sich sehr, wirklich *sehr* darauf freut, mit Ihnen zu reden, Mister Craven. Kommen Sie?«

Er machte eine einladende Geste und trat einen Schritt zur Seite, und als ich sah, wer hinter ihm stand, fuhr ich unwillkürlich zusammen. Überrascht, wohlgemerkt, nicht erschrocken.

Die Gestalt war allerhöchstens halb so groß wie der Fremde und trug die gleiche Art von lebendem Kleidungsstück wie die anderen Männer, nur daß dieser Mantel von einer viel intensiveren, satteren Rotfärbung war; eine Farbe, die Assoziationen an frisches Blut und Tod weckte. Das war es aber nicht allein, was mich so in Erstaunen versetzte. Es war das Gesicht.

Das Gesicht eines Kindes. Eines Jungen, um genau zu sein, auch wenn es ein Merkmal in diesem Antlitz gab, das den Eindruck Lügen zu strafen schien, einem fünf- oder sechsjährigen Knaben gegenüberzustehen: die Augen. Augen wie Stahl, die mich hart und so voller Haß anblickten, daß mir unwillkürlich ein kalter Schauder über den Rücken lief.

Ich kannte diesen Jungen.

Ich hatte ihn schon einmal gesehen, damals, als ich das erste Mal in diesem unterirdische Labyrinth gewesen war. Es war der Junge, den ich aus dem See gezogen hatte …

»Hallo«, sagte ich unsicher.

Der Junge schwieg, doch irgend etwas in seinem Blick änderte sich: Er wurde noch unangenehmer, obwohl ich dies vor einer Sekunde nicht für möglich gehalten hätte.

»Du … erinnerst dich doch, oder?« fragte ich behutsam.

Diesmal bekam ich wenigstens ein angedeutetes Nicken zur Antwort, wenn auch sonst nichts.

»Hör mal«, fuhr ich fort, »was damals passiert ist, das … das nimmst du mir doch nicht übel, oder? Ich meine, so ein kleines Mißverständnis kann ja schließlich …«

»Schweigen Sie, Mister Craven«, unterbrach mich der Junge. »Wir haben keine Zeit, Unsinn zu reden.«

Irgend etwas an dieser Formulierung gefiel mir überhaupt nicht, doch ich war klug genug, nicht weiter zu widersprechen, sondern den Jungen nur fragend anzuschauen. Er erwiderte meinen Blick mehrere Sekunden lang ebenso schweigend, aber aus Augen, die vor Haß zu brennen schienen – ein scheinbar grundloser Haß, der eigentlich nicht zu einem Jungen dieses Alters paßte. Und der einfach nicht grundlos sein *konnte.* Allerdings vermochte ich mich beim besten Willen nicht daran zu erinnern, diesem Kind jemals begegnet zu sein, bevor ich ihn in der unterseeischen Höhle traf. Und die harmlose Abreibung, die ich ihm verpaßt hatte (wenn man es genau nahm, so hatte sowieso eher *er mich* als *ich ihn* verprügelt!), konnte unmöglich der Grund für diesen mörderischen Haß in seinen Augen sein.

Mir blieb allerdings nicht besonders viel Zeit, weiter über dieses Rätsel nachzudenken, denn einer der Männer hinter mir verlieh den Worten des Jungen den gehörigen Nachdruck, indem er mir einen Stoß zwischen die Schulterblätter versetzte, der mich um ein Haar von den Füßen gerissen hätte. Im letzten

Moment fand ich mein Gleichgewicht wieder und stolperte mehr als ich ging hinter dem Jungen her. Als die Menge sich vor mir teilte, sah ich endlich auch, was die Aufmerksamkeit der Männer vorhin so sehr in Anspruch genommen hatte. Nicht, daß ich besonders wild auf diese Erkenntnis gewesen wäre. Jedenfalls nicht mehr, nachdem ich *sah*, um was es sich handelte.

Ungefähr in der Mitte des Felsendoms gähnte ein gewaltiges, kreisrundes Loch im Boden. Ein düsterrotes, flackerndes Licht drang aus seiner Tiefe, und hätte ich noch irgendwelche Zweifel an der Bedeutung dieses Lichts gehabt, so hätte die hitzeflimmernde Luft über dem Schacht diese sofort zerstreut. Irgend etwas Dunkles, sehr Großes erhob sich auf der anderen Seite der Grube, doch ich vermochte nicht genau zu sagen, was es war. Allerdings hatte ich das ungute Gefühl, daß ich dieses Rätsel vielleicht eher lösen würde, als mir lieb sein konnte.

Der Knirps im roten Mantel und seine Begleiter führten mich erwartungsgemäß auf diesen Schacht zu. Als wir näher kamen, konnte ich erkennen, daß es eine Art steinernen Steg gab, der in schwindelerregendem Winkel über das Loch hinwegführte; er war kaum so breit wie drei nebeneinandergelegte Hände, und es ist eigentlich unnötig zu erwähnen, daß es kein Geländer oder irgend etwas Ähnliches gab.

Ich blieb stehen, als wir den Rand der Grube erreichten. Ein Schwall trockener, unglaublich heißer Luft schlug mir entgegen, und der Geruch nach verbranntem Fels und heißem Sauerstoff wurde so intensiv, daß ich Mühe hatte, zu atmen. Ich versuchte, einen Blick hinab in die Grube zu werfen, sah aber nur ein rotes, waberndes Leuchten, das mir fast sofort die Tränen in die Augen trieb.

Der Mann, mit dem ich schon einmal gesprochen hatte, hob die Hand und machte eine Geste zu dem schwarzen Umriß auf der anderen Seite der Grube.

»Nun, Mister Craven – ich denke, das ist es wohl, wonach Sie gesucht haben.«

Ich kniff die Augen zusammen, um durch das rote Leuchten hindurch besser sehen zu können, hatte aber nur mäßigen Erfolg. Ich erkannte immer noch nicht viel mehr als einen dunklen, rechteckigen Umriß von gewaltigen Dimensionen.

»Ich … verstehe nicht ganz …«, sagte ich.

»Ja, ja, das ist mir schon klar. Deshalb haben wir Sie hierhergeführt. Damit Sie *verstehen*.« Das Lächeln, das bei diesen Worten auf dem Gesicht des Burschen erschien, gefiel mir ganz und gar nicht. Eigentlich war es kein Lächeln. Es war eher ein Grinsen. »Treten Sie ruhig näher, und schauen Sie es sich in Ruhe an«, fuhr er fort. »Danach werden Sie alles verstehen.«

Ich blickte ihn einen Moment unschlüssig an; dann zuckte ich mit den Schultern und wandte mich nach rechts. Ich wollte um die Grube herum gehen, doch einer der anderen Männer vertrat mir den Weg.

»Mister Craven, ich bitte Sie! Sie schätzen es doch sonst nicht, Umwege zu machen, sondern ziehen stets den direktesten Weg vor, oder?«

Ich verstand sehr wohl, was er damit meinte. Aber, um ehrlich zu sein, ich *wollte* es gar nicht verstehen. Langsamer, als nötig gewesen wäre, drehte ich mich um und schaute ihn fragend an. Sein Grinsen wurde noch breiter.

»Sie … Sie meinen …?«

»Ich meine«, bestätigte er. Er wiederholte seine einladende Bewegung; diesmal aber war sie eindeutiger. Er wies auf den steinernen Steg, der über den lavagefüllten Schacht führte. »Wenn ich bitten darf?«

Ich blickte wieder in den Schacht hinab, dann erst den Mann, den Jungen und wieder den Mann an. »Und wenn ich mich weigere?«

»Werfen wir Sie dort hinunter«, antwortete er ungerührt.

Ich glaubte ihm aufs Wort.

Nicht, daß es einen großen Unterschied machte. Ich war ziemlich sicher, daß ich früher oder später sowieso dort unten landen würde. Aber ich hatte keine Wahl.

Mit klopfendem Herzen ging ich an den Rand der Grube heran, schloß für einen Moment die Augen, um mich zu konzentrieren, und trat auf den Steg hinaus.

Die Hitze, die mir zuvor beinahe schon den Atem genommen hatte, wurde unerträglich. Unsichtbare Flammen schienen über meine Haut zu streichen, und die Luft, die ich in die Lungen sog, fühlte sich wie geschmolzenes Glas an. Ich konnte spüren, wie der Fels unter meinen Füßen vibrierte; noch dazu war er so glatt, daß ich alle Mühe hatte, einen Fuß vor den anderen zu setzen und nicht auszugleiten. Langsam, unendlich vorsichtig und mit ausgebreiteten Armen wie ein Hochseilartist, begann ich über den Steg zu balancieren.

Die Grube mußte einen Durchmesser von fünfzehn oder zwanzig Metern haben, aber mir kam es vor wie hundert Meilen. Ich beging nicht den Fehler, auch nur einen einzigen Blick in die Tiefe zu werfen, doch ich wußte ja, daß der Abgrund *da* war, und das reichte schon, mich vor Angst fast in den Wahnsinn zu treiben. Alles in allem brauchte ich bestimmt nicht mehr als zwei Minuten, um die Feuergrube zu überqueren. Doch als ich endlich wieder festen Boden unter den Füßen hatte, schienen Stunden vergangen zu sein. Meine Augen tränten ununterbrochen. Meine Kleidung klebte mir schweißnaß am Körper, und mein Herz hämmerte so wild, daß mir für einen Moment schwindelig wurde.

»Bravo, Mister Craven!« rief eine Stimme über die Grube hinweg. »Sie enttäuschen mich nicht. Jetzt sollen Sie auch Ihre Belohnung haben. Sehen Sie!«

Langsam hob ich den Blick – und erstarrte, als ich endlich begriff, was ich da vor mir sah.

Es war das Relief. Die Felsenzeichnung, die ich damals bei meinem ersten Besuch in diesem unheimlichen Labyrinth schon einmal gesehen hatte, und dann noch einmal in der Grube, die sich so plötzlich unter dem Hansom-Komplex aufgetan hatte. Aber jetzt erst erkannte ich es *wirklich*.

Es war weit mehr als ein Relief. Die Linien und Striche, die kryptischen Buchstaben und angedeuteten Umrisse, die unheimlichen Symbole und düsteren Hieroglyphen, die den schwarzen Fels bedeckten, *waren zum Leben erwacht.*

Das Relief bewegte sich. Es war jedoch keine Bewegung, die man tatsächlich sehen konnte. Als ich zögernd die Hand hob und das Relief berührte, fühlte ich harten, unverrückbaren Fels unter den Fingerspitzen – und doch war da etwas, irgend etwas wie eine kriechende, mühsame Bewegung, ein Winden und Tasten, das irgendwie unter der Oberfläche der sichtbaren Dinge stattzufinden schien, aber zu deutlich war, als daß man es ignorieren konnte. Es war, als ... *wäre etwas in diesem Stein. Etwas Mächtiges. Etwas Uraltes. Etwas Gefangenes, das über Millionen Jahre hinweg seine Kräfte gesammelt hatte und nun hinauswollte ...*

»Die Thul Saduun«, flüsterte ich. »Aber das ... das ist doch unmöglich.«

Ich mußte wohl doch lauter gesprochen haben, als mir bewußt war, denn die Stimme vom gegenüberliegenden Rand der Grube antwortete mir. »Sie täuschen sich nicht, Mister Craven. Sie sind es. Unsere Herren.«

Ich drehte mich halb herum, so daß ich das unheimliche lebende Relief und die Männer auf der anderen Seite des Schlundes gleichzeitig im Auge behalten konnte.

»Das ... das können Sie ... nicht ernsthaft wollen!« stammelte ich. »Sie wissen nicht, was Sie da tun!« Meine Stimme bebte vor Entsetzen.

Plötzlich, von einem Sekundenbruchteil auf den anderen, war mir alles klar. Aber noch weigerte ich mich, diese Erkenntnis zu akzeptieren. Wer immer dieser Mann war, dessen Namen ich nicht kannte – er hatte offenbar keine Ahnung, mit welchen Kräften er herumspielte.

»O doch, Mister Craven! Wir können, und wir werden«, antwortete er. »Wir haben lange auf diesen Tag gewartet. Zu lange.« Er hob die Hand und deutete auf das Relief. »Sie haben lange auf diesen Tag gewartet. Den Tag Ihrer Befreiung. Doch nun ist er gekommen.«

»Das … das kann nicht sein!« murmelte ich ungläubig. »Sie … sie existieren nicht mehr. Sie wurden vernichtet. Die GROSSEN ALTEN haben sie ausgelöscht!«

»Sie wurden geschlagen, nicht vernichtet, Mister Craven«, antwortete der andere. In seiner Stimme lag ein Klang, der mich frösteln ließ. »Die Wesen, die Sie als die GROSSEN ALTEN bezeichnen, waren Narren! Sie überwanden die wahren Götter dieser Welt, doch nicht mal sie konnten diese Götter endgültig zerstören. Was von ihnen blieb, die Idee ihres Seins, der wahre Quell ihrer Macht, steht hinter ihnen. Sie fesselten die Götter in Stein, doch sie konnten sie nur bannen, nicht zerstören. Und nun kehren sie zurück, Mister Craven, um sich das zu nehmen, was ihnen zusteht.«

Wäre dieser Moment nicht so entsetzlich gewesen, ich hätte laut aufgelacht. »Was ihnen zusteht?« fragte ich. »Sie meinen … unsere Welt?«

»Sie gehört nicht *uns*!« antwortete der andere. »Wir waren niemals ihre Besitzer. Wir sind nur hier, um ihr Kommen vorzubereiten und ihnen zu dienen.«

»Ja«, murmelte ich. »Und Sie glauben das wirklich, wie? Wissen Sie, es gab schon einmal ein Volk, das ähnlich dachte. Sie wurden ausgelöscht, als die Thul Saduun sie nicht mehr brauchten.«

»Das ist nicht wahr«, antwortete der Mann. »Und selbst wenn, es spielt keine Rolle. Wir sind Diener. Wir bereiten ihr Kommen vor, und wir werden dafür sorgen, daß ihnen ihr rechtmäßiger Platz auf dieser

Welt nie wieder streitig gemacht wird. Und Sie werden uns dabei helfen.«

»Kaum«, antwortete ich ruhig.

»Aber das haben Sie doch schon getan.« Ein leises Lachen erklang, das mir trotz der furchtbaren Hitze abermals ein eisiges Frösteln über den Rücken laufen ließ. »Haben nicht Sie, Sie und Ihre Freunde, die GROSSEN ALTEN von dieser Welt vertrieben?«

Ich starrte ihn an. Ich wollte irgend etwas antworten, doch ich konnte es nicht. Seine Worte erfüllten mich mit purem Entsetzen.

Vielleicht, weil ich spürte, daß sie der Wahrheit entsprachen.

»Auch Sie sind nur ein Werkzeug ihres Willens, Mister Craven. *Sie* haben die Kreaturen vertrieben, welche die wahren Beherrscher dieser Welt Millionen Jahre lang daran gehindert haben, ihren rechtmäßigen Platz einzunehmen. Nun ist der Weg frei.«

»Nein«, flüsterte ich. »Das ... das ist nicht wahr.«

Der Fremde gab sich nicht die Mühe, darauf zu antworten. »Vielleicht hilft es Ihnen, wenn Sie in dem Bewußtsein sterben, daß niemand den Willen der Götter aufhalten kann, Mister Craven«, sagte er. »Sie mögen glauben, einen Sieg errungen zu haben, doch in Wahrheit ist alles, was wir Menschen tun, immer nur Teil ihres Planes.«

Hinter mir erklang ein Geräusch. Leise. Kratzend. Schabend. Irgend etwas regte sich. Etwas, das *hinaus* wollte ...

»Kommen Sie, Mister Craven. Es ist Zeit.«

Ich warf einen letzten, verzweifelten Blick auf das Relief. Es hatte sich verändert. Ich konnte die Veränderung nicht in Worte kleiden, aber sie war eindeutig. Das Relief wirkte jetzt ... *lauernd.* Ich konnte die düstere, unvorstellbare alte Macht, die unter der schwarzen Oberfläche des Steins ruhte, beinahe mit körperlicher Intensität fühlen – eine Macht, die ihre Kräfte sammelte und sich ein allerletztes Mal gegen die unsichtbaren Fesseln aus Magie und Zeit stemmte, die sie in diesen Fels bannte. Die Fesseln würden reißen. Ich fühlte es. Es war nur noch die Materie, die sie hielt, und die verblassende Kraft eines Fluches, der vor Äonen ausgesprochen und zu lange nicht mehr erneuert worden war. Was immer die Thul Saduun über all die Jahre hinweg gehalten hatte, es war nicht mehr da.

Ich drehte mich vollends um, zögerte aber, noch einmal, erneut auf den Steg hinauszutreten, obwohl dies der einzige Weg war, der zurückführte. Vielleicht sollte ich es nicht tun. Vielleicht – wahrscheinlich – war es der einfachere Weg, den Fuß ein Stück weiter rechts oder links zu senken, um einen vielleicht schrecklichen, aber schnellen Tod in der brodelnden Lava dort unten zu finden.

Aber das wäre nicht nur der schnellere, es wäre auch der *feigere* Weg gewesen, und es war noch nie meine Art gewesen, einer Auseinandersetzung *so* auszuweichen. Also lächelte ich meinem mir namentlich immer noch nicht bekannten Gegenüber so optimistisch zu, wie ich nur konnte (ich vermute, es war nicht *sehr* optimistisch) und machte tapfer den ersten Schritt auf den Steg hinaus. Und diesmal *blickte* ich in die Tiefe. Schließlich hatte ich ohnehin nicht mehr viel zu verlieren. Und ich wollte wenigstens sehen, was mich umbrachte.

Im ersten Moment erkannte ich allerdings nicht mehr als rotes Licht und verschwommene Schatten, die einen schwindelnd machenden Tanz auf meiner Netzhaut auslösten – einmal davon abgesehen, daß mir die grelle Helligkeit praktisch sofort die Tränen in die Augen trieb.

Dann aber erkannte ich einen Schatten, der irgendwie … *massiver* zu sein schien als die anderen und dessen Bewegung sich vom willkürlichen Spiel von Licht und Dunkelheit unterschied. Meine Augen tränten einfach zu stark, als daß ich wirklich Einzelheiten hätte erkennen können, aber das war auch nicht nötig. Ich hatte den grauenhaften Lavawürmern mehr als einmal gegenübergestanden und hätte die Bestie wohl selbst dann noch wiedererkannt, hätte ich noch viel weniger sehen können.

Es mag absurd erscheinen – aber ich spürte so etwas wie eine tiefe Erleichterung. Das Ungeheuer dort unten würde mich zweifelsohne töten, aber von den Ssaddit umgebracht zu werden, war vermutlich eine Gnade, verglichen mit dem, was den Opfern der Thul Saduun bevorstand.

Trotzdem blieb ich noch einmal stehen und warf einen Blick über die Schulter zurück.

Das Relief hatte sich abermals verändert. Obwohl es nicht wirklich größer geworden war, hatte ich das deutliche Gefühl, es sei irgendwie gewachsen … *präsenter*. Es war nicht nur einfach *da*. Bisher war es trotz allem bloß ein Steinblock gewesen, riesig, erschreckend und einschüchternd in seiner barbarischen Pracht; aber jetzt war es … beherrschend. Ein Materie gewordenes Versprechen auf alles Übel und alles Böse, das diese Welt jemals geboren hatte. Und obwohl ich schon schlimmeren, ungleich mächtigeren Geschöpfen gegenübergestanden – und sie besiegt! – hatte, erschreckten mich dieser Anblick und das ihn begleitende Gefühl doch ungleich mehr, als es selbst Cthulhu und all seinen abscheulichen Gefährten jemals möglich gewesen war.

Cthulhu und die GROSSEN ALTEN waren Gottheiten gewesen, die von den Sternen gekommen waren und diese Welt erobert hatten, doch was ich nun fühlte, war etwas viel, viel Schlimmeres. Die Bosheit der Thul Saduun war nicht fremd. Sie war Teil unserer Welt, und irgend etwas von ihnen, ein Hauch des schwarzen Odems, der ihre Existenz ausmachte, war auch in mir. In jedem von uns. Vielleicht blickte ich in diesem Moment zum allerersten Mal im Leben wirklich dem Teufel ins Gesicht, dem Alten Feind, von dem nicht nur die Bibel berichtet. Und das Entsetzlichste an diesem Gedanken war das unumstößliche Wissen, mit dieser höllischen, abgrundtiefen Bosheit irgendwie *verwandt* zu sein – wie jeder Mensch, jedes Tier, jedes lebende Wesen auf dieser Welt.

Obwohl ich wußte, daß es vollkommen sinnlos war, drehte ich mich noch einmal um und wandte mich an den Mann im roten Mantel. »Bitte!« sagte ich flehend. »Tun Sie es nicht!«

»Sie winseln um Ihr Leben, Mister Craven?« Der Bursche schüttelte den Kopf. Der Ausdruck auf seinem Gesicht schien echte Enttäuschung zu sein. »Das hätte ich nicht erwartet, Mister Craven. Ich hatte damit gerechnet, daß Sie es mit etwas mehr Fassung tragen, nach allem, was ich von Ihnen gehört habe.«

»Es geht mir nicht um mein Leben, Sie Narr!« antwortete ich. »Wenn Sie mich töten wollen, dann tun Sie es! Ich kann Sie nicht daran hindern! Aber Sie … Sie *dürfen* diese Ungeheuer nicht freilassen! Es wäre das Ende der Welt!«

Es war nichts anderes als das, was ich ihm schon einige Augenblicke zuvor gesagt hatte, und doch … vielleicht war es der verzweifelte Klang meiner Stimme, der diesen Worten mehr Eindringlichkeit verlieh, denn ich sah ganz genau, daß er plötzlich ein wenig unentschlossen wirkte. Sein Blick suchte den Steinblock hinter mir, und irgend etwas … *änderte* sich darin. Vielleicht begann er jetzt, als es beinahe zu spät war, doch noch zu begreifen, was er und die anderen da eigentlich taten.

Allerdings nicht für lange. Möglicherweise hätten meine Worte ihn tatsächlich überzeugt – oder vielmehr das, was er in diesem Moment zu spüren schien –, doch gerade, als er zu einer Antwort ansetzte, trat der Junge mit einem erschrockenen Schritt neben ihn und machte eine hektische Handbewegung. »Es ist ein Fremder hier!« sagte er. »Ein Verräter! *Wir haben einen Verräter unter uns!*«

Und damit fuhr er herum und deutete mit einer anklagend ausgestreckten Hand auf eine Gestalt, die zwischen den anderen stand und sich auf den ersten Blick nicht im geringsten von ihnen zu unterscheiden schien.

Allerdings nur auf den *allerersten* Blick …

Es war Rowlf.

Ich hatte nicht die leiseste Ahnung, wie er hierhergekommen war oder in den Besitz eines der roten Mäntel (das heißt, was *das* anging, *hatte* ich eine ungefähre Vorstellung; aber das spielte im Moment nun wirklich keine Rolle), doch es gab gar keinen Zweifel. Im selben Moment, in dem der Junge zu schreien begann, flogen seine Hände nach oben, um die rote Kapuze zurückzuschlagen, und ich erkannte das bullige Gesicht und den struppigen Bürstenhaarschnitt sofort, selbst aus der Entfernung und in dem Chaos, das im selben Sekundenbruchteil am anderen Ende der Grube losbrach. Wäre ich nur ein kleines bißchen weniger abgelenkt gewesen, oder hätte ich auch nur einen einzigen aufmerksamen Blick über die Menge der rotgekleideten Männer geworfen, wäre mir Rowlfs hünenhafte Gestalt mit Sicherheit schon eher aufgefallen, denn er überragte die Menge wie der sprichwörtliche Fels die Brandung.

Allerdings war er nicht annähernd so ruhig ...

Die Worte des Jungen waren noch nicht verklungen, als Rowlf auch schon mit einer für einen Mann seiner Größe und Statur geradezu ungläubigen schnellen Bewegung herumwirbelte und den ihn am nächsten stehenden Mann packte. Ich konnte nicht genau sehen, was Rowlf tat, doch im nächsten Augenblick flog der unglückselige Bursche wie ein lebendes Geschoß durch die Luft und riß drei oder vier seiner Kameraden mit sich von den Füßen, als er zu Boden stürzte.

»Robert!« brüllte Rowlf. *»Lauf!«*

Seine Aufforderung wäre nicht nötig gewesen. Im selben Moment, in dem sich die Männer dort drüben – und wie es aussah, alle zugleich! – auf Rowlf stürzten, stürmte ich los. Ich nahm keine Rücksicht mehr darauf, daß der Boden unter mir lediglich aus einer zwei Handbreit schmalen Felsschiene bestand, und daß ein einziger Fehltritt den sicheren Tod bedeutete; statt dessen spurtete ich los, so schnell ich nur konnte. Ein-, zweimal fühlte ich, wie mein Fuß abglitt und ich die Balance zu verlieren drohte, doch mein eigener Schwung riß mich weiter vorwärts. Ich brauchte kaum mehr als eine Sekunde, um den Rand der Grube zu erreichen und mich mit einem entschlossenen Hechtsprung endgültig in Sicherheit zu bringen. Na ja, sagen wir: auf sicherem Boden. In Sicherheit war ich keineswegs.

Irgendwo vor mir tobte eine wütendes Handgemenge. Ich hörte Rowlf schreien und sah einen, zwei Körper durch die Luft wirbeln, fand aber keine Zeit, mir weiter Sorgen um Rowlf zu machen, geschweige denn, ihm zu helfen. Jemand packte mich und versuchte, mich in die Höhe zu reißen und mir gleichzeitig einen Hieb ins Gesicht zu versetzen. Ich half ihm ein wenig, indem ich auf sprang, wich aber seinem Schlag aus und versetzte ihm meinerseits einen Kinnhaken, der ihn nach hinten taumeln ließ. Auch einen zweiten Angreifer vermochte ich auf diese Weise abzuschütteln. Dann aber fiel ungefähr ein halbes Dutzend der Kerle gleichzeitig über mich her, und dieser Übermacht war ich nicht gewachsen. Ich wurde niedergerungen, und Schläge und Tritte prasselten auf mich ein; allerdings nur für einen Moment. Dann erscholl eine zwar dünne, aber trotzdem äußerst befehlsgewohnt klingende Stimme:

»Aufhören! Ihr dürft ihn nicht töten!«

Die Männer ließen von mir ab und zerrten mich unsanft auf die Füße. Für einen Moment drehte sich alles um mich. Ich war nicht schwer verletzt, aber ich hatte eine Menge gemeiner Hiebe und Tritte abbekommen und spürte erst jetzt, daß ich am Rande einer Bewußtlosigkeit gewesen war. Aus einem reinen Reflex heraus stemmte ich mich noch immer gegen den Griff der Männer, die mich hielten; aber es war natürlich vollkommen sinnlos. Grob wurde ich auf den Jungen zugeschleift, dessen Stimme es gewesen war, die mir das Leben rettete (na gut: es um einige wenige Momente *verlängerte*), und unsanft vor ihm auf die Knie gestoßen. Unsere Gesichter befanden sich jetzt fast in gleicher Höhe. Ich war ihm so nahe wie nie zuvor. Irgend etwas Bekanntes ging von diesem Jungen aus. Ich hatte das Gefühl, ihn schon einmal gesehen zu haben. Nicht damals, in der Höhle unter dem Meer, sondern schon vorher. Lange, unendlich lange Zeit vorher. Aber das war ...

Etwas wie ein unsichtbarer stählerner Besen fuhr durch mein Bewußtsein und wirbelte den Gedanken davon, so schnell und gründlich, daß nicht mal die Erinnerung daran blieb. Ich sah auf und blickte mich nach Rowlf um. Er schlug sich tapfer, und wie ich nicht anders erwartet hatte, mit weitaus mehr Erfolg als ich. Dennoch wurde am Ende auch er überwältigt und zu Boden gezerrt. Die Übermacht war einfach zu groß, selbst für ihn. Aber immerhin – wir hatten es wenigstens versucht ...

Meine Bewegung mußte wohl das Mißfallen eines der Männer hinter mir erregt haben, denn ich bekam einen Schlag in den Nacken, der mich nach vorn schleuderte. Im letzten Moment erst konnte ich den Sturz mit den Händen abfangen.

»Aufhören!« befahl der Junge. »Schlag ihn nicht

weiter. Wir brauchen ihn lebend.« Dann schaute er mich an, lächelte boshaft und hob die Hand, um auf einen Punkt hinter mir zu deuten. »*Er* braucht ihn lebend.«

Ganz langsam drehte ich mich um. Ich sah im Grunde nichts anderes als das, was ich erwartet hatte – zumindest das, was ich hätte erwarten *müssen*, nach alledem, was ich hier unten erlebt hatte. Trotzdem erschrak ich bis ins Innerste, als ich die rotbraune, mehr als mannslange Bestie sah, die sich kaum zwei Meter hinter mir langsam, mit pumpenden, eine nicht vorhandene Schwerfälligkeit vortäuschenden Bewegungen über den Rand der Grube schob.

Es war nicht der größte Ssaddit, den ich je gesehen hatte, nicht mal annähernd. Ganz im Gegenteil. Das Geschöpf (ich brachte es selbst im Gedanken nicht über mich, die Bestie ein *Tier* zu nennen) war nicht so groß wie jenes andere, dem ich erst vor wenigen Tagen gegenübergestanden hatte – und doch erschreckte sein Anblick mich tausendmal mehr. Irgend etwas an dieser Kreatur war *anders*. Sie unterschied sich von allen anderen Ssaddit, die ich je zu Gesicht bekommen hatte. Auch sie war ein scheinbar plumper und widerlicher Wurm ohne Sinnesorgane; eine Kreatur, deren einzige Daseinsberechtigung darin zu bestehen schien, zu fressen und zu wachsen. Und doch war sie zugleich *mehr*. Irgend etwas verband sie mit dem schwarzen, satanischen Relief auf der anderen Seite der Feuergrube. Etwas Unsichtbares, aber auch ungeheuer Starkes und Böses.

»Nein!« flehte ich noch einmal. »Bitte, tu das nicht! Du weißt nicht, welche Kräfte du entfesselst.«

Auf den Zügen des Jungen erschien ein Lächeln,

das so kalt und grausam war, daß ich für einen Moment beinahe mehr Furcht vor ihm als vor dem herankriechenden Lavawurm empfand. Es war ein Ausdruck, der nicht auf das Gesicht eines Kindes gehörte, ganz gleich, was es getan hatte und unter wessen Einfluß es stand.

»Willst du sterben wie ein Mann, oder bietest du mir die Befriedigung, dich wimmern und auf den Knien liegen zu sehen?« fragte er. Dann machte er eine befehlende Geste. »Packt ihn!«

Zwei, drei seiner Männer traten rasch hinter mich und hielten mich mit eisernem Griff fest, und wenngleich der Ssaddit über keinerlei sichtbare Sinnesorgane verfügte, wechselte er im selben Moment die Richtung und kroch langsam auf mich zu. Wo er sich entlangbewegte, blieb ein Streifen verschmorten Steines zurück. Er war noch drei oder vier Meter entfernt, doch die Hitze, die er ausstrahlte, war bereits jetzt unerträglich.

»NEIN! DAS LASSE ICH NICHT ZU!!!«

Rowlfs Schrei ließ nicht nur den Jungen, sondern auch die Männer hinter mir überrascht herumfahren. Das Entsetzen, mit dem auch ihn das Geschehen erfüllte, schien ihm schier übermenschliche Kräfte verliehen zu haben, denn er bäumte sich plötzlich auf, schüttelte die Kerle, die ihn bisher zu Boden gepreßt hatten, wie lästige Insekten ab und verschaffte sich mit einem gewaltigen Hieb Luft. Schneller, als irgend jemand zu reagieren vermochte, wirbelte er herum, pflügte wie ein lebendig gewordener Bulldozer durch die Menge, packte den vollkommen überraschten Jungen und riß ihn in die Höhe. Zwei, drei der Umstehenden wollten sich auf ihn stürzen, doch Rowlf fegte sie einfach zu Boden und war mit einem einzigen, weiteren Satz am Rande der Grube. Ohne auf die verzweifelten Hilfeschreie und das Strampeln und Um-sich-Schlagen des Jungen zu achten, hielt er ihn an den ausgestreckten Armen direkt über den gähnenden Schacht.

»Keine Bewegung mehr!« brüllte er. »Wenn auch nur eina von euch ein Schritt machen tut, dann schmeiß ich 'n rein, das schwör' ich!«

Die Männer erstarrten. Nur einer machte einen zaghaften Schritt in Rowlfs Richtung, prallte aber sofort wieder zurück, als der Hüne eine warnende Bewegung machte. Ich hatte keine Ahnung, ob Rowlf tatsächlich so weit gehen würde, den Jungen in die brennende Lava hinabfallen zu lassen, doch auf die Männer in den roten Mäntel wirkte er anscheinend überzeugend genug. Sie wichen hastig ein Stück von ihm zurück. Auch die Kerle, die mir die Arme auf den Rücken drehten, ließen mich los, ohne daß es einer besonderen Aufforderung bedurfte. Ich atmete erleichtert auf und trat hastig an Rowlfs Seite.

»Und du hälst de Klappe!« brüllte er und schüttelte den Jungen so wild, daß ich seine Zähne aufeinanderschlagen hörte. Tatsächlich erlahmte die heftige Gegenwehr des Jungen, und seine Schreie verstummten.

»Wir wern jetz hia rausgehn«, fuhr Rowlf mit erhobener Stimme fort. »Wenn eina von euch Vögln auch nur mitta Wimper klimpert, brech ich 'm Knirps hia alle Gräten!«

Tatsächlich wichen die Männer rasch vor uns zur Seite, als wir nebeneinander von der Grube zurücktraten. Ein Blick aus den Augenwinkeln zeigte mir, daß der Ssaddit ebenfalls innegehalten und seinen augenlosen Schädel in unsere Richtung gedreht hatte, aber auch nicht näher kam. Vielleicht hatten wir doch noch eine Chance, mit dem Leben davonzukommen. Dieser Junge schien – so unglaublich es auch war – tatsächlich so etwas wie der Anführer dieser Männer zu sein.

Etwas stimmte nicht.

Der Gedanke entstand so deutlich hinter meiner Stirn, als hätte ihn jemand laut ausgesprochen. Es war zu leicht. Ich hatte irgend etwas vergessen. Etwas Wichtiges.

Als ich meinen Fehler begriff, war es zu spät.

Wir hatten uns drei, vier Meter vom Rand der Feuergrube entfernt – und das war genau die Distanz, die der Junge brauchte, um sicher zu sein, nicht aus Versehen doch noch in den Schacht geschleudert zu werden, wenn Rowlf ihn losließ. Plötzlich stieß er einen einzelnen, sonderbar trällernden Laut aus … und Rowlf brüllte vor Schmerz und Pein auf, ließ den Jungen fallen und taumelte zur Seite.

Ein fürchterliches Geräusch erklang; ein Schnappen wie von nassem Leder, das sich um eine Hand schließt. Und ungefähr dies war auch die Bedeutung dieses Geräusches.

Ich hatte die Mäntel vergessen.

Es waren die gleichen, unheimlichen Kleidungsstücke, wie sie auch die Magier von Maronaar getragen hatten, *lebendige* Mäntel, die über eine unheimliche Macht verfügten und dieses Geschlecht von Magiern vielleicht erst zu dem gemacht hatten, was es gewesen war. Es waren lebende Kreaturen, die vielleicht sogar über einen eigenen Willen verfügten, zumindest aber dem des Jungen gehorchten.

Der rote Mantel schloß sich mit einem furchtbaren Laut um Rowlf und begann ihm die Luft abzuschnüren. Er schrie, taumelte wild umher und mobilisierte all seine gewaltigen Kräfte, um die erstickende Fessel abzustreifen, doch in dieser unheimlichen Kreatur schien selbst Rowlf seinen Meister gefunden zu haben. Aus seinen Schreien wurde ein jämmerliches Keuchen. Langsam sank er auf die Knie, kippte zur Seite und rang verzweifelt nach Luft. Ich wollte ihm zu Hilfe eilen, wurde aber sofort wieder gepackt und festgehalten.

»Schnell jetzt!« befahl der Junge. Er war gestürzt, als Rowlf ihn losließ, und schien sich ziemlich übel verletzt zu haben, denn sein Gesicht war voller Blut, und seine Stimme schwankte hörbar. Trotzdem schüttelte er nur hastig den Kopf, als sich zwei seiner Männer um ihn kümmern wollten, und zeigte wieder auf mich.

»Beeilt euch!« sagte er. »Die Zeit ist fast abgelaufen! Ihr wißt, was geschieht, wenn er sein Opfer nicht rechtzeitig bekommt.«

Diesmal verloren sie keine Zeit mehr damit, sich an meiner Angst zu laben, sondern stießen mich so grob auf den Ssaddit zu, daß ich keine zwei Meter vor der Bestie auf die Knie fiel.

Die Hitze war unvorstellbar. Ich konnte kaum noch etwas sehen, und die Luft rings um mich herum schien sich in zähflüssig geschmolzenen Teer zu verwandeln, den man nicht mehr atmen konnte. Ich stürzte zur Seite, schlug schützend die Hände vors Gesicht und hörte ein furchtbares Zischen und Rascheln, als der Ssaddit seine Anstrengungen verdoppelte, mich zu erreichen. Verzweifelt wollte ich mich herumwälzen, um irgendwie aus seiner Reichweite zu gelangen, handelte mir damit aber nur einen Fußtritt ein, der mich wieder zurückschleuderte.

Und mir zugleich das Leben rettete, denn als der Mann auf mich zusprang und in meine Richtung trat, machte ich eine höchst sonderbare Beobachtung:

Sein Mantel vollzog die Bewegung nicht mit.

Es war ein beinahe grotesker Anblick. Während der Mann sich nach vorn warf und den Fuß in meine Richtung stieß, bewegte der Mantel sich in die entgegengesetzte Richtung, als versuchte das unheimliche Geschöpf, vor mir zu fliehen.

Nein, vielleicht nicht vor *mir*, sondern …

Die Idee war mehr als verrückt – aber was hatte ich zu verlieren?

Noch einmal warf ich mich zur Seite, und genau wie erwartet, versetzte derselbe Kerl mir einen weiteren, noch viel wuchtigeren Tritt. Ich nahm ihn hin, obwohl ich dabei das Gefühl hatte, einen Pferdehuf ins Gesicht zu bekommen. Ich versuchte, den Schmerz in Zorn zu verwandeln, und krallte beide Hände in den Saum des zuckenden roten Mantels.

Es war ein furchtbares Gefühl. Nicht so, als berührte ich ein Kleidungsstück; aber auch ganz und gar nicht so, als hätte ich etwas Lebendes in den Händen, sondern … *fremd. FALSCH.* Diese unheimlichen Mäntel lebten nicht wirklich; aber sie waren auch keine tote Materie, sondern … irgend etwas dazwischen. Etwas, das nicht sein durfte.

Trotzdem ließ ich nicht los, sondern packte im Gegenteil noch fester zu, riß und zerrte mit aller

Kraft – und es gelang mir, dem Mann den Mantel von den Schultern zu reißen!

Der Schwung meiner eigenen Bewegung ließ mich nach hinten stürzen. Ich prallte schwer auf, spürte eine Woge unvorstellbarer, grausamer Hitze unmittelbar hinter mir und sah einen rotbraunen, mißgestalteten Schatten, der mir bereits entsetzlich nahe war. Der Mantel zuckte und wand sich so heftig in meinen Händen, daß ich ihn kaum noch zu bändigen vermochte.

Ich hatte auch nicht vor, dies noch lange zu tun.

Irgendwie gelang es mir, meinen Sturz in eine unbeholfene Rolle seitwärts zu verwandeln, die mich kaum auf Armeslänge an dem Ssaddit vorbeischlittern ließ. Und in dem Moment, als ich ihm ganz nahe war – so nahe, daß ich ihn mit der ausgestreckten Hand hätte berühren können –, schleuderte ich den Mantel.

Das Ergebnis übertraf meine kühnsten Erwartungen. Die unheimliche Kreatur landete mit einem widerlichen feuchten, klatschenden Laut auf dem hitzewabernden Leib des Ssaddit und fing auf der Stelle Feuer. In meinem Geist erklang so etwas wie ein unvorstellbar gequälter, unvorstellbar *lauter* Schrei. Der Ssaddit bäumte sich auf und begann wild zu zucken und um sich zu schlagen, so daß ich hastig auf Händen und Knien davonkroch, um nicht im letzten Moment noch aus Versehen erschlagen zu werden. Der Mantel brannte immer heller, und der gellende Schrei hinter meiner Stirn hielt noch an.

Doch es war nicht der Ssaddit, der schrie.

Die Berührung des lebenden Mantels mußte dem

Ssaddit unerträgliche Pein bereiten, doch die gedankliche Stimme, die ich hörte, war nicht die des Lavawurms.

Es waren die Stimmen der anderen Mäntel.

Rings um mich herum brach das Chaos los. Die Männer taumelten plötzlich umher, begannen zu schreien, stürzten und versuchten, sich die Kleidungsstücke von den Leibern zu reißen, die *allesamt* zu brennen begonnen hatten.

Rowlf!

So schnell ich konnte, sprang ich auf, hetzte zu Rowlf und sah voller panischem Entsetzen, daß auch sein erbeuteter Mantel in hellen Flammen stand. Jetzt aber halfen ihm seine gewaltigen Körperkräfte. Auch er schrie vor Schmerz – und wohl viel mehr noch vor Furcht –, doch die Angst verlieh ihm auch die Kraft, das Kleidungsstück aufzureißen und mit einem einzigen, furchtbaren Ruck in zwei Teile zu fetzen, die brennend zu Boden flatterten. Mit einem einzigen Satz war ich bei ihm, schlug mit den bloßen Händen auf die Flammen ein, die auch aus seiner Kleidung züngelten, und wirbelte wieder herum. Die Höhle bot einen Anblick des Grauens. Überall taumelten brennende, schreiende Gestalten umher. Vielen war es gelungen, sich ihrer brennenden Mäntel zu entledigen, aber längst nicht allen, und niemand war ohne mehr oder minder böse Verletzungen davongekommen. Ich sah, wie eine Gestalt, kreischend vor Angst und Schmerz, auf den Rand der Lavagrube zutaumelte und sich dann mit einer ganz bewußten Bewegung hinunterstürzte; sie zog den Tod in dem flüssigen Gestein dem grausamen Ende vor, das ihr anderenfalls drohte. Ein weiterer

Mann stürzte, riß sich den Mantel vom Leib und fiel wie vom Blitz gefällt zur Seite.

Dann entdeckte ich den Jungen.

Auch sein Mantel brannte. Er kreischte vor Panik und schlug mit den bloßen Händen auf die Flammen ein, bekam das furchtbare Kleidungsstück aber nicht herunter. Ich rannte zu ihm, riß ihn am Arm in die Höhe und packte mit der anderen Hand den Mantel. Ohne auf die Hitze zu achten, die mir die Finger versengte, fetzte ich die zuckende Kreatur herunter, schleuderte sie zu Boden und trat mit den Füßen die Flammen aus, so gut ich konnte. Nachdem ich mich mit einem hastigen Blick davon überzeugt hatte, daß der Junge zumindest nicht lebensgefährlich verletzt zu sein schien, ließ ich ihn los und wandte mich dem nächsten Opfer zu.

Es war aussichtslos. Die Mehrzahl der Männer hatte ihre Mäntel mittlerweile irgendwie abgestreift, und bei denen, die es bisher nicht geschafft hatten, kam jede Hilfe zu spät.

Und das war noch nicht einmal alles …

Es war noch nicht einmal das *Schlimmste …*

Rowlf schrie plötzlich etwas, das im allgemeinen Toben und Schreien unterging, und gestikulierte wild in Richtung der Feuergrube. Ich folgte Rowlfs Geste mit Blicken – und was ich sah, ließ mir das Blut in den Adern gerinnen.

Das Relief *bewegte sich.*

Es war kein Stein mehr. Es zitterte, zuckte und pulsierte wie ein bizarres, lebendes Wesen, und es *brannte ebenfalls …*

Kleine gelbe, blaue und grüne Flämmchen zuckten aus seiner Oberfläche, die nicht mehr starr war, sondern sich wie ein schwarzer See im Sturm bewegte. Überall entstanden Risse, aus denen eine unheimliche, rote Glut drang. Doch viel schlimmer noch als das, was ich sah war das, was ich *fühlte*. Die Macht, die in diesem Stein gebannt gewesen war, kam frei. Die Ketten waren gesprengt. Doch irgend etwas war nicht so, wie es sein sollte. Ich hörte erneut so etwas wie einen Schrei, unglaublich zornig, aber auch unglaublich gequält, und ich wußte sofort, daß es ein Todesschrei war ...

»Raus hier!« schrie ich. »*Rowlf! Lauf!*«

Wir rannten beide los. Ich folgte Rowlf blindlings, ohne zu wissen, wohin er sich wandte. Es gab keinen sichtbaren Ausgang aus dieser bizarren Halle, doch jeder Fußbreit zählte, den wir uns von dem zuckenden Relief entfernten. Irgend etwas Furchtbares würde geschehen, das spürte ich. Etwas Unvorstellbares.

Gerade, als ich dachte, Rowlf wollte meinem Beispiel von vorhin folgen und blindlings gegen die Wand rennen, tauchte wie aus dem Nichts, nur ein kleines Stück neben und vor uns, ein Ausgang auf. Ohne einen Sekundenbruchteil zu zögern, änderte ich meine Richtung und stürmte hinein. Doch kurz bevor ich in den Tunnel dahinter eintauchte, warf ich noch einmal einen Blick über die Schulter.

Gerade noch rechtzeitig, um zu sehen, wie das Relief explodierte.

Es gab keinen Blitz, keine Flammen, keine wirkliche Explosion. Vielmehr schien es von einer unfaßbaren, unsichtbaren Kraft von innen heraus zerrissen zu werden. In einer Sekunde war es noch ein massiver, riesiger schwarzer Block gewesen, in der nächsten barst es zu Tausenden und Abertausenden von Bruchstücken auseinander, die wie steinerner Regen in der Halle niederprasselten.

Dann hatte ich den Tunnel erreicht, und die Höhle verschwand, als hätte sie nie existiert. Wo sie eben noch gewesen war, schien sich nun ein weiterer, endloser Gang zu erstrecken. Auch die Schreie und der Lärm verstummten von einem Sekundenbruchteil auf den anderen.

Dennoch blieb ich nicht stehen, sondern rannte noch ein gutes Stück weiter und verfiel erst in eine langsamere Gangart, als ich einfach nicht mehr konnte. Aber ich blieb nicht stehen. Das wagte ich nicht.

Das Labyrinth war nicht mehr so groß wie zuvor. Schon nach knapp fünf Minuten erblickte ich vor mir die Treppe, die hinauf in die beruhigend normale Welt hinter der Schranktür führen würde; eine Welt, in der die größten Schrecknisse aus wildgewordenen Hotelmanagern und geldgierigen Bauunternehmern bestanden. Doch ich ging immer noch nicht langsamer, sondern stürmte die Stufen so schnell hinauf, daß Rowlf alle Mühe hatte, mir zu folgen. Es war vorbei; zumindest für jetzt. Doch ich hatte das sichere Gefühl, daß uns höchstens eine Atempause gegönnt wurde, nicht mehr.

Stufe um Stufe stürmte ich nach oben. Ohne es zu merken, wurde ich dabei immer schneller. Ich wagte nicht, mich umzudrehen. Zum ersten Mal im Leben hatte ich Angst vor dem, was hinter mir lag, sowohl im übertragenen als auch im wörtlichen Sinne.

Aber noch während ich mich der Tür am oberen Ende der Treppe näherte, fragte ich mich, ob ich vielleicht besser daran tat, Angst vor dem zu haben, was *vor* mir lag.

Und damit sollte ich recht behalten.

Hier endet vorerst die Chronik des Hexers.
Auf den folgenden Seiten finden Sie ein echtes
Juwel für alle Freunde der Dark Fantasy:
›Auf der Spur des Hexers‹.
Darin wird die spannende Vorgeschichte zur
vorliegenden Hexer-Chronik geschildert.
Viel Vergnügen beim Lesen.

AUF DER SPUR DES HEXERS

Der Tag war heiß gewesen, lang und klar und ungewöhnlich heiß, so daß selbst die an Hitze wahrlich gewöhnten Einwohner von Walnut Falls die Dämmerung herbeisehnten. Der Himmel, der jetzt seit Wochen schon von einem strahlenden Blau war, versprach auch an diesem Abend keinen Regen. Der letzte Regen war im April gefallen, und die letzte Wolke hatte sich vielleicht eine Woche später gezeigt: ein einsamer weißer Tupfer auf einer Glocke aus flirrender Hitze, die sich über das Land gestülpt hatte und jeden Tag ein bißchen tiefer sank. Jetzt, am 9. Juli 1862, schien das blaue Dach aus trockener Wärme die mit graubraunen Holzschindeln gedeckten Dächer fast erreicht zu haben; es war, als müsse man nur die Hand ausstrecken, um es zu berühren. Die Luft war ungewöhnlich klar, und der Blick reichte ungehindert von einem Ende der Stadt zum anderen und noch weit darüber hinaus, bis hinab zu dem halb ausgetrockneten Band des Flusses und dem kleinen Wald, dem die Stadt ihren Namen verdankte.

Walnut Falls bestand nur aus einer einzigen, nicht unbedingt lang zu nennenden Straße, an der sich wenig mehr als drei, kaum vier Dutzend Häuser drängten, dicht an dicht und ausnahmslos klein und gedrungen gebaut, trotz der schier endlosen Weite des sie umgebenden Landes. Oder vielleicht gerade wegen ihr.

Dem Mann, der in den frühen Nachmittagsstunden dieses 9. Juli aus der Postkutsche stieg, kamen diese Häuser weniger wie die Wohnstätten von Menschen vor, als mehr wie eine Herde sonderbar eckiger, braunweißer Tiere, die sich angstvoll zusammengedrängt hatten, als fürchteten sie, sich in der

Weite Colorados zu verlieren. Es gab auch einige Ausbrecher aus dieser Herde. Ein halbes Dutzend besonders mutiger – oder besonders dummer – Haustiere waren der Stadt am anderen Ende der Straße ein Stück vorausgeeilt und standen nun sonderbar verloren inmitten säuberlich abgesteckter brauner Rechtecke, wo drei Monate erbarmungslosen Colorado-Sommers auch den letzten Grashalm weggebrannt hatten.

Aber vielleicht war der Besucher auch nur müde, und wahrscheinlich war Walnut Falls nichts als eine ganz normale Stadt: klein, unwichtig, ein wenig zurückgeblieben – was seine Einwohner mit dem Wort *konservativ* und Poeten mit dem Begriff *verträumt* kaschiert hätten.

Der Tag war anstrengend gewesen. Auf der Landkarte sah die Entfernung zwischen Denver und Walnut Falls harmlos aus, drei Fingerbreiten nur und mehr als die Hälfte davon sogar von einer Eisenbahnlinie erschlossen. In Wahrheit war er vor Sonnenaufgang aufgebrochen, hatte in mehr als vier Stunden weniger als dreißig Meilen mit der Union Pacific zurückgelegt und war anschließend in diese Kutsche gestiegen, um sich weitere drei oder vier Stunden auf Straßen durchschütteln zu lassen, die diesen Namen nicht verdienten. Dies alles wäre allein vielleicht noch zu ertragen gewesen; in Begleitung eines nicht einmal dreijährigen und noch dazu kranken Kindes war es eine Tortur. Nein – er war nicht in der Verfassung, über diesen Ort zu urteilen. Und deshalb war er auch nicht hergekommen; weiß Gott nicht.

»Sir?« Die Stimme des Fahrers klang gleichzeitig

geduldig wie nervös, und auf jene unnachahmliche Art drängend, der normalerweise nur Oberkellner in teuren Restaurants fähig sind. Die Erinnerung an das großzügige Trinkgeld, das sein Fahrgast gegeben hatte, ließ ihn ein gutes Stück freundlicher werden als sonst. »Wollen Sie nun aussteigen oder nicht? Ich muß meinen Fahrplan einhalten.«

Der Mann in dem braunen Maßanzug drehte sich herum, blinzelte einen Moment gegen die Sonne und bedeckte die Augen mit der rechten Hand, während die andere, mit drei Fingern noch immer den gedrechselten Spazierstock haltend, unter die Jacke und in seine Westentasche glitt.

»Schon«, sagte er. »Aber ich gedenke nicht hierzubleiben. Ich wäre Ihnen sehr verbunden, wenn Sie einige Minuten auf mich warten könnten.«

»Warten?« Gegen das grelle Gegenlicht der Sonne war das Gesicht des Kutschers nicht zu erkennen, aber sein Fahrgast spürte sehr deutlich den Widerstreit zwischen Pflichtbewußtsein und Gier, den er einen Moment durchlitt. »Ich liege fast eine Stunde hinter dem Fahrplan zurück, und ... «

Die Hand tauchte wieder aus der Westentasche auf, und das Blitzen des Zehn-Dollar-Goldstücks darin nahm dem Fahrer die Entscheidung ab. Hastig beugte er sich vor, ließ das Goldstück in den Tiefen seiner schmuddeligen Jacke verschwinden. Er deutete mit einer Kopfbewegung auf ein zweistöckiges Gebäude auf der gegenüberliegenden Straßenseite, über dessen Eingang ein lieblos gemaltes Schild behauptete, es handele sich um einen SALOON.

»Ich warte dort drüben, Sir«, sagte er. »Aber –

bitte: nicht zu lange. Ich bekomme Ärger, wenn ich den Fahrplan nicht einhalte.«

Der Mann mit dem kurzgeschnittenen schwarzen Vollbart nickte. Es lag nicht in seiner Absicht, dem Fahrer Ärger zu bereiten. Und es lag auch nicht in seiner Absicht, länger als unbedingt nötig in dieser Stadt zu bleiben. Es hatte ihn große Überwindung gekostet, überhaupt hierher zu kommen. Und für einen kurzen Moment war er nahe daran, auf der Stelle wieder in den Wagen zu steigen und dem Fahrer zu sagen, daß er davonrasen sollte, so schnell er nur konnte.

Aber dann öffnete er statt dessen den Wagenschlag ein zweites Mal und hob einen vielleicht dreijährigen Knaben aus der Kutsche. Der Junge schlief, öffnete aber träge ein Auge, als sich der Mann umwandte und die Straße hinunterzugehen begann, und fragte hoffnungsvoll: »Da, Daddy?«

»Ja, Bob, wir sind da«, antwortete der Mann lächelnd. »Gleich sind wir da. Nur noch ein paar Schritte, bis zu diesem Haus dort – siehst du?« Er deutete mit einer Kopfbewegung auf ein kleines, weißgestrichenes Holzhaus, das ein Stück von der Straße zurückgesetzt lag. »Willst du laufen?«

»Laufen«, bestätigte Bob und begann unruhig zu strampeln. Sein Vater setzte ihn ab, glättete ihm flüchtig das Haar und griff nach seiner Hand. Der Junge war groß für sein Alter, aber ein wenig zu pummelig, so daß er Mühe hatte, mit den Schritten seines Vaters mitzuhalten, obgleich dieser sehr langsam ging. Die lange Fahrt und die unerträgliche Hitze im Inneren der Kutsche hatten ihn erschöpft, und das Chinin, das er am Morgen bekommen hatte,

hatte das Fieber nicht vollends vertreiben können. Seine Haut fühlte sich auf sonderbare Weise gleichzeitig heiß und eiskalt an, seine Finger waren feucht und zitterten fast unmerklich. Aber er ging tapfer neben seinem Vater her und ließ nicht den geringsten Klagelaut hören.

Der Mann wurde sich schmerzhaft der Tatsache bewußt, daß sie auffallen mußten; er in seinem maßgeschneiderten Zweihundert-Dollar-Anzug und der Junge in der fransenbesetzten Westerntracht, die er für ihn erstanden hatte. In Denver hatte niemand von ihnen Notiz genommen, aber in einer Stadt wie Walnut Falls konnte kein Fremder unbemerkt bleiben. Obgleich die Hitze jedes lebende Wesen von der Straße getrieben hatte, zweifelte er nicht daran, daß sie von Dutzenden neugieriger Augenpaare angestarrt wurden.

Er vertrieb den Gedanken und konzentrierte sich wieder auf seine Umgebung. Er war ein wenig enttäuscht. Er war niemals hiergewesen, und trotzdem war ihm die Stadt nicht fremd. Maude Cravens Briefe waren sehr detailliert gewesen. Trotzdem war er enttäuscht, auf eine Art, die er selbst nicht in Worte fassen konnte. Er hatte sich alles … nun, irgendwie *anders* vorgestellt. Vielleicht ein wenig freundlicher.

Sie hatten das Haus erreicht, das hinter den Gräbern verbrannter Blumenrabatten lag, und der Mann hob die Hand, zögerte aber noch einen Moment, zu klopfen. Noch einmal – sehr viel heftiger als zuvor – mußte er gegen das intensive Verlangen ankämpfen, seinen Sohn zu nehmen und einfach wegzulaufen, so schnell und so weit er konnte. Aber er *war* fortgelaufen, die drei Jahre, die seit der Geburt seines Sohnes vergangen waren, und die zehn Jahre zuvor. Wenn es jemanden gab, der wußte, wie sinnlos es war, fortlaufen zu wollen, dann ihn.

Er klopfte. Hinter dem Fenster neben der Tür bewegte sich ein Schatten, und einen Augenblick später drangen Schritte durch das dünne Holz. Ein Riegel schnappte hörbar zurück, dann wurde die Tür geöffnet und eine vielleicht vierzigjährige, sehr schlanke Frau blinzelte in die gleißende Nachmittagssonne hinaus. Ihr Gesicht war schmal und ein wenig zu streng geschnitten, und in ihrem Haar machten sich bereits die ersten grauen Strähnen bemerkbar. Sie war sehr einfach gekleidet: in ein graues, lose fallendes Kleid, über dem sie eine nicht mehr ganz saubere Schürze trug. Ihre Hände waren gepflegt, verrieten aber trotzdem die schwere Arbeit, die sie tagtäglich verrichten mußten, und ihre Augen blickten den hochgewachsenen Fremden mit instinktivem Mißtrauen an.

Dies alles registrierte der Mann mit einem einzigen, raschen Blick, denn er hatte gelernt, sein Gegenüber in der allerersten Sekunde erkennen und einschätzen zu können. Innerlich atmete er auf. Maude Craven war das genaue Gegenteil der Stadt: sie entsprach zu hundert Prozent dem Bild, das er sich von ihr gemacht hatte.

»Miss Craven?« fragte er.

Die Frau nickte, öffnete die Tür aber nicht weiter, sondern sah den Fremden nur durchdringend an. Dann erfaßte ihr Blick den Knaben an seiner Hand, und für einen Moment malte sich eine Mischung aus Freude und Überraschung auf ihren Zügen ab.

»Sie sind … ?«

»Montague«, sagte der Mann. »Roderick Montague. Dürfen wir eintreten?«

»Aber natürlich.« Maude Craven trat hastig einen Schritt zurück, wobei sie die Tür mit sich zog, schüttelte verstört den Kopf und versuchte sich in ein Lächeln zu retten. »Ich … habe Sie erst in einer Woche erwartet«, sagte sie.

Montague antwortete nicht gleich, sondern trat mit einem raschen Schritt an ihr vorüber ins Haus, nahm seinen Sohn nun doch auf den Arm und wartete, bis Miss Craven die Tür wieder geschlossen hatte. Für einen Moment wurde sie zu einem blassen Schatten mit verschwimmenden Rändern, denn seine Augen hatten sich an das gleißende Weiß der Sonne gewöhnt, während hier im Haus hinter zugezogenen Vorhängen ein behagliches Halbdunkel herrschte. Die dünnen Wände vermochten der Hitze nicht standzuhalten, aber nach der stundenlangen Fahrt in der Kutsche kam ihm das Haus trotzdem beinahe kühl vor.

»Ist das ….« Maude Craven trat auf ihn zu und streckte die Hände nach dem Jungen aus. » … Robert?« Montague war sicher, daß sie es nicht bewußt tat, aber auf ihren Zügen erschien sofort ein sehr mütterliches Lächeln, und in ihren Augen lag mit einemmal die gleiche Wärme, die er stets in ihren Briefen gefühlt hatte. Er nickte.

»Das ist Bob«, sagte er, schenkte dem Knaben ein flüchtiges, sehr müdes Lächeln und deutete mit einer Kopfbewegung auf Miss Craven. »Und das, Bob, ist Tante Maude. Willst du zu ihr?« Er machte Anstalten, den Jungen in die ausgebreiteten Hände Maudes zu geben, aber Robert drehte mit einem Ruck den Kopf weg und begann unwillig mit den Beinen zu strampeln.

»Will nicht«, sagte er heftig. »Bob müde. Und Bob Durst. «

»Nehmen Sie es ihm doch nicht übel«, sagte Montague rasch, als er die Enttäuschung auf Maudes Zügen bemerkte. »Die Fahrt war sehr anstrengend. Wir sind seit Sonnenaufgang unterwegs. Wenn ich ihn irgendwo hinlegen kann ... ?«

»Aber natürlich. Hier entlang, bitte.« Maude öffnete eine Tür, hinter der ein kleines, aber sehr behaglich ausgestattetes Schlafzimmer lag. Montague trug den Jungen zum Bett, setzte ihn behutsam ab und begann sein Hemd aufzuknöpfen, während Maude Craven für einen Moment verschwand. Als sie zurückkam, trug sie ein großes Glas Milch in der Rechten. Aber obgleich der Junge vor Durst schier umkommen mußte, griff er nicht danach, sondern musterte sie nur voller Mißtrauen und zog einen Schmollmund.

Dann sah er seinen Vater an. In seinen Augen war ein leicht fiebriger Glanz.

»Trink ruhig«, sagte Montague. »Und danach schläfst du ein bißchen, einverstanden? Wenn du dich ausgeruht hast, wird dir Tante Maude eine Menge spannender Sachen zeigen. Nicht wahr?«

Die letzten beiden Worte galten Miss Craven, die um das Bett herumgegangen war und sich auf der gegenüberliegenden Kante niedergelassen hatte. Sie wirkte ein wenig hilflos, mit dem Milchglas in der Rechten und der schmuddeligen Schürze, die ihre Hand unbewußt zerknüllte. Montague spürte ihre

Nervosität. Aber es war reine Verwirrung, die sie unsicher werden ließ, nicht die Nervosität, hinter der sich irgendeine Art von Schuldbewußtsein verbarg. Sie waren vier Tage zu früh gekommen, und nun wußte sie ganz offensichtlich nicht, wie sie reagieren sollte.

Genau dies war der Grund, aus dem er vor dem verabredeten Zeitpunkt hergekommen war. Es gab kaum eine bessere Möglichkeit, einen Menschen wirklich kennenzulernen, als ihn zu überraschen.

»Vielleicht lassen Sie uns einen Augenblick allein, Miss Craven«, bat Montague. »Robert ist erschöpft. Ich denke, er wird gleich einschlafen. Danach können wir reden. «

Maude Craven setzte das Milchglas behutsam auf einem kleinen Tischchen neben dem Bett ab, wandte sich um und verließ den Raum. Montague wartete, bis sie die Tür hinter sich geschlossen hatte. Erst dann drehte er sich wieder zu seinem Sohn um und lächelte. »Du darfst nicht böse zu Tante Maude sein«, sagte er sanft. »Sie mag Kinder sehr, mußt du wissen. Und dich ganz besonders.«

Robert zog eine Grimasse. »Bob mag sie nicht«, sagte er. »Bob will gehen.«

Montague schwieg. Seine Lippen preßten sich zu einem schmalen, blutleeren Strich zusammen, als er die Hand hob und die Stirn seines Sohnes berührte. Roberts Haut fühlte sich heiß an und rauh, wie warmes Sandpapier. Montague fühlte das Fieber, das in den Adern des Dreijährigen wühlte. Er atmete tief und hörbar. Es hörte sich an wie ein fast lautloser Schrei. Nicht zum ersten Mal in den vergangen Tagen kam Montague mit schmerzhafter Wucht zu

Bewußtsein, wie ähnlich der Junge seiner Mutter war.

Er vertrieb den Gedanken. »Ich ... ich werde jetzt etwas tun, mein Sohn«, sagte er. Seine Stimme zitterte. Etwas war darin, was der Junge nicht verstehen konnte. Aber er spürte es, mit der Sensibilität, die nur Kindern zu eigen ist, denn in seinen vom Fieber getrübten Augen glomm jäher Schrecken auf. Seine kleine Hand umklammerte die Finger seines Vaters mit aller Kraft.

»Irgendwann wirst du mich für das hassen, was ich tun muß«, fuhr Montague fort. »Aber vielleicht wirst du irgendwann auch verstehen, warum ich es tat.« Plötzlich war seine Stimme wirklich nur noch ein Flüstern. »Es ist der einzige Ausweg, Robert. Du mußt leben.«

»Daddy traurig?« fragte Robert.

Montague nickte. Eine einzelne, heiße Träne lief aus seinem Augenwinkel, zeichnete eine glitzernde Spur über seine Wange und versickerte in seinem Bart. »Ja, Bob«, antwortete er mühsam. »Dein Daddy ist sehr traurig. Verzeih mir, mein Sohn. Und nun schlaf ein.«

Der Junge schlief ein. Seine Augen schlossen sich, seine Glieder wurden schwer und schlaff, und sein Atem, gerade noch schnell und unregelmäßig, ging von einer Sekunde auf die andere tief und ruhig. Selbst Montague, der diesen Vorgang tausendmal miterlebt – und bewirkt! – hatte, konnte ein Schaudern nicht unterdrücken, denn das Kind glitt so schnell vom Wachsein in den Schlaf hinüber, daß es fast wie ein Sterben wirkte.

Lange, sehr lange saß er einfach so da und blickte

auf das bleiche Gesicht seines Sohnes herab. Es war das letzte Mal, daß er es sehen würde; vielleicht für immer.

Dann, nach einer Ewigkeit, hob er zum zweiten Male die Hand und berührte die Stirn des schlafenden Kindes, aber diesmal nicht, um ihn zu streicheln oder einfach seine Nähe zu fühlen, sondern um etwas zu tun, wofür er sich selbst den Rest seines Lebens hassen würde. Sein Mittelfinger suchte und fand die Stelle genau über der Nasenwurzel des Kindes, während sich Zeige- und Ringfinger auf seiner geschlossenen Lider senkten. Für einen Moment schloß er die Augen. Als er sprach, klang seine Stimme sehr leise und monoton und trotzdem von suggestiver Kraft erfüllt.

»Du wirst jetzt schlafen, Bob«, sagte er. »Du wirst lange und tief schlafen, und wenn du erwachst, wirst du mich vergessen haben. Du wirst dich an nichts mehr erinnern, was bis heute geschehen ist. Deine Name ist Robert Craven, und du lebst bei deiner Tante, solange du denken kannst. Du hast mich niemals gesehen. Du hast den Namen Atzdara niemals gehört.« Er zog die Hand zurück, ballte sie zur Faust, so fest, daß sie zu zittern begann und die Knöchel wie kleine Narben durch die Haut stachen. »Und wenn wir uns irgendwann wiedersehen sollten, mein Sohn«, flüsterte er, »dann hoffe ich, daß du mir vergeben kannst.«

Einen Moment lang blickte er noch auf seinen schlafenden Sohn herab, fast, als warte er darauf, daß er die Augen aufschlug und ihm antwortete. Eine sonderbare, grausam tiefe Kälte erfüllte ihn, das Gefühl, sich besudelt, etwas unbeschreiblich Verachtenswertes getan zu haben, und gleichzeitig eine ebenso tiefe und schmerzende Liebe zu seinem Sohn, der bis zum nächsten Morgen durchschlafen und dann aufwachen würde, ohne zu wissen, daß er jemals einen Vater gehabt hatte.

Es gab einen Teil in ihm, der ihm zuflüsterte, daß es sein mußte, daß er keine andere Wahl hatte und daß dies der einzige Weg war, das Leben seines Kindes zu retten. Aber es gab auch noch eine andere Stimme, und die schrie mit der Lautstärke einer Liebe, die auf Logik und klares Denken pfiff. In gewissem Sinne, dachte dieser andere, hysterische Teil von ihm, hatte er seinen Sohn ermordet. Er würde erwachen und das Fieber überwinden und gesund sein und erwachsen werden, und vielleicht – sogar glücklich, aber das Kind, das am nächsten Morgen aus diesem Bett aufstehen würde, war nicht mehr Robert Andara, sein Sohn, sondern Robert Craven, ein Fremder. Sein suggestiver Befehl hatte alles getötet, was an diesem Kind sein gewesen war. Aber es würde leben.

Montague/Andara stand auf, drehte sich mit einem Ruck herum und verließ das Zimmer, ohne noch einmal zurückzublicken.

Sein Gesicht war unbewegt wie immer, als er die Tür hinter sich zuzog. Niemand, der ihn nicht ganz genau kannte, hätte den Taifun einander widerstrebender Gefühle bemerkt, der hinter seiner Stirn tobte.

Maude Craven stand am Fenster und blickte auf die Straße hinaus, als er aus dem Schlafzimmer kam, drehte sich jedoch mit einer fast erschrockenen Bewegung herum und trat einen Schritt auf ihn zu.

»Er schläft jetzt«, sagte Montague. »Ich … habe ihm etwas gegeben, damit er bis zum nächsten Morgen durchschlafen kann. Das beste wird sein, sie lassen ihn ganz in Ruhe.«

Das unmerkliche Stocken in seinen Worten war Miss Craven nicht entgangen, und wieder blitzte ein kurzes, mißtrauisches Funkeln in ihren Augen auf. »Etwas gegeben?« wiederholte sie. »Ist er denn krank?«

»Ein wenig Fieber«, gestand Montague, und fügte hastig hinzu: »Aber nichts Ernsthaftes. Wir waren in letzter Zeit viel unterwegs. Ich fürchte, ein wenig zu viel für einen dreijährigen Jungen.« Er lächelte beruhigend. »Ein paar Tage Ruhe, und er ist wieder auf den Beinen.«

Zu seiner Überraschung ginge Maude Craven nicht weiter auf das Thema ein, sondern blickte ihn nur noch eine Sekunde lang zweifelnd an. Dann wies sie auf einen Stuhl. »Nehmen Sie Platz, Mister Montague. Ich werde Ihnen etwas Kaltes zu trinken besorgen.« Sie lächelte entschuldigend. »Allerdings kann ich nur mit Milch oder Orangenlimonade dienen. Wenn Sie an stärkere Sachen gewöhnt sind, muß ich Sie enttäuschen.«

Der Mann, der sich selbst Roderick Montague nannte und in Wahrheit Roderick Andara hieß, lächelte flüchtig, wurde jedoch sofort wieder ernst. Er schüttelte den Kopf. »Ich fürchte, ich werde nicht lange genug bleiben können, um Ihre Gastfreundschaft in Anspruch zu nehmen, Miss Craven«, sagte er.

Diesmal dauerte es volle fünf Sekunden, bis Maude verstand, was er mit seinen Worten ausdrücken wollte. Irgend etwas geschah mit ihr, was Montague nicht in Worte fassen konnte – aber er glaubte regelrecht zu sehen, wie sie innerlich zu Eis erstarrte. »Sie … Sie wollen …«

»Ich muß sofort weiterreisen«, unterbrach Montague sie. »Die Kutsche wartet. Ich kann nicht bleiben. Nicht einmal auf ein Glas Limonade. Es tut mir leid, aber ich habe keine Wahl. «

»Das meinen Sie nicht ernst«, sagte Maude stockend. »Sie … Sie kommen hierher, um mir Ihren Sohn anzuvertrauen, vielleicht für Jahre, und …«

»Vielleicht für sehr viele Jahre«, sagte Montague leise. »Es ist möglich, daß Sie mich niemals wiedersehen, Miss Craven.«

Maude starrte ihn an. Sie war bleich geworden, und ihre Augen waren weit vor Unglauben und … Angst? Ja, es war zumindest etwas *Ähnliches* wie Angst, was er in ihrem Blick las. Etwas, was vielleicht schlimmer war: Verachtung. Wie gut er diesen Blick doch kannte.

»Ich glaube es einfach nicht«, sagte Maude schließlich. »Sie kommen hierher, legen Ihr Kind in mein Bett und erzählen mir, daß Sie sang- und klanglos zu verschwinden gedenken? Das kann nicht Ihr Ernst sein, Mister Montague!«

»Es gibt nichts mehr, was wir bereden müßten, Miss Craven«, antwortete Montague ruhig. »Alles, was Sie über mich wissen mußten, stand in meinen Briefen. Und alles, was ich über Sie in Erfahrung bringen wollte, stand in den Ihren. Und ich versichere Ihnen, daß ich mir die Person, der ich das Leben meines Sohnes anvertraue, sehr gründlich ausgesucht habe. Ich kenne Sie, auch wenn wir uns niemals zuvor persönlich begegnet sind, und Sie für Ihren Teil müssen nichts über mich wissen. Die finanzielle Seite unseres Abkommens ist zu Ihrer Zufriedenheit geregelt, nehme ich an?«

Die Verachtung in Maude Cravens Blick wurde zu Abscheu, während ihre Miene zu Eis zu erstarren schien. »Ich habe Ihren sogenannten Vertrag bekommen, wenn es das ist, was Sie meinen, Mister Montague«, sagte sie kalt. »Aber es geht hier nicht um Geld.« Sie wies mit einer wütenden Geste auf die geschlossene Schlafzimmertür. »Das dort drinnen ist kein Möbelstück, für dessen Aufbewahrung Sie mir Miete zahlen, sondern Ihr Sohn. Was soll ich ihm erzählen, wenn er in einer Stunde aufwacht und mich fragt, wo sein Vater ist?«

»Nichts«, antwortete Montague ruhig. »Er wird nicht fragen. Er wird sich nicht einmal erinnern, daß ich ihn hergebracht habe, Miss Craven, glauben Sie mir. Und es wäre das beste, wenn auch Sie es vergessen würden.«

»Aber … aber ich habe gedacht, Sie würden bleiben«, sagte Maude, plötzlich eher verstört und hilflos als zornig. »Ein paar Tage wenigstens, eine Woche. Ich … ich brauche Zeit, mich mit ihm bekannt zu machen. Ich weiß nichts über Robert. Ich muß … « Sie brach ab, begann mit den Händen zu ringen und starrte abwechselnd Montague und die Tür hinter ihm an. Auf ihrem Gesicht lieferten sich Zorn und Hilflosigkeit einen stummen Kampf.

Roderick Montague seufzte, schüttelte fast unmerklich den Kopf und zog einen großformatigen, säuberlich in der Mitte gefalteten Briefumschlag aus der Innentasche seines Jacketts. »Miss Craven«, sagte er geduldig. »Wir stehen seit mehr als einem Jahr in brieflichem Kontakt miteinander. Ich habe Ihnen alles geschrieben, was Sie über Robert wissen müssen. Außer mir selbst gibt es wohl niemanden, der so viel über meinen Sohn weiß wie Sie. «

»Aber darum geht es doch gar nicht!« protestierte Maude. »Trotzdem … «

»Trotzdem«, fuhr Montague unbeirrt fort, »habe ich noch einmal alles Wichtige in Stichpunkten zusammengefaßt und hier aufgeschrieben.« Er streckte die Hand aus, wartete einen Moment und legte den Briefumschlag schließlich auf den Tisch, als Miss Craven keinerlei Anstalten machte, danach zu greifen. »Außerdem enthält der Umschlag noch eine gewisse Summe, die Sie als Bonus für die Umstände unseres frühzeitigen Eintreffens betrachten sollten.«

»Sie reden ein bißchen zu viel von Geld, Mister Montague«, sagte Maude kalt. »Zum Teufel, was denken Sie, tun wir hier? Wollen Sie mir Ihren Sohn verkaufen?«

»In gewissem Sinne schon«, antwortete Montague. »Sie wissen, warum ich es tue. Bobs Mutter ist tot, und ich selbst führe ein Leben, das ein Kind auf Dauer nicht durchhalten kann. Der Junge braucht ein Zuhause, in dem er sich wohl fühlt, und da ist ein einfaches Haus wie das Ihre immer noch besser als fünfzig verschiedene Hotels und Schiffskabinen im Jahr. Wenn Sie so wollen, ist es wirklich nur ein Geschäft: Ich bezahle Sie, damit Sie ihm geben, was ich ihm für mein Geld nicht kaufen kann.«

»Oh«, sagte Maude böse. »So einfach ist das, wie?« Sie kam einen Schritt näher und starrte Montague herausfordernd an. »Oder ist er Ihnen vielleicht einfach nur lästig? Ich habe geglaubt, Sie zu kennen, Mister Montague. Nach Ihren Briefen erwartete ich, einen warmherzigen, guten Menschen zu treffen, der eine Mutter für seinen Sohn sucht. Aber jetzt scheint mir, daß ich mich getäuscht habe. Möglicherweise sind Sie nichts als ein Lebemann, für den ein Kind nur ein Klotz am Bein darstellt.«

»Was haben Sie erwartet, Miss Craven?« fragte Montague kalt. »Daß ich Sie heirate?« Er lachte, sehr leise, und ganz bewußt verletzend.

Maude erbleichte. Ihre Lippen begannen zu zittern. »Ich hätte gute Lust, Sie auf der Stelle herauszuwerfen«, flüsterte sie erregt.

»Nur zu«, antwortete Montague gelassen. »Sie können jederzeit von unserer Abmachung zurücktreten. Allerdings«, fügte er gleichmütig hinzu, »müßte ich dann meine Anwälte beauftragen, die bereits geleistete Vorauszahlung zurückzufordern.« Er machte eine weit ausholende Bewegung mit seinem Stock. »Wenn ich mich nicht täusche, haben Sie den Großteil des Geldes verwendet, dieses Haus zu kaufen und zu renovieren, nicht wahr? Sie dürften gewisse ... Schwierigkeiten haben, die Summe aufzubringen.«

»Hinaus«, flüsterte Maude. »Verlassen Sie auf der Stelle mein Haus, Mister Montague!«

Montague lächelte. »Allein? Oder zusammen mit Robert?«

»Verschwinden Sie!« Maudes Gesicht flammte vor Zorn. »Scheren Sie sich auf der Stelle hinaus, Sie widerlicher Mensch! Ich will Sie niemals wiedersehen. Und ...« sie atmete mühsam ein »... Sie können sich die Mühe sparen, Ihrem Sohn zu schreiben. Ich werde ihm die Briefe nicht vorlesen.«

»Das hatte ich ohnehin nicht vor«, antwortete Montague ruhig. »Leben Sie wohl, Miss Craven.« Er deutete ein Nicken an, strich sich mit einer bewußt affektierten Geste über das Jackett und ging zur Tür, blieb jedoch noch einmal stehen und wandte sich halb um.

»Noch etwas«, sagte er. »Ich habe veranlaßt, daß Sie von Zeit zu Zeit von einem Mitarbeiter von Pinkertons besucht werden. Sollten größere Probleme auftreten – eine teure ärztliche Behandlung etwa oder die Frage nach einer Hochschule –, wird er alles Notwendige veranlassen.« Und damit ging er; so schnell, daß es einer Flucht gleichkam.

Und mehr war es ja auch nicht.

Den dunkel gekleideten Fremden, der im Schatten einer schmalen Lücke zwischen den beiden gegenüberliegenden Häusern stand und ihn beobachtete, bemerkte er nicht.

Er eilte mit großen Schritten die Straße entlang, stieß die Schwingtüren des Saloons auf und betrat den halbdunklen Raum. Er wollte fort von hier, nur noch fort.

Der Postkutschenfahrer sah von seinem Bier auf, als er die Schritte hörte. Ein Lächeln erschien in seinen Augen und erlosch sofort wieder, als er den Ausdruck auf den Zügen seines Fahrgastes sah. »Ist etwas passiert, Sir?« fragte er.

Andara schüttelte den Kopf. »Es ist alles in Ordnung. Haben Sie ausgetrunken?«

»Nein«, antwortete der Mann. »Aber das macht nichts. Wir können sofort weiter.« Er schob das nur zu einem Drittel geleerte Bierglas über die Theke zurück, legte einen zerschrammten *Dime* daneben und langte nach seinem Hut, den er neben sich auf den Barhocker gelegt hatte. »Ist Ihr Sohn schon im Wagen?«

Andara zögerte einen ganz kurzen Moment, dann schüttelte er den Kopf. »Nein«, antwortete er. »Er wird ... nicht mitkommen.«

Der Kutscher blickte ihn fast erschrocken an. Die Hand, die den Hut keck in seinen Nacken geschoben hatte, erstarrte für einen winzigen Moment, und plötzlich trat ein sonderbares Verstehen in seinen Blick. Er lächelte noch immer, aber es wirkte jetzt traurig. Nein, nicht traurig, korrigierte sich Andara. *Mitfühlend.* Sonderbarerweise erfüllte ihn dieser Gedanke mit einer tiefen, wohltuenden Wärme. Es war so lange her, daß er echte menschliche Gefühle gespürt hatte, daß ihm selbst die flüchtige Teilnahme eines Wildfremden wichtig erschien.

Aber er sagte kein Wort, sondern wartete nur, bis der Mann an ihm vorbeigegangen war. Dann folgte er ihm aus dem Saloon und zu der wartenden Kusche.

Die Hitze, die sich in der winzigen Fahrgastkabine gestaut hatte, traf ihn wie ein Fausthieb, als er die Tür öffnete und sich in die Sitze fallen ließ. Eine Peitsche knallte, dann begann der Wagen unsanft zu schaukeln und zu beben, als der Kutscher die Tiere auf der viel zu engen Straße wenden ließ. Anders als bei ihrem Eintreffen waren nun doch Menschen auf der Straße: ein alter Neger, der auf einen knotigen Stock gestützt im Schatten dahinschlurfte, zwei schwitzende junge Männer, die ihren Wagen vor dem *Store* geparkt hatten und eine Anzahl prallgefüllter grauer Leinensäcke entluden, eine Frau im schwarzen

Kleid, die ein Kind an der Hand führte. Einen Jungen mit kurzen Hosen und blondem Haar, nicht sehr viel älter als Bob.

Bob.

Andara schluckte mühsam. Ein bitterer Geschmack lag auf seiner Zunge. Seine Augen brannten und fühlten sich geschwollen an. Für einen Moment wünschte er sich, weinen zu können.

Er hatte gewußt, daß es schlimm sein würde. Aber er hatte nicht gewußt, *wie* schlimm. Es war fast wie damals, als Jenny starb – nein: schlimmer. Damals war der Schmerz entsetzlich gewesen, so entsetzlich, daß ihm selbst der Tod als eine Erlösung erschienen war und er ihr vielleicht freiwillig gefolgt wäre, wäre Bob nicht gewesen. Aber zwei Dinge waren anders: damals war Bob dagewesen, und obwohl er nichts als ein wenige Wochen altes schreiendes Bündel gewesen war, zu dem er keine wirkliche Beziehung zu haben glaubte, hatte er seinem Leben doch noch einen Sinn gegeben.

Jennys Tod hatte ihn getroffen wie ein Blitz aus heiterem Himmel, so überraschend und mit so fürchterlicher Wucht, aber es war nicht *seine* Schuld gewesen. Jetzt war Bob nicht mehr da, und was er ihm angetan hatte, unterschied sich allenfalls in juristischer Hinsicht von Mord. Bob – der Bob, den er aufgezogen und lieben gelernt hatte wie nichts anderes auf der Welt – war nicht mehr da. Er hatte ihn zerstört.

Der Wagen hatte gewendet und setzte sich in Bewegung. Unter den Hufen der Pferde und den eisenbeschlagenen Rädern wirbelte trockener brauner Staub auf, als sie die Hauptstraße hinunterzurollen begannen. Andara beugte sich vor und schloß das Fenster, obwohl es dadurch noch heißer in der Kutsche zu werden schien. Er vermied es absichtlich, zurückzublicken, obwohl die Straße gerade wie mit einem Lineal gezogen verlief und dazu noch hügelaufwärts, so daß er Maude Cravens Haus noch eine ganze Weile hätte sehen können. Er dachte daran, was ihm sein Lehrmeister vor so langer Zeit einmal gesagt hatte: *Sorge dafür, daß man dich hinauswirft, wenn du jemandem den Abschied erleichtern willst.* Andara lächelte; sehr dünn, sehr flüchtig und sehr bitter. O ja, er hatte ihr den Abschied erleichtert, und wahrscheinlich würde sie ihn hassen oder schlimmer noch verachten, und beides hatte er gewollt, aber er hatte nicht gewußt, wie *weh* es tun würde.

Einen Moment – einen ganz kurzen Moment nur – dachte er an Selbstmord, sehr sachlich und sehr ernst. Aber er verscheuchte den Gedanken, ehe er sich weit genug einnisten konnte, um gefährlich zu werden, zog statt dessen die Vorhänge vor den Fenstern zu und lehnte sich auf den zerschlissenen Polstern zurück. Er hatte fast zwei Stunden, ehe sie den nächsten Bahnhof erreichten und er den Zug nehmen konnte, der ihn nach Denver zurückbrachte; wenn der Kutscher die verlorene Zeit wenigstens halbwegs wieder aufholte und die UNION PACIFIC seine Pläne nicht vereitelte, indem sie zum ersten Mal ihren eigenen Fahrplan einhielt.

Der Wagen hatte die Abzweigung zur Hauptstraße erreicht, die keinen Deut besser, aber wenigstens etwas breiter war als der schmale Weg, der nach Walnut Falls hinunterführte, und der Kutscher ließ seine Peitsche knallen, um die Pferde zu größerer Schnelligkeit anzutreiben. Der Wagen begann zu schaukeln wie ein Schiff in bewegter See, und die ungefederten Achsen gaben die Stöße mit brutaler Direktheit an den Aufbau weiter. Andaras Blick richtete sich auf das Fenster. Durch den zerschlissenen Vorhang fiel Sonnenlicht in dünnen gelbweißen Bahnen, Staub tanzte darin wie ein Schwarm regenbogenfarbiger Zwergkäfer, und durch ein etwas größeres Loch in dem Stoff konnte er die monotone Landschaft Colorados vorüberhuschen sehen: braunverbranntes Gras und sanft gewellte Weite, die mit einem Himmel verschmolz, der sich in loderndem Blau selbst zu verzehren schien.

Als er sich wieder zurücksinken ließ, fiel Andaras Blick auf etwas Weißes, das auf der gegenüberliegenden Bank lag. Ein scharfer, sehr schmerzhafter Stich schoß durch seine Brust, als er erkannte, was es war. Seine Hand zitterte, als er sich vorbeugte und das spitzenbesetzte weiße Tuch aufhob. In der oberen rechten Ecke waren die Buchstaben R. A. eingestickt.

Roberts Taschentuch. Jenny hatte es gemacht, noch bevor er auf die Welt gekommen war, und es war alles, was ihnen beiden geblieben war. Jennifer … Gott, war es denn nicht schlimm genug, daß er sie hatte verlieren müssen?

Andara lehnte sich zurück und schloß die Augen. Der bittere Geschmack auf seiner Zunge wurde für einen Moment so intensiv, daß er fast glaubte, sich übergeben zu müssen. Er wollte schreien. Weinen. Irgend etwas nehmen und zerschlagen. Aber er konnte nichts von alledem.

Seine Hand schloß sich um das winzige weiße

Tuch zur Faust. Eine einzelne, heiße Träne lief über seine Wange.

Er spürte es nicht einmal. Seine Gedanken glitten zurück zu jenem entsetzlichen Tag vor mehr als zehn Jahren, an dem alles begonnen hatte …

Das Zimmer war sehr still. Vor den Fenstern lagen schwere hölzerne Läden und sperrten das Sonnenlicht und den Tag aus, und das Feuer, das im Kamin loderte, verbreitete zwar eine erstickende trockene Wärme, seltsamerweise aber kaum Licht.

Trotzdem war es nicht dunkel. Ein unwirklicher, grüner Schein lag in der Luft; Helligkeit, die aus keiner bestimmten Quelle zu kommen schien, sondern aus dem Nirgendwo, als wäre die Luft gar keine Luft, sondern eine leuchtende zähe Flüssigkeit. In das Knacken und Prasseln des Feuers mischte sich ein geisterhaftes Wispern und Raunen. Ein Geräusch wie der Laut einer fernen Meeresbrandung, nur anders, auf unbestimmte Weise drohender und durchdringender. *Feindselig.*

Vier Menschen hielten sich in dem kleinen Raum auf. Eine Frau, zwei Männer und eine grauhaarige, in Lumpen gehüllte Gestalt, deren Geschlecht nicht eindeutig zu erkennen war. Das sackähnliche Gewand verhüllte den Körper vollkommen. Das Gesicht unter der tief in die Stirn gezogenen Kapuze war ein Labyrinth grauer Schatten und tief eingegrabener Furchen und Runzeln, in dem einzig die Augen zu leben schienen. Es waren grausame Augen: schmal, dunkel, beinahe ohne Pupillen und von einem diabolischen Feuer erfüllt. Der grüne Schein, der die Luft erfüllte, spiegelte sich darin. Das Kaminfeuer nicht.

»Sie kommen«, sagte die Frau. Sie saß – wie die drei anderen – starr und fast unnatürlich ruhig hinter dem runden Tisch, der mit den vier Stühlen und dem Kamin fast die gesamte Einrichtung des Zimmers bildete.

»Wie viele?« fragte einer der Männer.

Es dauerte einen Moment, ehe die Frau antwortete. Ihre Augen waren weit geöffnet, aber einem aufmerksamen Beobachter wäre aufgefallen, daß sie nicht blinzelte. Ihr Blick ging ins Leere.

»Zu viele«, sagte sie nach einer Weile. »Hunderte. Ich … kann keine Einzelheiten erkennen. Aber sie hassen.«

»Sie hassen.« Die grauhaarige Gestalt regte sich, und jetzt, als sie sprach, konnte man hören, daß sie eine Greisin war. Eine dürre, fast bis auf die Knochen abgemagerte Hand tauchte unter den Lumpen ihres Gewandes auf, legte sich auf die Tischplatte und kroch wie eine fleckige fünfbeinige Spinne auf die Frau zu. Das Gesicht der Frau zuckte, als die Hand die ihre berührte. Sie widerstand im letzten Moment der Versuchung, den Arm zurückzuziehen. Aber die feinen Härchen auf ihrem Handrücken und ihrem nackten Unterarm stellten sich auf, als bereite ihr die Berührung körperliches Unbehagen.

»Sie hassen«, wiederholte die Alte. »Uns?«

Die Frau nickte. »Ja. Aber ich weiß, was du sagen willst. Es geht nicht. Wir können ihren Haß nicht umdrehen, um ihn für uns zu nutzen. Er ist zu stark.«

Wieder senkte sich Schweigen über den Raum. Nur das unwirkliche Wispern der Geisterstimmen wurde ein bißchen stärker. Das grüne Licht begann zu flackern, und der Schein des Feuers breitete sich wie leuchtendes Blut im Zimmer aus und verwandelte die Gesichter der vier Menschen in teuflische Grimassen. Und da war noch etwas. Etwas, das mit den Worten der jüngeren Frau aus seinem Versteck gekrochen war und jetzt die Luft im Raum verpestete: die Angst.

»Dann müssen wir fliehen«, sagte die Alte schließlich.

»Es ist zu spät«, wisperte die Frau. Ihre Lippen bewegten sich kaum beim Sprechen. Auf ihrer Stirn perlte Schweiß. Ihre Haut fühlte sich kalt und klebrig unter der Hand der Alten an. »Sie sind ... schon zu nahe. Und sie kommen von überall her. Sie sind fast hier.« Ihre Stimme begann zu beben. Ein ganz schwacher Unterton von Hysterie schwang in ihren Worten mit. »Sie ... sind bewaffnet. Und sie haben Fackeln. Sie wollen ... ein Pogrom.«

Einer der Männer stand auf, so heftig, daß sein Stuhl nach hinten umkippte. »Warum sitzen wir dann noch hier herum?« schrie er. »Wir müssen die anderen warnen und den Widerstand organisieren. Sie sollen nur kommen, diese ...«

»Du bist ein Narr, Quenton«, unterbrach ihn die Greisin. Ihre Stimme klang kalt, als interessiere sie das, was sie soeben gehört hatte, gar nicht wirklich. »Du willst kämpfen?« Sie lachte, wandte den Kopf und deutete mit ihrer dürren Hand auf die Tür. »Dann geh. Geh und kämpfe! Es sind Hunderte, und wir sind kaum fünfzig. Oder flieh, wenn du den Rest deines Lebens damit verbringen willst, dich wie ein Tier zu verkriechen.«

Quenton starrte die Alte einen Atemzug lang mit verbissener Wut an. »Und was sollen wir tun, deiner Meinung nach?« fragte er gepreßt. »Hier sitzen bleiben und uns abschlachten lassen wie Mastvieh? Da sterbe ich lieber mit der Waffe in der Hand!«

»Wir können gar nichts mehr tun«, erwiderte die Alte ruhig. »Es ist zu spät. Wir hätten auf Roderick hören sollen.«

»Roderick!« Quenton gab ein unartikuliertes Geräusch von sich und ballte die Hand zur Faust. »Das alles hier ist *seine* Schuld! Wäre er hier bei uns, wie es seine Pflicht wäre, dann würden wir dieses Pack vom Erdboden tilgen, noch ehe es uns auch nur nahe kommt! Aber du würdest ihn ja noch verteidigen, wenn er den Mob persönlich anführen würde! Schließlich ist er ja dein *Sohn*!« Das letzte Wort spie er aus wie eine Beschimpfung.

»Narr«, sagte die Alte ruhig. »Er ist einer von uns, ganz egal, ob er nun mein Sohn ist oder nicht. Er wird kommen. Schon um Jennifers willen. «

In Quentons Gesicht arbeitete es. Seine Knöchel knackten hörbar, als er in hilfloser Wut die Fäuste ballte. »Selbst wenn es so wäre«, sagte er schließlich, »ist das kein Grund für uns, hierzubleiben.« Er starrte die Alte an und schob kampflustig das Kinn vor. »Ihr könnt ja warten, bis sie kommen«, sagte er schließlich. »Ich gehe jetzt jedenfalls und hole mein Gewehr. Und ich werde jeden erschießen, der es wagt, auch nur einen Fuß in die Stadt zu setzen.«

Die jüngere Frau wollte etwas sagen, aber die Alte legte ihr rasch die Hand auf den Unterarm und drückte zu. Die Frau schwieg.

Quenton blickte noch einmal kampflustig in die Runde, fuhr auf dem Absatz herum und stürmte aus dem Haus. Die Tür fiel mit lautem Krachen hinter ihm ins Schloß.

»Dieser Narr«, sagte die Alte leise. »Er hat nichts begriffen. Sie werden ihn töten.«

»Sie werden auch uns töten, wenn wir hierbleiben, Andara«, wandte der andere Mann ein. Er war älter als Quenton, sehr viel älter, wenn auch nicht annähernd so faltig und grau wie Andara, und in seinem Gesicht fehlte die Härte, die das Quentons von denen der anderen unterschied. Dafür war etwas anderes darin: ein Ausdruck, der sich schwer in Worte fassen ließ. Sein Anblick war ... unangenehm. Diesen Mann anzusehen war, als fasse man rostiges Eisen an.

Die grauhäutige Alte nickte. Eine Strähne ihres farblosen brüchigen Haares glitt unter der Kapuze hervor und fiel ihr ins Gesicht. »Das mag sein«, antwortete sie. »Aber vielleicht ist unser Tod nicht so sinnlos, wenn wir zuvor beenden, was wir begonnen haben.« Sie zögerte einen Moment. »Noch ist Zeit«, fuhr sie dann mit veränderter Stimme fort. »Du kannst gehen, wenn du willst. Dieser Kampf ist nicht dein Kampf. Sie werden auch dich töten, wenn sie dich hier finden.«

»Ich gehöre zu euch«, antwortete der Mann mit dem unangenehmen Gesicht. »Ich bleibe.«

Andara nickte, als hätte sie nichts anderes erwartet, hob den Kopf und blickte die junge Frau aus ihren brennenden dunklen Augen an. »Fahre fort, Lyssa«, sagte sie.

Lyssa zögerte. »Wir sind zu wenige«, sagte sie. »Ohne Roderick und Quenton ... «

»Drei sind genug«, unterbrach sie Andara ungeduldig. »Und Quenton hat niemals wirklich zu uns gehört.«

»Aber er besitzt die *Macht*!«

»Macht?« Andara lachte meckernd. »Was weißt du von der *Macht*, du dummes Kind? Viele von uns besitzen sie, nicht nur du und ich und« – sie wies mit einer Kopfbewegung auf den Mann an Lyssas Seite – »Necron. Auch Roderick besitzt sie, vielleicht viel mehr als wir alle zusammen. Aber was nutzt die *Macht*, wenn man sie nicht einzusetzen versteht?« Sie kicherte. »Was hilft dem Grizzly seine Kraft gegen die Verschlagenheit der Jäger, in deren Falle er tappt?«

Sie schüttelte abermals den Kopf und schlug mit der flachen Hand auf den Tisch. »Drei sind genug«, wiederholte sie, und diesmal klangen die Worte wie ein Befehl. »Fahre fort.«

Lyssa nickte. Der Blick ihrer großen, wasserklaren Augen heftete sich auf das geschlossene Fenster, und Andara erkannte deutlich die Furcht darin.

»Verzweifle nicht, Kind«, sagte sie mit einer Sanftheit, die keiner der anderen ihr zugetraut hätte. »Vielleicht werden wir sterben, aber der Tod ist nicht das, wofür ihn die meisten halten.« Sie lächelte geheimnisvoll. »Fahre fort.«

Das Mädchen gehorchte. Ihre Augen blieben weiter geöffnet. Aber ihr Blick wurde wieder leer, und ihre Hände, die bisher nervös an den Zipfeln ihres einfachen braunen Kattunkleides gespielt hatten, waren mit einem Male ganz ruhig.

Von draußen drangen gedämpfte Stimmen in den Raum, dann das Trappeln von Schritten, Türenschlagen und Hundegebell. Ein Pferd wieherte, dann knallte eine Peitsche, und eine zornige Stimme begann zu fluchen.

Aber Lyssa schien von alledem nichts zu bemerken. Starr und wie gelähmt hockte sie auf ihrem Schemel, ohne die geringste Bewegung, ohne mit den Lidern zu zucken, ja selbst ohne zu atmen.

»Spürst du ihn?« fragte Andara nach einer Weile. »Spürst du seine Nähe? *Hört er unseren Ruf?*«

Lyssa nickte. Ihr Blick flackerte, wurde für eine halbe Sekunde klar und verschleierte sich sofort wieder. Auf ihrer Stirn lag kalter, klebriger Schweiß.

»Ich fühle ihn«, flüsterte sie. »Er ... hat deinen Ruf gehört. Er ... wird ... ihm folgen.« Sie schluckte. Ihre Stimme wurde brüchig und klang plötzlich wie die einer alten Frau. »Yog ... «

»Sprich diesen Namen nicht aus!« Andara hob erschrocken die Hand und berührte die des Mädchens. Die Stimmen, die durch die geschlossenen Läden in den Raum drangen, wurden lauter, und plötzlich zerriß der peitschende Knall eines Schusses die Stille. Ein gellender Schrei antwortete wie ein bizarres Echo darauf.

»Sprich ihn nicht aus«, sagte Andara noch einmal, fast, als ginge sie alles, was sich außerhalb des kleinen Raumes abzuspielen begann, nichts an. »Es ist den Sterblichen verboten, seinen Namen zu benutzen. Es reicht, wenn er weiß, daß wir ihn rufen.«

»Er weiß es«, antwortete Lyssa mühsam. »Und er ... er kommt. Ich spüre es.«

Andara antwortete nicht mehr. Ihr Gesicht war wieder zu einer Maske der Unberührbarkeit und des Alters erstarrt, und ihre Hände, die nebeneinander auf der Tischplatte lagen, als warteten sie nur darauf, zum Gebet gefaltet zu werden, sahen mehr denn je aus wie die einer Toten.

»Sie kommen.«

Quenton fuhr beim Klang der Worte zusammen wie unter einem Hieb. Sein Blick irrte nervös durch die Scheune. Das geschlossene Tor, und die hastig vernagelten Fenster sperrten das Tageslicht aus und ließen die Gestalten der anderen zu unsicheren Schatten werden, ihre Bewegungen zu einem ruckhaften geisterhaften Huschen. Es war still, viel ruhiger, als es in einem Raum sein durfte, in dem sich annähernd dreißig Personen aufhielten. Aber es war die Stille der Angst, die von den Menschen hier Besitz ergriffen hatte.

Leise – als fürchte er, allein durch ein zu lautes Geräusch den Mob draußen zu einem Angriff zu provozieren – erhob Quenton sich, lehnte das entsicherte Gewehr gegen die Wand und trat vom Fenster zurück. Sofort huschte einer der anderen Männer herbei, nahm seinen Platz ein und schob den Lauf seines Gewehres durch eine der schmalen Schießscharten, die sie freigelassen hatten. Sie alle waren bewaffnet: mit Gewehren, Revolvern und Schrotflinten, einige auch nur mit Äxten, Mistgabeln oder großen Messern; selbst die Frauen, die sich in den hinteren Teil der Scheune zurückgezogen hatten und einen lebenden Schutzwall um das halbe Dutzend Kinder bildeten. Die unscheinbare Scheune hatte sich im Laufe der letzten zwanzig Minuten in eine Festung verwandelt. Wer immer sie stürmen wollte, würde einen hohen Blutzoll zahlen müssen.

Und trotzdem würden sie sterben. Quenton wußte es. Es war nicht einmal die *Macht*, die ihm dies verriet, sondern simples Kopfrechnen. Sie waren achtundzwanzig, die sechs Kinder und elf Frauen mitgezählt, und sie waren einfache Bauern und Jäger und hatten Angst, und dort draußen tobte ein aufgepeitschter Mob durch die Straßen, der nach Hunderten zählte und Blut sehen wollte.

»Quenton?«

Quenton sah auf und erkannte das blasse Gesicht Marians, der Tochter seines Stiefbruders. Das Schrotgewehr in ihren schmalen Händen wirkte beinahe rührend.

»Ja?«

»Wieso ... bist du hier?« fragte sie leise. Ihre Lippen zitterten, und obwohl sie fast flüsterte, spürte Quenton, daß jedermann in der Scheune ihren Worten aufmerksam lauschte.

Und daß sie auf eine Antwort warteten. Marian hatte nur ausgesprochen, was er in jedem Gesicht las, wenn er sich umsah. Sie waren ihm widerspruchslos hierher gefolgt, nachdem er Lyssas Haus verlassen hatte. Aber sie alle wollten wissen, warum. Sie wußten, was sie erwartete, aber sie wollten es aus seinem Munde hören.

»Warum bist du hier?« fragte Marian noch einmal. »Warum sind *wir* hier, Quenton?«

Durch das geschlossene Tor drangen Schreie. Ein Gewehr krachte, dann noch eines und noch eines, und irgend jemand begann schrill und hysterisch zu lachen. Irgendwo weiter entfernt war das Grölen der Menge zu hören. Es kam näher. Sehr schnell.

»Deshalb«, antwortete Quenton mit einer Kopfbewegung zum Tor. Nicht alle waren ihm gefolgt. Ein paar hatten versucht, sich in ihren Häusern und Kellern zu verbarrikadieren oder ihr Heil in der Flucht zu suchen. »Deshalb, Kind. Weil wir uns hier verteidigen können. Jeder, der durch dieses Tor kommt, wird sterben. «

»Das ist keine Antwort«, sagte Marian. In ihren Augen schimmerten plötzlich Tränen, und als sie weitersprach, schien sie nur noch mit Mühe die Fassung zu bewahren. Sie schrie beinahe. »Du weißt genau, was ich meine, Quenton. Ihr ... ihr habt uns Sicherheit versprochen. Sicherheit und Reichtum. Ihr habt gesagt, wir können hier in Ruhe leben und glücklich sein, und jetzt kommen sie, um uns zu töten!«

»Hör auf!« sagte Quenton leise.

Aber Marian hörte nicht auf; im Gegenteil. Plötzlich ließ sie ihr Gewehr fallen, sprang mit einem halberstickten Schrei auf ihn zu und begann mit den Fäusten auf seine Brust einzuschlagen. »Ihr habt uns Sicherheit versprochen!« kreischte sie. »Ihr habt gesagt, ihr würdet uns beschützen, wenn sie einmal kämen! Wozu haben wir euch all die Jahre geglaubt? Wo ist die Macht, die ihr angeblich habt?! Wo ... ?«

Quenton packte sie grob bei den Schultern, stieß sie auf Armeslänge von sich und versetzte ihr eine schallende Ohrfeige. Das Mädchen taumelte zurück, fiel auf ein Knie herab und preßte die Hand gegen die Wange. Quentons Finger malten sich deutlich auf ihrer Haut ab.

»Es ist nicht meine Schuld!« schrie er wütend. Er spürte, wie die anderen ihn anstarrten, und ihre

Blicke kamen ihm vor wie Messer, die tief in seine Brust schnitten. Niemand sprach es aus, aber der Vorwurf war überdeutlich.

»Ich kann nichts dafür«, sagte er noch einmal. »Ich war bei Andara, bevor ich zu euch kam, aber sie wollte nicht kämpfen. Wir vier hätten sie aufhalten können, aber allein bin ich machtlos!«

»Und die *Macht*?« flüsterte Marian. »Der Pakt, den wir geschlossen haben? Wozu haben wir euch unsere Seelen verpfändet, wenn wir jetzt doch sterben müssen?«

»Ich kann sie nicht aufhalten«, flüsterte Quenton hilflos. »Nicht wirklich.«

Marian starrte ihn an. In ihren Augen glitzerten Tränen, aber ihr Gesicht war mit einemmal ausdruckslos wie eine bleiche, aus weißem Porzellan gefertigte Totenmaske.

»Dann hatte Roderick recht«, flüsterte sie. »Wir hätten auf ihn hören sollen statt auf dich und diese ... diese Hexe.«

Quenton schnaubte. »Roderick?« fragte er böse. »O ja, Kindchen, er hatte recht. Aber er hatte auch die Möglichkeit, uns alle zu retten.« Plötzlich schrie er: »Das alles hier wäre nicht passiert, hätte er uns nicht im Stich gelassen, begreifst du das immer noch nicht? Es ist einzig und allein seine Schuld!«

»Aber er ist nur einer!« sagte Marian verzweifelt. »Und ihr seid vier!«

»Das sind wir nicht«, murmelte Quenton. »Lyssa, Andara und dieser verfluchte Necron ziehen es vor, zu sterben, statt sich zu wehren. Werft mir nicht vor, wenn sie feige sind!«

»Aber du!« beharrte Marian. »Du hast die *Macht*,

Quenton! Du bist ein Magier wie sie. Du hast es oft genug bewiesen!«

»Ich kann es nicht«, sagte Quenton bitter. »Ich kann nicht gegen Hunderte kämpfen!«

»Rette uns!« beharrte Marian. »Du hast es versprochen!«

Ein einzelner Schuß krachte. Aus der Wand neben Quentons Schulter ragten plötzlich verkohlte Holzsplitter, und zwischen Marians Brüsten erschien ein kleines, rundes Loch. Das Mädchen stieß einen fast überraschten, seufzenden Laut aus, starrte Quenton noch eine halbe Sekunde lang aus schreckgeweiteten Augen an und kippte dann ganz langsam nach vorne.

Jemand schrie, und der Mann, der Quentons Platz am Fenster eingenommen hatte, erwiderte das Feuer. Plötzlich krachten überall Schüsse. Männer, Frauen und Kinder schrien durcheinander, als die Angreifer aus Dutzenden von Waffen gleichzeitig das Feuer eröffneten.

Quenton warf sich mit einem Fluch zur Seite, als der Mann am Fenster plötzlich zusammensackte und der Boden rings um ihn herum unter den Einschlägen zu explodieren schien, rollte herum und war mit einer katzenhaften Bewegung wieder auf den Füßen. Wieder peitschten Schüsse; eine ganze Salve diesmal. Einer der Fensterläden platzte wie unter einem gewaltigen Hammerschlag auseinander. Irgend etwas biß heiß und tief in seine Schulter, aber er spürte den Schmerz in diesem Moment kaum.

Im Zickzack rannte er durch den Raum, warf sich mit weit vorgestreckten Armen nach der Leiter, die zum Heuboden hinaufführte, und bekam die unterste Stufe zu fassen. Das Brüllen und Johlen der Meute draußen wurde immer lauter; gleichzeitig nahm das Schießen ab. Offensichtlich glaubten sie, mit den ersten paar Salven den Widerstand der Verteidiger gebrochen zu haben und kamen nun näher heran. Ein wuchtiger Schlag traf die Tür. Einer der Männer riß sein Schrotgewehr an die Wange und schoß rasch hintereinander beide Läufe ab. Die Tür verschwand in einer Wolke explodierender Holzsplitter und Staub. Ein einzelner gellender Schrei drang von draußen herein, dann antwortete eine ganze Salve krachender Gewehrschüsse.

Quenton sah nicht mehr hin. So schnell er konnte, kletterte er die Leiter empor, zog sich mit einer letzten, verzweifelten Anstrengung auf den Heuboden hinauf und blieb eine Sekunde lang keuchend und mit geschlossenen Augen liegen, ehe er sich hochstemmte und auf Händen und Knien zu der Luke über dem Scheunentor kroch. Auch hier war einer der Männer postiert gewesen. Er war tot. Seine Hände umklammerten noch das Gewehr, mit dem er versucht hatte, sein Leben und das seiner Familie zu verteidigen.

Quenton kämpfte den ohnmächtigen Zorn nieder, den der Anblick in ihm auslöste, schob den reglosen Körper zur Seite und näherte sich vorsichtig der Luke.

Der Anblick traf ihn wie ein Schlag. Es war nicht einmal zehn Minuten her, daß er in die Scheune gekommen war. Aber er erkannte die Stadt nicht wieder.

Sie brannte. Die Hälfte der noch nicht einmal zwei Dutzend Gebäude stand lichterloh in Flammen, und die Straße glich einem Tollhaus. Überall lagen Menschen, nicht nur *seine* Leute, sondern auch Fremde. Die Angreifer mußten sich in ihrer Raserei gegenseitig niedergetrampelt haben, manche von ihnen schossen in ihrem Blutrausch auch einfach wahllos auf alles, was sich bewegte.

Aber der Anblick erfüllte Quenton weder mit Zufriedenheit noch mit Triumph. Die aufgebrachte Menge dort unten bedeutete ihm nicht mehr als eine Horde wilder Tiere, und trotz allem gelang es ihm nicht einmal, sie zu hassen. Er fürchtete sie, ja, und er verachtete sie – aber hassen? Man haßte keine Tiere, selbst wenn sie einen töteten.

Irgendwo unter ihm krachte ein Schuß. Die Kugel fuhr mit einem dumpfen Klatschen eine Handbreit neben Quentons Knie in das Holz und wirbelte Heu und trockenen Staub auf.

Quenton zog sich hastig in den schwarzen Schlagschatten der Wand zurück, hob die Hand und machte eine rasche, kaum wahrnehmbare Bewegung.

Unter ihm, im Herzen des aufgebrachten Mobs, der auf die Scheune zudrängte, ließ ein grauhaariger Mann sein Gewehr fallen, griff sich mit beiden Händen an die Kehle und versuchte vergeblich, zu atmen. Er taumelte, fiel auf die Knie und wurde von den Nachdrängenden zu Boden gerissen.

Quenton atmete hörbar ein. Das Gebäude erzitterte unter dem unablässigen Krachen von Schüssen und den Hieben von Gewehrkolben und Äxten, aber er schob alles beiseite, drängte jeden bewußten Gedanken zurück, versuchte den Lärm und die Schüsse und das Sterben unter sich zu ignorieren und sich ganz auf seine Aufgabe zu konzentrieren.

Er wußte sehr wohl, daß er das Unmögliche versuchte. Selbst zu viert hätten sie die aufgebrachte Meute kaum zurückhalten können – allein war es so, als wolle er mit bloßen Händen einen berstenden Staudamm halten. Aber er würde nicht kampflos sterben.

Einer der Männer, die fünf Meter unter Quenton gegen das Tor hämmerten, erstarrte plötzlich, hob in einer langsamen, widerwilligen Bewegung das Messer, das er in der rechten Hand trug – und stieß es sich selbst in die Kehle. Er war tot, noch bevor sein Körper den Boden berührte.

Aber hinter ihm drängten Dutzende anderer heran.

Quenton fluchte, stand vorsichtig hinter seiner Deckung auf und trat dicht an den Rand der Luke heran. Langsam hob er die Arme, streckte sie waagerecht vor sich aus und spreizte die Finger, eine Geste, als würde er eine unsichtbare Last von sich schieben.

»Ihr wollt Blut?« flüsterte er. Sein Gesicht war zu einer Grimasse der Konzentration erstarrt, seine Stimme heiser, beinahe tonlos. »Ihr sollt es bekommen. Ihr sollt erfahren, was Angst bedeuten kann!«

Eine zitternde, schwerfällige Wellenbewegung lief durch die Menge, ein Zucken, als hätte er einen Stein in eine gewaltige Masse kribbelnder Ameisen geworfen. Jemand schrie seinen Namen.

Quenton reagierte nicht. »Ihr sollt den Haß spüren«, murmelte er. »Ihr habt die Gewalt hierher gebracht – jetzt fühlt sie selbst.«

Das Kreischen der Menge änderte sich. Sie schrien noch immer, aber mit einemmal waren es Laute der

Furcht, die zu ihm heraufdrangen. Für einen Moment lag ein helles, knisterndes Geräusch in der Luft, ein Geräusch wie das Zischen eines niederfahrenden Blitzes, aber heller, durchdringender und irgendwie boshaft. Dann schien sich ein dunkler Mantel über die Menge vor der Scheune zu legen, Finsternis, die aus den Ritzen der Wirklichkeit tröpfelte und den Tag verschlang, und im gleichen Moment schrien Männer und Frauen in Panik auf, stürzten zu Boden oder begannen irrsinnig vor Angst aufeinander einzuschlagen.

»Ja«, flüsterte Quenton. »Tötet! Ihr seid hierher gekommen, um zu töten. Nun tut es!«

Und sie taten es. Der Irrsinn, den Quenton aus den verborgensten Abgründen ihrer Seelen heraufbeschworen hatte, griff wie ein Steppenbrand um sich. Schüsse krachten, aber ihr Ziel war jetzt nicht mehr die Scheune. Er spürte, wie irgend etwas in ihm erwachte, etwas von ungeahnter Stärke und Kraft, hinaus und hinab griff zu der außer Rand und Band geratenen Menge und ihr Toben zu einem wahren Blutrausch steigerte, wie ...

Eine harte Hand packte seine Schulter, riß ihn herum und fort von der Luke. Das unsichtbare Band aus Irrsinn, das sich zwischen ihm und dem Mob dort unten gespannt hatte, zerriß. Quenton schrie gleichermaßen wütend wie enttäuscht auf, sah einen Schatten auf sich zuhuschen und versuchte die Hände vor das Gesicht zu reißen, war aber nicht schnell genug. Ein harter Schlag traf seinen Mund, warf seinen Kopf zurück und gegen die Bretterwand und ließ seine Lippe aufplatzen. Quenton sah einen verzerrten Schatten vor sich aufwachsen, riesig und fremd und trotzdem auf entsetzliche Weise vertraut, ballte die Fäuste und wollte zurückschlagen und bekam einen zweiten, noch härteren Hieb zu spüren; diesmal gegen den Kehlkopf. Er bekam keine Luft mehr, schlug die Hände gegen den Hals und sackte würgend an der Wand zu Boden.

Als sich sein Blick wieder klärte, stand der Angreifer mit geballten Fäusten über ihm, angespannt und leicht nach vorne gebeugt, bereit, ihn sofort zu packen, aber abwartend.

Quentons Augen weiteten sich ungläubig, als er das schmale Gesicht unter dem kurzgeschnittenen schwarzen Haar erkannte, Augen, die ihn groß und voller fiebrigem Glanz anstarrten, einen Mund, der vor Entsetzen zu einem blutleeren Strich geworden waren. »Roderick!« flüsterte er. »Du ...?!«

»Ja, ich, du verdammter Narr!« antwortete Roderick. Sein Gesicht glänzte vor Schweiß. Ein gehetzter Zug war um seinen Mund herum erschienen. Sein Blick flackerte.

»Du ... du bist zurückgekommen!« stammelte Quenton. »Großer Gott, du bist zurück! Jetzt können wir sie schlagen. Gemeinsam können wir sie vernichten!« Er versuchte, sich hochzustemmen, aber Roderick stieß ihn zurück und hob drohend die Fäuste.

»Kämpfen?« schrie er. »Gegen wen, Quenton? Gegen die Männer dort draußen? Gegen das ganze Land? Oder gleich gegen die ganze Welt? Ihr seid wahnsinnig, wenn ihr glaubt, ich unterstütze euch noch bei eurem Irrsinn. Ich bin hier, um Jenny zu holen. Wo ist sie?«

»Aber du ... du mußt uns helfen!« stammelte Quenton. »Du allein bist stark genug, um ...«

»Um was?« unterbrach ihn Roderick zornig. »Ein Blutbad anzurichten? Du bist ja wahnsinnig, Quenton. Wo ist Jenny?«

»Aber Roderick, du …«

Roderick versetzte Quenton einen Schlag mit der flachen Hand, den er kaum spürte, der ihn aber abrupt verstummen ließ. »Jenny!« schrie er. »Wo ist sie?«

Quenton hob furchtsam die Hände vor das Gesicht, als Roderick drohend die Hand hob. Es war nicht die Angst vor Schlägen, die ihn wimmern ließ wie einen getretenen Hund. Körperlich war er Roderick Andara so weit überlegen wie ein Ringkämpfer einem halbwüchsigen Knaben. Was Quenton lähmte, war allein das Wissen, was dieser unscheinbar aussehende junge Mann mit ihm tun *konnte*, wenn er es wollte. »Sie ist nicht hier«, wimmerte er. »Andara und die … die beiden anderen halten sie fest. Sie haben gehofft, daß du kommst.«

Einen Moment lang starrte Roderick ihn voller unverhohlenem Zorn an, dann fuhr er auf der Stelle herum, aber Quenton hielt ihn mit einer verzweifelten Bewegung zurück. »Geh nicht!« kreischte er. »Ich flehe dich an, Roderick, hilf uns. Sie werden uns umbringen, wenn du uns im Stich läßt!«

»Ich habe euch gewarnt, nicht?« sagte Roderick. Plötzlich klang seine Stimme sehr ruhig, völlig frei von Zorn oder auch nur Erregung, aber auch sehr sehr traurig. »Wie oft habe ich euch gesagt, hört auf damit? Wie oft habe ich euch prophezeit, daß es so kommen wird?« Beinahe behutsam löste er Quentons Hand von seinem Hosenbein, richtete sich wieder auf und schüttelte den Kopf. »Es tut mir leid,

Quenton«, sagte er. »Ich kann euch nicht helfen. jetzt nicht mehr. Ihr hättet aufhören sollen, als noch Zeit war. Oder fliehen. Jetzt ist es zu spät. «

»Roderick, ich flehe dich an!« Quentons Stimme wurde zu einem fast hysterischen Kreischen. »Hilf uns!«

Aber Roderick Andara antwortete nicht mehr. Er wandte sich um und begann die Leiter herabzusteigen, die zum Heuboden hinaufführte.

Quenton starrte ihm aus brennenden Augen nach. Seine Angst schlug urplötzlich in Wut um. »Bleib hier!« brüllte er. »Laß uns nicht im Stich! Bleib hier, du verdammter Feigling!«

Aber Roderick war schon gar nicht mehr da. Und als Quenton sich etwas später wieder weit genug in der Gewalt hatte, sich hochzustemmen und an den Rand des Heubodens zu treten, konnte er ihn nirgends mehr entdecken. Fast war es, als wäre er in Wirklichkeit gar nicht dagewesen.

Unter ihm bahnte sich der letzte Akt des Dramas an, schnell und grausam und mit der unaufhaltsamen Macht einer Naturgewalt.

Der Mob stürmte die Scheune, und die Handvoll Männer und Frauen, die nicht schon dem ersten Anrennen der außer Rand und Band geratenen Menge erlagen, kämpften einen aussichtslosen Kampf.

Quenton gewahrte eine Bewegung aus den Augenwinkeln und ließ sich in einer verzweifelten Drehung zur Seite fallen. Dort, wo gerade noch sein Kopf gewesen war, bohrten sich die rostigen Zinken einer Mistgabel ins Holz. Quenton rollte herum, langte nach den Beinen des Angreifers und schrie auf, als ihm der zweite Mann gegen die Schläfe trat.

Er hatte die beiden nicht einmal bemerkt. Der Kampflärm und das Grölen der Menge hatten ihre Schritte verschluckt, und er hatte nur durch Zufall aufgesehen und im letzten Moment den Schatten der Mistgabel erblickt, die der eine nach ihm stieß.

Aber es schien, als hätte er den Tod damit nur um Sekunden herausgezögert. Der Mann, den er von den Füßen gefegt hatte, stemmte sich bereits wieder hoch und griff mit wutverzerrtem Gesicht nach der Forke, während der zweite sich mit einem triumphierenden Schrei auf ihn warf. Seine Knie krachten in Quentons Brustkorb und trieben ihm die Luft aus den Lungen.

Schmerz durchzuckte ihn wie flüssiges Feuer. Für einen winzigen, schrecklichen Moment drohten seine Gedanken in einem blutigroten Nebel zu versinken. Er bäumte sich auf, tastete schwächlich nach dem Gesicht des Mannes, der wie eine häßliche große Kröte auf seiner Brust hockte und schrie abermals, als der Bursche seine Arme mit einem Schlag beiseite fegte und mit der anderen Hand sein Gesicht traf.

»Schlag ihn nicht tot, Fred!« keuchte sein Kumpan. Er hatte sich wieder aufgerichtet und die Mistgabel mit beiden Händen gepackt. Ein dünner Blutfaden lief aus seinem Mundwinkel. »Ich weiß was Besseres!« Seine Hände schlossen sich fester um den Stiel der zweizinkigen Forke. »Etwas viel Besseres. Halt ihn nur gut fest. Ich werde das Schwein lehren, nach mir zu treten. «

Der mit Fred Angesprochene grunzte zustimmend und packte Quentons Kopf mit beiden Händen. Der andere kam näher, baute sich breitbeinig über ihm auf und hob seine Mistgabel.

Die Zinken näherten sich Quentons Gesicht und verharrten einen Moment reglos, als sich Quenton verzweifelt aufbäumte und den Kopf hin und her warf. Aber Freds Griff war zu stark. Der Bursche krallte die Finger in Quentons Haar und schlug seinen Kopf wuchtig auf den Boden. Ein betäubender Schmerz explodierte zwischen Quentons Schläfen. Für einen Moment war er blind.

Als er wieder sehen konnte, schwebten die Zinken der Gabel nurmehr einen Fingerbreit vor seinen Augen, Stahlzähne, die ihn blenden würden.

Und plötzlich hatte er keine Angst mehr.

»Tu es nicht«, sagte Quenton ruhig.

Der Mann blinzelte überrascht. Die Forke in seiner Hand zitterte, und in seinem Blick machte sich ein fragender, beinahe überraschter Ausdruck breit. Aber die Gabel senkte sich nicht weiter.

»Tu es nicht«, sagte Quenton noch einmal. »Ich erlaube es nicht.«

»Worauf wartest du?« fauchte Fred ungeduldig. »Ich kann den Kerl nicht ewig halten!«

Quentons Blick bohrte sich in den des anderen. Die Augen des Mannes waren starr, als hätte etwas das Leben darin zum Erlöschen gebracht, aber für einen kurzen Moment glaubte Quenton trotzdem die abgrundtiefe Furcht darin zu erkennen, als er begriff, daß er nicht mehr Herr seines eigenen Willens war. Dann erlosch auch dieser letzte Funke, und was zurückblieb, war nicht mehr als eine leere Hülle, die seinen Befehlen widerstandslos gehorchte.

»Töte ihn«, sagte Quenton ruhig.

Der Mann, der ihn festhielt, schrie auf, aber seine Reaktion kam zu spät. Ein gräßlicher Ruck ging durch seinen Körper. Für einen Moment ragten die Zinken der Mistgabel wie blutige Fangzähne aus seinem Hals. Er keuchte, kippte zur Seite erstickte an seinem eigenen Blut.

»Und jetzt du«, sagte Quenton ruhig. »Spring!«

Der Mann starrte ihn aus hervorquellenden Augen an. Sein Mund öffnete sich, aber nicht der geringste Laut kam über seine Lippen. Mit Bewegungen, die eher denen einer Puppe als denen eines lebenden Menschen glichen, trat er an den Rand des Heubodens – und stürzte sich einfach in die Tiefe.

Quenton arbeitete sich stöhnend hoch. Zwei seiner Rippen waren gebrochen und schmerzten fürchterlich; vor seinen Augen tanzten blutgefärbte Schleier. Mühsam stemmte er sich auf Hände und Knie hoch und kroch ein Stück zur Seite. Die beiden waren die einzigen Angreifer gewesen, die den Weg zum Heuboden hinauf gefunden hatten, aber die Scheune unter ihm war erfüllt von einer tobenden Menge, die nicht eher ruhen würde, bis auch die letzte Spur von Leben aus dieser Stadt getilgt war.

Quenton ballte in ohnmächtigem Zorn die Fäuste. Der Mob hatte nur Minuten gebraucht, das Tor einzuschlagen und die wenigen Verteidiger niederzumachen, die sich ihm todesmutig in den Weg gestellt hatten. Quenton blieben nur noch Augenblicke.

Unter ihm durchbrach ein neuer, gellender Schrei den Lärm. Quenton beugte sich aus der Luke und sah, wie vier Männer ein Mädchen aus dem Haus zerrten und ihr die Kleider vom Leib zu reißen begannen. Ein Gefühl heißen, hilflosen Zornes stieg in ihm hoch. Er kannte das Mädchen. In einem Dorf von fünfzig Seelen kannte jeder jeden.

Sein Blick suchte das winzige, strohgedeckte Gebäude am anderen Ende der Straße. Es stand noch. Die Läden waren vorgelegt, und trotz der schweren Rauchwolken, die wie eine erstickende Decke über dem Dorf lagen, konnte er erkennen, daß es unbeschädigt war.

Natürlich, dachte er haßerfüllt. Die drei anderen würden dafür sorgen, daß der Mob sie erst ganz am Schluß entdeckte. Es würde sie nicht retten. Der Mob war viel zu aufgepeitscht, als daß er noch geistig zu beeinflussen gewesen wäre, nicht einmal von drei Meistern der *Macht* zugleich. Aber sie hatten die anderen geopfert, um für sich noch einmal wenige zusätzliche Minuten Leben herauszuschinden.

Ein Geräusch hinter seinem Rücken ließ ihn herumfahren. Das Ende der Leiter, die zum Heuboden hinaufführte, hatte zu zittern begonnen. Jemand kam.

Quenton richtete sich auf. Sein Blick saugte sich am Ende der Leiter fest. Plötzlich spürte er die gebrochenen Rippen nicht mehr. Selbst seine Furcht war erloschen.

Langsam, als würde sie von unsichtbaren Händen geschoben, löste sich die Leiter von ihrem Halt, stand einen Moment lang in schlichtweg unmöglicher Schräglage frei in der Luft und kippte nach hinten.

Quenton lächelte kalt, trat an den Rand des Bodens und blickte nach unten. Die Leiter war mitten in die Menge gestürzt und hatte ein halbes Dutzend Männer zu Boden geworfen.

Eine Hand wies nach oben. »Da ist noch einer!« brüllte eine Stimme. »Da oben ist noch eines von den Schweinen!« Andere Stimmen nahmen den Ruf auf, und von einer Sekunde auf die andere war die

Scheune von einem grölenden Chor erfüllt. Ein Chor, der nach seinem Blut schrie.

Quenton starrte kalt auf die tobende Menge herab. Jemand hob ein Gewehr und schoß auf ihn. Die Kugel streifte seinen linken Arm und riß eine blutige Furche in seine Haut. Er spürte es nicht einmal.

Wieder krachte ein Schuß, dann noch einer, und noch einer. Quenton spürte, wie die Kugeln seinen Körper trafen und irgend etwas tief in ihm zerstörten, endgültig und unwiderruflich, aber er fühlte noch immer keinen Schmerz. Nur Haß. Haß auf Andara, auf Lyssa und Necron, der mit dem Versprechen auf Hilfe hierhergekommen war und den Tod gebracht hatte, und Haß auf Roderick, in dessen Macht allein es gestanden hätte, sie alle zu retten. Der sie im Stich gelassen hatte.

Er spürte, wie seine Kräfte allmählich schwanden. Wieder krachte eine Gewehrsalve, und wieder wurde Quenton getroffen. Aber er starb nicht, obwohl er bereits aus mehreren Wunden blutete.

Er wankte, torkelte einen Schritt vom Bodenrand zurück und fiel auf die Knie. Langsam, ganz langsam erwachte der Schmerz nun doch, und mit ihm kam etwas Großes und Dunkles, das ein sonderbares Gefühl von Freundlichkeit begleitete.

Irgend etwas flog zu ihm herauf und landete polternd wenige Schritte neben ihm im Heu. Quenton hob mühsam den Blick, sah einen verschwommenen Fleck hellweißen Lichtes und spürte Wärme wie eine brennende Hand auf dem Gesicht. Es war eine Fackel. Eine zweite folgte, dann eine dritte. Sein Blick begann sich zu verschleiern. Er spürte kaum mehr, wie die Flammen, die in dem trockenen Heu sofort

Nahrung fanden, zu einer meterhohen Feuerwand emporschossen und auf ihn zurasten. Alles wurde hell und unwichtig, verschwamm vor seinen Augen.

»Roderick«, flüsterte er. »Das alles ist deine Schuld. Ich verfluche dich. Ich verfluche dich bis in den Tod. Und ... darüber hinaus.«

Quenton krümmte sich, fiel auf das Gesicht und starb.

Irgend etwas hatte ihn gepackt. Im ersten Moment wußte er nicht einmal, daß er überhaupt eingeschlafen war; Anspannung und Erschöpfung hatten letztlich doch ihren Preis gefordert. Selbst er war nur ein Mensch, ein Mensch dazu, der in den letzten Tagen immer wieder dicht an die Grenzen seiner körperlichen und geistigen Kraft gestoßen war.

Aber etwas hatte ihn geweckt. Er erinnerte sich schwach, von jenem entsetzlichen Tag vor zehn Jahren geträumt zu haben, wie so oft. Er blinzelte, merkte, daß er im Schlaf zur Seite und fast von der schmalen Sitzbank gerutscht war und richtete sich mit einer überhasteten Drehung wieder auf, und obwohl er allein in der Kutsche war, begleitete ein ganz automatisches, verlegenes Lächeln die Bewegung. Dann erst ließen ihn der Schlaf und die Spinnenfinger des Alptraumes vollkommen los, und er wurde sich seiner Umgebung wieder bewußt.

Der Wagen hatte angehalten. Was ihn geweckt hatte, war der letzte, harte Ruck gewesen, mit dem der schwerfällige Vierspänner zum Stehen gekommen war. Es war noch immer heiß, und die Vorhänge vor den staubigen Fenstern waren noch immer zugezogen, aber das durch sie hindurchmogelte, war jetzt grün, nicht mehr von der brutalen Helligkeit geschmolzenen Eisens.

Andara fragte sich, wie lange er geschlafen haben mochte – sicherlich nicht lange genug, die Postkutschenstation und den Bahnhof zu erreichen, denn die einzigen Laute, die er hörte, waren das unwillige Wiehern der Pferde und die Flüche des Kutschers, der vom Bock gesprungen war und offensichtlich an einem Rad herumzerrte, denn das Gefährt schaukelte noch immer hin und her, obwohl sie sich nicht mehr von der Stelle bewegten.

Verwirrt – aber auch ein ganz kleines bißchen beunruhigt – setzte Andara sich auf, ordnete seine Kleider und fuhr sich glättend über das Haar, ehe er den Schlag öffnete und aus dem Wagen sprang. Die Hitze war nicht so schlimm, wie er gefürchtet hatte, denn sie befanden sich nicht mehr in freiem Gelände, sondern im Schutz eines Waldstückes, dessen Bäume sich wie ein lebendes grünes Dach über dem schmalen Weg vereinigten, so daß sich der Tag in ein gründolden gemustertes Schattenspiel verwandelt hatte. Tatsächlich war es drinnen im Wagen weitaus drückender und heißer gewesen als jetzt hier.

Andara schloß pedantisch die Tür hinter sich, machte einen Schritt und bemerkte erst jetzt, daß seine Schuhe bis über die Sohlen in den weichen Morast eingesunken waren, in den sich der Weg hier verwandelt hatte. Verwirrt blieb er abermals stehen, ging in die Hocke und stocherte mit der Spitze seines Spazierstockes im Boden. Der Stock, unter dessen poliertem Ebenholz sich die tödliche Klinge eines Degens verbarg, stieß kaum auf nennenswerten

Widerstand. Der Weg schien aufgeweicht wie nach einem wochenlangen Regen. Einen Moment lang zerbrach sich Andara den Kopf über diesen an sich unmöglichen Umstand, dann stand er wieder auf und ging um den Wagen herum, wo er den Kutscher fluchen hörte.

Der Mann hockte mit zornesrotem Gesicht neben dem Wagen und zerrte an irgend etwas herum, als er neben ihn trat. Seine Hosen waren bis über die Knie hinauf mit Schlamm bespritzt, und auch auf seinen Ellbogen und Schultern glitzerten braunschwarze feuchte Flecken. Er mußte gestürzt sein, als er vom Wagen sprang und in dem feuchten Morast ausglitt.

»Was ist geschehen?« fragte Andara. »Ein Schlagloch?«

Der Kutscher fuhr auf, starrte Andara einen Moment lang fast zornig an und schüttelte schließlich den Kopf. »Wir sitzen fest«, sagte er, ohne direkt auf seine Frage zu antworten. »Und jetzt fragen Sie mich bitte nicht, wo zum Teufel dieses Wasser herkommt. Ich weiß es nicht.« Er fluchte erneut, beugte sich wieder vor und zerrte mit beiden Händen an etwas Dunklem, vor Nässe Glänzendem, in dem sich das Rad verfangen hatte.

Auch Andara beugte sich vor und blickte stirnrunzelnd auf das Phänomen herab. Es waren Wurzeln: dünne, graubraune Stränge, dick mit schlammigem Erdreich verkrustet und ineinander verwachsen. Mit der Beharrlichkeit von Pflanzen hatten sie die Straße an dieser Stelle gesprengt und sich mit anderen vereinigt, die vom Wegrand herbeigewachsen waren. Das Rad hatte einen Teil der Masse durch sein pures Gewicht zerquetscht, aber die dünnen zähen Ranken hatten sich in den Speichen verfangen und hielten sie fest wie eine vielfingrige, verknorpelte Hand. Prüfend zerrte Andara an einer der Ranken, aber es gelang ihm nicht einmal, sie zu lockern, geschweige denn zu zerreißen.

Der Kutscher murmelte sich irgend etwas in den Bart – vermutlich einen Fluch –, zauberte ein Taschenmesser hervor und begann mit verbissener Wut an den Ranken herumzusäbeln. Mit äußerst mäßigem Erfolg. »Verdammt noch mal, was ist das für ein Zeug?« fluchte er, griff nach dem angeschnittenen Wurzelstrang und zerrte mit aller Kraft daran. Andara sah, wie sich sein Gesicht vor Anstrengung verzerrte. Die Nähte seiner betagten Wildlederjacke ächzten bedrohlich.

Das Holz riß mit einem peitschenden Knall. Der Kutscher verlor durch den plötzlichen Ruck das Gleichgewicht, ruderte einen Moment hilflos mit den Armen und fiel hintenüber in den Morast.

Andara beugte sich vor, half ihm auf die Füße und nahm ihm wortlos das Messer ab. Während der Kutscher ebenso wütend wie vergeblich versuchte, seine Kleider von Schlamm und Morast zu reinigen, säbelte er weiter an der seltsamen Pflanzenmasse herum.

Es war beinahe aussichtslos. Die einzelnen Wurzeln waren kaum stärker als sein kleiner Finger, einige gar nur fein wie Haar, aber es waren unglaublich viele. Mit dem winzigen Taschenmesser würde er eine Stunde brauchen, um das Rad zu befreien. Es war ihm ein Rätsel, wie sich der Wagen in so kurzer Zeit derart gründlich hatte festfahren können. Es sah beinahe so aus, als wäre das Wurzelgeflecht um das Rad herum*gewachsen*.

Nach einer Weile begannen seine Muskeln vor Anstrengung zu schmerzen. Er stand auf, ließ sich vom Kutscher ablösen und bewegte Arme und Schultern, um seine verspannten Muskeln wieder zu lockern. Eines der Pferde begann nervös auf der Stelle zu treten und zu wiehern.

»Was ist mit den Tieren?« fragte der Kutscher, während er weiter mit seinem Messer in der verfilzten Masse herumstocherte. »Versuchen Sie sie zu beruhigen, Sir. Ich möchte nicht, daß sie durchgehen, während ich die Hand unter dem Rad habe.«

Andara nickte, ging vorsichtig am Wagen vorbei nach vorne und legte dem ersten Tier beruhigend die Hand auf die Nüstern.

Es biß nach ihm.

Andara zog im letzten Moment die Hand zurück, verletzte sich aber dabei am Zaumzeug und zog sich einen langen, blutigen Riß auf dem Handrücken zu. Hastig sprang er ein weiteres Stück zurück, warf dem Pferd einen zornigen Blick zu und preßte die Hand unter die Achselhöhle.

»Ist es schlimm?« Der Kutscher kam hastig herbei und wollte mit seinen schlammverkrusteten Fingern nach seiner Hand greifen.

Andara schüttelte hastig den Kopf und wich ein weiteres Stück zurück. »Halb so wild«, sagte er. »Nur ein Kratzer. Aber er tut verdammt weh.«

»Dann lassen Sie mich danach sehen«, beharrte der Kutscher, blickte einen Moment auf seine eigenen, schlammverkrusteten Hände herab und schüttelte den Kopf. »Nachdem ich mir die Hände gewaschen habe«, fügte er hinzu. Ohne Andaras Antwort abzuwarten, kletterte er auf den Kutschbock hinauf, wühlte einen Moment in seinem Gepäck und förderte eine bauchige Feldflasche zutage, aus der er einen gewaltigen Schluck trank, ehe er sich den Rest über die Hände kippte, die er anschließend an seiner Jacke trocken wischte. Dann kramte er ein Verbandspäckchen aus seiner Tasche, sprang auf den Boden zurück und begann den Riß zu säubern und zu verbinden. »Ich verstehe das nicht«, sagte er. »Ich kenne die Tiere ganz genau. Sie sind normalerweise lammfromm. Sie haben noch nie einen Menschen gebissen.«

»Sie sind nervös«, sagte Andara. »Irgend etwas macht ihnen angst. «

Der Kutscher zog einen Knoten um seinem improvisierten Verband zusammen, begutachtete sein Werk einen Moment lang kritisch und nickte schließlich. »Schön ist es nicht«, sagte er. »Aber bis Sie zu einem richtigen Arzt kommen, wird es halten.« Er seufzte, fuhr sich mit dem Handrücken über die Stirn und ging finster vor dem eingesunkenen Rad in die Hocke. »Meinen Fahrplan kann ich vergessen«, maulte er. »Ich möchte wissen, wo dieses Scheißzeug auf einmal herkommt.«

»Ich werde mit Ihrem Vorgesetzten sprechen«, sagte Andara. »Sie sollen meinetwegen keinen Ärger bekommen.«

»Den hab' ich schon«, sagte der Fahrer finster, fügte aber sofort und in eindeutig entschuldigendem Ton hinzu: »Aber das hat nichts mit Ihnen zu tun. Ist schließlich meine Sache, wenn ich eine kleine Extratour mache, um mir ein Trinkgeld zu verdienen, oder? Außerdem können Sie für *das da* nun wirklich nichts.« Wütend hieb er mit seinem Taschenmesser auf die schwarzbraune Pflanzenmasse ein. »So etwas hab' ich überhaupt noch nie gesehen.« Er keuchte vor Anstrengung. »Man könnte glauben, das Zeug wächst um das Rad herum. Verdammt, das ist doch nicht normal!«

Andara schwieg weiter, aber hätte der Kutscher in diesem Moment aufgeblickt, dann hätte er gesehen, daß der Ausdruck von Verwirrung auf seinen Zügen einem immer tiefer werdenden Erschrecken Platz machte. Und jetzt, als hätten die Worte des Postkutschenfahrers einen unsichtbaren Schleier von seinen Sinnen gezogen, fiel ihm auch noch mehr auf: Plötzlich registrierte er, wie nervös die vier Pferde geworden waren; nicht nur das eine, das nach ihm gebissen hatte. Ihre Schwänze peitschten, die Köpfe bewegten sich mit kleinen fahrigen Rucken hierhin und dorthin, ihre Nüstern waren gebläht, als witterten sie eine Gefahr, die sie noch nicht sehen konnten, die aber da war.

Und näher kam, dachte Andara erschrocken.

Mit einem Ruck richtete er sich auf. Und plötzlich sah er Dinge, die die ganze Zeit über dagewesen waren, die er aber aus irgendeinem Grund nicht hatte wahrnehmen können. Mit einemmal fiel ihm die Kälte auf, die ihm im ersten Moment angenehm und lindernd erschienen war, sich in Wirklichkeit aber mit der klebrigen Feuchtigkeit einer eisigen Hand auf seine Haut legte und in seine Glieder kroch. Die Schatten, die eine Spur zu düster waren, ein winziges Stückchen weit in die Richtung verschoben, in der die Alpträume hinter den Kanten der Wirklichkeit lauern. Das leise Wispern und Rascheln, das er für das Geräusch des Windes gehalten hatte, der durch die Blätter strich, das aber in Wirklichkeit eher wie das Kichern Tausender dünner böser Kinderstimmen war. Der sonderbare Geruch, der nicht der verwesenden Laubes war, sondern etwas anderes, unbeschreiblich Fremdes und Falsches …

Und den fünfzehn Yards durchmessenden Fleck feucht aufgelösten Erdreiches, der den Weg verschlungen hatte, und in dessen Mitte der Wagen zum Halten gekommen war. So präzise, als hätte ihn ein Geometer mit Zirkel und Faden dort plaziert.

War er denn blind gewesen? Sie … *sie waren da*!!

»Um Gottes willen«, keuchte er. »Wir … wir müssen weg! *Schnell!*« Das letzte Wort schrie er.

Wie von Sinnen fuhr er herum, packte den völlig überraschten Kutscher bei den Armen und zerrte ihn in die Höhe und mit sich, fort von dem Wagen und dem schrecklichen schwarzen Kreis geronnener Erde, die keine Erde war, sondern etwas gänzlich anderes. Plötzlich ging alles unglaublich schnell. Irgendwo in dem schmalen Bereich des Sichtbaren, der stets nur aus den Augenwinkeln heraus wirklich sichtbar war, bewegte sich etwas; etwas Schwarzes und Glänzendes und widerwärtig Schleimiges. Die Schatten zogen sich mit einem Ruck um die beiden Männer herum zusammen, und die Kälte wurde so intensiv, daß sie schmerzte. Andaras Füße fanden plötzlich keinen Widerstand mehr und sanken mit saugenden Lauten in den weichen Morast ein. Morast, der plötzlich ganz und gar nicht mehr tot war, sondern voller widerwärtig kribbelnder, huschender Bewegung, voll mit Dingen, die wie mit knotigen Gichtfingern nach seinen Beinen griffen, sich um seine Knöchel wanden und an seinen Waden emportasteten.

Andara schrie auf und überwand die letzten Yards mit einem verzweifelten Satz, ehe er, noch immer den Kutscher mit sich zerrend, zu Boden fiel und einen Moment benommen liegenblieb. Unter ihnen zitterte die Erde, und für einen ganz kurzen Moment glaubte er einen Schrei zu hören, den lautlosen, aber dafür um so wütenderen Schrei eines gewaltigen finsteren Dinges, das sich seines Opfers schon sicher geglaubt hatte und es im letzten Moment entkommen sah.

Mühsam richtete Andara sich auf und sah zum Wagen zurück. Der Anblick ließ ihn schaudern. Grauer Dunst stieg wie Dampf aus dem Boden. Der schwarze Morast kochte und zuckte wie ein Kessel voller blasig geschmolzenem Teer. Faustgroße, ölig glänzende Blasen stiegen aus der entsetzlichen Masse hervor und zerplatzten mit weichem Geräusch. Die Zugpferde waren vollends in Panik geraten und zerrten und rissen mit aller Gewalt an ihrem Geschirr, daß der Wagen wie ein Ruderboot im Sturm schaukelte und jeden Moment umzustürzen drohte. Aber er fiel nicht. Irgend etwas hielt ihn fest.

»Großer Gott!« stöhnte der Kutscher. Wie Andara hatte er sich hochgerappelt und auf Hände und Knie erhoben, und wie er war er beim Anblick des entsetzlichen Geschehens erstarrt. Seine Augen waren groß und dunkel vor Schrecken. »Was ... was ist das?« keuchte er.

»Eine Falle«, antwortete Andara düster. »Sie galt mir.« Er stand auf, zog den Mann auf die Füße und deutete mit einer Kopfbewegung in die Richtung, aus der sie gekommen waren. »Weg hier. Wir sind noch nicht in Sicherheit.«

Er wollte loslaufen, aber der Kutscher riß seinen

Arm los, starrte erst ihn, dann den Wagen und dann wieder Andara aus hervorquellenden Augen an und versuchte etwas zu sagen, brachte aber nur ein unartikuliertes Stöhnen hervor.

»Verdammt noch mal – *wir müssen weg*!« sagte Andara verzweifelt. »Wir sind noch nicht in Sicherheit. Sehen Sie!« Seine Rechte deutete auf den Rand der sumpfig aufgelösten Erde, der sie gerade entkommen waren. Der Fleck hatte seine perfekte Kreisform verloren. Der staubtrockene Lehm an den Rändern schmolz, löste sich in kleine glitzernde Klumpen und schließlich in feuchtbrodelnde Schwärze auf, unter der etwas Dunkles tobte. Es war, als bilde der Sumpf eine Zunge, die er der entkommenen Beute nachschickte. Ihr Rand hatte die Schuhe des Kutschers fast erreicht.

Aber wenn der Mann die Gefahr überhaupt bemerkte, dann reagierte er nicht. Voller Entsetzen sah er Andara an, hob hilflos die Hände und starrte zu seinem Gespann hinüber. Der Wagen stand jetzt in merklicher Schräglage da. Die Pferde waren bis über die Fesseln im Boden versunken.

»Die Pferde!« schrie der Kutscher. »Ich muß die Pferde holen!«

»Um Gottes willen – *tun Sie es nicht*!« schrie Andara. Verzweifelt griff er nach dem Arm des Mannes, aber seine Finger glitten am feuchten Leder der zerfransten Jacke ab. Er strauchelte, verlor das Gleichgewicht und fiel, konnte sich aber mit letzter Kraft noch herumwerfen, um wenigstens nicht in den Sumpf zu stürzen. Hastig robbte er ein Stück vom Rand fort, sprang hoch und verfolgte hilflos, was weiter geschah.

Es ging ganz schnell. Alles in allem dauerte es vielleicht nicht einmal eine Minute; aber Andara sah alles mit jener übernatürlich brutalen Deutlichkeit, mit der menschliche Sinne manchmal in Extremsituationen arbeiten.

Der Kutscher hatte den Wagen fast erreicht. Seine Füße sanken bei jedem Schritt bis weit über die Knöchel in den brodelnden Sumpf ein, aber die Angst schien ihm übermenschliche Kräfte zu verleihen. Schreiend rannte er auf den Wagen zu, erreichte das Rad, das jetzt bis weit über die Nabe eingesunken war, und wandte sich nach links, den tobenden Pferden zu.

Er erreichte sie nie.

Vor seinen Füßen spritzte der Boden auseinander. Es war wie eine lautlose Explosion, ein zischender Geysir klebriger Schwärze, die zwei, drei Manneslängen weit in die Höhe schoß und den Kutscher, den Wagen und die Tiere mit schwarzem Schleim überschüttete. Etwas Schwarzes brach aus der Erde, dünn und zitternd und so schnell und tödlich wie eine Peitschenschnur aus verdrilltem Eisen, wickelte sich um den Hals des Kutschers und trennte mit einer blitzschnellen Bewegung seinen Kopf von den Schultern. Der verstümmelte Torso machte noch einen Schritt, wie ein Huhn, das vom Hackklotz geflohen war und noch nicht begriffen hatte, daß es tot war, erstarrte dann mitten in der Bewegung und fiel stocksteif nach vorne. Der Boden verschlang ihn mit einem schmatzenden Geräusch.

Aber es war noch nicht vorbei. Das Kreischen der Pferde steigerte sich noch, als auch zwischen ihnen der Boden zu zischendem Leben erwachte und dünne Schnüre wie schwarzglitzernde Nervenstränge erbrach. Diesmal waren es gleich Dutzende, die sich um ihre Beine und Hälse, ihre Leiber und Köpfe wickelten und zusammenzogen, mörderische Schlingen, unter deren Druck Fleisch und Knochen nachgaben, als wären es dünne tödliche Messer.

Andara wich ein paar Schritte zurück, drehte sich mit einem Ruck herum und preßte die Lider aufeinander. Er konnte die Augen verschließen, aber die Ohren nicht, und er hörte und – schlimmer noch – *wußte,* was hinter ihm geschah. Was diese entsetzlichen weichen Laute und das dumpfe Splittern und Brechen zu bedeuten hatte. Daß er versuchte, sich einzureden, es wäre das Holz und Eisen des Wagens, nutzte ihm gar nichts.

Dann, ganz plötzlich, wurde es still. Nur ein leises Gluckern und Fließen war noch zu hören. Mit klopfendem Herzen und so langsam, als geschähe die Bewegung eigentlich gegen seinen Willen, drehte sich Andara herum und öffnete die Augen.

Der schwarze Morast hatte sich wieder beruhigt. Nur dann und wann stiegen noch vereinzelte Blasen aus seiner Oberfläche, kräuselte eine träge Welle die schwarze Masse, bewegte sich etwas Dünnes, Schwarzes wie ein Wurm darin. Der Kutscher und die Pferde waren verschwunden, und der Wagen selbst mehr als zur Hälfte in den Boden eingesunken. Was davon noch sichtbar war, war fast zur Gänze in ein schwarzes Geflecht dünner glitzernder Fäden eingesponnen, in dem es ununterbrochen zuckte und bebte, als liefen schwarzgepanzerte Spinnen oder Käfer darin. Er sank weiter und würde bald ganz verschwunden sein, denn das *Ding* unter der Erde würde auch das Protein des Holzes und der Stoffbezüge nicht verschmähen, aber es hatte jetzt keine Eile mehr. Die rasende Wut, mit der es auf alles Lebende reagierte, die Gier, die es gepackt hatte, waren erloschen. Wenn es den Wagen verzehrt hatte, das wußte Andara, würde es seine Fühler nach den Wurzelsträngen des Waldes ausstrecken, würde Pilze und Moos und kleine Insekten verzehren und schließlich sogar die winzigen Lebewesen absorbieren, die nur unter dem Mikroskop eines Forschers sichtbar waren. Dann würde es sterben, so weit es jemals so etwas wie *Leben* besessen hatte. Zurückbleiben würde ein fünfzehn Yards durchmessender Kreis toter Erde, der niemand mehr ansah, daß sie zum Grab eines Menschen und von vier Pferden geworden war, auf der sich nie wieder Leben rühren würde. Und daß sie um ein Haar sein Grab geworden wäre.

Das wirkte sonderbar ernüchternd auf Andara.

Jetzt, als die unmittelbare Gefahr vorüber war, setzte die Wirkung des Schocks ein, gegen den auch er nicht gefeit war. Es gab Schrecken, an die man sich gewöhnen konnte, und solche, die jedesmal gleich entsetzlich waren, ganz egal, wie oft man ihnen begegnete. Was hier geschehen war, gehörte zur zweiten Kategorie.

Seine Hände begannen zu zittern. Ihm war gleichzeitig heiß und kalt, und in seinem Magen breitete sich dumpfe Übelkeit aus. Kalter Schweiß bedeckte seine Stirn. Für einen Moment überkam ihn Schwäche; so heftig, daß er zurücktaumelte und sich gegen einen Baum lehnte, bis sich sein rasender Herzschlag wenigstens halbwegs beruhigt hatte. Das Gesicht des Kutschers tauchte vor ihm auf, der Ausdruck ungläubigen Entsetzens in seinen Augen, als er den schwarzen Tentakel auf sich zurasen sah und begriffen haben mochte, daß er sterben würde, nicht irgendwann und irgendwo, sondern jetzt und hier, als er jenen entsetzlichen Moment durchlebte, der im Leben eines jeden Menschen einmal kommt, und in dem man begreift, daß die Vorstellung, unsterblich zu sein, falsch war.

Der wievielte? dachte Andara matt. Er spürte keinen Schmerz, kein Entsetzen, kein ... nein, nicht das, was man gemeinhin so falsch als *schlechtes Gewissen* bezeichnete. Nicht einmal das. Nur Zorn. Einen hilflosen, entsetzlichen Zorn. Wie *viele unschuldige Menschen mußten noch sterben, bevor er diesen Teufeln das Handwerk legen konnte?*

Lange, sehr lange stand Roderick Andara einfach so da, lauschte auf das leise Zischen und Schmatzen des Sumpfes, der kein Sumpf war, wartete, bis das rasende Hämmern seines Herzens aufhörte und sich sein Atem beruhigte, und versuchte, mit dem Sturm von Gefühlen fertig zu werden, der in ihm tobte. Dann stieß er sich von dem Baum ab, an den er sich gelehnt hatte, schob den Spazierstock unter seinen Gürtel und wandte sich in die Richtung, in die der Weg führte und aus der sie gekommen waren.

»Bob«, flüsterte er. »Halte durch, mein junge. Ich komme!« Und damit begann er zu laufen.

Mitternacht war vorbei, als er Walnut Falls wieder erreichte. Die Strecke, die die Kutsche in kaum anderthalb Stunden zurückgelegt hatte, hatte sich in

Sonnenglut und mühsamem Vorwärtsstolpern zu zehn Ewigkeiten gedehnt. Anfangs war er gelaufen, aber seine Kräfte hatten ihn schon nach wenig mehr als nur einer Meile verlassen, und die staubtrockene Luft und die Hitze hatten ein Übriges getan. Selbst nach Sonnenuntergang war es kaum besser geworden. Die Temperaturen waren auf ein erträgliches Maß gesunken, aber er hatte bereits einen Grad der Erschöpfung erreicht, bei dem dieser Unterschied kaum mehr zählte.

Dann hatte er die Wölfe gehört: ein schrilles, unangenehmes Wehklagen und Jammern, das irgendwo jenseits des Horizontes erscholl und die Nacht mit einer schauerlichen Melodie durchwob. Und er hatte mit jähem Schrecken begriffen, daß er hier nicht in New York oder Denver war, sondern inmitten der Einsamkeit und Öde Colorados, wo die Zeit hundert Jahre hinter dem Kalender herhinkte, und daß er praktisch waffen- und schutzlos war, wenn sie ihn angreifen würden. Er wäre mit Sicherheit nicht der erste, der in diesem Land verschwand und nie wieder gesehen wurde.

Aber wenigstens in diesem Punkt hatte er Glück. Das Heulen und Wehklagen hielt an, und ein paarmal glaubte er Schatten zu sehen, die auf weichen Pfoten vor ihm flohen, einmal sogar ein Paar düsterglühender Augen, aber nichts kam ihm nahe, und er erreichte den winzigen Ort unbehelligt.

Walnut Falls war so still, wie es eine schlafende Kleinstadt nur sein konnte. Hinter den vergitterten Fenstern des *Jail* glühte trübgelbes Petroleumlicht, ein struppiger Schäferhund, der mitten auf der Straße schlief, hob träge den Kopf von den Pfoten und blinzelte ihn an, und aus dem Mietstall drang das verschlafene Wiehern eines Pferdes, das sich durch seine Schritte gestört fühlte. Aber all dies schien die Stille eher noch zu betonen, die sich über dem Ort ausgebreitet hatte.

Andara blieb stehen, zog den Spazierstock unter dem Gürtel hervor und tastete mit dem Daumennagel nach der winzigen Schließe unter dem schweren Silberknauf. Ein helles Klicken ertönte, ein kaum hörbarer Laut; trotzdem meinte er für einen Moment, ihn wie einen Pistolenschuß von den Hauswänden widerhallen zu hören. Unsicher sah er sich um, fuhr sich mit der Zungenspitze über die Lippen und drehte sich schließlich einmal im Kreis. Die Stadt lag wie ein Bollwerk aus Finsternis zu beiden Seiten der Straße, Berge schwarz geronnener Dunkelheit, zwischen denen noch tiefere Schatten nisteten. Andara war nervös, und er hatte Angst, eine Mischung, die geradezu danach schrie, ihn Fehler begehen zu lassen.

Er hatte keinen Beweis, daß Bob auch nur in Gefahr war. Möglicherweise war es sogar ein Fehler gewesen, hierher zurückzukehren. Der Anschlag hatte *ihm* gegolten, nicht Robert.

Trotzdem begann sein Herz schnell und mit schmerzhafter Kraft zu schlagen, als er sich Maude Cravens Haus näherte. Es lag so still und unscheinbar hinter seinen verbrannten Blumenrabatten wie am Tage zuvor, die Läden und Fenster jetzt weit geöffnet, um die Kühle der Nacht einzulassen, die weiße Farbe seiner Wände hier und da schon abgeblättert, so daß es in der Dunkelheit wie mit häßlichen Pocken übersät aussah: ein Bild, das irgendwo zwischen

Trostlosigkeit und Frieden schwankte. Und trotzdem kam es ihm plötzlich vor wie eine Gruft.

Behutsam näherte er sich der Tür, streckte die Hand nach dem Knauf aus und zögerte noch einmal. Was, dachte er, wenn er sie erst jetzt auf Bobs Spur gebracht hatte? Was, wenn der Sinn dieser teuflischen Falle gerade das gewesen war, was er jetzt tat – ihn in Panik hierher zurückeilen zu lassen und seinen Sohn zu holen? Wenn er ihre Verschlagenheit unterschätzt hatte und ...

Wenn. Es waren zu viele *Wenns* in dieser Überlegung, als daß sie zu irgend etwas führen konnte. *Wenn* es so war, dann war die Falle längst zugeschnappt. Mit einer entschlossenen Bewegung drehte er am Türknauf und stellte zu seiner Erleichterung fest, daß die Pforte nicht verschlossen war. Es wäre kein Problem gewesen, in das Haus einzudringen, aber er hatte keine sonderliche Lust, von einem übereifrigen Deputy für einen Einbrecher gehalten und hinterrücks niedergeschossen zu werden.

Im Haus war es sehr still, sehr kühl, und sehr dunkel.

Und es stank.

Andara blieb stehen, als wäre er vor eine unsichtbare Mauer geprallt. Es war der gleiche Geruch, den er draußen im Wald gerochen hatte – etwa wie Verwesung und Moder, aber eben nur ungefähr. Es war schlimmer. Weil es im Grunde nichts glich, was es auf dieser Welt gab.

Sie waren hier gewesen und hatten Bob geholt, das wußte er, noch bevor er die kleine Diele durchquerte und die Schleimspur sah, die sich über den Boden auf die Schlafzimmertür zuzog.

Sie war eingeschlagen worden. Irgend etwas hatte die Tür mit unvorstellbarer Gewalt getroffen und zermalmt, so daß der Rahmen und selbst ein Teil des Mauerwerkes herausgebrochen waren. Das Zimmer dahinter glich einem Trümmerhaufen. Das kärgliche Mobiliar war zerschlagen, die Bettdecke zerrissen und die Kissen zerfetzt. Weiße Daunenfedern waren wie flockiger Schnee im ganzen Zimmer verteilt. In den Pestgestank des Bösen mischte sich das warnende Aroma vergossenen Petroleums, das die Wände mit häßlichen schwarzen Spritzern besudelt hatte. Der Gestank war hier drinnen beinahe unerträglich.

Andara zog mit der linken Hand ein Taschentuch aus der Jacke, preßte es vor Mund und Nase und machte eine kurze, ruckhafte Bewegung mit der rechten. Sein Spazierstock polterte zu Boden, und unter dem wuchtigen Silberknauf blitzte jetzt die Klinge eines fast armlangen, beidseitig geschliffenen Rapiers. Angesichts der Verheerung hier – und dem, was sie verursacht haben mußte – eine jämmerliche Waffe, aber die einzige, die er hatte.

Und eine nutzlose dazu. Andara wußte mit der gleichen Sicherheit, mit der er draußen im Wald ihre Anwesenheit gespürt hatte, daß sie jetzt nicht mehr da waren. Sie waren lautlos gekommen wie immer, hatten zugeschlagen und waren wieder fort, noch ehe ihre Anwesenheit überhaupt bemerkt worden war. Und sie hatten seinen Sohn mitgenommen.

Vorsichtig, das Taschentuch noch immer gegen Mund und Nase gepreßt und die Augen voller Tränen, von denen er sich vergeblich einzureden versuchte, daß einzig der bestialische Gestank ihre

Ursache war, bewegte er sich in den verwüsteten Raum hinein. Glas knirschte unter seinen Sohlen. Ein zerschlagener Stuhl, der durch eine Laune des Zufalles noch auf drei Beinen gestanden hatte, kippte um; die Erschütterung ließ Daunenfedern in einer lautlosen Explosion aufsteigen und sanft wie fallenden Schnee wieder herabsinken. Die Schatten bewegten sich. Aber es war nur seine eigene Angst, die sie mit Leben erfüllten.

Andara blieb stehen, ging vor dem zertrümmerten Bett in die Hocke und stocherte mit der Degenspitze in den zerfetzten Decken. Ein paar Federn stoben hoch, schwarzglitzernder Schleim versickerte in der aufgerissenen Matratze. Für einen Moment wurde der Gestank so mächtig, daß ihm übel wurde. Er stand auf, taumelte aus dem Zimmer und lehnte sich draußen in der Diele gegen die Wand. Sein Herz jagte. Ein grausamer Schmerz tobte in seinen Eingeweiden. Er zitterte. Das Haus drehte sich um.

Kein Blut, dachte er, immer und immer wieder. *Kein Blut. Keine Leiche.* Bob lebte. Sie hatten ihn mitgenommen, nicht umgebracht.

Aber wo war der Unterschied?

Irgendwo hinter ihm scharrte etwas.

Andara erstarrte. Er stand noch immer genau so da, das Gesicht gegen die Wand gelegt, die Linke auf Augen und Nase gepreßt, den Degen locker in der anderen Hand. Und trotzdem verwandelte er sich von einer Sekunde auf die andere, spannte innerlich jede Faser seines Körpers und lauschte auf jeden noch so winzigen Laut in seiner Umgebung. Es waren plötzlich die Instinkte eines Raubtieres, die sein Denken und Handeln bestimmten.

Er war nicht mehr allein. Das Geräusch, das er gehört hatte, war das Scharren einer Schuhsohle gewesen, so leise, daß ein Mensch mit normalen Sinnen es wohl kaum wahrgenommen hätte. Aber er war kein Mensch mit normalen Sinnen. Er war es nie gewesen, und das Leben, das er seit fünfzehn Jahren führte, hatte ihn noch vorsichtiger werden lassen.

Er lauschte. Das Scharren wiederholte sich nicht, aber jetzt, einmal aufmerksam geworden, *fühlte* er die Anwesenheit des anderen einfach. Der andere stand hinter ihm, nicht einmal mehr sehr weit entfernt. Andara spannte sich. Eine blitzschnelle Drehung, ein rascher Hieb, und …

»Ich weiß, was Sie jetzt denken, Mister Andara«, sagte eine Stimme hinter ihm. »Tun Sie es lieber nicht. Ich bin nicht ihr Feind.«

Andara drehte sich herum, straffte sich ein wenig und sah den anderen verwirrt an. Der Mann stand auf Armeslänge hinter ihm, eine schlanke Gestalt, die in der Dunkelheit wenig mehr als ein Schatten blieb, nicht ganz so groß wie er selbst. Der Geruch von teurem Herrenparfüm und kaum weniger kostspieligem Virginiatabak drang in seine Nase.

»Wer sind Sie?« fragte Andara mißtrauisch. »Was tun Sie hier?«

Der andere lachte leise; ein Geräusch, das zwar vollkommen frei von jeder Spur echten Humors, aber trotzdem nicht unsympathisch war. »Das gleiche könnte ich Sie fragen, Mister Andara«, antwortete er. »Obwohl ich zugebe, daß ich Ihnen gegenüber in einem gewissen Vorteil bin – ich kenne Ihren Namen und weiß überhaupt eine Menge über Sie. Aber lassen Sie mich vorab versichern, daß ich mit alledem hier nichts zu tun habe.« Er schüttelte den Kopf und trat einen halben Schritt zurück, so daß sein Gesicht in den Streifen blassen Mondlichts geriet, der durch das Fenster fiel.

Was Andara sah, verwirrte ihn ebenso, wie sein eigener Anblick die Einwohner von Walnut Falls am Nachmittag verwundert haben mußte: einen drahtig gebauten Mann in den schwer zu schätzenden Jahren zwischen dreißig und vierzig, mit dunklen, kurzgeschnittenen Haaren und wachen Augen, die ihn zwar mißtrauisch, aber nicht feindselig anblickten. Seine Ohren waren eine Spur zu groß, um nicht aufzufallen. Der Anzug, den er trug, war sicher einmal teuer gewesen, schien aber schon bessere Zeiten gesehen zu haben.

»Wer sind Sie?« fragte Andara noch einmal, und jetzt in weitaus schärferem Ton als zuvor.

»Meine Freunde nennen mich kurz H. P.« Er lächelte. »Eine dumme Abkürzung, aber ich bin leider machtlos dagegen.« Er ging an Andara vorbei, bückte sich nach der Holzumhüllung seines Degens und hob sie auf. »Stecken Sie die Waffe weg, Andara. Ich versichere Ihnen, daß ich nicht Ihr Feind bin. Ganz im Gegenteil. Sie und ich haben ... gemeinsame Interessen, wenn ich es so ausdrücken darf. Enorme gemeinsame Interessen.«

»Was, zum Teufel, soll das?« fauchte Andara, riß H. P. den Stock aus der Hand und schob die Klinge wieder in ihr Versteck zurück. »Wie kommen Sie hierher?«

H. P. seufzte. »Eine berechtigte Frage, Mister Andara. Leider ist sie rascher gestellt als beantwortet. Genaugenommen würde eine erschöpfende

Antwort mehr Zeit in Anspruch nehmen, als uns angesichts der äußeren Umstände zur Verfügung steht.« Er deutete mit einer Kopfbewegung in das verwüstete Schlafzimmer. »Es dürfte uns schwerfallen, unsere Unschuld zu beweisen, wenn man das da entdeckt und uns aufgreift. Ich schlage vor, wir verlassen diesen Ort auf dem schnellsten Wege.«

Andara starrte ihn an. »Sie wissen nicht, was Sie reden, Mann«, sagte er wütend. »Ich muß ... «

»Ich fürchte«, unterbrach ihn H. P. mit leicht erhobener Stimme, »ich weiß es nur zu gut. Ihr Sohn ist verschwunden, Mister Andara. Er wurde zusammen mit seiner Pflegemutter entführt, ungefähr zum gleichen Zeitpunkt, an dem Sie draußen im Wald jenem heimtückischen Anschlag entgingen. Und ich versichere Ihnen, daß es hier und jetzt absolut nichts gibt, was Sie für Ihren Sohn tun könnten, mein lieber Andara.«

»Woher ... woher wissen Sie das alles?« fragte Andara. Seine Stimme bebte. »Wer sind Sie, zum Teufel? Antworten Sie!«

»Das zu erklären, kostet leider mehr Zeit, als uns im Augenblick zur Verfügung steht«, antwortete H. P. bedauernd.

»Ich könnte Sie zwingen«, sagte Andara drohend.

»Sind Sie sicher?« H. P. lächelte noch immer, aber in seinem Blick war plötzlich etwas Neues; eine Gewißheit und Stärke, die Andara bisher nur bei sehr wenigen Menschen gesehen hatte. »Haben Sie schon vergessen, daß ich Ihnen sagte, ich kenne Sie?«

»Vielleicht nicht gut genug«, sagte Andara drohend. Sein Blick fixierte den des anderen, versuchte ihn zu bannen und festzuhalten, aber H. P.s Lächeln wurde eher noch kälter.

»Sie sind Roderick Andara«, sagte er. »Der Mann, der sich selbst den *Hexer* nennt, freilich nur während seiner Auftritte im Varieté und auf Jahrmärkten oder sonstigen Volksbelustigungen. Ein Taschenspieler. Ein Gaukler. Wenigstens ist es das, was die anderen denken sollen, nicht wahr?« Er lachte leise. »In Wahrheit sind Sie weit mehr als ein Bühnenzauberer, Andara. Sie sind ein Hexer, im ureigensten Sinne des Wortes. Sie können mit dem freien Willen von Menschen spielen. Sie vermögen das Wetter zu beeinflussen, Flüche auszusprechen und zu bannen und noch viel mehr. Und wahrscheinlich können Sie mich zwingen, Ihnen alles zu erzählen, was ich weiß. Aber das ist gar nicht nötig. Wie gesagt, ich bin nicht Ihr Feind, Andara. Ganz im Gegenteil. Sie und ich kämpfen gegen denselben Gegner, wenn auch aus unterschiedlichen Gründen. Ich kann Ihnen helfen. Und Sie mir.«

»Helfen?« Andara blickte H. P. mit einer Mischung aus Mißtrauen und Verachtung an. »Wie sollten Sie mir wohl helfen können, Mister Wie-immer-Sie-heißen-mögen?«

H. P. sah ihn an, seufzte tief und zog einen dünnen, schwarzen Zigarillo aus der Westentasche. Ohne die mindeste Eile riß er ein Streichholz an – wobei er sorgsam darauf achtete, die Flamme zur Tür hin mit der Hand abzuschirmen –, setzte den Tabak in Brand und inhalierte den Rauch. »Eine gute Frage, Andara«, sagte er. »Ich will sie Ihnen gerne beantworten. Ich könnte Ihnen zum Beispiel sagen, wo sich Ihr Sohn befindet.« Er lächelte, sog wieder an seiner Zigarre und blies eine graublaue Rauchwolke in Andaras Richtung. »Nun?« fragte er. »Sind Sie jetzt bereit, mit mir zu kommen und sich eine Stunde mit mir zu unterhalten?«

Aus der Stunde, von der H. P. gesprochen hatte, wurde der Rest der Nacht, die sie in einer zwar heruntergekommenen, dafür aber sicheren Hütte verbrachten, eine halbe Stunde von Walnut Falls entfernt und zwischen Felsen und dornigem Wüstengestrüpp verborgen, daß eine zufällige Entdeckung praktisch ausgeschlossen war.

H. P. war nicht allein, und er mußte ziemlich sicher gewesen sein, daß Andara zurückkehren würde. Denn als sie das Haus verließen und zu seiner Rückseite gingen, wurden sie nicht nur von einem hünenhaften Mann erwartet, den H. P. als seinen Freund und Diener – er sagte ausdrücklich *Diener*, wie Andara mit einem leisen Gefühl von Befremdung registrierte – Rowlf vorstellte, sondern auch von drei gesattelten Pferden. Sie verließen Walnut Falls in nördlicher Richtung und sehr schnell, und keiner von ihnen sprach auch nur ein Wort, bis sie die Hütte erreicht hatten.

Ihr Inneres, das aus einem einzigen großen Raum bestand, wurde von einer Petroleumlampe und einer gewaltigen Zahl ruhig brennender Wachskerzen beinahe taghell erleuchtet. Auf dem Tisch stand ein kaltes Essen bereit, und noch während sich Andara mit immer größerer Verwirrung im Raum umblickte, ging Rowlf zum Herd und kam mit einer Kanne dampfendem, brühheißem Kaffee zurück, aus der er ihm und H. P. einschenkte.

»Nehmen Sie Platz, Mister Andara«, sagte H. P. Er machte eine einladende Geste zu einem der Stühle, nippte vorsichtig an seinem Kaffee und verzog das Gesicht. »Scheußlich«, sagte er. »Aber er hält wach.« Er zog eine neue Zigarre aus der Brusttasche, in der sich ein unerschöpflicher Vorrat davon zu befinden schien, und entzündete sie an einer Kerze. »Zum Teufel, Rowlf, wann wirst du endlich lernen, einen anständigen Kaffee zu kochen?« fragte er.

Rowlf grunzte irgend etwas, was Andara nicht verstand, schenkte sich selbst eine Tasse ein und stürzte sie in einem gewaltigen Zug herunter. »Weiß nicht, wasse wills«, nuschelte er. »Mir schmeckt's.«

H. P. runzelte die Stirn. »Man hört es«, sagte er tadelnd und wandte sich endlich wieder an Andara. »Aber bitte, mein lieber Freund, nehmen Sie doch Platz«, sagte er. »Ich muß mich für meine Unhöflichkeit entschuldigen. Aber die Umstände und Ereignisse der letzten Tage entsprechen nicht unbedingt denen, die ich gewohnt bin.« Er setzte sich und sog an seiner Zigarre. Ihr brennendes Ende glühte auf wie ein kleines rotes Auge.

Andara setzte sich zögernd, blickte abwechselnd von H. P. zu Rowlf und nippte schließlich ebenfalls an seinem Kaffee. H. P. hatte recht. Der Kaffee war scheußlich.

»Sie werden begierig sein, etwas von mir zu hören«, sagte H. P. »Ich werde Ihren Wissensdurst stillen, mein lieber Freund, aber zuerst lassen Sie mich ein wenig über *Sie* erzählen. Verbessern Sie mich, wenn ich einen Fehler mache.« Er lehnte sich zurück, nahm einen tiefen Zug aus seiner Zigarre und sah Andara einen Moment lang abschätzend an, ehe er begann:

»Ihr Name ist Roderick Andara. Unter dem Namen *›Der Hexer‹* haben Sie vor einigen Jahren eine Karriere als Illusionist und Zauberer begonnen, die Sie mittlerweile reich und berühmt gemacht hat. Sie waren mit einer gewissen Jennifer Price verheiratet, die vor zwei Jahren bei einem bis heute nicht ganz aufgeklärten Schiffsunglück ums Leben kam. Seither leben Sie allein mit ihrem Sohn Robert. Soweit richtig?«

Andara nickte.

»Und das ist so ungefähr das einzig Wahre, was die allermeisten Mitmenschen über Sie wissen«, fuhr H. P. fort. »Aber ich weiß noch mehr. Sie sind mehr, als Sie zu sein vorgeben, Mister Andara. Sie sind ein wirklicher Magier. Sie könnten Dinge tun, bei denen Ihren Freunden vom sogenannten Magischen Zirkel die Luft wegbliebe.«

Er lehnte sich zurück, legte seine Zigarre so auf den Tischrand, daß das brennende Ende das Holz nicht berührte, und verschränkte die Arme vor der Brust. »Aber das ist auch gar nicht weiter verwunderlich, wenn man bedenkt, woher Sie kommen. Ihre Eltern stammen in direkter Linie von den Hexen von Salem ab. Ihre Mutter gehörte zu der Handvoll Überlebender, die das Gemetzel vor hundert Jahren überlebten und fliehen konnten, und in der Ahnengalerie Ihres Vaters befinden sich mehrere Männer und Frauen, denen man nachsagte, Hexen und Zauberer zu sein.«

Er brach ab, nahm seine Zigarre wieder auf und sah Andara erwartungsvoll an, aber der reagierte noch immer nicht, sondern erwiderte seinen Blick ausdruckslos. Schließlich fuhr H. P. fort: »Bis zu einem Tag vor ziemlich genau zehn Jahren lebten sie zusammen mit Ihrer Mutter und Ihrer Halbschwester Lyssa in einem kleinen Ort in Neu-England. Einem Ort, dem man nachsagte, er wäre von Hexen bewohnt, und seine Menschen zelebrierten dunkle Riten. Die Menschen in seiner Umgebung mieden ihn. Die meisten hatten Angst vor seinen Bewohnern. Es heißt, manche schlugen schon das Kreuzzeichen, wenn sie nur seinen Namen hörten. Eines Tages rotteten sie sich zusammen und brannten das Dorf nieder. Von den fünfzig Menschen, die dort lebten, entkam nur eine Handvoll. Unter ihnen befinden sich auch ein gewisser Roderick Andara und seine Verlobte Jenny. Noch immer richtig?«

»Richtig.« Andara nickte.

H. P. legte die Beine übereinander und blickte ihn durch die grauen Rauchschlieren vor seinem Gesicht an. »Sie sind ein erstaunlicher Mann, Andara«, sagte er. »Jeder andere hätte mich längst unterbrochen und gefragt, woher ich das alles weiß. «

»Sie werden es mir sagen, oder?« fragte Andara ruhig.

H. P. nickte. »Dazu habe ich Sie schließlich hierher gebracht. Und ich sehe, ich habe mich nicht in Ihnen getäuscht.«

»Das kommt darauf an«, sagte Andara.

»Worauf?«

»Was Sie von mir wollen.«

H. P. lächelte. Ich fürchte, eine ganze Menge«, sagte er. »Und ich habe Ihnen das alles nicht erzählt, um mit meinem Wissen anzugeben, sondern um Ihnen zu beweisen, daß ich mich sehr gründlich über Sie informiert habe, ehe ich beschloß, Kontakt mit Ihnen aufzunehmen. Ich habe lange nach Ihnen gesucht.«

»Nach mir?«

»Nach Ihnen – oder einem Mann oder einer Frau *wie* Ihnen«, sagte H. P. »Ich brauche Hilfe bei meinem Vorhaben. Hilfe ganz spezieller Art. Um genau zu sein ...« Er zögerte einen ganz kurzen Moment. »Die Hilfe eines Magiers.«

»Eines Magiers ... « Andara trank einen Schluck Kaffee und fixierte H. P. scharf. »Selbst, wenn ich das wäre, wofür Sie mich halten«, sagte er, »was bringt Sie auf den Gedanken, daß ich Ihnen helfen würde? Oder daß mich Ihre Probleme auch nur interessieren?«

»Sie haben mich nicht zu Ende erzählen lassen«, fuhr H. P. ruhig fort, so gelassen, als hätte er ganz genau mit dieser Antwort gerechnet. »Nach Ihrer Flucht ließen Sie sich am anderen Ende des Landes nieder. Sie heirateten Jennifer Price, arbeiteten mit mäßigem Erfolg in mehreren Berufen und begannen schließlich, sich als Varietézauberer einen Namen zu machen. Ein paar Jahre lang reisten Sie kreuz und quer durch das Land – etwas, was für einen Varietékünstler völlig normal ist.« Er beugte sich vor. »In Wahrheit, Andara, war es eine Flucht. Sie sind vor zehn Jahren aus Jerusalems Lot weggelaufen und haben seither nicht damit aufgehört. Als Ihr Sohn geboren wurde, blieben Sie für ein knappes Jahr in New York, aber nach dem Tod Ihrer Frau nahmen Sie Ihr altes Leben wieder auf. Sie sind selten länger als eine Woche an ein und demselben Ort. Sie unterschreiben keine langfristigen Verträge, obwohl sie Ihnen ein Vermögen einbringen würden. Sie verlängern prinzipiell niemals ihre Engagements, und sie vereinbaren neue Auftritte ebenso prinzipiell extrem kurzfristig. Und es kommt noch etwas hinzu: Wenn man sich die Mühe macht, danach zu suchen, stellt man fest, daß sich in Ihrer Umgebung recht sonderbare Dinge ereignen. Beunruhigende Dinge zumeist. Leute, mit denen Sie einen mehr als flüchtigen Kontakt haben, entwickeln einen fatalen Hang, auf die unerquicklichsten Weisen zu sterben oder anderswie zu Schaden zu kommen. Immer noch richtig?«

»Wenn das stimmte, dann gingen Sie ein großes Risiko ein, sich in meiner Nähe aufzuhalten«, sagte Andara.

H. P. lächelte. »Risiken einzugehen ist mein Beruf«, sagte er. »Außerdem wäre das Leben höchst langweilig, wenn einem niemand danach trachtete. Aber Sie haben meine Frage nicht beantwortet.«

»Es war keine«, sagte Andara. »Aber ich muß Ihnen gratulieren, H. P. Auch wenn Ihre Schlußfolgerungen falsch sind, haben Sie hervorragende Arbeit geleistet. Ich möchte Sie nicht zum Feind haben.«

»Diesen Wunsch teilen Sie mit einer Menge anderer«, sagte H. P., und so, wie er es sagte, klang es vollkommen ernst. »Und meine Schlußfolgerungen sind nicht falsch. Jemand jagt Sie, Andara, Sie und Ihren Sohn. Ich weiß nicht, wer und warum, aber Sie sind seit zehn Jahren auf der Flucht vor diesem jemand, und heute abend hätte er Sie um ein Haar erwischt. Ihr Sohn wurde entführt.«

Andara preßte die Lippen zu einem schmalen Strich zusammen. Seine Hand schloß sich so fest um die Kaffeetasse, daß sie das dünne Blech eindrückte. »Was soll das?« fragte er. »Wer sind Sie, und was wollen Sie von mir? Warum erzählen Sie mir das alles?«

»Um Sie davon zu überzeugen, daß Rowlf und ich

nicht Ihre Feinde sind, Andara«, antwortete H. P. ernst. »Wie gesagt, Mister Andara – ich habe lange nach einem Mann wie Ihnen gesucht. Sie und ich, wir sind gewissermaßen Schicksalsgenossen. Auch ich werde verfolgt, und wenngleich *meine* Feinde durchaus weltlicher Art und Weise sind, sind sie kaum weniger unangenehm als die ... *Individuen,* die Sie jagen.«

»Das tut mir ausgesprochen leid«, sagte Andara kalt. »Aber ich wüßte nicht, wie ich Ihnen helfen könnte. Ich habe selbst genug Probleme.«

»Und ich habe die Lösung dazu«, sagte H. P. lächelnd. »Oder zumindest einige Anhaltspunkte, die uns ihr näher bringen könnten. « Er warf seine Zigarre in die Kaffeetasse, sah zu, wie die Glut zischend erlosch, und zündete sich sofort eine neue an. »Ihr Sohn wurde entführt, und ich weiß, wo er ist. Genauer gesagt, wo er aller Wahrscheinlichkeit nach hingebracht wird.«

»So?« fragte Andara. »Und wo?«

»R'Lyeh«, antwortete H. P. ruhig.

Andara fuhr zusammen wie unter einem Schlag. »Woher kennen Sie diesen Namen?« fragte er. »Was wissen Sie von R'Lyeh und ... «

»Und dem Cthulhu-Kult?« H. P. lächelte ein wenig breiter, aber seine Augen blieben kalt. »Eine Menge, mein lieber Freund. Wenn auch sicherlich nicht so viel wie Sie – einer der Gründe, aus denen ich Kontakt mit Ihnen aufzunehmen wünschte.«

Länger als eine Minute starrte Andara ihn an, und es war ein Blick, unter dem selbst H. P. immer unsicherer und nervöser zu werden begann. »Was wissen Sie?« fragte er schließlich.

H. P. atmete hörbar auf. Das Eis war gebrochen, das spürte er. Er atmete hörbar aus. »Nicht sehr viel«, gestand er. »Aber das wenige, was ich in Erfahrung bringen konnte, ist schlimm genug. Sagen wir: ich weiß, daß die Welt nicht nur aus den Dingen besteht, die wir sehen und anfassen können.«

»Das hat Shakespeare schon besser formuliert«, sagte Andara. »Wenn Sie Ehrlichkeit von mir verlangen, dann fangen Sie selbst damit an.«

H. P. schien auffahren zu wollen, beließ es dann aber bei einem verärgerten Stirnrunzeln und blies eine Qualmwolke in Andaras Richtung. »Sie sind ein mißtrauischer Mensch, Roderick«, sagte er. »Aber vielleicht können Sie nichts dafür. Möglicherweise wird man zwangsläufig so, wenn man zu lange auf der Flucht ist.«

»Das sollten Sie besser wissen als ich.«

H. P. lächelte. »Touché. Ein Punkt für Sie, Roderick. Aber gut – ich will Ihnen erzählen, was ich weiß.« Er schnippte seine Zigarre in den erloschenen Kamin.

»Ich sagte Ihnen schon, daß auch ich mich auf der Flucht befinde«, begann er. »Die Männer, die mich verfolgen, waren einmal meine Freunde, aber das ist lange her. Ich war Mitglied eines … « Er suchte einen Moment nach Worten. »Sie würden es eine *Loge* nennen, vermute ich. Eines geheimen Bundes jedenfalls, dessen Ziele ich anfangs für erstrebenswert und gut hielt.«

»Jetzt nicht mehr?« fragte Andara lächelnd.

H. P. schüttelte den Kopf. »Nein«, erwiderte er knapp. »Aber das tut jetzt hier nichts zur Sache. Unsere Vereinigung beschäftigte sich jedenfalls stark mit religiösen Dingen, und auch ich stellte gewisse persönliche Forschungen an. Ich stieß dabei auf einige sehr sonderbare Umstände, Roderick. Erstaunliche Übereinstimmungen etwa in gewissen Teilen der Bibel und des Korans oder anderen religiösen Schriften. Aber das allein war es nicht, was mich auf die richtige Spur brachte. Vielmehr war es mein rein persönliches Interesse an Dämonologie, Hexerei und den schwarzen Künsten. Ein rein wissenschaftliches Interesse anfangs. Aber je mehr ich forschte, desto mehr Dinge fielen mir auf. Übereinstimmungen in gewissen Punkten, die kaum mehr zufällig sein konnten. Es scheint, als gäbe es auf der Seite der bösen Kräfte eine Art Urbild, auf das fast alle Dämonenkulte zurückzuführen sind. In Kulturen, die niemals Kontakt miteinander hatten und Tausende von Jahren und Meilen auseinanderlagen.«

»Eine nicht gerade neue Theorie«, sagte Andara.

H. P. nickte. »Ich weiß. Ich wußte es auch damals. Aber ich gehöre zu jenen wenig beneidenswerten Menschen, die mit einer regen Phantasie geschlagen sind. Ich fragte mich: was, wenn es wahr wäre? Was, wenn all die düsteren Geschichten, die sich die Menschen seit Jahrzehntausenden erzählen, auf real existierende Wesen zurückzuführen sind? Was, wenn es das Vorbild des Teufels gegeben hat, Baal, Azatoh, Belphegor und wie sie alle heißen? Und was ...« Er legte eine bewußt dramatische Pause ein, »... wenn sie es vielleicht noch immer gibt?«

»Eine interessante Frage.« Andara hob seine Kaffeetasse, sah, daß sie leer war, und schenkte sich aus der verbeulten Kanne nach. »Und zu welchem Schluß sind Sie gekommen?«

Zwischen H. P.s Brauen entstand eine steile Falte, die zeigte, wie sehr ihn Andaras Frage ärgerte. Aber seine Stimme klang ruhig und fast unbewegt, als er antwortete; die Stimme eines geübten Erzählers, der genau wußte, welche Macht Worte haben konnten. »Zu dem Schluß, daß es sie gibt«, sagte er. »Ich glaube, daß es eine Welt gibt, die neben der unseren existiert, die Welt der Alpträume und des Wahnsinns, und daß sie von Wesen bevölkert wird, die wir uns normalerweise nicht einmal vorzustellen vermögen. Und daß sie eine durch und durch reale Bedrohung darstellt. Ich gab mich mit dieser Theorie allein nicht zufrieden, Mister Andara, denn an sie zu glauben, heißt sie zu fürchten. Ich forschte weiter, auch nachdem ich gezwungen war, mein Leben auf so dramatische Weise zu ändern und Europa zu verlassen. Und ich fand eine Menge Dinge heraus, die mir seither Alpträume bereiten. Das Böse existiert, real und körperlich. Es existierte auf dieser Welt, lange bevor es Menschen gab, und es existiert noch, wenngleich jetzt verborgen in den tiefsten Schlünden der Erde und des Meeres. Und ich bin nicht der einzige, der dies weiß. Es gab zu aller Zeit Menschen auf der Welt, die um die alten Dämonen und ihre Macht wußten, und es gab zu aller Zeit solche, die sich in ihren Dienst stellten und sie zu erwecken versuchten.« Er sah Andara scharf an. »So, wie zum Beispiel die Leute aus Ihrer Heimatstadt, Andara.«

»Wenn Sie all dies wissen und sich nicht nur zusammenphantasieren«, sagte Andara gereizt, »dann sollten Sie auch wissen, daß ich nichts damit zu schaffen hatte.«

»Natürlich«, erwiderte H. P. »Und das ist auch der

Grund, aus dem sie Sie verfolgen, seit damals. Sie sind ein Abtrünniger, genau wie ich. Aber das«, fügte er mit einem dünnen, raschen Lächeln hinzu, »ist nun wirklich eine reine Theorie.«

Die Frage hinter diesen Worten war unüberhörbar, aber Andara tat so, als bemerke er sie nicht.

»Damit erschöpft sich mein Wissen auch schon beinahe«, fuhr H. P. nach einer Weile fort. »Ich fand einiges heraus über ein Wesen – oder Volk –, das sich Cthulhu nennt, aber nichts davon war konkret genug, mir als Spur zu dienen. Ich vermute, Sie könnten mir mehr davon erzählen.«

»Unterstellt, daß Sie recht hätten, H. P.«, antwortete Andara, »dann sollte Ihnen klar sein, daß allein das Wissen um diese Dinge höchst gefährlich sein kann. Glauben Sie wirklich, ich würde es so einfach preisgeben?«

»Nein«, gestand H. P., wenn auch mit deutlichen Zeichen der Verärgerung. »Aber ich will es auch nicht so *einfach* haben, Roderick. Ich biete etwas dafür. Meine Hilfe dabei, Ihren Sohn zu finden und zu retten.«

»Und wie?« Andaras Gesicht zeigte noch immer keine Spur irgendeiner Regung. H. P. hatte ihn aus der Fassung gebracht, für einen kurzen Moment, aber jetzt hatte er sich wieder in der Gewalt; vielleicht besser als vorher. Er wußte nichts über diesen Mann, rein gar nichts, und auch, wenn ihm sein Instinkt sagte, daß er die Wahrheit sprach und sie zumindest potentiell Verbündete waren – er hatte gelernt, vorsichtig zu sein.

Vielleicht zu sehr.

H. P. seufzte. »Warum tun Sie das, Roderick?«

fragte er. »Wir beide besitzen Teile eines Puzzlespieles, die jedem einzelnen von uns nichts nutzen. Tun wir uns doch zusammen und versuchen, unserer Problem gemeinsam zu lösen.« Er schüttelte traurig den Kopf. »Aber gut – ich gebe Ihnen einen kleinen Vorsprung: Ich besitze Informationen, aus denen mit ziemlicher Sicherheit hervorgeht, daß sich Ihr Sohn und Miss Craven an einem Ort oder in einer Stadt namens R'Leyh befinden. Und ich glaube zumindest, Ihnen den Weg dorthin zeigen zu können.«

»Sie wissen es nicht?«

»Es gibt Dinge, die weiß man besser nicht«, antwortete H. P. ernst. »Aber ich verfüge über gewisse Informationen, die sich als sehr wertvoll für Sie erweisen könnten, Roderick. Gegen eine gewisse Gegenleistung Ihrerseits bin ich bereit, Ihnen diese Informationen zur Verfügung zu stellen.«

Andara lachte bitter. »Wie soll diese … Gegenleistung aussehen, H. P.?« fragte er. »Soll ich Ihre Verfolger verhexen, damit sie Sie nicht mehr erkennen? Oder reicht es vielleicht, wenn ich Sie in eine neunzehnjährige Mexikanerin verwandle, die garantiert niemand sucht?«

H. P.s Lippen preßten sich zu einem zornigen Strich zusammen. »Ihr Sarkasmus ist unangebracht, Roderick«, sagte er ärgerlich. »Aber ich sehe schon, ich muß deutlicher werden.« Er hob die Hand. »Rowlf.«

Der rothaarige Hüne schlurfte heran und legte eine abgewetzte braune Aktenmappe auf den Tisch. H. P. bedankte sich mit einem flüchtigen Kopfnicken, ließ den Verschluß aufschnappen. »Das hier ist mein einziger Trumpf in diesem Spiel, Roderick«, sagte er. »Sie sehen – ich vertraue Ihnen vollkommen.«

Andara schwieg. Er fühlte sich unbehaglich, und er wußte selbst nicht genau, warum.

H. P. öffnete die Mappe. Ein in grobe graue Leinentücher eingeschlagenes Paket kam zum Vorschein. Behutsam legte er es vor sich auf den Tisch und begann, die Tücher auseinanderzufalten, mit spitzen Fingern, als fürchte er sich davor, das zu berühren, was darunter verborgen war. Andara beugte sich neugierig vor.

Im allerersten Moment war er fast enttäuscht, denn unter den Leinentüchern befand sich zuerst einmal nur eine Schicht glänzenden dunkelgelben Ölpapieres. H. P. fuhr sich mit der Zungenspitze über die Lippen und löste mit spitzen Fingern den Bindfaden, der um das Ölpapier gewickelt war.

Darunter kam etwas zum Vorschein, das Andara im ersten Moment für eine Glasscherbe hielt.

»Was ... was ist das?« fragte er stockend. Er fror plötzlich. Es war verrückt und gegen jegliche Logik, aber es war, als ginge von dem, was er für eine Glasscherbe gehalten hatte, eine Woge intensiver, unangenehmer Kälte aus. Das Licht im Raum schien zu flackern, obgleich die Kerzen ruhig weiterbrannten. Irgend etwas bewegte sich in den Schatten, was nicht dorthin gehörte.

Andara beugte sich weiter vor und nahm die Scheibe behutsam auf. Es war unangenehm, sie zu berühren. Ihre Oberfläche war zugleich glatt und rauh, und dabei so kalt, daß die Fingerkuppen fast darauf festfroren.

Und es war Andara unmöglich, ihre Form zu bestimmen.

Sie war weder rund noch kantig, aber es war auch

kein Splitter mit ungleichmäßigen Rändern, der roh aus einer größeren Fläche herausgebrochen worden war. Sie war einfach …

Andara fand keine Worte für die unmöglichen Linien und Kurven, über die seine Fingerspitzen tasteten. Es war eine geometrische Form, aber eine, die einen Euklid schlichtweg in den Wahnsinn getrieben hätte. Es gab Winkel und Krümmungen, die einfach nicht möglich waren, Kanten, die so gegeneinander geneigt waren, daß sie sich gegenseitig aufhoben, Parallelen, die sich ein dutzendmal schnitten und dem räumlichen Verständnis des menschlichen Geistes die Zunge herausstreckten. Allein die Scheibe anzusehen, bereitet Andara körperliches Unbehagen.

»Was ist das?« fragte er noch einmal. Plötzlich fiel es ihm schwer, zu sprechen. Ein pelziger, sehr unangenehmer Geschmack war auf seiner Zunge.

»Möglicherweise der Beweis für meine Unschuld«, sagte H. P. ruhig. »Möglicherweise auch nicht. Ich … ich weiß es nicht, Roderick. Aber es ist die einzige Spur, die ich habe.« Er stand auf, beugte sich über den Tisch und nahm Andara die Kristallscheibe vorsichtig aus den Händen. Erst als er sie wieder in das Ölpapier eingewickelt und den Bindfaden darum sorgsam verknotet hatte, sprach er weiter: »Ich habe Ihnen von meinen Forschungen erzählt, Roderick, und auch von den Männern, die mich verfolgen.« Er atmete hörbar ein. »Ich will es kurz machen: die Methoden meiner Verfolger, sich meiner zu entledigen, sind etwas subtiler als die Ihrer Feinde, Roderick, aber kaum weniger wirkungsvoll. Ich werde des Mordes bezichtigt.« Er legte eine genau bemessene, rhetorische Pause ein und deutete auf das Bündel vor sich. »Und ich fürchte, der einzige Weg, meine Unschuld zu beweisen, ist das da. Was immer es sein mag.«

»Und wieso?«

H. P. seufzte. »Das ist eine lange Geschichte. Trotzdem ist sie schnell erzählt. Ich war nicht ohne Freunde, als ich Europa verließ, müssen Sie wissen. Durch meine Forschungen stand ich in engem brieflichem Kontakt mit einem gewissen Dr. Langley, Professor für Anthropologie an der Miscatonic Universität in Arkham. Vor etwa zwei Jahren reiste ich zu ihm, und meine Hoffnung, Hilfe und Unterschlupf zu finden, erfüllte sich. Aber leider nur für eine äußerst bescheidene Zeitspanne.« Er brach ab. Sein Blick verdüsterte sich, als bereite ihm allein die Erinnerung Unbehagen.

»Was ist geschehen?« fragte Andara.

»Dr. Langley beschäftigte sich mit den gleichen Dingen wie ich«, sagte H. P. »Der größte Teil meines Wissens stammt von ihm, müssen Sie wissen. Ich argwöhnte bereits in Europa, daß er über weit mehr Informationen verfügte, als er mir gegenüber zuzugeben bereit war, und mein Argwohn stellte sich als begründet heraus. Tatsächlich fand ich einen Mann vor, der ein menschliches Wrack war. Er war nervös, fahrig, unkonzentriert – und er hatte Angst. Ich bot ihm meine Hilfe an, und nach einer Weile gelang es mir auch, sein Vertrauen zu erringen. Was er mir erzählte, Roderick, ließ mich seine Angst verstehen. Er sprach von R'Leyh und Cthulhu und Wesen, die er die GROSSEN ALTEN nannte, und er behauptete, den Weg zu diesem R'Leyh zu kennen. Eines Abends eröffnete er mir, daß er zu diesem Ort reisen wolle, um einer nicht näher bezeichneten Gefahr zu begegnen. Natürlich versuchte ich, ihn von seinem Entschluß abzubringen, aber er ließ nicht mit sich reden und begann schließlich, mich zu beschimpfen und der Feigheit zu bezichtigen: letztendlich warf er mich aus seiner Wohnung. Am nächsten Morgen war er verschwunden, nicht jedoch, ohne einen an mich adressierten Brief zu hinterlassen, in dem er sich für sein Benehmen entschuldigte und mir versicherte, daß er keine andere Wahl gehabt hätte, denn er müsse einer Gefahr begegnen, die die gesamte Menschheit bedrohe. Und er versprach, sich wieder bei mir zu melden, so weit ihm dies möglich sei.«

»Hat er das getan?«

H. P. zögerte. »Vielleicht«, sagte er schließlich. »Ich bekam weder einen Brief noch sonstwie Nachricht von ihm, aber dafür begannen sich die Behörden für mich zu interessieren. Ich will Sie jetzt nicht mit Einzelheiten langweilen, Roderick, aber die ganze Sache lief darauf hinaus, daß man mich verdächtigte, etwas mit dem Verschwinden Langleys zu tun zu haben. Um es in einem Satz auszudrücken: Ich werde wegen Mordes an Professor Langley gesucht.« Er lächelte bitter. »Sie sehen, ich befinde mich in einer Lage, die sich nur unwesentlich von der Ihren unterscheidet.«

»Das mag sein«, sagte Andara ruhig. »Aber ich sehe immer noch nicht, was das mit dem Verschwinden meines Sohnes zu tun hat. Geschweige denn, woher Sie die Überzeugung nehmen, daß Bob und Miss Craven sich in R'Leyh aufhalten.«

»Eine simple Schlußfolgerung«, antwortete H. P. »Sehen Sie, ich würde eine Woche brauchen, Ihnen alles zu erzählen, was ich von Langley erfahren habe. Für jetzt nur so viel: Langley fand heraus, daß die Anhänger des Cthulhu-Kultes seit einigen Jahren eine beunruhigende neue Aktivität entwickeln. Und daß seit der gleichen Zeitspanne immer öfter Menschen verschwinden, Menschen, die in irgendeiner Weise mit Magie und Außersinnlichem zu tun haben. Menschen wie Sie, Roderick, oder Ihr Sohn, der Ihr Talent zweifellos geerbt haben dürfte. Und er vermutete, daß sie zu diesem R'Leyh verschleppt worden sind.«

»Und Sie glauben, mein Sohn wäre auch dort?«

»Dort oder auf dem Wege dorthin.« H. P. nickte. »Es ist mehr als eine Vermutung, Roderick. Ich mußte Arkham recht überhastet verlassen, wie Sie sich vorstellen können, aber einige Zeit später erhielt ich diese Scheiben.« Seine Rechte landete klatschend auf dem Ölpapier und zog sich so hastig wieder zurück, als hätte er glühendes Eisen berührt. »Es war das erste von insgesamt sechs gleichartigen Kristallgebilden.«

»Und jetzt glauben Sie, es wären die versprochenen Nachrichten des Professors«, vermutete Andara. »Warum?«

»Weil in die letzte Scheibe, die ich vor zwei Monaten bekam, eine Nachricht eingeritzt war«, antwortete H. P. »Sie bestand aus drei Sätzen: *Sind gefangen. Cthulhu erwacht. Kommt nach R'Leyh.*« Er blickte Andara durchdringend an. »Sie sehen, Roderick«, fuhr er fort, »es ist mehr als eine wilde Vermutung. Und dies ist mein Angebot: Helfen Sie mir, Langley zu finden und somit meine Unschuld zu beweisen, und Sie finden gleichzeitig Ihren Sohn.«

Fast auf den Tag genau drei Wochen später erreichte Andara Arkham. Sie hatten sich getrennt, nachdem sie noch weit bis in den nächsten Tag hinein geredet hatten – das heißt, H. P. hatte geredet, während Andara zugehört und nur dann und wann ein zustimmendes Nicken oder eine Bemerkung beigesteuert hatte.

H. P. hatte vorgeschlagen, gemeinsam mit ihm nach Arkham zu reisen, aber Andara war dagegen gewesen, die Geschehnisse in Walnut Falls bewiesen mit grausamer Klarheit, wie dicht ihm seine Verfolger bereits wieder auf der Spur waren. Wahrscheinlich hatte er sie in Wahrheit niemals wirklich abgeschüttelt. Und er hatte gewisse Vorbereitungen zu treffen, sollten sie hier in Arkham oder auf ihrer späteren Suche wirklich auf die Wesen treffen, die H. P. als Drahtzieher hinter Langleys Verschwinden argwöhnte; ein Verdacht, der sich auch in Andara mehr und mehr festigte, je länger er H. P.s Erzählungen zuhörte.

So waren sie übereingekommen, jeder für sich und auf verschiedenen Wegen nach Arkham zu reisen – ein Unterfangen, das weitaus rascher gefaßt als in die Tat umgesetzt war, wie Andara zu seinem Leidwesen herausfand. Es gab weder eine Bahnlinie noch sonst irgendeine auch nur halbwegs bequeme Möglichkeit, diesen abseits gelegenen Winkel Neu-Englands zu erreichen, so daß er sich gezwungen sah, das vorletzte Stück des Weges auf einem nicht gerade vertrauenerweckenden Küstenboot und das letzte Stück – gute fünf Meilen unwegsames waldiges Gelände, die zwischen der kleinen Küstenstadt Innsmouth und Arkham lagen und auf denen sich die in die Karte eingezeichnete Straße als schlaglochdurchsetzte Marterstrecke herausstellte – auf dem Rücken eines Pferdes zurückzulegen, das er für einen Wucherpreis von einem dortigen Händler erstanden hatte.

H. P. hatte ihn gewarnt, sich nach Möglichkeit von den Leuten von Innsmouth fernzuhalten. Es seien verschlossene Menschen, die Fremde nicht mochten, hatte er gesagt, und die keine Gelegenheit ausließen, sie über den Tisch zu ziehen. Er hatte nicht gesagt, daß sie gebürtige Betrüger und Halsabschneider waren, dachte Andara grimmig, denn der Gaul, den er zu einem Preis erstanden hatte, zu dem er in Denver oder New York einen kompletten Vierspänner hätte mieten können, war nicht einmal ein Reitpferd, sondern eine flügellahme Mähre, die ihr Lebtag lang einen Pflug gezogen haben mußte. Er hatte so wenig Übung darin, einen Menschen zu tragen, wie Andara andererseits darin, zu reiten.

Arkham selbst überraschte ihn. Nach H. P.s Erzählungen hatte er erwartet, eine düstere Ortschaft vorzufinden, in der die Angst herrschte und die voller blasser, verängstigter Menschen war, aber das genaue Gegenteil war der Fall.

Er erreichte den Ort mit dem letzten Licht des Tages, und was er sah, als er aus dem Wald ritt und sein Pferd einen Moment lang zügelte, war nichts anderes als eine verträumte Kleinstadt an der Südspitze Neu-Englands, die möglicherweise hundert Jahre hinter der Zeit zurückgeblieben, nichtsdestotrotz aber hell und freundlich und voller fröhlicher Menschen zu sein schien. Das blaue Band des Miskatonic-River zerschnitt die Stadt in zwei ungleichmäßige Hälften, und irgendwo auf der anderen Seite des Flusses, vom blasser werdenden Licht der untergehenden Sonne bereits zu einem schwarzen flachen Schatten degradiert, überragten die mächtigen Mauern und Türme der Universität ihre Dächer wie eine Trutzburg die Stadt, die sie schützte.

Andara bemerkte nichts von Furcht oder Verschlossenheit, als er in die Stadt einritt und ihren Menschen begegnete. Da war nichts von der düsteren, nicht in Worte zu fassenden Bedrohung, keine finsteren Schatten, nichts von den raschen, ängstlichen Blicken, die ihm nur allzuoft begegnet waren, Überall, wo er auf *ihre* Spuren gestoßen war.

Nein – Arkham schien eine ganz normale Kleinstadt zu sein, in der das Aufregendste die sonntägliche Messe war und man das Verstreichen der Zeit nach Jahren, nicht nach Tagen maß.

In gemäßigtem Tempo ritt er durch die Stadt, fragte sich zum Mietstall durch und gab sein Pferd in Pflege, ehe er sich nach der Pension erkundigte, die ihm H. P. als Treffpunkt genannt hatte. Wie sich herausstellte, waren es bis dorthin nur wenige Schritte, so daß er sich selbst die Mühe sparen konnte, einen Burschen zu suchen, der sein Gepäck trug.

Die Sonne ging endgültig unter, als er das zweistöckige Gebäude Ende Armitage- und Jenkins-Street erreichte. Wie H. P. ihm gesagt hatte, handelte es sich um ein eher unauffälliges Haus, das ein Stück von der Straße zurückgesetzt lag und an dem die Zeit sichtlich genagt hatte. Andara sah die großen, pockennarbigen Stellen, an denen der Verputz abzublättern begann, die ein wenig schräg in den Angeln hängenden Läden und das leicht eingesunkene

Dach. Arkham war eine alte Stadt, zumindest für die Zeitbegriffe dieses noch jungen Landes, und dieses Haus war ein altes Haus. Eigentlich hätte es ihm auf Anhieb sympathisch sein müssen, aber das genaue Gegenteil war der Fall. Irgend etwas daran beunruhigte ihn.

Aber vielleicht war er auch nur erschöpft und begann schon, hinter allem und jedem Verrat und Heimtücke zu wittern. Es gab eine gewisse Art von Paranoia, die fast zwangsläufig kam, wenn man zu lange auf der Flucht war.

Er stellte seine Koffer ab, betätigte den löwenköpfigen Türklopfer und trat ein kleines Stück zurück, als von drinnen schlurfende Schritte laut wurden. Eine Kette klirrte, dann schwang die Tür eine Handbreit nach innen, und ein zerknautschtes Gesicht lugte zu ihm heraus. »Ja?«

»Miss Lugosi?« Andara lächelte und deutete eine Verbeugung an, während der Blick glitzernder Fischaugen über sein Gesicht und seine Gestalt glitt und ihn schnell und routiniert taxierte. »Sie entschuldigen die Störung – mein Name ist Andara, Roderick Andara. Ich bin auf der Suche nach einem Zimmer. Man hat mir Ihr Haus als sauber und vertrauenswürdig empfohlen.«

»So, hat man das?« Bella Lugosi bedachte ihn mit einem Blick, der sehr deutlich machte, daß sie diese beiden Attribute als nicht unbedingt zutreffend empfand. Ihr Mund wurde zu einem schmalen Strich, der wenig sympathisch wirkte. »Und wer ist *man,* wenn ich fragen darf?« fuhr sie nach einer mißbilligenden Pause fort.

»Ein gemeinsamer Freund von uns«, antwortete

Andara. Er senkte die Stimme ein ganz kleines bißchen. »H. P.«

Das Mißtrauen in Miss Lugosis Augen schlug urplötzlich in Erstaunen, dann ebenso rasch in Erschrecken um. Sie trat zurück, öffnete hastig die Tür und machte eine wedelnde Bewegung mit der Linken, als Andara für ihren Geschmack zu langsam eintrat.

»Sie sind ein Freund von H. P.?« fragte sie, nachdem sie die Tür wieder geschlossen und die Kette sorgsam vorgelegt hatte. Andara nickte. »Dann sollten Sie seinen Namen nicht zu laut aussprechen«, fuhr Miss Lugosi fort. »Und schon gar nicht in der Öffentlichkeit. Es gibt viele Ohren in Arkham. Kommen Sie.« Sie rauschte an ihm vorbei und öffnete eine weitere Tür, die in einen kleinen, sehr einfach ausgestatteten Salon führte. Es gab drei große, nach Süden führende Fenster, und die Tapeten waren zwar alt, aber hell und freundlich gemustert. Eine Petroleumlampe verbreitete warmes, gelbes Licht.

Andara stellte seine Koffer neben der Tür ab und sah sich neugierig um. Es gab nicht viel Interessantes zu entdecken: eine Kommode, ein großer Tisch mit sechs stoffbezogenen Stühlen, neben der Tür ein halb mannshoher, goldgefaßter Spiegel, der in der Ecke zu einem kantigen Spinnennetz-Muster gesprungen war, ein Ölgemälde, das einen alten Indianer auf einem noch älteren Pferd zeigte; nichts, was ungewöhnlich oder auch nur der Beachtung wert gewesen wäre. Aber auf dem kleinen Tischchen vor dem Kamin standen zwei benutzte Gläser, daneben ein Aschenbecher, in dem sich die zerdrückten Reste von mindestens einem Dutzend schwarzer Virginia-Zigarillos drängelten. Andara lächelte dünn.

»Er ist also bereits hier«, sagte er.

Miss Lugosi runzelte etwas zu demonstrativ die Stirn. »Wer?« fragte sie.

»H. P.«, antwortete Andara. »Bitte – Sie brauchen sich nicht zu verstellen. Ich bin wirklich sein Freund.« Er deutete mit einer Kopfbewegung auf den Aschenbecher. »Aber Sie sollten vorsichtiger sein, und er auch. Die Polizei pflegt die Angewohnheiten der Leute zu kennen, die sie sucht.«

Miss Lugosi blickte auf die Zigarrenreste und sah plötzlich sehr betroffen aus. Ohne ein weiteres Wort ging sie an ihm vorbei, leerte den Aschenbecher in den Kamin und wischte ihn mit einem Zipfel ihrer Kittelschürze sauber, ehe sie ihn an seinen Platz zurückstellte. »Sie sind ein scharfer Beobachter, Mister Andara,«, sagte sie. Ihr Körpergeruch fiel ihm auf, als sie an ihm vorüberging. Er war nicht direkt unangenehm, aber zumindest ungewöhnlich; ein wenig feucht, wie nach Tang und Meer. Aber was ging es ihn an?

»Im Augenblick bin ich wohl eher ein müder Beobachter«, erklärte er mit einem entschuldigenden Lächeln. »Falls es Ihnen nichts ausmacht, würde ich Sie bitten, mir mein Zimmer zu zeigen – und vielleicht H. P. Bescheid zu geben, daß ich da bin.«

»Das Zimmer ist gleich über den Flur«, erklärte Miss Lugosi. »Sie können es nicht verfehlen – die Tür steht offen. Aber H. P. ist nicht da.« Sie wandte sich zum Kamin. Auf dem Sims stand eine kleine Schatulle, deren Deckel sie aufklappte, um einen schmalen weißen Briefumschlag herauszunehmen. »Das hier soll ich Ihnen geben«, sagte sie, »für den Fall, daß H. P. nicht da sein sollte, wenn Sie kommen.« Sie streckte die Hand aus, zog sie dann aber noch einmal zurück und legte den Kopf auf die Seite, um ihn abermals scharf zu mustern. »Sie sind doch der, für den Sie sich ausgeben, oder?«

Andara lächelte, griff nach dem Brief und nahm ihn an sich, öffnete ihn aber noch nicht. »Er hat Ihnen also gesagt, daß ich komme? Gerade an der Tür …«

»Man muß vorsichtig sein«, unterbrach ihn Miss Lugosi. »Arkham ist nicht mehr, was es war, wissen Sie? In letzter Zeit kommen viele Fremde in die Stadt. Sonderbare Fremde.« Sie schien noch mehr sagen zu wollen, beließ es dann aber bei einem Kopfschütteln und deutete zur Tür. »Ich muß in die Küche, Mister Andara. Sie finden das Zimmer auch ohne mich. Die Miete beträgt fünf Dollar die Woche, Verpflegung eingeschlossen und im voraus. Gegessen wird pünktlich um sieben, morgens und abends. Für Ihr Mittagessen müssen Sie selbst sorgen. Dieser Salon hier und das Bad stehen zu Ihrer Verfügung, im oberen Stockwerk liegen meine Privaträume. Damenbesuche sind nicht gestattet. Und nun entschuldigen Sie mich, ich habe zu tun.« Und damit ging sie an ihm vorbei und verließ den Salon.

Andara unterdrückte ein Lächeln. Bella Lugosi war vielleicht eine sonderbare Frau, die auf die meisten Menschen im ersten Moment abschreckend gewirkt hätte, mit ihrem eigentümlichen Parfüm und ihren kalten Augen. Aber ihre burschikose Art gefiel ihm, und er glaubte plötzlich zu verstehen, warum H. P. ausgerechnet ihr Haus als Treffpunkt vorgeschlagen hatte, obwohl es in Arkham zwei gute Hotels gab.

Er steckte den Brief ein, nahm seine Koffer wieder

auf und ging über den Flur in das Zimmer, das Miss Lugosi ihm bezeichnet hatte. Sorgsam verschloß er die Tür, überzeugte sich davon, daß das Fenster zum Hof hinausging und dieser leer war, und legte vorsichtshalber die Läden vor, ehe er sich auf das Bett setzte und den Briefumschlag aufriß.

Er enthielt einen säuberlich gefalteten Zettel, auf dem nur wenige Zeilen in H. P.s fast unleserlicher Handschrift gekritzelt waren, und alles in Kleinschrift, wie sie es ausgemacht hatten, um sicher sein zu können, daß schriftliche Botschaften auch wirklich von dem jeweils anderen stammten:

roderick! mußte für ein paar tage weg. versuche, am 2. oder 3. juli zurück zu sein. warte bis zum 5. wenn ich bis dahin nicht zurück bin oder du nachricht von mir hast, gehe zur miskatonic-universität und wende dich dort an einen studenten namens henry wolf.

H. P.

ps: halte dich von den carsons fern!

Andara runzelte die Stirn, las die Notiz ein zweites Mal und sah auf den Kalender, der neben der Tür hing. Er war mehrere Jahre alt und zeigte den 7. Dezember, aber heute war der 4. Juli, wenn er sich nicht sehr täuschte. Also war dieser Brief mindestens vier oder fünf Tage alt, und die Frist, die H. P. bis zu seiner Rückkehr gesetzt hatte, eigentlich schon überschritten. Und was sollte dieses ›PS‹? Wer immer diese Carsons waren – es gab kaum eine bessere Methode, ihn auf ihre Spur zu setzen, als die Aufforderung, es nicht zu tun.

Mehr verwirrt als wirklich beunruhigt oder besorgt

faltete er das Blatt wieder zusammen, ließ es in der Rocktasche verschwinden und verließ sein Zimmer wieder, um nach Miss Lugosi zu suchen. Möglicherweise wußte sie, wo H. P. hingegangen war.

Das Haus war sehr still, als er auf den Korridor hinaustrat. Nach ihren Worten hatte er erwartet, Miss Lugosi in der Küche mit Töpfen und Geschirr hantieren zu hören, aber die einzigen Geräusche, die er vernahm, waren seine eigenen Atemzüge und die gedämpften Laute, die von der Straße hereindrangen. Unschlüssig blieb er einen Moment stehen, drehte sich wieder herum, um in sein Zimmer zurückzugehen, und machte dann doch kehrt. Das Haus war nicht sehr groß, und solange er das obere Stockwerk nicht betrat, würde er sich kaum den heiligen Zorn der Hausherrin zuziehen.

Er fand die Küche praktisch auf Anhieb. Miss Lugosi nicht. Der kleine, mit Regalen voller Kochgeschirr und Vorräten vollgestopfte Raum war leer. Das Feuer in dem mächtigen gußeisernen Ofen war seit Stunden erloschen, und in der Luft lag ein Geruch, der allenfalls an faulenden Fisch erinnerte, nicht an das Abendessen, das Miss Lugosi jetzt eigentlich zubereiten sollte, wenn sie ihren eigenen Zeitplan einhielt.

Andaras Verwirrung nahm ein ganz kleines bißchen zu. Er versuchte sich damit zu beruhigen, daß er im Augenblick möglicherweise der einzige Gast war und er kaum damit rechnen konnte, daß Miss Lugosi nichts Besseres zu tun hatte, als auf ihn zu warten – aber dieser Gedanke überzeugte ihn selbst nicht.

Verwirrt ging er in sein Zimmer zurück, verriegelte sorgsam die Tür hinter sich und warf sich angezogen aufs Bett, ohne Licht zu machen. Plötzlich war er sehr müde. Die Anstrengungen der vergangenen Tage und der Ritt hierher forderten ihren Tribut.

Er schlief nicht ein, aber er gab sich ganz bewußt jener wohligen Entspannung hin, die dem Schlaf vorausging, während er dalag und mit offenen Augen die Decke über sich anstarrte. Auf dem abblätternden Verputz war ein Fleck, und jetzt, als er entspannt dalag und versuchte, an nichts zu denken, spürte er auch den leicht moderigen Geruch, der in der Luft hing. Offensichtlich war dieses Haus von Feuchtigkeit befallen. Miss Lugosis Erben würden nicht mehr sehr viel Freude daran haben.

Er verscheuchte den Gedanken, faltete die Hände hinter dem Kopf zusammen und versuchte zu ergründen, was wohl H. P. dazu bewogen haben mochte, nicht hier im Haus auf ihn zu warten, sondern seine Nachforschungen auf eigene Faust zu beginnen – etwas, was nicht ohne Gefahr für ihn sein konnte. Immerhin wurde er von der örtlichen Polizei gesucht, und zweifellos hatte jeder Sheriff im Umkreis von hundert Meilen seinen Steckbrief.

Aber er würde seine Gründe haben. Und noch war die Frist, die er in seinem Brief selbst gesetzt hatte, nicht vorbei. Er würde abwarten und übermorgen zur Universität gehen, wenn H. P. bis dahin nicht zurück war.

Er mußte wohl doch eingeschlafen sein, denn das nächste, was er bewußt wahrnahm, war ein Klopfen an der Tür und Miss Lugosis Stimme, die leise seinen

Namen rief. Er setzte sich auf, fuhr sich ein wenig schuldbewußt mit dem Handrücken über die Augen und unterdrückte ein Gähnen.

»Was … gibt es denn?« fragte er verschlafen.

»Es ist sieben Uhr, Mister Andara«, drang Miss Lugosis Stimme durch die Tür. »Genau gesagt, schon fünf Minuten nach sieben«, fügte sie tadelnd hinzu. »Zeit zum Essen, Mister Andara.«

»Ich … komme sofort«, antwortete Andara verstört, setzte sich mit einem Ruck vollends auf und schwang die Füße vom Bett. Sieben? Er erinnerte sich nicht, eingeschlafen zu sein, aber ein Blick zum Fenster zeigte ihm, daß vor den Ritzen der baufälligen Läden jetzt vollkommene Dunkelheit lastete und Miss Lugosi wohl recht hatte. Der Gedanke beunruhigte ihn. Er war es nicht gewohnt, gegen seinen Willen einzuschlafen, ganz gleich, wie müde oder erschöpft er war. Er hatte früh gelernt, seinen Körper bis zur Perfektion zu beherrschen. Wenn es sein mußte, konnte er eine Woche ohne Schlaf auskommen.

Was nichts daran änderte, daß er sich im Augenblick hundemüde und so zerschlagen wie selten zuvor in seinem Leben fühlte. Die Stunde, die er geschlafen hatte, schien ihn nicht erfrischt, sondern eher noch müder gemacht zu haben.

»Ich komme sofort, Miss Lugosi«, sagte er. »Einen kleinen Moment nur noch.«

»Das will ich hoffen, Mister Andara«, antwortete Miss Lugosi. »Mein Haus ist kein Hotel, wissen Sie, sondern eine Pension. Es gibt da gewisse Unterschiede.«

Andara warf der Tür einen feindseligen Blick zu, schluckte die scharfe Antwort herunter, die ihm auf der Zunge lag, und bückte sich statt dessen nach seinen Schuhen.

Als er sich vorbeugte, wurde ihm schwindelig. Für einen Moment begann sich das Zimmer um ihn zu drehen. Ein übler Geschmack stieg aus seinem Magen hoch und breitete sich in seinem Mund aus.

Er kämpfte das Gefühl zurück, preßte die Hand gegen Augen und Stirn und zwang sein Herz, ruhig und gleichmäßig zu schlagen. Es gelang ihm, aber anders als gewohnt kostete es ihn enorme Anstrengung, und selbst danach war das Schwindelgefühl nicht gänzlich verschwunden, sondern lauerte irgendwo am Rande seines Bewußtseins darauf, daß er unaufmerksam wurde. Vielleicht hatte er sich schlichtweg überanstrengt auf dem Wege hierher. Während der letzten drei Wochen war er kaum länger als einen Tag an ein und demselben Ort geblieben, um seine Spur zu verwischen.

Zornig auf sich selbst schlüpfte er in seine Schuhe, stand auf und ging in den Salon hinüber, wo Miss Lugosi mit einem sehr mißbilligenden Stirnrunzeln auf ihn wartete.

Der Raum hatte sich verändert. Im Kamin brannte ein Feuer, das jedoch mehr der Behaglichkeit diente als dem Zweck, Wärme zu verbreiten, denn der Juli hatte das Haus mit Hitze vollgesogen wie einen Schwamm mit Wasser, und es war selbst jetzt eher zu warm als zu kühl hier drinnen. Auf dem Tisch lag eine saubere weiße Decke, auf der Miss Lugosi ein überraschend großzügiges Abendessen aufgefahren hatte: eine gewaltige Schüssel mit dampfenden Kartoffeln, einen Braten, der für ein Dutzend hungriger Holzfäller ausgereicht hätte, und gleich vier Schüsseln mit verschiedenen Gemüsesorten, dazu Wein in einer geschliffenen Karaffe.

Andara dachte flüchtig an einen erloschenen Ofen und eine unaufgeräumte Küche, in der es nach schlecht gewordenem Fisch roch, aber der Anblick der aufgetischten Köstlichkeiten ließ ihm fast sofort das Wasser im Munde zusammenlaufen. Er verscheuchte das Bild, ließ sich auf den freien Stuhl sinken und griff auf ein auffordendes Kopfnicken Miss Lugosis hin zu. Er merkte erst jetzt richtig, wie hungrig er war. Während der letzten drei Tage hatte er fast ausschließlich von Wasser und abwechselnd kalten und lauwarmen Bohnen gelebt.

Miss Lugosi lächelte versöhnt, als sie sah, wie es ihm schmeckte, aß aber zu seinem Erstaunen selbst nichts von alledem, was ihre Kochkunst hervorgebracht hatte, sondern begnügte sich mit einem winzigen Schluck Wein und etwas kaltem Fisch, der auf einem gesonderten Teller lag.

Andara registrierte auch dies sehr wohl, aber er beschloß, es so wie alles andere unter der Rubrik der Dinge abzulegen, die ihn nun wirklich nichts angingen. Er hatte über Wichtigeres nachzudenken als die Eßgewohnheiten seiner Zimmerwirtin.

»Hat es Ihnen geschmeckt?« erkundigte sich Miss Lugosi nachdem er das dritte Mal nachgenommen hatte und seinen Teller endlich zurückschob.

Andara nickte, tupfte sich mit der Serviette die Lippen ab und spülte mit einem Schluck des schweren, etwas zu süßen Weines nach. »Es war köstlich«, sagte er. »Ich muß Ihrer Kochkunst meine Hochachtung aussprechen.«

Miss Lugosi lächelte, aber es wirkte ein bißchen

gequält. »Vielen Dank«, sagte sie. »Aber eigentlich gebührt das Kompliment dem Chefkoch des Palace-Hotels.«

Andara sah sie fragend an.

»Ich war nicht auf Gäste eingerichtet, wissen Sie?« erklärte Miss Lugosi. »Deshalb bin ich vorhin, als Sie schliefen, rasch zum Hotel hinübergelaufen und habe all dies bestellt. Ab morgen werde ich mich dann selbst um Ihr leibliches Wohl kümmern, das verspreche ich.«

Andara blickte ein wenig betroffen auf seinen Teller herab. »Das war sehr zuvorkommend«, sagte er. »Aber durchaus nicht nötig. Sagen Sie mir, was es gekostet hat, und ich bezahle das Essen. Es muß mehr gekostet haben, als Sie in einer Woche an Miete einnehmen.«

»Unsinn.« Miss Lugosi winkte verärgert ab. »Ich vermiete nicht des Geldes wegen, mein lieber Freund. Ich beziehe eine kleine Pension, von der ich leben kann, wenn ich ein wenig haushalte. Noch etwas Wein?« Sie wartete seine Antwort nicht ab, sondern griff bereits nach der Flasche und schenkte sein Glas wieder voll. »Eigentlich geht es mir nur darum, ein wenig Gesellschaft zu haben, dann und wann«, fuhr sie fort. »Ich habe keine lebenden Verwandten mehr, müssen Sie wissen, und Arkham ist nun wahrlich keine Stadt, in der aufregende Dinge geschehen.« Sie seufzte, setzte die Flasche wieder ab, zögerte einen Moment und nahm sie dann erneut zur Hand, um ihr eigenes Glas zu füllen. »Im Grunde geht es mir nur darum, dann und wann ein wenig Gesellschaft zu haben«, sagte sie noch einmal.

Andara hob sein Glas und trank sehr langsam, vor

allem, um Zeit zu gewinnen. Man mußte kein Magier sein, um zu begreifen, worauf Miss Lugosi hinaus wollte. Sie war wohl im Grunde nichts als eine gelangweilte alte Jungfer und machte nicht einmal einen Hehl daraus, daß ihr so ziemlich jedes Mittel recht war, ihm ein Gespräch aufzunötigen.

Aber warum eigentlich nicht? Immerhin gehörte sie zu den wenigen Menschen in Arkham, denen H. P. noch vorbehaltlos zu vertrauen schien, und er konnte sich kaum eine bessere Gelegenheit vorstellen, etwas über diese Stadt in Erfahrung zu bringen, als einen gemütlichen Plausch mit einer Frau, die ihr Leben lang in Arkham gewohnt hatte und noch dazu offensichtlich sehr schwatzhaft war.

»Sie kennen H. P. schon lange?« fragte er.

»Lange?« Sie überlegte einen Moment, dann schüttelte sie den Kopf. »Nein. Er wohnte damals bei mir, als der arme Professor verschwand und all diese anderen schrecklichen Sachen geschahen. Später war er dann noch zweimal hier, freilich in aller Heimlichkeit.« Sie lächelte. »Man muß einen Menschen nicht lange kennen, um zu wissen, woran man mit ihm ist.«

»Was für andere schreckliche Sachen?« fragte Andara.

»H. P. hat Ihnen nichts davon erzählt?«

Andara verneinte.

»Dann werde ich es auch nicht tun«, sagte Miss Lugosi entschieden. »Er wird seine Gründe haben. Vielleicht erzählt er es Ihnen ja, wenn er zurück ist.«

In ihrer Stimme war ein Ton, der deutlich machte, daß sie auf keine weitere dementsprechende Frage antworten würde; und daß er es sich gefälligst gar nicht erst erdreisten solle, eine solche zu stellen.

Andara nippte wieder an seinem Wein. Wieder spürte er, wie stark und schwer das Getränk war, und in seinen Gedanken meldete sich eine leise Stimme, die ihm riet, lieber nichts mehr davon zu trinken, denn es mochte sein, daß er jedes bißchen klares Denken noch brauchte, zu dem er fähig war. Trotzdem leerte er das Glas, schüttelte aber rasch den Kopf, als Miss Lugosi die Hand ausstreckte, um es wieder aufzufüllen.

»Eine Zigarre?« fragte sie.

Andara verneinte. »Ich rauche nicht«, antwortete er. »Eines der wenigen Laster, die ich nicht habe.«

»Schade«, sagte Miss Lugosi. »Ich mag den Geruch von gutem Tabak, wenn ich auch selbst nie geraucht habe. Es schickt sich nicht für eine Frau.« Sie schürzte die Lippen, aß ein Stückchen von ihrem Fisch und sah ihn prüfend an. »Sind Sie verheiratet, Mister Andara?«

»Ich ... war es«, antwortete Andara, obwohl er sich Mühe gab, ruhig zu klingen, mußte Miss Lugosi das kaum merkliche Stocken in seinen Worten aufgefallen sein, denn sie sah plötzlich ein bißchen betroffen aus.

»Ich wollte Ihnen nicht zu nahe treten«, sagte sie. »Es tut mir leid.«

Andara winkte ab. »Schon gut«, sagte er. »Man kann nicht immer die Augen vor dem verschließen, was nun einmal geschehen ist.«

Miss Lugosi nickte, als spräche er damit etwas aus, was auch für sie eine – wenn auch andere – große Bedeutung hatte. »Ist sie gestorben?« fragte sie unvermittelt.

»Vor zwei Jahren.« Er griff nach der Flasche,

schenkte sich selbst nach und leerte das Glas mit einem Zug. »Es war ein Unfall. Eine Fähre geriet in Brand und sank. Meine Frau war an Bord.«

»Das tut mir sehr leid«, murmelte Miss Lugosi. Das Bedauern in ihrer Stimme klang aufrecht. »Es muß ein schwerer Schlag für Sie gewesen sein.«

»Das war es.« Andara lächelte schmerzlich, stand auf und schob pedantisch seinen Stuhl an den Tisch zurück. »Ich denke, ich werde mich heute früh zum Schlafen zurückziehen«, sagte er. »Die Reise war anstrengend, und ich habe einen noch anstrengenderen Tag vor mir. Gute Nacht.«

Miss Lugosi mußte genau spüren, daß dies ganz und gar nicht der Grund für seine überhastete Verabschiedung war. Aber sie besaß zumindest jetzt genug Taktgefühl, nicht weiter auf das Thema einzugehen, sondern erwiderte nur sein Kopfnicken und erhob sich ebenfalls, um das Geschirr zusammenzuräumen.

Er ging sofort in sein Zimmer zurück. In seinem Kopf drehte sich alles, und der Wein war wohl noch stärker gewesen, als er gefürchtet hatte, denn er spürte deutlich die ersten Anzeichen eines beginnenden Schwipses: ein ganz leises, durchaus angenehmes Schwindelgefühl und eine beinahe hysterische Heiterkeit, die absurderweise neben der Bedrückung existierte, mit der ihn Miss Lugosis Frage erfüllt hatte.

Schwer ließ er sich auf das Bett fallen, lehnte sich zurück und stand dann noch einmal auf, um die Petroleumlampe anzuzünden. Der Docht war verklemmt und ließ sich nicht herausdrehen, so daß die Flamme kaum größer als ein Fingernagel blieb und fast keine nennenswerte Helligkeit verbreitete. Ganz im Gegenteil erfüllte sie das Zimmer eher mit jenem unsicheren Zwielicht, in dem das menschliche Auge beinahe weniger als bei wirklicher Dunkelheit sieht. Trotzdem widerstand Andara der Versuchung, sie wieder zu löschen oder nach Miss Lugosi zu rufen, ihm eine neue zu bringen.

Seine Ausrede, müde zu sein und frühzeitig zu Bett gehen zu wollen, war nur zur Hälfte gelogen gewesen – er spürte die Anstrengungen der Reise hierher in allen Knochen. Tatsächlich hatte er sich seit Monaten nicht mehr so abgespannt und müde gefühlt wie jetzt; die Aussicht auf eine Nacht voller ungestörtem Schlaf erschien ihm geradezu paradiesisch. Und es schien nichts zu geben, was dagegen sprach: er hatte seine Verfolger – wenigstens für den Moment – abgeschüttelt und war in einem Haus, das vielleicht nicht seinem gewohnten Komfort entsprach, aber so sicher war, wie er unter den gegebenen Umständen nur erwarten konnte. Nichts konnte ihm passieren, wenn er sich den kleinen Luxus von neun Stunden ungestörter Ruhe gönnte.

Wenigstens war es das, was er glaubte, als er sich zur Seite beugte und den Lampendocht ausblies.

Er sollte sich täuschen.

In dieser Nacht träumte er. Es war nicht das erste Mal, daß ihn ein Alptraum quälte. Seit jenem entsetzlichen Tag vor zehn Jahren gehörten Alpträume und das unangenehme Gefühl, in kalten Schweiß gebadet und mit rasend hämmerndem Herzen zu erwachen, so zu seinem Leben wie die Angst bei Tage und seine nicht enden wollende Flucht.

Und doch war es anders.

Es war keiner jener sinnlosen Alpträume, in denen er rannte und rannte, ohne von der Stelle zu kommen, verfolgt von namenlosem Schrecken und der Gewißheit, auf fürchterliche Weise ums Leben zu kommen, sobald er sich herumdrehte. Es war auch keine jener entsetzlichen Rückerinnerungen, die ihn immer wieder peinigten und in denen er das Sterben und Töten von Jerusalems Lot wieder und wieder durchlebte, als rächten sich die Seelen der Ermordeten auf diese Weise an ihm. Es war ein Traum sonderbarer realer Art. Eine jener ganz seltenen Gelegenheiten, bei denen man farbig und nicht in flachen, sinnlos aneinandergereihten Bildern träumt, sondern die Dinge eher wie ein außenstehender Beobachter verfolgte; unbeteiligt, sich der Tatsache vollkommen bewußt, daß es nur ein Traum und nichts anderes sein konnte, aber auch unfähig, daraus zu erwachen oder etwas an seinem Verlauf zu ändern.

Er lag mit weit geöffneten Augen auf seinem Bett und sah nach oben, und obwohl die Decke in der Dunkelheit nichts als ein heller Schemen irgendwo über ihm war, erkannte er doch den Wasserfleck in der Mitte des Zimmers, so deutlich, als wären seine Ränder mit dünnen Bleistiftstrichen nachgezogen worden.

Der Fleck war größer geworden, deutlich größer, und der Geruch von faulendem Wasser hatte zugenommen. Ein sonderbarer Laut hatte sich in das Schweigen des Hauses gemischt: zuerst ein helles dünnes Plätschern, dann ein schweres, schwerfälliges Rauschen und Gluckern, als glitte ein großer Körper sehr langsam ins Wasser und bewege sich heftig darin. Es war kalt. Die Luft im Zimmer war plötzlich sehr feucht, und der Geruch nach faulendem Fisch wurde unerträglich.

In seinem Traum stand er auf, ging zur Tür und öffnete sie vorsichtig. Der Korridor war so dunkel wie sein eigenes Zimmer, aber das Geräusch war auch hier zu vernehmen, deutlicher sogar noch als bisher, und nach einer Weile gelang es ihm sogar, die Richtung zu bestimmen, aus der es kam: von oben. Flüchtig dachte er an Miss Lugosis Bitte, die obere Etage des Hauses als ihre Privatsphäre zu akzeptieren, aber seine Neugier war stärker, und außerdem war es nur ein Traum, und seine Zimmerwirtin konnte ihn schlecht für Dinge belangen, die er in einem solchen tat.

Er lächelte flüchtig über die innere Logik dieses völlig unlogischen Gedankens – den er ja gar nicht dachte, sondern nur träumte –, zog die Tür hinter sich zu und ging zur Treppe. Die ausgetretenen Holzstufen knarrten hörbar unter seinen Schritten, und als er die Hand auf das Geländer legte, um sich daran festzuhalten, begann es unter seinem Gewicht derart zu zittern, daß er den Arm hastig wieder zurückzog.

Oben angekommen, blieb er einen Moment stehen, um sich über die genaue Quelle des sonderbaren Geräusches klar zu werden, das er noch immer hörte. Es gab vier Türen hier oben – drei zur Rechten und eine vierte ganz am Ende des Korridors. Das Platschen und Schwappen drang durch das Holz der mittleren Tür – was nur logisch erschien, dachte er an den Wasserfleck an seiner Zimmerdecke. Der Raum mußte genau über dem liegen, den ihm Miss Lugosi zugewiesen hatte.

Das Geräusch war jetzt sehr viel deutlicher zu hören als unten. Und es war etwas Beunruhigendes daran. Andara fand keine befriedigende Erklärung für dieses Gefühl, aber es war zu deutlich, als daß er es ignorieren konnte. Es war nur der Laut von Wasser, in dem sich etwas bewegte – aber es war eindeutig das Geräusch von ölig-stinkendem Wasser, in dem sich etwas Schleimig-Gleitendes wand und bog, ein schwarzes Ding mit Schuppen und Krallen und einem lippenlosen, schnappenden Maul, das unter hervorstehenden Froschaugen grinste.

Er verscheuchte den Gedanken, trat einen Schritt auf die Tür zu und streckte die Hand nach dem Knauf aus. Als er ihn berührte, ertönte von drinnen ein heftiges Poltern und Rauschen, eine halbe Sekunde später das charakteristische Klatschen, mit dem Wasser auf hölzerne Dielen trifft, dann rasche, platschende Schritte und schließlich ein kurzes Schleifen.

Entschlossen, sich von seinem Traum nicht weiter narren zu lassen, ließ er das Schloß ausrasten und stieß die Tür auf.

Das Zimmer dahinter lag im Dunkel, aber durch das weit offenstehende Fenster drang ausreichend Mondlicht herein, ihn erkennen zu lassen, daß dieser verrückte Alptraum wirklich von ganz außerordentlicher Perfektion war, denn zu den gehörten Geräuschen sah er nun die passenden Bilder.

Das Zimmer war leer bis auf einen gewaltigen hölzernen Trog in seiner Mitte, der von zwei rostigen Eisenreifen zusammengehalten wurde. Die Dielen ringsum glänzten vor Nässe, und von seinem jenseitigen Rand führte eine doppelte Reihe breiter nasser

Spuren zum offenstehenden Fenster. In der Ecke neben der Tür lag ein graubraunes Kattunkleid, wie es Miss Lugosi am Abend getragen hatte.

Andaras Beunruhigung wuchs. Noch immer war er sich in jeder Sekunde vollkommen der Tatsache bewußt, daß er träumte, aber irgend etwas stimmte nicht mit diesem Traum. Er war zu perfekt. Selbst der Geruch des Wassers war da – ein widerlicher Gestank wie nach faulendem Tang, der die Luft im Zimmer so verpestete, daß er kaum mehr atmen konnte.

Trotzdem schloß er nach kurzem Zögern die Tür hinter sich, trat an den Rand des brusthohen Holztroges und lugte vorsichtig hinein. Das Wasser sah so aus, wie es roch – eine faulige Brühe mit grünlich schillernder Oberfläche, in der kleine grüne und weiße Klümpchen unbestimmbarer Konsistenz tanzten. Auf seinem jenseitigen, dem Fenster zugewandten Rand klebte etwas, das wie der Schleim einer übergroßen Schnecke aussah, und als Andaras den Trog umkreiste und die Spuren genauer in Augenschein nahm, sah er, daß es nicht die Spuren menschlicher Füße waren, sondern die eines großen, froschartigen Wesens, fünfzehig, wobei jede Zehe an ihrem vorderen Rand eine extreme Verdickung aufwies, und offensichtlich mit etwas wie Schwimmhäuten dazwischen. Unwillkürlich mußte er an eine große, aufrecht gehende Kröte denken.

Vorsichtig richtete er sich wieder auf, trat ans Fenster und blickte hinaus. An Rahmen und Rand glitzerten kleine Flecken der gleichen farblosen Schleimflüssigkeit, die den Trog besudelten, und als er sich – sorgsam darauf achtend, die widerliche Masse nicht zu berühren – vorbeugte und an der Wand hinabsah, erblickte er auch dort große Flecken der gleichen Substanz. Mit etwas Phantasie, dachte er, konnte man meinen, daß was immer diese Spuren verursacht haben mochte, geradewegs an der Wand hinabgelaufen sei. Was natürlich vollkommen unmöglich war.

Andara blieb lange so stehen und blickte auf den Hof hinab, und einmal glaubte er auch, etwas formlos Schwarzes davonhuschen zu sehen, war sich aber nicht ganz sicher, ob es nicht nur eine Katze oder ein streunender Hund gewesen war.

Schließlich begannen seine Augen vor Anstrengung zu brennen. Er wandte sich wieder um, zögerte dann, drehte sich noch einmal dem Fenster zu und grinste fröhlich in sich hinein, während er es schloß und sorgsam den Riegel vorlegte. Welcher Teil seines Unterbewußtseins auch immer für diesen verrückten Traum verantwortlich war; er würde daran zu arbeiten haben, dem erträumten Bewohner dieses nicht existierenden Raumes wieder Zutritt zu selbigem zu verschaffen, wollte er nicht seine eigene innere Logik durchbrechen.

Er verließ den Raum, zog die Tür sorgsam wieder hinter sich zu und ging in sein Zimmer zurück. Als er sich auf das Bett setzte und die Schuhe abstreifte, merkte er, daß sie naß geworden waren. Er grinste abermals, wünschte dem unbekannten rebellischen Teil seines Unterbewußtseins viel Spaß bei der Lösung dieses neuerlichen Problems, ließ sich zurücksinken und glitt fast augenblicklich in einen normalen, traumlosen Schlaf hinüber.

Er erwachte mit einem Gefühl größerer Müdigkeit, als er eingeschlafen war. Seine Augen brannten, als hätte jemand Sand hineingestreut, und auf seiner Zunge war jener unangenehm-fiebrige Geschmack, den zuwenig Schlaf hervorruft. Für einen kurzen Moment war er sich nicht einmal sicher, ob er nicht bloß die Fortsetzung seines verrückten Alptraumes erlebte, aber dann drang ein gleichmäßiges Pochen an sein Ohr, und eine halblaute, aber sehr ungehaltene Stimme, die irgend etwas von ›halb acht‹ und bereits kalt gewordenem Kaffee rief: Miss Lugosi, deren Zeitplan er nunmehr zum zweiten Mal durcheinanderbrachte.

Trotzdem fiel es ihm unglaublich schwer, überhaupt die Augen zu öffnen und sich in eine halb sitzende Stellung hochzustemmen. »Ich ... komme gleich, Miss Lugosi«, sagte er müde. »Nur einen kleinen Moment noch.«

»Das will ich hoffen, Mister Andara«, drang die Stimme seiner Zimmerwirtin durch die Tür. »Die Frühstückszeit ist nämlich im Grunde schon vorbei. Ich verstehe ja, daß Sie von der langen Reise müde sind, und nehme auch gerne Rücksicht darauf. Aber das darf mir, bitte, nicht zur Gewohnheit werden.«

Andara runzelte die Stirn, stemmte sich mit enormer Willensanstrengung vollends hoch und verbarg das Gesicht in den Händen. Er hatte acht Stunden geschlafen, möglicherweise sogar neun, aber er fühlte sich, als hätte er die gleiche Zeit mit dem Fällen versteinerter Bäume zugebracht. Jeder einzelne Muskel im Leib tat ihm weh, und seine Glieder schienen Zentner zu wiegen und wollten ihn immer wieder auf das Bett zurückziehen.

»Also Sie kommen dann?« vergewisserte sich Miss Lugosi.

Andara nahm die Hände herunter und schenkte der Tür einen finsteren Blick. Er begann zu verstehen, warum Miss Lugosi keine Freunde hatte. »In einer Minute«, versprach er.

Miss Lugosi murmelte eine Antwort, die er nicht verstand, und schlurfte davon. Andara blieb noch einen Moment auf der Bettkante sitzen, zwang sich dann jedoch mit Macht, aufzustehen und das Fenster zu öffnen.

Die frische Luft tat gut, obwohl es selbst zu dieser frühen Stunde schon beinahe zu warm war. Zudem war der kleine Hinterhof an allen Seiten von hohen Mauern umschlossen, so daß sich nicht der leiseste Windzug regte.

Einen Moment lang dachte Andara an seinen Traum und daran, wie unheimlich und drohend dieser Hof darin gewirkt hatte. Jetzt, im hellen, freundlichen Licht des Morgens, war nichts Bedrohliches mehr an ihm. Es war ein ganz normaler kleiner Hinterhof, genauso heruntergekommen und alt wie dieses ganze Haus, aber nicht mehr. Er seufzte, schloß das Fenster wieder und bückte sich nach seinen Schuhen, die neben dem Bett standen.

Sie waren naß.

Andara erstarrte. Für einen kurzen, entsetzlichen Moment hatte er das Gefühl, die Berührung einer eisigen Hand im Nacken zu spüren. Seine Schuhe waren naß, nicht feucht, oder mit dem Schlamm der Wege bespritzt, die er entlanggeritten war, sondern *naß.* Auf dem Boden rings um sie herum hatte sich eine glitzernde Pfütze gebildet, die knöchelhohen

Stulpen waren aufgeweicht und traurig wie verwelkte Blütenblätter nach innen gesunken. Aber das war *unmöglich!*

Sein Kopf flog mit einem Ruck in den Nacken. Seine Augen weiteten sich vor Schrecken, als er den Wasserfleck an der Decke sah.

Er war auf das Doppelte seines Umfanges angewachsen. Der Verputz hatte sich dunkelbraun verfärbt und war in der Mitte bereits so aufgeweicht, daß er eigentlich längst hätte herunterfallen müssen. Und noch während er hinsah, sammelte sich Wasser zu einem kleinen Tropfen und fiel von der Decke, um zielsicher einen seiner Schuhe zu treffen.

Andaras Herz begann zu rasen. Plötzlich, von einer Sekunde auf die andere, hatte er Angst, völlig sinnlose, aber deshalb nicht weniger schreckliche Angst. Er dachte an das schwere Rauschen und Schwappen, das hastige Platschen großer nasser Füße und sich formlos windendes schwarzes Entsetzen, und mit einemmal fiel ihm auch der Geruch wieder auf, der noch immer im Zimmer hing und deutlich stärker geworden war als am Vorabend.

Andara trat abermals ans Fenster, um auf den Hof hinauszusehen. Diesmal schenkte er ihm mehr als einen flüchtigen Blick. Aber da war nichts: keine feuchten Flecken, die an der Wand entlangführten, keine glitzernden Schleimspuren, als wäre eine gewaltige Schnecke hier entlanggekrochen. Andara drehte sich herum, starrte die Decke an, seine feuchten Schuhe, auf die immer noch Wasser in gleichmäßiger Folge heruntertropfte, dann wieder die Decke, und versuchte Ordnung in das Chaos zu bringen, das mit einemmal hinter seiner Stirn tobte. Er war noch immer vollkommen sicher, daß alles nichts als ein Traum gewesen war – nicht mehr gewesen sein *konnte*! – aber da waren der Wasserfleck und der Gestank und seine nassen Schuhe.

Mit aller Macht zwang er sich zur Ruhe. Das Schlimmste überhaupt, was ihm im Moment passieren konnte, war, in Panik auszubrechen. Vielleicht gab es für alles eine ebenso simple wie einleuchtende Erklärung – zum Beispiel diese: irgendwo im Zimmer über ihm war eine lecke Leitung, durch die Wasser in die Decke lief; Wasser, das während der Nacht auf seine Schuhe heruntergetropft, vielleicht auch ihn selbst getroffen hatte. Und der Teil seines Bewußtseins, der für die Träume zuständig war, hatte den Gestank und die Nässe und das Geräusch fallenden Wassers genommen und den Rest dazuerfunden, perfide, wie dieser Teil des menschlichen Geistes nun einmal war.

Nun, das war *eine* Erklärung, und eine nicht einmal schlechte dazu.

Aber irgend etwas sagte ihm, daß sie ebenso falsch wie einleuchtend war. Etwas, das sich mit schwarzen schuppigen Dingen und glotzenden Fischaugen beschäftigte.

Miss Lugosis Schwatzhaftigkeit feierte während des gesamten Frühstücks fröhliche Urstände. Andara hatte halb erwartet, halb sogar erhofft, daß sie ihm ob seiner neuerlichen Verspätung noch gram sein und deshalb mit Nichtbeachtung strafen würde, aber das genaue Gegenteil war der Fall. Sie redete praktisch ununterbrochen, versicherte ihn ihres Mitgefühles ob der hinter ihm liegenden Strapazen und begann schließlich über dieses und jenes zu plappern, was sich in Arkham in den letzten Wochen und Monaten zugetragen hatte, ohne daß sie Andara auch nur die Chance gab, eine Zwischenfrage zu stellen oder um mehr als den Zucker zu bitten. Seine eigene, grüblerische Schweigsamkeit schien ihr nicht einmal aufzufallen. Zumindest ignorierte sie sie.

»Was werden Sie heute tun, Mister Andara?« fragte sie schließlich. »Es scheint ein wunderschöner Tag zu werden, und Arkham ist zwar ein gottverdammtes Kaff, bietet aber für einen Fremden doch das eine oder andere Sehenswerte.«

Andara überlegte einen Moment. Er hatte sich die gleiche Frage insgeheim auch schon gestellt. So, wie die Dinge lagen – weder H. P. noch Rowlf waren hier, und die einzige Spur, die er hatte, war der Name eines ihm völlig unbekannten Studenten an der Universität –, gab es nicht sonderlich viel, was er überhaupt tun konnte. Vielleicht würde er wirklich Miss Schwatzhafts Vorschlag folgen und sich die Sehenswürdigkeiten Arkhams ansehen; wenngleich ihm sicherlich andere Sehenswürdigkeiten vorschwebten als ihr. Die Bibliothek der Miskatonic-Universität etwa oder gewisse abseits gelegene Lagerschuppen am Fluß, von denen ihm H. P. erzählt hatte. Andererseits war Arkham eine Kleinstadt, in der ein Fremder unvermeidlich Aufsehen erregen mußte, wenn er zu neugierig war.

»Zuerst einmal werde ich meine Schuhe trocknen«, sagte er und sah Miss Lugosi dabei scharf an. Sie runzelte die Stirn und beugte sich unter den Tisch, um einen Blick auf sein Schuhwerk zu werfen.

Als sie sich wieder aufrichtete, war eine steile tiefe Falte zwischen ihren Brauen erschienen, die aber möglicherweise eher auf den allmählich größer werdenden Fleck zurückzuführen war, der sich auf dem Teppich unter ihm bildete.

»Es ist nicht meine Schuld«, kam er dem zu erwartenden Vorwurf zuvor. »Ich reise mit kleinem Gepäck und habe leider kein Ersatzschuhwerk. Sie sahen so aus, als ich vorhin aufwachte. Gestern abend«, fügte er hinzu, »waren sie noch trocken.«

Miss Lugosi nickte betrübt. »Ich weiß, mein lieber Freund. Diese Wasserleitung bringt mich noch um mein letztes bißchen Fassung. Dreimal habe ich sie richten lassen in den letzten sechs Monaten, und jedesmal geht sie schneller wieder kaputt als zuvor. Das Haus ist alt.«

»Wenn Sie wollen, sehe ich mir die Sache an«, erbot sich Andara. »Ich bin zwar kein Klempner, aber ich besitze ein wenig handwerkliches Geschick.«

»Aber das kommt ja gar nicht in Frage«, antwortete sie entschieden. »Sie sind hier als Gast, nicht als Handwerker. Wozu bezahle ich diese Halsabschneider, wenn sie keine anständige Arbeit zu liefern bräuchten?« Sie schüttelte noch einmal den Kopf, um ihre Worte zu bekräftigen, schenkte ihm unaufgefordert Kaffee nach und lächelte versöhnt. »Vielleicht sollten Sie wirklich für heute einfach Gott einen guten Mann sein lassen und sich etwas Ruhe gönnen, nach der langen Reise«, fuhr sie fort. »Ich werde jetzt gleich Ihr Zimmer richten und dafür sorgen, daß diese lästige Tropferei aufhört. Heute abend schlafen Sie in einem trockenen Bett, das verspreche ich Ihnen.«

»Wer sind die Carsons, Miss Lugosi?« fragte Andara, als sie mit ihrem Tablett aus der Tür wollte.

Miss Lugosi blieb stehen, wandte ihm stirnrunzelnd den Blick zu und fuhr sich mit der Zungenspitze über die Lippen. Andara fiel zum ersten Male auf, daß sie sehr kleine, spitze Zähne hatte.

»Die Carsons?« wiederholte sie, obgleich sie den Namen sehr wohl richtig verstanden haben mußte. »Wie … kommen Sie ausgerechnet darauf?«

»Ohne bestimmten Grund.« Andara lächelte flüchtig. »Der Name spukt mir seit Tagen im Kopf herum. H. P. hat ihn ein- oder zweimal erwähnt, aber ich weiß einfach nicht mehr, in welchem Zusammenhang.«

»Sicher in keinem guten«, sagte Miss Lugosi entschieden. »Das sind Leute, von denen Sie sich fernhalten sollten, Mister Andara. Ein übles Volk, das unten an der Küste lebt, nicht weit von Innsmouth entfernt.«

»Volk?«

Miss Lugosi zuckte so heftig mit den Achseln, daß die Tassen und Teller auf ihrem Tablett zu klirren begannen. »Ben Carson, seine drei unehelichen Bankerte und dieses verlotterte Weibsstück von ihrer Mutter, mit dem er in ›wilder Ehe‹ lebt«, sagte sie. Andara hatte selten so viel Abscheu und Verachtung in der Stimme eines Menschen gehört wie jetzt in der ihren. Ihr Blick und ihre Worte waren von einem fast heiligen Zorn.

»Sie hausen wie die Tiere in einer Hütte, die sie sich aus Treibgut und Abfällen gebaut haben, und sie benehmen sich auch wie die Tiere. Niemand hier verkehrt mit ihnen. Und Sie sollten das auch nicht tun. Sie sind bestimmt keine Freunde von H. P.« Die unausgesprochene Drohung, daß Leute, die die Carsons kannten, ganz gewiß auch nicht *ihre* Freunde waren und mit großer Sicherheit auch nicht unter ihrem Dach geduldet werden würden, war unüberhörbar.

»H. P. erzählte etwas Ähnliches«, sagte Andara hastig. »Jetzt, wo Sie es sagen, fällt es mir wieder ein. Ich hatte den Namen aufgeschnappt und wußte nur nicht, wo ich ihn unterbringen sollte.«

»Dann vergessen Sie ihn am besten gleich wieder«, riet Miss Lugosi, wandte sich auf der Stelle um und rauschte aus dem Zimmer. Andara war sicher, daß sie die Tür hinter sich zugeworfen hätte, hätte sie eine Hand freigehabt.

Die Carsons, dachte er. Nun, was immer H. P.s geheimnisvolles Postskriptum zu bedeuten hatte – wenn er bis zum Abend nicht zurück war, stellte diese Familie wohl den dritten Punkt auf der Liste der Leute und Örtlichkeiten dar, die er in Augenschein nehmen würde.

H. P. kam an diesem Tage nicht zurück, und auch nicht am Abend. Andara war Miss Lugosis Vorschlag und der Stimme seiner eigenen Vernunft gefolgt und hatte das Haus nicht verlassen, sondern sich nach dem Mittagessen, das zwar nicht im Mietpreis einbegriffen, aber nichtsdestotrotz sehr reichlich ausgefallen war, noch einmal in sein Zimmer zurückgezogen, um ein wenig zu schlafen; ein Unterfangen, das von Miss Lugosi beziehungsweise den Handwerkern, die den ganzen Nachmittag im Haus ein und aus gingen und einen Heidenlärm in den oberen Räumen verursachten, auf äußerst erfolgreiche Art und Weise torpediert wurde.

Nachdem ihn das Dröhnen der Hämmer und die erstaunlich phantasievollen Flüche des Klempners das dritte Mal geweckt hatten, zog Andara sich übellaunig in den Salon zurück und verbrachte den Nachmittag damit, die Sammlung mehrerer Wochen alter Ausgaben des *Arkham Advertiser* durchzulesen, die er auf einem Tischchen neben dem Kamin fand.

Er war immer noch müde, und als Miss Lugosi pünktlich um sieben das Abendessen hereintrug, fand sie ihn schlafend im Kaminsessel vor. Sie weckte ihn, redete eine geschlagene Dreiviertelstunde auf ihn ein und mahnte ihn augenzwinkernd, nicht wieder schlafzuwandeln und dabei in den Fluß zu fallen wie in der vergangenen Nacht, als er sich schließlich für die Nacht verabschiedete. Andara fand ihren Humor mittlerweile etwas nervtötend, enthielt sich aber jeglicher Antwort, sondern lächelte nur unverbindlich und zog sich zum Schlafen zurück.

In dieser Nacht träumte er wieder, und wieder die gleiche Art von entsetzlich realistischem Traum wie in der vergangenen, wenigstens am Anfang. Alles war wieder da: der entsetzliche Geruch, das Platschen großer schwimmflossiger Füße und das Rauschen und Sprudeln von Wasser, in dem sich finstere Dinge suhlten. Aber als er in diesem Traum sein Zimmer verließ und auf den Korridor hinaustrat, begegnete er Miss Lugosi – die freilich nur vom Hals an abwärts Miss Lugosi war; ihr Gesicht hatte sich in ein abstoßendes froschartiges Ding mit hervorstehenden Glubschaugen verwandelt –, die ihm mit gräßlich quakender Stimme in Erinnerung rief, daß er in den oberen Stockwerken nichts zu suchen habe, und er ging zurück in sein Zimmer. Aber er hörte noch lange die entsetzlichen Laute aus dem oberen Stockwerk herabdringen.

Als er am nächsten Morgen erwachte, fühlte er sich noch erschöpfter und ausgelaugter als am Tage zuvor; Miss Lugosi mußte ihn nicht nur ein-, sondern gleich dreimal wecken, bis er überhaupt die Energie fand, die Augen lange genug offenzuhalten, sich anzuziehen und aus dem Zimmer zu schlurfen. Selbst das halbe Dutzend Tassen starken schwarzen Kaffees, das er herunterstürzte, machte ihn kaum wacher. Es schien, als hätte ihn der Schlaf nicht erquickt, sondern ganz im Gegenteil noch an seinen Kräften gezehrt. Aber er war selbst zu müde, diesen Gedanken zu Ende zu verfolgen.

H. P. war nicht zurückgekommen während der Nacht, und Miss Lugosi hatte auch keine Nachricht von ihm, und obwohl er so müde war, daß er am liebsten sofort wieder in sein Zimmer und ins Bett gegangen wäre, brachte Andara irgendwie die Energie auf, sich zum Verlassen des Hauses zu zwingen; im Grunde ohne festes Ziel und nur aus der vagen Hoffnung heraus, daß ihm die frische Luft und ein wenig Bewegung vielleicht helfen mochten, seine unerklärliche Schwäche zu überwinden. Es war längst nicht nur eine Ermattung des Körpers, die er spürte. Auch seine geistige Disziplin ließ spürbar nach. Der eigentliche Grund seines Hierseins – den verschwundenen Professor und somit Bob und Miss Craven oder wenigstens ihre Spur zu finden erschien ihm immer unwichtiger, und während des Frühstückes hatte er sich ein paarmal bei der Überlegung ertappt, ob es nicht das beste sei, einfach wieder abzureisen.

Aber seine Rechnung ging auf – als er das Haus verließ und mit einem mühsam unterdrückten Gähnen auf die Straße hinaustrat, spürte er schon nach wenigen Schritten, wie die Schwere aus seinen Gliedern zu weichen begann. Und als er den Fluß erreichte – der Weg dorthin war nicht weit, weil in einer Stadt von der Größe Arkhams kein Weg weit sein konnte –, fühlte er sich bereits wieder frisch und ausgeruht. Es war fast, als lebe er mit jedem Schritt auf, den er sich von Miss Lugosis Pension entfernte.

Der Gedanke, so absurd er im allerersten Moment war, setzte sich in seinem Bewußtsein fest. Er dachte einen Moment ernsthaft darüber nach, während er am Ufer des Miskatonic-River entlangflanierte, legte ihn dann aber in die Schublade unbegründeter Ängste ab. Es wäre gewiß nicht das erste Mal, daß er mit Fallen derart heimtückischer Art konfrontiert wurde. Die Mächte, die ihn seit einem Jahrzehnt verfolgten, verfügten über Möglichkeiten und Hilfsmittel, deren bloße Vorstellung jedem anderen schier das Blut in den Adern hätte gerinnen lassen. Außerdem – wäre in diesem Haus irgend etwas nicht mit rechten Dingen zugegangen, hätte er es gespürt. So, wie er selbst ein Hexer war, spürte er die Anwesenheit eines anderen magisch begabten Menschen so unfehlbar, wie ein Jagdhund die Beute wittert.

Nach einer Weile wandte er sich von der Water Street ab, überquerte die High Lane und trank in einem kleinen Straßencafé auf der Armitage Street eine Tasse Kaffee; sie war nicht halb so stark wie der verdünnte Teer, den Miss Lugosi ihm kredenzt hatte, weckte zum Unterschied dazu seine Lebensgeister aber wirklich. Sein Blick fiel auf ein großes Fenster auf der gegenüberliegenden Straßenseite, auf das mit weißer Farbe der Schriftzug:

ARKHAM ADVERTISER

geschrieben war. Er erinnerte sich schwach, den Namen auf den zerlesenen Gazetten gesehen zu haben, mit denen er sich den gestrigen Nachmittag vertrieben hatte. Sein Denken funktionierte jetzt wieder einwandfrei, und so dauerte es nur bis zur zweiten Tasse Kaffee, bis ihm klar wurde, daß er genau hier mit seinen Nachforschungen beginnen konnte.

Er zahlte, überquerte die Straße und betrat ohne zu zögern das Büro. Eine Messingglocke verkündete sein Eintreten, und trotz des großen Fensters hinter ihm, empfingen ihn stauberfülltes Halbdunkel und schattige Kühle.

Der Raum sah genau so aus, wie man sich das Büro einer so kleinen Zeitung wie des *Advertiser* nur vorstellen konnte – er war an sich groß, aber derart vollgestopft, daß man meinte, kaum mehr Platz zum Atmen zu haben. Den allermeisten Raum nahmen eine gewaltige Druckerpresse und die dazugehörigen Gerätschaften ein, daneben stapelte sich bedrucktes und noch unbenutztes Papier fast bis zur Decke. Überall lagen vollgekritzelte Zettel und Notizen herum; an der Wand neben der Tür gab es eine gewaltige Schiefertafel, auf die kryptologische Verwirrspiele gekritzelt waren, die ihr Urheber vielleicht für so etwas wie eine Handschrift halten mochte. Der einzig halbwegs aufgeräumte Teil des Raumes lag zur Linken: eine lange Holztheke mit zerschrammter Platte, an der die Kunden ihre Bestellungen und Beschwerden aufgeben konnten und an der sicher auch der größte Teil der redaktionellen Arbeit verrichtet wurde.

Ein kleines, vom Alter gebeugtes Männchen schlurfte auf das Läuten der Türglocke hin herbei, schob seine Brille zurecht und erkundigte sich nach Andaras Wünschen. Andara stellte sich vor – wobei er auf seine ganz eigene Art dafür sorgte, daß der Mann seinen Namen im gleichen Moment wieder vergessen haben würde, in dem er das Haus verließ, ebenso wie die Tatsache, daß er überhaupt dagewesen war –, erklärte, daß er im Auftrage eines namhaften New Yorker Verlages für ein Buch über aufsehenerregende Kriminalfälle recherchiere, und daß er in diesem Zusammenhang auf den Fall des bedauernswerten Professors Langley gestoßen sei, überdies auf Gerüchte um andere, höchst seltsame Begebenheiten, die sich zu jener Zeit in der Gegend von Arkham zugetragen haben sollten; und ob es vielleicht ein Archiv gäbe, in dem er ältere Ausgaben des *Advertiser* diesbezüglich nachschlagen könne.

Der Zeitungsmann, der sich als Clark Asthon-Smythe vorstellte und, wie sich herausstellte, nicht nur Redakteur, sondern auch Chef und einziger Reporter, Drucker, Setzer, Korrektor und überhaupt alles in einer Person darstellte – man konnte wohl mit Fug und Recht behaupten, dachte Andara amüsiert, daß er der ARKHAM ADVERTISER *war* –, zeigte sich aufs höchste erfreut, ihm auf diese Weise behilflich sein zu können, und führte ihn in ein kleines, nach altem Papier und Staub riechendes Hinterzimmer, in dem sämtliche Jahrgänge des *Advertiser*, säuberlich in schweinslederne Folianten gebunden, aufbewahrt waren.

Andara fand sehr schnell, wonach er suchte – der zwei Jahre alte Foliant war an dieser Stelle besonders stark abgegriffen, denn er war offensichtlich nicht der erste, der sich für das Verschwinden des Professors interessierte. Die Meldung selbst indes war eine Enttäuschung: nichts als eine kurze, im Grunde nichtssagende Notiz, das sonderbare Verschwinden eines honorigen Professors der örtlichen Universität betreffend; kein Wort vom Verdacht eines Verbrechens, geschweige denn irgendwelchen Ermittlungen, die auf H. P. hinwiesen.

»Das ist nicht unbedingt das, was Sie erwartet haben, wie?« fragte Asthon-Smythe, der bei ihm stehengeblieben war und ihn die ganze Zeit über nicht aus dem Auge gelassen hatte.

Andara lächelte matt. »Wie kommen Sie darauf?«

Asthon-Smythe zuckte mit den Achseln. »Man bekommt ein gewisses Gefühl, im Laufe der Zeit«, antwortete er, »wenn man wie ich davon lebt, Neuigkeiten zu verbreiten. Sie sind nicht der erste, der sich für die Sache interessiert. Erst vor drei Monaten war jemand hier und hat ganz genau die gleichen Fragen gestellt.«

»Jemand?«

Asthon-Smythe nickt, lehnte sich mit vor der Brust verschränkten Armen gegen den Türrahmen – und gab Andara eine so genaue Personenbeschreibung H. P.s, als stände dieser im Raum. »Er schien so enttäuscht wie Sie«, schloß er mit einem Lächeln. »Und er interessierte sich genauso für alles, was damals passiert ist.«

»Und … was war das?« fragte Andara stockend. Er war verwirrt. H. P. sollte hiergewesen sein, in aller Offenheit? Ganz automatisch wollte er den Folianten wieder aufschlagen, aber Asthon-Smythe schüttelte mit einem neuerlichen Lächeln den Kopf, drehte sich plötzlich herum und verschwand und kam wenige Augenblicke später mit einer halbvollen Whiskyflasche und zwei nicht gerade sauberen Gläsern wieder.

»Sie können sich die Arbeit sparen, nachzuschlagen«, sagte er, während er Andaras Glas einen Finger breit und sein eigenes bis dicht unter den Rand füllte. »Steht nichts drin. Es gab gewisse Kreise, die damals nicht an einer Veröffentlichung interessiert waren.«

»Gewisse Kreise?« Andara nahm sein Glas, suchte nach einer halbwegs sauberen Stelle und nippte vorsichtig daran, als der Alte ihm zuprostete. Der Whisky brannte wie Säure auf seiner Zunge und schmeckte nach dem, was er wahrscheinlich auch war – praktisch verdünnter Alkohol, der wohl in irgendeiner privaten Brennerei in den Wäldern um Arkham entstanden war.

»Fragen Sie mich nicht nach Namen, Sir«, sagte Asthon-Smythe bekümmert. »Sie würden Ihnen nichts sagen. Aber es waren einflußreiche Leute. Man muß vorsichtig sein, wenn man ein so kleines Blatt wie den *Advertiser* leitet.«

»Und es behalten will«, fügte Andara hinzu.

Asthon-Smythe enthielt sich einer Antwort, aber das Glitzern in seinen Augen sagte genug. Zum Beispiel, daß es nicht seine Schuld wäre, wenn die ganze

Geschichte nun im nachhinein doch in einem Buch oder gar einer der großen New Yorker Tageszeitungen erschien, und – und das vor allem – daß Schadenfreude nun schließlich nicht strafbar sei.

»Ich kann mich darauf verlassen, daß mein Name nicht erwähnt wird?« fragte er lauernd.

»Und der des *Advertisers* auch nicht«, fügte Andara hinzu. »Es sei denn, Sie legen Wert darauf.« Er nippte wieder an seinem Glas. »Wie würde Ihnen die Formulierung *›gewisse wohlinformierte örtliche Kreise‹* gefallen?«

»Ausgezeichnet«, antwortete Asthon-Smythe und grinste.

»Erzählen Sie.«

Asthon-Smythe leerte sein Glas in einem Zug und schenkte sich nach. »War eine üble Geschichte damals«, begann er. »Das Verschwinden des Professors war nur die Spitze des Eisberges. Es sind ein paar sonderbare Sachen passiert. Niemand weiß wirklich etwas Genaues, und die, die Bescheid wissen, lassen sich eher die Fingernägel herausreißen, ehe sie was sagen. Aber es hat ein paar Tote gegeben, und ein paar Leute sind unter sehr sonderbaren Umständen verschwunden, unten in der Nähe von Innsmouth.«

Andara wurde hellhörig, verbiß sich aber im letzten Moment die Frage, ob dabei etwa rein zufällig der Name Carson gefallen sei. Er hätte Asthon-Smythe mit Leichtigkeit zwingen können, ihm alle Informationen zu geben, die er besaß, aber einen Menschen seines freien Willens zu berauben, war etwas, das er nur im allerschlimmsten Notfall tat. Es war nicht nur unangenehm und unmenschlich, sondern auch entwürdigend – für beide Seiten. Und es war ein durchaus zweischneidiges Schwert, denn Asthon-Smythe würde, wenn er ihn zwang, zwar alle Fragen der Wahrheit nach und in vollem Umfang beantworten, aber eben nur seine *Fragen.* Die Menge der Informationen, die Andara erhielt, wenn er ihn einfach reden ließ, mochte größer sein.

»War ein übler Winter damals«, fuhr Asthon-Smythe fort, nachdem er das zweite Glas Selbstgebrannten geleert hatte. »Der Schnee lag so hoch, daß die Leute ihre Häuser manchmal nicht mehr verlassen konnten. Eine Menge Viehzeug ist erfroren, draußen auf den Weiden und in den Wäldern. Selbst die Indianer sind weggegangen, während der schlimmsten Monate. Weiß aber nicht, ob es wirklich der Schnee war, der sie vertrieben hat.«

»Was sonst?«

Asthon-Smythe schürzte die Lippen. »Weiß nicht«, sagte er. »Manche behaupten, daß sich sonderbare Dinge in den Wäldern taten. Dinge, über die man besser nicht redet und schon gar nicht schreibt. Ich selbst hab' nichts gehört oder gesehen, aber die Fallenthorps, die in ein paar Meilen südlich von Arkham leben, schwören Stein und Bein, des Nachts seltsame Laute gehört zu haben. Ein Heulen und Wimmern wie von tausend gequälten Seelen.« Er lächelte entschuldigend ob dieser pathetischen Formulierung und fügte hinzu: »Sind nicht meine Worte, sondern die vom alten Ames Fallenthorp. Und er will irgendwas gesehen haben, oben am Himmel. Ein Ding wie ein Vogel mit seltsam zerfransten Flügeln, aber unmöglich groß. Und außerdem schwört er, daß es geschlagene zehn Minuten völlig still in der Luft gestanden hat, ohne daß es auch nur einmal mit den Flügeln gezuckt hätte. Klar hat ihm keiner geglaubt. Aber ich hab' mit ihm gesprochen, wissen Sie, und ich will verdammt sein, wenn ich jemals einen Menschen getroffen habe, der solche Angst gehabt hätte wie der alte Arnes, als er mir die Geschichte erzählte. Andere wieder sagen, sie hätten Spuren im Schnee gefunden, die unmöglich von einem Menschen oder irgendeinem Tier stammen könnten.« Er seufzte, füllte sein Glas erneut und nahm einen gewaltigen Schluck. »Keiner weiß, was es wirklich war«, fuhr er fort, »aber Tatsache ist, daß irgendwas in den Wäldern herumschlich, damals in dem Winter, in dem der Professor und die anderen verschwunden sind.«

»Welche anderen?« fragte Andara. H. P. hatte nicht von irgendwelchen *anderen* erzählt.

»Ames Fallenthorp und seine beiden Söhne zum Beispiel«, antwortete Asthon-Smythe. »Die beiden Jungens sind nie wieder aufgetaucht. Den Alten haben sie gefunden, eine Woche später – genauer gesagt das, was von ihm übrig war.« Er zog eine Grimasse. »Muß ein Bär oder ein ganzes Rudel Wölfe gewesen sein, so wie der Kadaver aussah. Seine eigene Frau hat ihn kaum wiedererkannt.«

Andara schwieg einen Moment. Er war sich noch nicht ganz darüber klar, was er von den Erzählungen Asthon-Smythes halten sollte. Wenn er die Wahrheit sprach – woran eigentlich kein Zweifel bestand –, dann hatte H. P. ihm nur einen sehr kleinen Teil der wahren Geschichte erzählt.

»Und ... der Professor?«

»Langley?« Asthon-Smythe runzelte die Brauen. »War eine komische Sache. Alle dachten, daß es Wölfe gewesen wären, vielleicht auch ein Grizzly, den der strenge Winter in diese Gegend verschlagen hätte. Nur der Professor nicht. Er hat nicht viel gesagt, jedenfalls nicht viel, mit dem man was hätte anfangen können, aber was er sagte, reichte aus, manchen das Blut in den Adern gefrieren zu lassen. Schnüffelte ständig draußen in den Wäldern herum und machte die arme Fallenthorp ganz krank mit seiner Neugier. Und dauernd machte er diese Andeutungen.« Er hob seine Stimme ein wenig, um die wohl leicht näselnde Aussprache des Professors nachzuäffen. »Andeutungen von gewissen lichtscheuen Elementen, die von Welten jenseits der Wirklichkeit kämen und die unsere äußerst aufmerksam beobachteten. Von Dingen, deren Namen man besser nicht ausspräche, wolle man nicht Gefahr laufen, an Leib und Seele zu Schaden zu kommen. Schließlich wurde es den Leuten zuviel. Ein paar Männer aus der Stadt gingen zur Universität und erklärten dem Dekan, daß sie es nicht mehr hinnehmen würden, wenn Langley damit fortführe, ihre Kinder und Frauen zu erschrecken. Ich glaube, in Wahrheit hatten sie wohl auch Angst vor dem, was Langley sagte.«

»Und?« fragte Andara, als Asthon-Smythe nicht weitersprach.

»Er bekam gehörig eins reingewürgt vom Dekan«, erklärte Asthon-Smythe grinsend. »Danach wurde es ein wenig besser, wenigstens die erste Zeit. Aber nach einer Weile fing er wieder an, und schlimmer als vorher. Schließlich haben sich ein paar von den Jungs auf die Lauer gelegt und ihn gehörig verdroschen. Danach gab es ein halbes Jahr Ruhe. Und dann war er plötzlich weg.«

»Einfach so?«

»Einfach so«, bestätigte Asthon-Smythe. »Ein paar von seinen Studenten oben in der Universität haben ihn gesehen, wie er spätabends in die Bibliothek ging. Am nächsten Morgen brannte die Lampe noch, die er mitgenommen hatte. Seine Pfeife lag da und irgend so ein alter Foliant, in dem er gelesen hatte. Aber Langley war verschwunden. Seither hat ihn niemand mehr gesehen.«

»Aber es gab doch eine Untersuchung?

»Und ob«, bestätigte Asthon-Smythe. »Die Polizei hat jeden verhört, der damals dabei war, sowohl bei der Abordnung, die sich beim Dekan beschwert hat, als auch bei den Männern, die ihn vermöbelt haben. Aber sie konnten keinem was nachweisen. Schließlich wurde die Untersuchung eingestellt. Manche«, fügte er mit gewichtigem Gesichtsausdruck hinzu, »behaupten, daß er am Ende den Dingen zu Opfer gefallen wäre, von denen er dauernd faselte. Aber die offizielle Version ist, daß er wohl in die Wälder hinausgegangen und dabei umgekommen ist. War wohl nicht mehr ganz richtig im Kopf.«

»Es wurde niemand angeklagt?« vergewisserte sich Andara.

»Niemand«, bestätigte Asthon-Smythe. »Wer auch? Langley war zwar ein bißchen komisch, aber im Grunde hatte er keine Feinde. Jedenfalls keine, die ihn so haßten, daß sie ihn einfach hätten verschwinden lassen. Wahrscheinlich ist er von den gleichen Wölfen oder Bären gefressen worden, die den armen Ames und seine Söhne auf dem Gewissen haben. Hat sich ja auch dauernd in den Wäldern rumgetrieben. In Gegenden, die selbst die Eingeborenen meiden.«

Andara schwieg eine ganze Weile. Was er gehört hatte, begann sich langsam zu einem Bild zusammenzusetzen, wenngleich ihm auch noch einige wichtige Teile des Puzzlespieles fehlten, damit es Sinn ergab. Aber eines war klar – aus welchem Grund ihn H. P. auch immer hierherbestellt hatte, es war nicht der, den er während ihres Gespräches vortäuschte. Er wurde weder von der Polizei noch von sonstwem gesucht, zumindest nicht hier in Arkham. Andara spürte einen heftigen Zorn auf H. P., den er aber rasch niederkämpfte. Er würde seine Gründe gehabt haben, so und nicht anders zu verfahren. Und Andara hoffte in seinem Interesse, daß sie gut genug waren. Wenn nicht, würde H. P. spüren, was es hieß, *wirklichen* Ärger zu haben.

Wenn er ihn fand, hieß das.

»Sie haben mir sehr geholfen, Mister Asthon-Smythe«, sagte er nach einer Weile. »Ich danke Ihnen. Und es bleibt dabei – ich bin niemals hiergewesen, und Sie haben niemals mit mir gesprochen.«

»Ich hab' schon vergessen, daß es Sie gibt«, erklärte Asthon-Smythe, mit einem Grinsen, das wahrscheinlich mehrere Stufen weniger listig ausgefallen wäre, hätte er geahnt, daß er seinen morgendlichen Besucher *wirklich* vergessen würde, kaum daß dieser das Büro des *Advertiser* verließ.

Andara war nicht sehr überrascht, von Miss Lugosi zu hören, daß H. P. während seiner Abwesenheit weder angekommen noch die angekündigte Nachricht geschickt hatte; ganz im Gegenteil hätte es ihn wohl eher erstaunt, wäre eines von beiden der Fall gewesen. Aber er verlängerte die Liste der Dinge, die er ihm antun würde, wenn er ihn wiedersah, in Gedanken um einen weiteren Punkt.

Andara schlug Miss Lugosis Angebot, ihm ein Mittagsmahl zu bereiten, an diesem Tage aus – nicht zuletzt angesichts der Tatsache, daß sie irgend etwas von einem ›gemütlichen Plausch‹ hinzufügte. Und es kam noch etwas hinzu: er hatte das Haus nämlich kaum betreten, da begann er sich bereits wieder matt zu fühlen. Nicht wirklich müde; aber die Frische und Leichtigkeit, mit der ihn die klare Sommerluft Arkhams erfüllt hatte, wich beinahe augenblicklich aus seinen Gliedern. Er atmete nicht nur innerlich auf, als er das Haus wieder verließ und das Palace-Hotel ansteuerte, um dort zu Mittag zu essen.

Am frühen Nachmittag überquerte er den Fluß und machte sich auf den Weg zur Universität. Der große Gebäudekomplex wirkte sonderbarerweise selbst jetzt, im hellen Licht des Tages, noch immer düster und irgendwie staubig. Es waren sehr wenige Studenten zu sehen, selbst, als er den Campus betrat und auf eine mit ›Verwaltung‹ gekennzeichnete Tür zusteuerte, was aber durchaus an der Jahreszeit liegen mochte. Er hatte niemals eine Universität besucht und eher nebelhafte Vorstellungen vom Leben und Treiben an einer solchen. Aber es war Hochsommer, und möglicherweise waren Semesterferien.

Ein Schwall kühler, nach Büchern und Kernseife riechender Luft schlug ihm entgegen, als er das Gebäude betrat und sich suchend umsah. Es gab keine Pförtnerloge oder einen irgendwie gearteten Empfang, aber er hatte kaum eine halbe Drehung beendet, als zur Linken eine Tür aufschwang und ein grauhaariger Mann unbestimmbaren Alters auf ihn zutrat. »Sir?«

Andara stellte sich vor – wobei er wieder dafür sorgte, daß der Mann ihn rasch wieder vergessen würde –, erfand einen Grund für sein unangemeldetes Kommen und fragte dann geradeheraus nach einem gewissen Henry Wolf.

Die Reaktion des Gegenübers war vollkommen unerwartet. Statt nachdenklich die Stirn zu runzeln oder ihm zu erklären, daß der Campus über die Semesterferien geschlossen und der Gewünschte somit nicht zu sprechen sei, machte sich auf seinem Gesicht ein Ausdruck tiefer Bestürzung breit.

»Wolf?« wiederholte er, als müsse er sich vergewissern, auch richtig verstanden zu haben. »Sie meinen Henry, den vormaligen Assistenten des armen Langley?«

Dieser Umstand war Andara neu, trotzdem nickte er. »Warum?« fragte er. »Was ist mit ihm?«

»Ja, haben Sie denn nicht gehört?« fragte sein Gegenüber. »Der arme Kerl ist ...« Er brach ab, suchte einen Moment sichtlich nach Worten und rettete sich in ein sehr tiefes Seufzen. »Er wurde gefunden«, sagte er schließlich. »Vor drei Tagen, unten im Keller der Bibliothek.«

»Gefunden?« Andara erschrak. »Was soll das heißen? Ist er ... tot?«

»Tot?« Sein Gegenüber schüttelte den Kopf. »Das nicht, aber es ... es mag brutal klingen, aber es wäre fast besser für ihn. Er hat den Verstand verloren. Es ist natürlich zu früh, irgend etwas zu sagen – wir haben nach einem Spezialisten geschickt, der eine genaue Diagnose stellen wird –, aber wenn Sie mich fragen, dann ist da nichts mehr zu machen.«

»Er ist hier?«

Der Mann nickte. »Arkham ist eine kleine Stadt. Wir haben kein eigenes Hospital, und unser hiesiger Arzt ...« Er sprach nicht weiter, aber sein Schweigen erklärte deutlich, was er von den Fähigkeiten des ansässigen Doktors hielt.

»Bringen Sie mich zu ihm«, verlangte Andara.

Sein Gegenüber lächelte freundlich. »Ich bitte Sie«, sagte er. »Was denken Sie sich? Henry ist krank und ...«

»Ich will ihn sehen«, verlangte Andara noch einmal, und diesmal war in seiner Stimme ein Unterton, wie ihn wenige Menschen jemals in ihrem Leben gehört hatten. Etwas, das stärker war als Worte, stärker als alles, was man hätte sagen können. Für die Dauer einer einzigen, schreckerfüllten Sekunde malte sich blankes Entsetzen im Blick seines Gegenübers ab, dann erlosch irgend etwas in seinem Blick, und er nickte.

»Wie Sie wünschen, Sir. Wenn Sie mir folgen würden.« Seine Bewegungen waren nicht mehr ganz natürlich, als er sich umwandte und eine einladende Geste auf die Treppe im hinteren Teil der Halle machte. Wahrscheinlich wäre es einem unbefangenen Beobachter nicht einmal aufgefallen, aber er wirkte plötzlich ein ganz kleines bißchen wie eine Marionette, an deren Fäden ein – wenn auch begnadeter – Spieler zog.

»Sie sagten, dieser Henry wäre der Assistent Professor Langleys gewesen?« erkundigte sich Andara, während sie nebeneinander die breite marmorne Treppe hinaufschritten.

Sein Führer nickte, ohne ihn anzusehen. »Bis zu seinem Verschwinden, ja. Er nahm intensiv an seinen Forschungen teil.«

»Mit Erfolg?«

»Wenn Sie mit Erfolg das meinen, was nun geschehen ist, sicherlich«, antwortete der Mann. »Der Professor war verrückt, das ist hier die allgemeine Auffassung. Ein Genie, aber verrückt. Und Henry war ebenso besessen wie er. Nach Langleys Verschwinden wurde alles eher noch schlimmer. Er hat seine Forschungen weitergeführt, obwohl ihn jedermann warnte. Am Schluß hat es ihm der Dekan ausdrücklich verboten und mit seiner Suspendierung von der Universität gedroht, aber es hat nichts genutzt.«

»Was waren das für Forschungen?« erkundigte sich Andara, obwohl er eine sehr konkrete Vorstellung davon hatte, womit sich der bedauernswerte Henry beschäftigt hatte.

»Lauter verrücktes Zeug«, lautete die Antwort. »Ein wenig Mystik, gemischt mit echter Historie und einem guten Schuß Unsinn, wenn Sie mich fragen. Wir sind da.« Er blieb stehen, deutete auf eine Tür und zog mit ungelenken Bewegungen einen Schlüssel aus der Rocktasche.

Andara trat einen halben Schritt zurück, während sein unfreiwilliger Führer die Tür aufsperrte und eine einladende Handbewegung machte.

Im ersten Moment sah Andara nichts, denn der Raum hinter der Tür war dunkel; vor den Fenstern lagen schwere, hölzerne Läden, die jedes bißchen Licht verschluckten, und zusätzlich waren die Vorhänge zugezogen. Aber er hörte, und was er hörte, reichte aus, ihn trotz der im Raum herrschenden Wärme frösteln zu lassen.

Zuerst ein halblautes, hastiges Schleifen und Flüchten, wie die Laute eines fliehenden Tieres, das sich in Panik in eine Ecke verkriecht, dann rasche, hektische Atemzüge und schließlich ein Wimmern und Stöhnen, wie es eine menschliche Stimme nur schwer vorstellbar hervorbringen konnte: dunkle, gutturale Töne, ein heiseres Bellen und widerwärtige Quietsch- und Pfeiflaute, die an das Kreischen einer sterbenden Ratte erinnerten.

»Warten Sie einen Moment, Sir«, sagte sein Führer. Er betrat – sehr vorsichtig, wie Andara bemerkte – das Zimmer und zog die Vorhänge zurück. Andara hörte, wie er das Fenster entriegelte und aufschob, dann flutete helles, nach der Dunkelheit schon beinahe unangenehmes Sonnenlicht in den Raum.

Was Andara sah, erfüllte ihn mit schierem Entsetzen.

Der Raum war provisorisch als Krankenzimmer hergerichtet worden, was hieß, daß alle beweglichen Möbel hinaus- und ein fahrbares Bett hineingeschafft worden war. Die eingebauten Bücherschränke waren leergeräumt worden, und vor dem Fenster prangte ein notdürftig angebrachtes Eisengitter. Als er den Raum betrat, fiel Andara auf, daß die Tür auf der inneren Seite keinen Knopf hatte. Unwillkürlich mußte er an die Isolierzelle eines Irrenhauses denken.

Dieser Eindruck war jedoch hauptsächlich auf den Bewohner dieses schrecklichen Zimmers zurückzuführen, der sich in die äußerste Ecke geflüchtet und angstvoll die Arme über den Kopf zusammengeschlagen hatte. Er stieß noch immer diese entsetzlichen, kaum menschlich zu nennenden Laute aus, und das, was Andara von seinem Gesicht erkennen konnte, war zu einer Grimasse der Furcht verzerrt.

Sein Führer wollte etwas sagen, aber Andara gebot ihm mit einer raschen Geste, zu schweigen und das Zimmer zu verlassen. »Schließen Sie die Tür«, sagte er. »Und warten Sie auf dem Korridor auf mich. Sie lassen niemanden herein, ganz gleich, wer kommt. Verstanden?«

Der Mann nickte, drehte sich mit steinernem Gesicht um und verließ das Zimmer. Das Schloß rastete mit einem hörbaren Schnappen hinter ihm ein.

Andara wartete, bis sich seine Schritte ein Stück weit entfernt hatten, dann wandte er sich wieder um und trat behutsam auf die in der Ecke kauernde Gestalt zu. Der junge Mann – er mocht zwanzig, im allerhöchsten Falle fünfundzwanzig Jahre alt sein – kauerte sich angstvoll noch weiter zusammen und schlug die Hände vor das Gesicht. Ein helles, panikerfülltes Wimmern und Schluchzen mischte sich in die entsetzlichen Laute, die aus seiner Kehle drangen.

»Keine Angst«, sagte Andara sanft. »Ich bin nicht Ihr Feind. Ich will Ihnen helfen.« Einen halben Schritt vor Henry blieb er stehen, ließ sich in die Hocke herabsinken und streckte mit einem freundlichen Lächeln die Hand aus. Henry beobachtete ihn durch die Finger hindurch. Seine Augen waren groß und dunkel. Angst und Wahnsinn loderten darin.

»Nehmen Sie die Hände herunter«, sagte Andara ruhig. »Ich werde Ihnen helfen.« Er legte alle suggestive Macht, zu der er überhaupt fähig war, in diese Worte. Trotzdem dauerte es lange, bis Henry gehorchte, und als er es tat, waren seine Bewegungen ruckhaft und voller Furcht.

Was Andara sah, ließ ihn abermals schaudern. Henry war ein Mann von sehr schlankem, fast schon dürrem Wuchs mit halblangem Haar, schlechten Zähnen und einem eingefallenen Gesicht, dem der struppige Vollbart vergeblich einen markanten Zug zu verleihen versuchte. Er korrigierte seine Schätzung sein Alter betreffend ein wenig nach oben. Obwohl noch Student, mußte er Anfang Dreißig sein.

»Ich tue Ihnen nichts, Henry«, sagte er eindringlich. »Ich bin Ihr Freund. Ich will Ihnen helfen.«

Der Wahnsinnige stierte ihn an. Ein wenig Speichel lief aus seinem Mundwinkel und versickerte in seinem Bart, ohne daß er es auch nur merkte. Sein Blick flackerte. Aber er hob die Hände nicht wieder, als sich Andara vorbeugte und mit der Rechten ganz behutsam seine Stirn berührte.

»Vertrauen Sie mir«, sagte er. »Ich helfe Ihnen. Gleich ist alles vorbei. Schließen Sie die Augen.«

Henry gehorchte, aber auch dieses Mal erst nach sehr, sehr langem Zögern. In seinem Blick war ein Flehen und eine Furcht, die irgend etwas in Andara sich zusammenziehen ließ.

Sehr sanft spreizte er die Hand, berührte mit Zeige- und Ringfinger die geschlossenen Lider und übte mit dem Mittelfinger einen schwachen Druck auf die Stelle zwischen den Brauen aus, während Daumen und kleiner Finger nach Henrys Schläfen tasteten. Dann schloß er ebenfalls die Augen und konzentrierte sich.

Es war schwer, unendlich schwer. Anders als sonst war es kein rasches, ruckhaftes Einklinken in den Geist seines Gegenübers, kein Verschmelzen von Seele und Seele, sondern ein Gefühl, als würde er in einen gewaltigen, sich rasend schnell drehenden Sog hineingezerrt, in einen schwarzen Mahlstrom aus Irrsinn und lautlosen Schreien und purem Schmerz, in dem auch sein Geist sich zu fangen drohte. Einen Moment, einen winzigen, aber schrecklich endlosen Moment nur, drohte er die Kontrolle zu verlieren. Die grauen Spinnweben des Wahnsinns griffen nun auch nach ihm, zerrten an seinem Selbst und untergruben mit jäher Plötzlichkeit die Barrieren aus Willenskraft und Stärke, die er um seinen Geist errichtet hatte. Erst im letzten Augenblick gelang es ihm, die geistige Verbindung wieder zu kappen und sich zurückzuziehen.

Er versuchte kein zweites Mal, direkt in Henrys Bewußtsein einzudringen, um auf diese Weise und direkt zu erfahren, was geschehen war, sondern beschränkte sich auf das einzige, was er für diesen bemitleidenswerten Jungen zu tun imstande war: den geistigen Taifun, der in seiner Seele tobte, ein wenig zu beruhigen und die Teile seines Ichs zu lähmen, die für Schmerz und Entsetzen zuständig waren.

Es war keine Hilfe auf Dauer, dessen war er sich klar. Der kurze, entsetzliche Blick, den er in seinen Geist getan hatte, hatte ihm gezeigt, daß es nichts mehr gab, was Henry helfen konnte. Andara vermochte viel, sehr viel. Er konnte Wunden heilen, Beschädigtes wieder aufbauen und Dinge vergessen lassen; ja, einen gestörten Geist sogar heilen. Aber

Henrys Geist war nicht gestört. Er war vernichtet. Etwas war mit der Wucht eines Wirbelsturmes hineingefahren und hatte alles zermalmt, was an ihm jemals *Mensch* gewesen war.

Da war nichts mehr, was zu retten, wieder aufzubauen oder zu heilen gewesen wäre. Das wimmernde Bündel vor ihm war auf ein reines Lebewesen reduziert worden, eine Ansammlung möglicherweise noch immer perfekt funktionierender Organe und Nervenverbindungen, in der jedoch der göttliche Funke, der den Menschen über das Tier erhob, erloschen war. Endgültig.

Aber Andara hatte trotzdem erfahren, was er erfahren wollte, wenn auch nur in Bruchstücken. In jenem kurzen Moment hatte er nicht nur den Wahnsinn erblickt, sondern auch Bilder von schrecklicher Realität. Visionen von dunklen, grotesk verzerrten Wesen, boshafte Karikaturen menschlicher Wesen, die sich hopsend und hüpfend vorwärts bewegten und unnatürliche Laute ausstießen. Schreckensgebilde, die nicht sein durften und doch waren, entsetzliche Ungeheuer, wie sie sich keine menschliche Phantasie ersinnen konnte, und dem Menschen doch ähnlich, vielleicht gerade deshalb so entsetzlich.

Und auf grauenerregende Weise waren sie ihm vertraut.

Er hatte niemals Wesenheiten solcher Art gesehen, noch von ihnen gehört, und doch berührten die Bilder irgend etwas in ihm, ließen ein Gefühl von Wiedererkennen in ihm aufsteigen, das auf seine Art beinahe schlimmer als der bloße Anblick der Kreaturen war.

Mühsam scheuchte er die Bilder in einen Winkel

seines Denkens zurück, in dem er sie unter Kontrolle hatte, streckte abermals die Hand aus und berührte die Stirn des jungen Mannes erneut, sehr viel vorsichtiger und nur mit spitzen Fingern. Diesmal war er auf den Sturm von Gefühlen und Bildern vorbereitet. Trotzdem fiel es ihm schwer, dem grauen Wahnsinn zu entrinnen, der ihn wie mit klebrigen Spinnfäden einzuweben suchte.

Auf dem Korridor wurden plötzlich erregte Stimmen laut; die seines Führers und eine andere, sehr viel energischere, die mit normaler Lautstärke lospolterte. Andara richtete sich überhastet auf und drehte sich gerade noch im richtigen Moment um, um zu sehen, wie die Tür aufgerissen und sein unfreiwilliger Wächter rüde beiseite geschoben wurde, von einem Mann, der zwar unterdurchschnittlich klein, dafür aber fast ebenso breit wie hoch war und Andara mit unverhohlener Wut anstarrte. Sein kleines feistes Gesicht war dunkelrot angelaufen, und der Zorn ließ seinen Atem so schnell gehen, daß er im ersten Moment kaum einen verständlichen Laut hervorbrachte.

»Was … was geht hier vor?« keuchte er. »Was fällt Ihnen ein, hier einzudringen, Sir?« Er wartete Andaras Antwort nicht ab, sondern fuhr auf den Absätzen herum und ballte kampflustig die Fäuste. »Jenson, Sie hirnverbrannter Trottel!« brüllte er. »Wie oft habe ich Ihnen gesagt, daß niemand …«

»Es war nicht seine Schuld«, unterbrach ihn Andara.

Der Mann brach mitten im Wort ab, fuhr abermals herum und starrte Andara kampfeslustig an. Seine Kiefer mahlten. »Wer … wer sind Sie?« fragte er.

»Andara«, stellte er sich vor. »Roderick Andara, Sir. Und mit wem habe ich das Vergnügen?«

»Mit niemandem«, fauchte der andere. »Es wird nämlich keines, Sir. Ich bin Dekan Wilson, und ...«

»Der Dekan dieser Universität?« Andara lächelte. »Das ist gut. So erspare ich mir die Mühe, nach Ihnen suchen zu müssen.« Er lächelte noch freundlicher, trat einen Schritt auf Wilson zu und deutete mit der Spitze seines Spazierstockes erst auf Jenson, der mit sehr unglücklichem Gesichtsausdruck unter der Tür stand und ihn hilfesuchend anblickte, dann auf Henry, der noch immer zusammengekauert in seiner Ecke saß, aber schon merklich ruhiger geworden war.

»Ich versichere Ihnen noch einmal, Sir«, sagte er, »daß den armen Jungen nicht die mindeste Schuld an meinem Eindringen trifft. Ich habe darauf bestanden, zu Henry geführt zu werden.«

»Wer zum Teufel sind Sie?« fragte Wilson gereizt. »Ein Arzt? Oder ein Verwandter von ihm?«

»Weder – noch, fürchte ich«, antwortete Andara. »Ich bin ... ein Freund eines guten Bekannten des bedauernswerten Professors, dessen Gehilfe der arme Henry ja wohl über längere Zeit war, und als solcher fühlte ich mich verständlicherweise genötigt, zu sehen, was ich für den armen Burschen tun kann.«

Wilson starrte ihn mit offenem Mund an, aber Andara gab ihm keine Gelegenheit, auch nur zu Worte zu kommen, sondern gab sich redliche Mühe, einen semantischen Knoten in seine Gehirnwindungen zu drehen. »Mein Freund – der Bekannte des bedauerlicherweise verschwundenen Professors, Sie verstehen? – erzählte oft von Henry, und auch davon, daß er die Forschungen Langleys nach Kräften fortzusetzen trachtete. Und als ich dann von diesem entsetzlichen Zwischenfall hörte, bin ich natürlich sofort gekommen.«

»Natürlich«, murmelte Wilson, stutzte, atmete hörbar, stemmte zornig die Fäuste in die Hüften und begann zu brüllen: »*Was zum Teufel* …«

»Ich habe für Henry getan, was ich konnte«, unterbrach ihn Andara, mit leicht erhobener Stimme und einer Betonung, die Wilson vielleicht sehr sonderbar vorgekommen wäre, hätte er noch Zeit gefunden, sich darüber zu wundern.

Aber er hatte sie nicht. Sein geistiger Widerstand zerbrach so schnell wie der Jensons zuvor, und in seinen Augen machte sich die gleiche Leere breit wie in denen des anderen.

»Zeigen Sie mir die Notizen, an denen Henry gearbeitet hat, als Sie ihn fanden«, verlangte er.

Wilson nickte, wandte sich auf der Stelle um und wollte das Zimmer verlassen, aber Andara hieß ihn noch einmal zu warten und wandte sich an Jenson. »Sie bleiben hier«, befahl er. »Sie werden in einer Stunde aufwachen und sich weder an meinen Besuch noch an sonst etwas von dem erinnern, was hier geschehen ist. Ich konnte nicht viel für Henry tun, aber sie werden feststellen, daß er ruhiger geworden ist. Er wird so bleiben, wenigstens für eine Weile. Sorgen Sie gut für ihn.«

Wilson führte ihn in die Bibliothek, die für sich allein genommen schon beinahe einen Besuch gelohnt hätte, denn so klein und unbedeutend Arkham an sich sein mochte, so umfassend und erstaunlich war der Schatz an Wissen, der hier angehäuft war. In dem guten halben Dutzend Säle, die das Bibliotheksgebäude ausfüllten, stapelten sich buchstäblich zahllose Bücher, Folianten und Loseblattsammlungen, manche davon so alt, daß Andara einen deutlichen Schauder von Ehrfurcht verspürte, wenn er sie nur ansah.

Wie er rasch feststellte, befaßte sich der überwiegende Teil dieses Wissensschatzes mit Dingen, die an jeder anderen denkbaren Hochschule nur Naserümpfen oder Gelächter ausgelöst hätte – mit Mystik, Zauberei und allen nur denkbaren Arten von Geheimwissenschaften. Sicherlich war der allergrößte Teil nichts als krauses Zeug, das Papier nicht wert, auf das es geschrieben war; aber der verbleibende Rest wäre noch immer groß genug gewesen, einen einzelnen Menschen für den Rest seines Lebens vollauf zu beschäftigen.

Aber so interessant dieser überraschende und unerwartete Fund sein mochte, so wenig ergiebig waren die Papiere, die Wilson ihm zeigte. Im allgemeinen handelte es sich nur um eine große Zahl eng mit Bleistift bekritzelter Blätter, deren Inhalt Andara entweder nicht entziffern konnte, oder der keinen Sinn ergab, des weiteren um ein sehr alt erscheinendes, in steinhart gewordenes Leder gebundenes Buch, das aber in einer Sprache abgefaßt war, die auch Wilson nur ein bedauerndes Kopfschütteln abnötigte, dazu noch eine Anzahl von Zeichnungen, Diagrammen und Tabellen, die entfernt an astronomische Berechnungen erinnerten, wenngleich Andara das nötige Fachwissen fehlte, dies mit Bestimmtheit sagen zu können.

Die Papiere erschienen ihm nicht vollständig, aus manchen Blättern waren gar Stücke herausgeschnitten oder mit Tinte unleserlich gemacht worden, aber Wilson versicherte, daß nichts verändert oder auch nur angerührt worden sei, seit man den unglückseligen Henry vor drei Tagen hier vorgefunden habe, auf dem Boden kauernd und wahnsinnige Laute ausstoßend.

So, wie es aussah, gab es nur zwei Möglichkeiten: die eine war, daß Henry *wirklich* verrückt gewesen war, ebenso wie der arme Professor, die andere – von Andara favorisierte –, daß irgend jemand vor Wilson hier gewesen war und die Aufzeichnungen durchgesehen hatte. So oder so – sein Besuch in der Universität erwies sich als völliger Fehlschlag. Alles, was er erreicht hatte, war der Liste unbeantworteter Fragen noch ein gutes Postskriptum hinzugefügt zu haben; und das ungute Gefühl, daß es nicht das letzte sein würde.

Er verabschiedete sich von Wilson, verließ die Bibliothek und den Campus und machte sich auf den Weg zurück zur Pension, ging dann aber an der Jenkins Street vorbei bis zum Mietstall, in dem er sein Pferd abgestellt hatte. Der Tag war noch jung – es ging auf zwei Uhr zu –, und er hatte das bestimmte Gefühl, daß es sehr wenig Sinn haben würde, bei Miss Lugosi auf H. P. zu warten. Und es gab noch eine Menge Dinge, die er erledigen konnte. Bei einem der Stallburschen erkundigte er sich nach dem Weg zum Haus der Fallenthorps, der ihm auch – freilich sehr widerwillig und erst, nachdem Andara mit einem glänzenden Fünf-Dollar-Stück nachgeholfen hatte – beschrieben wurde.

Der Weg zu Ethel Fallenthorps ärmlicher Holzhütte war einfach zu finden, aber weit; es war fast vier, als er die kleine, mit Unkraut und Gestrüpp überwucherte Lichtung fand, und wenn er sich nicht endgültig Miss Lugosis heiligen Zorn zuziehen und abermals zu spät zum Essen erscheinen wollte, blieb ihm kaum eine halbe Stunde, ehe er den Rückweg antreten mußte.

Er band sein Pferd an einen Pfosten neben dem Haus, ging zur Tür und klopfte. Hinter dem Fenster, an dem keine Gardine hing, bewegte sich ein Schatten, und er hörte Laute aus dem Haus, die deutlich die Anwesenheit von Menschen verrieten. Aber es dauerte trotzdem fast fünf Minuten, ehe ihm aufgetan wurde.

Eine kleine, ganz in Schwarz gekleidete Frau von sicherlich sechzig Jahren blickte ihn an. Ihr schlohweißes Haar war zu einem strengen Knoten zurückgekämmt, und in ihrem Blick lag jener vage Schmerz, der Menschen zu eigen war, die zu viele Unbillen des Schicksals hatten erdulden müssen. Hinter ihr huschte ein Schatten davon und verschwand hinter einer Tür. Andara hatte einen flüchtigen Eindruck wippender blonder Zöpfe und eines runden, noch sehr kindlichen Mädchengesichtes.

Er stellte sich vor und bat höflich darum, eintreten zu dürfen. Mrs. Fallenthorp sagte noch immer kein Wort, sondern blickte ihn nur voller Mißtrauen und Furcht an, trat dann aber zurück und machte eine kaum sichtliche, einladende Geste mit der Linken. Andara war sehr sicher, daß es keine Höflichkeit war, die sie bewegte, ihm Einlaß zu gewähren, sondern schlicht und einfach Angst. Sie hatte einfach nicht den Mut, ihn abzuweisen.

»Ich hoffe, Sie verzeihen meinen unangemeldeten Besuch, Mrs. Fallenthorp«, begann er, nachdem er in die kleine Wohnküche geführt worden war, die die Hälfte der Hütte einnahm, und sich gesetzt hatte. »Aber ich bin in einer sehr wichtigen Angelegenheit unterwegs, und ich hoffe, daß Sie mir einige Fragen beantworten können, die von großer Bedeutung für mich sind.«

Die Furcht in Mrs. Fallenthorps Blick nahm noch zu, und Andara begriff bestürzt, daß es allein seine geschraubte Ausdrucksweise war, die sie noch mehr verängstigte. »Sie leben allein hier draußen?« fragte er.

Mrs. Fallenthorp nickte, schüttelte dann den Kopf und schlurfte mit kleinen trippelnden Schritten um den Tisch herum, an dem er Platz genommen hatte. Als sie sich auf den einzigen Stuhl setzte, zuckten ihre Lippen, als bereite ihr die Bewegung Schmerzen. »Mit ... mit meiner Tochter«, antwortete sie stockend. »Mein Mann und meine Söhne sind ...«

»Ich weiß«, sagte Andara sanft, als sie nicht weitersprach. »Man hat mir erzählt, was geschehen ist. Mein aufrichtiges Beileid.«

In die Furcht in Mrs. Fallenthorps Augen mischte sich Mißtrauen. Ihr Blick erinnerte Andara an den eines geprügelten Hundes, der angstvoll auf eine zum Streicheln ausgestreckte Hand starrt und darauf wartet, daß sie sich zur Faust ballt, um ihn zu schlagen.

»Ich möchte Ihnen nicht unnötig weh tun, Mrs. Fallenthorp«, fuhr er fort. »Aber ich bin gekommen, um Ihnen ... einige Fragen zu stellen. Fragen, den ... Unfall Ihres Mannes und Ihrer Söhne betreffend.«

»Es war kein Unfall«, sagte Mrs. Fallenthorp. »Wer

hat Ihnen erzählt, daß es ein Unfall war?« In ihren Augen blitzte es auf. »Was wollen Sie? Ich weiß nichts. Ich habe alles gesagt, was ich weiß, oft genug. Ich will nicht mehr darüber reden. Wer hat Sie geschickt? Sagen Sie Ben, daß ich nichts weiß. Ich habe alles vergessen.«

»Ben?« Andara sah sie scharf an. »Ich fürchte, ich verstehe nicht, was Sie meinen, Mrs. Fallenthorp.«

Der Trotz, der für einen Moment in Mrs. Fallenthorps Augen aufgelodert war, erlosch wieder. Andara konnte regelrecht sehen, wie ihr Widerstand zerbrach. Für einen ganz kurzen Moment hatte sie alle Kraft zusammengerafft, die sie noch aufbringen konnte. Aber es war nicht sehr viel gewesen. »Ich weiß nichts«, sagte sie noch einmal. Aber es klang nicht mehr zornig, sondern beinahe flehend.

Andara beugte sich über den Tisch und legte seine Hand auf ihre Finger. Mrs. Fallenthorp versuchte, ihre Hand zurückzuziehen, aber ihre Bewegung war nicht schnell genug.

»Sie können mir vertrauen, Mrs. Fallenthorp«, sagte er sanft. »Ich gehöre nicht zu den Leuten, vor denen Sie solche Angst haben. Ganz im Gegenteil.« Und er sagte es nicht nur – er ließ es sie *glauben,* mit der gleichen, lautlosen Stimme, mit der er Henry beruhigt und Wilson und Jenson gefügig gemacht hatte, nur daß es diesmal kein *Befehl* war, sondern nichts als ein wortloses Flehen um Vertrauen und Freundschaft.

Mrs. Fallenthorp sah verwirrt auf seine Hand herab, dann in sein Gesicht. Ihr Blick zeigte eine grenzenlose Verwirrung. Ihre Lippen zitterten.

»Wer ist es, vor dem Sie solche Angst haben?«

fragte Andara und fügte, einer plötzlichen Eingebung folgend, hinzu: »Ben Carson?«

Die Reaktion auf Mrs. Fallenthorps Gesicht allein war Antwort genug auf seine Frage. Sie sagte nichts, aber sie wurde noch blasser, als sie ohnehin schon war.

»Ich werde dafür sorgen, daß Ihnen nichts geschieht, Mrs. Fallenthorp«, fuhr Andara fort. »Aber jetzt bitte ich Sie, mir einige Fragen zu beantworten. Fragen, die wichtig für mich sind. Es mag sein, daß es Sie schmerzt, darüber zu reden. Sie kannten Professor Langley, nicht wahr?«

Mrs. Fallenthorp nickte. Sie schluckte ein paarmal, fuhr sich nervös mit den Händen über den Kragen ihres schwarzen Kleides und versuchte vergeblich, Andaras Blick standzuhalten. »Nicht sehr ... gut«, antwortete sie stockend. »Ames hat ihn gekannt, aber ... aber ich bin immer weggegangen, wenn sie sich unterhalten haben. Ich habe nichts von dem verstanden, worüber sie geredet haben. Und es ... es hat ... es hat mir angst gemacht.«

»Was ist damals passiert, Mrs. Fallenthorp?« fragte Andara. »Was haben Sie gemeint, als Sie sagten, es wäre kein Unfall gewesen?«

»Sie haben sie ermordet«, antwortete Mrs. Fallenthorp. Ihre Stimme war nur noch ein Flüstern, fast, als fürchte sie selbst jetzt, belauscht zu werden. »Sie haben Ames umgebracht und ... und Joe und Mark auch.«

»Sie?«

»Die gleichen, die den Professor umgebracht haben. Und all die anderen. Ich ... ich weiß nicht, wer es war, aber ich habe Ames einmal sagen hören, daß er Angst hätte. Und Ames hat vor nichts und niemandem Angst gehabt. Er war … er war sehr stark und sehr mutig. Einmal hat er einen Bären mit der Axt erschlagen, der ihn angegriffen hat, und als Lew Burnes mich damals überfallen wollte, hat er ihm mit der bloßen Hand das Genick gebrochen. Aber er … er hatte Angst.«

»Wovor?« fragte Andara.

»Vor … vor dem Ding in den Wäldern«, antwortete Mrs. Fallenthorp stockend. »Ich weiß nicht, was es war. Ich habe es einmal gesehen, aber …«

»Gesehen?« Andara richtete sich kerzengerade auf. »Sie haben es *gesehen*, Mrs. Fallenthorp?«

»Nicht wirklich.« Mrs. Fallenthorp schüttelte hastig den Kopf. »Nur … nur einen Schatten und … Laute. Ganz entsetzliche Laute.« Sie brach ab, und Andara spürte, daß sie auch nicht von selbst weitersprechen würde. Ganz sanft griff er in ihren Geist, dämpfte den lähmenden Schrecken ein wenig, den die Erinnerung darin hatte aufsteigen lassen, und forderte sie lautlos auf, weiterzureden. Mrs. Fallenthorp gehorchte.

»Es war … nachts«, begann sie stockend. »In jenem Winter, in dem Ames und die Jungen starben. Alles war voller Schnee, und wir konnten das Haus kaum verlassen. Aber wir mußten hinaus, weil wir kein Feuerholz mehr hatten, und Julie war noch so klein und hatte eine Lungenentzündung. Ames und Mark sind in den Wald gegangen, um Holz zu schlagen, und ich … ich bin ihnen nach, um ihnen heißen Tee zu bringen. Da … da habe ich es gehört.«

»Was haben Sie gehört, Mrs. Fallenthorp?« fragte Andara sanft.

Mrs. Fallenthorps Augen wurden dunkel vor Schrecken, als sie die entsetzlichen Augenblicke noch einmal durchlebte. »Es war … groß«, flüsterte sie. »Viel größer als ein Bär oder überhaupt ein Tier. Nur ein Schatten, aber er war … so unglaublich finster. Und irgendwie zerfetzt. Wie ein Stück Tuch, das in Fransen gerissen ist. Er schlich um die Lichtung, immer im Kreis, und er … er machte *Laute*. Ganz entsetzliche Laute. Geräusche, wie sie kein Ding aus Gottes Natur hervorbringen darf. Und am nächsten Tag haben wir dann die Spuren im Schnee gefunden.«

»Spuren?«

Mrs. Fallenthorp nickte. »Jedenfalls hat Ames gesagt, daß es Spuren sind. Ich habe mich nicht mehr hinausgetraut, und Julie war ja krank, so daß ich sie pflegen mußte. Aber Ames ist trotz des hohen Schnees hinuntergegangen in die Stadt und hat den Professor geholt.«

»Langley hat die Spuren also auch gesehen?«

»Er und der Junge, dieser Henry. Sie waren ganz aus dem Häuschen. Der Professor hat den Jungen Zeichnungen machen lassen und Dinge gesagt, die ich nicht verstanden habe. Aber Ames haben sie angst gemacht. Ich habe es ganz deutlich gespürt.« Sie stockte für einen Moment, als die Erinnerung sie zu übermannen drohte. Andara geduldete sich, bis sie von selbst weitersprach.

»Als … als der Professor weg war, habe ich Ames angefleht, nicht mehr hinauszugehen und sich nicht mehr um diese schrecklichen Dinge zu kümmern. Wir sind einfache Leute, habe ich gesagt, und solche Sachen gehen uns nichts an. Aber er hat mich gescholten und behauptet, sie gingen alle Menschen an, und er hätte gar keine andere Wahl, er müsse dem Professor helfen und ich sollte mir keine Sorgen machen, ihm würde schon nichts passieren. Aber ich habe genau gespürt, daß er Angst hatte. Und die Jungen auch.«

»Und dann?« fragte Andara, als Mrs. Fallenthorp nicht weitersprach.

»Dann haben sie sie ermordet, alle drei«, flüsterte Mrs. Fallenthorp. »Der Professor ist wiedergekommen, und sie sind wieder hinausgegangen. Zwei Tage und drei Nächte waren sie weg, und später hat mir Joe erzählt, daß sie tief drinnen im Indianergebiet waren, wo sich sonst niemand hintraut, aber der Winter hatte die Roten ja alle vertrieben. Und ein paar Tage später sind ... Ames und die Jungen noch einmal rausgegangen, diesmal ohne den Professor. Sie sind nicht wiedergekommen. Nach einer Woche haben sie Ames gefunden, aber Joe und Mark sind ... sind nie wieder aufgetaucht.« Sie schluchzte, aber ihre Augen blieben trocken, als hätte sie alle Tränen schon vor langer Zeit verbraucht. »Sie haben gesagt, es wäre ein Bär gewesen, aber ich weiß, daß das nicht stimmt. Es war dieses Ding. Das Ding, das wir gesehen haben.«

»Haben Sie irgend jemandem davon erzählt?« fragte Andara. »Außer dem Professor natürlich, meine ich?«

Mrs. Fallenthorp nickte und schüttelte gleich darauf den Kopf. »Zuerst. Aber niemand hat mir geglaubt. Und dann ist Ben Carson gekommen und ...«

»Und hat Sie bedroht, nicht weiter über Ihre Beobachtung zu reden«, vermutete Andara.

Mrs. Fallenthorp nickte. »Er hat gesagt, was ... was Ames passiert ist, könnte Julie auch passieren. Und daß ich den Mund halten soll.« Plötzlich huschte ein Ausdruck jähen Schreckens über ihre Züge. »Sie werden doch niemandem sagen, was ich Ihnen erzählt habe?« fragte sie.

»Natürlich nicht«, antwortete Andara. »Ich kenne Ben Carson nicht persönlich, aber ich verspreche Ihnen, daß er Sie nicht mehr belästigen wird. Ich werde mit ihm reden.«

»Niemand kann mit Ben Carson reden«, sagte Mrs. Fallenthorp heftig. »Er ist kein Mensch. Er ist ein Ungeheuer. Alle haben Angst vor ihm, und mit Recht. Er und seine Söhne terrorisieren ganz Innsmouth. Und wenn er erfährt, daß ich Ihnen alles erzählt habe, dann wird er hierherkommen.«

»Das wird er nicht«, sagte Andara überzeugt. Er lächelte, um seine Worte zu bekräftigen. »Warum gehen Sie nicht von hier fort, Mrs. Fallenthorp?« fragte er. »Jetzt, wo Ihr Mann und Ihre Söhne nicht mehr da sind, bräuchten Sie nicht mehr hier zu bleiben. Gehen Sie irgendwohin, wo Carson Sie nicht erreichen kann.«

Er lächelte, griff unter seinen Mantel und zog seine Brieftasche hervor. Er zählte drei Hundert-Dollar-Scheine ab, legte sie vor Mrs. Fallenthorp auf den Tisch und machte eine auffordernde Kopfbewegung.

»Ich wäre glücklich, wenn Sie das annehmen würden«, sagte er. »Nehmen Sie Ihre Tochter, und gehen Sie fort, Mrs. Fallenthorp. Ich werde Ihnen eine Adresse in New York aufschreiben, wo Sie Unterkunft und eine Anstellung finden – und eine ordentliche Schule für Ihr Kind. Gehen Sie fort, irgendwohin, wo Carson Sie nicht findet.«

Mrs. Fallenthorp zögerte. Der Anblick des Geldes – einer Summe, die sie in ihrem ganzen Leben wahrscheinlich noch nicht auf einen Haufen gesehen, geschweige denn besessen hatte – verwirrte sie zutiefst. Aber plötzlich streckte sie die Hand aus und schob die Noten über den Tisch zu Andara zurück.

»Ich will Ihr Geld nicht«, sagte sie. »Das … das ist sehr freundlich von Ihnen, aber ich brauche es nicht. Julie und ich brauchen nicht viel, und im Sommer kann ich Kräuter und Wurzeln sammeln und verkaufen.«

»Und Carson?«

»Er würde mich überall finden«, sagte Mrs. Fallenthorp überzeugt. »Wo soll ich hingehen? Ich … ich will nicht nach New York. Ich habe niemanden mehr außer Julie, und sie ist noch ein Kind. Ich habe immer hier gelebt.«

»Überlegen Sie es sich«, sagte Andara, obwohl ihm eine immer lauter werdende innere Stimme riet, lieber den Mund zu halten. »Ich schicke Ihnen gerne einen Wagen, der Sie noch heute abholt. Ehe es dunkel wird, können Sie in der Bahn sitzen und wären in Sicherheit.«

Mrs. Fallenthorp schüttelte den Kopf. Aber in ihrem Blick war ein stummes Flehen, doch endlich aufzuhören.

Andara schwieg betroffen. Er kam sich mit einemmal schäbig vor, diese arme, verängstigte Frau nur noch weiter eingeschüchtert zu haben. Sein Vorschlag war dumm gewesen. Und verletzend dazu.

Wie hatte er sich auch nur eine Sekunde einbilden können, dieser Frau mit *Geld* helfen zu können?

»Verzeihen Sie«, murmelte er. Mit einer fast hastigen Bewegung strich er sein Geld wieder ein, verstaute die Brieftasche und stand auf. »Sie haben mir sehr geholfen, Mrs. Fallenthorp«, sagte er. »Wenn ich noch irgend etwas für Sie tun kann, dann sagen Sie es mir.«

Mrs. Fallenthorp schüttelte stumm den Kopf. Aber er spürte ihre Erleichterung, als er sich umwandte und zur Tür ging.

Sein Weggang ähnelte verdächtig stark einer Flucht. Und im Grunde war er es auch. Andara fühlte sich tief betroffen, und gleichzeitig spürte er einen sehr tiefen, heißen Zorn auf die, die Menschen so etwas antun konnten. Vielleicht war es nur Hilflosigkeit, die er spürte, eine Hilflosigkeit, die weh tat, weil es nichts gab, was er für diese Frau und ihre Tochter tun konnte.

Aber vielleicht stimmte das nicht.

Es war jetzt das dritte Mal, daß er den Namen Carson hörte, und zum dritten Male unter unangenehmen Umständen. Er würde sich diesen Ben Carson und seine Familie ansehen, vor denen sich ganz Arkham und Umgebung zu fürchten schien, dachte er, während er sein Pferd losband und in den Sattel stieg. Und zwar noch heute.

Es war nach zehn, als er Innsmouth erreichte. Die Dunkelheit, die ihn während des Rittes hierher eingeholt hatte, ließ ihn den winzigen Ort noch unfreundlicher erscheinen, als er ihn in Erinnerung hatte, und vom nahen Meer her wehte eine eisige Brise heran, die ihn frösteln ließ.

Er ritt direkt zum einzigen Gasthaus des Ortes, band sein Pferd davor an und betrat das Lokal. Sein Inneres sah ganz so aus, wie er bei seinem äußeren Anblick erwartet hatte: klein und schmutzig, die Luft nach billigem Whisky und kalt gewordenem Zigarrenrauch und Schweiß stinkend, die wenigen Tische und Stühle verkratzt und vielfach repariert. Eine Handvoll Männer hockte an diesen Tischen, die meisten in einfache schwarze Arbeitsjacken gekleidet, darunter ein höchstens zwanzigjähriger, blondhaariger Hüne mit dem erschlafften Gesicht eines Idioten, lediglich mit einer zerschlissenen Latzhose bekleidet.

Andara fühlte sich müde. Er war kein geübter Reiter, und er hatte an diesem Tag eine Strecke zurückgelegt, die auch einen solchen erschöpft hätte. Und er war verwirrt; mehr, als er sich eingestehen wollte, denn die Geschehnisse begannen sich allmählich zu einem entsetzlichen Bild zusammenzusetzen, das aber trotzdem keinen rechten Sinn ergab. Wenn als Drahtzieher hinter den schrecklichen Geschehnissen um Arkham wirklich die geheimnisvollen Carsons steckten, warum hatte H. P. ihm dies dann verschwiegen? Und warum hatte er vorgegeben, in Arkham von der Polizei gesucht zu werden? Und – und das war es, was Andara am meisten verwirrte – warum spielte Miss Lugosi dieses sonderbare Spiel mit?

Er war zu erschöpft, um sich mit irgendwelchen Freundlichkeiten aufzuhalten, und steuerte direkt die schmutzstarrende Theke an, die lediglich aus einer über vier Fässer gelegten Eichenbohle bestand. Der Wirt – ein kleines kugelbäuchiges Männchen mit abstoßenden Wurstfingern und dem aufgequollenen Gesicht des gewohnheitsmäßigen Trinkers – blickte ihm mit unverhohlener Verachtung entgegen und spie aus. Andara tat so, als hätte er es nicht bemerkt.

»Was wollen Sie?« fragte der Wirt. »Wir haben Bier oder Whisky. Aber das Bier ist warm.«

»Weder – noch«, antwortete Andara kühl. »Ich brauche nur eine Auskunft, guter Mann.«

»Haben wir nicht«, sagte der Wirt und fuhr fort, seine Gläser zu polieren – mit einem Tuch, das sie höchstens schmutziger machen würde. »Jedenfalls nicht umsonst«, fügte er hinzu. Andara ignorierte auch dies.

»Ich suche die Carsons«, sagte er. »Ben Carson und seine Familie. Wo finde ich sie?«

Die Reaktion auf diese Frage fiel gänzlich anders aus, als er erwartet hatte. Der Wirt erstarrte mitten in der Bewegung. Seine Augen schienen noch ein Stück weiter aus den Höhlen zu quellen. Und mit einemmal war es still; so still, daß man die berühmte Stecknadel hätte fallen hören können. Andara widerstand nur mit Mühe der Versuchung, sich herumzudrehen. Aber er spürte, wie sich plötzlich aller Aufmerksamkeit auf ihn richtete. Dann scharrte ein Stuhl.

»Die ... Carsons?« wiederholte der Wirt stockend.

Andara nickte. Hinter ihm war plötzlich das Geräusch nackter Füße, die sehr behutsam aufgesetzt wurden. Andaras rechte Hand schloß sich ein wenig fester um den Stockdegen. Aber er lächelte weiter, als bemerke er nichts. »Ganz recht«, sagte er. »Ben Carson und seine Familie. Man sagte mir, daß sie in der Nähe von Innsmouth leben. Das ist doch richtig, oder?«

Der Wirt nickte. Ein verzerrter Schatten spiegelte sich in seinen Pupillen. Andara verlagerte sein Körpergewicht unmerklich auf den rechten Fuß und spannte sich.

»Stimmt schon«, sagte der Wirt. »Sind nur ein paar Meilen, immer nach Norden, am Strand entlang. Sie können sie gar nicht verfehlen, wenn Sie sich am Meer halten. Sind Sie ... ein Freund von Ben?« fügte er lauernd hinzu.

»Das wird sich herausstellen«, antwortete Andara, bedankte sich mit einem freundlichen Kopfnicken für die Information und ließ sich zur Seite fallen.

Eine Faust von der Größe eines Kinderkopfes fuhr mit einem unangenehmen Zischen dicht an seinem Ohr vorbei und krachte auf die Theke. Andara stürzte, kam mit einer blitzartigen Bewegung wieder auf die Füße und steppte zur Seite, als der Hüne mit einem zornigen Brüllen herumfuhr und ihn mit beiden Händen zu packen versuchte.

Andara ließ ihm keine Chance. Mit einer raschen Bewegung tauchte er unter seinen zupackenden Pranken hindurch, schlug ihm den schweren Silberknauf seines Stockes gegen den Schädel und packte seinen ausgestreckten Arm, als der Riese zu wanken begann. Mit aller Macht zog er daran, drehte sich halb um seine eigene Achse und krümmte blitzschnell den Rücken. Der Hüne verlor plötzlich den Boden unter den Füßen, segelte zwei, drei Meter weit mit hilflos rudernden Armen durch die Luft und landete auf einem Tisch, zermalmte ihn unter sich und riß weitere drei Männer mit sich zu Boden. Seit seinem heimtückischen Angriff war wenig mehr als eine Sekunde vergangen.

Andara richtete sich wieder auf, trat einen Schritt von der Theke zurück, um nicht hinterrücks eine Flasche über den Schädel geschlagen zu bekommen, und hob mit einem ganz bewußt bösen Lächeln seinen Stock. »Nun, meine Herren?« fragte er. »Hat vielleicht noch jemand Lust?«

Die einzige Antwort war ein erschrockenes, sehr tiefes Schweigen. Ein Dutzend Augenpaare starrten ihn an, und was er darin las, war wohl mehr Erstaunen als Furcht, aber die gefährliche erste Sekunde verstrich, ohne daß einer der anderen versuchte, ihn anzugreifen.

Andara hätte weitaus subtilere und wirkungsvollere Methoden gehabt, den Angriff des jungen Riesen abzuwehren, aber er hatte ganz bewußt darauf verzichtet. Dies war eindeutig eine der Situationen, in denen brachiale Gewalt der beste Weg war, sich Respekt zu verschaffen.

Der junge Hüne, den er zu Boden geworfen hatte, stemmte sich stöhnend wieder hoch. Seine Augenbraue war aufgeplatzt; Blut lief über sein Gesicht, und seine Wange begann sich dunkel zu verfärben, wo sie der Degenknauf getroffen hatte. Aber auch in seinen Augen stand mehr Erstaunen und Unglauben als Schmerz geschrieben. Und eine tiefe, rasende Wut.

Andara fixierte ihn ganz kurz, und die Wut im Blick des Hünen erlosch. Seine gewaltigen Muskeln entspannten sich, und auf seinem Gesicht war jetzt nur noch Verwirrung, während er sich vergeblich zu erinnern versuchte, wieso er plötzlich auf dem

Boden lag und was überhaupt geschehen war. Andara hatte keine Angst vor ihm; er hatte schon mit ganz anderen Gegnern fertig werden müssen. Aber er war nicht hierhergekommen, um sich mit dem Dorfdeppen zu prügeln.

»Ich weiß ja nicht, ob es bei Ihnen üblich ist, Fremde auf diese Weise zu begrüßen, meine Herren«, sagte er bewußt überheblich. »Aber ich passe mich Ihren Sitten gerne an. Also?«

Niemand reagierte, obgleich er sich einer erdrückenden Übermacht gegenübersah. Andara lächelte kalt, drehte sich wieder herum und hob seinen Stock. Die eisenbeschlagene Spitze berührte unsanft das Doppelkinn des Wirtes. »Ich nehme an, daß die Wegbeschreibung richtig war, guter Mann«, sagte er. »Sollte Ihnen ein Fehler unterlaufen sein, korrigieren Sie ihn lieber jetzt. Ich würde ungern ein paar Meilen umsonst reiten und zurückkehren müssen, um mich zu beschweren.«

Der Wirt schluckte trocken. Er versuchte zurückzuweichen, aber die Stockspitze folgte ihm, bis er mit dem Rücken gegen die Wand stieß.

»Ben ... Ben Carson will keinen Besuch«, sagte er nervös. »Sie werden Ärger kriegen, wenn Sie so einfach zu ihm rausreiten.«

»Möglich«, sagte Andara. »Aber wenn Sie sich weiterhin so wenig kooperativ zeigen, dann werden *Sie* Ärger bekommen, guter Mann, und zwar gleich. Also?« Er verstärkte den Druck auf das Doppelkinn seines Gegenübers ein wenig.

»Reiten Sie nach Süden«, sagte der Wirt nervös. »Zwei Meilen, bis Sie zu den großen Felsen kommen. Dahinter biegen Sie ab. Sie können das Haus gar nicht verfehlen. Aber geben Sie mir nicht die Schuld, wenn Ben Sie im Meer ersäuft.«

»Aber woher denn?« grinste Andara. »Wenn er es wirklich tut, kann ich es ja dann auch nicht mehr, oder?« Er lächelte freundlich, drehte sich betont langsam herum und verließ das Lokal.

Sein Lächeln erlosch übergangslos, als er in die Nacht hinaustrat. Plötzlich begannen seine Hände zu zittern, so heftig, daß er Mühe hatte, den Zügel seines Pferdes loszuknoten. Während der letzten Minuten hatte er sich nicht erlaubt, irgend etwas zu empfinden, was dazu angetan gewesen wäre, ihn abzulenken, aber mit einemmal spürte er, welch entsetzlich bedrückende Atmosphäre in der Gaststube geherrscht hatte. Die Erwähnung des Namens Carson allein hatte ausgereicht, die Männer dort drinnen vor Angst erstarren zu lassen. Großer Gott, dachte er, wer mochte dieser Mann sein, der es fertigbrachte, eine ganze Stadt in Schrecken und Angst zu versetzen, einfach dadurch, daß er *da* war?

Mit einemmal war er sich gar nicht mehr so sicher, daß sein Vorgehen richtig war. Vielleicht wäre es klüger gewesen, etwas weniger direkt vorzugehen. Er hatte das unangenehme Gefühl, einen Fehler begangen zu haben. Einen schweren Fehler.

Aber wenn, war es zu spät, ihn zu korrigieren.

Mit einem Ruck riß er die Zügel herum und ritt los; nach Süden.

Das Meer lag wie eine Ebene aus geschmolzenem Pech zur Linken, schwarz und lichtschluckend, und vor ihm ragten die Felsen auf; Schatten vor der Dunkelheit des Himmels. Andara fror, denn obwohl die Nacht warm war und der Boden noch die gespeicherte Hitze des Tages atmete, hatte ihn ein eisiger Wind begrüßt, kaum daß er aus dem Wald geritten und das schmale Stück knochenweißen Sandes betreten hatte, das Land und Meer voneinander trennte.

Und es war ein sehr eigentümlicher Wind. Im ersten Moment war es Andara kaum aufgefallen, aber nachdem er eine Weile am Strand entlanggeritten war, war die Kälte durch seine Kleidung und unter seine Haut gekrochen. Seine Fingerspitzen waren taub, und sein Gesicht prickelte, als scheuerten Millionen mikroskopisch feiner Glassplitter über seine Haut. Es war kein Seewind, böig und von dem eigentümlichen Aroma des Ozeans erfüllt, sondern ein beständiger, sehr gleichmäßiger Zug, jene Art von sehr unangenehmer Kälte, die einen an offenstehende Fenster und nicht richtig schließende Türen in einer kalten Winternacht denken ließ.

Und er *stank*.

Er stank nach fauligem Fisch, nach verrottendem Tang und noch etwas anderem, unbeschreiblich Fremdem und Widerwärtigen, und es war der gleiche Geruch, den er in Miss Lugosis Pension gespürt hatte, nur viel intensiver.

Sein Pferd begann zu scheuen, als er sich den Felsen näherte. Für einen Moment versuchte sich Andra einzureden, daß es nur der widerliche Geruch war, der es nervös machte, und den es mit seinen feinen tierischen Sinnen sehr viel deutlicher spüren mußte als er. Aber er wußte auch im gleichen Moment, daß das nicht stimmte. Es war etwas anderes. Zwischen dem Gestank und dem unheimlichen, wispernden Rauschen der Brandung kroch noch etwas heran, irgend etwas, das auch er spürte, und das unendlich böse und lauernd war. Warum mußte er plötzlich an eine Spinne denken, die reglos dahockte und darauf wartete, daß die ahnungslose Fliege in ihr Netz ging?

Andara zügelte sein Tier, drehte sich halb im Sattel herum und starrte auf das Meer, dann zur anderen Seite. Nirgends war auch nur ein verdächtiger Schatten zu sehen, und doch …

Vielleicht war er einfach nur nervös, versuchte er sich zu beruhigen. Wahrscheinlich würde er in Ben Carson genau das finden, was er nach Miss Lugosis Worten im allerersten Moment erwartet hatte: einen jener starken, selbstgefälligen alten Männer, wie sie dieses Land oft hervorbrachte – und die es groß gemacht hatten! –, und der einfach nicht begriff, daß seine Zeit vorüber war.

Andara stieg ab, führte sein Pferd am Zügel in den Schatten des gewaltigen Felsens und band es sorgfältig an. Dann streifte er seinen Mantel ab, rollte ihn zusammen legte ihn über den Sattel. Sein Herz begann ein wenig schneller zu schlagen, als er aus dem Schatten der Felsen heraustrat und sich nach links wandte, in die Richtung, die ihm der Wirt gewiesen hatte. Er fühlte eine Gefahr, eine unglaubliche, dräuende Gefahr, ohne sie indes konkret fassen zu können. Was, wenn die Carsons schon wußten, daß er kam, und nur auf ihn warteten? Er war sehr schnell geritten, so daß niemand aus der Wirtsstube ihm hätte zuvorkommen können, aber wenn es jemand gab, der genau wußte, daß es andere Möglichkeiten der Informationsübermittlung als das gesprochene Wort gab – und gleich viel schnellere und präzisere –, dann war er es.

Er verscheuchte den Gedanken, ergriff seinen Spazierstock fester und machte sich auf den Weg. Der Strand stieg an dieser Stelle steil an, bis er nach zwanzig, dreißig Schritten fast unmerklich in eine mit Gras und Unkraut überwachsene Böschung überging, die ihrerseits wieder nach vielleicht zehn Schritten vor der scheinbar undurchdringlichen Mauer eines Waldes endete.

Seinen Spazierstock wie eine Machete handhabend, kämpfte sich Andara ein Stückweit durch das schier undurchdringliche Unterholz, bis Bäume und Gebüsch wieder auseinanderwichen und er sich unversehens auf einer runden, erstaunlich großen Waldlichtung wiederfand, die jedoch zur Hälfte von einer Ansammlung zyklopischer schwarzer Felstrümmer eingenommen wurde, an deren westliche Flanken sich eine Hütte schmiegte. Er blieb noch einen Moment im Schutze der letzten Büsche stehen und lauschte, vernahm aber nichts außer dem Raunen des Waldes und dem jetzt gedämpften Wispern der Brandung, und so schlich er schließlich weiter.

Er hatte die Hälfte der Lichtung überquert, ehe ihm auffiel, daß die Felsen keine Felsen waren, sondern die zerborstenen Überreste eines ehemals sicherlich gewaltigen Bauwerkes, zyklopische Quader, die von unvorstellbaren Gewalten gesprengt und wie Spielzeugklötze über- und durcheinandergeworfen worden waren.

Die ursprüngliche Form des Gebäudes war nicht mehr zu erkennen, doch vermutete Andara anhand des Grundrisses, daß es sich um eine Art Turm gehandelt haben mußte, wenngleich er weder rund noch eckig noch … ja – was eigentlich? gewesen sein konnte. Sämtliche Winkel und Linien – soweit er sie in der Dunkelheit überhaupt erkennen konnte – schienen auf die absurdeste Weise falsch und verschoben, als wären sie nach den Regeln einer fremden Geometrie erschaffen. Es war das Verwirrendste – und zugleich Unheimlichste –, was er jemals gesehen hatte. Andara verstand plötzlich ein wenig besser, warum die Bewohner von Innsmouth und den umliegenden Orten die Carsons fürchteten. Auch ihm waren Leute, die an einem Ort wie diesen lebten, von vornherein unsympathisch.

Eine Zeitlang betrachtete er stumm diese so sonderbar verkrüppelt wirkende Ruine, dann riß er sich fast gewaltsam von ihrem zugleich abstoßenden wie morbide faszinierenden Anblick los und wandte sich der Hütte zu. Sie war ein wenig größer als die Ethel Fallenthorps, jedoch von der gleichen, einfachen Bauweise. Aber es war niemand zu sehen, und wenngleich hinter den schmalen Fenstern das ruhige Licht einer Petroleumlampe brannte, war Andara trotzdem sicher, daß sie leer war.

Er fand die Tür unverschlossen und das Haus leer, ganz wie er vermutet hatte. Es bestand nur aus einem einzigen, sehr großen Zimmer, das gleichzeitig als Wohn- und Schlafraum wie auch aus Kochküche diente. Ein halbes Dutzend Betten drängelte sich nebeneinander an der jenseitigen Wand. Es gab einen Schrank, dessen Türen offenstanden und einen Blick auf das fürchterliche Durcheinander gewährten, das er enthielt, einen Tisch mit sechs lehnenlosen Hockern und anderen Gerätschaften, allesamt in äußerst schlechtem Zustand. Überhaupt erinnerte ihn die Hütte weit mehr an einen Stall als an die Behausung menschlicher Wesen. Er mußte an Miss Lugosis Worte denken, und den Abscheu in ihrer Stimme, und er verstand sie jetzt besser.

Andara ging zur Tür zurück, überzeugte sich mit einem raschen Blick davon, daß er auch wirklich allein war, und begann die Hütte rasch und routiniert zu durchsuchen, ohne selbst eine klare Vorstellung von dem zu haben, wonach er suchte. Und er beschränkte sich nicht nur darauf, die Schränke zu durchwühlen und in Schubladen und unter Wäschestapel zu schauen, sondern tastete auch mit seinen anderen, magischen Sinnen umher. Aber die eine wie die andere Suche blieb erfolglos, und nach kaum zehn Minuten mußte er sich enttäuscht eingestehen, daß er in seinem Zorn und seiner Ungeduld auf eine falsche Spur geraten war – die Carsons schienen wirklich nichts als das zu sein, wofür Miss Lugosi sie hielt: eine Bande von Barbaren, die ihre Umgebung durch schiere Gewalt terrorisierten. Und so sehr Andara Menschen dieser Art verachtete – er war nicht hierhergekommen, um sich in die internen Schwierigkeiten zu mischen, die Innsmouth mit den Überbleibseln seiner Wildwestvergangenheit hatte.

Enttäuscht wandte er sich um und wollte die Hütte wieder verlassen, als sich sein Fuß an etwas verfing, das aus dem Boden ragte. Verwirrt und alarmiert blieb er noch einmal stehen, ließ sich in die Hocke sinken und suchte den Boden ab.

In die morschen Dielenbretter war ein eiserner Ring eingelassen, so geschickt, daß er bei flüchtigem Hinsehen kaum entdeckt werden konnte und auch so glatt mit dem Holz abschließend, daß er ihn nicht bemerkt hätte, hätte er sich nicht durch einen puren Zufall nicht ganz in die Vertiefung gesenkt, die in das Holz gefräst worden war.

Es war eine Klappe; ein hölzerner Deckel von vielleicht einem Yard Seitenlänge, die mit einer in dieser Umgebung erstaunlich anmutenden Akribie in den Boden eingelassen war. Selbst die Scharniere, die sie hielten, waren aufs genaueste in den Boden versenkt.

Andara zögerte einen Moment, dann ging er – ohne sich aus der Hocke zu erheben – ein kleines Stück zurück, legte entschlossen die Hand in den eisernen Ring und öffnete die Klappe. Sie bewegte sich ohne das geringste Geräusch, als wären die Scharniere erst vor kurzem frisch geölt worden.

Ein Schwall abgestandener, feuchtkalter Luft schlug ihm entgegen. Die obersten drei oder vier Stufen einer roh in den lehmigen Boden gegrabenen Treppe waren zu sehen und ein blasses, sonderbar unangenehmes grünliches Licht, das aus der Tiefe emporstieg und in beständiger Bewegung zu sein schien.

Und *Laute* …

Sie waren so schwach, daß er sie im allerersten Moment mehr ahnte als wirklich hörte, aber als er sich konzentrierte und einen Augenblick gebannt lauschte, begannen sie rasch eine beunruhigende Realität anzunehmen. Es waren Geräusche, wie er sie nie zuvor gehört hatte, und die doch entsetzlich vertraut klangen: ein unmenschliches Schreien und Wimmern, ein Jammern und Quietschen und Quäken, das sich manchmal zu einer entsetzlichen Melodie zu formen schien, jedesmal aber wieder in schrille Dissonanz abkippte, wenn er glaubte, so etwas wie einen Rhythmus darin zu vernehmen. Aber die Laute berührten etwas in ihm. Etwas Düsteres, das sehr tief in den verborgensten Winkeln seine Seele lauerte; etwas wie eine Erinnerung an Dinge, die er niemals selbst erlebt hatte.

Andara setzte mit klopfendem Herzen den Fuß auf die oberste Stufe. Das Licht nahm an Intensität zu, als er langsam in die Tiefe stieg, ohne dabei wirklich heller zu werden. Er konnte auch seine Quelle nirgends entdecken. Es war einfach da, als leuchte die Luft selbst in diesem seltsam unheiligen Schein.

Die Treppe führte sehr weit in die Tiefe. Andara zählte an die siebzig Stufen, die nach einer Weile nicht mehr aus aufgeweichtem klebrigem Lehm, sondern aus Felsen bestand, denn der Schacht führte tief in den Leib der Erde hinein. Schließlich fand Andara sich in einem nur halbhohen, runden Gang wieder, dessen Wände mit groben Zeichnungen und in den Felsen gekratzten Bildern übersät waren, blasphemische Darstellungen gotteslästerlicher Wesen und Begebenheiten, die sich zugetragen hatten, lange bevor der Mensch seinen Fuß auf die Oberfläche dieser Welt setzte. Und sie waren alt, unglaublich alt. Dieser Gang, der so niedrig war, als wäre er für weit kleinere Wesen gebaut, mußte erschaffen worden sein, lange bevor Menschen hierherkamen, und dazu mit der Hilfe einer Technik, die er sich nicht einmal vorzustellen vermochte, denn seine Wände waren glasig und wie poliert, als wären sie in den Felsen hineingebrannt worden.

Sehr vorsichtig ging er weiter. Das grüne Licht begleitete ihn, und so sehr es den Gang auch erhellte, verhinderte es zugleich auch nachhaltig, daß er wirklich sah, wohin er ging, denn alles, was weiter als vielleicht zehn Schritte vor ihm lag, schien hinter einem wogenden grünlichen Vorhang verborgen zu liegen.

Dafür wurde der entsetzliche Nicht-Gesang lauter. Nach ein paar Dutzend Schritten steigerte er sich zu einem gräßlich grölenden Chor der unbeschreiblichsten Laute; Geräusche, die auf entsetzliche Weise weder aus Menschen- noch aus Tierkehlen zu stammen schienen, aber die – und das war das schrecklichste überhaupt – doch irgendwie einen *Sinn* ergaben.

Nach einer Weile begann sich der Tunnel zu erweitern, so daß Andara aufrecht gehen konnte. Gleichzeitig nahm die Unversehrtheit seiner Wände aber in erschreckendem Maße ab: große, pockennarbig wirkende Löcher gähnten in der grünschwarzen Glasur, viele der blasphemischen Zeichnungen waren beschädigt oder wie von zorniger Hand ganz ausgelöscht, und nach einigen weiteren Dutzend Schritten bewegte Andara sich durch einen unregelmäßig geformten, wohl eher von der Hand der Natur geschaffenen Tunnel. Möglicherweise war es eine natürliche Höhle oder Grotte, zu der der Stollen nur eine künstliche Verlängerung darstellte, eine unterirdische Verbindung zwischen ihr und der gewaltigen Turmruine oben im Wald. Was bedeutet hätte, daß der glatte, runde Tunnel *von hier unten her gebohrt worden war*.

Andara ging langsamer, denn auch das grüne Leuchten nahm nun deutlich ab. Dafür gewann der alptraumhafte Gesang immer mehr und mehr an

Gewalt, und nun spürte er auch wieder die Nähe des Meeres. Er hatte sich wieder zur Küste zurückbewegt.

Andara blieb stehen, um seinen Augen Gelegenheit zu geben, sich wieder an die Dunkelheit zu gewöhnen, und lauschte. Die entsetzlichen Geräusche und Laute waren nicht verstummt, und jetzt, als er ihrer Quelle nahe war, hörte er wieder diesen fürchterlichen arhythmischen Rhythmus, dazwischen Worte, die keine Worte waren, sondern die schiere Verhöhnung jeglicher menschlicher Artikulation.

Und plötzlich wußte er, woher er sie kannte.

Es waren die gleichen entsetzlichen Laute, die der bedauernswerte Henry ausgestoßen und die er für Produkte seines Wahnes gehalten hatte, ein schreckliches, gutturales Würgen und Quaken, das sich zu einer Lautfolge zusammensetzte, die seine Nackenhaare sich sträuben ließen:

Ngai ngai! kreischten die entsetzlichen Stimmen. *Yiäh Cthulhu fhtagn! Yiäh! Cthulhu!* Immer und immer wieder.

Andaras Hände begannen zu zittern, und plötzlich, von einer Sekunde auf die andere, war die Angst da. Es dauerte lange, bis er die Kraft fand, sie niederzukämpfen und weiterzugehen.

Der Weg war jetzt nicht mehr weit. Nach wenigen weiteren Schritten tat sich eine gewaltige, unterirdische Grotte vor ihm auf, deren Boden ein gutes Dutzend Meter unter ihm lag und die zu vier Fünfteln mit Wasser gefüllt war; Wasser, das zweifellos aus dem Meer kam, das aber so penetrant stank, daß es ihm fast den Atem verschlug. Und irgend etwas in diesem Wasser bewegte sich.

Dann sah er die Gestalten.

Das Licht in der Grotte war sehr schwach, und zudem war der Winkel ungünstig, aus dem er den felsigen Uferstreifen des unterirdischen Sees einsehen konnte, und trotzdem war der Anblick, der sich ihm bot, entsetzlich.

Es war ein halbes Dutzend finsterer, nackter Gestalten die einen grotesken abstoßenden Tanz am Ufer des Sees aufführten, das gräßliche: *Ngai ngai! Yiäh Cthulhu Ihtagn! Yiäh! Cthulhu!* ausstoßend und dabei unablässig in die Höhe und zur Seite hüpfend und springend, mit Bewegungen, die so unnatürlich wie ihr Gekreische waren, und ebenso abstoßend. Sie waren keine Menschen. Aber es waren auch keine Tiere, sondern Wesen, die auf furchteinflößende Weise zugleich zu beiden und zu keiner der beiden Spezies zu gehören schienen. Blasphemische Spottgeburten von grob menschenähnlicher Gestalt, zugleich frosch- und fischähnlicher, mit Haut wie schwarzes und grünes Leder und gewaltigen Händen und Füßen, zwischen deren Gliedern sich ekelig schimmernde Schwimmhäutchen spannten. Wie besessen hüpften und sprangen sie am Ufer des unterirdischen Sees entlang, mal einzeln und unabhängig voneinander, mal zugleich, einem nicht erkennbaren Takt folgend und unablässig das gräßliche *Ngai ngai! Yiäh Cthulhu fhtagn! Yiäh! Cthulhu!* ausstoßend.

Zugleich angeekelt und fasziniert von dem entsetzlichen Anblick, ließ sich Andara hinter einen Felszacken sinken und beobachtete das tierhafte Treiben der Ungeheuer weiter.

Dann geschah etwas Grauenvolles.

Die Bewegung im See, die Andara schon einmal bemerkt hatte, wiederholte sich, viel stärker und deutlicher diesmal, und irgend etwas Großes begann aus den schwarzen Fluten nach oben zu steigen. Gleichzeitig steigerte sich der Gesang des höllischen Gezüchts noch einmal; ihre Bewegungen gerieten endgültig zu einem rasenden Zucken und Toben.

Der Schatten im See wuchs weiter, nahm Formen und Umrisse an, die sich ständig zu verändern schienen, und näherte sich gleichzeitig dem Ufer. Etwas Finsteres, Peitschendes durchbrach die Wasseroberfläche, blieb einen Moment zitternd und triefend in der Luft hängen und klatschte zurück, sich wie eine finstere Schlange windend.

Und dann *öffneten sich in der widerlich pulsierenden Masse zwei gigantische, gelbleuchtende Augen!!!*

Andara unterdrückte nur mehr mit allerletzter Kraft einen Schrei, als er begriff, daß die entsetzlichen wagenradgroßen Augen *ihn ansahen*! Er wollte aufspringen, herumfahren und davonlaufen, so schnell er nur konnte, aber es ging nicht. Der Blick dieser höllischen Augen lähmte ihn, ließ seinen Willen erlöschen wie der Sturmwind die Flamme einer Kerze und irgend etwas tief in ihm zu Eis erstarren.

Der kreischende Gesang brach unvermittelt ab.

Für einen Moment wurde es ruhig, beinahe unnatürlich ruhig. Nur das ferne Wispern der Brandung war zu hören, und das schwerfällige Platschen und Rauschen des absurden Protoplasma-Klumpens dort unter ihm.

Der Koloß regte sich wieder; ein schwerfälliges Fließen und Gleiten, fast, als bewege sich sein abstoßender Körper nicht als Ganzes, sondern glitte und flösse in sich wie eine Masse widerlich schwarzen Schleimes. Andara erkannte einen absurden, mißgestalteten Schädel, von Dutzenden fleischiger kurzer Tentakel eingefaßt, die sich wie lebende Schlangen unablässig wanden und zuckten, einen aufgedunsenen Balg unbeschreiblicher Form und Größe und ein gutes Dutzend langer, mit schrecklichen Saugnäpfen besetzter Fangarme, wie die Tentakel eines Kranken, aber größer und auf entsetzliche Weise *anders*.

Und dann hob sich einer dieser Arme, bewegte sich zitternd und schleimtriefend aus dem Wasser heraus und deutete anklagend auf ihn!

Andara erwachte mit einem Schrei aus seiner Erstarrung, fuhr hoch und herum und rannte wie noch nie zuvor in seinem Leben.

Das Pferd brach unter ihm zusammen und starb, eine Meile vor Arkham, so sehr hatte er es gehetzt, und er legte den Rest des Weges zu Fuß zurück. So weit es seine Erschöpfung zuließ, rannte er, gehetzt wie von tausend Furien. Trotzdem zeigte sich am Horizont das erste Grau der heraufziehenden Dämmerung, ehe er Arkham erreichte und sich selbst gestattete, etwas langsamer zu gehen.

Dabei war er sich durchaus des Umstandes bewußt, auch hier in der Stadt keineswegs in Sicherheit zu sein, denn es gab keine Sicherheit vor dem entsetzlichen Wesen, das er gesehen hatte. Weder hier noch sonstwo auf der Welt, vielleicht nicht einmal auf irgendeiner der anderen zahllosen Welten, die den Kosmos füllen mochten.

Obwohl seit seiner Flucht aus der schrecklichen

Grotte Stunden vergangen waren, zitterten seine Hände noch immer, und der Schreck saß so lähmend und frisch in seinen Gliedern wie im allerersten Moment. Er hatte *gewußt,* daß es sie gab; ebenso wie H. P. und Langley und der arme Henry, wie Ames Fallenthorp und sicherlich noch sehr viele andere Menschen auf der Welt. Aber ebenso wie sie hatte er niemals einen von *ihnen* zu Gesicht bekommen.

Bis heute.

Andaras Gedanken drehten sich wild im Kreise. Er war hierhergekommen, um diese oder eine ähnliche Beobachtung zu machen – ja, mehr noch, die Spur zum Nest dieses Höllengezüchtes aufzunehmen –, aber jetzt, als es soweit war, war er verstört und erschreckt wie ein Kind, das mit Feuer gespielt und dabei ganz versehentlich das Haus seiner Eltern angezündet hatte. Wie oft hatte er von *ihnen* gehört, wie viele verbotene Bücher und Schriften über *sie* gelesen, wie viele Gespräche mit anderen Eingeweihten über *sie* geführt? Und trotzdem lähmte ihn *ihr* Anblick ebenso, wie er jeden anderen gelähmt hätte. Die letzten zehn Jahre seines Lebens war er auf der Flucht vor *ihnen* gewesen, aber niemals hatte er sie selbst zu Gesicht bekommen, sondern stets nur ihre Diener, und auch davon nur die Allergeringsten, geistlose Ungeheuer, Maschinen gleich, die zu nichts anderem fähig waren als zum Jagen und Töten.

Doch jetzt …

Es gab keinen Zweifel – die lederhäutigen Spottgeburten, deren Veitstanz er beobachtet hatte, waren jene, die in den alten Schriften als die *Tiefen Wesen* bezeichnet wurden, blasphemische Kreuzungen zwischen Mensch und Fisch oder Kröte, und von denen es hieß, daß sie oft in der Nähe großer Küstenstädte gesehen wurden, nie aber greifbar waren, sondern auf unheimliche Weise immer zu verschwinden wußten, war man ihnen auf der Spur. Und das Wesen im Wasser war …

Andara weigerte sich, den Gedanken zu Ende zu denken. Es war unvorstellbar. Es konnte nicht sein, weil es nicht sein durfte.

Andara erinnerte sich hinterher kaum, wie er das Haus in der Jenkins Street erreicht hatte. Wohl eine Stunde war er ziellos durch die nachtstillen Straßen Arkhams geirrt, bis sich hinter Fenstern und Toreinfahrten das erste Leben regte und er sich in Miss Lugosis Pension flüchtete, denn was er jetzt am wenigsten ertragen hätte, wäre die Begegnung mit einem anderen Menschen gewesen. Er wußte, daß *sie* ihn nicht verfolgen würden, denn Wesen solch absurder körperlicher Beschaffenheit, wie es die Tiefen Wesen waren, konnten sich unmöglich so schnell wie ein Mensch fortbewegen. Aber da war noch das Ding im Wasser, und er wußte nur zu gut, daß es über andere und weit schrecklichere Handlanger verfügte als die absurden Froschmenschen.

Zu seiner Erleichterung fand er das Haus unverschlossen. Leise öffnete er die Tür, blieb einen Moment stehen, um zu lauschen, und schlich dann auf Zehenspitzen in seinem Zimmer. Aber er betrat es nicht, sondern wandte sich nach kurzem Zögern wieder um, blickte sichernd die Treppe ins obere Stockwerk hinauf, in dem Miss Lugosis Privaträume lagen, und wandte sich dann den beiden anderen Türen zu, die es außer der zum Salon und der Küche im Erdgeschoß noch gab. Hinter einer davon mußte

H. P.s Zimmer liegen, und möglicherweise fand er dort einen Hinweis auf dessen Verbleib. Andara hatte das sichere Gefühl, daß ihm nicht mehr viel Zeit blieb, das Rätsel zu lösen.

Die erste Tür, an der er rüttelte, war verschlossen, aber er brauchte nur einen Augenblick, den primitiven Mechanismus des Schlosses zu ergründen und außer Kraft zu setzen. Leise öffnete er sie, blickte noch einmal zur Treppe hinauf und riß ein Streichholz an. Das bleiche, flackernde Licht gewährte ihm einen Blick auf eine große, aber vollkommen leere Kammer, auf deren Boden eine zollstarke Staubschicht bewies, daß sie seit Jahren nicht mehr betreten worden war.

Er löschte das Streichholz, verriegelte die Tür wieder und wandte sich der zweiten zu. Auch sie war versperrt, und diesmal brauchte er länger, das Schloß zu überlisten, denn zu seiner großen Überraschung mußte er feststellen, daß es einen Schatzzauber gab, der einen normalen Einbrecher vor gehörige Probleme gestellt hätte. Wer immer versucht hätte, es zu öffnen, hätte für die nächsten Wochen gar nichts mehr auf- oder zugeschlossen, denn das Schlüsselloch war mit einer wachsähnlichen, farblosen Masse verschmiert, die bei der geringsten Berührung in Flammen aufgehen und dabei eine enorme Hitze entwickeln würde. In Andaras Bewunderung für H. P.s Umsicht und Können mischte sich ein deutliches Gefühl von Ärger, denn sein neugewonnener Kampfgefährte schien keinen Gedanken daran verschwendet zu haben, daß zum Beispiel auch Miss Lugosi oder ein anderer Unschuldiger versuchen könnte, diese Tür zu öffnen, aus dem einen oder anderen Grund. Er entfernte die tückische Masse und betrat das Zimmer. Diesmal schob er die Tür sorgfältig hinter sich ins Schloß, ehe er ein weiteres Streichholz anriß.

Der Anblick traf ihn wie ein Schlag.

Das Zimmer war verwüstet. Tisch und Stühle waren umgeworfen und zerbrochen, das Bett zerwühlt und die beiden Koffer, in denen H. P.s und Rowlfs Habseligkeiten gewesen waren, auf den Boden geworfen, ihr Inhalt herausgerissen und zum Teil zerfetzt.

Das Streichholz brannte herab und versengte Andara die Finger. Er fluchte lautlos, warf es zu Boden und tastete im Dunkeln nach der Lampe, ehe er ein weiteres Holz anriß und die Flamme an den Docht hielt.

Im bleichen Licht der Petroleumlampe erkannte er das wahre Ausmaß der Zerstörung. In dem kleinen Zimmer mußte nicht nur ein Kampf, sondern eine regelrechte Schlacht getobt haben; kein Stück, das noch unbeschädigt oder noch an seinem Platz gewesen wäre. H. P.s Habseligkeiten waren über den gesamten Boden verstreut, Hemden und Mäntel zum Teil zerrissen, als hätte jemand – oder etwas – seine Wut daran ausgelassen, das Bett zerwühlt und selbst die Matratze darunter zerfetzt. Auf den weißen Laken war Blut.

Und noch etwas.

Andara beugte sich beunruhigt vor und hielt die Lampe so, daß ihr Lichtschein direkt auf das Bett fiel. Etwas Dunkles, schwarzgrün Glitzerndes lag vor ihm, groß wie seine Hand und zerknüllt wie ein Stück Pergament, aber halb durchsichtig und von sonderbar organischer Konsistenz.

Andaras Herz begann vor Aufregung und Schrecken zu hämmern, als er begriff, was er sah.

Es war ein Stück Haut. Keine menschliche Haut, sondern ein dünner, grünlich glänzender Hautlappen, jetzt vertrocknet und bereits halb in Verwesung übergegangen, aber noch immer deutlich als das zu erkennen, was er einmal gewesen war: ein Fetzen jener Haut, wie ihn manche amphibische Tierarten zwischen Fingern und Zehen besitzen. Schwimmhaut.

Andara richtete sich wieder auf, setzte die Lampe vorsichtig zu Boden und sah sich um. Es schien ihm wenig sinnvoll, das Zimmer zu durchsuchen, denn wer immer für diese Verwüstung – und aller Wahrscheinlichkeit nach auch für H. P.s Verschwinden – verantwortlich war, hatte dies sicher schon getan und alles entfernt, was für ihn irgendwie von Nutzen sein konnte.

Aber irgend etwas *mußte* hier sein. H. P. wäre nicht H. P. wenn er nicht umsichtig genug gewesen wäre, auch für diesen Fall irgendeinen Hinweis für ihn zu hinterlassen.

Andara schloß die Augen, preßte beide Hände gegen die Schläfen und konzentrierte sich.

Im ersten Moment spürte er nichts, nichts außer einer fast körperlichen Ahnung von Gewalt, die sich wie ein übler Geruch in diesem Raum festgesetzt hatte, ein Miasma des Bösen, das nicht erst seit wenigen Tagen, sondern seit langer Zeit auf dieses Haus eingewirkt hatte. Dann plötzlich hatte er das heftige Empfinden, daß da etwas war, vor und unter ihm …

Er öffnete die Augen, beugte sich hinab und tastete

mit den Fingerspitzen über den Boden. Eines der Bretter war lose. Er hob es heraus, ließ sich auf die Knie herabsinken und nahm ein kleines, erstaunlich schweres Bündel aus der schmalen Vertiefung, die darunter zum Vorschein kam. Noch bevor er die weißen Tücher öffnete, in die es eingeschlagen war, wußte er, was es enthielt.

Es war eine der Kristallscheiben, wie H. P. sie ihm in Walnut Falls gezeigt hatte, ein wenig kleiner und von anderer Form und glatt wie Glas, ohne irgendwelche hineingeritzten Botschaften. Dafür spürte Andara die fast körperliche Bosheit, die ungeheure Drohung, die dieses Stück irisierenden Kristalls ausstrahlte. Beinahe hastig legte er es wieder zurück, beugte sich noch einmal vor und gewahrte einen schmalen weißen Briefumschlag, der darunter gelegen hatte. Er öffnete ihn, faltete das halbe Dutzend Blätter auseinander, das er enthielt, und stellte zu seiner Enttäuschung fest, daß es keine neuerliche Nachricht H. P.s war, sondern engbekritzelte Blätter in einer kaum zu entziffernden Handschrift.

Aber sie kam ihm bekannt vor, und nach einem Moment des Überlegens wußte er auch, woher: es war die gleiche, fahrige Schrift, in der die Notizen abgefaßt waren, an denen Henry gearbeitet hatte, die seine oder die des Professors. Andara erinnerte sich, daß augenscheinlich einige Seiten davon gefehlt hatten.

Neugierig geworden, hielt er sie ins Licht und versuchte mit eng zusammengepreßten Augen, die krakelige Schrift zu entziffern.

Das meiste davon ergab noch immer keinen Sinn, aber da waren Andeutungen von *dem Tag*, der nun bald heranrücke, und *den Wesen aus dem Meer*, die schreckliche Gestalt annähmen, je weiter sich der Mond fülle und mehrere Andeutungen, daß es sich zu wiederholen scheine, so unbarmherzig, wie es den Professor getroffen habe. Mehr als einmal stieß er auf den Namen Carson, und mehrmals war die Rede von *Dingen, die des Nachts umgingen und nur in den Schatten sichtbar, aber von tödlicher Realität* seien. Gegen Ende schließlich wurde der Text immer verworrener, bis er schließlich wirklich nichts weiter als das Gekrakel eines Verrückten war.

Oder eines Mannes, der vor Angst halb wahnsinnig war, dachte Andara beunruhigt.

Sorgfältig faltete er die Blätter wieder zusammen, verstaute sie in ihrem Umschlag und diesen in seiner Rocktasche, dann legte er die Kristallscheibe an ihren Platz zurück und fügte auch das Bodenbrett wieder ein. Schließlich löschte er die Lampe und verließ das Zimmer; nicht, ohne die teuflische Falle wieder in Kraft zu setzen, die wohl doch nicht von H. P. stammte, sondern eher ganz speziell für ihn aufgestellt war.

Aber er ging auch jetzt nicht in sein Zimmer zurück, sondern an dessen Tür vorbei auf die Treppe zu. Obwohl die Dunkelheit vor den Fenstern bereits zu weichen begann, war es noch sehr früh, denn es war Hochsommer, und Miss Lugosi schlief sicher noch. Er hatte nicht vor, sie zu wecken, wohl aber, die Zeit zu nutzen, sich unbemerkt im verbotenen oberen Stockwerk des Hauses umzusehen – und Miss Lugosi einige reichlich unangenehme Fragen zu stellen, sobald sie wach wurde.

Sehr leise schlich er die Treppe hinauf, blieb auf

der obersten Stufe stehen und sah sich um. Im schwachen Dämmerlicht erkannt er drei Türen auf der rechten und eine vierte auf der Stirnwand des Ganges.

Ganz so, wie er es geträumt hatte.

Andara wandte sich kurz entschlossen nach rechts und blieb einen Moment mit geschlossenen Augen stehen, ehe er die Hand nach dem Türknauf ausstreckte. Für einen unvoreingenommenen Beobachter hätte es ausgesehen, als lausche er – und im Grunde war es auch genau das. Nur, daß er es mit seinen hypersensiblen, auf magische Weise geschärften Sinnen tat, und daß er hinterher mit hundertprozentiger Sicherheit wußte, daß das Zimmer hinter der Tür leer war. Er verspürte keine besondere Lust, in Miss Lugosis Schlafzimmer zu stolpern und sich unversehens in einer überaus peinlichen Situation wiederzufinden.

Es war eine mit allerlei Gerümpel, Kram und Unrat vollgestopfte Kammer, die er betrat. Alle Fenster waren vernagelt, und es stank unbeschreiblich; ein Raum, der ihn unwillkürlich an Miss Lugosis eigene Worte die Carsons betreffend denken ließ und der wirklich mehr an den Stall eines wilden Tieres denn eine menschliche Unterkunft erinnerte.

Was Andara fand, überraschte ihn. Es war keineswegs nur Gerümpel und Unrat, wie er im ersten Moment angenommen hatte, sondern ein kompletter Hausstand, der hier zusammengetragen und lieblos in Kisten und Schubläden gepfercht worden war. Es war, wie Andara mit einer Mischung aus Verwirrung und allmählich wachsender Bestürzung feststellte, tatsächlich alles, was man in einem Haus wie diesem brauchte – vom Kochgeschirr angefangen bis zur Bettwäsche und intimen Dingen, die ihren Platz eigentlich in Miss Lugosis Bade- oder Schlafzimmer haben sollten. Es war, als hätte Miss Lugosi alles, was sie an weltlichen Dingen überhaupt besaß, hier zusammengetragen und weggelegt, und zurückgeblieben waren nur die Möbel und die Dinge, die er im Salon und seinem und H. P.s Zimmer vorgefunden hatte.

Aber warum?

Die sonderbar leere Küche fiel ihm ein, und die mehrere Wochen alten Exemplare des *Advertiser*, zu denen keine neuen mehr hinzugekommen waren.

Aufs äußerte beunruhigt, verließ er die Gerümpelkammer wieder und öffnete die nächste Tür.

Es war wie ein Schritt zurück in seinen Alptraum, und er begriff im gleichen Augenblick, in dem er die Tür öffnete, daß es kein Traum gewesen war, sondern Realität, die sich mit der Maske eines Nachtmahres getarnt hatte, warum auch immer. Er begriff es im gleichen Moment, in dem er das leere Zimmer sah, den entsetzlichen Gestank wahrnahm und den gewaltigen, von rostigen eisernen Reifen zusammengehaltenen Bottich erkannte, gefüllt mit einer schmierigen, ölig schimmernden Brühe, in der kleinen weiße und grünliche Bröckchen tanzten.

Es war kein Traum gewesen!

Alles war wahr, die schreckliche Nacht, die entsetzlichen Geräusche, die platschenden Schritte und der verzerrte schwarze Schatten, der vor ihm in die Dunkelheit geflohen war. Dies alles und vielleicht noch viel mehr *war Wirklichkeit*!

Die Tür in seinem Rücken wurde mit einem dumpfen Schlag aufgesprengt und krachte gegen die Wand, und unter der Öffnung erschien Miss Lugosi.

Aber wie hatte sie sich verändert! Von dem Bild der gutmütigen, vielleicht etwas versponnenen alten Dame war nichts, aber auch rein gar nichts mehr geblieben. Ihre Augen flammten in schierem Haß. Das Haar hing ihr wirr in die Stirn, das Kleid war offensichtlich nur hastig übergestreift, und in ihrer rechten Hand blitzte ein gewaltiges Küchenmesser.

»Was hat das zu bedeuten?« fragte Andara scharf. »Ich verlange auf der Stelle eine Erklärung für das alles hier, Miss Lu ...«

Er kam nicht weiter, denn in diesem Moment sprang ihn Bella Lugosi an. Und sie sprang nicht wie ein Mensch, sondern stieß sich mit einem absurden, grätschbeinigen Hüpfer ab und überwand die drei oder vier Yards Distanz mit einem einzigen, gewaltigen Satz. Das Messer in ihrer Hand beschrieb einen tödlichen, rasend schnellen Bogen, an dessen Schnittpunkt Andaras Kehle lag.

Im letzten Moment ließ er sich zur Seite fallen und entging der Klinge so um Haaresbreite, aber Miss Lugosi prallte mit Wucht gegen ihn, riß ihn von den Beinen und schlug mit der freien Hand nach seinem Gesicht.

Ihr Hieb war so kräftig, daß Andara um ein Haar das Bewußtsein verlor. Er prallte hart mit dem Schädel gegen den hölzernen Bottich, spürte eine Woge dumpfer Schwere in sich aufsteigen und sah ein helles metallisches Blitzen vor sich. Ganz instinktiv riß er die Arme hoch. Ein brennender Schmerz zuckte durch seine Handfläche. Die Messerklinge fuhr mit einem dumpfen Schlag einen Inch neben seinem Gesicht in den Bottich.

Andara reagierte, ohne wirklich zu denken. Seine

Linke umklammerte Miss Lugosis Handgelenk, während er mit der anderen Hand die wütenden Hiebe abzublocken versuchte, die auf sein Gesicht herunterprasselten. Schließlich gelang es ihm, ihren Arm beiseite zu schlagen und die Finger in ihr Haar zu verkrallen, um sie so von sich herunterzuzerren.

Wenigstens versuchte er es.

Ihr Haar ging ab.

Ihr Gesicht auch.

Darunter kam ein entsetzlicher Alptraumschädel zum Vorschein: glatte, grün-schwarz schimmernde Haut, die sich über einem flachgedrückten Krötenschädel spannte, ein breitlippiges Maul, in dem rasiermesserscharfe Knochenplatten die Stelle von Zähnen einnahmen, und große, glotzende Fischaugen, hinter halb durchsichtigen, gelierten Nickhäuten verborgen. Das absurde Ding war völlig haarlos. Es gab keine Ohren, und anstelle einer Nase erblickte er nur zwei senkrechte Schlitze, aus denen eine grünliche, eitrige Flüssigkeit tropfte.

Eine Sekunde lang starrte Andara ungläubig auf die dünne fleischfarbene Maske, die so perfekt eine menschliche Physiognomie vorgetäuscht hatte, dann wieder auf die verzerrte Alptraumfratze des Tiefen Wesens. Das Ungeheuer schien durch das Geschehen ebenso überrascht und erschreckt wie er selbst – aber es fand seine Fassung weit schneller zurück. Mit einem quäkenden Wiehern fegte es seine Arme beiseite, schlug ihm die geballte Faust gegen die Kehle und riß das Messer in die Höhe.

Andara griff mit der Kraft der Verzweiflung zu, packte die Klinge mit bloßen Händen und zerrte daran..

Der Schmerz war entsetzlich. Flüssiges Feuer schien durch seine Hände zu toben. Er schrie, bäumte sich auf und zerrte noch heftiger an der Waffe. Und er hatte Erfolg. Seine wahnwitzige Gegenwehr schien das groteske Ungeheuer zu überraschen, denn es ließ das Messer los. Eine halbe Sekunde später schleuderte Andara die Klinge davon, ballte die Faust und schlug sie dem Froschmenschen mit aller Kraft ins Gesicht.

Er hatte erwartet, auf festen Widerstand zu treffen, aber es war, als schlüge er in einen schleimgefüllten Sack. Die Alptraumfratze des Tiefen Wesens beulte sich ein, bis Andaras Faust in seiner Visage zu verschwinden schien. Mit einem quäkenden Schmerzlaut schlug das Wesen die schwimmhäutigen Pfoten vors Gesicht und versuchte mit ungelenken Bewegungen, wieder auf die Füße zu kommen.

Andara gab ihm keine Chance. Blitzschnell sprang er auf, riß die Klinge seines Stockdegens aus ihrer Umhüllung und durchbohrte das Monstrum, noch bevor es sich auch nur halb erhoben hatte. Die Kreatur stieß einen blubbernden Seufzlaut aus, kippte auf die Seite und blieb mit zuckenden Gliedern liegen. Eine Lache grünlich schillernden Blutes bildete sich unter seinem Körper.

Andara taumelte zurück. Mit einemmal hatte er nicht mehr die Kraft, seine Waffe zu halten. Der Stockdegen polterte zu Boden. Andara wankte, sank schweratmend auf die Knie und preßte die Kiefer aufeinander. Blut lief in breiten Strömen aus seinen zerschnittenen Händen und besudelte seine Kleider. Andara stöhnte gepreßt, kämpfte den Schmerz mit aller Willenskraft nieder und überzeugt sich noch einmal davon, daß das Tiefe Wesen wirklich tot war und keine Gefahr mehr darstellte. Erst dann stemmte er sich mühsam auf die Füße hoch, taumelte aus dem Zimmer und die Treppe hinunter. Das Haus begann vor seinen Augen zu verschwimmen, während er sich auf die Tür seines Zimmers zuschleppte. Ein bitterer Geschmack wie nach Kupfer war in seinem Mund. Ihm wurde übel. Als er sich auf sein Bett fallen ließ, begann sich die Welt um ihn herum zu drehen. Nur noch mit allerletzter Willenskraft gelang es ihm, die Bewußtlosigkeit zurückzudrängen, die sich seiner bemächtigen wollte. Und wahrscheinlich wäre ihm nicht einmal das gelungen, wäre da nicht das sichere Wissen gewesen, daß er die Augen nie wieder öffnen würde, wenn er sie jetzt schloß.

Aber auch so versank er in eine Art Trance, einen Dämmerzustand auf der schmalen Scheide zwischen Wachsein und Schlaf, in dem er zwar alles wahrnahm und registrierte, was rings um ihn geschah, aber unfähig gewesen wäre, darauf zu reagieren. Vor dem Fenster zogen die Dämmerung und schließlich der Morgen empor, aber Andara lag weiter reglos da, die blutigen Hände flach neben sich ausgestreckt, mit weit geöffneten Augen die Decke anstarrend, an der sich langsam ein zweiter, dunklerer Fleck neben dem schon bekannten bildete.

Es wurde Mittag, bis er aus der Starre erwachte. Der schlechte Geschmack in seinem Mund war noch immer da, und zwischen seinen Schläfen raste ein quälender Kopfschmerz, der seine Ursachen aber wohl eher in seelischer denn körperlicher Ursache hatte. Seine Hände brannten.

Vorsichtig setzte er sich auf, schloß die Augen und konzentrierte sich darauf, Übelkeit und Schmerzen aus seinem Schädel zu verdrängen. Dann hob er langsam die Hände und betrachtete sie.

Die beiden tiefen, bis auf den Knochen hinab reichenden Schnitte waren nicht mehr da. Statt dessen gewahrte er jetzt nur noch zwei dünne, gezackte weiße Linien, wie mehrere Jahre alte Narben. Und auch sie würden in wenigen Tagen verschwunden sein, wenn er ein wenig vorsichtig war.

Trotzdem machte sich Andara nichts vor. Er hatte Glück gehabt. Der eingetrockneten rotbraunen Spur auf dem Boden und dem Aussehen seines Bettzeugs nach zu schließen, mußte er sehr viel Blut verloren haben. Und selbst seinen erstaunlichen Fähigkeiten und Kenntnissen waren Grenzen gesetzt.

Und auch den Kampf gegen das gräßliche Ungeheuer, das ihn in der Maske Miss Lugosis angesprungen hatte, hatte er wohl mehr durch Zufall als aus irgendeinem anderen Grund gewonnen. Selbst eine so absurde Kreatur wie sie konnte schwerlich damit rechnen, daß er mit bloßen Händen in ein *Messer* griff. Er hatte sie überrumpelt, mehr nicht. Das nächste Mal konnte er nicht auf ein derart unverschämtes Glück rechnen.

Und wenn er überhaupt noch eine Chance haben wollte, lebend aus dieser Geschichte herauszukommen – ganz zu schweigen davon, etwa H. P. zu finden –, dann mußte er *schnell* handeln.

Er stand auf, wusch sich, wechselte seine Kleider und klappte seinen Koffer auf, um einige Gegenstände an sich zu nehmen, die ihm bei seinem Vorhaben von Nutzen sein mochten. Dann verließ er sein

Zimmer und ging abermals in den schrecklichen Raum im ersten Stock hinauf.

Alles war unverändert, als er die Tür öffnete. Der Bottich mit seinem widerwärtigen Inhalt war noch da, und auch der erkaltete Kadaver des Tiefen Wesens lag an der gleichen Stelle, an der er zusammengebrochen war, als ihn die Degenklinge durchbohrte.

Langsam näherte sich Andara dem Kadaver, kniete einen halben Schritt daneben nieder und betrachtete ihn, so eingehend, wie es ihm angesichts des Ekels möglich war, mit dem ihn der Anblick erfüllte. Es war nicht jene Art von Widerwillen, die einen beim Anblick eines ekelhaften Tieres überfiel, sondern ein Gefühl niemals gekannter Stärke, das mit rationalen Gründen nicht mehr zu erklären war. Irgend etwas tief in ihm sträubte sich mit aller Macht dagegen, das *Ding* auch nur anzusehen, und vielleicht war es in Wahrheit schlicht und einfach nur die Angst vor dem unbeschreiblich Fremden, das er erblickte.

Trotzdem bedauerte Andara es im nachhinein fast, das Wesen getötet zu haben. Er war nie zuvor einer solchen Kreatur begegnet, aber sie hatte einen Geist, und sie dachte, und alles Denkende vermochte er sich untertan zu machen, wenn auch nur für kurze Zeit. Lebendig gefangen, hätte sich das Tiefe Wesen als wertvoll erweisen können. So war er weiterhin auf Vermutungen angewiesen; und auf das wenige, das er mit eigenen Augen gesehen hatte.

Er war fast sicher, daß es nicht nur zur gleichen Gattung, sondern auch ganz konkret zu jener Gruppe scheußlicher Spottgeburten gehörte, die er am Ufer des unterirdischen Sees beobachtet hatte. Aber wenn – wie hatte es den Weg von Innsmouth hierher in derart kurzer Zeit zurücklegen können? Diese Spezies von Lebewesen war möglicherweise überaus stark, an Land aber alles andere als *schnell*.

Dann fiel sein Blick auf den Bottich, und die feuchten Spuren, die er in der vorvorletzten Nacht gesehen zu haben glaubte, fielen ihm ein. Natürlich – die Erklärung dieses Rätsels war so simpel, daß er sich unwillkürlich fragte, wieso er nicht schon längst darauf gekommen war: der Fluß. Die Tiefen Wesen waren amphibisch, und wenn sie überhaupt zu einer der beiden Welten gehörten, dann eindeutig mehr zu der des Meeres. Der Miskatonic-River, der Arkham wie ein silbernes Band in zwei ungleich große Hälften zerschnitt, stellte für diese Wesen eine ungleich schnellere Verbindung zur Küste und dem Meer dar, als es die Straße für ihn sein konnte.

Und das wiederum bedeutete nicht mehr und nicht weniger, als daß die vermeintliche Miss Lugosi nicht allein gekommen sein mußte. Ganz im Gegenteil war es sehr wahrscheinlich, daß der Fluß noch weitere Schreckensgestalten barg. Und daß sie irgendwann mißtrauisch werden und herkommen würden.

Andara stand auf, wischte sich die Hände an der Hose ab und überlegte einen Moment, ob er den Kadaver fortschaffen sollte, entschied sich aber dann dagegen. Draußen herrschte heller Tag. Er konnte es sich nicht leisten, Aufsehen zu erregen.

Trotz allem beruhigte ihn der Anblick des toten Ungeheuers beinahe, denn so gräßlich die Tiefen Wesen waren – sie waren verwundbar, und sie konnten sterben. Und das war immerhin schon mehr, als man von denen behaupten konnte, in deren Diensten sie standen.

Das helle Licht des Frühsommernachmittages blendete ihn, als Andara auf die Straße hinaustrat. Er blieb einen Moment stehen, hob die Hand vor die Augen und blinzelte.

Auf der Straße herrschte helle Aufregung. Menschen liefen durcheinander oder standen in kleinen Gruppen beisammen und redeten aufgeregt, und von der anderen Seite des Flusses hallte das hektische Läuten einer Glocke herüber. Als er sich herumdrehte und in diese Richtung blickte, gewahrte er schwarze, fettige Rauchwolken, die fast lotrecht in die unbewegte Luft emporstiegen. Drüben auf der anderen Seite des Miskatonic mußte es brennen. Das Läuten, das er hörte, war eine Feuerwehrglocke.

Er wollte schon weitergehen, als er auf der anderen Seite der Straße ein bekanntes Gesicht entdeckte und gleich darauf eine Hand, die sich hob und ihm hektisch zuwinkte. Es war Asthon-Smythe, der Chefredakteur-Drucker-Setzer-Klatschkolumnist-Herausgeber des *Arkham Advertiser*. Einer sonderbar drängenden inneren Stimme gehorchend, überquerte Andara die Straße und folgte Asthon-Smythes heftigem Gestikulieren, indem er das Büro des *Advertiser* betrat. Ein leises Gefühl von Verwundung machte sich in ihm breit, denn an und für sich hätte sich Asthon-Smythe gar nicht an ihn erinnern dürfen. Aber er tat es.

»Mister Andara, kommen Sie herein«, begann Asthon-Smythe aufgeregt, kaum daß er das stickige Zeitungsbüro halb betreten hatte. »Schließen Sie die Tür. Rasch. Ich denke, ich habe etwas für Sie, das Sie interessieren wird.«

Andara gehorchte und verbiß sich im letzten Moment die Frage, woher zum Teufel Asthon-Smythe ihn überhaupt kannte. Er dürfte sich gar nicht an ihn erinnern!

»Was ist geschehen?« fragte er statt dessen.

Asthon-Smythe wedelte aufgeregt mit den Händen. »Haben Sie die Glocke nicht gehört?« fragte er. »Und den Rauch gesehen?«

»Doch«, antwortete Andara. »Es brennt. Das scheint mir kein Wunder bei der lang anhaltenden Trockenheit und der Hitze, die ...«

»Und doch steht es in Zusammenhang mit Ihren Ermittlungen, mein lieber Freund«, unterbrach ihn Asthon-Smythe triumphierend. »Es brennt nämlich nicht *irgendwo*, sondern in der Universität, und der Brand ist auch nicht von ungefähr ausgebrochen oder durch die Hitze, sondern gelegt worden.«

Andara wurde hellhörig. »Gelegt?« wiederholte er. »Woher wollen Sie das wissen, nach so kurzer Zeit?«

»Weil man den Brandstifter beobachtet hat«, erklärte Asthon-Smythe im Brustton der Überzeugung. »Und nun stellen Sie sich vor, wer es war – niemand anders nämlich als Henry, der vormalige Assistent des verschwundenen Professors.«

»Henry?« keuchte Andara. »Henry Wolf?«

»Eben dieser!« bestätigte Asthon-Smythe. »Sie wissen ja, daß er vor ein paar Tagen sichtlich geistesgestört aufgefunden wurde. Heute morgen ist ihm die Flucht aus dem Raum gelungen, in dem er bis zum Eintreffen eines Spezialisten verbleiben sollte, und Jenson, der Kalfaktor der Universität, hat gesehen, wie er mit einer Petroleumlampe und einer brennenden Fackel in die Bibliothek gelaufen ist. Natürlich hat er sofort den Dekan verständigt, und die beiden haben gemeinsam versucht, Henry zurückzuhalten. Aber er muß übermenschliche Kräfte entwickelt haben, wie man es ja oft von Geistesgestörten hört. Jenson jedenfalls liegt mit zwei gebrochenen Rippen und etlichen Prellungen im Bett, und ob der Dekan überhaupt durchkommt, steht noch nicht fest.«

»Er hat ... die Bibliothek angezündet?« fragte Andara ungläubig.

»Jedenfalls hat er es versucht«, bestätigte Asthon-Smythe. »Gottlob konnten ihn Jenson und Dekan Wilson lange genug aufhalten, bis Hilfe kam. Der Brand hat zwar großen Sachschaden angerichtet, aber die wertvollen Bücher gottlob kaum in Mitleidenschaft gezogen.«

»Und Henry?«

»Ist tot«, erklärte Asthon-Smythe lakonisch. »Als er sah, daß sein Anschlag mißlingen würde, hat er sich selbst mit dem Rest Petroleum übergossen und angezündet, der arme Kerl.«

»Das ... das ist entsetzlich«, murmelte Andara.

»Und es ist noch nicht alles«, fügte Asthon-Smythe beinahe triumphierend hinzu. »Vor einer Stunde kam die kleine Julie Fallenthorp in die Stadt, ganz voller Blut und vollständig verstört. Sie stammelte unentwegt etwas von einem Ungeheuer, das ihre Mutter geholt habe.«

Andara starrte den alten Zeitungsmann an. »Julie?« murmelte er. »Die … die Tochter von Ames …«

»… und Ethel Fallenthorp«, bestätigte Asthon-Smythe. »Sie erinnern sich an den Namen? Ames kam seinerzeit unter sehr geheimnisvollen Umständen ums Leben, kurze Zeit bevor Langley verschwand.«

»Was ist mit ihrer Mutter?« fragte Andara erregt. »Wurden Männer hingeschickt, nach ihr zu suchen?«

»Natürlich«, antwortete Asthon-Smythe. »Der Sheriff hat zwei seiner Deputys und ein halbes Dutzend Freiwilliger losgeschickt. Sie sind noch nicht zurück. Aber wenn ich daran denke, in welchem Zustand das arme Kind war …« Er sprach nicht weiter, aber es war gerade sein Schweigen, das Andara abermals schaudern ließ. *Großer Gott,* dachte er, *war es wieder geschehen? Hatte er wieder Leid und Tod über Unschuldige gebracht, einfach dadurch, daß es ihren Weg gekreuzt hatte?* Er dachte an den Ausdruck von Angst und das stumme Flehen in Ethel Fallenthorpes Augen, sie nicht zu verraten, und mit einemmal fühlte er sich schuldig und besudelt.

»Wo ist das Kind jetzt?« fragte er.

»Julie? Im Pfarrhaus. Aber ich würde Ihnen nicht raten, dorthin zu gehen. Man beginnt ohnehin schon sich Gedanken über Sie zu machen und gewisse … Fragen zu stellen.«

»Welche Fragen?« sagte Andara scharf.

Asthon-Smythe seufzte. »Arkham ist eine kleine Stadt, Mister Andara«, antwortete er. »Ihr Besuch in der Universität ist nicht unbemerkt geblieben, und auch nicht der bei Miss Fallenthorp draußen. Außerdem sagt man, daß Sie gestern abend auf dem Wege zur Küste beobachtet worden sein sollen, genauer ausgedrückt, zu Ben Carsons Hütte. Er ist nicht sehr beliebt hier, müssen Sie wissen.« Er seufzte abermals. »Wie gesagt, Mister Andara – Arkham ist eine kleine Stadt. Es wird viel geredet, und die Leute beginnen, Vermutungen anzustellen. Sicher sind sie falsch, aber ich an Ihrer Stelle wäre vorsichtig. Gehen Sie lieber nicht hin. Und es wäre auch sinnlos«, fügte er hinzu. »Das arme Kind war vollkommen verstört. Stellen Sie sich vor, es begann zu schreien und sich mit aller Gewalt zu wehren, als es über den Fluß gebracht werden sollte.«

Andara starrte Asthon-Smythe noch einen Moment lang an. Dann fuhr er ohne ein weiteres Wort herum, stürmte aus dem Haus und wandte sich nach Süden, dem Fluß und der Universität zu. Plötzlich wußte er, was zu tun war. Mit einemmal war alles ganz klar.

Das Gelände der Universität war von einer dichtgedrängt stehenden Menschenmenge umlagert, durch die er sich nur mühsam und unter Zuhilfenahme von Fäusten und Ellbogen hindurchkämpfen konnte, und kaum lag der Campus vor ihm, sah er sich einem neuerlichen Hindernis gegenüber: einer doppelten Absperrkette aus Polizeibeamten und einer großen Zahl freiwilliger Helfer, die eine lebende Mauer zwischen der gaffenden Meute und den beiden rotgestrichenen Spritzenwagen bildeten, an deren Schwengel ein Dutzend Feuerwehrleute wie wild fuhrwerkten.

Wasser wurde in breiten Strömen durch die zerborstenen Fenster der Bibliothek gepumpt, und ganz wie Asthon-Smythe gesagt hatte, schien der Brand bereits fast gelöscht. Über dem Gelände lag zwar noch immer eine erstickende, fettig-schwarze Wolke, aber nur hier und da waren noch Flammen zu sehen, und aus dem Inneren des Bibliotheksgebäudes drangen bereits die aufgeregten Rufe der Feuerwehrleute, die eingedrungen waren, um die letzten Brandherde von Hand zu löschen. Trotzdem pumpten die Männer an den Spritzen noch immer Wasser durch die Fenster. Wahrscheinlich, dachte Andara zornig, richteten sie damit einen weit größeren Schaden an, als es das Feuer vermocht hatte.

Rüde stieß er den letzten Mann beiseite, trat auf die Absperrkette zu und machte eine befehlende Geste, Platz zu machen. Zwei oder drei Männer wichen auch tatsächlich prompt zurück, nur ein junger Bursche mit blondem Haar und einer Unzahl Sommersprossen gehorchte nicht, sondern vertrat ihm wichtigtuerisch den Weg. »Heda!« keifte er. »Was soll das? Sehen Sie nicht, daß hier –«

Andara blickte ihn nur scharf an. Der Bursche verstummte abrupt, schluckte ein paarmal nervös und trat so hastig beiseite, daß er über seine eigenen Füße stolperte und der Länge nach hinschlug. Andara beachtete ihn nicht weiter, sondern trat gebückt durch den rauchgeschwärzten Eingang der Bibliothek.

Im ersten Moment sah er fast nichts. Die Luft war dick mit schwarzem, beißendem Rauch verhangen, der in den Lungen brannte und zum Husten reizte, und die schwarzen Schmauchspuren an Wänden und Decke gaukelten dem Beobachter eine weit größere Zerstörung vor, als wirklich stattgefunden hatte. Tatsächlich, das sah er nach wenigen Augenblicken, schien sich das Feuer auf einen relativ kleinen Bereich vor der südlichen Wand des Lesesaales beschränkt zu haben; dort allerdings mußte es mit ungeheurer Macht getobt haben, denn selbst die Mosaikfliesen des Bodens waren geschwärzt und hier und da geborsten. Voller Unbehagen begriff Andara, daß es ziemlich genau die Stelle gewesen sein mußte, die ihm Wilson am Tage zuvor gezeigt hatte. Die Stelle, an der man Henry gefunden hatte. Und an der – davon war Andara überzeugt – zweifellos auch der Professor verschwunden war. Plötzlich war alles so klar, so entsetzlich einfach.

Vorsichtig, um nicht über eines der herumliegenden Trümmerstücke zu stolpern, ging er weiter. In der Luft lag der übelkeiterregende Gestank verschmorten Fleisches, und der Boden war zolltief mit Wasser bedeckt. Trotzdem nahm die Hitze noch zu, als er sich der verbrannten Stelle im Boden näherte, an der Henrys und des Professors Arbeitstisch gestanden hatte.

Ein Mann in schwarzer Feuerwehruniform kam eifrig gestikulierend auf ihn zu und begann auf ihn einzureden. Andara ließ ihn gar nicht erst zu Wort kommen, sondern befahl ihm, sich gefälligst um das Feuer zu kümmern und ihn in Ruhe zu lassen. Aufs höchste erregt näherte er sich der verbrannten Stelle im Boden, beugte sich vor und stocherte mit seinem Spazierstock in der schwarz zusammengebackenen Schlacke, während er gleichzeitig die Linke vor das Gesicht hielt, um sich vor der grausamen Hitze zu schützen, die ihm entgegenschlug.

Sein Stock berührte etwas Hartes. Etwas, das grün

und glatt durch die Schlacke schimmerte und sich eiskalt anfühlte, als er sich vorbeugte und es aus der glühenden Asche hob.

Es war eine Kristallscheibe. Ein Splitter von der Größe seiner Hand und nicht zu beschreibender Form, von der gleichen Art, wie er einen in Walnut Falls und einen zweiten am Morgen in H. P.s Zimmer gesehen hatte.

Und doch war er anders. Vollkommen anders.

Denn diese Scheibe fühlte sich trotz ihrer Kälte sonderbar *lebendig* an. Sie war kalt und glatt und hart, und trotzdem schmiegte sie sich wie ein lebendes pulsierendes Ding gegen seine Handfläche.

Und etwas in ihr begann zu Andara zu sprechen ...

Die Welt war jung, und das Licht Sonne hatte noch kein Leben geboren, als sie von den Sternen kamen.

Sie waren Götter, gewaltige Wesen, unbeschreiblich und böse und bar jeder Empfindung, die nicht Haß oder Tod war.

Sie kamen auf den Wegen, die durch die Schatten führen, und setzten ihren Fuß auf eine Erde, die kahl und tot war, und nahmen sie in Besitz, wie sie zuvor schon Tausende von Welten in Besitz genommen hatten, manchmal für kurze Zeit, manchmal für Ewigkeiten, ehe sie, den gleichen unerfindlichen Gründen gehorchend, die für ihr Kommen verantwortlich waren, wieder gingen und in ihr kaltes Reich zwischen den Sternen zurückkehrten, um Ausschau nach neuen Welten zu halten, über die sie ihre scheußlichen Häupter erheben konnten.

Sie – das waren die, deren Namen man nicht ausspre-

chen soll, will man nicht Gefahr laufen, sie zu rufen und den Preis für ihr Kommen zu zahlen, der schrecklich ist.

Sie nannten sich selbst die groSSen Alten, und sie waren finstere, blasphemische Götter oder doch zumindest Wesen, deren Macht so weit über die Menschen hinausging, daß sie der von Göttern gleichkam.

Allen voran stand Cthulhu, der oktopoide Herr des Schreckens und der Schatten, ein Wesen, dessen Element das Meer ist, der sich aber genauso mühelos an Land oder auch in der Luft fortzubewegen vermag.

Ihm zur Seite, und nicht viel geringer an Macht und Bosheit, stehen Yogsothoth, der Alles-in-einem-und-einer-in-Allem, Azatoth, der Blasenschlagende-im-Zentrum-der-Unendlichkeit, Shudde-Mell, der Ewig-Eingegrabene-und-Herrscher-über-die-Erde-und-die-finsteren-Rei che-der Höhlen, Shub-Niggu-rath, die Schwarze-Ziege-mit-den-tausend-Jungen, letztlich Nyarlatotthep, die Bestie-mit-den-tausend-Armen.

Aber auch andere, Wesen von geringerer Macht, trotzdem noch schrecklich wie Götter in ihrem Zorn. Wendigo, der auf den Winden geht, Glaaki, der Kometengeborene, der unaussprechliche Hastur und Tsathoggua, Yibb-Tsstl, der flammende Cthugha, Shodagoi, die Cho-Cho …

Ihre Zahl ist Legion, und ein jeder war schrecklich genug, ein Gott zu sein. Äonenlang herrschten sie über die Erde, und um ihre Macht ausüben zu können, erschufen sie schreckliche Geschöpfe aus verbotenem Protoplasma, widerwärtige Kreaturen, deren Gestalt sie nach Belieben formen konnten.

Aber so mächtig die grossen Alten auch waren, so gering war ihre Voraussicht. Millionen um Millionen Jahre herrschten sie über die Erde und ihre Kreaturen, und sie merkten nicht, daß die, die sie selbst erschaffen hatten, sich gegen sie aufzulehnen und Pläne gegen ihre Herrschaft zu schmieden begannen.

Dann kam es zum Krieg.

Die unterdrückten Völker der Erde, allen voran die Shoggoten, die die grossen Alten selbst erschaffen und denen sie ihren üblen Lebensatem eingehaucht hatten, standen gegen die finsteren Götter auf und versuchten ihr Joch abzuschütteln, angeführt von keinem anderen als HASTUR selbst, dem Halbbruder und ärgsten Feind Cthulhus. Die Erde brannte, und der Krieg der Giganten verwüstete ihr Antlitz in einer einzigen, feurigen Nacht.

Die GROSSEN ALTEN siegten, doch um dies zu bewerkstelligen, rührten sie an Mächte, die zu mißbrauchen selbst ihnen verboten war, und ihr blasphemisches Tun rief andere, mächtigere Gottheiten von den Sternen herbei, die älteren Götter, die seit Urzeiten im Bereich der Sonne Betelgeuze schlafen und über das Wohl und Wehe des Universums wachen.

Sie mahnten die GROSSEN ALTEN, in ihrem Tun innezuhalten und nicht an der Schöpfung selbst zu rühren.

Aber in ihrem Machtrausch mißachteten die GROSSEN ALTEN selbst diese letzte Warnung und lehnten sich gegen die älteren Götter auf, und abermals kam es zum Krieg, einem gewaltigen Kräfteringen derer, die von den Sternen gekommen waren, und derer, die noch dort lebten.

Die Sonne selbst verdunkelte ihr Antlitz, als die Mächte des Lichtes und die der Finsternis aufeinanderprallten. Eine der elf Welten, die ihre Bahn um sie zogen, zerbarst zu Millionen Trümmern, und die Erde gerann zu einem flammenden Brocken aus Lava.

Schließlich obsiegten die ÄLTEREN GÖTTER, aber

nicht einmal ihre Macht reichte aus, die GROSSEN ALTEN zu vernichten, denn was nicht lebt, vermögen nicht einmal die Götter zu töten. Und so verbannten sie die GROSSEN ALTEN vom Antlitz dieses verwüsteten Sternes.

Cthulhu ertrank in seinem Haus in R'Lyeh und liegt seit Äonen auf dem Grunde des Meeres.

Azatoth erwürgte der Schlamm der finsteren Sümpfe, die sein Lebenselement gewesen waren.

Shudde-Mell wurde verschlungen von feuriger Lava und Fels, und all die anderen Kreaturen und Wesen wurden verstreut in alle Winde und verbannt in finstere Kerker jenseits der Wirklichkeit.

Zweimal hundert Millionen Jahre sind seither vergangen, und seit zweimal hundert Millionen Jahren warten sie, denn das ist nicht tot, das ewig liegt, bis daß der Tod die Zeit besiegt …

Die lautlose Stimme verstummte, aber es dauerte noch eine geraume Weile, bis Andara vollends in die Wirklichkeit zurückfand.

Er hatte versucht, sich gegen das machtvolle Wispern und Raunen in seinen Gedanken zu wehren, aber es war dem Versuch gleichgekommen, einen brechenden Staudamm mit bloßen Händen zusammenzuhalten. Die telepathische Botschaft war mit ungeheurer Macht über ihn hereingebrochen, und es war gerade seine Sensibilität für solcherlei Dinge, die ihn besonders wehrlos gemacht hatte. Nichts von dem, was er gehört hatte, war ihm wirklich fremd gewesen. Manches hatte ihn überrascht, denn er hatte plötzlich Zusammenhänge begriffen, die ihm zuvor rätselhaft geblieben waren. Anderes hatte ihn erschreckt, denn es waren Dinge gewesen, die er zwar gewußt hatte, nicht aber hatte wissen *wollen*. Trotzdem war ihm nichts von alledem fremd gewesen.

Aber es war auch nicht *er*, dem diese Botschaft galt. Andara zweifelte nicht daran, daß es tatsächlich der verschwundene Professor war, der diesen und die vorherigen Briefe gesandt hatte; ebensowenig, wie er daran zweifelte, daß sie wirklich aus R'Lyeh kamen, jener versunkenen, verfluchten Stadt Chtulhus, des Mächtigsten der GROSSEN ALTEN. Die Kristallscheiben mit ihren geheimnisvollen telepathischen Botschaften waren wohl letztlich nichts als verzweifelte Hilferufe des Professors, blindlings abgeschickt, eine Warnung an alle, die sie finden mochten.

Eher hilflos als erschreckt drehte er den grünlich schimmernden Kristallsplitter in den Händen. Und langsam, ganz allmählich, begann er die wahren Zusammenhänge zu begreifen:

Es war *hier* gewesen, wo der Professor verschwunden war.

Es war *hier* gewesen, wo den armen Henry sein Schicksal ereilt hatte, genau an *dieser* Stelle, an der eine wie auch immer geartete Verbindung zwischen der Welt der Menschen und der jener anderen verruchten Kräfte bestand, aus der die finsteren Wesenheiten kamen, die für all diesen Schrecken verantwortlich waren.

H. P. hatte ihm niemals erzählt, auf welche Weise er in den Besitz der geheimnisvollen Kristallscheiben gekommen war, aber Andara war jetzt sicher, daß es niemand anderes als Henry gewesen sein konnte, der das fehlende Bindeglied zwischen den beiden Welten darstellte.

Henry, der sich nachts in der Bibliothek verkroch und an den Aufzeichnungen des Professors zu arbeiten vorgab. In Wahrheit hatte er auf das Auftauchen dieser Scheiben gewartet. Und hatte einen entsetzlichen Preis dafür bezahlt, wie so viele vor ihm, die an den Toren jener anderen, verbotenen Welt gekratzt hatten.

Und es war auch nicht die Bibliothek und ihr gesammelter Schatz an geheimem Wissen gewesen, dem sein Wüten gegolten hatte, sondern diese Verbindung, dieser Riß in der Wirklichkeit oder was immer es war, den er hatte schließen wollen. Der verbrannte Fleck auf dem Boden, an dem einst ein Schreibtisch gestanden haben mochte, sprach Bände. Für die Männer, die den Brand gelöscht hatten, für Dekan Wilson und für die ahnungslosen Studenten, die tagein, tagaus hier arbeiteten, würde es nichts sein als ein häßlicher schwarzer Fleck. Dem, der ihn zu deuten verstand, erzählte er eine entsetzliche Geschichte.

Der bedauernswerte Henry mußte noch in seinem Wahn begriffen haben, zu welch schrecklichen Abgründen des Todes und Wahnsinns das Tor führte, das er aufgestoßen hatte. Und er hatte mit seinen bescheidenen Mitteln versucht, es zu schließen. Armer, törichter Narr, der er gewesen war. Als ob man Feuer mit Feuer löschen könne!

»Nun, Andara – haben Sie gefunden, wonach Sie gesucht haben?«

Andara reagierte nicht gleich. Er war nicht sehr

überrascht, die Stimme zu hören. Er hatte die Wahrheit wohl die ganze Zeit über geahnt, sie aber nicht fassen können. Dabei hätte er es merken müssen.

Ohne sichtliche Hast drehte er sich herum und blickte auf den kleinen, grauhaarigen Mann herab, der hinter ihn getreten war. Er war nicht allein gekommen. Hinter ihm standen fünf Männer, darunter der geistesschwache Riese, den er in Innsmouth niedergeschlagen hatte. Keiner von ihnen trug eine Waffe, aber Andara bezweifelte auch, daß sie das nötig hatten. Ihre Art zu kämpfen war von einer gänzlich anderen, viel tödlicheren Art.

»Geben Sie mir die Scheibe, Andara«, sagte Asthon-Smythe. Er sprach noch immer mit der dünnen, leicht zittrigen Altmännerstimme, die Andara von ihm kannte, aber sein Blick war hart und fordernd geworden; hart wie Glas und kalt wie Eis. Seine Lippen erinnerten an die eines Fisches.

»Wer sind Sie?« fragte Andara, ohne direkt auf Asthon-Smythes Worte zu reagieren. »Ben Carson?«

Asthon-Smythe kicherte, aber es war ein Laut, der sich nicht sonderlich amüsiert anhörte. »Zuviel der Ehre, mein Freund«, sagte er. »Aber ich … stehe ihm nahe, wenn Sie so wollen. Die Scheibe!«

Andara zögerte noch einen Moment, händigte ihm dann aber die Kristallscheibe aus. Asthon-Smythe drehte sie einen Herzschlag lang unschlüssig in den Händen und ließ sie dann achtlos in der Rocktasche verschwinden. »Ich muß mich bei Ihnen bedanken, Mister Andara«, sagte er spöttisch. »Wir haben lange nach der Herkunft dieser … Botschaften gesucht. In gewissem Sinne waren Sie uns eine große Hilfe, denn wer weiß, vielleicht hätte der Verräter so noch lange Zeit in seinem Tun fortfahren können Und diese Gegenstände« – er schlug mit der flachen Hand auf die Tasche und lachte meckernd – »hätten sich als peinlich erweisen können, wären sie in die falschen Hände geraten. Aber nun ist ja alles wieder in bester Ordnung.« Er machte eine auffordernde Handbewegung in Andaras Richtung. »Wenn Sie jetzt die Freundlichkeit hätten, uns zu begleiten ...«

»Wohin?«

Asthon-Smythe verzog die Lippen. »Nun, Sie sind nach Innsmouth gekommen, um sich mit Ben Carson zu unterhalten, nicht wahr?« fragte er. »Wäre Ihr Aufbruch nicht so überhastet ausgefallen, hätten Sie das Vergnügen bereits gestern abend haben können. Und da ist noch jemand, der darauf brennt, Sie zu treffen.« Er grinste hämisch. »Sie haben ihn schon kurz gesehen. Und nun kommen Sie!«

»Ich denke nicht daran«, sagte Andara. Seine Stimme klang noch immer ruhig, beinahe schon tonlos, aber er legte jedes bißchen suggestiver Macht, das er besaß, in seine Worte. »Ich werde Sie begleiten, aber anders, als Sie denken, Asthon-Smythe. Sie werden mir jetzt alles sagen, was Sie wissen, und ...«

»Sie bemühen Ihre Kräfte umsonst, Mister Andara«, unterbrach ihn Asthon-Smythe kühl. »Das funktioniert bei mir nicht.«

Andara starrte ihn an. Für einen Moment versuchte er mit aller Macht, seinen Blick zu fixieren, den Willen dahinter zu brechen und sich untertan zu machen. Es war ein stummes, mentales Ringen, unsichtbar für alle Beobachter, aber mit ungeheurer Kraft geführt.

Und zum ersten Mal im Leben verlor er diesen

Kampf. Asthon-Smythe lächelte noch immer, und in seinen Augen stand noch immer dieses fast tierhafte, gierige Blitzen. Er schien Andaras geistigen Angriff nicht einmal zu *spüren*.

Ebensogut hätte er versuchen können, einen Stein zu hypnotisieren.

Asthon-Smythe ließ Andara gewähren, gerade lange genug, um sicher sein zu können, daß er die Fruchtlosigkeit seines Versuches einsah, dann hob er die Hand und wandte sich halb zu seinen Begleitern um. »Michael.«

Der blonde Riese mit dem Gesicht eines Idioten trat vor und hob kampflustig die Fäuste. Andara starrte ihn an und sagte ganz leise: »Halt!«

Michael gehorchte. Das bißchen freien Willens, das noch in seinem Blick gewesen war, erlosch auch noch. Seine Züge erschlafften noch weiter. Ein wenig Speichel rann aus seinem Mundwinkel und an seinem Kinn herab.

»Sehr beeindruckend, Mister Andara«, sagte Asthon-Smythe. Seine Stimme klang eher ungeduldig als beunruhigt. »Ich sehe, man hat mir die Wahrheit gesagt, als man Sie mir als einen gefährlichen Mann schilderte. Aber bevor Sie jetzt etwas tun, was Sie später bereuen würden«, fuhr er mit leicht erhobener Stimme fort, »lassen Sie mich Ihnen Folgendes sagen: Ich zweifle nicht daran, daß Sie mich überwältigen können, und meine Begleiter hier auch. Aber dann würde die bedauernswerte Miss Fallenthorp eines höchst unerfreulichen Todes sterben, ebenso wie zahlreiche andere Bewohner dieser Stadt. Es wurden gewisse Befehle erteilt, für den Fall, daß ich unverrichteterdinge oder gar nicht zurückkehren sollte.«

Andara spürte eine Woge jähen, kaum noch zu beherrschenden Zornes. Seine Hände öffneten sich, als wollten sie irgend etwas packen und zerquetschen – zum Beispiel Asthon-Smythes faltigen Hals –, aber er führte die Bewegung nicht zu Ende. Asthon-Smythe hatte mit beispielloser Präzision seinen einzigen verwundbaren Punkt herausgefunden und getroffen. Er wußte, daß Andara eher selbst sterben würde, ehe er das Leben Unschuldiger aufs Spiel setzte.

Andaras Zorn schlug jäh in ein Gefühl schmerzhafter Hilflosigkeit um. Es war zum Verzweifeln – er stand hier, am hellen Tage, inmitten Dutzender Menschen, und er war so hilflos und allein, als stünde er seinen Gegnern nachts in einem einsamen Waldstück gegenüber.

»Nun?« sagte Asthon-Smythe nach einer Weile. »Haben Sie sich entschieden, Mister Andara?«

Andara schwieg. Aber nach einigen weiteren Sekunden, in denen er Asthon-Smythe und seine Begleiter voll stummer Wut angestarrt hatte, wandte er sich um und folgten seinen Bewachern zur Tür.

Die Absperrkette der Feuerwehrleute und freiwilligen Helfer hatte sich aufgelöst, als sie das Bibliotheksgebäude verließen; der Campus war voller Menschen, die scheinbar ziel- und planlos durcheinanderliefen, unter ihnen auch etliche Studenten, die den Erfolg der Löscharbeiten wohl in Zweifel zogen, denn sie waren hoch mit ihren Habseligkeiten beladen.

Für einen Moment war Andara ernsthaft versucht, mit lauter Stimme um Hilfe zu rufen oder einfach davonzulaufen. Asthon-Smythe und sein schwachsinniger Schläger würden wohl kaum die Dreistigkeit aufbringen, ihn vor aller Augen zu überwältigen und davonzuschleifen.

Aber er verwarf den Gedanken rasch. Selbst, wenn er entkam – da war noch Miss Fallenthorp, und er hatte Asthon-Smythes Drohung nicht vergessen. Arkham lag an einem Fluß. Und das Böse kam aus dem Wasser.

Sie verließen Arkham nicht auf dem Landwege, sondern auf einem kleinen Kahn, der auf dem Miskatonic auf sie wartete. Obgleich die Straßen voller Menschen waren, schien niemand Notiz von ihnen zu nehmen – was allerdings auch nicht verwunderlich war, denn der Brand und die Löscharbeiten nahmen die Aufmerksamkeit der Arkhamer voll und ganz in Anspruch.

Der Miskatonic, der so ruhig und friedlich unter den drei Brücken Arkhams entlangglitt, erwies sich in Wahrheit als ein Fluß von immenser Strömung, so daß der kleine Nachen eine erstaunliche Geschwindigkeit entwickelte, kaum daß Michael ihn mit einer langen Stange in die Flußmitte hinausgestakt hatte.

Eine gute Stunde schossen sie mit der Strömung dahin, bis Asthon-Smythe ihrem hünenhaften Fährmann Befehl gab, das westliche Ufer anzusteuern, und sie das Boot verließen, um das letzte Stück Weges nach Innsmouth zu Fuß zurückzulegen.

Andara ersann und verwarf in dieser Zeit ein Dutzend Fluchtpläne, einer besser als der andere, aber jeder mit dem gleichen Fehler – er war undurchführbar. Obgleich er sich einer sechsfachen Übermacht gegenübersah, zweifelte er nicht daran, seine Bewacher überwältigen oder ihnen zumindest entkommen zu können, wenn er es wirklich wollte. Aber er zweifelte ebensowenig daran, daß Asthon-Smythe die Wahrheit gesagt hatte und er, leistete er Widerstand, quasi Miss Fallenthorps Todesurteil aussprach. Er konnte die unsichtbaren Augen direkt spüren, die ihn aus den Winkeln der Wirklichkeit heraus belauerten und jede seiner Bewegungen registrierten.

Für die letzte halbe Meile benötigen sie fast die gleiche Zeitspanne wie für die fünf zuvor, denn der Weg, den Asthon-Smythe einschlug, führte querfeldein durch die dichten Sommerwälder von Massachusetts. Nicht nur Andara war erschöpft und abgerissen, als die Häuser von Innsmouth vor ihnen auftauchten.

Ihm fiel auf, wie still es war. Am vergangenen Abend, als er das erste Mal herkam, war die einzige Straße des Ortes wie leergefegt gewesen, aber das war angesichts der fortgeschrittenen Stunde auch nicht weiter verwunderlich. Doch jetzt war es hell – und die Straße war ebenso ausgestorben, Türen und Fenster der Handvoll Häuser genauso verschlossen, und die Furcht lag noch immer wie eine erstickende unsichtbare Decke über dem Land.

Einmal glaubte er ein rasches Huschen hinter einer Fensterscheibe zu gewahren, ein paar angsterfüllter Augen, die verstohlen zu ihnen hinauslugten, ein anderes Mal hörte er hastige Schritte, die sich schnell entfernten – aber sie begegneten keinem Menschen, bis sie das Gasthaus erreichten und er durch die offenstehende Tür gestoßen wurde. Nicht alle Menschen von Innsmouth schienen mit den Zielen seiner Bewacher konform zu gehen.

Michael versetzte ihm einen Hieb in den Nacken, der ihn gegen die Theke stolpern und halb in die Knie brechen ließ, dann packten ihn rohe Hände, stießen ihn auf einen Stuhl herab und hielten ihn fest, während Asthon-Smythe ihm den Stockdegen aus der Hand riß und schnell und sehr gründlich seine Taschen durchsuchte. Was er fand, häufte er auf den Tisch, ohne ihm mehr als einen flüchtigen Blick zu schenken. Lediglich als er den Briefumschlag mit Henrys Notizen öffnete, krauste sich seine Stirn unwillig. Aber er sagte kein Wort, sondern legte die Blätter auseinandergefaltet zu den übrigen Dingen und sah Andara scharf an. »Eine etwas jämmerliche Ausrüstung, mein Lieber«, sagte er.

Andara lächelte dünn. »Ich pflege mich meinen Gegnern anzupassen.«

Michael knurrte und hob die Hand, um ihn zu schlagen, aber Asthon-Smythe hielt ihn mit einer raschen Bewegung zurück. »Nicht«, sagte er. »Laß ihn uns ruhig beleidigen, wenn es ihm Freude bereitet. Er wird seine Strafe bekommen, wie alle Verräter.« Er trat zurück, lehnte sich gegen die improvisierte Theke und verschränkte die Arme vor der Brust. Er lachte, sehr leise und sehr böse. Sein Blick glitt über Andaras Gestalt und blieb an seinem Gesicht haften.

»Sie haben verloren, Andara«, sagte er. »Endgültig. Ich habe lange auf diesen Tag gewartet.«

Andara lächelte geringschätzig. »Vielleicht sollten Sie Ihren Sieg erst feiern, wenn er komplett ist, Asthon-Smythe«, sagte er.

»Du bist noch immer der Alte, wie?« fragte Asthon-Smythe. »Du würdest nicht einmal aufgeben, wenn du bereits einen Dolch zwischen den Schultern hättest.« Er schüttelte den Kopf, seufzte, und sah Andara sehr lange an. »Es ist lange her«, sagte er plötzlich.

»Lange her?« Andara starrte ihn an. »Was ist lange her, Asthon-Smythe?«

»Daß es begonnen hat«, antwortete Asthon-Smythe. Ein dünnes, böses Lächeln huschte über seine Züge. »Ich habe dir prophezeit, daß es nicht das letzte Mal wäre – erinnerst du dich?«

»*Gesehen?*« wiederholte Andara mißtrauisch. »Wir? Wann soll das gewesen sein? Und wo?«

»Du erinnerst dich wirklich nicht?« fragte Asthon-Smythe lächelnd. »Nun, zehn Jahre sind eine lange Zeit. Und es ist viel geschehen, seither. Ich werde deinem Gedächtnis ein wenig nachhelfen – warte.«

Und damit griff er sich an den Kopf, krallte die Hände in sein schütter gewordenes Haar und zog sein Gesicht herunter, ganz so, wie Andara es zuvor bei Miss Lugosi getan hatte.

Aber darunter kam nicht das Froschgesicht eines Tiefen Wesens zum Vorschein, wie Andara erwartet hatte.

Diesmal gelang es ihm nicht mehr, einen Schrei zu unterdrücken.

Das letzte Mal, daß er Necron gesehen hatte, war vor zehn Jahren gewesen, in der Hölle von Jerusalems Lot, das sich in Todeskrämpfen wand. Er hatte die Scheune verlassen, die zum Grab all seiner Freunde geworden war, und sich durch die tobende Menge zurückgekämpft zu jenem kleinen Haus am Ortseingang, das wie durch einen geheimnisvollen

Zauber bisher als einziges verschont geblieben war. Die gleichen Kräfte, die dieses Haus behüteten, beschützten auch ihn. Und sie würden ebenso versagen, wenn der Mob mit seinem schrecklichen Tun fertig war und ein neues Ziel für seinen Blutdurst suchte.

Aber bis es soweit war, war noch Zeit. Nicht mehr sehr viel, aber vielleicht genug, Jenny zu retten und diese Wahnsinnigen von ihrem Irrsinn abzuhalten.

Taumelnd vor Erschöpfung und aus einem Dutzend kleinerer Wunden blutend, erreichte er die Hütte, rüttelte einen Moment vergeblich an der Tür und rannte sie schließlich mit der Schulter ein. Sein Schwung war groß genug, ihn zwei Schritte weit in den dahinterliegenden Raum stolpern und auf die Knie fallen zu lassen.

Die drei Personen, die sich darin aufhielten – ein Mann schwer bestimmbaren, aber nicht sehr hohen Alters, eine sehr junge und eine sehr alte Frau –, schienen nicht sehr überrascht, ihn zu sehen. Das Mädchen fuhr wohl unmerklich zusammen, und für einen Moment malte sich Schrecken auf ihren Zügen ab; aber dann legte die alte Frau beruhigend die Rechte auf ihre Hand, und sie entspannte sich wieder. Der Blick des Mannes war hart; abschätzend und lauernd. Aber nicht feindselig.

Roderick sprang auf und warf die Tür hinter sich ins Schloß. »Wo ist sie?« fragte er.

»Du bist also doch noch gekommen«, sagte die alte Frau. »Ich habe gehofft, daß du kommst.«

»Wo ist sie?« wiederholte er zornig. »Wo ist Jenny, Mutter?«

»Du erinnerst dich noch, daß ich deine Mutter

bin«, sagte Andara. Ein trauriges Lächeln huschte über ihre faltigen, grau gewordenen Züge. »Gut.«

»Verdammt noch mal – ich will wissen, wo Jenny ist!« schrie Roderick. Wie zur Antwort erscholl draußen vor dem Haus eine ganze Salve krachender Gewehrschüsse. Schreie und ein fürchterliches Bersten und Splittern folgten. »Hier im Haus? Dort drüben?« Er deutete auf die einzige Tür, die es außer dem Ausgang noch hier drinnen gab, und eilte darauf zu. Aber bevor er sie erreichte, sprang der junge Mann auf und vertrat ihm den Weg.

»Keinen Schritt weiter!« sagte er. Er sprach nicht sehr laut, und doch war seine Stimme voller düsterer Drohung. Roderick versuchte vergeblich, seinem Blick standzuhalten.

»Laß ihn, Necron«, sagte Andara traurig. »Du kannst ihn nicht zwingen, uns zu helfen.«

»Da bin ich anderer Meinung«, antwortete Necron kühl. »Ich werde –«

»Necron?« Rodericks Augen weiteten sich ungläubig. »Du bist …« Er brach ab, fuhr herum und starrte seine Mutter mit einer Mischung aus Entsetzen und Unglauben an. »Du hast ihn herkommen lassen? Du hast -«

»Welche Wahl hatte ich noch, nachdem du uns verraten hast?« unterbrach ihn Andara.

»Du weißt, wer dieser Mann ist!« keuchte Roderick.

»Besser als du«, sagte Andara leise. »Er ist ein Magier, wie du einer hättest werden können, Roderick. Ein Mann gewaltiger Macht. Der einzige, der uns jetzt noch helfen kann.«

»Helfen?« Roderick lachte böse. »Niemand kann

euch mehr helfen, Mutter. Ich habe euch gewarnt, mehr als einmal. Ich … »ich habe euch angefleht, aufzuhören. Ich habe –«

»Was hast du, du Narr?« unterbrach ihn Necron kalt. »Deine Familie und deine Freunde verraten, das hast du.« Er deutete mit einer wütenden Bewegung in die Richtung, aus der noch immer Schüsse und Schreie in das Haus drangen. »Das alles ist dein Werk, du Verräter. Es sind deine Freunde, die dort draußen sterben. Und es ist so, als hättest du selbst ihr Blut vergossen. Du fragst, was ich hier will?« Er machte ein abfälliges Geräusch. »Deine Mutter rief mich um Hilfe, das zu tun, was du zu tun dich weigerst.«

»Und?« fragte Roderick wütend. »Kannst du es? Kannst du ihr Leben retten?«

»Nein«, antwortete Necron ruhig. »Du hättest es gekonnt, als noch Zeit war. Ich kann es nicht. Niemand kann es jetzt noch, denn die meisten sind bereits tot. Doch ich kann ihnen helfen, ihre Rache zu vollziehen. Jeder Tropfen Blut, der heute vergossen wird, soll millionenfach gerächt werden.«

»Du bist ja wahnsinnig«, sagte Roderick leise. Plötzlich fuhr er herum, war mit einem Schritt beim Tisch und beugte sich erregt vor. »Mutter, Lyssa!« sagte er. »Hört auf mich! Hört mit diesem Wahnsinn auf und kommt mit mir. Ich kann euch hier herausbringen, euch und Jenny.«

»Nein, Roderick«, sagte Andara, beinahe sanft. »Das kannst du nicht. Und es ist zu spät.«

»Für dich übrigens auch, du Narr«, fügte Necron leise hinzu. Andara beachtete ihn gar nicht.

»Ich flehe dich an, Mutter – *tu es nicht!*« sagte

Roderick beschwörend. »Sie wissen nicht, was sie tun! Du kannst nicht millionenfaches Leid über die Welt bringen, nur um bloßer *Rache* willen!«

»Was weißt du schon, du Narr!« sagte Necron zornig. »Millionenfaches Leid? Ha! Für Narren wie dich vielleicht. Die, die den wahren Herren dienen, werden millionenfach belohnt werden.«

»Hörst du, was er redet?« sagte Roderick. »Dieser Mann ist wahnsinnig, Mutter. Er mag ein Träger der *Macht* sein wie du und ich, aber er ist wahnsinnig. Ihr dürft es nicht tun. Ich ... ich werde verhindern, daß ihr die Beschwörung durchführt.«

»Und wie?« fragte Necron amüsiert. »Willst du deine Kräfte mit den meinen messen, du kleiner Narr?«

Ganz langsam richtete sich Roderick auf, drehte sich herum und trat auf Necron zu. Er überragte den anderen um mehr als Haupteslänge, aber das schien Necron eher zu amüsieren.

»Und wenn ich es täte?«

»Würdest du sterben«, sagte Necron ruhig. »Aber zuvor würde ich deine Braut töten, vor deinen Augen.«

Roderick erstarrte. Sein Blick heftete sich auf die Tür, die Necron ihm verwehrte. Schweiß erschien in einem Netz feiner glitzernder Perlen auf seiner Stirn.

Dann schlug er zu; hart, gezielt, und mit der vollen Absicht, zu töten.

Necron hatte keine Chance. Er hatte mit einem geistigen Angriff gerechnet, einem Duell der Magier, die sie beide waren – gegen pure Brachialgewalt war er wehrlos. Rodericks Faust ließ ihn zurücktaumeln und röchelnd gegen die Wand fallen, dann landete

Rodericks Handkante mit schrecklicher Wucht auf seinem Hals und raubte ihm endgültig das Bewußtsein.

Lyssa schrie auf und fuhr halb hoch, aber wieder hielt Andara sie zurück. Ihr Blick war hart wie Glas, als sie erst Roderick, dann den am Boden liegenden Necron musterte.

»Du hast dich also entschieden«, sagte sie.

Roderick nickte. »Ich sollte ihn töten«, sagte er.

»Das solltest du«, bestätigte Andara, sehr ernst. »Denn er wird dich mit seinem Haß verfolgen, sobald er wieder erwacht ist. Töte ihn – oder bereite dich auf ein Leben vor, das nur aus Flucht und Angst besteht.«

Rodericks Hände zuckten. Er beugte sich über den Bewußtlosen, hob die Faust, führte die Bewegung aber nicht zu Ende. Seine Lippen begannen zu zittern. Plötzlich fuhr er herum und trat wieder auf seine Mutter zu. »Warum hast du ihn gerufen?« fragte er. »Warum hast du ihn geholt, Mutter? Reicht dir das Unheil noch nicht, das ihr mit eurem Tun heraufbeschworen habt?«

»Wir?« Andara lächelte. »Wir haben nichts getan, Roderick. Wir wollten nur leben, wie es uns gefiel.«

»Ihr praktiziert Zauberei in einer Welt voller Aberglauben und Angst!« sagte Roderick aufgebracht. »Was dort draußen geschieht, mußte geschehen!« Erneut beugte er sich vor. »Zum letzten Mal, Mutter – komm mit mir. Und du, Lyssa! Kommt mit. Ich kann euch retten. Noch ist es nicht zu spät.«

»O doch, Roderick«, antwortete Andara. »Das ist es.« Sie schüttelte den Kopf, lächelte. »Geh«, sagte sie. »Nimm Jennifer und geh, solange du es noch kannst.«

»Und … ihr?« murmelte Roderick.

»Wir bleiben«, antwortete Andara. »Wir müssen es, Roderick. Aber wir werden uns wiedersehen. Irgendwann.«

Roderick starrte sie noch einen Herzschlag lang an, dann fuhr er herum, stürmte durch den Raum und verschwand im angrenzenden Zimmer.

Wenige Augenblicke später verließen er und Jenny Jerusalems Lot für immer. Das brennende Dorf blieb hinter ihnen zurück, aber sie sahen den Feuerschein noch lange am Himmel, auch als die Sonne unterging und sie bereits Meilen entfernt waren.

Die Kammer war klein und dunkel und stank nach fauligem Fisch. Vor einer Stunde, als Michael ihm Essen gebracht hatte, war ein schmaler Lichtstreifen hereingefallen, und er hatte eine Ratte davonhuschen sehen; ein fettes, struppiges Tier, dessen Augen ihn voll stummer Bosheit angestarrt hatten, bevor es lautlos davontrippelte. Aber es war da. Er spürte seine Anwesenheit. Und seine Blicke. Es schlich beständig um ihn herum, in kleiner werdenden Kreisen. Wenn es ihn berührte, würde er es töten. Er haßte Ratten.

Andara versuchte, sich auf näherliegende – und wichtigere – Dinge zu konzentrieren. Aber seine Gedanken drehten sich im Kreis, seit dem Moment vor vier oder fünf Stunden, in dem Necron ihn hierher hatte bringen lassen. Er erinnerte sich kaum mehr an die Zeit, die dazwischenlag. Sie hatten ihn gezwungen, etwas zu trinken – eine bitter schmeckende, ölige Flüssigkeit, von der ihm übel geworden war. Es hatte sich nicht – wie er im allerersten Moment befürchtet hatte – um Gift gehandelt, aber es hatte seine Gedanken wirr und seine Bewegungen ziellos und matt werden lassen. Irgendeine Droge.

So sehr er sich auch den Kopf zermarterte – es schien keinen Ausweg aus dieser Falle zu geben. Dabei war er nicht einmal gefesselt, Michael hatte ihn binden wollen, aber Necron hatte nur höhnisch abgewunken. Er war seiner Sache sehr sicher.

Und das konnte er auch sein. Jetzt, nachdem Andara wußte, mit wem er es wirklich zu tun hatte, war ihm vieles klar geworden: seine Unkonzentriertheit, die unerklärliche Müdigkeit, die ihn überfallen hatte, kaum daß er einen Fuß nach Arkham hineingesetzt hatte, seine plötzliche Mühe, mit gewohnter Schärfe zu denken und zu handeln, sein – im nachhinein betrachtet – schon fast absurdes Unvermögen, seine ganz speziellen Kräfte einzusetzen, um zum Ziel zu gelangen. Dies alles waren Necrons Waffen. Die Heimtücke. Das Auflauern, das Fallenstellen – darin war er Meister.

Hier also endete seine Flucht, dachte Andara matt. Eine Flucht, die vor zehn Jahren begonnen hatte, die ihn seine Freunde, seine Frau, zum Schluß noch seinen Sohn gekostet hatte. Sie war vorbei. Necron würde ihn kein zweites Mal entkommen lassen, dessen war er sicher.

Er fragte sich, ob auch H. P. und sein schweigsamer Diener Teil von Necrons Plan gewesen war, ihn hierher zu locken. Etwas in ihm sträubte sich gegen den Gedanken, und doch erschien er ihm nur logisch – es *konnte* kein Zufall sein, daß er ausgerechnet hier und jetzt auf die Schatten der Vergangenheit stieß.

Der Gedanke erfüllte ihn mit Zorn. Zorn nicht so sehr auf H. P., denn wenn, dann war auch er nur ein weiteres willenloses Werkzeug in Necrons grausamem Spiel, sondern auf Necron selbst, der Sympathie und Vertrauen zu Fallen werden ließ.

Ein dumpfes, mehrfach nachhallendes Poltern drang in seine Gedanken. Andara sah auf, starrte einen Moment in die wattige Dunkelheit hinein und blinzelte, als die Tür aufgerissen wurde und die hünenhafte Gestalt Michaels als schwarzer Schatten im Rahmen erschien. Das Poltern und Rumpeln hielt an und verklang nur ganz allmählich.

»Kommen Sie mit«, sagte Michael befehlend. Auch seine Worte hallten ein dutzendmal oder mehr in Andaras Schädel nach; er begriff, daß es die Wirkung der Droge war, die er spürte.

Mühsam versuchte er sich aufzusetzen, aber seine Bewegungen waren unsicher und fahrig. Er hatte kaum die Kraft, sich hochzustemmen, und als er ging, hatte er plötzlich Mühe, seine Bewegungen zu koordinieren, so daß er stolperte und hilflos in Michaels muskelbepackten Armen landete. Der schwachsinnige Riese stellte ihn unsanft wieder auf die Füße und stieß ihn vor sich her.

Himmel und Erde begannen sich um ihn zu drehen, als sie das Haus verließen. Er mußte länger in dem kleinen Verschlag gewesen sein, als er bisher geglaubt hatte, denn es dunkelte bereits. Andara fror. Ihm war übel. Eine große Gleichgültigkeit überkam ihn. Ganz schwach, irgendwo am Rande seines

Bewußtseins und so leise, daß er sie kaum verstand, meldete sich eine Stimme, die ihm zuflüsterte, daß es die Wirkung der Droge war, die er spürte. Aber selbst das war ihm mit einemmal gleichgültig.

Innsmouth hatte sich abermals verändert. Das Leben, das er am Tage in der Stadt vermißt hatte, regte sich nun ringsum, wenn auch schüchtern und ängstlich. In den meisten der ärmlichen Häuser brannte nun Licht, und ein Stück die Straße hinab, unweit des Ortsausganges, stand eine Gruppe von vielleicht vier, fünf Männern, scheinbar aufgeregt miteinander diskutierend und dann und wann verstohlene Blicke in ihre Richtung werfend. Aber auch das interessierte Andara nicht wirklich. Erst jetzt, als hätte es der Bewegung bedurft, um ihre volle Wirkung zu entfalten, spürte er den lähmenden Griff der Droge, die Necron ihm eingeflößt hatte. Alles war ihm gleichgültig, selbst der Gedanke, daß er jetzt wahrscheinlich sterben würde. Er war nur noch müde.

Michael versetzte ihm einen weiteren Stoß, der ihn abermals vorwärts taumeln ließ, und für einen Moment war ihm, als blickten die Männer am anderen Ende der Straße nun eindeutig verärgert in ihre Richtung. Dann stolperte er, fiel auf Hände und Knie herab und wurde grob wieder in die Höhe gerissen. Der Himmel kippte zur Seite und blieb dort. Ihm war schrecklich übel.

Eine Gestalt tauchte vor ihm auf und sagte etwas zu seinem Bewacher, das er nicht verstand. Aber Michael ließ seinen Arm gehorsam los und stützte ihn sogar, als er abermals zu wanken begann. Er erkannte die Gestalt jetzt. Es war Necron, der wieder die Maske Asthon-Smythes trug. Nur seine Augen waren die des Meistermagiers: kalt, hart und voller mühsam zurückgehaltener Grausamkeit.

War es das? dachte Andara matt. *War das der Preis, den jeder zu zahlen hatte, der zu tief in die Geheimnisse der Magie eindrang – daß er böse wurde? War das der Grund, daß etwas in ihm immer instinktiv davor zurückgeschreckt war, eine gewisse Grenze zu überschreiten und die letzten Geheimnisse zu lüften?*

»Nun, Roderick?« fragte Necron hämisch. »Bist du bereit?«

»Wo ... zu?« murmelte Andara schwach.

Necron lachte leise, drehte sich auf dem Absatz herum und deutete nach Westen. »Du hast eine Verabredung, mein Freund. Hast du sie schon wieder vergessen?«

Andara stöhnte. Etwas in ihm regte sich, etwas Mächtiges, Wütendes, etwas ungemein Finsteres, vor dem er selbst Furcht empfand. Aber die Wirkung der Droge war stärker. Natürlich, Necron kannte ihn zu gut, um irgend etwas zu riskieren.

»Gehen wir«, befahl Necron. »Es wird Zeit. Die anderen warten.«

Andara wurde grob die Straße hinunter und auf einen wartenden Pferdewagen zugestoßen. Michael mußte ihm helfen, auf das Fuhrwerk zu klettern, denn seine Beine gaben immer wieder unter ihm nach. Alles drehte und wand sich um ihn herum. Er war so müde. So unendlich müde.

Nach ihm und seinem persönlichen Bewacher erstiegen Necron und der Wirt der Gaststube den Wagen, aber zu Andaras Verwirrung fuhren sie noch nicht los, obwohl Necron bereits die Zügel zur Hand nahm und die Tiere ungeduldig mit den Hufen zu scharren begannen.

Ein zweiter Wagen wurde gebracht, dann ein dritter und vierter, auf die nacheinander nicht nur die Männer stiegen, die er am Vorabend in der Wirtsstube gesehen hatte, sondern auch alle anderen Einwohner Innsmouths – gute drei Dutzend Männer, Frauen und sogar Kinder, die von Necrons Männern unter mehr oder weniger deutlicher Gewaltanwendung gezwungen wurden, die Fuhrwerke zu ersteigen und sich auf den Ladeflächen zusammenzukauern. Auf den Wagen war nicht für alle Platz. Ein paar Männer saßen auf Pferde auf, Kinder oder auch Frauen vor sich im Sattel. Die Angst, die sich über der Stadt ausgebreitet hatte, war fast greifbar.

»Was hast du vor?« murmelte Andara.

Necrons Lippen verzogen sich zu einem dünnen, durch und durch humorlosen Lächeln. »Deine Verabredung, Roderick«, antwortete er. »Ein Mann deines Formates verdient es, ein gebührendes Publikum zu haben, findest du nicht?«

»Du … du bist ja wahnsinnig«, stöhnte Andara. Hätte er noch die Kraft gehabt, hätte er sich in diesem Moment auf Necron gestürzt, selbst wenn es die letzte Bewegung seines Lebens gewesen wäre. »Laß … laß wenigstens die Kinder hier, du … Ungeheuer.«

Necron seufzte, sah ihn aus schmalen Augen an und ließ die Zügel knallen. Das Fuhrwerk setzte sich als erster der kleinen Kolonne in Bewegung.

»Die Kinder«, murmelte Andara. »Ich beschwöre dich, Necron, laß wenigstens die Kinder …«

»Spar dir deinen Atem«, unterbrach ihn Necron,

ohne ihn auch nur dabei anzusehen. »Es wird Zeit für eine kleine Machtdemonstration. Und was willst du? *Sie* werden wenigstens leben, was man von dir und den anderen Narren, die sich uns widersetzen, nicht mehr lange behaupten kann. Wenn die wahren Herren erst ihre Herrschaft angetreten haben, werden sie zu den Privilegierten gehören. Zu denen, vor denen man das Haupt beugt, wenn sie erscheinen.« Er lachte leise. »Du siehst, Roderick – ich bin nicht grausam. Im Gegenteil. Ich tue ihnen einen Gefallen.«

Und in diesem Moment wußte Andara mit absoluter Sicherheit, daß Necron wahnsinnig war.

Sie brachten ihn wieder zur Hütte der Carsons; aber damit hatte er gerechnet. Es gab nur diesen einen Ort, wenn es überhaupt irgendeinen Sinn ergeben sollte. Das Ungeheuer hatte ihn gesehen, und anders als die Feinde, vor denen er seit einem Jahrzehnt davonlief, war es niemand, vor dem eine Flucht möglich gewesen wäre. Nicht für zehn Jahre, nicht für zehn Tage; nicht einmal für zehn Stunden.

Andara war nicht einmal sonderlich erschrocken; jetzt im nachhinein. Etwas in ihm hatte es geahnt, die ganze Zeit über. Sein Schicksal war besiegelt gewesen, endgültig und im gleichen Moment, in dem sein Blick den jenes ungeheuerlichen Wesens im Wasser kreuzte. Necron war unwichtig, nur ein Werkzeug, das im passenden Augenblick bei der Hand gewesen war und sich als nützlich erwiesen hatte, denn es besaß zu allem noch den unbestreitbaren Vorzug, das Opfer zu hassen.

Andaras Tod war jedoch von einer anderen, höheren Macht entschieden worden, und aus viel subtileren Gründen. Er hatte gesehen, was nicht gesehen werden durfte, er hatte erfahren, was niemand erfahren durfte, wußte, was zu wissen allen Sterblichen verboten war, die nicht zu einem kleinen, eifersüchtig bewachten Kreis von Eingeweihten gehörten. Der Entsetzliche im Wasser scherte sich nicht um Dinge wie Rache oder Verrat oder derart komplizierte Gefühle wie verletzten Stolz oder Ehre. Er hatte ihn gesehen, und – schlimmer noch – er *wußte,* was er gesehen hatte, und dieses Wissen allein reichte aus, seinen Tod zu beschließen.

Andara hatte nicht einmal Angst, in diesem Moment.

Es war aus. Er hatte alles verloren: seine Frau, sein Leben, seine Welt, und am Ende das letzte, was ihm geblieben war: sein Sohn. Vielleicht wäre er nicht einmal mehr davongelaufen, wenn er eine reelle Chance gehabt hätte – die er nicht hatte! – zu entkommen.

Die Entscheidung würde jetzt fallen. Hier, in der lichtlosen finsteren Grotte unter dem Meer, in der der Unbeschreibliche lauerte.

Necron schien seine Gedanken zu lesen, als sie das Haus betraten. Ein rasches, spöttisches Lächeln blitzte in seinen Augen auf, dann ein Gefühl so abgrundtief bösen Triumphes, daß Andara seinen Blick nicht mehr ertrug und wegsah.

»Hast du Angst, Bruder?« fragte er.

»Nenn mich nicht so«, sagte Andara kalt.

Necron lachte. »Aber warum nicht? Wir sind Brüder, Brüder im Geist, auch wenn du es niemals wahrhaben wolltest. Du und ich, wir dienen der gleichen

Macht. Nur« – er lachte ganz leise »auf sehr unterschiedliche Arten.«

Andara schwieg. Es war nicht sehr sinnvoll, mit einem Wahnsinnigen zu reden, das wußte er. Necron wollte ihn quälen, mehr nicht. Sein Tod allein reichte ihm nicht.

Aber Necron schien an dem Spiel gefallen gefunden zu haben, denn er schwieg nur gerade lange genug, bis Michael Andara durch die Bodenklappe und die schmale steinerne Treppe hinuntergeführt hatte, ehe er an das unterbrochene Gespräch anknüpfte: »Du willst es nicht wahrhaben, Roderick. Aber es ist so. Es war immer so, vom ersten Tage an. Du hast dich stets dagegen gewehrt, es zuzugeben, aber die Wahrheit zu leugnen, heißt nicht, sie zu ändern.« Plötzlich wurde sein Blick hart.

»Du hältst dich für etwas Besseres, wie?« fragte er. Andaras verbissenes Schweigen schien ihn mehr zu reizen, als er zuzugeben bereit war. Mit einer zornigen Handbewegung packte er ihn an den Rockaufschlägen und versetzte ihm einen Stoß, der ihn haltlos gegen die Wand taumeln ließ. Andaras Schläfe prallte schmerzhaft gegen einen spitzen Stein. Ein scharfer Schmerz schoß durch seinen Schädel; er spürte Blut an seiner Schläfe herablaufen und biß die Zähne zusammen, um einen Schmerzlaut zu unterdrücken.

Necrons Augen flammten vor Haß. »Du hast dich nicht verändert!« fauchte er. »Du bist wahrlich noch derselbe, Roderick. Du hältst dich immer noch für *besser* als wir, nicht wahr?«

Andara starrte ihn an und schwieg weiter, und es war gerade dieses Schweigen, das Necrons Zorn noch mehr schürte.

Er spie angewidert aus. »Nichts bist du!« schrie er. »Ein Nichts! Ein jämmerlicher Feigling, nicht mehr und nicht weniger! Du hältst dich für etwas Besonderes, wie? Aber du bedienst dich der gleichen Kräfte wie ich, und –«

Andara wußte, daß es ein Fehler war, aber er konnte nicht mehr schweigen. »Das stimmt«, sagte er hart. »Aber ich verfolge damit nicht deine Zwecke, du Ungeheuer.«

In Necrons Augen blitzte es abermals auf. Aber diesmal war es kein Zorn, den Andara darin las, sondern ein böser, hämischer Triumph. Plötzlich spürte er, daß er am Ende doch genau so reagiert hatte, wie Necron es wollte. Nichts war Zufall. Selbst Necrons scheinbarer Wutausbruch war wie alles gewesen, was der Magier tat: zynisch und berechnend, keinem anderen Zweck dienend, als ihn aus der Reserve und auf ein Terrain zu locken, auf dem er ihn noch härter treffen konnte. Es war ihm gelungen.

»Nein?« fragte Necron lauernd. »Tust du das nicht?« Er lachte leise. »Oh, ich verstehe. Du bist der Gute in diesem Spiel, und ich der Böse, nicht wahr? Du kämpfst für die helle Seite, während ich mich der Finsternis verschrieben habe?« Er zog eine Grimasse. »O nein, mein Lieber, so einfach ist das nicht. Du wirfst mir vor, grausam zu sein? Meine Macht zu mißbrauchen? Menschen zu benutzen? Sie zu töten?« Er kicherte. »Nun, all das ist wahr«, bekannte er. »Aber es ist nichts anderes als das, was auch du tust. Wie viele unschuldige Menschen sind gestorben, deinetwegen, Roderick? Wie viele Menschen hast *du* ihres freien Willens beraubt? Wie vielen hast *du* Unglück gebracht, seit Jerusalems Lot?«

Andara starrte ihn an. Necrons Worte trafen ihn wie Faustschläge. Sie waren zynisch und falsch und berechnend, und er wußte all dies, und trotzdem taten sie weh, entsetzlich *weh.*

War es wahr? dachte er entsetzt. Plötzlich glaubte er das Gesicht des Kutschers vor sich zu sehen, das unbeschreibliche Grauen in seinen Augen, Bruchteile von Sekunden bevor er starb, das vom Wahnsinn verzerrte Antlitz Henrys, das dumpfe Entsetzen in den Blicken der unglücklichen Mrs. Fallenthorp ... und andere, endlos viele andere. Wie in einer stummen, grauenerregenden Prozession zogen sie vor seinem inneren Auge vorbei, Gesichter und Augen, die Gesichter derer, die zugrunde gegangen waren, einfach, weil sie den Fehler begangen hatten, seinen Weg zu kreuzen. Er begriff sogar, daß es kein Zufall war – es war Necrons hypnotische Kraft, die die Gesichter und Namen aus seinem Unterbewußtsein heraufzwang, die Geister all derer beschwor, die er in schwarzen Gräbern in den tiefsten Abgründen seiner Seele verscharrt zu haben glaubte. Und trotzdem:

War es wahr? hämmerten seine Gedanken. *War es wahr?* War es so, wie Necron behauptete? War er am Ende nichts anders als Necron und all die anderen, ein Werkzeug, nur viel feiner und perfider, ein weiterer Diener der schwarzen Götter, die zu bekämpfen er geglaubt hatte?

War es so?! Hatten sie ihn am Ende nur glauben *lassen,* ihr Feind zu sein, ihn nicht durch Unachtsamkeit, sondern aus Berechnung ein Jahrzehnt lang immer wieder und wieder entkommen lassen, aus dem einzigen Grund, ihn auf seine Weise Böses tun zu lassen? Necron hatte recht – er hatte kaum weniger Leid unter die Menschen gebracht, deren Weg er gekreuzt hatte. Er hatte sich jener finsteren Mächte bedient, in dem Glauben, sie zu bekämpfen, aber …

… aber vielleicht konnte man das Böse nicht benutzen, ohne selbst böse zu werden.

»Nun, Bruder?« fragte Necron hämisch. »Kommen dir Bedenken? Oder tut es dir vielleicht jetzt leid, dich gegen mich gestellt zu haben? Noch ist es nicht zu spät.« Er lachte leise. »Ein Wort, und ich lasse dich frei. Diene mir, statt mich zu bekämpfen, und wer weiß, vielleicht siehst du eines Tages sogar deinen Sohn –«

Andaras Bewegung kam so warnungslos, daß Necron nicht einmal Zeit zu einem überraschten Schrei fand. Seine gefesselten Hände trafen Necrons Gesicht mit aller Kraft, die er aufbringen konnte.

Necron taumelte, kämpfte mit haltlos wirbelnden Armen um sein Gleichgewicht und prallte schwer gegen die gegenüberliegende Stollenwand.

Im gleichen Moment fühlte Andara sich herumgerissen und mit brutaler Kraft zu Boden geschleudert. Er sah einen Schatten, riß instinktiv die Hände vor das Gesicht und schrie vor Schmerz, als sich Michaels Stiefelspitze in seine Seite bohrte.

»Aufhören!«

Necrons Stimme hallte in der Enge des Schachtes wider wie ein Peitschenhieb. Der Fuß des jungen Hünen, schon zu einem zweiten und diesmal auf Andaras Gesicht gezielten Tritt gehoben, erstarrte mitten in der Bewegung.

»Laß … ihn«, sagte Necron stockend. Mühsam kämpfte er sich auf die Beine, hob stöhnend die

Hand an die Lippen und betrachtete das Blut, das plötzlich an seinen Fingerspitzen klebte.

»Laß ihn«, sagte er noch einmal, als Michael sich bücken wollte, um Andara grob in die Höhe zu reißen. »Soll er mich schlagen. Dieser Hieb war der letzte, den er geführt hat. Er wird dafür bezahlen.« Er lachte meckernd. »O ja, Bruder, bitter bezahlen.«

»Was ist mit Robert?« fauchte Andara. Aller Schmerz und jede Angst war aus ihm gewichen. Necron wußte, wo Bob war! Er *wußte* es! »Wo ist er?« schrie er. »Du weißt es! Sage es! Wo ist Bob? Was habt ihr mit ihm gemacht?«

Michael hob drohend die Faust, als Andara auf Necron zutrat, als wolle er sich erneut auf ihn werfen, aber Necron machte nur eine wegwerfende Handbewegung.

»Gemacht?« fragte er kichernd. »Nichts, mein Freund. Jedenfalls noch nichts.«

»Wo ist er?« beharrte Andara. »Wo habt ihr ihn hingebracht? Was habt ihr mit ihm vor?!«

»Nicht dasselbe wie mit dir, Roderick«, antwortete Necron kalt. »Du wirst sterben, in ein paar Minuten. Aber vielleicht hilft es dir, wenn du weißt, daß dein Sohn weiterleben wird.«

»Wo ist er?« sagte Andara noch einmal.

»Aber das weißt du doch«, antwortete Necron kalt. »Hat dein guter Freund H. P. es dir nicht gesagt?« Er lachte, und als er weitersprach, waren sein Blick und seine Stimme vollends zu denen eines Wahnsinnigen geworden.

»Dein Sohn ist hier, Roderick. Aber bald, schon wenn die Sonne untergeht, wird er auf den Weg gebracht.«

»Wohin?« fragte Andara, obwohl er die Antwort ganz genau wußte. Aber er hatte Angst davor. Angst wie noch niemals zuvor im Leben.

»Nach R'Lyeh«, antwortete Necron lächelnd. »Der Stadt, über die er einst herrschen wird.«

Die Grotte war größer, als er sie seit seinem ersten Hiersein in Erinnerung hatte: ein gewaltiger, aus Sandstein und schwarzem Fels gewachsener Dom, dessen Decke und Wände sich in ungewisses Halbdunkel zurückzogen hatten.

Sie waren alle gekommen – die Männer und Frauen aus Innsmouth, die Kinder, Necrons Handlanger, dazu eine erschreckend hohe Anzahl unbekannter Gesichter, die wohl aus Arkham oder den umliegenden Ortschaften stammen mußten. Die schwarze Seuche griff um sich.

Andara schätzte die Zahl der Anwesenden auf hundert, vielleicht mehr. Viele von ihnen trugen Fackeln oder kleine rußende Öllampen, so daß die Grotte von einem düsterroten, flackernden Licht und Wärme erfüllt war. Ein an- und abschwellendes Summen wie von zahllosen murmelnden Stimmen lag in der Luft, obgleich er niemanden sah, der sprach. Von dem Felsen aus, auf den Michael ihn niedergestoßen hatte, konnte er das Wasser nicht sehen. Aber er wußte, daß es da war, und er *spürte*, daß hinter der Wand aus Menschen und Fackeln mehr wartete als schwarzes eisiges Wasser.

Andara fühlte sich ... leer.

Es fiel ihm schwer, zu denken. Dem Durcheinander aus Farben und Lichtern und Gestalten und

Geräuschen rings um sich herum Bedeutung abzugewinnen, ja, selbst zu atmen. In ihm war nichts als eine tiefe, betäubende Leere.

Er versuchte sich vergeblich einzureden, daß es nur die Wirkung von Necrons Droge war, die er spürte.

Es war nicht so.

Es waren Necrons Worte. Das, was er gesagt hatte.

… der Stadt, über die er herrschen wird.

R'Lyeh.

… der Stadt, über die sein Sohn herrschen würde!

Necron hatte nichts mehr gesagt, bis sie die Grotte unter dem Meer erreicht hatten, aber das war auch nicht mehr nötig gewesen. Wenn in Andara noch ein Rest von Kraft gewesen war, so hatte er ihn mit seinen Worten zerstört. Es war der letzte Schlag gewesen, den er ihm versetzen konnte, und der härteste, und er hatte ihn sich bis zum Schluß aufgehoben, den endgültigen, letzten Triumph bis zum allerletzten Augenblick hinausgeschoben.

R'Lyeh … dachte Andara. *Der schwarze Pfuhl im Herzen der Erde, Ursprung allen Übels …*

Und sie hatten seinen Sohn dazu ausersehen, sein Statthalter zu werden.

Gab es noch irgend etwas, was sie ihm jetzt noch nehmen konnten? Nein, da war nichts. Nichts mehr außer seinem Leben, das ihm nichts mehr bedeutete.

»Wenn ich dich bitten dürfte, mein Freund?« Necrons Stimme drang nur schwach in Andaras Gedanke. Er hatte Mühe, den Worten Sinn abzugewinnen. Als er aufsah und in Asthon-Smythes Gesicht blickte, hinter dem sich Necrons Züge jetzt wieder verbargen, war es ihm im ersten Moment nicht einmal möglich, einen Bezug zwischen diesem fremden Antlitz und seiner Situation herzustellen.

Necron wußte es nicht einmal, dachte er bitter, aber er hatte sich seines größten Triumphes selbst beraubt, indem er ihm die Wahrheit sagte.

Andara war schon tot. Sein Körper lebte noch, er atmete, sein Herz schlug, er dachte – aber er war nicht mehr als eine leere Hülle, die dem namenlosen Schwarzen Gott geopfert werden würde.

Mit einer unendlich mühsamen Bewegung stand er auf, trat an Necron vorbei und näherte sich dem Ufer. Die Wand aus Fackeln und schreckensbleichen Gesichtern vor ihm teilte sich; zum ersten Male sah er das Wasser, und zum ersten Male, seit er die Grotte betreten hatte, schlich sich ein schwacher Funke von Furcht in sein Herz; eine ganz kreatürliche, einfache Furcht, gegen die er hilflos war: die Angst vor Schmerzen, vor dem Vorgang des Sterbens, vor dem Unbekannten, das ihm vielleicht – folgen mochte.

Sie erreichten das Wasser, und Necron bedeutete ihm, stehenzubleiben. Andara gehorchte. Sein Blick streifte Necrons falsches Gesicht und tastete über das schwarz daliegende Wasser. Nichts. Der Unheimliche war nicht da. Aber er würde kommen.

»Hast du Angst, Bruder?« fragte Necron. Für einen Moment glaubte Andara, eine ganz sanfte Spur von Unsicherheit in seinen Worten zu hören. Aber er schwieg.

Necron runzelte unwillig die Stirn, als er nicht antwortete. »Du solltest Angst haben«, sagte er. »Es ist kein leichter Tod, der dich erwartet. *Der, dessen Namen man nicht aussprechen soll,* tötet nicht schnell,

Roderick. Und was dem Tod von seiner Hand folgt, ist nicht die große Ruhe, auf die du vielleicht hoffst.«

Er starrte Andara an, wartete auf eine Antwort, irgendeine Reaktion, und wurde sichtlich zorniger, als nichts geschah.

Andara empfand nur noch Verachtung für Necron. Was glaubte er, ihm jetzt noch antun zu können?

»Wie du willst«, sagte Necron hart. Er lächelte, zog ein Messer aus dein Gürtel und durchtrennte mit einem raschen Schnitt Andaras Fesseln. Mit einer Bewegung, die trotz allem noch Respekt verriet, trat er zurück, schob das Messer wieder unter seine Jacke und hob die rechte Hand.

»Beginnt!«

Im ersten Moment geschah nichts. Die Höhle war vom Murmeln der Menge und dem Knacken und Prasseln der Fackeln erfüllt, dem monotonen Schleifen und Raunen der Brandung und dem dumpfen Hämmern von Andaras eigenem Herzen.

Dann begann der Gesang.

Im ersten Moment war er so leise, daß Andara ihn kaum hörte; nicht mehr als ein gehauchtes Flüstern von hundert Lippenpaaren, das kaum lauter als das Knistern der Flammen war. Aber er schwoll an, wurde zu einem monotonen und doch gleichermaßen aufpeitschenden Singsang, einem Auf und Ab scheinbar sinnloser, entsetzlicher *Geräusche*.

Es war der Gesang, den er schon einmal gehört hatte, das gleiche, entsetzliche *Cthulhu fthagn! Cthulhu fthagn! Ngai! Ngai! R'Lyeeeeeeee!* Immer und immer wieder die gleiche, schauderhafte Folge von Tönen, von Lauten, die nicht für menschliche Kehlen gemacht und deren bloßes Aussprechen eine Gotteslästerung war. Der Gesang schwoll an, sank wieder ab, schwoll wieder an, einem Rhythmus folgend, der kein Rhythmus, sondern etwas anderes, Unbeschreibliches war, etwas, das allmählich lauter und lauter und drängender und drängender wurde, bis es seinen Atem, seinen Herzschlag, selbst seine Gedanken in seinen entsetzlichen Takt zu zwingen schien.

Andara stöhnte. Das gräßliche *Cthulhu fthagn! Ngai! Ngai! R'Lyeh!* schwoll mehr und mehr an, wurde zu einem hämmernden, stampfenden, alles verschlingenden Dröhnen, einem ungeheuren Tosen, tausendmal lauter als irgend etwas, was er je gehört hatte, und schwoll weiter an, bis die ganze Welt in seinem Takt zu erbeben schien.

Und irgend etwas antwortete darauf …

Andara spürte es, Augenblicke, ehe das Glühen begann und das Wasser sich kräuselte.

Etwas kam.

Etwas tief in den lichtlosen schwarzen Tiefen des Meeres, etwas Namenloses, das lauernd und geduldig dort draußen gelegen hatte und nun die Krallen aus dem Schlamm zog, ein Titan, zu entsetzlich, um mit einem Namen bedacht zu werden.

Es kam. Es *kam!!*

Andara stöhnte erneut. Kalter Schweiß perlte auf seiner Stirn. Seine Hände zitterten. Für einen Moment begann sich die Höhle vor seinen Augen zu drehen. Es war die Ausstrahlung des Bösen, die fast körperlich fühlbare Woge aus Haß und Zorn, die dem Koloß vorauseilte, ein finsterer Schatten seiner Seele, der irgend etwas in Andara berührte und zum Erzittern brachte.

»Ngaiiiii!« schrie Necron. *»Cthulhu fthagn! Ngai!!!«*

Der Gesang verstummte, und für Augenblicke wurde es still. Entsetzlich still. Selbst das Knistern der Fackeln schien leiser zu werden, als zöge sich die Wirklichkeit erschrocken vor dem Entsetzlichen zurück, das kam.

Mit gemessenen Schritten trat Necron ans Ufer, ging in die Hocke und schöpfte mit aneinandergelegten Händen Wasser, um es tropfenweise wieder in den See fallen zu lassen. *»Chtulhu ... !«* flüsterte er.

Zwei weitere Personen lösten sich aus der Menge – Ben Carson und ein kleinwüchsiger Mann, den Andara nicht kannte. Und obwohl er wußte, was geschehen würde, schloß er vor Entsetzen die Augen. Aber irgend etwas zwang ihn, die Lider wieder zu öffnen, hinzusehen, das Entsetzliche zu betrachten, in jedem grauenerregenden Detail.

Carson und der andere Mann hoben die Hände, lösten mit raschen Bewegungen ihr Haupthaar und ihre Gesichter und zogen beides ab.

Darunter kamen die Froschfratzen zweier Tiefer Wesen zum Vorschein. Starre, feuchtschimmernde Augen blickten Andara an. Ein unbeschreiblich widerlicher, fauliger Geruch schlug ihm entgegen, als die beiden Tiefen Wesen neben ihn traten und seine Arme ergriffen. Ihre Berührung war eisig. Feucht und unangenehm wie die von schleimigen Schwämmen.

Wie viele noch? dachte er. Unter wie vielen vermeintlich menschlichen Gesichtern mochten sich noch die schuppigen Visagen jener entsetzlichen Zwitterwesen verbergen? Er wehrte sich nicht, als die beiden Spottgeburten ihn tiefer ins Wasser hineinzwangen, aber sein Blick glitt über die Masse der stummen Gesichter hinter ihm, menschlicher Züge, menschlicher Augen, menschlicher Münder, hinter denen sich –

Einer der Männer war H. P.

Andara erstarrte, als sein Blick auf das asketisch geschnittene Gesicht fiel.

Er stand ein wenig abseits der anderen, noch innerhalb des weitgeschwungenen Halbkreises, den sie mit ihren Fackeln bildeten, trotzdem ein ganz kleines bißchen abgesondert, als habe er sich zurückgezogen, um nicht erkannt zu werden, und die Gestalt neben ihm war zweifellos die seines hünenhaften Leibdieners Rowlf.

Es war H. P. Der Mann, der ihn hierhergebracht hatte! Der versprochen hatte, ihm den Weg zu seinem Sohn zu zeigen, der …

Er auch? dachte Andara entsetzt. War auch er nichts als ein Teil dieser teuflischen Falle gewesen, der Köder, nach dem er wie ein blinder Narr geschnappt hatte?

Seine beiden Bewacher deuteten sein Zögern falsch. Der Griff ihrer schwammigen Hände verstärkte sich. Andara taumelte tiefer ins Wasser hinein, von einem derben Stoß in den Rücken vorwärts getrieben, verlor auf dem schlammigen Untergrund den Halt und wäre gestürzt, hätten die Tiefen Wesen ihn nicht gehalten, mit der gleichen, unbarmherzigen Kraft, mit der sie ihn vorwärtsstießen.

H. P.!

Er auch! Selbst der einzige Mensch, zu dem er noch Vertrauen gehabt hatte, hatte ihn am Ende verraten!

Verzweifelt bäumte sich Andara gegen den Griff seiner Bewacher auf, versuchte sich herumzudrehen, um ihm noch einmal ins Gesicht zu sehen, noch einmal seinem Blick zu begegnen, sich zu überzeugen, daß er wirklich das war, wofür er ihn hielt, sich –

Ein dumpfes Grollen ließ den Meeresboden erzittern. Necron und die beiden Tiefen Wesen fuhren erschrocken zusammen, und auch Andara wandte sich um, starrte aus schreckgeweiteten Augen auf den See.

Das Wasser war nicht mehr schwarz.

Ein unheimliches grünes Glühen stieg aus seiner Tiefe empor, ein Licht von einer Düsternis und Farbe, wie es Andara niemals zuvor erblickt hatte, aus keiner bestimmten Quelle kommend, sondern überall gleichzeitig, als leuchte das Wasser aus sich heraus. Dann zerbrach das Muster der Wasseroberfläche. Aus den gleichmäßig heranrollenden, flachen Wellen wurden kleine hektische Bewegungen, dann Kreise, wie von unsichtbaren Steinen, die ins Wasser geworfen worden waren. Etwas Gigantisches, Unförmiges tauchte aus der Tiefe des Meeres empor.

Ein einzelner Schuß peitschte.

Das Tiefe Wesen, das Andaras rechten Oberarm gepackt hatte, bäumte sich auf, stieß einen quakenden Schmerzlaut aus und griff sich an die Brust. Dunkles, zähflüssiges Blut quoll unter den Schwimmhäuten hervor, die seine Finger miteinander verbanden, und für einen Moment füllten sich seine Augen mit einem Ausdruck ungläubigen Entsetzen, dem Schmerz folgte. Das Tiefe Wesen taumelte und fiel rücklings ins Wasser.

Und die Hölle brach los.

Alles geschah gleichzeitig. Der Schatten im Wasser wurde größer, die Wellen, die sein titanischer Leib vor sich hertrieb, schneller. Ein zweiter Schuß peitschte, aber die Kugel verfehlte ihr Ziel und klatschte harmlos ins Wasser, meterweit von Necron entfernt, dem der Schuß gegolten hatte. Gleichzeitig zerbarst der Halbkreis aus Fackeln wie unter einem Fausthieb. Necron schrie; Worte einer Sprache, die Andara nicht verstand, aber kannte, und der Schatten wuchs.

Andara reagierte, ohne zu denken.

Mit einem blitzschnellen Ruck befreite er sich aus dem Griff der Carson-Kreatur, tauchte unter ihrer zupackenden Froschhand hindurch und rammte dem Ungeheuer das Knie in den Leib, mit aller Kraft, die er hatte. Fast im gleichen Augenblick traf seine Handkante das lippenlose Maul des Monsters und ließ es aufplatzen. Aus dem wütenden Schrei der Kreatur wurde ein gepeinigtes Quaken.

Und der Schatten wuchs immer noch. An der Stelle, an der er auftauchen würde, kochte das Wasser.

Wieder krachte ein Schuß. Am Ufer brach ein entsetzlicher Tumult los. Andara hatte einen flüchtigen Eindruck von miteinander ringenden Leibern, Kämpfenden, aber auch Flüchtenden.

Ein vierter Gewehrschuß übertönte das Toben der Menge. Der schuppige Körper vor Andara erschlaffte plötzlich. Das Ding, das sich Ben Carson genannt hatte, taumelte, griff mit plötzlich kraftlosen Händen ins Leere und sank auf die Knie. Blut quoll aus seinem Froschmaul und erstickte seinen Todesschrei. Und der Schatten wuchs weiter.

»Roderick!« H. P.s Stimme war über dem Toben

der Menge kaum zu verstehen. »Wehr dich! Der Bann! Necrons Bann!«

Andara verstand nicht. Mit einem Teil seines Bewußtseins begriff er, daß er sich getäuscht hatte. Warum immer H. P. hier war, er war es nicht, um seinem Tod zuzusehen. Aber der andere, weitaus größere Teil seines Denkens war gelähmt, starr, betäubt und immer von Necrons Droge und der entsetzlichen Furcht, mit der ihn der Schatten erfüllte, der ...

auftauchte!

Ein entsetzlicher Schrei zerriß die Luft, ein Schrei so voller Wildheit und Zorn, daß nicht nur Andara sich wie unter Schmerzen krümmte und die Hände gegen die Schläfen preßte.

Seine Augen quollen vor Entsetzen aus den Höhlen, als er *sah,* was das Meer da ausspie.

Beim ersten Mal hatte er nur einen Schatten gesehen, einen Koloß von entsetzlichen Ausmaßen und Formen, trotzdem barmherzig hinter einem Schleier aus Dunst und flackerndem roten Licht verborgen, so daß ihm die ganze Scheußlichkeit des Anblickes erspart geblieben war. Jetzt war er ihm *nahe*.

Es war ein Titan. Ein Ungeheuer von jeder Beschreibung spottenden Größe und Häßlichkeit, riesig und wabend, ein Ding ohne feste Konturen, wie ein Nest schwarzer, sich beständig windender Schlangen, mit gigantischen, peitschenden Krakenarmen, von denen jeder einzelne wiederum aus zahllosen dünnen Fäden gewoben schien, schwarzglitzernden Nerven gleich und mit Dutzenden von schnappenden Mäulern. Ein einzelnes, gelb lohendes Auge starrte auf Andara herab, erfüllt von einer Bosheit, die ihn aufschreien ließ.

»Der Bann!« kreischte H. P. In seiner Stimme war nun wirkliche Panik. »Roderick! Wehr dich!«

Nur mit äußerster Mühe gelang es Andara, sich von dem entsetzlichen Anblick loszureißen. Taumelnd fuhr er herum, hob hilflos die Arme und starrte die kaum weniger schreckliche Szene am Ufer an.

Aus der geordneten Reihe der Cthulhu-Anbeter war ein Chaos geworden. Männer und Frauen rannten kopflos durcheinander, schreiend, in heller Panik sich gegenseitig verletzend, waren zu Boden gestürzt und lagen verkrümmt da.

H. P.s Angriff hatte den hypnotischen Bann zerbrochen, den Necron über die Menge gelegt hatte, aber nicht vollständig. Fast ein Dutzend Männer attackierten H. P. und seinen riesenhaften Diener. Rowlfs gewaltige Fäuste flogen, und H. P. selbst versuchte die Angreifer mit dem Lauf seines Gewehres auf Distanz zu halten. Aber sie würden der Übermacht erliegen, in wenigen Augenblicken.

Und wenn nicht ihr, dann dem schwarzen Giganten.

»Roderick!« schrie H. P. mit vor Verzweiflung überschnappender Stimme. »Ich flehe dich an, wehr dich! Vernichte ihn! *wehr dich!!!*«

Und er tat es.

Es war beinahe leicht. Plötzlich war es, als erwache nun auch in ihm etwas, eine Urgewalt, die von Anfang an in ihm gewesen war, eine Macht, die er nicht verstand, die aber ungeheuer war. Wie eine unsichtbare Faust schlug sie die Barriere beiseite, die Necrons Droge in seinem Geist errichtet hatte, wuchs und wuchs und wuchs …

… und endlich begriff er.

Der Kreis schloß sich. Für den Bruchteil einer Sekunde war er wieder in Jerusalems Lot, erlebte er noch einmal das qualvolle Sterben der Stadt, spürte er noch einmal die Angst ihrer Bewohner, ihr ungläubiges Entsetzen, als sie begriffen, daß dies das Ende war. Noch einmal fühlte er die Wut der aufgepeitschten Menge, ihren Blutdurst und ihren sinnlosen, rasenden Zorn.

Und das, was sie beherrschte.

Necron.

Es war Necron

Die Macht, die die Menschen hier in der Grotte beherrschte und die, die den tobenden Mob von Jerusalems Lot gelenkt hatte, war die gleiche.

Es war Necron.

Das Ende von Jerusalems Lot war sein Werk gewesen.

Er, den sie gerufen hatten, um sie zu retten, war es gewesen, der ihnen den Tod brachte.

»Du!« sagte er ungläubig.

Und obwohl er nur geflüstert hatte, das Wort nur ein Hauch war, der voller ungläubigem Entsetzen von seinen Lippen kam, erstarrte Necron. Seine Augen weiteten sich, als sein Blick dem Andaras begegnete. Als er begriff, daß Andara *wußte.*

»Du!« flüsterte Andara erneut. »Du warst es, der …«

Dann kam der Zorn. Ein so ungeheuerlicher, brennender Zorn, daß Andara fast selbst vor der Intensität des Gefühles erschrak.

Der Mann, den seine Mutter und alle anderen für ihren Verbündeten gehalten hatten, war ihr Henker gewesen. Er war für den Untergang der Stadt verantwortlich, für den Tod aller, aller außer Andara und Jenny und vielleicht zwei, drei Glücklichen, die der tobende Mob übersehen hatte. Er war verantwortlich für alles – für die entsetzliche Hetzjagd, die begonnen hatte, für Jennys Tod, für das Leben als gejagtes Tier, zu dem sie gezwungen worden waren, schlußendlich auch für Bobs Verschwinden.

ER!

Die Zeit schien stehenzubleiben.

Alles wurde unwichtig für Andara. Der tobende Mob am Ufer, der mehr und mehr Necrons geistigem Zugriff entglitt, H. P. und Rowlf, die sich mit verzweifelter Kraft gegen das Dutzend Angreifer wehrten, selbst der schwarze Koloß im Wasser – es gab nur noch ihn und Necron, den Mann, der die Schuld an *allem* trug.

Und mit einemmal spürte Andara, daß er die Macht hatte, ihn zu töten – nicht mit seinen Händen oder mit irgendeiner Waffe, sondern durch die pure Kraft seines Willens. Ein einziger Gedanke, der bloße Wunsch, und Necron würde sterben …

Und – ja, er *wollte* es!

»Nein«, stammelte Necron. »Nicht, Roderick. Tu es nicht!«

»Töte ihn!« schrie H. P. »In Gottes Namen, Roderick, vernichte ihn!«

Andara stöhnte. Sein Geist war frei, die Wirkung der Droge erloschen unter der ungeheuren Woge von Zorn und Haß, die wie ein Taifun aus seiner Seele emporbrodelte, und er stand dem Mann gegenüber, der sein Leben zerstört hatte, seines und das zahlloser anderer.

Er *wollte* ihn vernichten. Alles in ihm schrie

danach, ihn zu töten. Er hätte sein Leben gegeben, um das Necrons zu nehmen.

Aber er *konnte* es nicht.

Necron hatte unrecht. Es *gab* einen Unterschied zwischen ihnen. Andara konnte kein menschliches Leben zerstören. Nicht einmal das seiner Feinde.

Aber es gab etwas anderes, was er tun konnte.

Mit einem gellenden Schrei wandte Andara sich um und riß die Arme in die Höhe.

»Hört auf«

Der Klang seiner Stimme hallte wie ein Peitschenhieb in der Grotte wider, aber stärker, tausendmal stärker, wirkte die Macht des suggestiven Befehles, der sie begleitete.

Es war ein geistiger Hieb von ungeheurer Macht, etwas, das stärker war als Necrons Bann, stärker als die uralte finstere Magie, mit deren Hilfe er den Willen seiner Opfer gebrochen hatte, stärker selbst als die finstere Aura des schwarzen Gottes im Wasser. Fast mühelos zerbrach er die geistigen Fesseln, an denen Necron geduldig und jahrelang gewoben hatte.

Und der Kampf hörte auf.

Die Männer und Frauen und Kinder, die gerade noch voller Panik durcheinandergelaufen waren, sich gekrümmt hatten oder einfach reglos dastanden, erwachten. Das Dutzend Gestalten, das H. P. und seinen Leibdiener niedergerungen hatte, erstarrte mitten in der Bewegung, und plötzlich wurde es still, unheimlich still. Wo vor Augenblicken noch Haß oder Blutdurst oder pure Panik in den Augen der Männer und Frauen gewesen war, erschien ein Ausdruck tiefer, mit nur langsam erwachendem Schrecken gepaarten Verwirrung. Vielleicht zum ersten Mal seit Jahren waren die Männer und Frauen von Innsmouth frei. Necrons Bann war zerbrochen. Für immer.

Ganz langsam wandte Andara sich um, nahm die Arme wieder herunter und starrte Necron an. Sie standen noch immer im Wasser, nur wenige Schritte voneinander entfernt, reglos, zwei ungleiche Gegner, so unterschiedlich, wie zwei Menschen nur sein konnten, und sich doch auf entsetzliche Weise ähnlich, voller Zorn und hilflosem Schmerz der eine, voller Haß, aber auch Angst der andere. Die Macht war noch immer in Andara, ein schwarzes finsteres Ding, das er geweckt hatte und vielleicht nie wieder loswerden würde. Etwas, das ihn drängte, Necron zu vernichten, ihn zu töten, all den Zorn und all die Wut und den Schmerz der letzten zehn Jahre auf ihn zu entladen.

Und er konnte es noch immer nicht.

In Necrons Augen blitzte es auf, als er begriff, was in Andara vor sich ging.

»Du Narr!« flüsterte er. »Du hast alles zerstört. Alles, was ich aufgebaut habe. Mein Lebenswerk. Die Arbeit eines Jahrzehntes! Du verdammter, elender Narr!«

Andaras Blick streifte den schwarzen Koloß. Das Ungeheuer war ihm nahe, nahe genug, ihn mit einer flüchtigen Bewegung seiner entsetzlichen Tentakel zu ergreifen und in die Tiefe zu zerren. Aber es rührte sich nicht. Seine gigantischen gelben Augen blickten kalt auf ihn und Necron herab, und plötzlich begriff Andara, daß es auch nicht eingreifen würde. *Sie* waren schreckliche schwarze Götter, Titanen, deren

Kraft und Bosheit die Vorstellungskraft der Menschen überstieg, aber das Kämpfen und das Töten war nicht ihr Geschäft. Es gab andere, die dies für sie taten. Das Ungeheuer lag einfach da und sah, schweigend und lauernd, so, wie *sie* seit Millionen Jahren schweigend und lauernd hinter den Mauern ihres finsteren Reiches gelegen hatten und warteten.

Wieder starrte er Necron an.

»Wo ist Robert?« fragte er. Leise. Kalt. »Wo ist mein Sohn?«

Necron lachte schrill, bäumte sich auf – und riß den Dolch aus dem Gürtel!

H. P.s Warnruf wäre zu spät gekommen, so schnell waren seine Bewegungen plötzlich. Aber er war auch nicht nötig.

Andara erwartete den Angriff beinahe ruhig. Erst im allerletzten Moment drehte er sich zur Seite, tat so, als wolle er dem Dolchstoß in gerader Linie ausweichen und warf sich mit einer schier unmöglichen Drehung noch einmal herum, als die Messerklinge seiner Bewegung zu folgen versuchte. Necron keuchte verblüfft, als seine Waffe ins Leere stieß.

Dann wurde ein Schmerzensschrei daraus, als Andara seinen Arm packte und verdrehte, so schnell und hart, daß das Messer Necrons Hand entglitt und er hörte, wie das Gelenk brach.

Andara riß den viel kleineren Necron herum, schmetterte ihm die Faust ins Gesicht und fing ihn auf, als er zusammenbrach. »Wo ist mein Sohn?« schrie er. »Wo ist Bob?«

Necron wehte sich mit verzweifelter Kraft, aber er hatte keine Chance. Andara riß ihn wie eine Puppe in die Höhe, schleuderte ihn ins Wasser und schlug ihn noch einmal, als er auftauchte. Necron schrie. Sein falsches Gesicht verrutschte; Blut floß aus seinem Mund und seiner Nase und bildete rote Schlieren im Wasser. Seine gebrochene Hand stand in groteskem Winkel ab. Aber Andara kannte kein Erbarmen. jetzt nicht mehr. Wieder packte er ihn, schlug ihm mit der flachen Hand ins Gesicht und drückte ihn unter Wasser, so lange, bis schaumige Blasen über seinem Gesicht emporstiegen.

Mit einer wütenden Bewegung, zerrte er Necron in die Höhe. Necron rang qualvoll nach Luft, strampelte hilflos und würgte Wasser und blutigen Schleim hervor.

»Wo ist Robert?!« brüllte Andara. »Rede! Antworte, oder ich ersäufe dich wie eine Ratte!«

»Nie ... mals!« stöhnte Necron. »Eher ... sterbe ich!«

Andara drückte ihn abermals unter Wasser.

Diesmal dauerte es nur Sekunden, bis Necron zu strampeln aufhörte. Als Andara ihn wieder in die Höhe zerrte, waren seine Bewegungen schwach und ohne Kraft.

»Rede!« schrie er. »Wo habt ihr Robert hingebracht?!«

»Er ist ... in ... Innsmouth«, keuchte Necron. Er kämpfte gegen die Bewußtlosigkeit, vielleicht gegen den Tod.

»Du lügst!« schrie Andara. Er machte Anstalten, Necron abermals unter Wasser zu drücken.

»Frag doch deinen Freund!« wimmerte Necron. »Er ist hier! Er war ... die ganze Zeit hier ...«

Und in diesem Moment erwachte der Koloß aus seiner Starre.

Andara spürte die Bewegung mehr, als er sie sah: ein schweres, machtvolles Erzittern des Wassers, das rasch auf den Boden, dann die gesamte Grotte übergriff.

Am Ufer gellten Schreie auf, Schreie ungläubigen Entsetzens und schriller Panik, als gewahrten die Menschen dort das gräßliche Wesen erst jetzt, und mit einemmal war die Grotte erfüllt vom Lärm flüchtender Menschen.

Andara floh nicht. Er konnte es nicht. Der Anblick des Kolosses lähmte ihn, betäubte alles, was noch an menschlichen Gefühlen in ihm war, selbst seinen Zorn. Er war dem Ungeheuer so nahe, wie ihm vielleicht niemals zuvor ein lebender Mensch gewesen war, und diese Nähe allein erschlug alles, was an Wärme und menschlichen Gefühlen in seiner Seele lebte. Er hatte nicht einmal Angst.

Ganz langsam kam der Titan näher. Seine riesigen gelben Augen fixierten Andara mit einer Ausdruckslosigkeit und Kälte, die schlimmer war als der Haß in Necrons Augen oder die stumme Bosheit in denen der Tiefen Wesen. Eine Woge entsetzlichen Gestankes hüllte Andara ein und nahm ihm den Atem. Dort, wo das Wasser den Leib des Unheimlichen berührte, begann es zu dampfen.

Ein einzelner, schleimtriefender Tentakel erhob sich zitternd aus dem Wasser, glitt wie eine suchende blinde Schlange durch die Luft, tastete hierhin und dorthin, näherte sich seinem Gesicht ...

Aber er berührte ihn nicht.

Statt dessen glitt er plötzlich zur Seite, senkte sich mit einer fast zärtlichen Bewegung auf Necron herab und umschlang ihn.

Die Augen des schwarzen Magiers wurden dunkel vor Entsetzen, als er begriff, daß nun er es war, der verraten wurde. Er hatte versagt, und in diesem letzten Moment mochte er wohl ahnen, wie die Strafe dafür aussehen mochte, und was es bedeutete, in den Dienst eines Herrn zu treten, dem das Wort Vergeben fremd war.

Aber er schrie nicht einmal. Gelähmt und starr vor Entsetzen stand er da, bis der Tentakel ihn in die Tiefe zerrte. Er machte nicht einmal einen Versuch, sich zu wehren. So langsam, wie er gekommen war, glitt der schwarze Riese wieder in die lichtlosen Tiefen des Meeres zurück.

Andara stand noch lange da und starrte das schwarze Wasser an, auch, als der Koloß längst verschwunden und selbst das unheimliche grüne Lohen erloschen war. Er hörte, wie sich die Grotte allmählich leerte, als auch die letzten flohen, endlich befreit von Necrons unsichtbaren Fesseln und halb wahnsinnig vor Entsetzen. Aber er spürte noch immer nichts. Nur einen dumpfen, erst im Erwachen begriffenen Schmerz, der schlimmer werden würde. Er hatte gesiegt. Er hatte seinen Erzfeind geschlagen, und Necron hatte schließlich doch bezahlt, für den Verrat, den er begangen hatte.

Nach einer Weile hörte er Schritte. Die Geräusche eines menschlichen Körpers, der sich durch hüfthohes Wasser bewegte. Aber er rührte sich noch immer nicht. Erst als ihn eine Hand an der Schulter berührte, erwachte er halbwegs aus seiner Betäubung und wandte wenigstens den Kopf.

H. P. stand neben ihm. Sein Gesicht war bleich und blutüberströmt. Aus seiner aufgeplatzten Lippe und einem häßlichen Riß über dem Auge rann Blut, und seine Wange hatte sich schwarz verfärbt, wo ihn ein Stiefeltritt getroffen hatte. Und trotzdem stand in seinen Augen ein fast triumphierendes Lächeln.

»Es ist vorbei, Roderick«, sagte H. P. »Wir haben gesiegt.«

»Gesiegt?« Das Wort kam sehr bitter von Andaras Lippen.

H. P. nickte. Ein Ausdruck vager Trauer mischte sich in die Erleichterung auf seinen Zügen. »Sie sind frei, Roderick. Du hast sie befreit. Innsmouth war jahrelang gefangen. Du hast den Bann gebrochen.«

»Du hast mich benutzt«, sagte Andara leise. Seine Worte waren frei von Vorwurf. Es war eine reine Feststellung von Tatsachen, mehr nicht. Aber sie tat weh. »Du hast es die ganze Zeit über gewußt, nicht wahr? Necron hat die Wahrheit gesagt.« Er versuchte, H. P. zu hassen, aber es gelang ihm nicht. Er fühlte nur Verbitterung, und einen tiefen, unendlich tiefen Schmerz, wo doch eigentlich Erleichterung sein sollte.

»Das ist wahr«, seufzte H. P. »Aber es mußte sein. Ich ... habe lange nach jemandem wie dir gesucht. Jemandem, der stark genug war, *ihn* zu besiegen.« Er deutete auf das Wasser, in dem der Titan verschwunden war. »Aber ich konnte es dir nicht sagen, ohne alles zu gefährden.«

»Du hast mich benutzt«, sagte Andara erneut. »So wie alle anderen.«

»Es ... tut mir leid«, murmelte H. P. »Aber der Preis war den Einsatz wert.« Er lächelte, griff mit klammen Fingern in seine Rocktasche und zündete sich eine seiner schwarzen Zigarren an. Seine Hände zitterten.

»Robert war niemals in Gefahr«, fuhr er fort, leise, in fast flehendem Ton und ohne Andara anzusehen. »Es sind gute Leute, die auf ihn achtgegeben haben. Sie hatten nur Angst vor Necron, das war alles.«

»Warum hast du es mir nicht gesagt?«

»Weil ich Angst hatte«, gestand H. P. »Angst, daß du Robert nehmen und gehen würdest. Es … Es tut mir leid, Roderick«, sagte er noch einmal. »Aber ich hatte keine Wahl. Ich kann verstehen, wenn du mich jetzt haßt. Aber ich … ich wäre glücklich, wenn es nicht so wäre. Ich würde gerne dein Freund sein, Roderick. Ich brauche dich.« Er sog an seiner Zigarre und blies eine graue Rauchwolke auf das Wasser herab. »Und du mich«, fügte er hinzu.

»So?« fragte Andara leise. »Und wozu?«

»Es gibt noch eine Menge zu tun.« Er deutete auf das schwarz daliegende Wasser. »Er ist besiegt, aber nicht geschlagen.«

Tun? dachte Andara bitter. Was sollte es noch geben, das irgendeinen Sinn für ihn machte? Er hatte alles getan. Er hatte den größten Kampf seines Lebens gekämpft – und gewonnen.

Aber um welchen Preis.

Großer Gott, um welchen entsetzlichen Preis!

»Und jetzt?« fragte er mit zitternder Stimme.

H. P. lächelte und blies eine weitere Rauchwolke in die Luft.

»Jetzt«, sagte er leise, »holen wir deinen Sohn, Roderick.«

Die dunklen Jahre von 1914 bis 1918.

Der Tod hielt reiche Ernte auf dem blutigen Schlachtfeld der Ehre, denn die Armeen waren zum 1. Weltkrieg angetreten. An der deutschen Westfront hatte man sich im Stellungskrieg festgefahren, und es wurde um jeden Fußbreit verbrannter Erde erbittert gerungen.

Jeder Quadratmeter im Kampfgebiet wurde von Granaten umgepflügt, die unablässig wie ein todbringender Regenschauer auf die Erde niederprasselten. Der aufgewühlte Boden war mit Metallsplittern und unzähligen Leichenteilen übersät. Eines der am stärksten umkämpften Gebiete lag bei der französischen Stadt Verdun.

Wie überall an der Front, kauerten auch hier die Soldaten auf beiden Seiten in ihren Gräben, suchten Schutz vor den tödlichen Geschossen aus feindlichen Haubitzen. Das Leben der Männer verlief in geregelten Bahnen. Man wurde von der gegnerischen Infanterie angegriffen, oder man griff, meist unter schweren Verlusten, selbst an. Die überfüllten Lazarette glichen eher den Schlachthöfen der Großstädte als Orten zur Genesung Kranker und Verwundeter.

An einem kalten, dunklen Morgen in jenen Tagen saßen auf der deutschen Seite die Soldaten konzentriert und sprungbereit in ihren Schützengräben. Eine neue deutsche Offensive stand bevor, geplant von hohen Offizieren, die sich den Verlauf der Schlacht aus sicherer Entfernung ansehen würden. Die Mannschaften und Unteroffiziere lehnten dagegen in den schmutzigen Gruben an den Erdwänden, rauchten ihre letzte Zigarette und warteten auf das Signal zum Angriff. Einige von ihnen waren ängstlich, manche trotzig entschlossen, dem Tod erneut die Stirn zu bieten, und vielen war es vollkommen egal, was mit ihnen passieren würde.

Einer in dieser Masse von Namenlosen, an die sich heute niemand mehr erinnert, war Erich von Schmid. Er war der jüngste Sproß einer verarmten Landadelsfamilie aus Schlawe, und eigentlich wollte er schon längst mit dem Studium der Tiermedizin begonnen haben. Doch das Schicksal hatte anders entschieden. So saß Erich, dessen Familie nicht genug Einfluß besaß, um ihm einen ruhigen Etappenposten zu beschaffen, als Gefreiter in einem Schützengraben und fütterte eine Ratte mit den Überresten seines Frühstücks.

Tiere waren das einzige, das Erich in diesem von Menschen geschaffenen Chaos aufrechthielt, denn zu Tieren hatte er schon immer eine besondere Beziehung gehabt. Scheue Rehe ließen sich ebenso von ihm streicheln wie ausgehungerte Wölfe. Es war, als wüßte die gesamte Fauna, daß von dem Jungen, der sich seit seinem zehnten Lebensjahr nur noch vegetarisch ernährte, weil er es nicht übers Herz brachte, Fleisch zu essen, keine Gefahr drohte.

Auch die von den anderen Soldaten verhaßten Ratten hatte Erich in sein Herz geschlossen, und immer, wenn sich eine von ihnen ihm zutraulich näherte, fütterte er sie. Wenn er mit Tieren zusammen war, hatte er das Gefühl, mit ihnen sprechen zu können. Es war, als erzählten sie ihm von ihrem Leben und ihren Abenteuern.

Erich hatte dies immer seiner lebhaften Phantasie zugeschrieben und sich bis zu jenem Zeitpunkt nichts dabei gedacht. Doch mit der Ratte in seiner

Hand war es diesmal anders. Sie schien ihn vor etwas warnen zu wollen, vor etwas, das passieren würde, wenn er den Schützengraben verließ. Eine Warnung vor Männern, die keine Deutschen waren, aber auch keine feindlichen Soldaten. Verschwommene Bilder tauchten vor Erichs Augen auf, unklare Gestalten, von denen etwas Unheimliches ausging. Nur langsam wurden die Konturen schärfer, die Gestalten sahen fast aus wie …

»He, Kleiner, träumst du?« dröhnte es in seinen Ohren.

Erich von Schmid riß verwirrt die Augen auf und sah das feiste Gesicht von Wilhelm Kanne, seinem Kameraden seit Beginn des Krieges, vor sich.

Die Ratte sprang aus Erichs Hand und verschwand im Dunkel des Grabens. Erich rieb seine schmerzenden Augen und vergaß seine Vision. »Ich war wohl einen Moment weggetreten«, sagte er dann.

»Das kann man wohl sagen«, antwortete Wilhelm grinsend. »Aber das ist ja nichts Neues bei dir. Hörst du – das Artilleriefeuer unserer Jungs hat aufgehört. Ich schätze, gleich geht's rund.«

Tatsächlich hatte sich eine unheimliche Stille über das Schlachtfeld ausgebreitet. Die Männer im Graben wurden unruhig, und dann kam schon das Signal zum Angriff.

In diesem Moment war die Hölle los. Schreiend wühlten sich die Männer aus ihren Gräben und rannten in einer menschlichen Welle auf ihren Gegner zu.

Sofort eröffneten die französischen Haubitzen ihr Sperrfeuer, und die ersten Granaten zogen ihre tödliche Bahn. Heulend schlugen sie zwischen den

Angreifern ein und töteten viele, die erst ein paar Schritte aus der Sicherheit ihres Grabens gemacht hatten.

Erich und Wilhelm überwanden eine Stacheldrahtsperre und rannten eine Anhöhe hinauf. Oben angelangt, wurden sie von einem Kugelhagel empfangen, denn die Franzosen hatten hinter dem Hügel einen Vorposten angelegt, der an dieser Stelle den deutschen Vorstoß vorzeitig aufhalten sollte. Instinktiv ließ Erich sich nach hinten fallen und rollte unsanft den Abhang wieder hinab. Dabei schlug er mehrmals hart mit dem Kopf auf und verlor seinen Helm. Als er sich benommen aufrappeln wollte, standen *sie* plötzlich vor ihm. *Sie* sahen aus wie in seinem Tagtraum.

Drei Männer, die wie Ritter in Kettenhemden gekleidet waren, darüber weiße Umhänge, auf denen jeweils ein rotes gleichschenkliges Kreuz prangte. Und sie waren tatsächlich mit Schwertern bewaffnet.

Ich muß träumen, dachte Erich, in dessen Kopf sich noch alles drehte. Außer den drei Kreuzrittern konnte er nichts erkennen, alles war verschwommen. *Und wo war Wilhelm geblieben ?*

»Nein, du träumst nicht«, sagte einer der Ritter, als ob er Erichs Gedanken erraten hätte.

Erschreckt riß Erich sein Gewehr hoch und zielte auf den Wortführer der drei Unbekannten. Der hob jedoch beschwichtigend die Hand. »Wir sind deine Freunde«, sagte er. »Wir brauchen deine Hilfe und möchten dich bitten, mit uns zu kommen.«

»Mit euch kommen?« echote Erich verwirrt. »Wohin denn? In die Stellungen der Franzosen vielleicht?«

»Ich denke, wir unterhalten uns an einem anderen Ort weiter«, lenkte der Ritter ein und nickte einem seiner Kameraden zu, der daraufhin beide Hände überkreuzt an seine Stirn legte. Erich wurde erneut schwindelig. Die ganze Welt schien sich um ihn zu drehen, bis sich die Bewußtlosigkeit wie ein schwarzes Tuch über ihn legte.

Pfeilschnell durchschnitt die Lokomotive die dunstigen Morgenschleier. Der Personenzug war auf dem Weg von London nach Aberdeen, und er war bis zum Bersten gefüllt mit Menschen. Die Verbindung bestand auf Grund des Krieges nur noch einmal am Tag, denn die Königliche Bahn brauchte ihre Waggons für Truppen- und Munitionstransporte.

Die Abteile waren überfüllt, und auf den Gängen drängten sich Männer, Frauen und Kinder. Nur ein Abteil in der 1. Klasse war lediglich mit drei Personen besetzt. Zum einen natürlich, weil die drei das Abteil für sich allein reserviert hatten, doch es hätte auch keiner der Mitreisenden den Mut gehabt, sich zu ihnen zu setzen. Selbst der Schaffner ließ diese Fahrgäste auf seinem Kontrollgang aus.

Der Mann, dessen unheimliche Ausstrahlung alle auf Distanz hielt, war groß und hager. Trotz seines fortgeschrittenen Alters wirkte er noch sehr jugendlich, sein Haar war – bis auf eine blitzförmig gezackte weiße Strähne – voll und tiefschwarz. Nur die runzlige Haut seiner Hände und die markanten Gesichtsfalten ließen ahnen, daß er die Fünfzig bereits deutlich überschritten hatte.

Seine Kleidung war teuer, wenn auch ein wenig aus der Mode, besonders der dunkle Umhang, den er trug. Sein Spazierstock stand senkrecht auf der Erde, gehalten durch seine Hände, die den Knauf umfaßten und auf denen der Kopf des Mannes ruhte. Seit Stunden verharrte er schon regungslos in dieser dumpf brütenden Position. Und seit Stunden war auch dieses gespenstische Flackern in seinen Augen, welches allen Passagieren, außer seinen beiden Reisebegleitern, Angst einjagte.

Plötzlich fuhr der Mann aus seiner Erstarrung auf.

»Es hat sich etwas verändert. Spürst du es auch, Richard?« wandte er sich an einen seiner Mitreisenden. Der Angesprochene sah aus wie eine zu jung geratene Kopie des unheimlich wirkenden Mannes. Obwohl erst 15 Jahre alt, hatte er bereits die Größe eines Erwachsenen. Seine Augen wiesen leicht orientalischen Einschlag auf, doch der einzige Unterschied war das Fehlen der schlohweißen Strähne im pechschwarzem Haar.

»Nein Vater, ich habe nichts bemerkt«, antwortete er nach einigem Zögern.

»Nichts bemerkt?« Robert Craven zog ungläubig die Augenbrauen in die Höhe. »Aber es war ein ganz deutlicher Impuls!«

»Nun laß ihn doch«, mischte sich der dritte Mann ein. »Der Kleene is ja nu och erst am Anfang seiner Fähigkeiten, wie kannste da verlangen, dasa alles merkt, was du so mitkriegst.«

Craven seufzte und lehnte sich in seinem Sitz zurück.

»Ja, du hast wohl recht, Rowlf. Ich vergesse immer wieder, daß er einfach noch zu jung ist«, sagte er dann leise. Und bemerkte nicht, wie sein Sohn bei diesen Worten zusammenzuckte. Robert Craven hatte dafür keine Augen; er war einfach zu müde. Müde von dem jetzt schon Jahrzehnte währenden Kampf gegen die Mächte der Finsternis. All die Jahre der Anspannung, die vielen Niederlagen und all die geliebten Menschen, die er verloren hatte, dies alles war nicht spurlos an ihm vorübergegangen.

Er wohnte in einem prächtigen Haus am teuren Londoner Ashton Place. Er besaß ein größeres Vermögen, doch die Londoner High-Society mied ihn. Man munkelte, daß er mit dem Teufel im Bunde sei, und viele nannten ihn deshalb hinter vorgehaltener Hand nur den HEXER.

Robert Craven besaß nur wenige Freunde. Und einer seiner besten war der Grund für seine jetzige Niedergeschlagenheit.

H. P. Lovecraft lag im Sterben.

Trotzdem hatte Robert ihn in London allein lassen müssen, denn das Schicksal der Welt stand auf dem Spiel.

Der Hexer wußte, daß sein Kampf niemals zu Ende sein würde, aber er ahnte nicht, welch wichtige Rolle ein deutscher Frontsoldat aus den Schützengräben von Verdun bald für ihn spielen sollte.

Stöhnend richtete sich Erich von Schmid auf. Er lag auf einem klapprigen Bett mit Strohmatratze, offensichtlich in einer einfachen Holzhütte. Nicht weit von ihm entfernt saßen die drei seltsamen Männer um einen wackligen Tisch. Als von Schmid sich in seinem Bett aufsetzte, erhoben sich auch die Männer von ihren Stühlen. Sie hatten ihre mittelalterliche Kleidung gegen weniger auffällige Sachen eingetauscht. Gegen Uniformen der britischen Armee, um genau zu sein.

»Ich hoffe, du hast unsere kleine Reise gut überstanden«, wandte sich der Wortführer der drei an den Deutschen.

»Wo bin ich hier? In einem englischen Gefangenenlager?« fragte Erich verständnislos.

Die drei Männer lachten.

»Nein«, antwortete dann ihr Sprecher. »Wir bedienen uns nur dieser Uniformen, um die Bevölkerung in dieser Gegend nicht zu beunruhigen. Es würde für einige Aufregung sorgen, wenn wir in den Gewändern unseres Ordens herumlaufen würden. Kennst du den Templerorden?«

»Nun«, antwortete Erich zögernd, »mein Onkel hat mir einmal etwas über einen Ritterorden dieses Namens erzählt. Aber die Templer existieren nicht mehr, sie wurden bereits vor Jahrhunderten aufgelöst.« Und zwar, weil den Templern die Abkehr vom Glauben und Teufelsverehrung vorgeworfen wurde, dachte Erich weiter, aber das behielt er lieber für sich.

»Dein Onkel? Botho von Schmid?«

»Ja. Wo woher kennt ihr ihn?«

Der Templer setzte ein wissendes Lächeln auf. »Es ist wohl an der Zeit, uns vorzustellen und dir einige Erklärungen zu geben«, sagte er. »Neben mir siehst du die beiden ehrenwerten Brüder Thomas McCarthy und Jop de Vries. Ich selbst heiße Jean-Paul Balestrano. Wir drei bilden die Führungselite dessen, was von dem Orden der Templer übriggeblieben ist. Mein Vater Jean Balestro und dein Onkel Botho von

Schmid waren gute Freunde und enge Vertraute. Sie gehörten den Tempelherren an, als diese noch in der Blüte ihrer Macht standen. Mit anderen Worten, bevor der Anti-Christ in Form des Hexers Robert Craven erschienen ist, um die letzten Bastionen des Herrn zu zerstören.«

»Robert Craven? Diesen Namen habe ich noch nie zuvor gehört.« Erich von Schmid war verwirrter denn je.

»Das ist nicht so wichtig«, entgegnete Jean-Paul Balestrano. »Viel wichtiger ist, daß wir dich endlich gefunden haben. Den Mann, der die gleichen Fähigkeiten besitzt wie Botho von Schmid, der legendäre Animal-Master des Ordens. Mit dir zusammen werden wir die Tempelherren zu ihrer alten Größe zurückführen.«

»Ich fürchte, ich werde euch enttäuschen müssen«, wehrte Erich von Schmid ab, dem die ganze Situation langsam über den Kopf wuchs. »Ich habe keine besonderen Kräfte, die euch gegen den Anti-Christen helfen könnten. Ich bin nur Soldat!«

Balestrano lächelte erneut. »Aber natürlich seid Ihr etwas Besonderes«, widersprach er. »Genauso wie Bruder McCarthy, der durch die Kraft seiner Gedanken von einem Ort zum anderen reisen kann. Oder wie Bruder de Vries, der mit seinem Willen Gegenstände bewegt, ohne sie zu berühren. Und Ihr, Bruder von Schmid, Ihr könnt doch mit Tieren kommunizieren und ihnen Befehle erteilen, oder etwa nicht?«

Erich von Schmid zeigte sich überrascht.

»Nun, ich gebe zu, daß ich mit Tieren sehr gut auskomme, aber daß ich ihnen Befehle erteilen kann, ist wohl …«

Balestrano zog den Soldaten ungeduldig vom Bett. »Kommt mit mir!«

Er zog Erich hinter sich her, bis sie vor einem Fenster standen. Der Templer stieß die Fensterläden beiseite und blickte ins Freie.

Erich von Schmid konnte nun erstmals die Umgebung sehen, in der er sich befand. Es schien sich um eine ausgedehnte Sumpflandschaft zu handeln.

Plötzlich stieß Balestrano einen Arm in die Höhe und deutete in den freien Himmel. »Dort, Bruder von Schmid – seht Ihr den Falken, der dort oben schwebt?«

Erich folgte mit dem Blick der Richtung von Balestranos Arm. Tatsächlich zog hoch oben ein Greifvogel seine Kreise. Nach Erichs Meinung eher ein Bussard, aber das spielte zur Zeit wohl keine Rolle.

»Befehlt ihm, herunterzukommen und auf Eurer Hand zu landen!« rief der Tempelherr in herrischem Ton.

»Soll ich zu ihm hochrufen?« wagte es Erich zu entgegnen.

»Befiehl es ihm mit der Macht deiner Gedanken. Ich weiß, daß du es kannst. Auch wenn du selbst es vielleicht nicht wahrhaben willst.«

Das klang schon freundlicher. Und Balestrano hatte recht. Erich wußte plötzlich, daß er es konnte, im selben Moment, in dem er es versuchte. Augenblicklich brach der Bussard seine kreisförmige Flugbahn ab und stürzte auf die kleine Jagdhütte im Moor zu. Sanft landete der Vogel auf Erichs ausgestreckter Hand. Begeistert wandte sich Balestrano zu seinen beiden Brüdern um. Auch sie schienen zufrieden zu sein.

»Nach Westen gibt's keene Zuchverbindung. Der Bahnhofsobersepp sagt, dasses da nur ne Menge Moor gibt, un nur wenich Menschen. Schaut aus, als wäre da der Hund begraben. Wir müssen sehen, daß wirn Automodingsbums oder ne Kutsche mieten können.«

»Danke, Rowlf.« Robert Craven, der mit seinem Sohn auf dem Bahnsteig dieser Provinzstadt gewartet hatte, bis sein breitschultriger Freund die nötigen Erkundigungen eingeholt hatte, sah kurz auf seine Uhr. »Ich denke, wir versuchen einen Wagen zu mieten und nehmen uns dann ein Zimmer in einem Hotel. Es hat keinen Zweck, heute noch weiterzufahren. Die Dunkelheit würde uns sehr überraschen. Aber wir sind ganz in der Nähe, das fühle ich. Es ist westlich von uns.«

Die drei Gefährten nahmen ihre Koffer in die Hand und machten sich auf den Weg, um ein Quartier für die Nacht zu suchen.

Der Tag neigte sich schon dem Ende entgegen, als die drei Tempelherren und der deutsche Soldat ihr Ziel erreichten. Auch Erich von Schmid trug nun eine englische Uniform.

»Woran denkst du?« fragte McCarthy den nachdenklichen von Schmid.

»Ich kann einfach noch nicht fassen, daß ich in Schottland sein soll. Heute morgen war ich noch auf dem Schlachtfeld vor Verdun, und nun ...«

»Ich kann deine Verwirrung verstehen, Bruder von Schmid«, mischte Balestrano sich ein. »Aber du mußt eben erst einmal alles hinnehmen und uns vertrauen. Wir brauchen deine Hilfe zur Erlösung unserer Welt vom Bösen.«

Erich nickte automatisch. Er verstand immer noch nicht, was er eigentlich tun sollte.

Ein schmuckloses, rechteckiges Gebäude war vor den Männern aufgetaucht. Es besaß große Fensterbögen ohne Scheiben oder Holzläden und das gedrungene Dach einer Kapelle. Das Gebäude war nicht größer als ein normales Bauernhaus, aber wenn man sich ihm näherte, bekam es die Ausstrahlung von der düsteren Macht einer Kathedrale.

Der Eingang war durch keine Tür abgesichert. Als Erich das Haus betrat, krampfte sich sein Magen zusammen, und ein kalter Schauer fuhr ihm über den Rücken. Irgend etwas, das spürte der Soldat, irgend etwas an diesem Ort war *böse*.

»Sieh dich nur um!« forderte Jean-Paul Balestrano ihn im Ton eines stolzen Hausbesitzers auf. Der Templer schien die unheimliche Atmosphäre gar nicht zu bemerken.

Viel zu sehen gab es nicht. Direkt hinter dem Eingang war eine Wand, die sich bis kurz vor die Decke der Kapelle erstreckte. Nach links und rechts erreichte sie ebenfalls fast die Außenabmessungen des Gebäudes. In gleichmäßigen Abständen befanden sich Nischen in der Wand, in denen nicht nur Kerzen und Fackeln brannten, sondern auch noch jeweils das Symbol des christlichen Glaubens eingelassen war, ein großes Kreuz. Auch der Rest der Wand war mit zahlreichen in das Mauerwerk eingelassenen Zeichen und Symbolen verziert, deren Bedeutung Erich allerdings nicht kannte.

Er wandte sich nach links und ging den Gang bis

zum Ende entlang. Nach rechts schloß sich im Neunzig-Grad-Winkel an die Innenwand eine neue Mauer an. Wieder ohne Fenster oder Türen, nur die gespenstisch beleuchteten Nischen und die zahlreichen in die Wand eingefaßten, überwiegend aus Edelmetallen gefertigten Zeichen und Kreuze. Erich folgte auch dem neuen Gang, wobei sich seine Magenschmerzen bei jedem Schritt verschlimmerten. An der nächsten Ecke zeigte sich, wie nicht anders zu erwarten, das gleiche Bild. Es schien gar keinen Weg zum quadratischen Innenraum der Kapelle zu geben.

Trotz der großen Fensteröffnungen herrschte keine Zugluft in dem Gebäude, und die Kerzen und Fackeln verbrannten mit ruhiger Flamme.

Nachdem Erich seinen Rundgang beendet hatte, fand er seinen Verdacht bestätigt. Der gemauerte Quader in der Kapelle besaß keine Eingangsöffnung.

Als er zum Ausgangspunkt seiner Besichtigung zurückkehrte, erwarteten ihn die Tempelritter mit gespannten Gesichtern.

»Nun, ist dir etwas aufgefallen?« fragte de Vries ungeduldig.

»Laßt uns nach draußen gehen«, schlug Erich krächzend vor, denn er hatte das Gefühl, daß er sich gleich übergeben müßte. Außerhalb der Kapelle, vor der ein frischer Wind wehte, fühlte er sich etwas besser. Wenn auch nur ein wenig.

»Das einzige, was mir auffiel«, sagte Erich mit belegter Stimme, »ist, daß die Mauern da drinnen dicker sind als die Außenwände. Es sieht fast so aus, als wenn man etwas eingemauert hätte und nicht wollte, daß es herauskommt.«

Die drei Templer sahen sich verblüfft an. »Respekt, mein lieber Bruder«, sagte dann Balestrano. »Ihr seid dem Geheimnis erstaunlich nahe gekommen. Das Innere der Kapelle, der aus Feldsteinen errichtete Block, ist älter als der christliche Glaube. In ihm wurde vor Jahrtausenden ein Tier eingesperrt, von dem man annahm, daß es schlecht sei. Später, als das Land hier missioniert wurde, setzte man die Kreuze in die Nischen und baute die Kapelle um das Verlies.

Doch die Menschen haben sich geirrt. Das eingesperrte Tier hat keinen von Grund auf verderblichen Einfluß. Es bedarf nur der richtigen Anleitung. Wir sind hier, um uns mit deiner Hilfe seine Macht zunutze zu machen, um damit die Leiden der Menschheit zu beenden. Und um es dem Zugriff des Anti-Christen zu entziehen, der schon auf dem Wege hierher ist, weil er das Tier für seine finsteren Zwecke mißbrauchen und die Welt in das Chaos stürzen will.«

Erich blieb unsicher. Wenn das Biest nur halb so böse war wie die Ausstrahlung, die er spürte, dann bezweifelte er, daß man es je für die gute Sache einspannen konnte.

»Wann wollt ihr das Tier befreien?« fragte er. Seine Stimme schwankte leicht.

»Morgen! Bruder McCarthy und Bruder de Vries werden heute nacht noch einige notwendige Beschwörungen und Rituale durchführen. Du mußt zurück zur Hütte und ein wenig schlafen, damit du morgen für deine große Aufgabe ausgeruht bist. Ich werde dich begleiten, denn allein wärst du in diesem tückischen Moor verloren.«

Zusammen gingen Balestrano und von Schmid zurück zur Jagdhütte. Eigentlich war es ja sehr zuvorkommend von Balestrano, daß er sich um seinen deutschen Gast kümmerte. Warum hatte Erich dann nur das Gefühl, daß man ihn überwachen wollte, um einem eventuellen Fluchtversuch vorzubeugen?

Robert Craven schlief tief und fest. So tief und fest jedenfalls, wie es sich ein Magier in seiner Situation erlauben konnte.

Plötzlich schlug irgend etwas in seinem Kopf Alarm. Robert schlug die Augen auf und war sofort hellwach. Neben seinem Bett stand ein Mann in der traditionellen Kleidung eines Templers. Er hatte sein gewaltiges Schwert bereits über den Kopf erhoben.

Doch bevor er seinen tödlichen Hieb ausführen konnte, blitzte es in Roberts Augen kurz auf. Der Templer wurde von einer unsichtbaren Faust in die Höhe geschleudert und prallte krachend gegen die Wand. Robert richtete sich in seinem Bett auf, hob beide Hände und zielte mit ihnen auf den Templer, der sich gerade torkelnd erhob.

Kleine weiße Blitze stoben aus Roberts Fingerspitzen, packten den Attentäter, rissen ihn erneut in die Luft und schleuderten ihn durch das geschlossene Fenster aus dem ersten Stock.

Noch bevor der Tempelritter auf natürliche Weise aus Roberts Sichtfeld verschwand, löste er sich in Luft auf. Überrascht verließ Robert das Bett und blickte aus dem Fenster

Unten auf der Straße lagen nur einige Glassplitter

und das zerborstene Fensterkreuz. Der Mond beobachtete die Szene wie ein großes, kaltes Auge in der Finsternis.

Plötzlich wurde an der verriegelten Zimmertür gerüttelt. »Vater, ist alles in Ordnung mit dir?« rief eine ängstliche Stimme fragend.

»Ja, Richard«, antwortete der Hexer. »Geh wieder zu Bett. Es war nur eine Warnung, kein echter Angriff.«

Die Zimmertür war von innen verriegelt, genauso wie es das Fenster gewesen war. Der Templer war auf andere Art und Weise in das Zimmer gelangt. Doch das wunderte Robert nicht; er hatte den Angreifer erkannt.

Es war Thomas McCarthy gewesen, einer der abtrünnigen Templer.

Dampfende Nebelschwaden stiegen aus dem Moor auf, und der Morgen war kalt und unfreundlich. Aufsteigendes Sumpfgas verströmte einen schwachen, aber durchdringenden Fäulnisgestank.

Verdrossen stapfte Erich von Schmid über den schmalen Trampelpfad, der im Zickzackkurs von der alten Hütte zu der Kapelle führte. Obwohl es bereits Tag war, konnte man die Sonne nicht sehen. Die Landschaft ringsum verschwand in grauen Nebelschwaden, die aus dem Tageslicht ein diffuses Halbdunkel machten.

Erich hatte nur sehr schlecht geschlafen in der Nacht, denn wirre und unruhige Träume hatten ihn bis ins Morgengrauen verfolgt. Und er hatte genug Gerüchte über Satanskulte und Schwarze Messen gehört, um den Inhalt seiner blasphemischen Visionen zu erkennen. Es waren Beschwörungen der dunklen Mächte gewesen, des Bösen in seiner ursprünglichen und reinen Form. In seinem Traum hatten de Vries und McCarthy diese finsteren Rituale und Blutopfer durchgeführt, und die obszöne Art und Weise, in der sie es getan hatten, hatte Erich von Schmid den Magen umgedreht.

Der deutsche Soldat war sich nicht im klaren darüber, inwieweit die krankhaften Exzesse, die sich vor seinem geistigen Auge abgespielt hatten, mit den realen Vorgängen in der Kapelle übereinstimmen mochten, aber er beschloß, Vorkehrungen für den Fall zu treffen, daß sich die Templer als Teufelsanhänger entpuppen sollten.

Jeder Schritt, der Erich dem mysteriösen Felsquader näher brachte, verstärkte wieder das düstere Gefühl, das ihn bereits am Vortag beschlichen hatte. Das dunkle Ahnen, daß er sich dem Bannkreis von etwas näherte, das so unbeschreiblich grausam und *böse* war, das …

Erich verscheuchte seine Gedanken. Wenn er diese Tagträume zu Ende dachte, lief er Gefahr, verrückt zu werden.

Zum Glück erreichte er nun mit Balestrano das unselige Gebäude und wurde durch McCarthy und de Vries abgelenkt. Die beiden trugen wieder ihre Kleidung, die sie als Mitglieder des Ordens auswiesen. Ihre weißen Umhänge mit dem darauf befindlichen gleichschenkligen Templerkreuz wogten in der heftigen Morgenbrise. Seltsam – im Moor war es die Zeit über windstill gewesen, und hier …

McCarthy trug seinen rechten Arm in einer Stoffschlinge, und sein Gesicht wies einige kleine Schnittwunden auf.

»Was ist passiert?« fragte von Schmid besorgt.

»Oh, nichts Besonderes. Nur ein kleines Mißgeschick«, antwortete McCarthy abwehrend, wobei er aber gleichzeitig einen vielsagenden Blick an Balestrano richtete. Dieser hob ein wenig die Schulter an und machte ein Gesicht, als wenn er ein solches Unglück vorausgesehen hätte.

Nach einem Moment des Schweigens betraten die vier Männer die Kapelle. Das Böse lag spürbar im Raum, wie ein knisterndes Feld von elektrischen Spannungen. Trotz der frischen Brise, die draußen die Nebelschwaden durcheinandertrieb, war es in dem Gebäude mit den vielen Fensteröffnungen wieder windstill.

Erich von Schmid sah, daß die Tempelritter genau gegenüber dem Eingang eine Nische in die Wand des gemauerten Quaders gebrochen hatten. Vor dieser Nische hatten die Templer ein Pentagramm und andere Symbole aufgemalt, von denen von Schmid nicht glauben konnte, daß sie christlichen Ursprungs waren. Beleuchtet wurden die farbigen Bodenmalereien von kleinen Messingschalen, in denen Öle und Kräuter verbrannten, die einen üblen Geruch verbreiteten.

Am meisten überraschte den Soldaten die Nische selbst. Die gemauerte Wand war zur Gänze durchbrochen worden und gab den Blick auf eine weitere Steinmauer frei. Doch die würde auch nicht mehr lange Bestand haben, das zeigte Erich ein Blick auf zwei an der Wand lehnende Spitzhacken, neben denen ein Kreuz *verkehrt herum* aufgestellt worden war. Erich hatte immer weniger den Eindruck, daß hier etwas zelebriert wurde, das auch nur entfernt mit dem Christentum in Verbindung stand.

»Bereitet Euch auf Euren Einsatz vor, Bruder von Schmid«, flüsterte Balestrano dem Deutschen beschwörend ins Ohr. »Wir führen die letzten Schritte durch.«

Während die Templer alles daransetzten, ihre blasphemische Tat zu Ende zu bringen, dachte Erich von Schmid an Flucht. Aber er wußte, daß es dazu nun zu spät war.

Rowlf brachte fluchend den Zweispänner neben einem Schäfer zum Stehen, der gerade seine Herde zu einem neuen Weideplatz trieb. Robert Craven beugte sich aus der offenen Kutsche hinaus und wandte sich an den Mann, der ihn neugierig musterte.

»Ich habe von einer kleinen, einsamen Kapelle gehört, die sich hier im Moor befinden soll. Können Sie mir den schnellsten Weg dorthin beschreiben?« fragte er ohne lange Umschweife, denn die Zeit brannte ihm unter den Nägeln.

Der alte Schäfer zog sein faltiges Gesicht zusammen, so daß seine buschigen Augenbrauen über der Nasenwurzel zusammenstießen.

»Die alte Kapelle? Die ist doch verflucht. Keiner geht dort freiwillig hin! Außer den Soldaten von dieser Fernmeldeeinheit. Die haben da wohl eine Funkstation oder so gebaut. Deshalb ist das jetzt auch alles abgesperrt«, fügte er noch mißtrauisch hinzu.

Robert Craven hatte nicht mehr viel Zeit. In seinen bisher ruhigen Augen blitzte es plötzlich auf. Ohne

Schwierigkeiten drang er in das Bewußtsein des Schäfers ein und holte sich die Informationen, die er benötigte.

Gleichzeitig spürte er, wie sein Sohn zusammenzuckte, denn er hatte den Vorgang auf mentaler Ebene mitverfolgt.

Robert konnte seinen Sproß verstehen. In jungen Jahren hatte er ähnliche Skrupel besessen, und auch heute machte es ihm keine Freude, andere Menschen zu manipulieren. Doch die äußeren Umstände erforderten harte Maßnahmen. Robert hoffte nur, daß er durch solches Tun nicht eines Tages das Vertrauen seines Sohnes verlieren würde.

Das Hämmern der Spitzhacken dröhnte in Erichs Ohren. Jeder Schlag brachte das Unbekannte, das *Böse* näher ans Tageslicht. Ein unsichtbares, kaum wahrzunehmendes Schwingen lag in der Luft. Steif und unbeweglich stand Erich da. Der kalte Schweiß brach an seinem ganzen Körper aus weit geöffneten Poren heraus. Wie eine kalte Stahlklammer legte sich die Angst um sein Herz, das wild gegen seine Rippen pochte. Selbst unter schwerstem Artilleriebeschuß hatte sich Erich noch nie so elend gefühlt wie in diesen endlosen, zähen Minuten des Wartens.

Der unheilvolle Akt stand kurz vor seiner Vollendung. Als Erich schon dachte, daß sein Herz zerspringen müßte, war es endlich soweit. Die beiden Templer brachen einen großen Feldstein aus der letzten Mauer, und eine schwarze, alles Licht verschluckende Öffnung wurde frei. Übler Modergeruch stieg ihnen entgegen.

Nun war es für eine Umkehr endgültig zu spät!

Aus dem Inneren des Quaders erscholl ein Brummen, als ob ein gewaltiger Totenchor aus den Tiefen des Moores die Ankunft des *Bösen* verkündete.

Jean-Paul Balestrano trat vor die Öffnung. Er hob seine Arme und murmelte Beschwörungen in einer unbekannten, längst vergessenen Sprache, die nicht für die menschlichen Stimmbänder geschaffen war.

Keine Grille zirpte, kein Vogel schrie, kein Windstoß war von draußen zu hören. *Absolute Stille.*

Und dann brach die Hölle über sie herein.

In einer gewaltigen Explosion zerriß die Nische vor ihnen. Die vier Männer wurden von einer gewaltigen Druckwelle erfaßt und durch den Eingang nach draußen geschleudert. Nur dem weichen Moosboden der Moorlandschaft war es zu verdanken, daß sich niemand von ihnen die Knochen brach. Gewaltige Schwaden dunkler, stinkender Luft brachen aus dem neuentstandenen Loch hervor. Sie war so dicht, daß man sie mit einem Schwert in Scheiben schneiden konnte, und derart schnell, daß der Nebel nicht in der Lage war, rechtzeitig zu weichen.

Das TIER, welches so lange verborgen gewesen war, begann sich ans Tageslicht zu arbeiten.

Und da erkannte Erich endgültig ihren großen Irrtum. Es war ein Tier, das war wohl richtig. Aber es war noch viel mehr als das. Entsetzlich viel mehr!

Das TIER begann seine Fühler nach draußen zu strecken, und was Erich von Schmid dabei zu sehen bekam, raubte ihm fast den Verstand.

Entsetzt schlug er die Hände vors Gesicht. In seinem Magen explodierte etwas, raste über die Speiseröhre in seinen Mund und kam als Schrei eines Irrsinnigen über seine Lippen. Auch die Templer konnten ihr Entsetzen nicht verbergen.

»Tu doch etwas, Bruder von Schmid!« rief Balestrano. Panik schwang in seiner Stimme mit. »Du mußt es bezwingen und deinem Willen unterwerfen!«

Mit letzter Kraft bekämpfte Erich den Wahnsinn, der von ihm Besitz ergreifen wollte. Dann konzentrierte er sich und versuchte, das TIER zurückzudrängen.

Es gelang ihm auch, Kontakt zu dem TIER aufzunehmen; es war ekelhaft und schmerzvoll. Schreiend brach er die Verbindung ab und sank auf die Knie. Niemals würde er dem TIER seinen Willen aufzwingen können.

Mit lautem Krachen versuchte das TIER durch die enge Öffnung zu brechen. Noch wurde es von einigen noch wirksamen Bannsymbolen daran gehindert, das Loch zu vergrößern, aber es würde nicht mehr lange dauern; dann war es endgültig frei!

»Ihr Narren, was habt ihr getan?!«

Der Schrei ließ Erich herumfahren. Ein Mann im wehenden Umhang kam auf sie zugerannt. In der Hand hielt er einen Spazierstock wie zur Attacke, und sein mit einer gezackten weißen Strähne verziertes Haar flatterte im Wind. Begleitet wurde er von einem Jungen, der auffallende Ähnlichkeit mit ihm hatte, und einem breitschultrigen Hünen mit grauem Haar.

Balestrano schrie auf. »Craven!« brüllte er haßerfüllt.

Also der Anti-Christ. Aber war er das wirklich?

Der Hexer machte eine einzige komplizierte Handbewegung in Richtung des Templers, und Balestrano stürzte zu Boden. Dann rannte er weiter auf die Kapelle zu und begann Worte in einer Sprache zu schreien, deren unmögliche Silben die Ohren schmerzen ließen. Der Hexer blieb stehen, und aus seinen vorgestreckten Händen schossen grelle Lichtblitze, die das TIER empfindlich trafen.

Von Schmid konnte sich nicht helfen; er fand, daß dieser Mann auf der richtigen Seite stand. Da sprang plötzlich de Vries mit gezücktem Schwert vor, um Craven mit einem feigen Schlag aus dem Hinterhalt zu töten. Beherzt warf sich Rowlf auf den bewaffneten Mann und rang ihn zu Boden.

Balestrano hatte indessen McCarthys Schwert an sich gerissen und sich Richard Craven zugewandt. Doch bevor der Templer den Jungen erreicht hatte, sauste ein dunkler Schatten vom Himmel und schnitt mit scharfen Krallen in Balestranos Hand. Fluchend ließ der Ritter seine Waffe fallen. Die Schwingen des Falken peitschten sein Gesicht.

»Das hättet ihr nicht tun sollen, Balestrano! Nur ein Vertreter des Bösen würde einen wehrlosen Jungen mit dem Schwert erschlagen. Ich weiß nun, daß eure Ziele falsch sind.«

Erich von Schmid hatte sich bei diesen Worten zwischen dem Templer und den jungen Craven gestellt.

In Balestranos Augen glomm das Feuer des Fanatikers, als er erwiderte: »Was weißt du schon, verdammter Tölpel? Mit meiner Hilfe wird das Jüngste Gericht über die Weit hereinbrechen. Und wir alle werden geläutert daraus hervorgehen, und kein alberner Vogel wird mich daran hindern, meinen Plan auszuführen!«

Von Schmid lächelte grimmig. »Ich habe bereits befürchtet, daß es zu einer solchen Auseinandersetzung kommt. Deshalb habe ich noch ein paar Freunde von mir eingeladen.«

Bei diesen Worten blickte von Schmid gen Himmel. Balestranos Augen folgten den seinen, und was der Templer sah, ließ ihm das Blut in den Adern zu Eis gefrieren.

Die Nebeldecke über ihnen zeigte die Schatten von rund hundert Greifvögeln aller Art, die ruhig ihre Bahn zogen.

»Du wirst uns nicht aufhalten, verdammter Fritz!« schrie Thomas McCarthy und zog einen Trommelrevolver der britischen Armee unter seinem Templerumhang hervor.

Doch er kam nicht mehr dazu, ihn auf jemanden zu richten, genausowenig, wie Balestrano noch einmal sein Schwert einsetzen konnte. Auf einen lautlosen Befehl hin stürzten sich die Vögel herab, um ihren blutigen Auftrag zu erfüllen. Gegen ihre scharfen Krallen und Schnäbel hatten die beiden Männer keine Chance.

Erich von Schmid wandte sich von dem grauenvollen Anblick ab und lief auf Robert Craven zu. Der Hexer war fast am Ende seiner Kräfte. Es gelang ihm zwar, das TIER in Schach zu halten, aber nicht, es zurückzudrängen. Robert lief der Schweiß bereits in Strömen von der Stirn. Plötzlich bemerkte er den unbekannten Soldaten neben sich.

Erich von Schmid wurde einen Moment lang noch einmal von der widerlichen Erscheinung des TIERES gefangengenommen. Es sah zu grotesk und grausam aus, so … so …

Erich drängte diese Gedanken beiseite und konzentrierte sich auf das TIER .

Geh weg! Geh wieder zurück! ZURÜCK!

Das TIER brüllte vor Schmerz, mobilisierte seine letzten Kräfte, wollte die beiden unbedeutenden Figuren die sich ihm da in den Weg stellten, beiseite drängen. Doch es gelang ihm nicht.

Craven und von Schmid besaßen zusammen die Macht zum Widerstand. Sie drängten das TIER zurück in sein Gefängnis. Dann stellte Robert sich vor die dunkle, alles verschluckende Öffnung zur fremden Dimension. Er zeichnete mit der Hand einige flammende Symbole in die Luft, die dort leuchtend bestehen blieben.

»Das wird reichen, bis das Loch wieder vermauert und magisch versiegelt ist«, erklärte er dann knapp. Danach wandte er sich um und ging nach draußen. Rowlf saß auf der Brust des bewußtlosen de Vries, dem einzigen Templer, der jenen Tag überleben sollte.

Robert kniete sich neben den gräßlich verstümmelten Balestrano, der in seinen letzten Zügen lag, und drang sanft in sein Bewußtsein ein. Nach wenigen Augenblicken richtete sich der Hexer auf, nun informiert über die bisherigen Geschehnisse in der alten Kapelle.

Er wandte sich an den deutschen Soldaten. »Ich denke, ich bin euch zu Dank verpflichtet. Ohne Eure Hilfe wäre es mir sicher nicht gelungen, das TIER in seine Verbannung zurückzuschicken.«

»Nun, ohne mich hätten die Wahnsinnigen es vielleicht erst gar nicht freigelassen«, antwortete Erich leise.

Doch Robert schüttelte den Kopf. »Nein, sie waren

verblendete Fanatiker. Ich bin ihnen auf der Spur, seit sie ihre ersten Beschwörungen vor einigen Tagen begannen. Anhand der schwarzmagischen Schwingungen gelangte ich hierher. Sie waren schon zu weit gegangen, deshalb mußten sie heute das Verlies öffnen, ob mit oder ohne dich. – Was willst du nun tun?« fügte er nach kurzer Pause hinzu.

»Ich muß versuchen, zurück zu meiner Einheit nach Verdun zu kommen.«

»Du willst zurück in den Krieg?« fragte Craven ungläubig. »Aber du kannst hierbleiben. Mit deinen Fähigkeiten kannst du es weit bringen.«

Erich schüttelte traurig den Kopf. »Nein, ich kann nicht in England bleiben. Man würde mich als Spion verhaften und erschießen. Und nach Hause kann ich auch nicht zurück, denn dort würde man mich für einen Deserteur halten und ebenfalls verurteilen. Nein, ich muß zurück an die Front.«

»Ich weiß nicht, ob du recht hast«, sagte Robert Craven nachdenklich, »aber ich werde dir helfen. Von Balestrano weiß ich, von woher sie dich geholt haben. Bleib ruhig stehen und vertraue mir.«

Robert legte von Schmid eine Hand auf die Schulter und konzentrierte sich. Von einer Sekunde auf die andere war der Soldat verschwunden.

Danach machten sich Robert und seine Gefährten daran, das Verlies zu schließen und zu versiegeln. Robert war sehr zufrieden. Sie hatten diesen gefährlichen Tag wirklich gut überstanden.

Erich von Schmid überstand seine Reise zurück in den Krieg ebenfalls hervorragend. Er war sofort bei klarem Verstand, als er auf dem rauchenden Trümmerfeld aus dem Nichts erschien. Er orientierte sich kurz, und wirklich, er befand sich fast an der gleichen Stelle, an der man ihn abgeholt hatte. Der Frontenverlauf schien sich nicht verändert zu haben. Eilig lief Erich auf die deutschen Stellungen zu, bevor ihn ein französischer Scharfschütze ins Visier nehmen konnte.

Aus dem Schützengraben tauchte plötzlich ein Gesicht auf. Erichs Herz schlug schneller vor Freude; es war sein alter Kamerad Wilhelm Kanne. Erich winkte mit der Hand, um auf sich aufmerksam zu machen, und lief weiter. Es waren nur noch hundertfünfzig Meter bis zum rettenden Graben. Da sah er plötzlich, wie Wilhelm das Gewehr auf ihn richtete. Erschrocken verlangsamte er seinen Lauf, seine Kehle schnürte sich zu vor Angst.

DIE ENGLISCHE UNIFORM, schoß es ihm durch den Kopf, gefolgt von einer deutschen Gewehrkugel, die durch sein Gehirn drang.

Erich von Schmid starb, bevor sein Körper auf den durchgeweichten Boden von Verdun aufschlug.

In der deutschen Stellung lehnte sich Wilhelm Kanne zufrieden zurück. Er hatte Rache für seinen umgekommenen Freund Erich geschworen. Und der Tommy, der jetzt dort vorne lag, sollte erst der Anfang sein.

ENDE

Die Wiederbelebung eines alten Mythos:
Die GROSSEN ALTEN sind zurück:

Der Hexer von Salem • Band 13 336
Wir schreiben das Jahr 1883: Vor der Küste Schottlands zerschellt ein Viermaster auf den tückischen Riffen. Nur wenige Menschen überleben die Katastrophe. Unter ihnen ein Mann, der die Schuld an dem Unglück trägt.
Ein Mann, der gejagt wird von uralten finsteren Göttern ...

Neues vom Hexer von Salem • Band 13 337
Craven ist der Sohn eines mächtigen Magiers. Es gibt nur einen Weg, den finsteren Göttern zu entkommen – die Magie eines uralten, sagenumwobenen Buches, in dem der Wahnsinn haust. Zusammen mit seinem Freund H. P. Lovecraft macht er sich auf die Suche nach dem *Necronomicon* ...

Der Dagon-Zyklus • Band 13 338
Vor der Küste Englands wird ein schreckliches Seeungeheuer gesichtet, das gnadenlos Kriegsschiffe angreift und versenkt. Unter dem Meer schmiedet ein Wesen seine dunklen Pläne, das Äonen alt ist und sich nun aufmacht, das Land zu erobern. Seine Diener sind überall, und nur der Hexer kann sie aufhalten ...

Die sieben Siegel der Macht • Band 13 339
Vor undenklichen Zeiten herrschten schreckliche Gottheiten über jedwede Kreatur: die GROSSEN ALTEN. Ihr Frevel rief mächtigere Götter von den Sternen herbei, und in einer einzigen feurigen Nacht verbannten sie die GROSSEN ALTEN. Bis heute, denn der Tag ist nicht mehr fern, da die Siegel ihres Kerkers gebrochen werden sollen ...

Der Sohn des Hexers • Band 13 340
In jener Nacht, in der das letzte Siegel fiel und dreizehn der abgrundtief bösen Götter in die Wirklichkeit entkamen, in jener Nacht wurde der Sohn des Hexers geboren. Ein Teil von Robert Cravens Geist und Magie ging auf den Knaben über und machte ihn zum Erben der Macht – und zum gefährlichsten Feind der GROSSEN ALTEN.

Das Labyrinth von London / Auf der Spur des Hexers • Band 13 341
London, 1892. Das geschäftigeTreiben der Metropole wird gestört, als vor der Küste eine Insel mit einem geheimnisvollen Labyrinth aus dem Meer auftaucht. Fortan treibt das Böse sein Unwesen in der Stadt. Zusätzlich schildert dieser Band die Vorgeschichte der Hexer-Bände mit Robert Cravens Vater Roderick Andara.